— 電影紀念版 —

姜戎 著

獻給：卓絕的草原狼和草原人

獻給：曾經美麗的內蒙古大草原

——姜戎

編者薦言

我們是龍的傳人還是狼的傳人？

安波舜

這是世界上迄今爲止唯一一部描繪、研究蒙古草原狼的「曠世奇書」。閱讀此書，將是我們這個時代享用不盡的關於狼圖騰的精神盛宴。因爲它的厚重，因爲它的不可再現。因爲任由蒙古鐵騎和蒙古狼群縱橫馳騁的游牧草原正在或者已經消失，所有那些有關狼的傳說和故事正在從我們的記憶中退化，留給我們和後代的僅僅是一些道德詛咒和刻毒謾罵的文字符號。如果不是因爲此書，狼——特別是蒙古的草原狼——這個中國古代文明的圖騰崇拜和自然進化的發動機，就會像某些宇宙的「暗物質」一樣，遠離我們的地球和人類，漂浮在不可知的永遠裏，漠視著我們的無知和愚昧。

因而，能夠在自然式微，物種迅速減少，人類社會的精神和性格日漸頹靡雌化的今天，讀到「狼圖騰」這樣一部以狼爲敘事主體的史詩般小說，實在是當代讀者的幸運。千百年來，占據正統主導地位的鴻學巨儒，畏狼如虎、憎狼爲災，漢文化中存在著太多對狼的誤解與偏見，更遑論爲狼寫一部書，與狼爲伍探微求真了。

感謝本書的作者姜戎先生。三十多年前，作爲一名北京知青，他自願到內蒙古邊境的額侖草原插隊，長達十一年。直到一九七九年考入中國社會科學院的研究生院。在草原，他鑽過狼洞，掏過狼崽，養過小狼，與狼戰鬥過，也與狼纏綿過。並與他親愛的小狼共同患難，經歷了青年時代痛苦的精神「游牧」。蒙古狼帶他穿過了歷史的千年迷霧，逕直來到謎團的中心。是狼的狡黠和智慧、狼的軍事才能和頑強不屈的性格、草原人對狼的愛和恨、狼的神奇魔力，使姜戎與狼結下了不解之緣。

狼是草原民族的獸祖、宗師、戰神與楷模；狼的團隊精神和家族責任感；狼的智慧、頑強和尊嚴；狼對蒙古鐵騎的馴導和對草原生態的保護；游牧民族千百年來對於狼的至尊崇拜；蒙古民族古老神秘的天葬儀式；以及狼嗥、狼耳、狼眼、狼食、狼煙、狼旗……有關狼的種種細節，均使作者沉迷於其中，從而進行了三十餘年的研究與思索，寫出了這部有關人與自然、人性與狼性、狼道與天道的長篇小說。

如今，正值中國社會轉型，而農耕文明衍生的國民性格已成其沉重羈絆之時，學者姜戎終於為他這一部傾其半生心血的鴻篇巨製劃上句號，最終完成了他再現「狼圖騰」的使命，成為「有關狼的真理的終結者」。

本書由幾十個有機連貫的「狼故事」一氣呵成，情節緊張激烈而又新奇神秘。讀者可從書中每一篇章、每個細節中攫取強烈的閱讀快感，令人欲罷不能。

那些精靈一般的蒙古草原狼隨時從書中呼嘯而出：狼的每一次偵察、佈陣、伏擊、奇襲的高超戰術；狼對氣象、地形的巧妙利用；狼的視死如歸和不屈不撓；狼族中的友愛親情；狼與草原萬物的關係；倔強可愛的小狼在失去自由後艱難的成長過程——無不使我們聯想到人類，進而思考人類歷史中那些迄今懸置未解的一個個疑問：當年區區十幾萬蒙古騎兵為什麼能夠橫掃歐亞大陸？中華民族今日遼闊疆土由來的深層原因？歷史上究竟是華夏文明征服了游牧民族，還是游牧民族一次次為漢民族輸血，才使中華文明得以延續？為什麼中國馬背上的民族，從古至今不崇拜馬圖騰而信奉狼圖騰？中華文明從未中斷的原因，是否在於中國還存在著一個從未中斷的狼圖騰文化？

於是，我們不能不追思遙想，不能不面對我們曾經輝煌也曾經破碎的山河和歷史發出叩問：我們口口聲聲自詡是炎黃子孫，可知「龍圖騰」極有可能是從游牧民族的「狼圖騰」演變而來？華夏民族的「龍圖騰崇拜」，是否將從此揭秘？我們究竟是龍的傳人還是狼的傳人？

二〇〇四年三月

亞洲週刊專文推薦

尋回中華民族的狼性

香港軍事評論家　馬鼎盛

中華五千年文明社會，歷來以龍爲圖騰。但是，近代中國百年歷史，都是被侵略被欺辱的苦難記憶，使魯迅懷疑中國人性馴順，帶有家畜性，不如帶些獸性的西洋人。近年的中國「脫貧」入小康了，但還被八大工業國排斥在外。如何能令古老的華夏民族中興？

中國暢銷書《狼圖騰》大聲疾呼——要繼承「草原民族」的強悍精神，激活農耕社會的傳統，才能使中國在激烈殘酷的國際社會贏得生存競爭。

《狼圖騰》作者姜戎是「文革老高三」的北京中學生，自願插隊落戶到內蒙古額侖草原十一年，在書中講述很多有關草原狼的精采故事：狼捕羊、擒馬的戰術，好像比孫子兵法更妙。

主人公陳陣捕養一頭小狼，發現小狼教會他勇敢、智慧、頑強、忍耐、熱愛生命，永不屈服，並藐視嚴酷惡劣環境，建立起強大的自我；因此陳陣對小狼崇拜至極，像奴僕一樣侍候小狼。

能親手活捉野狼，並把牠養大，一路仔細觀察並寫入書中的姜戎，應是三千萬「知青」的第一人。從小狼身上探索民族希望的姜戎，可能是中國古往今來第一人。老牧民帶陳陣看狼群圍獵黃羊。野生的黃羊腿長蹄尖，飛奔的疾速讓狼群望塵莫及。但是狼有智慧，先讓黃羊吃飽肥美的牧草，肚子撐得滾圓之際，潛伏了半天的狼群突然三面圍攻，咬死幾頭肥羊，把幾千黃羊趕上山樑，被逼衝下幾尺深的雪谷，羊群踏破雪殼，自相殘踏，狼群跟本不用廝殺，幾千黃羊死傷大半。飽餐一頓之後，雪坑像天然大雪櫃，為狼群儲夠一冬天的食糧。

這個來自北京的知青陳陣想起歷史書的故事，成吉思汗的小兒子拖雷打金兵的「三峰山戰役」，用三萬鐵騎打金兵二十萬，把逃敵趕進大雪窩，讓雪山幫助收拾宿敵，原來是從狼身上學來的兵法。

善用天時地利圍獵

《狼圖騰》紀錄草原狼王圍殲滅馬群。蒙古馬同狼群拼鬥幾千幾萬年，馬蹄能踩瘸狼腿，踩斷狼腰，加上馬倌的獵槍，套馬杆和鐵箍馬棒，平時沒有狼群敢打馬的主意。但是，狼王利用「白毛風」，海嘯雪崩似的狂風暴雪，令馬群順風狂奔。狼群在馬群邊撲咬、把馬趕向架子山的泥淖。馬倌拼命打死幾頭狼，剛穩住陣勢，喪子的母狼在狼王的指揮下，用自殺式攻擊向馬群總攻：母狼跳起咬住馬腹，用體重撕裂大塊皮肉。狼身吊在馬腹下，會被馬後蹄蹬踢，一旦踢中，母狼即皮綻骨折、肚破腸流。一時間，狼嚎馬嘶震耳欲聾，狼血染紅雪地，極度驚嚇的馬群終於被趕入泥淖，陷入泥漿的馬群四腿難移，只等狼群來屠殺。

野狼壽命不過十幾、二十年，百年不遇的「白毛風」連狼父狼祖也不曾見過，只有與生俱來的狩獵天性，使狼無師自通，怪不得草原人敬狼為天神。

陳陣由此得出新思維：草原人和草原狼，是蒙古草原生命圈中的最高層。遊牧民族在與狼群長期不斷的殘酷鬥爭中，學到卓越的軍事才能，例如知己知彼、兵貴神速、兵不厭詐、常備不懈、聲東擊西、化整為零、隱藏精幹、出其不意、攻其不備、集中兵力、各個擊破、打殲滅戰、全身而退、敵進我退、敵駐我擾、敵疲我打及敵退我追等軍事學基本原則。蒙古草原的牧民，日夜與狼爭戰，比世界上所有農業文明國家的人獸大戰及人之間戰爭激烈的多。

狼子兵法多數取勝

狼雖然遍布全球，但主要聚集地在蒙古高原，當地人與狼鬥智鬥勇，練就本領後，與其他牧民打，與農耕民族打，不斷提高戰爭才華。因此，蒙古草原的民族，絕對是世上最善戰，最具有先天的軍事優勢的民族。農耕的漢族沒有卓越的狼教官，沒有狼陪練，雖有「孫子兵法」也是紙上談兵，每逢胡漢交兵，「狼子兵法」多數取勝。

對游牧文化崇拜得五體投地的姜戎，對農耕文明深惡痛絕，他指華夏的小農經濟是害怕競爭的和平勞動，儒家的綱領是君臣父子，強調上尊下卑，論資排輩，無條件服從，已專制暴力消滅競爭，來維護皇權和農業的和平。華夏的小農經濟和儒家文化，從存在和意識兩個方面軟化了華夏民族的性格。雖然創造過燦爛的古代文明，但犧牲了民族發展後勁，當世界歷史越過了農業文明的低級階段，中國注定要落後挨打。

就算現代中國學到一些西方先進的技術，但學不到西方民族血液裡的戰鬥進取，勇敢冒險精神和性格。這也是魯迅早就發現中國人的國民性格上存在的大問題。姜戎爲中華民族復興開了個藥方——游牧精神的輸入。他認爲漢人崇拜幾千年的龍圖騰之中，從來也包含狼的概念。在內蒙出土的「三星他拉玉龍」屬於五千年前的新石器龍山文化，號稱中華第一龍。其實是狼頭形象：長臉，長鼻，長吻圓眼吊睛，無鱗無爪而有高聳的狼鬃。

中華炎黃二祖也是西北牧族，炎帝是西戎羌族一支，此後的犬戎、古匈奴、白狼、高車、鮮卑、突厥、契丹以至蒙古民族，都崇拜狼圖騰。一旦中原農耕文化軟弱下去，騰格里天父就會派狼性的游牧民族衝入長城，給羊性化的農耕小弟弟民族輸血，甚至入主中原，維持華夏文明。

世界上四大文明古國：古埃及、古巴比倫、古印度都相繼消亡，唯有中華文明一直延續到今，唯靠狼性的游牧族輸血才得以支撐華夏大廈。

「五百年必有王者興」，中國歷史的漢唐元清四朝能擴張版圖。漢代農業文明還有游牧性的生命力。唐朝有一半胡人血統，元和清是草原人入主中原。

姜戎在《狼圖騰》後半部由小說轉爲議論文，「引狼入史」，改爲中國二十四史大綱。他指出中華農業耕民只有勤勞缺乏勇敢，一遇到勇於近取的西方民族必敗無疑，只有吸取狼性兇悍的活力及生命力，才可能盡快轉變成爲經濟政治上具有充分競爭性的民族。作者指出，中國改革形勢不可逆轉，一旦門農耕意識的個性改造成勇猛進取的「現代中華文明狼」，炎黃子孫就會向更高級階段的自由民主「世界文化人」進化。

《狼圖騰》把草原狼描寫得有血有肉有靈魂，對草原生態被破壞痛心疾首，寫草原上對狼的崇拜也分析入微。游牧民族對中華歷史的積極作用，被姜戎提到史學界空前高度，雖然有學者指稱作者姜戎「對史實的掌握有偏頗」，對游牧的愚昧及破壞力也極力淡化，但是該作品痛感中國積貧積弱的千年病源作探討大膽而有益。作者呼籲抽掉中華龍圖騰中的專制帝王精神，注入狼圖騰自由強悍的進取精神，未來中國才可能真正騰飛。

二〇〇四年八月八日

目錄

第三卷

第四卷

附錄

第一卷

第一章 草原之狼

「犬戎族」自稱祖先為二白犬，當是以犬為圖騰。」——范文瀾《中國通史簡編・第一編》

周穆王伐畎戎，得四白狼、四白鹿以歸。——《漢書・匈奴傳》

當陳陣在雪窩裏用單筒望遠鏡鏡頭，套住了一頭大狼的時候，他看到了蒙古草原狼鋼錐一樣的目光。陳陣全身的汗毛又像豪豬的毫刺一樣地豎了起來，幾乎將襯衫撐離了皮肉。畢利格老人就在他的身邊，陳陣這次已沒有靈魂出竅的感覺，但是，身上的冷汗還是順著豎起的汗毛孔滲了出來。

雖然陳陣來到草原已經兩年，可他還是懼怕蒙古草原上的巨狼和狼群。在這遠離營盤的深山，面對這麼大的狼群，嘴裏呼出的霜氣都顫抖起來。陳陣和畢利格老人這會兒手上沒有槍，沒有長刀，沒有套馬杆，甚至連一副馬蹬這樣的鐵傢伙也沒有。他們只有兩根馬棒，萬一狼群嗅出他們的人氣，那他倆可能就要提前天葬了。

陳陣又哆哆嗦嗦地吐出半口氣，才側頭去看老人。畢利格正用另一隻單筒望遠鏡觀察著狼群的包圍圈。老人壓低聲音說：就你這點膽子咋成？跟羊一樣。你們漢人就是從骨子裏怕狼，要不漢人怎麼一到草原就淨打敗仗。

老人見陳陣不吱聲，便側頭小聲喝道：這會兒可別嚇慌了神，弄出點動靜來，那可不是鬧著玩的。陳陣點了一下頭，用手抓了一把雪，雪在他的掌心被捏成了一坨冰。

側對面的山坡上，大群的黃羊仍在警惕地搶草吃，但似乎還沒有發現狼群的陰謀。狼群包圍線的一端，

已越來越靠近兩人的雪窩，陳陣一動也不敢動，他感到自己幾乎凍成了一具冰雕……

這是陳陣在草原上第二次遇到大狼群。此刻，第一次與狼群遭遇的驚悸又顫遍他的全身。他相信任何一個漢人經歷過那種遭遇，他的膽囊也不可能完好無損。

兩年前，陳陣從北京到達這個邊境牧場插隊的時候，正是十一月下旬，額侖草原早已是一片白雪皚皚。知青的蒙古包還未發下來，陳陣被安排住在畢利格老人家裏，分配當了羊倌。

一個多月後的一天，他隨老人去八十多里外的場部領取學習文件，順便採購一些日用品。臨回家時，老人作爲牧場革委會委員，突然被留下開會，可是場部指示那些文件必須立即送往大隊，不得延誤。陳陣只好一人騎馬回隊。

臨走時，老人將自己那匹又快又認家的大青馬，換給了陳陣，並再三叮囑他，千萬別抄近道，一定要順大車道走，一路上隔上二三十里就有蒙古包，不會有事的。

陳陣一騎上大青馬，他的胯下立即感到了上等蒙古馬的強勁馬力，就有了快馬急行的衝動。剛登上一道山樑，遙望大隊駐地的查干窩拉山頭，他一下子就把老人的叮囑扔在腦後，率性地放棄了繞行二十多里地走大車道的那條路線，改而逕直抄近路插向大隊。

天越來越冷，大約走了一半路程，太陽被凍得瑟瑟顫抖，縮到地平線下面去了。雪面的寒氣升上半空，皮袍的皮板也已凍硬，陳陣晃動胳膊，皮袍肘部和腰部，就會發出嚓嚓的磨擦聲。大青馬全身已披上了一層白白的汗霜，馬踏厚厚積雪，馬步漸漸遲緩。丘陵起伏，一個接著一個，四周是望不到一縷炊煙的蠻荒之地。

大青馬仍在小跑著，並不顯出疲態。牠跑起來不顛不晃，儘量讓人騎著舒服。陳陣也就鬆開馬嚼子，讓牠自己掌握體力、速度和方向。陳陣忽然一陣顫慄，心裏有些莫名的緊張——他怕大青馬迷路，怕變天，怕暴風雪，怕凍死在冰雪荒原上，但就是忘記了害怕狼。

快到一個山谷口，一路上，大青馬活躍亂動、四處偵聽的耳朵突然停住了，並且直直地朝向谷口的後方，開始抬頭噴氣，步伐錯亂。

陳陣這還是第一次在雪原上單騎走遠道，根本沒意識到前面的危險。大青馬急急地張大鼻孔，瞪大眼睛，自作主張地改變方向，想繞道而走。但陳陣還是不解馬意，他收緊嚼口，撥正馬頭繼續朝前小跑。馬步越來越亂，變成了半走半跑半顛，而蹄下卻蹬踏有力，隨時就可狂奔。陳陣知道在冬季必須愛惜馬力，死死地勒住嚼子，不讓馬奔起來。

大青馬見一連串的提醒警告不起作用，便回頭猛咬陳陣的氈靴。陳陣突然從大青馬恐怖的眼球裏看到了隱約的危險。但爲時已晚，大青馬哆嗦著走進了陰森山谷喇叭形的開口處。

當陳陣猛地轉頭向山谷望去時，他幾乎嚇得栽下馬背。距他不到四十米的雪坡上，在晚霞的天光下，竟然出現了一大群金毛燦燦、殺氣騰騰的蒙古狼，全部正面或側頭瞪著他，一片錐子般的目光颼颼飛來，幾乎把他射成了刺蝟。

離他最近的正好是幾頭巨狼，大如花豹，足足比他在北京動物園裏見的狼粗一倍、高半倍、長半個身子。十幾條蹲坐在雪地上的大狼，呼地一下全部站立起來，長尾統統平翹，像一把把即將出鞘的軍刀，一副弓在弦上，居高臨下，準備撲殺的架式。

狼群中一頭被大狼們簇擁著的白狼王，牠的脖子、前胸和腹部大片的灰白毛，發出白金般的光亮，耀眼奪目，射散出一股兇傲的虎狼之威。整個狼群不下三四十頭。

後來，陳陣跟畢利格詳細講起狼群當時的陣勢，老人用食指刮了一下額上的冷汗說，狼群八成正在開會，

山那邊正好有一群馬，狼王正給手下佈置襲擊馬群的計劃呢，幸虧這不是群餓狼，毛色發亮的狼就不是餓狼。

陳陣在那一瞬其實已經失去任何知覺。他記憶中的最後感覺，是頭頂迸出一縷輕微但極其恐怖的聲音，像是口吹足色銀元發出的那種細微振顫的錚錚聲。這一定是他的魂魄被擊出天靈蓋的抨擊聲。

陳陣覺得自己的生命曾有過幾十秒鐘的中斷，那一刻，他已經變成了一個靈魂出竅的軀殼，一具虛空的肉身遺體。很久以後，陳陣回想那次與狼群的遭遇，內心萬分感激畢利格阿爸和他的大青馬。陳陣沒有栽下馬，是因爲他騎的不是一般的馬，那是一匹在狼陣中長大、身經百戰的著名獵馬。

事到臨頭，千鈞一髮之際，大青馬突然異常鎭靜。牠裝著沒有看見狼群，或是一副無意衝攪狼們聚會的樣子，仍然踏著趕路過客的步伐緩緩前行。牠挺著膽子，控著蹄子，既不掙扎擺動，也不奪路狂奔，而是極力穩穩地馱正鞍子上的臨時主人，像一個頭上頂著高聳的玻璃杯疊架盤的雜技高手，在陳陣身下靈敏地調整馬步，小心翼翼地控制著陳陣脊椎中軸的垂直，不讓他重心傾斜失去平衡，一頭栽進狼陣。

可能正是大青馬巨大的勇氣和智慧，將陳陣出竅的靈魂追了回來。也可能是陳陣忽然領受到了騰格里（天）的精神撫愛，爲他過早走失上天的靈魂，揉進了信心與定力。陳陣在寒空中遊飛了幾十秒的靈魂，再次收進他的軀殼時，他覺得自己已經僥倖復活，並且冷靜得出奇。

陳陣強撐著身架，端坐馬鞍，不由自主地學著大青馬，調動並集中剩餘的膽氣，也裝著沒有看見狼群，只用眼角的餘光緊張地感覺著近在側旁的狼群。

他知道蒙古草原狼的速度，這幾十米距離的目標，對蒙古狼來說，只消幾秒鐘便可一蹴而就。人馬與側面的狼群越來越近，陳陣深知自己絕對不能露出絲毫的怯懦，必須像唱空城計的諸葛孔明那樣，擺出一副胸中自有雄兵百萬，身後跟隨鐵騎萬千的架勢。只有這樣，才能鎭住兇殘多疑的草原殺手——蒙古草原狼。

他感到狼王正在伸長脖子向他身後的山坡瞭望，狼群都把尖碗形的長耳，像雷達一樣朝著狼王張望的方向。所有的殺手都在靜候狼王下令。但是，這個無槍無杆的單人單馬，竟敢如此大膽招搖地路過狼群，卻令狼王和所有的大狼生疑。

晚霞漸漸消失。人馬離狼群更近了。這幾十步，可以說是陳陣一生中最凶險、最漫長的路途之一。大青馬又走了幾步，陳陣突然感到有一條狼向他身後的雪坡跑去，他意識到，那一定是狼王派出的探子，想查看他身後有無伏兵。陳陣覺得剛剛在體內焐熱的靈魂又要出竅。

大青馬的步伐似乎也不那麼鎮定了。陳陣的雙腿和馬身都在發抖，並迅速發生可怕的共振，繼而傳染放大了人馬共同的恐懼。大青馬的耳朵背向身後，緊張關注著那條探子狼。一旦狼探明實情，人馬可能正好走到離狼群的最近處。

陳陣覺得自己正在穿越一張巨大的狼口，上面鋒利的狼牙，下面也是鋒利的狼牙，沒準他正走到上下狼牙之間，狼口便咯嚓一聲合攏了。大青馬開始輕輕後蹲聚力，準備最後的拚死一搏。可是，負重的馬一啓動就得吃虧。

陳陣忽然像草原牧民那樣，在危急關頭心中呼喚起騰格里：長生天，騰格里，請你伸出胳膊，幫我一把吧。他又輕輕呼叫畢利格阿爸。畢利格蒙語的意思是睿智，他希望老阿爸能把蒙古人的草原智慧，快快送抵他的大腦。靜靜的額侖草原，沒有任何回聲。他絕望地抬起頭，想最後看一眼美麗冰藍的騰格里。

突然，老阿爸的一句話從天而降，像疾雷一樣地轟進他的鼓膜：狼最怕槍、套馬杆和鐵器。槍和套馬杆，他沒有。鐵器他有沒有呢？他腳底一熱，有！他腳下蹬著的就是一副碩大的鋼蹬。他的腳狂喜地顫抖起來。

畢利格阿爸把他的大青馬換給他，但馬鞍未換。難怪當初老人給他挑了這麼大的一副鋼蹬，似乎老人早就料到了有用得著它的這一天。但老人當初對他說，初學騎馬，馬蹬不大就踩不穩。萬一被馬尥下來，也容易拖蹬，被馬踢傷踢死。這副馬蹬開口寬闊，踏底是圓形的，比普通的淺口方底的鐵蹬，幾乎大一倍重兩倍。

狼群正在等待探子，人馬已走到狼群的正面。陳陣迅速將雙腳退出鋼蹬，又彎身將蹬帶拽上來，雙手各抓住一隻鋼蹬——生死存亡在此一舉。陳陣憋足了勁，猛地轉過身，朝密集的狼群大吼一聲，然後將沉重的鋼蹬舉到胸前，狠狠地對砸起來。

「噹、噹……」

鋼蹬擊出鋼錘敲砸鋼軌的聲響，清脆高頻，震耳欲聾，在肅殺靜寂的草原上，像刺耳刺膽的利劍刺向狼群。對於狼來說，這種非自然的鋼鐵聲響，要比自然中的驚雷聲更可怕，也比草原狼最畏懼的捕獸鋼夾所發出的聲音更具恐嚇力。

陳陣敲出第一聲，就把整個狼群嚇得集體一哆嗦。他再猛擊幾下，狼群在狼王的率領下，全體大回轉，倒背耳朵，縮起脖子像一陣黃風一樣，呼地向山裏逃奔而去。連那條探狼也放棄任務，迅速折身歸隊。

陳陣簡直不敢相信自己的眼睛，如此可怕龐大的蒙古狼群，居然被兩隻鋼蹬所擊退。他頓時壯起膽來，一會兒狂擊馬蹬，一會兒又用草原牧民的招喚手勢，掄圓了胳膊，向身後的方向大喊大叫：豁勒登！豁勒登！（快！快！）這裏的狼，多多的有啦。

可能，蒙古狼聽得懂蒙古話，也看得懂蒙古獵人的手勢獵語。狼群被牠們所懷疑的蒙古獵人的獵圈陣嚇得迅速撤離。但狼群撤得井然有序，急奔中的狼群，仍然保持著草原狼軍團的古老建制和隊形，猛狼衝鋒，狼王靠前，巨狼斷後，完全也沒有鳥獸散的混亂。陳陣看呆了。

狼群一眨眼的功夫就跑沒影了，山谷裏留下一大片雪霧雪沙。

天光已暗。陳陣還沒有完全認好馬蹬，大青馬就彈射了出去，朝牠所認識的最近營盤衝刺狂奔。寒風灌進領口袖口，陳陣渾身的冷汗幾乎結成了冰。

狼口餘生的陳陣，從此也像草原民族那樣崇敬起長生天騰格里來了。並且，他從此對蒙古草原狼有一種著了魔的恐懼、敬畏和癡迷。蒙古狼，對他來說，決不是僅僅觸及了他的靈魂，而是曾經擊出了他靈魂的生物。在草原狼身上，竟然潛伏著、承載著一種如此巨大的吸引力？這種看不見、摸不著，虛無卻又堅固的東西，可能就是人們心靈中的崇拜物或原始圖騰。陳陣隱隱感到，自己可能已經闖入草原民族的精神領域。雖然他偶然才撞開了一點門縫，但是，他的目光和興趣已經投了進去。

此後的兩年裏，陳陣再沒有見過如此壯觀的大狼群。他白天放羊，有時能遠遠地見到一兩條狼，就是走遠道幾十里上百里，最多也只能見到三五條狼。但他經常見到被狼或狼群咬死的羊牛馬，少則一兩隻，兩三頭，三四匹，多則屍橫遍野。串門時，也能見到牧民獵人打死狼後剝下的狼皮筒子，高高地懸掛在長杆頂上，像狼旗一樣飄揚。

畢利格老人依然一動不動地趴在雪窩裏，眯眼緊盯著草坡上的黃羊和越來越近的狼群，對陳陣低聲說：再忍一會，哦，學打獵，先要學會忍耐。

有畢利格老人在身邊，陳陣心裏踏實多了。他揉去眼睫上的霜花，衝著老人坦然眨了眨眼，端著望遠鏡望了望側對面山坡上的黃羊和狼群包圍線，見狼群還是沒有任何動靜……

自從有過那次大青馬與狼群的短兵相接，他早已明白草原上的人，實際上，時時刻刻都生活在狼群近距離的包圍之中。白天放羊，走出蒙古包不遠，就能看到雪地上一行行狼的新鮮大爪印，山坡草甸上的狼爪印更多，還有灰白色的新鮮狼糞；在晚上，他幾乎夜夜都能見到幽靈一樣的狼影，尤其是在寒冬，羊群周圍幾十米外那些綠瑩瑩的狼眼睛，少時兩三對、五六對，多時十幾對。最多的一次，他和畢利格的大兒媳嘎斯邁一起，用手電筒數到過二十五對狼眼。

原始游牧如同游擊行軍，裝備一律從簡，冬季的羊圈只是用牛車、活動柵欄和大氈子搭成的半圓形擋風牆，只擋風不擋狼。羊圈南面巨大的缺口，全靠狗群和下夜的女人來守衛。有時狼衝進羊圈，狼與狗廝殺，狼或狗的身體常常會重重地撞到蒙古包的哈那牆，把包裏面貼牆而睡的人撞醒，陳陣就被狼撞醒過兩次，如果沒有哈那牆，狼就撞進他的懷裏來了。

處在原始游牧狀態下的人們，有時與草原狼的距離還不到兩層氈子遠。只是陳陣至今尚未得到與狼親自交手的機會。極擅夜戰的蒙古草原狼，絕對比華北的平原游擊隊還要神出鬼沒。在狼群出沒頻繁的夜晚，陳陣總是強迫自己睡得驚醒一點，並請嘎斯邁在下夜值班的時候，如果遇到狼衝進羊群，就喊他的名子，他一定出包幫她一起轟狼打狼。

畢利格老人常常捻著山羊鬍微笑，他說，他從來沒見過對狼有這麼大興頭的漢人。老人似乎對北京學生陳陣這種異乎尋常的興趣很滿意。

陳陣終於在來草原第一年的隆冬的一個風雪深夜，在手電筒燈光下，近距離地見到了人狗與狼的惡戰……

「陳陳（陣）」！「陳陳（陣）！」

那天深夜，陳陣突然被嘎斯邁急促的呼叫聲和狗群的狂吼聲驚醒，當他急沖沖穿上氈靴和皮袍，拿著手電筒和馬棒衝出包的時候，他的雙腿又劇烈地顫抖起來。

透過雪花亂飛的手電筒光亮，他竟然看到嘎斯邁正拽著一條大狼的長尾巴，這條狼從頭到尾差不多有一個成年人的身長。而她居然想把狼從擠得密不透風的羊群裏拔出來。

狼拚命地想回頭咬人，可是嚇破膽的傻羊肥羊們既怕狼又怕風，拚命往擋風牆後面的密集羊群那裏前撲後擁，把羊身體間的落雪擠成了騷氣烘烘的蒸氣，也把狼的前身擠得動彈不得。狼只能用爪扒地，向前猛躥亂咬，與嘎斯邁拚命拔河，企圖衝出羊群，回身反擊。

陳陣跌跌撞撞地跑過去，一時不知如何下手。嘎斯邁身後的兩條大狗也被羊群所隔，乾著急無法下口，只得一個勁狂吼猛叫，壓制大狼的氣焰。

畢利格家的其他五六條威猛大狗和鄰家的所有的狗，正在羊群的東邊與狼群死掐。狗的叫聲、吼聲、哭嚎聲驚天動地。

陳陣想上前幫嘎斯邁，可兩腿抖得就是邁不開步。他原先想親手觸摸一下活狼的熱望，早被嚇得結成了冰。嘎斯邁卻以爲陳陣真想來幫她，急得大叫：別來！別來！狼咬人。快趕開羊！狗來！

嘎斯邁身體向後傾斜，狠命地拽狼尾，拽得滿頭大汗。她用雙手掰狼的尾骨，疼得狼張著血盆大口倒吸寒氣，恨不得立即回身把人撕碎吞下。狼看看前衝無望，突然向後猛退，調轉半個身子，撲咬嘎斯邁。

刺啦一聲，半截皮袍下襬被狼牙撕下。嘎斯邁的蒙古細眼睛裏，射出像母豹目光般的一股狠勁，拽著狼就是不鬆手，然後向後猛跳一步，重新把狼身拉直，並拚命拽狼，往狗這邊拽。

陳陣急慌了眼，他一面高舉手電筒對準嘎斯邁和狼，生怕她看不清狼，被狼咬到；一面掄起馬棒，朝身邊的羊劈頭蓋腦地砸下去。

羊群大亂，由於害怕黑暗中那隻大狼，羊們全都往羊群中的手電筒光亮處猛擠，陳陣根本趕不動羊。他發現嘎斯邁快拽不動惡狼了，她又被狼朝前拖了幾步。

「阿、阿孃！阿孃！」驚叫的童聲傳來。

嘎斯邁的九歲兒子巴雅爾衝出了蒙古包，一見這陣勢，喊聲也變了調。但他立即向媽媽直衝過去，幾乎像跳鞍馬一般，從羊背上跳到了嘎斯邁的身邊，一把就抓住了狼尾。

嘎斯邁大喊：抓狼腿！抓狼腿！巴雅爾急忙改用兩隻手死死抓住了狼的一條後腿，死命後拽，一下子減弱了狼的前衝力。母子兩人總算把狼拽停了步。

營盤東邊的狗群繼續狂吼猛鬥，狼群顯然在聲東擊西，牽制狗群的主力，掩護衝進羊群的狼進攻或撤退。羊群中西部的防線全靠母子二人頑強堅守，不讓這條大狼從羊圈擋風氈牆的西邊，衝趕出部分羊群。

畢利格老人也已衝到羊群邊上，一邊轟羊，一邊朝東邊的狗大叫，巴勒！巴勒！

「巴勒」蒙語的意思是虎，這是一條全隊最高大、兇猛亡命、帶有藏狗血統的殺狼狗，身子雖然不如一般的大狼長，但身高和胸寬卻超過狼。

聽到主人的喚聲，巴勒立即退出廝殺，急奔到老人的身邊。一個急停，哈出滿嘴狼血的腥氣。老人急忙拿過陳陣手裏的電筒，用手電筒光柱朝羊群裏的狼照了照。巴勒猛晃了一下頭，像失職的衛士那樣懊喪，牠氣急敗壞地猛然躥上羊背，踩著羊頭，連滾帶爬地朝狼撲過去。

老人衝陳陣大喊：把羊群往狼那兒趕！把狼擠住！不讓狼逃跑！然後拉著陳陣的手，兩人用力淌著羊群，也朝狼和嘎斯邁擠過去。

惡狠狠的巴勒，急噴著哈氣和血氣，終於站在嘎斯邁的身邊，但狼的身旁全是擠得喘不過氣來的羊。蒙古草原的好獵狗懂規矩，不咬狼背狼身，不傷狼皮，巴勒仍是找不到地方下口，急得亂吼亂叫。

嘎斯邁一見巴勒趕到。突然側身，抬腿，雙手抓住長長的狼尾，頂住膝蓋。然後大喊一聲，雙手拚出全身力氣，像掰木杆似的，啪地一聲，楞是把狼尾骨掰斷了。大狼一聲慘嚎，疼得四爪一鬆勁，母子兩人呼地一下就把大狼從羊堆裏拔了出來。

大狼渾身痙攣，回頭看傷。巴勒趁勢一口咬住了狼的咽喉，不顧狼爪死抓硬踹，兩腳死死按住狼頭狼胸。狗牙合攏，兩股狼血從頸動脈噴出，大狼瘋狂地掙扎了一兩分鐘，癱軟在地，一條血舌頭從狼嘴狼牙的空隙間流了出來。

嘎斯邁抹了抹臉上的狼血，大口喘氣。陳陣覺得她凍得通紅的臉，像是抹上了狼血胭脂，猶如史前原始女人那樣野蠻、英武和美麗。

死狼的濃重血腥氣向空中飄散，東邊的狗叫聲驟停，狼群紛紛逃遁，迅速消失在黑暗中。不一會兒，西北草甸裏，便傳來狼群淒厲的哀嚎聲，向牠們這員戰死的猛將長久致哀。

我真沒用，膽小如羊。陳陣慚愧地嘆道：我真不如草原上的狗，不如草原上的女人，連九歲的孩子也不如。

嘎斯邁笑著搖頭說：不是不是，你要是不來幫我，狼就把羊吃到嘴啦。

畢利格老人也笑道：你這個漢人學生，能幫著趕羊，打手電筒，我還沒見過呢。

陳陣終於摸到了餘溫尚存的死狼。他真後悔剛才沒有膽量去幫嘎斯邁抓那條活狼尾，錯過了一個漢人一生也不得一遇的徒手鬥狼的體驗。額侖草原狼體形實在大得嚇人，像一個倒地的毛茸茸的大猩猩，身倒威風不倒，彷彿只是醉倒在地，隨時都會吼跳起來。陳陣摸摸巴勒的大頭，鼓了鼓勇氣蹲下身，張開拇指和中指，量起狼的身長，從狼的鼻尖到狼的尾尖，一共九拃，竟有一米八長，比他的身高還長幾釐米。陳陣倒吸一口涼氣。

畢利格老人用手電筒照了照羊群，共有三四隻羊的大肥尾已被狼齊根咬斷吃掉，血肉模糊，冰血條條。老人說：這些羊尾巴換這麼大的一條狼，不虧不虧。

老人和陳陣一起把沉重的死狼拖進了包，以防鄰家的賴狗咬皮洩憤。陳陣覺得狼的腳掌比狗腳掌大得多，他用自己的手掌與狼掌比了比，除卻五根手指，狼掌竟與人掌差不多大。怪不得狼能在雪地上或亂石山地上跑得那樣穩。老人說：明天我教你剝狼皮筒子。

嘎斯邁從包裏端出大半盆手把肉，去犒賞巴勒和其他的狗。陳陣也跟了出去，雙手不停地撫摸巴勒的大腦袋和牠像小炕桌一樣的寬背，牠一面咯吧咯吧地嚼著肉骨頭，一面搖著大尾巴答謝。

陳陣忍不住問嘎斯邁：剛才妳怕不怕？她笑笑說：怕，怕。我怕狼把羊趕跑，工分就沒有啦。我是生產小組的組長，丟了羊，那多丟人啊。嘎斯邁彎腰去輕拍巴勒的頭，連說：賽（好）巴勒，賽（好）巴勒。巴勒立即放下手把肉，抬頭去迎女主人的手掌，並將大嘴往她的腕下袖口裏鑽，大尾巴樂得狂搖，搖出了風。

陳陣發現寒風中饑餓的巴勒，更看重女主人的情感犒賞。

嘎斯邁說：陳陳（陣），過了春節，我給你一條好狗崽，餵狗技術多多地有啦，你好好養，以後長大像巴勒一樣。陳陣連聲道謝。

進了包，陳陣餘悸未消說：剛才真把我嚇壞了。老人說：那會兒我一抓著你的手就知道了。咋就抖得不停？要打起仗來，還能握得住刀嗎？要想在草原待下去，就得比狼還厲害。往後是得帶你去打打狼了。從前成吉思汗點兵，專挑打狼能手。

陳陣連連點頭說：我信，我信。要是嘎斯邁騎馬上陣，一定比花木蘭還厲害……噢，花木蘭是古時候漢人最出名的女將軍。

老人說：你們漢人的花……花木拉（蘭），少少的有，我們蒙古人的嘎斯邁，多多的有啦，家家都有。老人像老狼王一樣呵呵地笑起來。

從此以後，陳陣就越來越想最近距離地接近狼，觀察狼，研究狼。

他隱隱感到草原狼與草原人有一種神秘的關係，可能只有弄清了草原狼，才能弄清神秘的蒙古草原和蒙古草原人，而蒙古草原狼恰恰是其中最神出鬼沒，最神秘的一環。陳陣希望自己能多增加一些關於狼真實具體的觸覺和感覺，他甚至想自己親手掏一窩狼崽，並親手養一條看得見摸得著的草原小狼——這個念頭冒出來的時候，連他自己也嚇了一跳。隨著春天的臨近，他對於小狼的渴望越來越強烈了。

畢利格老人是額侖草原最出名的獵手，可是，老人很少出獵。就是出獵，也是去打狐狸，而不怎麼打狼。這兩年人們忙於文化大革命運動，草原上傳統的半牧半獵的生活，幾乎像被白毛風趕散的羊群一樣亂了套。直到今年冬天，大群大群的黃羊越過邊境，進入額侖草原的時候，畢利格老人總算兌現了他的一半諾言，把他帶到了離大狼群這麼近的地方，這確實是老人訓練他膽量和提高他智慧的好地方。

陳陣雖然有機會與草原狼近距離地打交道了，但是，這還不是真正的打狼。然而，陳陣十分感激老人的用心和用意。

陳陣感到老人用胳膊輕輕碰了碰他，又指了指山坡。陳陣急忙用望遠鏡對準雪坡，大群黃羊還在緊張地搶草吃。但是，他看見有一條大狼竟從狼群的包圍線撤走，向西邊大山裏跑去了。他心裏一沉，悄聲問老人：難道狼群不想打了，那咱們不是白白凍了大半天嗎？

老人說：狼群才捨不得這麼難找的機會呢，準是頭狼看這群黃羊太多，就派這條狼調兵去了。這樣的機會五六年也碰不上一回，看樣子狼群胃口不小，真打算打一場大仗啦。今兒我可沒白帶你來。你再忍忍吧，打獵的機會都是忍出來的……

第二章 狼群開始總攻

匈奴單于生二女，姿容甚美，國人皆以為神。單于曰，吾有此女，安可配人，將以與天。乃于國北無人之地築高臺，置二女其上。曰，請天自迎之……復一年，乃有一老狼晝夜守台嚎呼，因採穿台下為空穴，經時不去。其小女曰，吾父處我於此，欲以與天，而今狼來，或是神物，天使之然。將下就之。

其姐大驚曰，此是畜生，無乃辱父母也。妹不從，下為狼妻，而產子。後遂滋繁成國。故其人好引聲長歌，又似狼嚎。

——《魏書•蠕蠕匈奴徒何高車列傳》

又有六七條大狼悄悄加入包圍圈，三面包圍線並已成形。陳陣用厚厚的羊皮馬蹄袖攏住口鼻，低聲問道：阿爸，狼群這會兒就要打圍了吧？

畢利格輕聲說：還得有一會兒呢，頭狼還在等機會。狼打圍比獵人打圍要心細，你自個兒先好好琢磨琢磨，頭狼在等什麼？老人白毛茸茸的眉鬚動了動，落下些微霜花。那一頂蓋額、遮臉、披肩的狐皮草原帽也結滿了哈霜，將老人的臉捂得只露出眼睛，淡棕色的眼珠依然閃著琥珀般沉著的光澤。

兩人伏在雪窩裏已有大半天了，此刻，兩人開始關注斜對面山坡上的一群黃羊。這群黃羊有近千隻，幾頭長著黑長角的大公羊，嘴裏含著一把草，抬頭瞭望，並嗅著空氣，其他的羊都在快速刨雪吃草。

這裏是二大隊冬季抗災的備用草場，方圓二三十里地，是一片大面積的迎風山地草場。草高株密質優，狂風吹不倒，大雪蓋不住。

老人小聲說：你仔細看就明白了，這片草坡位置特別好，迎著前面的大風口，迎著西北風，風雪越大，雪越是站不住。我八歲那年，額侖草原碰著一次幾百年不遇的大白災，平地的雪厚得就能蓋沒蒙古包。幸虧大部分的人畜，在幾位老人的帶領下，搶先一步，在雪下到快沒膝深的時候，集中所有馬群，用幾千匹馬衝雪踏道，再用幾十群牛淌雪踩實，開出一條羊群和牛車可以挪動的雪路雪槽，走了三天三夜，才把人畜搬到這片草場。

這兒的雪只有一兩尺厚，草還露出三指高的草尖。凍餓得半死的牛羊馬見著了草，全都瘋叫起來，衝了過去。人們全都撲在雪地上大哭，又衝著騰格里一個勁地磕頭，磕得滿臉是雪。到了這兒，羊和馬能刨雪吃草，連不會刨雪的牛，跟在羊群馬群後面撿草吃，多一半也能活到來年雪化。那些來不及搬出來的人家可就慘囉，人雖然逃了出來，可牲畜差不多全被大雪埋了。要是沒有這片草場，額侖草原的人畜早就死絕了。後來，額侖草原就不怎麼怕白災了。一旦遇上白災，只要搬到這兒來就能活命。

老人輕輕嘆道：這可是騰格里賜給額侖草原人畜的救命草場。從前，牧民年年都要到對面山頂上祭拜騰格里和山神，這兩年一鬧運動，沒人敢拜了，可大夥兒心裏還在拜。這片山是神山，額侖草原的牧民不論天再旱，草再缺，在春夏秋三季都不敢動這片草場。

爲了保住這片草場，馬倌們可苦了。狼群也一直護著這片山，隔上五、六年，就會到這兒殺一批黃羊，跟人似的祭山神，祭騰格里。這片神山不光救人畜，也救狼。狼比人精，人畜還沒搬過來呢，牠們就過來了。白天，狼躲在大山尖上的石頭堆裏，還有山後面雪硬的地方。夜裏下來刨開雪吃凍死的牛羊。狼只要有東西吃，就不找人畜的麻煩。

幾朵蓬鬆的白雲，拂淨了天空。老人抬眼望著冰藍的騰格里，滿目虔誠。陳陣覺得只有在西方的宗教繪畫中，才能看到如此純淨的目光。

今年這片草場的雪來得早，站得穩。草的下半截還沒有變黃就被雪蓋住，雪下的草就像冰窖裏儲存的綠凍菜，從每根空心草管和雪縫裏，往外發散著淡淡的綠草芳香。被北方鄰國大雪和饑餓壓迫而越境的黃羊群，一到這兒就像遇到了冬季裏的綠洲，被綠草香氣所迷倒，再也不肯轉場，個個的肚子吃得滾瓜溜圓，宛如一個個碩大的腰鼓，撐得都快跑不動了。

只有草原狼王和畢利格老人，才能料到黃羊群會在這裏犯大錯。

這群黃羊還不算龐大，在陳陣來額侖草原的第一年，時不時地就能見到上萬隻的特大黃羊群。據場部幹部說，在六〇年代三年困難時期，北方幾大軍區的部隊，用軍車、機槍到草原獵殺過無數黃羊，以供軍區機關肉食，結果把境內的黃羊都趕到境外去了。

這些年，邊境軍事形勢緊張，大規模捕殺黃羊的活動已經停止，廣袤的額侖草原又可以見到蔚為壯觀的黃羊群。陳陣放羊的時候，就可以遇到龐大的黃羊群，宛如鋪天蓋地的草原貼地黃風，從他的羊群旁邊輕盈掠過，嚇得綿羊山羊紮成堆，瞪著眼，驚恐而羨慕地看著那些野羊自由飛奔。

額侖草原的黃羊根本不把無槍的人放在眼裏。一次，陳陣騎馬攔腰衝進密密麻麻的黃羊群，試圖趁亂套上一隻，嚐嚐黃羊肉的美味。可是黃羊跑得太快了，牠們是草原上速度最快的四蹄動物，即便是草原上的最快的獵狗和最快的大狼也追不上。陳陣鞭馬衝了幾次，但連根黃羊毛也碰不著。

黃羊繼續飛奔跳躍，把他晾在黃羊群當中，黃羊就從他兩旁幾十米的地方掠過，再到前面不遠處重新合攏，繼續趕路。驚得他只有站在原地呆呆欣賞的份了。

眼前的這群黃羊只能算作中型羊群，但是，陳陣覺得，對於幾十條狼為一群的大狼群，這群黃羊仍然太大了。都說狼子野心是世上最大的野心，他很想知道狼群的胃口和野心有多大，也很想知道狼群打圍的本事有多高？

狼群對這次打圍的機會非常珍惜，牠們圍獵的動作很輕很慢。只要羊群中多了幾隻抬頭瞭望的公羊，狼群就會伏在草叢中一動不動，連呼出的白氣也極輕極柔。

黃羊群繼續拚命搶草吃。兩人靜下心來等待。

老人輕聲說：黃羊可是草原的大害，跑得快，食量大。你瞅瞅牠們吃下多少好草。一隊人畜辛辛苦苦省下來的這片好草場，這才幾天，就快讓牠們禍害一小半了。要是再來幾大群黃羊，草就光了。今年的雪大，鬧不好就要來大白災。這片備災草場保不住，人畜就慘了。虧得有狼群，不幾天準保把黃羊全殺光趕跑。

陳陣吃驚地望著老人說：怪不得您不打狼呢。

老人說：我也打狼，可不能多打。要是把狼打絕了，草原就活不成。草原死了，人畜還能活嗎？你們漢人總不明白這個理。

陳陣說：這是個好理，我現在能明白一點了。

陳陣心裏有些莫名的激動，他好像能模模糊糊地看到狼圖騰的幻影。在兩年前離開北京之前，他就閱讀和搜集了許多有關草原民族的書籍，那時他就知道草原民族信奉狼圖騰，但直到此時他才好像開始理解，草原民族爲什麼把漢人和農耕民族最仇恨的狼，作爲民族的獸祖和圖騰。

老人笑瞇瞇地望了陳陣一眼，說：你們北京學生的蒙古包支起來一年多了，可圍氈太少，這回咱們多收點黃羊，到收購站，供銷社多換點氈子，讓你們四個過冬能暖和一點。

陳陣說：這太好了，我們包就兩層薄圍氈，包裏的墨水瓶都凍爆了。

老人笑道：你看，眼前這群狼，馬上就要給你們送禮來了嘛。

在額侖草原，一隻大的凍黃羊連皮帶肉可賣二十元錢，幾乎相當於一個羊倌小半個月的固定工分收入。黃羊皮是上等皮夾克的原料。據收購站的人說，飛行員的飛行服就是用黃羊皮做的。中國的飛行員還穿不上呢。每年內蒙草原出產的黃羊皮全部出口，到蘇聯，東歐換鋼材、汽車和軍火；黃羊的裏脊肉又是做肉罐頭的上等原料，也統統出口。而剩下的肉和骨頭才留給國人享用，是內蒙古各旗縣肉食櫃檯上的稀貨，憑票證供應。

這年冬季黃羊大批入境，已使得邊境公社牧場和旗縣領導興奮不已。各級收購站已騰出庫房，準備敞開收購。幹部、獵人和牧民像得到大魚汛的漁民一樣，打算大幹一場。獵人和馬倌的腿快，全隊大部分的獵手馬倌已經騎上快馬，帶上獵狗和步槍去追殺黃羊去了。

陳陣整天被羊群拴住，又沒有槍和子彈。再說，羊倌只有四匹馬，不像馬倌有七八匹、十幾匹專用馬。知青們只能眼巴巴地看獵手們去趕獵。

前天晚上，陳陣去了獵手蘭木扎布的蒙古包，黃羊群過來沒幾天，他已經打了十一隻大黃羊了，有一槍竟連穿兩隻。幾天的打獵收入，就快趕上馬倌三個月的高工資。他得意地告訴陳陣，他已經把一年的煙酒錢掙了出來，再打些日子，就想買一台紅燈牌半導體收音機，把新的留在家裏，把舊的帶到馬倌的流動小包去。

在他的包裏，陳陣第一次吃到了新鮮的黃羊手把肉，他覺得這才是草原上真正的野味。善跑的黃羊，身上沒有一點廢肉，每一根肉絲纖維，都是與狼長期競技而歷練出來的精華，肉味鮮得不亞於狍子肉。

自從黃羊群闖入額侖草原，全隊的北京知青一下子失落得像二等公民。兩年下來，知青已經能獨立放牛放羊，可是狩獵還一竅不通。然而，在內蒙中東部邊境草原的游牧生產方式中，狩獵好像佔有更重要的位置。

蒙古民族的先祖是黑龍江上游森林中的獵人，後來才慢慢進入蒙古草原半獵半牧的。狩獵是每個家庭的重要收入、甚至是主要收入的來源。在額侖草原的牧民中，馬倌的地位最高，好獵手大多出於馬倌。可是知青中能當上馬倌的爲數甚少，而當上馬倌的知青，還只有初入師門的學徒身分，離一個好馬倌還差得老遠。所以，當這次大獵汛來臨，差點認爲已成爲新牧民的北京知青們，才發現自己根本靠不上邊。

陳陣吃飽了黃羊肉，收下了蘭木扎布大哥送給他的一條黃羊腿，便悻悻地跑到了畢利格老人的蒙古包。

知青們雖然都早已住進了自己的蒙古包，但是陳陣仍喜歡經常到老阿爸那裏去。這個蒙古包寬大漂亮，殷實溫暖。內牆一周掛著蒙藏宗教圖案的壁毯，地上鋪著白鹿圖案的地毯。矮方桌上的木托銀碗和碗架上的銅盆鋁壺，都擦得錚亮。這裏天高皇帝遠，紅衛兵「破四舊」的狂潮還沒有破到老人壁毯地毯上來。

陳陣的那個蒙古包，四個知青都是北京某高中的同班同學，其中有三個是「黑幫走資派」或「反動學術權威」的子弟，由於境遇相似，思想投緣，對當時那些激進無知的紅衛兵十分反感，故而在一九六七年冬初，早早結伴辭別喧囂的北京，到草原尋求寧靜的生活，彼此相處得還算融洽。畢利格老人的蒙古包，就像一個草原部落大酋長的營帳，讓他得到更多的愛護和關懷，使他倍感親切和安全。

兩年來，老人的全家已經把他當作這個家庭的一個成員，而陳陣從北京帶來的滿滿兩大箱書籍，特別是有關蒙古歷史的中外書籍，更拉近了老阿爸和他的這個漢族兒子的關係。

老人極好客，他曾經有過幾個蒙族說唱藝人的朋友，知道不少蒙古的歷史和傳說。老人見到陳陣的書，尤其是插圖和地圖，馬上就對中國、俄國、波斯及其他國家的作家和歷史學家寫的蒙古歷史，產生了極大的興趣。半通漢語的畢利格老人抓緊一切時間教陳陣學蒙話，想儘早把書中的內容弄清楚，也想把他肚子裏的蒙古故事講給陳陣聽。兩年下來，這對老少的蒙漢對話，已經進行得相當流暢了。

但是，陳陣還是不敢將中國古人和西方某些歷史學家，對蒙古民族的仇視和敵意的內容講給老人聽。到了草原，陳陣不敢再吟唱岳飛的《滿江紅》，不敢「笑談」，「渴飲」。陳陣很想探尋歷史上農耕民族和游牧民族的恩怨來由，以及人口稀少的蒙古民族，曾在人類世界歷史上爆發出核裂變一般可怕力量的緣由。

陳陣本不願離開畢利格老人的蒙古包，但是，水草豐美的額侖草原，畜群越擴越大。有的一群羊下羔之後，竟達三千多隻，遠遠超出一個羊倌看管的極限。羊群擴大之後必須分群，陳陣只好跟著分群的羊離開這個蒙古包，與其他三個同學挑包單過。好在兩個營盤離得不遠，羊犬之聲相聞，早出晚歸相見；馬鞍未坐暖，就已到鄰家。

羊群分群以後，陳陣仍然經常到老阿爸家去，繼續他們的話題。可這一次卻是爲黃羊，並且與狼有關。

陳陣掀開用駝毛線綴成吉祥圖案的厚氈門簾，坐到厚厚的地毯上喝奶茶。

老人說：別眼熱人家打了那麼多的黃羊，明兒阿爸帶你去弄一車黃羊回來。這些天我在山裡轉了幾圈，知道哪兒能打著黃羊。正好，阿爸也再想讓你見識見識大狼群。你不是總念叨狼嗎？你們漢人膽子太小，像吃草的羊，我們蒙古人是吃肉的狼，你是該有點狼膽了。

第二天凌晨，陳陣就跟著老人來到西南大山的一個山坡上埋伏下來。老人既沒有帶槍，又沒有帶狗，只帶了望遠鏡。陳陣曾跟隨老人幾次出獵打狐狸，但以這種赤手空拳的方式出獵，還是第一次。他幾次問老人，就用望遠鏡打黃羊？老人笑而不答。老人總喜歡讓徒弟帶著滿腦子的好奇和疑惑，來學習他想傳授的知識和本領。

直到陳陣在望遠鏡裏發現悄悄圍向黃羊群的狼群的時候，他才明白老阿爸的獵法。他樂了，老阿爸也衝他狡黠地一笑。陳陣感到自己很像鷸蚌相爭故事裏的那個漁翁，但他只是個小漁翁，真正的老漁翁是畢利格。這個額侖草原最膽大睿智的老獵人，竟然帶著他到這裏來坐收漁利了。陳陣從看到狼的那一刻起，他就忘記了寒冷，全身血液的流速似乎加快了一倍，初見大狼群的驚恐也漸漸消退。

深山草場上空沒有一絲風，但空氣乾冷，陳陣雙腳幾乎凍僵，肚子底下的陣陣寒氣越來越重，要是身下能鋪一張厚密的狼皮褥子就好了。

他突然生出一個疑問，便輕聲問道：都說天下狼皮褥子最暖和，這裏的獵人和牧民打了不少狼，可是爲什麼牧民家家都沒有狼皮褥子？連馬倌在冰天雪地裏下夜也不用狼皮褥子？我只在道爾基家裏見過狼皮褥子，還見過道爾基的父親兩條腿上的狼皮褲筒，狼毛衝外，穿在羊皮褲的外面。他說用狼皮褲筒治寒腿病最管用，他穿了幾個月，從來不出汗的腿也出汗了。阿爸，老額吉不是也有寒腿病嗎，您老怎麼不給她也做一副狼皮褲筒呢？

老人說：道爾基他們家是東北蒙族，老家是種地的，也有些牛羊。那裏漢人多，習慣都隨了漢人了。這些外來戶早就忘掉了蒙古人的神靈，忘祖忘本啦。他家的人死了，就裝在木匣子裏埋掉，不餵狼，他們家當然敢用狼皮褥子狼皮褲筒了。在草原上，就數狼皮狼毛最厚最密最隔寒氣，兩張綿羊皮摞起來也不如一張狼皮抗寒。騰格里就是向著狼，給牠最抗寒的皮毛。可是草原人就從來不用狼皮做褥子，蒙古人敬狼啊，不敬狼的蒙古人就不是真蒙古。草原蒙古人就是被凍死也不睡狼皮。睡狼皮褥子的蒙古人是糟踐蒙古神靈，他們的靈魂哪能升上騰格里？你好好想想，爲啥騰格里就寵著狼？

陳陣說：您是不是說，狼是草原的保護神？

老人笑瞇了眼，說道：對啊！騰格里是父，草原是母。狼殺的全是禍害草原的活物。騰格里能不寵著狼嗎？

狼群又有了些動靜。兩人急忙把鏡筒對準幾條抬頭的狼。但狼很快又低下頭不動了。陳陣仔細搜索高草中的狼，但實在看不清狼的動作。

老人把他的鏡筒遞給陳陣，讓他用原本就是一副的雙筒望遠鏡來觀察獵情。這副被拆成兩個單筒的望遠鏡，是蘇式高倍軍事望遠鏡，這是畢利格在二十多年前從額侖草原蘇日舊戰場上撿來的。

額侖草原地處大興安嶺南邊的西部，北京正北，與蒙古國接壤，自古以來就是東北地區與蒙古草原的南通道，是幾個不同民族、不同游牧民族爭鬥的古戰場，也是游牧民族和農耕民族潛在衝突的拉鋸之地。二戰時期，此地境北不太遠的地方，就是一個蘇日雙方發生過大規模激戰的戰場。二戰末期，此地又是蘇蒙大軍出兵東北的一條軍事大通道，至今額侖草原上還殘留著幾條乾沙河一般的深深的坦克車道，以及幾輛蘇日坦克、裝甲車的殘骸鐵坨子。

當地老牧民差不多都有一兩件蘇式或日式的刺刀、水壺、鐵鍬、鋼盔和望遠鏡等軍用品。嘎斯邁用來拴牛犢的長鐵鏈，就是蘇軍卡車的防滑鏈。所有的蘇日軍用品中，惟有望遠鏡最爲牧民們所珍愛。至今，望遠鏡已成爲額侖草原的重要生產工具。

額侖草原的牧民使用望遠鏡，都喜歡把雙筒望遠鏡拆成兩個單筒望遠鏡。一是可以縮小體積，便於攜帶；二是一架望遠鏡可頂兩架用。牧民對自己不能生產的東西特別珍惜。草原蒙古牧民視力極佳，但還不能與狼的視力相比，而用單筒望遠鏡，足以使人的視力達到或超過狼的視力。

畢利格說，草原自打來了望遠鏡以後，獵人獵到的東西就多了起來，丟失的馬群也容易找到了。可是，畢利格老人又說，他覺得狼的眼神也比從前尖了許多，如果用望遠鏡看遠處的狼，有時可以看到狼正直勾勾地盯著你的望遠鏡鏡頭。

陳陣在老人的蒙古包住了半年以後，老人就從車櫃櫃底翻出另外半個鏡筒送給了他。這事讓畢利格的兒子巴圖眼熱，而大馬倌巴圖使用的還是國產的望遠鏡。

這個蘇式望遠鏡雖然很有年頭了，筒身已磨出不少小米般的防滑黃銅顆粒，但鏡頭的質地特棒，倍數也高。陳陣愛不釋手，總是用紅綢包著它，很少使用，只有在幫牛倌找牛，幫馬倌找馬或跟畢利格出獵的時候才帶上它。

陳陣用望遠鏡搜索著獵場，有了這個獵人的眼睛，他心底潛在的獵性終於被喚醒。所有人的祖先都是獵人，獵人是人類在這世界上扮演的第一個角色，也是扮演時間最長的一個角色。陳陣想，既然他從中國最發達的首都來到最原始的大草原，不如索性再原始下去，重溫一下人類最原始角色的滋味。

他覺得他的獵性此時才被喚醒真是太晚了，他對自己作爲農耕民族的後代深感悲哀。農耕民族可能早已在幾十代上百代的時間裏，被糧食蔬菜農作物餵養得像綿羊一樣怯懦了，早已失去炎黃的游牧先祖的血性。不僅獵性無存，反而成爲列強獵取的對象。

狼群似乎還沒有下手的跡象，陳陣對狼群的耐性幾乎失去了耐性。他問老人，今天狼群還打不打圍？牠們是不是要等到天黑才動手？

老人壓低聲音說：打仗沒耐性哪成。天下的機會只給有耐性的人和獸，只有耐性的行家才能瞅準機會。成吉思汗就那點騎兵，咋就能打敗大金國百萬大軍？打敗幾十個國家？光靠狼的狠勁還不成，還得靠狼的耐性。再多再強的敵人也有犯迷糊的時候。大馬犯迷糊，小狼也能把牠咬死。沒耐性就不是狼，不是獵人，不是成吉思汗。你老說要弄明白狼，弄明白成吉思汗，你先耐著性子好好的趴著吧。

老人有點生氣，陳陣不敢再多問，耐著性子磨鍊自己的耐力。陳陣用鏡頭對準一條狼，這條狼他已經觀察過多次，牠幾乎像死狼那樣地死在那裏，半天過去了，牠竟然一直保持同一姿勢。

過了一會兒，老人緩和口氣說：趴了這老半天，你琢磨出狼還在等啥了嗎？陳陣搖了搖頭。

老人說：狼是在等黃羊吃撐了打盹。

陳陣吃了一驚，忙問：狼真有那麼聰明？牠還能明白要等黃羊撐得跑不動了才下手？

老人說：你們漢人太不明白狼了，狼可比人精。我考考你。你看一條大狼能不能獨個兒抓住一隻大黃羊？

陳陣略一思索，回答說：三條狼，兩條狼追，一條狼埋伏，抓一隻黃羊興許能抓住。一條狼想獨個兒抓住一隻黃羊根本不可能。

老人搖頭：你信不信，一條厲害的狼，獨個兒抓黃羊，能一抓一個準。

陳陣又吃驚地望著老人說：那怎麼抓呀？我可真想不出來。

老人說：狼抓黃羊有絕招。在白天，一條狼盯上一隻黃羊，先不動牠。一到天黑，黃羊就會找一個背風草厚的地方臥下睡覺。這會兒狼也抓不住牠，黃羊身子睡了，可牠的鼻子耳朵不睡，稍有動靜，黃羊蹦起來就跑，狼也追不上。一晚上狼就是不動手，趴在不遠的地方死等，等一夜。等到天白了，黃羊憋了一夜尿，尿泡憋脹了，狼瞅準機會就衝上去猛追。

黃羊跑起來撒不出尿，跑不了多遠尿泡就顛破了，後腿抽筋，就跑不動了。你看，黃羊跑得再快，也有跑不快的時候，那些老狼和頭狼，就知道在那一小會兒能抓住黃羊。只有最精的黃羊，才能捨得身子底下焐熱的熱氣，在半夜站起來撒出半泡尿，這就不怕狼追了。額侖的獵人常常起大早去搶讓狼抓著的黃羊，剖開羊肚子，裏面儘是尿。

陳陣小聲笑道：老天，打死我也想不出狼有這樣的損招。真能耐！可是，蒙古獵人更狡猾！

老人呵呵直樂：蒙古獵人是狼的徒弟，能不狡猾嗎？

大部分黃羊終於抬起頭來。黃羊的「腰鼓」更鼓了，比憋了一夜尿的肚子更鼓。有的黃羊撐得四條腿叉開，已經併不直。老人用望遠鏡仔細看了看說：黃羊吃不動了，你看著，狼群就要下手啦。

陳陣開始緊張起來。狼群已經開始悄悄收緊半月形的包圍圈，黃羊群的東、北、西三面是狼，而南面則是一道大山樑。陳陣猜測可能有一部分狼已經繞到山樑後面，一旦總攻開始，黃羊被狼群趕過山樑，山後的狼群就該以逸待勞迎頭捕殺黃羊，並與其他三面的狼群共同圍殲黃羊群。

他曾聽牧民說，幾條狼圍追一隻黃羊的時候，就常用這種辦法。他問道：阿爸，繞到山後面的狼有多少，要是數量不夠，也圍不了多少黃羊。

老人詭譎地一笑說：山樑後面沒有狼，頭狼不會派一條狼去那兒的。

陳陣滿眼疑惑問：那還怎麼打圍？

老人小聲笑道：在這個時令，這塊地界，三面打圍要比四面打圍打得多。

陳陣說：我還是不明白，狼又在耍什麼花招？

老人說：那道山樑後面是額侖草原出了名的大雪窩。斜對面這面草坡是迎風坡，白毛風一起，這面坡上的雪站不住，全刮到山樑後面去了，山那邊就成了大雪盆，背風窩雪，最邊上有半人深，裏面最深的地方能沒了旗杆。待會兒，三面狼群把黃羊趕過山樑，再猛勁往下一壓，那是啥陣勢？

陳陣眼前一黑，像是掉進了漆黑的深雪窟窿裏。他想，如果他是深入草原的古代漢兵，肯定識不破如此巨大的陰謀和陷阱。他也似乎有點明白了，那個把蒙古人趕回草原，在關內百戰百勝的明朝大將徐達，為什麼一攻入草原，就立即陷於幾乎全軍覆沒的境地。還有明朝大將丘福率十萬大軍攻入蒙古草原，一直攻到外蒙古的克魯倫河，但丘福孤軍深入，中計戰死，軍心一散亂，剩下的漢兵就被蒙古騎兵一網打盡……

老人說：打仗，狼比人聰明。我們蒙古人打獵，打圍，打仗都是跟狼學的。你們漢人地界沒有大狼群，打仗就不成。打仗，光靠地廣人多沒用。打仗的輸贏，全看你是頭狼，還是羊……

突然，狼群開始總攻。最西邊的兩條大狼，在一條白脖白胸狼王的率領下，閃電般地衝向靠近黃羊群的一個突出山包，顯然這是三面包圍線的最後一個缺口。搶佔了這個山包，包圍圈就成形了。

這一組狼的突然行動，就像發出三枚全線出擊的信號彈。憋足勁的狼群從草叢中一躍而起，從東、西、北三面向黃羊群猛衝。

陳陣從來沒有親眼見過如此恐怖的戰爭進攻。人的軍隊在衝鋒的時候，會齊聲狂呼衝啊殺啊；狗群在衝鋒的時候，也會狂吠亂吼，以壯聲威，以嚇敵膽。但這是膽虛或不自信的表現。而狼群衝鋒卻悄然無聲。沒有一聲吶喊，沒有一聲狼嗥。可是在天地之間，人與動物眼裏、心裏和膽裏都充滿了世上最原始、最殘忍、最負盛名的恐怖：狼來了！

在高草中颼颼飛奔的狼群，像幾十枚破浪高速潛行的魚雷，運載著最鋒利、最刺心刺膽的狼牙和狼的目光，向黃羊群衝去。

撐得已跑不動的黃羊，驚嚇得東倒西歪。速度是黃羊抗擊狼群的主要武器，一旦喪失了速度，黃羊群幾乎就是一群綿羊或一堆羊肉。陳陣心想，此時黃羊見到狼群，一定比他第一次見到狼群的恐懼程度更劇更甚。大部分的黃羊一定早已靈魂出竅，魂飛騰格里了。許多黃羊竟然站在原地發抖，有的羊居然雙膝一跪栽倒在地上，急慌慌地伸吐舌頭，抖晃短尾。

陳陣真真領教了草原狼卓越的智慧、耐性、組織性和紀律性。狼群如此艱苦卓絕地按捺住暫時的饑餓和貪欲，耐心地等到了多年不遇的最佳戰機，居然就這麼輕而易舉地解除了黃羊的武裝。

他腦中靈光一亮：那位偉大的文盲軍事家成吉思汗，以及犬戎、匈奴、鮮卑、突厥、蒙古一直到女真族，那麼一大批文盲、半文盲軍事統帥和將領，竟把出過世界兵聖孫子、世界兵典《孫子兵法》的華夏泱泱大國，打得山河破碎，乾坤顛倒，改朝換代。原來他們擁有這麼一大群偉大卓越的軍事教官；擁有這麼優良清晰直觀的實戰軍事觀摩；還擁有與這麼精銳的狼軍隊長期作戰的實踐。陳陣覺得這幾個小時的實戰軍事觀摩，遠比讀幾年孫子和克勞賽維茨更長見識，更震撼自己的性格和靈魂。

他從小就癡迷歷史，也一直想弄清這個世界歷史上的最大謎團之一——曾橫掃歐亞，創造了世界歷史上最大版圖的蒙古大帝國的小民族，他們的軍事才華從何而來？他曾不止一次地請教畢利格老人。而文化程度不高，但知識淵博的睿智老人畢利格，卻用這種最原始但又最先進的教學方式，讓他心中的疑問漸漸化解。

陳陣肅然起敬——向草原狼和崇拜狼圖騰的草原民族。

戰爭和觀摩繼續進行。

黃羊群終於勉強啓動。只有那些久經沙場考驗的老黃羊和頭羊，能夠經得住冬季綠草美味不可抗拒的誘惑，把肚皮容量控制在不犧牲速度的範圍之內，本能地轉身向沒有狼的山樑跑去，並裹脅著大部分的黃羊一同逃命。

挺著大肚子，踏著厚雪，又是爬坡，黃羊群真是慘到了極點。這是一場真正的屠殺，也是智慧對愚蠢和大意的懲罰。在畢利格老人看來，狼群這是在替天行道，爲草原行善。

狼群對幾隻跑得撐破肚皮，不咬自傷的倒地黃羊，連看也不看，而是直接衝向紮堆的黃羊群。大狼撲倒幾隻大羊，咬斷咽喉，幾股紅色焰火狀的血液噴泉，射向空中，灑向草地。寒冷的空氣中，頓時充滿黃羊血的

濃膻腥氣。

視覺嗅覺極其靈敏的黃羊群，被這殺雞訓猴式的手段嚇得拚命往山梁上跑。幾隻大公羊帶領的幾個家族群一衝上坡頂，立即收停腳步，急得團團轉，誰也不敢往下衝。顯然，頭羊們發現了山坡下那一大片白得沒有一棵黃草的大雪窩的危險，同樣熟悉草原的老黃羊立即識破了狼群的詭計。

突然，坡頂上密集的黃羊群，像山崩泥石流一般往反方向崩塌傾瀉。十幾隻大公羊彷彿集體權衡了兩面的危險，決定還是返身向危險更小一些的狼群包圍線突圍。

公羊們發了狠，玩了命，拚死一搏。牠們三五成群，肩並肩，肚碰肚，低下頭把堅韌銳利的尖角長矛紮槍，對準狼群突刺過去。還能奔跑的其他黃羊緊隨其後。

陳陣深知黃羊角的厲害，在草原，黃羊角是牧民做皮活，扎皮眼的錐子，連厚韌的牛皮都能扎透，扎破狼皮就更不在話下。黃羊群這一兇猛銳利的羊角攻勢立即奏效，狼群的包圍線被撕開一個缺口，黃色洪峰決堤而出。陳陣緊張擔心，生怕狼群功虧一簣。

可他很快發現那條狼王就在缺口旁邊站著，牠那姿態異常沉穩，好像是一個閘工，在故意開閘放水，放掉一些大壩盛不下的洪峰峰頭水量。黃羊群中那些還保存了速度和銳角的羊剛剛衝出閘口，狼王立即率狼重又封住缺口。此刻包圍圈裏的，全是些沒速度、沒武器、沒腦子的傻羊。狼群一個衝殺，失去頭羊公羊的烏合之群，嚇得重又蜂擁爬上山梁，並呼嚕呼嚕地衝下大雪窩。陳陣完全可以想像那些尖蹄細腿，大腹便便的黃羊會有什麼結果。

黃羊群和狼群都消失在山天交接線上。千羊奔騰，血液噴湧的圍獵場突然靜了下來。草坡上只留下七八具羊屍，還有幾隻傷羊在無力地掙扎。這場圍殲戰，從總攻開始到結束不到十分鐘。陳陣看得半天喘不過氣來，心臟狂跳得已經心律不齊。

老人站起身來，伸了伸腰。在雪窩邊上一大叢高草後面盤腿而坐。從蒙古氈靴裏抽出一杆綠玉嘴子的煙袋鍋，裝了一鍋子關東旱煙，點著，又用袁大頭銀元做的「鍋蓋」，壓了壓燒漲的煙沫，深深地吸了一口。

陳陣知道這套煙具是老人在年輕時，用二十張狐皮跟一個從張家口來的旅蒙漢商換的。知青們都說換虧了，可老人十分喜愛這套煙具。他說買賣人也不容易，這麼老遠走一趟，碰上馬匪連命都得搭上啊。

老人吸了幾口煙說：抽完這袋煙，咱們就回家。

陳陣獵興正盛，急著說：咱們不去山梁那邊看看？我真想看看狼一共圈進去多少黃羊？

就咱倆，你敢去嗎？老人說：不去看，我也知道。起碼幾百隻，除了小羊，瘦羊，運氣好的羊，能從雪窩子裏逃掉。剩下的羊都去見騰格里啦。你別著慌，這群狼吃不了多少，咱們全組的人來拉也拉不完。

爲什麼小羊瘦羊倒能逃掉？陳陣問。

老人瞇著眼說：小羊瘦，羊身子輕，踩不塌雪殼，就能繞道逃走。狼也不敢追。

老人笑道：孩子啊，今兒見著狼的好處了吧。狼群不光能替人看草場，還能給人送年貨。今年咱們能過個好年了。從前，狼打的黃羊全歸牧主、台吉、王爺。解放後，都歸牧民啦。額侖的規矩，這樣的獵物，誰瞅見的就歸誰。你們包明兒多拉一點。這是咱倆瞅見的嘛。蒙古人講究知恩報恩，往後你別跟著別的漢人和外來戶整天吵吵打狼就成。

陳陣樂得恨不得馬上就拉一車黃羊回家。他說：來草原兩年了，吃盡了狼的苦頭，沒想到還能占狼這麼大的便宜。

老人說：蒙古人占狼便宜的事多著吶。老人抬起馬棒，指了指身側後另一片遠山說：那片山後面還有一

片大山，不在咱們牧場的地界裏，可出名了。老人們說成吉思汗的大將木華黎在那兒打過仗，有一次，把仇人大金國的幾千騎兵全部趕進大雪窩。第二年開春，大汗派人去撿戰利品，刀槍弓箭，鐵盔鐵甲，馬鞍馬蹬都堆成山了。這不就是從狼那兒學來的本事嗎！你要是數數蒙古人的幾十場大仗，有多一半用的都是狼的兵法。

陳陣連聲稱是，說：對！對！成吉思汗的小兒子拖雷指揮河南三峰山戰役，只用了三萬多騎兵，就消滅了二十多萬大金國的主力軍隊，這一仗以後大金國就亡了。拖雷一開始看金國兵強馬壯，就不出戰。他像狼一樣等機會，等到下了大雪，他還讓兵馬躲到暖和的地方死等，一直等到金國軍隊人馬凍傷了一半，才突然包圍過去猛衝猛殺。

拖雷真跟這群狼一樣，竟然不用刀劍而是用風雪殺敵，真有狼的胃口、耐性、兇猛和膽量。其實，大金國的女真騎兵也不是草包，他們滅了大遼和北宋，打下了半個中國，還抓走了兩位中國皇帝。拖雷才幾萬騎兵，竟敢打這麼大的圍。中國兵書上講，有十倍以上的兵力才敢打圍呢。蒙古騎兵真跟狼群一樣厲害，能以一擋百。我真是服了，當時全世界也不得不服……

老人磕了磕煙袋鍋，笑道：你也知道這場大仗？可是你準保不知道，那場大雪下了三天三夜，是打哪兒來的？是騰格里給的。那是拖雷軍隊裏的薩滿法師，向騰格里求來的。蒙古人的故事裏就是這麼說的。大金國可是蒙古的大仇人，金國皇帝和他的幫兇塔塔兒人，殺死了成吉思汗的阿爸也速該，還有他的叔父俺巴孩，他們死得好慘啊。打勝了這場仗，蒙古人才算出了氣，報了仇。你看，騰格里是不是每回都向著狼嘛。

老人呵呵地笑了起來，臉上的皺紋像羊毛一樣捲起。

兩人走到身後山谷裏，老人的大青馬見到主人，高興得連連抬頭點頭。陳陣每次見到這匹救過他一命的馬，就會拍拍牠的腦門再次表示感謝。大青馬立即在他的肩膀上蹭蹭頭表示回謝。但是，此刻陳陣心中卻突然湧起想拍拍狼腦袋的衝動。

兩人解開扣在馬蹄腕上的三扣牛皮馬拌子，跨上馬，小步快跑往家走。

老人抬頭看看天說，騰格里真是保佑咱們，明兒白天不會有風雪。要是今兒晚上刮起白毛風，那咱們一隻黃羊也得不著囉。

第三章 「大命」與「小命」

烏孫王號昆莫，昆莫之父，匈奴西邊小國也。匈奴攻殺其父，而昆莫生，棄於野，烏嗛肉蜚其上，狼往乳之。單于怪，以為神，而收長之。及壯，使將兵，數有功。單于復以其父之民予昆莫，令長守於西城……單于死，昆莫乃率其眾，遠徙中立，不肯朝會匈奴。匈奴遣奇兵擊不勝，以為神，而遠之。」

——司馬遷《史記・大宛列傳》

第二天清晨，果然無風無雪。蒙古包的炊煙像一棵細長高聳的白樺，樹梢直直地竄上天空，竄上騰格里。牛羊還在慢慢地反芻，陽光已驅走了冬夜的寒氣，牛羊身上的一層白霜剛剛化成了白露，很快又變成了一片輕薄的白霧。

陳陣請鄰居官布替他放一天羊。官布的成分是牧主，是當時的被管制分子，已被剝奪放牧權，但四個知青一有機會就讓他代放牲畜，嘎斯邁會把相應的工分給他。陳陣和另一個羊倌楊克，套上一輛鐵軲轆輕便牛車，去畢利格老人家。

與陳陣同住一個蒙古包的同班同學楊克，是北京一所著名大學名教授的兒子，他家裏的藏書量，相當於一個小型圖書館。在高中時，陳陣就常常與楊克換書看，看完了交換讀後感，總是十分投機。

在北京時，楊克性情溫和靦腆，見生人說話還臉紅，想不到來草原吃了兩年的羊肉牛排奶豆腐，曬了四季的蒙古高原強紫外線的陽光，轉眼間已變成了身材壯實的草原大漢，手臉與牧民一樣紅得發紫，性格上也大大少了書生氣。

這會兒，楊克比陳陣還激動，他坐在牛車上，一邊用木棒敲牛胯骨，一邊說：昨天我一夜都沒睡好，以後畢利格阿爸再去打獵，你一定得讓我跟他去一次，哪怕趴上兩天兩夜我也幹。狼還能爲人做這等好事，真是聞所未聞。今天我非得親手挖出一隻黃羊我才能相信……咱們真能拉一車黃羊回來？

那還有假。陳陣笑道：阿爸說了，再難挖，也得保證先把咱們家的牛車裝滿，好用黃羊去換東西，換年貨，給咱們包多添置一些大氈子。

楊克樂得揮著木棒，把牛打得直瞪眼。他對陳陣說：看來你迷了兩年狼沒白迷，往後，我也得好好跟狼學學打獵的兵法了。沒準，將來打仗也能用得上……你說的可能還真是個規律，要是長期在這片大草原上過原始游牧的生活，到最後，不管哪個民族都得崇拜狼，拜狼爲師，像匈奴、烏孫、突厥、蒙古等等草原民族都是這樣。書上也是這麼寫的……不過，除了漢族之外。我敢肯定，咱們漢人就是在草原待上幾個世紀，也不會崇拜狼圖騰的。

不一定吧。陳陣勒了勒馬說：比如我，現在就已經被草原狼折服，這才來草原兩年多一點兒時間。

楊克反駁說：可中國人絕大多數是農民，或者就是農民出身，漢人具有比不銹鋼還頑固不化的小農意識，他們要是到了草原，不把狼皮扒光了才怪了呢。中國漢族是農耕民族，食草民族，從骨子裏就怕狼恨狼，怎麼會崇拜狼圖騰呢？中國漢人崇拜的是主管農業命脈的龍王爺——龍圖騰，只能頂禮膜拜，誠惶誠恐，逆來順受；哪敢像蒙古人那樣學狼、護狼、拜狼又殺狼。人家的圖騰才真能對他們的民族精神和性格，直接產生龍騰狼躍的振奮作用。農耕民族與游牧民族的民族性格，差別太大了。過去俺在漢人的汪洋大海還沒什麼感覺，可是一到草原上，咱們農耕民族身上的劣根性全被比較出來了。你別看我爸是大教授，其實我爸的爺爺、我媽的姥姥全是農民……

陳陣接過話來說：尤其在古代，人口幾乎只有漢族百分之一的蒙古民族，對世界產生的震憾和影響卻遠遠超過漢族。直到現在，中國漢族仍被西方稱為蒙古人種，漢人自己也接受了這個名稱。可是，當秦漢統一中國的時候，蒙古民族的祖先連蒙古這個名字還沒有呢。我真為漢族感到難受。中國人就喜歡築起長城這個大圍牆，自吹自擂，自視為世界的中央之國，中央帝國。可是在古代西方人的眼裏，中國只不過是個「絲國」、「瓷國」、「茶國」，甚至俄羅斯人一直認為歷史上那個小小的契丹就是中國，至今不改，還管中國叫「契達依」。

看來，狼還真值得一迷。楊克說：我也受你傳染了，害得我一看史書就往西戎、東夷、北狄、南蠻方向看。我也越來越想跟狼交交手，過過招了。

陳陣說：看看，你也快成蒙古人了。輸點狼血吧，血統雜交才有優勢嘛。

楊克說：我真得謝謝你把我鼓動到草原上來。你知道嗎，當時你的哪句話點中了我的命門穴位？忘啦？就是這句話，你說──草原上有最遼闊的原始和自由。

陳陣鬆開了馬嚼子，說：我原話肯定不是這麼說的，你把我的原話醋溜了吧。

兩人大笑。牛車跑出兩溜雪塵。

人群、狗群和車隊，在雪原上組成了一幅類似吉普賽人的熱鬧生活場景。

整個嘎斯邁生產小組，四個浩特（兩個緊挨駐紮的蒙古包為一個「浩特」），八個蒙古包都出了人力和牛車。八九輛牛車上裝著大氈、長繩、木鍬、木柴和木杆鐵鉤。人們都穿上了幹髒活累活的髒舊皮袍，髒得發亮，舊得發黑，上面還補著焦黃色的羊皮補丁。但人狗快樂得卻像是去打掃戰場、起獲戰利品的古代蒙古軍隊的隨軍部落。

馬隊車隊一路酒一路歌，一隻帶氈套的扁酒壺，從隊前傳到隊尾，又從女人手傳到男人口。歌聲一起，蒙古民歌、讚歌、戰歌、酒歌和情歌，就再也聞不住了。四五十條蒙古大狗茸毛盛裝，爲這難得一聚的出行，亢奮得像是得了孩子們的「人來瘋」，圍著車隊翻滾扯咬，互相不停地打情罵俏。

陳陣和巴圖、蘭木扎布兩個馬倌，還有五六個牛倌羊倌，像簇擁部落酋長那樣擁在畢利格老人的左右。寬臉直鼻，具有突厥血統大眼睛的蘭木扎布說：我槍法再準，也比不上您老的本事。您老不費一槍一彈，就能讓全組家家過個富年。您有了陳陣這個漢人徒弟，也不能忘了您的蒙古老徒弟啊。我咋就想不到昨天狼群會在那片山打圍呢。

老人瞪他一眼說：往後你打上了獵物，得多想著點組裏的幾個老人和知青，別讓人家光聞著肉味，也不見你送肉過去。陳陣上你家去，你才想著送他一條羊腿。蒙古人是這樣待客的嗎？我們年輕時候，每年打著的頭一隻黃羊和獺子，都先送給老人和客人。年輕人，你們把大汗傳下來的老規矩都忘光了。我問問你，你還差幾條狼就能趕上白音高畢公社那個打狼英雄布赫啦？你真想上報紙，上廣播，領那份獎？要是你們把狼打絕了，看你死了以後靈魂往哪兒去？難道你也打算跟漢人一樣，死了就破一塊草皮，占一塊地，埋土裏餵蛆、餵蟲子啊？你靈魂就上不了騰格里了。

老人嘆了一口氣又說：上回我到旗裏去開會，南邊幾個公社的老人都在犯愁呢，他們說，那兒已經半年沒見著狼了，都想到額侖來落戶呢……

蘭木扎布推推腦後的狐皮帽幫說：巴圖是您老的兒子，您信不過我，還信不過巴圖？您問問他，我是想當打狼英雄嗎？那天盟裏的記者上馬群找我，巴圖也在，您不信問問他，我是不是瞞了一半的數。

老人轉頭問巴圖：有這回事嗎？

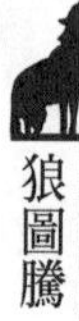

巴圖說：有這事。可人家不信，他們是從收購站打聽到蘭木扎布賣了多少狼皮的。您也知道，打一條狼按皮質量論價以後，收購站還獎給二十發子彈。人家有賬本一查就查出來了。記者一回到盟裏就廣播，說蘭木扎布快趕上布赫了，後來嚇得蘭木扎布賣狼皮都讓別人代賣。

老人眉頭緊皺：你們倆打狼也打得太狠了，全場就數你們倆打得多。

巴圖分辯道：我們馬群攤到的草場地界靠外蒙最近，狼也最多，不打狼了，界樁那邊的狼群來得還要多，當年的馬駒子就剩不下多少了。

老人又問：怎麼你們倆都來了，就留張繼原一人看馬群？

巴圖說：夜裏狼多，我們倆就接他的班。白天起黃羊，他沒弄過，不如我倆快。

高原冬日的太陽似乎升不高，離地面反而越來越近。藍天變白了，黃草照白了，雪地表面微微融化，成了一片白汪汪的反光鏡。人群、狗群和車隊，在強烈的白光中晃成了幻影。所有的男人都掏出墨鏡戴上，女人和孩子則用馬蹄袖罩住了自己的眼睛。幾個已經得了雪盲症的牛倌，緊閉眼睛，但還流淚不止。而大狗們仍然瞪大眼睛，觀察遠處跳躍的野兔，或低頭嗅著道旁狐狸新鮮的長條足跡。

接近圍場，狗群立即發現雪坡上的異物，便狂吼地衝過去。一些沒餵飽的狗，搶食狼群丟棄的黃羊殘肢剩肉。畢利格家的巴勒和小組裏幾條出了名的大獵狗，則豎起鬃毛，到處追聞著雪地上狼的尿糞氣味，眼珠慢轉，細心辨別和判斷狼群的數量和實力，以及是哪位頭狼來過此地。

老人說，巴勒能認得額侖草原大部分狼，大部分的狼也認得巴勒。巴勒的鬃毛豎了起來，就告訴人，這群狼來頭不小。

人們騎在馬上逐一進入圍場，低頭仔細察看。山坡上的死黃羊大多被狼群吃得只剩下羊頭和粗骨架。畢利格老人指了指雪地上的狼爪印說：昨天夜裏還有幾群狼來過。他又指了指幾縷灰黃色的狼毛說，兩群狼還打過仗，像是界樁那邊的狼群也追著黃羊群氣味過來了，那邊的食少，狼更厲害。

馬隊終於登上了山樑。人們像發現聚寶盆一樣，激動得狂呼亂叫，並向後面的車隊轉圈掄帽子。嘎斯邁帶頭跳下了車，拽著頭牛小步快跑。所有的女人都跟著跳下車，使勁地敲打自家的牛。輕車快牛，車隊迅速移動。

蘭木扎布看著山下的獵場，眼珠子都快瞪出來了：喔嚯，這群狼可真了不得，圈進去這老些黃羊，前年我們二十多個馬倌牛倌，跑垮了馬，才圈進去三十多隻。

畢利格老人勒住馬，端起望遠鏡仔細掃望大雪窩和四周山頭。人們全勒住馬，瞭望四周，等待老人發話。

陳陣也端起了望遠鏡。坡下就是那片埋掩了無數黃羊，可能還埋葬過古代武士的大雪窩。雪窩中間是比較平展的一片，像一個冰封雪蓋的高山大湖。湖邊斜坡上殘留著十幾處黃羊的殘骸。最令人吃驚的是，湖裏居然有七八個黃點，有的還在動。陳陣看清了那是被迫衝入雪湖，但尚未完全陷進雪窩的黃羊。

雪湖近處的雪面上，有數十個大大小小的雪坑，遠處更多，都是遭到滅頂之災的黃羊留下的痕跡。雪湖不同於水湖，所有沉湖的物體都會在湖面上留下清晰的標誌。

畢利格老人對巴圖說：你們幾個留在這裏鏟雪道，讓車往前靠。然後老人帶著陳陣和蘭木扎布慢慢向「湖裏」走去。老人對陳陣說：千萬看清羊蹄印狼爪印再下腳，沒草的地方最好別踩。

三人小心翼翼騎馬踏雪下坡。雪越來越厚，草越來越少。又走了十幾步，雪面上全是密密麻麻筷子頭大小的小孔，每個小孔都伸出一支乾黃堅韌的草莖草尖，這些小孔都是風吹草尖在雪面上搖磨出來的。老人說：這些小洞是騰格里給狼做的氣孔，要不大雪這麼深，狼咋就能聞見雪底下埋的死牲口？陳陣笑著點了點頭。

小孔和草尖是安全的標識。再走幾十步，雪面上便一個草孔和草尖也見不著了。但是，黃羊蹄印和狼爪印還清晰可見。強壯的蒙古馬吭哧吭哧地踏破三指厚的硬雪殼，陷入深深的積雪裏，一步一步向雪湖靠近，朝最近處的一灘黃羊殘骨走去。

馬終於邁不開步了。三人一下馬，頓時砸破雪殼，陷進深雪。三人費力地爲自己踩出一塊能夠轉身的臺地。陳陣的腳旁是一隻被吃過的黃羊，歪斜在亂雪裏。還有一堆凍硬的黃羊胃包裹的草食。大約有三四十隻大黃羊在這一帶被狼群抓住吃掉，而狼群也在這裏止步。

抬頭望去，陳陣從來沒有見過如此奇特而悲慘的景象：八九隻大小黃羊，哆哆嗦嗦地站在百米開外的雪坡上和更遠的湖面上，羊的四周就是雪坑，是其他黃羊的葬身之處。這些活著的羊，已嚇得不敢再邁一步。而這僅存的一小塊雪殼還隨時可能破裂。還有幾隻黃羊四條細腿全部戳進雪中，羊身卻被雪殼托住，留在雪面。羊還活著，但已不能動彈。

這些草原上最善跑的自由精靈，如今卻饑寒交迫，寸步難行，經受著死神最後的殘忍折磨。

最駭人的是，雪面上還露出幾個黃羊的頭顱，羊身羊脖全已沒入雪中，可能羊腳下踩到了小山包或是摞起來的同伴屍體，才得以露頭。陳陣在望遠鏡裏，似乎能看到羊在張嘴呼救，但口中卻發不出一點聲音。也許那些黃羊早已凍死或憋死，凍成了生命最後一瞬的雕塑。

雪坡和雪湖表面的雪殼泛著白冰一樣的美麗光澤，但卻陰險冷酷，這又是騰格里賜給草原狼和草原人，保衛草原的最具殺傷力的暗器和冷兵器。額侖草原冬季山地裏的雪殼，是草原白毛風和陽光的傑作。一場又一場的白毛風像揚場一樣，刮走了鬆軟的雪花，留下顆粒緊密像鐵沙一樣的雪沙。雪沙落在雪面上，就給鬆軟的雪層罩上了一層硬雪。

在陽光強烈而無風的上午或中午，雪面又會微微融化，一到午後，冷風一吹，雪面重又凝結。幾場白毛風以後，雪面就形成了三指厚的雪殼。殼裏雪中有冰、冰中摻雪，比雪更硬、比冰略脆，平整光滑、厚薄不一。最厚硬的地方可以承受一個人的重量，但大部分地方卻經不住黃羊尖蹄的踏踩。

眼前近處的場景更讓人心驚膽寒：所有能被狼搆得著的黃羊，都已被狼群從雪坑裏刨出來，拽出來。深雪邊緣有一道道縱向的雪壕，這都是狼群拽拖戰俘留下的痕跡。雪壕的盡頭就是一個一個的屠宰場和野餐地。黃羊被吃得很浪費，狼只挑內臟和好肉吃，雪面一片狼藉。狼群顯然是聽到人狗的動靜，剛剛撤離，狼足帶出的雪沙還在雪面上滾動，幾灘被狼糞融化的濕雪也還沒有完全結冰。

蒙古草原狼是精通雪地野戰的高手，牠們懂得戰爭的深淺。更深處的黃羊，無論是露在雪面上的，還是陷進雪裏的，狼都不去碰。連試探性的足跡爪印也沒有。被狼群拽出的黃羊足夠幾個大狼群吃飽喝足的了，而那些沒被狼群挖出來的凍羊，則是狼群的保鮮保膘、來年春天雪化之後的美食。這片廣闊的雪窩雪湖，就是狼群冬儲食品的天然大冰箱。

畢利格老人說，在額侖草原到處都有狼的冰窖雪窖，這裏只不過是最大的一個。有了這些冰窖，狼群會經常往裏面儲藏一些肉食，以備來年的春荒。這些肉足膘肥的凍羊，就是那些熬到春天的瘦狼的救命糧，可比春天的瘦活羊油水大多了。老人指著雪窩笑道：草原狼比人還會過日子呢。牧民每年冬初，趁著牛羊最肥的秋膘還沒有掉膘的時候，殺羊殺牛再凍起來，當作一冬的儲備肉食，也是跟狼學來的嘛。

巴勒和幾條大狗，一見到活黃羊，獵性大發，殺心頓起，拚命地跳爬過來，但爬到狼群止步的地方，也再不敢往前邁一步，急得伸長脖子衝黃羊狂吠猛吼。

有幾隻膽小的大黃羊嚇得不顧一切地往湖裏走，可沒走幾步，雪殼塌裂，黃羊呼嚕一下掉進乾沙般鬆酥的雪坑裏。黃羊拚命掙扎，但一會兒就被滅了頂。雪窩還在動，像沙漏一樣往下走，越走越深，最後形成一個漏斗狀的雪洞。有一隻黃羊，在雪殼塌裂的一剎那，用兩隻前蹄板住了一塊較硬的雪殼，後半個身子已經陷進雪坑裏，倒是暫時撿了半條命。

雪道被鏟了出來，車隊下了山樑。車隊走到走不動的地方，便一字排開，就地鏟雪，清出一片空地用來卸車。

男人們都向畢利格走來。老人說：你們瞅瞅，西邊那片雪凍得硬，那邊沒幾個雪坑，羊糞羊蹄印可不老少，黃羊跑了不少吶。

羊倌桑傑說：我看狼也有算不準的時候，要是頭狼派上三五條狼把住這條道，那這群羊就全都跑不掉了。

老人哼了一聲說：你要是頭狼，準得餓死。一次打光了黃羊，來年吃啥？狼可不像人這麼貪心，狼比人會算賬，會算大賬！

桑傑笑了笑說：今年黃羊太多了，再殺幾千也殺不完。我就想快弄點錢，好支個新蒙古包，娶個女人。

老人瞪他一眼說：等你們的兒子、孫子娶女人的時候，草原上沒了黃羊咋辦？你們這些年輕人，越來越像外來戶了。

老人見女人們已經卸好車，並把狼群拖拽黃羊的雪壕，清理成通向深雪的小道，便踏上一個雪堆，仰望藍天，口中念念有詞。陳陣猜測，老人是在請求騰格里允許人們到雪中起黃羊。

老人又閉上眼睛，停了一會兒才睜開眼對大夥兒說：雪底下的凍羊有的是，別太貪心。進去以後，先把活羊統統放生，再退回來挖凍羊。騰格里不讓這些羊死，咱們人也得讓牠們活下去。

老人又低頭對陳陣、楊克說：成吉思汗每次打圍，到末了，總要放掉一小半。蒙古人打圍打了幾百年，爲啥年年都有得打，就是學了狼，不殺絕。

畢利格老人給各家分派了起羊的大致地盤，便讓各家分頭行動。人們都按照草原行獵的規矩，把雪坑較多較近、起羊容易的地段留給了畢利格和知青兩家。

老人帶著陳陣和楊克走到自家的牛車旁，從車上拖下兩大捲厚厚的大氈，每張氈子都有近兩米寬，四米長。大氈好像事先都噴了水，凍得梆硬。陳陣和楊克各拖了一塊大氈，順著小道往前走。畢利格則扛著長長的樺木杆，杆子的頂端綁著鐵條彎成的鐵鉤。巴圖、嘎斯邁兩口子也已拖著大氈走近深雪，小巴雅爾扛著長鉤跟在父母的身後。

來到深雪處，老人讓兩個學生先把一塊大氈平鋪在雪殼上，又讓身壯體重的楊克先上去試試大氈的承受力。寬闊平展厚硬的大氈，像一塊碩大的滑雪板，楊克踩上去，氈下的雪面只發出輕微的吱吱聲，沒有塌陷的跡象。楊克又自作主張地併腳蹦了蹦，氈面稍稍凹下去一點，但也沒有塌陷。

老人急忙制止說：進了裏面可不能這樣胡來，要是踩塌大氈，人就成了凍羊了，那可不是鬧著玩的。好了，陳陣的身子比你輕，我先帶他進去起兩隻羊，下一趟你們倆再自個兒起。

楊克只好跳下來，扶著老人爬上大氈，陳陣也爬了上去。大氈承受兩個人的份量綽綽有餘，再加上兩隻黃羊也問題不大。兩人站穩之後，又合力拽第二塊大氈，從第一塊大氈的側旁倒到前面去。把兩塊大氈接平對齊之後，兩人便大步跨到前一塊大氈上去，放好長鉤，然後再重複前一個動作，把後面的大氈再倒換到前面去。兩塊大氈輪流倒換，兩人就像駕駛著兩葉氈子做成的冰雪方舟，朝遠處的一隻活黃羊滑去。

陳陣終於親身坐上了蒙古草原奇特的神舟，這就是草原民族創造發明出來的抵禦大白災的雪上交通工具。在蒙古草原，千百年來不知有多少牧民乘坐這一神舟，從滅頂之災的深淵中死裏逃生，不知從深雪中救出了多少羊和狗；又不知靠這神舟從雪湖中打撈出多少被狼群、獵人和騎兵圈進大雪窩裏的獵物和戰利品。

畢利格老人從來不向他這個異族學生保守蒙古人的秘密，還親自手把手地教他掌握這一武器。陳陣有幸

成爲駕駛古老原始的蒙古方舟的第一個漢人學生。

氈舟越滑越快，不時能聽到氈下的雪殼發出嘎吱嘎吱的聲音。陳陣感到自己像是坐在神話中的魔毯和飛毯上，在白雪上滑行飛翔，戰戰兢兢，驚險刺激，飄飄欲仙，不由萬分感激草原狼和草原人賜給他原始神話般的生活。

雪湖中，八條飛舟，十六方飛毯，齊頭並進，你追我趕，衝起大片雪塵，揚起大片冰花。狗在吼、人在叫、騰格里在微笑。天空中忽然飄來一層厚雲，寒氣突降。微微融化的雪面，驟然刺喇喇地激成堅硬的冰面，將雪殼的保險系數憑空增添了三分，可以更安全地起羊了。人們忽然都摘下了墨鏡，睜大了眼睛，抬起頭，一片歡叫：騰格里！騰格里！騰格里！接著，飛舟的動作也越來越迅速而大膽了。陳陣在這一瞬間，彷彿感知了蒙古長生天騰格里的存在，他的靈魂再次受到了草原騰格里的撫愛。

忽然，岸邊坡上傳來楊克和巴雅爾的歡呼聲，陳陣回頭一看，楊克和巴雅爾大聲高叫：挖到一隻！挖到一隻！陳陣用望遠鏡再看，他發現楊克像是在巴雅爾的指點下，不知用什麼方法挖出一隻大黃羊，兩人一人拽著一條羊腿往牛車走。留在岸上的人也拿起木鍬，紛紛跑向深雪處。

氈舟已遠離安全區，離一隻大黃羊越來越近。這是一隻母羊，眼裏閃著絕望的恐懼和微弱的祈盼，牠的四周全是雪坑，蹄下只有桌面大小的一塊雪殼，隨時都會坍塌。老人說：把鉤子慢慢地推過去，可又不能太慢。千萬別驚了牠，這會兒牠可是兩隻羊。在草原上，誰活著都不容易，誰給誰都得留條活路。

陳陣點點頭，趴下身子，輕輕地將前氈一點一點推過雪坑，總算推到了母羊的腳下，雪殼還沒有坍塌。不知這頭母羊是否曾經受過人的救助，還是爲了腹中的孩子爭取最後一線生機，牠竟然一步跳上了大氈，噗通跪倒在氈上，全身亂顫，幾乎已經累癱了、凍僵了、嚇傻了。

陳陣長長地舒了一口氣，兩人輕輕走上前氈，小心翼翼地將後氈繞過雪坑，推鋪到西邊雪硬的地方。又倒換了十幾次，終於走到了沒有一個雪坑，但留下不少羊糞和羊蹄印的雪坡。

老人說：好了，放牠走吧。牠要是再掉下去，那就是騰格里的意思了。

陳陣慢慢走到黃羊的身旁，在他的眼裏，牠哪裏是一頭黃羊，而完全是一隻溫順的母鹿，牠也確實長著一對母鹿般美麗、讓人憐愛的大眼睛。陳陣摸了摸黃羊的頭，牠睜大了驚恐的眼睛，滿目是乞生哀求的眼神。陳陣撫摸著這跪倒在他腳下，可憐無助的柔弱生命，心裏微微顫慄起來：他為什麼不去保護這些溫柔美麗、熱愛和平的草食動物，而漸漸站到嗜殺成性的狼的立場去了呢？

一直聽狼外婆、東郭先生和狼以及各種仇恨狼的故事長大的陳陣，不由脫口說道：這些黃羊真是太可憐了。狼真是可惡，濫殺無辜，把人家的命不當命，真該千刀萬剮……

畢利格老人臉色陡變。陳陣慌得咽下後面的話，他意識到自己深深地冒犯了老人心中的神靈，冒犯了草原民族的圖騰。但他已收不回自己的話了。

老人瞪著陳陣，急吼吼地說：難道草不是命？草原不是命？在蒙古草原，草和草原是大命，剩下的都是小命，小命要靠大命才能活命，連狼和人都是小命。吃草的東西，要比吃肉的東西更可惡。你覺著黃羊可憐，難道草就不可憐？黃羊有四條快腿，平常牠跑起來，能把追牠的狼累吐了血。黃羊渴了能跑到河邊喝水，冷了能跑到暖坡曬太陽。可草呢？草雖是大命，可草的命最薄最苦。根這麼淺，土這麼薄。長在地上，跑，跑不了半尺；挪，挪不了三寸；誰都可以踩它、吃它、啃它、糟踐它。一泡馬尿就可以燒死一大片草。草要是長在沙裏和石頭縫裏，可憐得連花都開不開、草籽都打不出來啊。

在草原，要說可憐，就數草最可憐。蒙古人最可憐最心疼的就是草和草原。要說殺生，黃羊殺起草來，比打草機還厲害。黃羊群沒命地啃草場就不是「殺生」？就不是殺草原的大命？把草原的大命殺死了，草原上的小命全都沒命！黃羊成了災，就比狼群更可怕。草原上不光有白災、黑災，還有黃災。黃災一來，黃羊就跟吃人一個樣……

老人稀疏的鬍鬚不停地抖動，比這隻黃羊抖得還厲害。

陳陣心頭猛然震撼不已，老人說的每一個字，都像一個戰鼓的鼓點，敲得他的心通通通通地連續顫疼。他感到草原民族不僅在軍事智慧上，剛強勇猛的性格上遠遠強過農耕民族，而且在許多觀念上，也遠勝於農耕民族。這些古老的草原邏輯，一下子就抓住了食肉民族與食草民族、幾千年來殺得你死我活的根本。

老人的這一番話，猶如在蒙古高原上俯看華北平原，居高臨下，狼牙利齒，鏗鏘有力，鋒利有理，銳不可擋。一向雄辯的陳陣頓時啞口無言。他的漢族農耕文化的生命觀、生存觀、生活觀，剛一撞上了草原邏輯和文化，頓時就坍塌了一半。

陳陣不得不承認，煌煌天理，應當是在游牧民族這一邊。草原民族捍衛的是「大命」——草原和自然的命比人命更寶貴；而農耕民族捍衛的是「小命」——天下最寶貴的是人命和活命。可是「大命沒了，小命全都沒命」。陳陣反覆念叨這句話，心裏有些疼痛起來。突然想到歷史上草原民族大量趕殺農耕民族，並力圖把農田恢復成牧場的那些行爲，不由越發地疑惑。

陳陣過去一直認爲這是落後倒退的野蠻人行爲，經老人這一點撥，用大命與小命的關係尺度，來重新衡量和判斷，他感到還真不能只用「野蠻」來給這種行爲定性，因爲這種「野蠻」中，卻包含著保護人類生存基礎的深刻文明。如果站在「大命」的立場上看，農耕民族大量燒荒墾荒，屯墾戍邊，破壞草原和自然的大命，再危及人類的小命，難道不是更野蠻的野蠻嗎？東西方人都說大地是人類的母親，難道殘害母親還能算文明嗎？他底氣不足地問道：那您老剛才爲什麼還要把活的黃羊放走呢？

老人說：黃羊能把狼群引開，狼去抓黃羊了，牛羊馬的損失就少了。黃羊也是牧民的一大筆副業收入，好多蒙古人是靠打黃羊支蒙古包、娶女人、生小孩的。蒙古人一半是獵人，不打獵，就像肉裏沒有鹽，人活著沒勁。不打獵，蒙古人的腦子就笨了。蒙古人打獵也是爲著護草原的大命，蒙古人打吃草的活物，要比打吃肉的活物多八成。

老人嘆道：你們漢人不明白的事太多了。你書讀得多，可那些書裏有多少歪理啊。漢人寫的書盡替漢人說話了，蒙古人吃虧是不會寫書，你要是能長成一個蒙古人，替我們蒙古人寫書就好囉。

陳陣點點頭。忽然想起小時候讀過的許多童話故事，書裏頭的「大灰狼」，幾乎都是蠢笨、貪婪而殘忍，而狐狸卻總是機智狡猾又可愛的。到了草原之後，陳陣才發現，大自然中，實在沒有比「大灰狼」進化得更高級更完美的野生動物了。可見書本也常誤人，何況是童話呢。

老人扶起黃羊，把牠輕輕推到雪地上。這裏的雪面上，居然冒出來幾枝旱葦梢，饑餓的母羊急急走過去，兩口就把它咬進嘴裏。陳陣迅速地撤走了大氈。黃羊戰戰兢兢走了幾步，發現了一行行羊蹄印，便頭也不回地跑向山樑，消失在天山之間。

巴圖和嘎斯邁也截著一隻半大的小黃羊，靠近了硬雪坡。嘎斯邁一邊念叨著：霍勒嘿，霍勒嘿（可憐啊，可憐。）一邊把黃羊抱到雪地上，拍拍牠的背，讓小黃羊逃向山樑。

陳陣向嘎斯邁翹了翹大拇指。嘎斯邁笑了笑對陳陣說：牠媽媽掉進雪坑裏了，牠圍著雪坑跑，不肯走，我們倆抓了好半天才用杆子把牠按住。

其他的雪伐一隻一隻地靠過來，雪湖裏的活黃羊終於集成了一個小群，翻過了山。老人說：這些黃羊長了見識，往後狼就再抓不著牠們了。

第四章 騰格里與「天葬」

突厥者，蓋匈奴之別種。姓阿史那氏，別為部落，後為鄰國所破，盡滅。其族有一兒，年且十歲，兵人見其小，不忍殺之，乃刖其足，棄草澤中。有牝狼以肉飼之。及長，與狼合，遂有孕焉。彼王聞此兒尚在，重遣殺之。使者見狼在側，並欲殺狼，狼遂逃於高昌國之北山，山有洞穴……狼匿其中，遂生十男。十男長大，外託妻孕，其後，各有一姓，阿史那即一也……

——《周書・突厥》

人們終於可以去起獲他們應得的年貨了。雪湖上的寒氣越來越重，雪面也越來越硬。老人對獵手們說：騰格里在催咱們呢，快動手幹吧。雪湖上的人們飛向了各自的地盤，獵場上又出現了熱氣騰騰的歡樂場面。

老人帶陳陣來到了一個不大不小的雪坑邊上停下來。老人說：別找太大的雪坑，要是雪坑太大，裏面的黃羊就太多了，七八隻十幾隻憋死的大黃羊堆在一堆，熱氣大，雪坑裏的雪一會半會兒凍不住羊。這麼多的熱氣，焐了半天一夜，羊的肚子早就憋脹了，腿也支楞著，肚皮也憋紫了，小一半的羊肉也早就焐臭了。這會兒羊就算凍上了，凍的也是半臭羊。這種羊拉到收購站，賣不了一半的價錢，人家一看羊的肚皮就得壓你兩級的價，只給你皮錢，肉錢就一分也沒有了。可這些半臭羊，狼最愛吃，埋在這裏的羊，額侖的狼群準保得惦記一個冬天。咱們就把最好的狼食給狼留下吧。

老人趴在氈上，把樺木長鉤插進坑裏，雪坑足有兩米多深。老人一點一點地探，不一會兒，他猛地一使勁，穩住了杆，然後對陳陣說：已經鉤住了一隻，一塊兒往上拽吧。兩人一邊拔一邊又往下頓，好讓繼續下漏的雪沙把凍羊身下的空隙填滿，再把羊一點一點地墊上來。

兩人都站起身，慢慢斜拽，一隻滿頭是雪的凍羊頭露出雪坑。鐵鉤不偏不斜，剛好鉤住了羊的咽喉，一點也沒有傷著羊皮。陳陣彎腰，雙手抓住羊頭，一使勁便把一隻五六十斤重的大黃羊拽到氈子上。黃羊已經凍硬，肚皮不脹不紫，這是一隻被迅速憋死和凍死的黃羊。老人說：這是隻一等好羊，能賣最高的價。

老人喘了一口氣說：裏面還有吶，你來鉤吧，要像鉤那些掉在井底的水桶一樣，摸準了地方再使勁，千萬別鉤破皮，那就不值錢了。陳陣連聲答應，接過杆，插進雪坑，輕輕地探，發現這個雪坑底下大約還有一兩隻黃羊。他花了好半天，才探出了一隻羊的形狀，又慢慢找到了羊脖子，鉤了幾下，總算鉤住了。

陳陣終於在草原的雪湖中，釣上來第一條「大魚」。一釣就是五六十斤，還是一隻平時連騎快馬都追不上的大獵物。他興奮得朝岸上的楊克大喊大叫：看看，我也鉤上來一隻，特大個兒！太帶勁了！楊克急得大喊：你快回來！回來！快來換我！好讓阿爸休息！

湖面上，山坡上到處響起驚呼聲。一隻又一隻皮毛完好、膘肥肉足的大黃羊被打撈上來，一隻又一隻雪筏向岸邊飛去。那些青壯快手已經開始打撈第二船了。巴圖，嘎斯邁和蘭木扎布的兩個氈筏最能幹，鉤羊又準又快，還專鉤大羊好羊，如果鉤上來的是中羊小羊，或是憋脹肚子、憋紫肚皮的大羊，只要是賣不出好價錢的羊，他們就把牠們重新扔進空雪坑裏去。

蠻荒的雪原呈現出一片只有在春季接羔時才會有的豐收景象。在遠處山頂瞭望的狼們，一定氣得七竅生煙。草原上打劫能手的狼，竟然也有被人打劫的時候。陳陣忍不住想樂。

老人和陳陣載著兩隻黃羊，向岸邊駛去。氈舟靠岸，楊克和巴雅爾扶老人下地。陳陣將兩隻黃羊推下氈筏，四人將兩隻羊拖到自家的牛車旁。陳陣發現，兩家的牛車上已經裝上了幾隻大羊了，忙問怎麼回事。

楊克說：我跟巴雅爾只挖到了一隻，其他幾隻是先回來的幾家人送給咱們兩家的。他們說，這是額侖草原的規矩。楊克笑道：咱們跟著老阿爸真是占大便宜。老人也笑了笑說：你們也是草原人了，往後也要記住草原的規矩。

老人累了，盤腿坐在牛車旁抽起旱煙。他說：你們倆自個兒去吧，千萬小心。萬一掉下去，就趕緊叉腿伸胳膊，再憋住氣，這樣掉也掉不太深。氈子上的人趕緊伸鉤子，可千萬別鉤破了臉，要不，往後就娶不上女人了。老人一邊咳一邊笑。又招呼巴雅爾抱木柴，升火，準備午飯。

陳陣和楊克興沖沖地走向氈筏。走近湖邊深雪，陳陣忽然發現一個雪洞，又像一個雪中的地道，一直通向雪更深的地方。

楊克笑道：剛才阿爸在旁邊，我不敢跟你說，這就是我和巴雅爾挖的雪洞，那隻大羊就是這麼挖出來的。巴雅爾真是人小鬼大，他看你們走了，就仗著個小體輕，張開皮袍，居然爬上雪面，在雪上匍匐前進，雪殼能經得住他。他在前面五六米的地方發現一個雪坑，然後爬回來，讓我和他一起挖地道，挖了不大工夫就挖到了。又是他鑽進洞裏用繩子拴住羊腿，再退出來，然後我一個人把那隻大黃羊拽了出來。巴雅爾膽子太大了，我真怕雪塌了把他埋在裏面……

陳陣說：這個我早就領教了，他敢赤手空拳拽狼腿，這個雪洞他還不敢鑽？蒙古小孩都這麼厲害，長大了還了得！

楊克說：我讓巴雅爾鑽洞的時候，這小傢伙竟然說，他狼洞都鑽過，還不敢鑽雪洞？他說他七歲的時候，就鑽進一個大狼洞，掏了一窩小狼崽呢。你不是老想掏狼崽嗎，到時候，咱們把巴雅爾帶上。

陳陣連忙說：那我可不敢，看看人家蒙古人的性格，我只有羨慕的份兒啊，楊克和陳陣這兩個北京學生上了蒙古雪筏，楊克年輕的臉上竟然樂出了皺紋，他說：在草原上打獵真是太有意思了，整天放羊下夜太枯燥單調。我發現，一跟狼打上交道，這草原生活就豐富多彩、好玩刺激了。陳陣說：草原地廣人稀，方圓幾十里見不到一個蒙古包，不跟狼打交道，不出去打打獵，非得把人憋死不可。前些日子，我看書看得特上癮，看來，草原民族崇拜狼圖騰，真是有幾千年的歷史了。

兩人在早茶時候，吃足了紅燒牛排，此刻正有使不完的力氣。兩人噴出急沖沖的白氣，像龍舟上的賽手，手腳並用，前倒後換，氈筏像雪上摩托一般地飛滑起來。楊克也終於親手鉤上一隻大黃羊，他樂得差點沒把氈筏蹦塌，陳陣嚇出一身冷汗，急忙把他按住。

楊克拍著黃羊大叫：剛才看人家鉤羊，就像是夢，到這會兒我才如夢方醒。真的！真的！真有這等好事。謝謝您啦，狼！狼！狼！

楊克死死把住鉤杆，不讓陳陣染指。陳陣不敢在危險之舟上跟他搶，只好充當苦力。楊克一連鉤起三隻大黃羊，他鉤上了癮，不肯上岸，壞笑說：咱們先鉤後運吧，效率更高。說完，楊克就把鉤到的羊平放在結實的雪面上。

在岸上，畢利格老人吸完了一袋煙，便起身招呼留在「湖邊」上的人，在車隊旁邊清出更大一片空地。各家的主婦將家裏帶來的破木板、破車輻條等燒柴堆到空地上，堆成了兩個大柴堆。又在空地上鋪上舊氈子，再拿出盛滿奶茶的暖壺，還有酒壺、木碗和鹽罐放在上面。

桑傑和一個孩子，殺了兩隻未被凍死，但被雪殼別斷腿的傷羊。額侖草原的牧民從不吃死羊，這兩隻活羊正好被獵人們當作午餐。大狗們早已吃撐了狼的剩食，此刻對這兩隻剝了皮，淨了膛，冒著熱氣的黃羊肉無動於衷。一個火堆燃起，畢利格和女人孩子們都用鐵條木條，串上還微微跳動的鮮活羊肉，撒上細鹽，坐在火堆旁烤肉烤火，喝茶吃肉。誘人的茶香、奶香、酒香和肉香，隨著篝火炊煙，飄向湖中，招呼獵手們回來休息聚餐。

時近正午，各家的氈舟都已回岸卸了兩三次獵物了，各家的牛車上，都已裝上了六七隻大黃羊。此刻，所有的男人都被替換下來。吃飽喝足了的女人和孩子，都上了氈筏，又匆忙進湖去鉤羊。

新鮮黃羊烤肉是蒙古草原著名美食，尤其在打完獵之後，在獵場現場架火，現烤現吃，那是古代蒙古大汗、王公貴族所熱衷的享受，也是草原普通獵人不會放過的快樂聚會。陳陣和楊克終於正式以狩獵者的身分，加入了這次獵場盛宴。他倆早已把北京便宜坊和烤肉季的廳堂忘掉了。

狩獵的激奮和勞累使每個人胃口大開，陳陣感到他比蒙古大汗享用得還要痛快，因爲這是在野狼剛剛野蠻野餐過的地方野餐，身旁周圍還都是狼群吃剩下的黃羊殘骸。這種環境，使他們的吃相如虎似狼，吃出了野狼捕獵之後狼吞虎咽、茹毛飲血的極度快感。陳陣和楊克的胸中突然湧生出蒙古人的豪放，他倆不約而同，情不自禁地從正在痛飲猛吃狂歌的蒙古獵人手裏，搶過蒙古酒壺，仰頭對天，暴飲起來。

畢利格老人大笑道：再過一年，我都不敢到北京去見你們的家長了。我把你們倆都快教成蒙古野人了。

楊克噴著酒氣說：漢人需要蒙古人的氣概，駕長車衝破居庸關闕，衝向全球。陳陣放開喉嚨連叫三聲阿爸！阿爸！阿爸！將酒壺舉過頭頂，向畢利格「老酋長」敬酒。老人連灌三大口，樂得連回三聲：米尼乎，米尼乎，米尼賽乎。（我的孩子，我的孩子，我的好孩子。）

巴圖醉醺醺地張開大巴掌，在陳陣後背猛拍一掌，說：你……你，你只算半個蒙古人，什什……什麼時候，你你娶個蒙古女女……女人，生一……一蒙古包的蒙古小孩，才才算蒙古人。你……你力氣小小的，不不不行。蒙古女人在在……在皮被裏，多多的厲害，比狼狼……狼還厲害。蒙古男男人多多的怕啦，像羊一樣的怕啦。

桑傑說：在晚上，男人，羊的一個樣，女人，狼的一個樣。嘎斯邁第一厲害。

眾獵手大笑。

蘭木扎布興奮得就地把楊克摔了一個滾，重重地摔在厚厚的雪窩裏，也結結巴巴說：什什……什麼時候，你你把我摔倒，你……你才是蒙古人。

楊克卯足了勁，上去就摔，卻又被蘭木扎布連摔三個跟頭。蘭木扎布大笑道，你你……你們漢人，淖高依特那（是吃草的），羊的一個樣；我我們蒙古人，馬哈依特那（是吃肉的），狼的一個樣。

楊克撣了撣身上的雪說：你等著瞧！明年我要買一頭大犍牛，一個人吃。我還要長個兒，比你高一頭，到時候你就是「羊的一個樣啦」。

眾獵手大叫：好！好！好！

草原蒙古人的酒量大過食量，七八個大酒壺轉幾圈以後便空空如也。楊克一見沒了酒，便膽壯起來，他對蘭木扎布大喊：摔跤不如你，咱倆比酒量！

蘭木扎布說：你的狐狸的學啊，可是草原上的狐狸不如狼狡猾狡猾的。你等著，我還有酒。說完，立刻跑到自己坐騎旁邊，從馬鞍上一個氈袋裏掏出一大瓶草原白酒，還掏出兩個酒盅。他搖了搖酒瓶說，這是我留著招待客客……客人的，這會兒就用來罰你。

眾人高叫：罰！罰！應該罰！

楊克苦笑道：狐狸還真的鬥不過狼。我認罰，認罰。

蘭木扎布說：你聽聽……聽好了！按草原罰酒規矩，我說喝幾杯你就就……就喝幾杯。從前我就說錯一句話，就被一個蒙漢通的記者灌醉過，這會兒也得讓你嚐嚐苦頭了。然後倒了一盅舉了舉，竟用半流利的漢話說：百靈鳥雙雙飛，一個翅膀掛兩杯。

楊克大驚失色道：四個翅膀，各掛兩杯，啊！一共八杯啊。還是一個翅膀掛一杯吧。

蘭木扎布說：你要是說話不算數，我就讓百靈鳥一個翅膀掛三三……三杯啦。

眾人，包括陳陣在內，齊聲大叫：喝！一定要喝！楊克只好硬著頭皮連灌八盅酒。

老人笑道：在草原，對朋友要滑要吃大虧的。

陳陣和楊克接過老人替他烤好的兩串肉，吃得順著嘴角直流羊血湯。兩人都已經愛吃烤得很嫩的鮮肉了。

陳陣說：阿爸，這是我第一次吃狼食，也是我活這麼大，吃得最好吃，最痛快的一頓肉。我現在才明白，爲什麼一些皇帝和他們的兒子那麼喜歡打獵了。唐朝的唐太宗，是中國古時候最厲害的一個皇帝，他很喜歡打獵。他的太子，就是他的接班人，經常和自己的突厥衛兵到草原去跑馬打獵。

太子還在自己宮殿的院子裏支上草原帳篷，在裏面像你們一樣地殺羊，煮羊，用刀子割肉吃。他喜歡草原生活喜歡得連皇帝都不想當了，他就想打著突厥的狼頭軍旗，帶著突厥騎兵到草原上去打獵，去過突厥人的草原生活。後來，他真把自己接班人的位子弄丟了，唐太宗不讓他當接班人了。草原生活真是太讓人著迷，迷得有人連皇帝都不想當了。

老人聽得睜大了眼睛說：這個故事你還從來沒給我講過，有意思，有意思。要是你們漢人都像這個皇帝的接班人一樣喜歡草原就好囉，要是他不把大汗位丟掉就更好囉。中國大清的皇帝都喜歡蒙古草原，喜歡到蒙古草原打獵，喜歡娶蒙古女人，還不讓漢人到草原開荒種地。那時候蒙漢就不怎麼打仗，草原也太平了。

畢利格老人最喜歡聽陳陣講歷史故事，他聽後，總要回贈給他一些蒙古故事。他說：在草原不吃狼食，就不能算是真正的草原蒙古人。沒有狼食，興許就沒有蒙古人了。從前，蒙古人被逼到絕路，總是靠吃狼食活下來的。成吉思汗的一個祖爺爺被逼到深山裏，啥啥沒有，像野人一樣，差一點餓死。他沒法子，只好偷偷跟著狼，狼一抓到獵物，他就悄悄等著，等狼吃飽了走了，他就撿狼吃剩下的食吃。就這樣一個人在山裏活了好幾年。一直等到他哥哥找到了他，把他接回家。狼是蒙古人的救命恩人，沒有狼就沒有成吉思汗，就沒有蒙古人。狼食好吃啊，你瞅瞅這次狼給咱們送來這麼多的年貨……不過，狼食可不是那麼容易吃到嘴的，往後你就知道了。

兩隻黃羊被吃得乾乾淨淨，篝火漸漸熄滅，但畢利格老人仍是叫人鏟雪，把灰堆仔細地壓嚴了。

雲層越積越厚，山頭上已被風吹起了一片雪沙，像紗巾一樣地飄起。各家的獵手壯漢又駕起雪筏衝進雪湖。人們必須搶在風雪填平雪坑之前，把牛車裝滿。多鉤上來一隻黃羊，就等於多鉤上來六七塊四川茶磚，或是十幾條天津海河牌香煙，或是十五六瓶內蒙草原牌白酒。

各包獵手在畢利格老人的指揮下，雪筏全部從深湖集中到淺湖，極力搶鉤淺湖裏比較容易鉤取的黃羊。老人又把人分成幾組，快划手只管鉤羊，快划手只管運羊。雪筏距岸較近，長繩也開始發揮作用，幾個大漢站在岸邊，像拋纜繩一樣把長繩拋到裝滿黃羊的氈筏上，筏上的人把繩子的一頭拴在氈子上，再把長繩拋回岸，岸上的人再齊力拽繩，將氈筏拽到岸邊。然後再將長繩又拋給湖裏的人，讓他們再把氈筏拽過去。如此協作，進度大大加快。

雪湖上的人影終於被巨大的山影所吞沒，各家的牛車都已超載。但是部分獵手還想架火挑燈夜戰，把運不走的黃羊堆在岸邊，派人持槍看守，等第二天再派車來取。但畢利格大聲叫停。老人喝斥道：騰格里給咱們一個好天，就只讓咱們取這些羊。騰格里是公平的，狼吃了人的羊和馬，就得讓狼還債。這會兒起風了，騰格里是想把剩下的羊都給狼留下。誰敢不聽騰格里的話？誰敢留在這個大雪窩裏？要是夜裏白毛風和狼群一塊兒下來，我看你們誰能頂得住？

沒有一個人吭聲。老人下令全組撤離。疲憊而快樂的人們，推著沉重的牛車，幫車隊翻過山樑，然後騎馬、上車向小組駐地營盤行進。

陳陣渾身的熱汗已變成冷汗，他不住地發抖。湖裏湖外，山樑雪道，到處都留下人的痕跡，柴火灰燼，煙頭酒瓶，以及一道道的車轍，要命的是，車轍一直通往小組營盤。陳陣用腿夾了夾馬，跑到畢利格的身邊問道：阿爸，狼群這次吃了大虧，牠們會不會來報復？您不是常說，狼的記性最好，記吃記打又記仇嗎？

老人說：咱們這才挖了多少羊啊，多一半都給狼留下了。要是我的貪心大，我會在雪坑都插上木杆，白毛風能刮平雪坑，可刮不走杆子，我照樣可以把剩下的黃羊都起出來。可我要是這麼幹，騰格里往後就不會收我的靈魂了。我不這麼幹，也是替牧場著想。明年開春，狼群有凍黃羊吃，就不會給人畜多找麻煩了。再說狼給人辦了好事，咱們也別把事做絕。放心吧，狼王心裏有數。

晚上，白毛風橫掃草原，二組的知青包裏爐火熊熊。陳陣闔上《蒙古秘史》對楊克說：畢利格阿爸說的那個靠撿狼食活下來的人，叫孛端察兒，是成吉思汗的八世祖。成吉思汗的家族是孛兒只斤家族，這一家族就是從孛端察兒這一代走上歷史舞臺的。當然後面幾代還經歷了幾次大挫折大變動。

楊克說：這麼說，要是沒有狼，沒有狼這個軍師和教官，就真沒有成吉思汗和黃金家族，沒有大智大勇的蒙古騎兵了。那草原狼對蒙古民族的影響就太大了。

陳陣說：應該說，對中國對世界的影響更大。出了成吉思汗和他率領的蒙古騎兵，中國從金、南宋以後的歷史全部改寫。中亞、波斯、俄羅斯、印度等國家的歷史也全部改寫。中國的火藥，隨著蒙古騎兵開闢的橫跨歐亞的大通道傳到西方，後來轟破了西方的封建城堡，爲資本主義的崛起掃清了障礙。再後來又輪回到東方，轟開了中國的大門，最後轟垮了蒙古騎兵，世界天翻地覆……可是，狼在歷史上所起的作用，在人寫的歷史中被一筆勾銷了。如果請騰格里作史，它準保會讓蒙古草原狼青史留名……

牛倌高建中還在為剛剛拉回來的一車外財興奮不已，忙說：你倆扯那麼遠幹嘛？咱們當務之急是趕緊想法子，把雪窩裏剩下的黃羊都挖出來，那咱們可就賺大發了。

陳陣說：老天爺可向著狼，它能給咱們這一車羊就不錯了。這麼大的白毛風起碼得刮上三天三夜，雪窩裏的雪還不得再加半米厚，雪坑一個也見不著了。想挖羊，大海撈針吧。

高建中走出包，看了看天，回來說：還真得刮上三天三夜。今天要是我去就好了，我非在最大的幾個雪坑裏插上杆子不可。

楊克說：那你就甭想吃到嘎斯邁做的奶豆腐了。

高建中嘆氣說：唉，只好等明年開春了。到時候我再去裝一車，然後就直接拉到白音高比公社收購站，你們倆不說，誰也不知道。

剩下的半個冬季，牧場的畜群果然沒出什麼大事。額侖的狼群跟著黃羊群跑遠了，跑散了。大白災也沒有降臨。

寂寥的冬季，陳陣每天放羊或下夜，但一有空，他就像個獵人一樣到處搜尋草原上狼的故事。他花費時間最多的，是一個有關「飛狼」的傳說。這個傳說在額侖草原流傳最廣，而發生的時間又很近，發生的地點恰恰又是在他所在的大隊。陳陣決定弄清這個傳說，想弄明白狼究竟是怎樣在額侖草原上「飛」起來的。

知青剛到草原就聽牧民說，草原上的狼是騰格里從天上派下來的，所以狼會飛。千百年來，草原牧民死後，都將屍體棄於荒野的天葬場，讓狼來處理，一旦狼把人的屍體完全啃盡，「天葬」就完成了。「天葬」的根據就是因為狼會飛，會飛回騰格里那兒去，把人的靈魂帶上騰格里，像西藏的神鷹一樣。

可是當知青說這是「四舊」，是迷信的時候，牧民就會理直氣壯地說，狼就是會飛。遠的不說，就說近的——文革前三年，一小群狼就飛進二大隊茨楞道爾基的石圈裏，吃了十幾隻羊，還咬死二百多隻。狼吃飽喝足了，又飛出了石圈。那石圈的圈牆有六七尺高，人都爬不過去，狼不會飛能進去嗎。那個石圈還在，不信你們可以去看看。

那天，烏力吉場長領著全場的頭頭都去看了，連派出所的所長哈拉巴拉都去了。又是照相又是量尺寸。圈牆很高，狼不可能跳進去；圈牆周圍又沒有洞，狼又不是掏洞進去的。調查了幾天，誰也不知道狼是怎麼進去，又是怎麼出來的，只有牧民心裏最明白。

這個故事在陳陣腦袋裏儲存了很久。此時，對草原狼越來越著迷的陳陣又想起這個傳說，於是騎馬幾十里找到了那個石圈，仔細考察了一番，也弄不清狼是怎麼進圈的。陳陣又找到了茨楞道爾基老人。老人說，不知道我的哪個二流子兒子得罪了騰格里，害得我一家到這會兒還遭人罵。

可老人一個上過中學的兒子說，這件事全怪牧場的規定不對。當時額侖草原還沒有石圈，場部為了減少下夜牧民的工分支出，又為了保障羊群的安全，就先在接羔草場最早蓋起了幾個大石圈。場部說，有了石圈狼進不來，牧民就不用下夜了，每天晚上可以放心睡大覺。那些日子，我們家一到晚上關緊了圈門，就真的不下夜了。

那天夜裏，我是聽到狗叫得不對勁，像是來了不少狼，可是場部說不用下夜就大意了，沒出去看看。哪想到早上一打開圈門，看到那麼一大片死羊，全家人都嚇傻了。圈裏地上全是血，有二指厚，連圈牆上都噴滿了血。每隻死羊脖子上都有四個血窟窿，血都流到圈外了。還有好幾堆狼糞……後來，場部又重新規定，住在石圈旁邊的蒙古包也得出人下夜值班，還發下夜工分。這些年，接羔草場的石圈土圈越蓋越多，有人下夜，就再也沒有狼飛進圈裏來吃羊的事故了。

陳陣不死心，又問了許多牧民，不論男女老少都說狼會飛。還說，就是狼死了，狼的靈魂也會飛回騰格里那兒去的。

後來，哈拉巴拉所長被「解放」了，從旗裏的幹部審查班放了回來，官復原職。陳陣連忙帶上北京的好煙上門看望，這才弄清「飛狼」是怎麼「飛」進石圈的。

哈所長內蒙公安學校課班出身，能說一口流利的漢語。他說，這個案子早已結案，可惜，他的科學結論在草原上站不住腳，大多數牧民根本就不相信，他們認定狼是會飛的。只有一些有文化有經驗的獵人，信服他的調查和判斷。哈所長笑道，要是從尊重本民族的信仰和風俗習慣說，狼飛進石圈，也不能說完全錯，狼至少有一段距離是在空中飛行的。

他接著說：那天，全場牧民人心惶惶，都以爲騰格里發怒了，要給額侖草原降大災了。馬倌把馬群扔在山上都跑回來看。老人和女人都跪在地上朝騰格里磕頭。孩子們嚇得大人再用勁打也不敢哭。烏力吉場長怕影響生產，也急了，給我下了死令，必須兩天破案。我把全場的幹部組織起來，讓他們保護現場。可是現場已經被破壞。石圈外面地上的線索全讓羊群和人踩沒了。我只好拿著放大鏡一寸一寸地在牆上找線索。最後，總算在圈牆東北角的外牆上，找到了模模糊糊的兩個狼的血爪印。這才破了案。你猜猜看，狼是怎麼進去的？

陳陣連連搖頭。

哈所長說：我判斷，一定是有一頭最大的狼，在牆外斜站起來，後爪蹬地，前爪撐牆，用自個兒的身子給狼群當跳板。然後，其他的狼，在幾十步以外的地方衝上來，跳上大狼的背，再蹬著大狼的肩膀，一使勁就跳進羊圈了。要是從裏面看的話，那狼就不是像飛進來的一樣嗎？

陳陣愣了半天說：額侖的狼真聰明絕頂。草原上才剛剛蓋起石圈，狼就想出了對付的辦法。草原狼真是成精了……牧民說狼能飛確實也沒錯。只要狼跳起來，以後移動的那段距離都可以算作飛行距離。狼從天而降，掉在羊堆裏，那真得把羊群嚇得半死。狼群這下可真撈足了，在羊圈裏吃飽了也殺過癮了。可就是留在外面的那條狼夠倒楣的。牠什麼也吃不著。這條狼，風格挺高，還挺顧家，一定是條頭狼。

哈所長哈哈大笑：不對不對，依我判斷，外面這條狼也飛進去吃了夠。你不知道，草原的狼群集體觀念特強，特抱團，牠們不會拉下牠們的弟兄和家人的。裏面的狼吃足了，就會再搭跳板把一條吃飽的大狼送出來，然後再給餓狼搭狼梯，讓牠也進去吃個夠。那外牆上的兩隻血爪印，就是裏面的狼到外面當跳板的時候留下的。要不，哪來的血爪印？第一條狼當跳板的時候，還沒有殺羊，那爪子是乾淨的，沒有血。對不對？你再想想當時的陣勢，狼真是把人給耍了。狼群全進了石圈，大開殺戒。人蓋石圈明明是爲了擋狼，這下倒好，反而把看羊狗擋在外面了。茨楞道爾基家的狗一定把鼻子都氣歪了。狗不會也不敢學狼，跟狼一樣飛進羊圈裏去跟狼掐架。狗比狼傻得多。

陳陣說：我也比狼傻多了。不過還有一個問題，狼群怎麼能夠全部安全撤離？我是說，最後那條狼怎麼辦？誰給牠當狼梯？

哈所長樂了，說：人確實比狼傻。當時大家也想不通這個問題。後來，烏場長淌著厚厚的羊血又進了羊圈，仔細看了看才弄明白。原來牆裏的東北角堆了一堆死羊，至少有六七隻。大家判斷，最後一條狼一定是一條最有本事，也最有勁的頭狼。牠硬是獨個兒叼來死羊，再靠牆把死羊摞起來，當跳板，再跳飛出去。也有人說，一條狼幹不了這個重活，一定是最後幾條狼合夥幹的，然後，再一個一個地飛出來。後來，烏場長把各隊的隊長組長都請來，在現場向大家分析和演示了狼群是怎樣跳進去，又是怎樣跳出來的，牧場這才慢慢平靜下來。場部也沒有批評和處罰茨楞道爾基。烏場長卻作了自我批評，說他自己對狼太大意了，太輕敵了。

陳陣聽得毛骨悚然。雖然他完全相信哈所長的科學結論，但此後，草原狼卻更多地以飛翔的精怪形象出現在他的睡夢中。他經常一身虛汗或一身冷汗地從夢中驚醒。他以後再也不敢以獵奇的眼光來看待草原上的傳說。他也開始理解爲什麼許多西方科學家仍然虔誠地跪在教堂裏。

過了些日子，陳陣又想方設法實地考察了大隊的兩處天葬場，一處在查干陶勒蓋山的北面，另一處在黑石頭山的東北面。從表面上看，這兩處天葬場與牧場其他草場草坡臺地沒有太大區別。但細細觀察區別還不小，兩處天葬場都遠離游牧遷場的古道，地處荒涼偏僻的死角和草原神山的北部，離狼群近，離騰格里近，便於靈魂升天。而且，那裏的地勢坎坷，坑坑窪窪，又便於牛車顛簸。

在額侖草原，千百年來，牧民過世，有的人家會把死者的內外衣服全部脫去，再用氈子把屍體捲起來，捆緊；還有的人家不會再動死者的著裝，然後將死者停放到牛車上，再在牛車車轅頭上橫綁上一根長木。到凌晨虎時，再由本家族兩個男性長輩各持長橫木的一端，然後騎上馬，將車駕到天葬場，再加鞭讓馬快跑。什麼時候死者被顛下牛車，那裏便是死者的魂歸騰格里之地，象徵著一位馬背上民族成員坎坷顛簸人生的終止。如果死者是由氈子裹屍的，兩位長輩就會下馬，解開氈子，將死者赤身仰面朝天放在草地上，像他（她）剛來到世上那樣單純坦然。

此時死者已屬於狼，屬於神。至於死者的靈魂能不能升上騰格里，就要看死者生前的善惡了。一般來說，三天以後便知分曉，如果三天以後死者的軀殼不見了，只剩下殘骨，那死者的靈魂就已升上騰格里；如果死者還在那裏，家人們就該恐慌了。但額侖草原狼多，陳陣還沒有聽說哪位死者的靈魂升不上騰格里。

陳陣知道西藏的天葬，但來蒙古草原之前，卻一直不知道草原蒙族也實行天葬，且不是由巨鷹，而是由狼群來施行的。陳陣越發感到恐懼和好奇。他從下隊送生產物資的大車老闆那裏，打聽到了天葬場的大致位置。他立即找機會悄悄去了天葬場兩次。但由於大雪覆蓋，他沒有看到他想看的場面。

直到寒冬即將過去，有一次，他終於發現了雪地上通往天葬場的馬蹄印和車轍印，順車轍走去，他見到一位病死的老人，好像才剛剛落在此地。周圍的馬蹄印、車轍和人的腳印還很新鮮，連雪沫都還沒有被風吹盡。老人如赤子般的安詳，仰臥在雪地上，全身覆蓋著一層薄薄的雪沫，臉上像罩著一層白紗，面容顯得舒展和虔誠。

陳陣驚呆了，一路上惴惴不安的內心恐懼，漸漸被虔誠和神聖所代替。死者哪裏是去「赴死」，而是像去騰格里赴宴，再次接受聖水洗禮，去迎接自己又一次新生。

陳陣第一次真正相信草原蒙古民族崇拜狼圖騰是真的——在一個人生命的終點，將軀體當成裸露坦蕩的祭祀供品，從而把自己解脫得如此乾淨徹底，誰還能懷疑草原蒙族對騰格里、對草原狼以死相托的由衷敬仰呢。

陳陣不敢在此神聖之地過多停留，生怕驚擾了死者的靈魂、褻瀆了草原民族的神聖信仰，便恭恭敬敬地向老人鞠了一躬，牽馬退出天葬場。他注意到最後一段的車轍印，七扭八歪，彷彿還在眼前顛簸。陳陣用自己的步伐大致量了量死者的最後一程，大約有四十至五十米，它濃縮了草原人動盪、坎坷的人生旅程。人生如此之短促，而騰格里如此之永恆，從成吉思汗到每一個牧人，畢生中仰天呼喊的最強音就是：長生天！長生天！長生騰格里！而草原狼卻是草原人的靈魂升上長生騰格里的天梯。

三天以後，死者家中沒有恐慌，陳陣心裏才一塊石頭落地。按照當地習俗，事後必去天葬場核實的牧民，也許已經從生人的腳印和馬蹄印知道有外人來過禁地，但沒有一個牧民責怪他。可是如果死者的靈魂沒有升上騰格里，那他將處在另一種境地了。陳陣的好奇和興趣開始與草原民族的圖騰和禁忌相衝突，他小心謹慎地放羊勞動，去親近他更感好奇、神秘和敬佩的草原民族。

這年的春天來得奇早，提前了一個多月，幾場暖風一過，額侖草原已是黃燦燦的一片。被雪壓了一冬的秋草全部露了出來，有些向陽的暖坡竟然還冒出了稀疏的綠芽。接踵而來的是持久的乾風暖日，到各個牧業隊進駐各自的春季接羔草場時，人們要忙著草原防火和抗旱保羔了。

高建中還是晚了一步。那些場部的大車隊基建隊的民工盲流外來戶，在年前看到嘎斯邁生產小組在收購站賣黃羊的那個熱鬧陣勢，都紅了眼。他們纏著獵手打聽獵場的地點，獵手們都說凍羊全挖光了。他們又拿東北關東糖去套巴雅爾，小傢伙卻給他們指了一個空山谷。後來，這些大多是東北農區蒙族出身的外來戶，還是找準了草原蒙族的致命弱點——酒。就用東北高粱烈酒灌醉了羊倌桑傑，探知了埋藏凍黃羊的準確地點。

他們搶先一步，搶在狼群和高建中的前面，在黃羊剛剛露出雪的時候，就在圍場旁邊安營紮寨，一天之內就將所有凍羊，不管大小好壞，一網打盡。並連夜用四掛大車，全部運到白音高比公社收購站。

二隊的馬倌們一連幾夜，聽到了大山裏餓狼們淒慘憤怒的嗥聲，空谷回響，經久不絕。馬倌們全都緊張起來，日夜泡在山裏的馬群周圍，不敢離開半步，把他們散落於各個蒙古包的情人們，慾得鞭牛打馬，嚎歌不已，幽怨悠長。

不久，場部關於恢復草原一年一度掏狼崽的傳統活動的通知正式下達，這年的獎勵要比往年高出許多，這是軍代表包順貴特意加上去的。據說這年狼崽皮的收購價特別高。輕柔漂亮，高貴稀罕的狼崽皮，是做女式小皮襖的上等原料，此時已成為北方幾省官太太們的寵愛之物，也是下級官員走後門的硬通貨。

畢利格老人終日不語，一袋接一袋地吸旱煙。陳陣偶然聽到老人自言自語道：狼群該發狠了。

第五章 狼的復仇

或云，突厥之先出於索國，在匈奴之北。其部落大人曰阿謗步，兄弟十七人，其一曰伊質泥師都，狼所生也。謗步等性並愚癡，國遂被滅。泥師都既別感異氣，能徵召風雨。娶二妻。云是夏神冬神之女也。一孕而生四男……此說雖殊，然終狼種也。

——《周書・突厥》

厚厚的黑雲，衝出北部邊境的地平線，翻滾盤旋，直上藍天，像濃煙黑火般地兇猛。瞬間，雲層便吞沒了百里山影，像巨大的黑掌向牧場頭頂伸來。西邊橙黃的落日還未被遮沒，裹攜著密密雪片的北風，頃刻就掃蕩了廣袤的額侖草原。橫飛的雪片，在斜射的陽光照耀下，猶如億萬饑蝗，搧著黃翅，爭先恐後地向肥美富庶的牧場撲來。

蒙諺：狼隨風竄。幾十年來一直在國境內外運動遊擊的額侖草原狼群，隨著這場機會難得的倒春寒流，越過界樁，躍過防火道，衝過邊防巡邏公路，殺回額侖邊境草原。境外高寒低溫，草疏羊稀，山窮狼饑。這年境內狼群的雪下冬儲肉食被盜、境外春荒加劇、狼群又難以捕獲雪淨蹄輕的黃羊，大批餓狼早已在邊境線完成集結。

這一輪入境的狼群眼睛特別紅，胃口特別大，手段特別殘忍，行爲特別不計後果。每頭狼幾乎都是懷著以命拚食的亡命報復勁頭衝過來的。然而，額侖草原正忙於在境內掏挖狼窩，對外患卻疏於防範。

六〇年代中後期，草原氣象預告的水準，報雨不見雨，報晴不見日。烏力吉場長說，天氣預報，胡說八道。除了畢利格等幾位老人，對牧場領導班子抽調那麼多勞力去掏狼窩表示擔心，幾次勸阻外，其他人誰也沒有預先警報這次寒流和狼災。連一向關心牧民和牧業生產的邊防站官兵，也未能預料和及時提醒。而以往他們在邊防巡邏公路一旦發現大狼群足跡，就會立即通知場部和牧民的。

額侖草原的邊境草場，山丘低矮，無遮無攔，寒流風暴白毛風往往疾如閃電，而極善氣象戰的草原狼也常常利用風暴，成功地組織起一次又一次的閃電戰。

在額侖西北部一片優良暖坡草場，這幾天剛剛集合起一個新馬群。這是內蒙古民兵騎兵某師某團在額侖草原十幾個馬群中，精選的上等馬，有七八十匹。這些天只等體檢報告單了，只要沒有馬鼻疽，就可立即上路。戰備緊張，看管軍馬責任重大。牧場軍代表和革委會專門挑選了四個責任心、警覺性、膽量和馬技俱佳的馬倌，讓他們分兩撥，二十四小時輪流值班，晝夜守護。

二隊民兵連長巴圖任組長，爲了防止軍馬戀家跑回原馬群，巴圖又讓所有馬群遠離此地幾十里。前些日子一直風和日暖，水清草密，還有稀疏的第一茬春芽可啃，準軍馬樂不思蜀，從不散群，四個馬倌也盡心盡力。幾天過去，平安無事。

先頭冷風稍停，風力達十級以上的草原白毛風就橫掃過來。湖水傾盆潑向草灘，畜群傾巢衝決畜欄。風口處的蒙古包，被刮翻成一個大碗，轉了幾圈便散了架。迎風行的氈棚車，被掀了頂，棚氈飛上了天。雪片密得人騎在馬上，不見馬首馬尾。雪粒像沙槍打出的沙粒，颼颼地高速飛行，拉出億萬根白色飛痕，彷彿漫天白毛疾飛狂舞。

老人說，蒙古古代有一個薩滿法師曾說，白毛風，白毛風，那是披頭散髮的白毛妖怪在發瘋。白毛風有此言而得大名。天地間，草原上，人畜無不聞白毛風而喪膽。人喊馬嘶狗吠羊叫，千聲萬聲，頃刻合成一個聲音：白毛巨怪的狂吼。

準備夜戰繼續開挖狼洞的人們，被困遠山，進退兩難。已經返程的獵手們，多半迷了路。留守畜群的勞力和老弱婦幼幾乎全部出動，拚死追趕和攔截畜群。在草原，能否保住自己多年的勞動積蓄，往往就在一天或一夜。

越境的狼群，有組織攻擊的第一目標是肥壯的軍馬群。那天，畢利格老人以為軍馬群已按規定時間送走，白毛風一起，他還暗自慶幸。後來才知馬群被體檢報告耽誤了一天。而接送報告的通訊員，那天跟著軍代表包順貴上山去掏狼崽了。

這年春天被掏出狼崽格外多，不下十幾窩，一百多隻。喪崽哭嚎的母狼加入狼群，使這年的狼群格外瘋狂殘忍。老人說，這個戰機是騰格里賜給狼王的。這一定是那條熟悉額侖草原的白狼王，經過實地偵察以後才選中的報復目標。

風聲一起，巴圖立即躬身衝出馬倌遠牧的簡易小氈包。這個白天本來輪到他休班，巴圖已經連續值了幾個夜班，人睏馬乏，但他還是睡不著，一整天沒闔眼。在馬群中長大的巴圖，不知吃過多少次白毛風和狼群的大虧了。連續多日可疑的平安，已使他神經繃得緊如馬頭琴弦，稍有風吹草動，他的頭就嗡嗡響。大馬倌們都記得住血寫的草原箴言：在蒙古草原，平安後面沒平安，危險後面有危險。

巴圖一出包，馬上就嗅出白毛風的氣味，再一看北方天空和風向，他紫紅色的寬臉頓時變成紫灰色，琥珀色的眼珠卻驚得發亮。他急忙返身鑽進包，一腳踹醒熟睡的同伴沙茨楞，然後急沖沖地拿手電筒、拉槍栓、壓子彈、拴馬棒、穿皮袍、滅爐火，還不忘給正在馬群值班的馬倌拿上兩件皮襖。兩人揹起槍，挎上兩尺長的大電筒，撐杆上馬，向偏北面的馬群方向奔去。

西山頂邊，落日一沉，額侖草原便昏黑一片。兩匹馬剛衝下山坡，就跟海嘯雪崩似的白毛風迎頭相撞，人馬立即被吞沒。人被白毛風嗆得憋紫了臉，被雪沙打得睜不開眼，馬也被刮得一驚一乍。兩匹馬好像嗅到了什麼，腦袋亂晃，總想掉頭避風逃命。兩人近在咫尺，可是巴圖伸手不見五指。他急得大喊大叫，就是聽不到沙茨楞的回音。

風雪咆哮，湮沒了一切。巴圖勒緊馬嚼子，擦了一把額頭上的汗霜，定了定心，然後將套馬杆倒了一下手，夾握住大電筒，打開開關。平時像小探照燈、能照亮百米開外馬匹的光柱，此刻的能見度最多不過十幾米。光柱裏全是茂密橫飛的白毛，不一會，一個雪人雪馬出現在光柱裏，也向巴圖照射過來一個花白模糊的光柱。兩人用燈光畫了個圈，費力地控制著又驚又乍的馬，終於靠在了一起。

巴圖拽住沙茨楞，撩開他的帽耳，對他大喊：站著別動，就在這兒截馬群。把馬群往東趕，一定要躲開架子山的大泡子。要不，就全毀了。

沙茨楞也對著巴圖的臉大喊：我馬驚了，像是有狼。就咱四個咋頂得住？

巴圖大叫：豁出命也得頂……

說完，兩人高舉電筒，向北面照去，並不斷搖晃光柱，向另兩個同伴和馬群發信號。

一匹灰鬃灰馬突地闖進兩束光柱裏，幾步減速，猛地急停在巴圖身邊，彷彿遇到了救星。大灰馬驚魂未定，大口喘著氣，脖子下有一咬傷，馬胸上流滿了血，傷口處冒著熱氣，在傷口下又滴成了一條一條的血冰。沙茨楞的坐騎一見到血，驚得猛地竄起，接著又一低頭，一梗脖子，不顧一切地順風狂奔。巴圖只得急忙夾馬追趕，那匹大灰馬也頓時跑沒了影。

等到巴圖好容易抓住沙茨楞的馬韁繩時，馬群剛剛衝到他們的身旁。模糊的電筒光下，所有能看見的馬，都像那匹大灰馬，嚇破了膽，驚失了魂。馬群順風呼號長嘶，邊跑邊踢，幾百隻發抖發瘋的馬蹄，捲起洶湧的雪浪，淹沒了馬腰下面更兇悍的激流狂飆。

當巴圖和沙茨楞都提心吊膽地把光柱對準馬群身下時，沙茨楞嚇得一個前衝，抱住了馬脖子，差點沒從馬上滾栽下來。雖然雪浪中手電筒光照更模糊，但兩個馬倌的銳眼都看見了馬群下面的狼。馬群邊上幾乎每一匹馬的側後，都有一兩頭大狼在追咬。每頭狼渾身皮毛被白毛風嵌滿了雪，全身雪白。狼的腰身比平時也脹了一大圈，大得嚇人，白得瘆人。白狼群，鬼狼群，嚇死馬倌的惡狼群。平時見到手電筒光被嚇得扭頭就跑的狼，此刻胸中全部憋滿仇恨，都像那頭狼王和母狼一樣霸狂，毫無懼意。

巴圖心虛冒汗，覺得自己是撞見了狼神，正要受騰格里的懲罰。雖然，額侖草原每一個牧民最終都將天葬於狼腹，臨死前自己盼望，死後家人親朋也盼望屍身被狼群處理乾淨，魂歸騰格里。千年如此，千年坦然。但是，每個還健康半健康活著的人卻都怕狼群，都不肯在自己壽期未盡之時就讓狼咬死吃掉。

巴圖和沙茨楞遲遲不見另外兩個馬倌，估計他們可能被白毛風凍傷，被嚇破了膽的坐騎帶走。那兩個馬倌是白班，沒槍，沒手電筒，也沒穿厚皮袍。巴圖狠了狠心說：別管他們，救馬群要緊！

馬群還在巴圖打出的光柱裏狂奔。七八十匹準軍馬，那可是全場十幾個馬群和幾十個馬倌的心肝肉尖——牠們血統高貴，馬種純正，是歷史上蒙古戰馬中聞名於世的烏珠穆沁馬，史稱突厥馬。牠們都有漂亮的身架，都有吃苦耐勞，耐饑耐渴，耐暑耐寒的性格，跑得又快又有長勁。平時這些馬，大多是那些大馬倌和場部頭頭們的坐騎，這次為了戰備，調撥給民兵騎兵師，牧場有苦難言。這群馬一旦餵了狼，或是淤死在水泡子裏，那些馬倌還不像狼一樣，非得把他撕了不可。巴圖一想起那些平時就不服管的大小馬倌，他的血氣一下子就衝上了頭。

巴圖看見沙茨楞有些猶豫，便一夾馬衝過去，照他的腦袋就是一杆子。又用自己的馬別住了沙茨楞的馬，把他別到馬群旁邊，然後拿著手電筒向他的臉狠狠晃了幾下，大叫：你敢跑，我就斃了你！沙茨楞大叫：我不怕，可騎的這匹馬怕！

沙茨楞用韁繩狠抽了幾下馬頭，才控制了馬，然後打開手電筒，揮著套馬杆向馬群衝靠過去。兩人用電筒光引領馬群，用套馬杆拚命抽打一些不聽指揮，順風狂奔的馬，把馬群往偏東方向擠。

巴圖估摸此地離大泡子越來越近，頂多不過二十幾里地。軍馬群，一色兒高頭寬胸的閹馬，沒有普通馬群那些懷駒母馬、生個子馬、小馬老馬的拖累，馬群的奔速極快，照這種速度，用不了半個鐘頭，整個馬群全得衝進爛泥塘裏。要命的是前面的大泡子南北窄，東西寬，長長地橫在前面，如果風向不變，很難繞過。巴圖感到那泡子像一張巨頭魔的大嘴，正等著風怪和狼神給它送去一頓肥馬大宴。

白毛風的風向絲毫不變，正北朝南，繼續狂吼猛刮。巴圖在黑暗中，能從馬踏草場的變化中感覺地形高低、地脈走向和地質鬆軟程度，判斷出自己所處的位置和風向。巴圖急得火燒火燎，他覺著那些被掏空狼窩、失去狼崽的母狼們比狼王更瘋狂。他顧不上自己已被狼群包圍，顧不上狼隨時可能撕咬他的坐騎，顧不上可能馬失前蹄摔到這些饑狼仇狼瘋狼群中去。他不顧一切地大喊大叫，用套馬杆狂打狂抽。他只剩下一個心思，那就是穩住軍心，把散亂的馬群集中起來，趕出正南方向，繞開大泡子，再把馬群趕到蒙古包集中地，用狗群、人群來對付狼群。

馬群在電筒光的引領下，在兩個始終不離馬群的馬倌的抽打吼叫下，漸漸恢復了神志，也好像有了主心骨。一匹大白馬自告奮勇，昂頭長嘶，挺身而出作爲新馬群的頭馬。巴圖和沙茨楞立即把光柱對準了頭馬。有了頭馬，馬群興奮起來，迅速恢復蒙古戰馬群本能的團隊精神，組織起千百年來對付狼群的傳統陣形。

頭馬突然發出一聲口令長嘶，原來已被狼群衝亂的隊形便突然向頭馬快速集中，肩並肩，肚靠肚，擠得

密不透風。幾百隻馬蹄不約而同地加重了向下的力度，猛踩、猛跺、猛踢、猛刨。狼群猝不及防，兇猛的狼一時間失掉了優勢。幾條被裹夾到馬群中馬肚下的狼，被柵欄一樣的馬腿前後左右密密圈住，跳不出，逃不掉。

有的狼被密集的馬蹄踩瘸了腿、跺斷了脊樑、踢破了腦袋，發出淒厲的鬼哭狼嚎，比白毛風還要瘆人。巴圖稍稍鬆了一口氣，他估計起碼得有兩三條狼被馬蹄踢死踢傷，他能記得這塊地界，等風過天晴他就能回來剝狼皮了。馬群在大開殺戒以後，迅速調整隊形，怯馬在內，強馬在外，用爆發有力、令狼膽寒的鐵蹄，組成連環鐵拳似的後衛防線。

離大泡子越來越近了，巴圖對剛剛組成的馬群正規隊形感到滿意，這種隊形尚可指揮，只要控制住頭馬，就可能在剩下不多的時間裏把馬群趕到泡子東邊。但是，巴圖仍然心存恐懼，這群狼非同一般，瘋狼不能打，越打越兇，越殺越瘋，瘋狼的報復心草原人無人不怕。剛才狼的慘叫，狼群一定都聽見了，後面這段路便危機四伏。

巴圖看了看馬群，已有不少馬被咬傷。這群馬，個個是好馬、是戰馬，是與狼群搏殺出來的馬，就是傷馬也拚命跟群跑，拚死保持隊形的嚴整，儘量不給狼群攻擊的機會。

可是，這群馬卻有一個致命的弱點，一色兒都是騸馬，而缺少兇猛好鬥，能主動攻擊大狼的兒馬子（雄種馬）。

在蒙古草原，每個大馬群都有大大小小十幾個馬家族，每個家族都有一匹兒馬子。那些留著齊膝、甚至拖地長鬃、比其他大馬高出一頭、雄糾糾的兒馬子，才是馬群裏真正的頭馬和殺手。一遇到狼，馬群立即在兒馬子的指揮下圍成圈，母馬小馬在內，大馬在外，所有兒馬子則在圈外與狼正面搏鬥，牠們披散長鬃，噴鼻嘶吼，用兩個後蹄站起來，像座小山一樣懸在狼的頭頂，然後前半身猛地向下，用兩隻巨大的前蹄刨砸狼頭狼身。狼一旦逃跑，兒馬子便低頭猛追，連刨帶咬，其中最龐大、兇猛、暴烈的兒馬子能咬住狼，把狼甩上天、摔在地，再刨傷刨死。

在草原，再兇狂的狼也不是兒馬子的對手。無論白天黑夜，兒馬子都警惕地護衛馬群，即使馬群遭遇狼群、雷擊、山火驚了群，兒馬子也會前後左右保護自己的家族，儘量減少家族妻兒老少的傷亡，率領馬群跑向安全之地。

此刻，巴圖是多麼想念兒馬子。可是眼前白毛風裏的這匹臨時頭馬，和馬群裏所有的馬卻都是閹馬，雖然體壯有力，但雄性已失，攻擊性不強。巴圖暗暗叫苦，正規軍隊有好幾年沒來牧場徵集軍馬了，人們差不多都忘掉了軍馬群裏沒有兒馬子的後果。就算有人想到，也以爲反正軍馬幾天就走，軍馬一走就不關牧場的事了。這幾乎不可能出岔子的事情，竟然還是讓狼鑽了空子，巴圖不得不佩服狼王的眼光，牠大概早就發現了這是一群沒有兒馬子的馬群。

巴圖衝到馬群側前方狠抽頭馬，逼牠向東，同時倒換出手，把半自動步槍挎到前胸，打開保險，但不到萬不得已他不敢開槍。這群軍馬還是新兵，一開槍不光嚇不走狼群，反倒會把馬驚炸了群。

沙茨楞也跟著巴圖做好了一切準備。白毛風越刮越狂，兩人的胳膊已經累得揮不動長長的套馬杆了，大泡子也越來越近，在平時，這裏已經可以聞到泡子的鹹味了。急紅了眼的巴圖決定以毒攻毒，鼓起全身力氣，敲了一下頭馬的腦袋，接著拚命地打出一個尖厲的飲水口哨，通人性的頭馬和馬群好像突然明白了主人的警告，正南方就是馬群兩天去飲一次水的大泡子。

春來連續乾旱，湖水已退到泡子中央，而泡子周圈全是爛泥塘，只有一兩處被牲畜飲水踩實的通道還算安全，其他地方都是要命的陷阱，開春以來，已有不少頭大牲畜淤死或餓死在泥塘裏了。以往馬群飲水時，

都是在馬倌口哨的引導下，馬群才敢戰戰兢兢地，順著馬倌淌過的不陷蹄的通道，深入泡子去喝水。即使在白天，任何馬都不敢以眼下這個速度衝向大泡子的。

巴圖的口哨果然靈驗，熟悉草場的馬群立即意識到南面巨大的危險。群馬長嘶，顫抖哀鳴。整群馬只停了一下，就開始集體轉向，頂著狂猛的側風向東南方向拚死衝鋒。南有陷阱泥塘，北有狂風惡狼，只有東南是惟一一條有可能逃命的活路。每匹馬都瞪著悽惶的大眼睛，低頭猛跑，大口喘氣，一聲馬嘶也聽不見了，馬群中籠罩著跟死亡賽跑一樣的緊張和恐怖。

馬群剛一轉向，戰局陡變。馬群隊形一朝東南，拳腳最少、防禦最弱的馬群側面，就立即暴露在順風衝擊的狼群面前，而馬群最具殺傷力的密集後蹄卻被置於無用之地。狂猛的側風也立刻減緩了馬群的速度，削弱了馬群抵抗狼群的武器。但是，側風卻使狼群如虎添翼。

一般情況下，狼群速度高於馬群速度，順風逆風都是如此。在順風時，狼快可馬也不慢，狼要騰空撲上馬身馬背撕咬，不敢從馬尾後面直接躍起，弄不好碰上一匹聰明馬，牠會突然加速，讓狼撲上馬蹄，非死即傷。狼只能從馬的側面側身斜撲，才可能得逞。但狼側身斜撲會影響速度，如果馬速很快，狼就算撲到了馬，也抓咬不住馬，至多在馬身上留下幾處抓痕，狼的捕殺成功率也會降低。此刻，當馬群不得不改變方向的時候，就給了狼群絕好的捕殺機會。

狼群順風追慢馬，用不著側身斜撲，只要狼在馬側面直身一躍，狂風就正好將狼刮到馬背、馬身或馬頸上。狼就會用牠的利爪不要命地摳住馬身，用牠的鋒利鋼牙迅猛兇悍地攻擊馬的要害部位，得手後立即跳離馬身。如果馬打算就地打滾甩掉狼，對付一條狼還行，可對付群狼只會更快送命。牠一旦滾躺下來，一群狼就會一擁而上把牠撕碎。

馬群發出淒癘的長嘶，一匹又一匹的馬被咬破側肋側胸，鮮血噴濺，皮肉橫飛。大屠殺的血腥使瘋狂的狼群異常亢奮殘忍，牠們顧不上吞吃已經到嘴的鮮活血肉，而是不顧一切地撕咬和屠殺。

傷馬越來越多，而狼卻一浪又一浪地往前衝，繼續發瘋發狂地攻殺馬群。每每身先士卒的狼王和幾條兇狠的頭狼更是瘋狂殘暴，牠們竄上大馬，咬住馬皮馬肉，然後盤腿弓腰，腳掌死死抵住馬身，猛地全身發力，像繃緊的硬鋼彈簧，斜射半空，一塊連帶著馬毛的皮肉就被狼活活地撕拽下來。

狼吐掉口中的肉，就地一個滾翻，爬起身來，猛跑幾步，又去竄撲另一匹馬。追隨頭狼的群狼，爭相仿效，每一條狼都將前輩遺留在血管中的捕殺本能，發揮得竭盡心力、兇猛痛快。

馬群傷痕累累，鮮血淋淋，噴湧的馬血噴撒在雪地，冰冷的大雪又覆蓋著馬血。殘酷的草原，重複著萬年的殘酷。狼群在薄薄的蒙古高原草皮上，殘酷吞噬著無數鮮活的生靈，烙刻下了一代又一代殘酷的血印。

在慘白模糊的電筒光柱下，兩個馬倌又一次目擊了幾乎年年都有的草原屠殺。但這一次令人更加不能接受，因爲這是一群馬上就要參軍入伍，代表額侖草原驕傲和榮譽的名馬，是從一次一次草原屠殺中狼口脫險的運氣好馬，也是馬倌這麼多年拚死拚活，提心提命養大的心肝寶貝。就這樣眼睜睜地看著狼群連殺帶糟蹋，巴圖和沙茨楞連哭都哭不出來，他倆全身憋滿的都是憤怒和緊張，但他們必須忍住、壓住、鎮住，竭力保住剩下的馬群。

巴圖越來越揪心，以他多年的經驗，他感到這群狼絕不是一般的狼群，牠們是由一條老謀深算、特別熟悉額侖草場的狼王率領的狼群，那些懷恨肉食被盜的公狼瘋了，喪子的母狼們更是瘋得不要命了，可是，狼王卻沒有瘋。從狼群一次又一次壓著馬群往南跑，就可以猜出狼王倒底想幹什麼，牠就是卯著勁，不惜一切代價想把馬群攆到南邊的大泡子裏去，這是草原狼王的慣招。

巴圖越想越恐懼，他過去見過狼群把黃羊圈進泥泡子，也見過狼群把牛和馬趕進泡子，但數量都不算大。狼把一整群馬圈進泡子的事，他只聽老人們說過，難道他今晚真是撞見了這麼一群狼？難道牠們真要把整個馬群都一口吞下？巴圖不敢往下想。

巴圖用電筒招呼了沙茨楞，兩個馬倌豁出命從馬群的西側面繞衝到馬群的東側面，直接擋住狼群，用套馬杆、用電筒光向狼群猛揮、猛打、猛晃。狼怕光，怕賊亮刺眼的光。兩個人和兩匹馬，在微弱無力的手電筒光下前前後後奔上跑下，總算擋住了馬群東側一大半的防線。

馬群從巨大的驚恐中稍稍喘了口氣，迅速調整慌亂的步伐，抓緊最後的機會，向大泡子的東邊衝去。馬群明白，只要繞過泡子，就可以順風疾奔，跑到主人們的接羔營盤，那裏有很多蒙古包，有很多牠們認識的人，有很多人的叫喊聲，有很多刺眼的光，還有馬群的好朋友——兇猛的大狗們，牠們一見到狼就會死掐，主人和朋友們都會來救牠們的。

然而，狼是草原上最有耐心尋找和等待機會的戰神，每抓住一次機會，就非得狠狠把它榨乾、榨成渣不可的精怪。既然牠們都發了狠，又抓住了這次機會，牠們就會把機會囫圇個地吞下，不惜代價地力求全殲，絕不讓一匹馬漏網。

馬群已經跑到了接近泡子邊緣的鹹草灘，疾奔的馬蹄刨起地上的雪，也刨起雪下的乾土、嗆鼻嗆眼的鹹灰硝塵。人馬都被嗆出了眼淚，此刻，人馬都知道自己已經處於生死存亡的危險邊緣。周圍草原漆黑一片，看不到泡子，但可以感覺到泡子。人馬都不顧鹹塵嗆鼻，淚眼模糊，仍然強睜眼睛迎著前方。一旦馬蹄揚起的塵土不嗆眼了，就說明馬群已衝上大泡子東邊的緩坡，那時，整個馬群就會自動急轉彎，擦著泡子的東沿，向南順風狂跑了。

人、馬、狼並行疾奔，狼群暫停進攻，巴圖卻緊張得把槍杷攥出了汗，十幾年的放馬經驗，使他感到狼群就要發起最後的總攻了，如果再不攻，牠們就沒有機會了，而這群狼是決不會放棄這個復仇機會的。但願鹹土硝灰也嗆迷了狼眼，使牠們再跟馬群瞎跑一段。只要馬群一上緩坡，他就可以開槍了，既可以驚嚇馬群拐彎快逃，又可殺狼嚇狼，還可以報警求援。巴圖費力地控制自己微微發抖的手，準備向狼群密集區開槍，沙茨楞也會跟著他開火的。

未等巴圖控住自己的手，馬群發出一片驚恐的嘶鳴，自己的馬也像絆住了腿。巴圖揉了揉發澀的淚眼，把電筒光柱對準前方，光影裏，幾頭大狼擠在一起慢跑，堵在他的馬前，狼不惜忍受馬蹄的踩踏，也要擋住巴圖的馬速。

巴圖回身一看，沙茨楞也被狼堵在後面，他在拚命地控制受驚的馬，狼已經急得開始攻擊人的坐騎。巴圖慌忙用電筒向沙茨楞猛搖了幾個圈，讓他向前邊靠攏，但沙茨楞的馬驚得又踢又尥，根本靠不過來。幾頭大狼輪翻追咬撕抓沙茨楞的馬，馬身抓痕累累，沙茨楞的皮袍下襟也被狼撕咬掉。

沙茨楞已經驚得什麼都不顧了，他扔掉了使不上勁的套馬杆，把粗長的電筒棒當作短兵器使用，左右開弓，向撲上來的狼亂砸一氣。燈碎了，電筒癟了，狼頭開花了，但還是擋不住狼的車輪戰。一條大狼終於撕咬下馬的一條側臀肉，馬疼得噓噓亂嘶，牠再也不敢隨主人冒險，一口咬緊馬嚼鐵，一梗脖子一低頭，放開四蹄向西南方向狂奔逃命，沙茨楞已無論如何也拽不動這匹臨陣脫逃的馬的馬頭。幾頭大狼看到已把一個礙手礙腳的人趕跑，便追了幾步就又急忙掉頭殺回馬群。

此刻馬群中只剩巴圖一個人，一小群大狼立即開始圍攻巴圖的馬。巴圖的大黑馬噗噗地噴著鼻孔，瞪大眼睛，勇猛地蹬、踢、尥、咬，不顧咬傷抓傷拚死反抗。狼越圍越多，前撲後衝，集中狼牙猛攻大黑馬。

巴圖落入如此凶險境地，他心裏明白，此刻想逃也逃不掉，只有一拚。巴圖也扔掉了自己寶貝的套馬杆，他在劇烈顛頗的馬背上，用一隻手緊緊扶住前鞍橋，另一隻手悄悄解開拴在鞍條上的箍鐵馬棒，把馬棒一頭的牛皮條套在手腕上，再把馬棒沉沉地拿在手。他橫下一條心，迅速地把自己從一個馬倌變換成一個準備赴死的蒙古武士，與狼拚命，與狼決死戰。

他準備使用他好久未用的祖傳打狼的絕技和損招。他的這根馬棒像騎兵的軍刀一樣長，是他先祖傳下來專門用來打狼和殺狼的武器，畢利格又傳給了他。韌質的棒身有鍬把一般粗，下半截密密地箍著熟鐵鐵箍，鐵箍縫裏殘留著黑色的污垢，那是幾代人殺狼留下的狼的血污。幾頭大狼在馬的兩側輪翻躥撲大黑馬，這是在馬上用馬棒打狼最有利的位置，也是巴圖此夜所能得到的絕佳殺狼機會。關鍵就看膽量和手上的準頭了。

巴圖定了定心，沉了沉氣，悄悄把亮光挪到右邊，然後把馬棒舉過頭頂，看準機會，掄圓了胳膊，狠狠地砸向狼的最堅硬但又最薄弱，也是最致命的部位——狼牙。一頭向上猛竄，張牙舞爪的大狼，被向下猛擊的馬棒迎頭齊根打斷四根狼牙，巴圖的馬棒給了狼劇烈鑽心的疼痛和比天還大的損失。

大狼一頭栽倒雪地上，不停吮著滿嘴的血，抬頭衝天沒命地哭嚎，淒厲慘絕，比要了牠的命還痛苦。在古老的蒙古草原，對狼來說，狼牙等於狼命。狼的最兇狠銳利的武器，就是牠的上下四根狼牙，如果沒有狼牙，狼所有的勇敢、強悍、智慧、狡猾、兇殘、貪婪、狂妄、野心、雄心、耐性、機敏、警覺、體力、耐力等等一切的品性、個性和物性，統統等於零。

在狼界，狼瞎一隻眼、瘸一條腿、缺兩隻耳朵還都能生存。但如果狼沒了狼牙，就從根本上剝奪了牠主宰草原的生殺大權，更遑論狼以殺爲天，還是狼以食爲天了。狼沒了牙，狼就沒了天。狼再也不能獵殺牠最喜歡的大牲口了，再也不能防衛獵狗的攻擊和同類的爭奪了，再也不能撕咬切割，大塊吃肉、大口喝血了，再也不能在嚴酷的草原及時足夠地補充能量了。牠在草原上所有的驕傲和雄心、牠在狼群中的地位和同類的尊敬，將統統化爲烏有。牠只能暫時苟延殘喘地活著，有口無牙地活著，活活地看著同類的屠殺和歡宴，把牠最不願看的東西全吞在眼裏。牠以後只剩下一條路——死亡，慢慢瘦死、凍死、餓死、氣死、窩囊死。

巴圖在馬群一匹又一匹被廝殺的腥風中，恨不得就用這種劇毒的方式把狼殺掉一半，也讓狼嚐嚐草原人的兇狠殘忍。他抓住一些狼還沒有反應過來的空檔，又看準了一個下手機會，狠狠地砸下去，但這次沒有擊中狼牙，而打在狼的鼻尖上，整個狼鼻一下子被掀離鼻骨，大狼滾倒在雪地裏，疼得全身縮成了一個狼毛球。

巴圖的殺狼絕技和威力，兩頭大狼的淒絕哭嗥，立即把巴圖身邊的群狼全都鎮懾住了，牠們突然猛醒，再不敢躥撲，但仍然擠在巴圖馬前，阻擋他靠近馬群。

巴圖擊退了身邊狼群的進攻，再向前面的馬群看去，原先攻擊馬群的大狼已全部集中到馬群的東側前面，牠們似乎感到時間緊迫，同時也感覺到了後面狼群的失利。狼群發出怪風刮電線一樣的嗚嗚嗚震顫嗥叫，充滿了亡命的恐懼和衝動。在狼王的指揮下，狼群發狠了，發瘋了。整個狼群孤注一擲，用蒙古草原狼的最殘忍、最血腥、最不可思議的自殺性攻擊手段，向馬群發起最後的集團總攻。

一頭一頭大狼，特別是那些喪子的母狼，瘋狂地縱身躍起，一口咬透馬身側肋後面最薄的肚皮，然後以全身的重量作拽力、以不惜犧牲自己下半個身體作代價，重重地懸掛在馬的側腹上。

這是一個對狼對馬都極其凶險的姿勢。對狼來說，狼掛在馬的側腹上，就像掛在死亡架上一樣，馬跑起來，狼的下半身全被甩到馬的後腿側下方，受驚的馬爲了甩掉狼，會發瘋地用後蹄蹬踢狼的下半身，一旦踢中，狼必然骨斷皮開，肚破腸流。只有那些牙齒鋒利，個大體重的狼，可以不用借力，只用自身的利牙和體重撕開馬肚皮，然後落地保命；這一毒招對馬來說，更加凶險要命。牠如果踢不掉狼，就會因負重而掉隊，最後被群狼圍殺；牠如果踢中了狼身，卻又給狼牙狼身加大了撕拽的力量，有可能被猛地撕開肚皮，置自己於死地。

被殺的馬群和自殺的狼群，都在淒慘絕望中顫抖。

被踢爛下身、踢下馬的狼，大多是母狼。牠們比公狼體輕，完全靠自己體重的墜掛，難以撕開馬的肚皮，只有冒死借馬力。母狼們真是豁出命了，個個復仇心切、視死如歸，肝膽相照、血乳交融。牠們冒著被馬蹄豁開肚皮、胸脯、肝膽和乳腺的危險，寧肯與馬群同歸於盡。

一條被馬蹄踢破腹部，踢下了馬的餓瘋了的公狼，齜牙咧嘴地蜷縮在雪地上嗥叫，可牠還是拚命地用兩條前腿掙扎著，爬向倒地未死的馬，撕咬生吞那匹囫圇個的大馬，絕不放棄最後一次機會。只要牠的嘴還在、牙還在，牠就不管自己有沒有肚子，照吞不誤。鮮活的馬肉被狼大口咽下，直接吞到雪地上，沒有肚皮容量限制的狼，一定是世界上最貪心、胃口最大的狼，也一定是一次吞下最多馬肉的狼。這是狼在臨死之前最痛快、最慘烈的最後一次晚餐。

而那些被狼從肚側大剖腹的馬，本來就是大腹便便的飽馬，胃包裏裝滿了草原春天的第一茬青草和上年的秋草，飽脹而飽含水份，下墜份量很重。被撐薄的馬肚皮一旦被狼牙豁開，巨大的胃包和肥柔的馬腸就呼嚕一下滑墜到雪地上。仍在慣性飛奔的兩條馬後腿，跟上來就是狠狠的幾蹄，踏破了自己的胃囊，纏住了自己的肚腸。刹那間，胃包迸裂，胃食飛濺，柔腸寸斷。

驚嚇過度的馬仍在奔跑，後蹄把腹腔中的胃袋胃管、食道肝膽統統踩繞在蹄下，最後把胸腔中的氣管心臟肺葉也一起踩拽出來。大馬可能是踩破了自己的肝膽，膽破致死；也可能是踩碎了自己的心臟，心碎而死；或著是踩扁了自己的肺，窒息而亡。

狼的自殺是極其殘忍痛楚的，因此，狼也就不會讓牠的陪命者死得痛快。狼就是用這種方式讓馬也陪牠一同嚐嚐自殺的滋味。馬雖然是被狼他殺的，但馬也是半自殺的。馬死得更痛苦、更冤屈、也更悲慘。

狼群這最後一輪瘋狂的自殺攻擊，徹底摧垮了馬群有組織的的抵抗。草原已成大屠場，一匹匹被馬蹄掏空胸腹的大馬，在雪地上痙攣翻滾，原本滿腔熱血熱氣的胸膛，剎那間，被灌滿一腔冰雪。陸續倒地的馬，不斷地掙扎，洶湧噴濺的馬血，染紅了橫飛的暴雪雪沙。成千上萬血珠紅沙，橫掃猛擊落荒而逃的馬群，越刮越烈的血雪腥風，還要繼續將牠們趕向最後的死亡。

巴圖被狼的自殺復仇戰驚嚇得手腳僵硬，冷汗也結成了冰。他知道大勢已去，他已無法挽救敗局。但他仍想保住幾匹頭馬，便使勁勒住馬嚼子，憋住馬勁，然後猛地一夾馬肚，一鬆嚼子，馬騰地躍過擋在他前面的狼，衝向頭馬。但馬群已被狼群衝散，兵敗如山倒，所有的馬都順風狂逃，嚇破了膽的馬已經忘記了南邊還有泡子，都以衝刺的速度衝向大泡子。

接近泡子的下坡地勢加快了馬群的衝速，越刮越猛的白毛風又以排山倒海的推力，把馬群加速到了衝躍騰飛態勢，整個馬群就像轟轟隆隆飛砸下山的滾木巨石，衝進了大泥塘。剎那間，薄冰迸裂，泥槳飛濺，整個馬群踏破冰殼，全部陷入泥塘，馬群絕望長嘶，拚死掙扎，馬對狼的恐懼和仇恨已達極頂，陷進泥塘的馬群稍稍猶豫一下，便眾心一致地拚盡最後的力氣，在黏稠的泥漿裏倒著四蹄向泥塘深處爬，即便越陷越深，也全然不顧，牠們寧可集體自殺葬身泥塘，也不願以身飼狼，不讓牠們的世仇最後得逞。

這群被人去了勢、剜去了雄性的馬群，即使已到生命的盡頭，仍在拚死作出最後的反抗，以集體自殺來反擊狼群復仇的自殺進攻。牠們都是古老蒙古草原上最強悍的生命。但殘酷的草原蔑視弱者，依然不給弱者最後的一點點憐憫。入夜後驟降的氣溫，已經將泥塘表面迅速凍成一層薄薄的冰殼，泡子的邊緣雖已凍透，但靠裏面泥塘的表面，還沒有凍結到能承受馬群的厚度，當馬群踏破泥冰陷入泥塘時，牠們遇到了比平時更黏稠的泥漿。暴雪酷寒使泥漿更冷更膠著，也就使泥漿更絆腿阻身。

馬群拚命地往泥塘深處爬、刨、拱。每挪一步，馬身與泥漿縫隙裏就被灌進更多的雪沙和寒風，整個馬群將泥塘攪拌得更加寒冷和黏稠。馬群終於精疲力竭，動彈不得。衝在前面的馬，陷得還露出馬背馬頸馬頭，便再也陷不下去了。衝在後面的馬，四條腿全部陷沒，馬肚皮貼著泥槳，整個軀體全部曝露在外，也陷不下去。

此刻，整個馬群就像刑場屠場上的死囚，已被寒冷膠稠和漸漸冰封的泥塘五花大綁，捆得結結實實。欲死不得的馬群哀傷絕望地嘶叫，冰雪泥塘上騰起一片白茫茫的哈氣，在結滿條條汗冰的馬毛上又罩上了一層白霜。馬群已經明白，此時，誰也救不了牠們了，誰也阻止不了狼群對牠們最後的集體屠殺。

巴圖用力地勒著馬，小心地跑到泡子邊，大黑馬一踏到泥冰，立刻驚恐得噴著鼻孔，低下了頭，緊張地望著冰雪泥塘，不敢再往前邁一步。巴圖用電筒向泡子裏面照，只有在白毛風稍稍減弱的空檔，才能隱隱約約看到馬群的影子。幾匹馬無力地搖晃著腦袋，向牠們的主人作垂死的呼救。

巴圖急得用馬靴後跟猛磕馬肚，逼著黑馬再往前走。大黑馬小心翼翼地往往前走了五六步，前蹄就踏破冰殼陷到泥漿裏，驚得牠急忙拔腿後跳，一直跳到泡子岸邊的實地才站住。巴圖再用馬棒敲打馬臀，黑馬死活也不肯往前走了。

巴圖很想下馬，他想爬到馬群旁邊用槍來守護馬群，但是，他如果下了馬，人馬分離，陷到狼群裏，就會失掉了居高臨下揮舞馬棒和大黑馬鐵蹄的優勢，狼群也就不怕他了，人馬都會被狼群撕碎。而且，他只有十發子彈，縱然他有天大的本事，一槍打死一條狼，他也不可能打死所有的狼。即使他能趕走狼群，但是到下半夜，越來越冷的白毛風，也會把整個馬群和泥塘凍在一起的。

那麼，如果他立即趕回大隊報警求援呢？這麼大的白毛風，家家都在拚死拚活守護羊群，大隊根本抽不出足夠的勞力和牛車把馬群拽出泥塘。巴圖臉上掛滿了冰淚，面向東方，仰天哀求：騰格里，騰格里，長生的騰格里，請給我智慧，請給我神力，幫我救出這群馬吧！但是騰格里鼓起腮幫子仍然狂吹猛吼，以更猛烈的白毛風刮散了巴圖的聲音。

巴圖用羔皮馬蹄袖擦去冰淚，把馬棒帶扣在手腕上，然後，鬆開槍背帶，用左手托起槍身和電筒，等著狼群，此刻，他惟一剩下的念頭，就是再多殺幾條狼。

過了很久，巴圖凍得已經坐不穩馬鞍。忽然，狼群像一股幽風低低地從他身後刮進泥塘，在泥塘的東部邊緣停下來，隱沒在騰起的迷茫雪霧裏。稍頃，一條較細的狼忽而鑽出，小心地走向馬群，試探著每一步爪下冰面的硬度。巴圖嫌狼小，沒有開槍。

狼走了十幾步，忽地抬起頭加快了速度，朝馬群一路小跑。還未等牠跑到馬群，突然從湖岸邊刮來一股白色的龍捲風，衝向馬群，然後圍著馬群呼呼快速旋轉，捲得滿湖白雪茫茫，天地不分。就像一大群長毛白髮的野蠻土著食人番，圍著圈中的篝火和捆綁的活獸活人，狂歌狂舞、開胃開懷、歡心歡宴。

巴圖被雪沙捲得睜不開眼，他只覺得冷，冷得全身發抖。嗅覺異常靈敏的大黑馬被雪沙捲得渾身戰慄，斷斷續續，哆哆嗦嗦地低頭哀嘶。沉沉黑夜，漫漫白毛又一次遮蓋了血流成冰的草原屠殺。

快被凍僵的巴圖麻木地關掉光亮，讓自己完全陷入黑暗，然後低下頭，把槍口對向大泡子，但他突然又把槍口抬高一尺，慢慢地開了一槍、兩槍、三槍……

第六章 蒙古兵法的秘密

突厥之……兵器，有弓矢鳴鏑，甲矟刀劍。其佩飾則兼有伏突。旗纛之上，施金狼頭。侍衛之士，謂之附離（附離，古突厥語，意為狼——引者注），夏言亦狼也。蓋本狼生，志不忘舊。

——《周書·突厥》

淡淡的陽光穿透陰寒的薄雲和空中飄浮的雪沫，照在茫茫的額侖草原上。白毛風暴虐了兩天兩夜以後，已無力拉出白毛了，空中也看不見雪片和雪沙，幾隻老鷹在雲下緩緩盤旋。早春溫暖的地氣悠悠浮出雪原表面，凝成煙雲般的霧氣，隨風輕輕飄動。

一群紅褐色的沙雞，從一叢叢白珊瑚似的沙柳棵子底下噗嚕嚕飛起，柳條振動，落下像蒲公英飛茸一樣輕柔的雪霜雪絨，露出草原沙柳深紅發亮的本色，好似在晶瑩的白珊瑚叢中突然出現了幾株紅珊瑚，分外亮豔奪目。邊境北面的山脈已處在晴朗的天空下，一兩片青藍色的雲影，在白得耀眼的雪山上高低起伏地慢慢滑行。天快晴了，古老的額侖草原已恢復了往日的寧靜。

沙茨楞和陳陣爲巴圖治療凍傷，陪伴了他整整一天。但巴圖講述的可怕殘酷的黑暗草原，實在無法與人們眼前美麗明亮的草原連在一起。雖然牧場每個人都與恐怖的白毛風搏鬥了兩天兩夜，陳陣仍是不願或不敢相信巴圖講的經歷。

陳陣呼吸著寒冷新鮮、帶有草原早春氣味的空氣，心情略有些好轉。有了這場大雪，這年的春旱可以徹底解除。整天乾風乾塵、乾草乾糞，兩眼發澀，總像得了沙眼的日子就要過去了。大雪一化，河湖水清水滿，春草齊長，春花齊開，畜群的春膘也有指望。

畢利格老人總是說，牲畜三膘，就看春膘。春膘抓不上，夏天的水膘就貼不住，秋天的油膘就更抓不足了。如果到秋天草黃之前，羊的背尾部抓不足三指厚的油膘，羊就度不過長達七個月的冬季，牧場就只好在入冬之前，將膘情不夠的羊廉價處理給內地。在災情嚴重的年份，往往在入冬之前，羊群就會減員一半，甚至大半。在草原牧區，一年之計也在於春。但願這場解旱的春雪，能給牧場多補回一些損失。

陳陣和幾個本隊和外隊的知青，隨場部、大隊和生產組派出的災情事故調查組，一同去大泡子現場。一路上場革委會領導、軍代表包順貴、場長烏力吉、馬倌巴圖、沙茨楞和其他群眾代表，以及準備清理事故現場的青壯牧民全都陰著臉，離大泡子越近，大家的心情似乎越難受，誰都不說話。一想到軍馬群尚未出征就全軍覆沒，軍方和地方異常震怒，陳陣的心情也沉重起來。

巴圖已換了馬，他的大黑馬傷得幾近殘廢，已送場部獸醫站治傷去了。巴圖臉上塗滿了油膏，仍然遮不住被凍得慘不忍睹的臉面，鼻子、臉上的皮全被凍黑凍皺，從皺縫裏流出一道道黃水。一塊曝了皮以後露出的粉紅色新肉，在巴圖紫褐色的臉上顯得特別扎眼。他背後的腰帶上斜插著一把大木鍬，疲憊不堪地騎在馬上，一言不發地走在包順貴的身旁，爲馬隊領路。

巴圖是在白毛風刮了一夜半天以後，被沙茨楞在大泡子南邊一個破圈後面找到的。當時馬已傷得走不動，人也已凍得半死。沙茨楞牽著他的傷馬把巴圖馱回了家。爲了讓調查組瞭解事故經過，巴圖只得強撐著身子，帶著調查組前往事故發生地。另外兩個馬倌，雖然渾身都被凍傷，但仍被隔離審查了。

陳陣跟在畢利格身邊，走在隊伍的側後。他小聲問：阿爸，上頭會怎麼處分巴圖他們？

老人用馬蹄袖擦了擦稀疏山羊鬍鬚上的霧水，黃眼珠裏深含著複雜的同情。他沒有回頭，看著遠山慢慢地說：你們知青覺著該處分他們嗎？老人回過頭來又補了一句：場部和軍代表很看重你們的意見，這次把你們知青請來，就是想聽聽你們的意見。

陳陣說：巴圖是條好漢，爲了這群軍馬，他差點把命都搭進去，可惜他運氣不好。我覺得他不管救沒救下這群馬，他都是了不起的草原英雄。我在您家住了一年，誰都知道巴圖是我的大哥。我了解包順貴的態度，我的意見不管用，再說知青的意見也不一致。我想，您是貧牧代表，又是革委會委員，大家都聽你的，您說什麼我就跟著說什麼。

別的知青咋說？老人很關心地問道。

咱們隊的知青大多數認爲巴圖是好樣的，這次風災雪災加狼災太厲害，換了誰也頂不住，不能處分巴圖。可也有的人說，這可能是有人利用自然天災搞破壞，反軍反革命，一定得先查查四個馬倌的出身。

畢利格老人臉色更加陰沉，不再問了。

人馬繞過大泡子東側，來到巴圖最後開槍的地方。陳陣屏住氣，做好親眼目擊血腥屠場的心理準備。然而一滴血也看不見，一尺多厚的白雪已將黑夜所遮蓋的血腥重又覆蓋了。至少應該有突出於湖面的馬頭吧，但是也沒有。湖面上只有一片連綿起伏的雪堆，雪堆之間的雪特別厚，雪堆後面又拖著被風雪刮出的一條條雪坡，把本來應該非常突出醒目的馬屍雪堆抹平了。人們默默地看著，誰也不下馬，都不願揭開這層雪被，只是在心裏一遍遍設想著當時的情勢。

太可惜了。畢利格老人第一個開口，他用馬棒指了指泡子的東岸：你們看，要是再跑一小段就沒大事了。巴圖從北邊的草場能把馬群趕到這塊地界太不易了。風那麼衝，狼那麼多，就算人不怕，可騎的馬能不怕嗎？巴圖從頭到尾都在馬群，跟狼群拚死拚活，他是盡了責的。蒙古老人不忌諱替自己的兒子辯護。

陳陣向包順貴靠過去說：巴圖爲了保護集體財產，一個人跟狼群搏鬥了一夜，差點犧牲自己的生命，這可是應該上報的英雄事蹟……

包順貴瞪了陳陣一眼吼道：什麼英雄事蹟！他要是把這群軍馬保下來才是英雄。他又轉過頭對著巴圖狠狠地說：那天你爲什麼把馬群放在泡子的北邊，你放了這麼多年的馬，難道還不知道一刮風會把馬群刮到泡子裏去嗎？你最大的責任就在這兒！

巴圖不敢看包順貴，他連連點頭說：是我的責任，是我的責任。我要是每天傍黑把馬群放到東邊草場去，就不會出這麼大的事故了。

沙茨楞磕了磕馬肚，靠上去不服氣地說：是場部讓我們把馬群放到那塊草場的，還說全場就數那兒的秋草剩得多，春草也長得早。軍馬就要上遠路，一定要保證軍馬吃飽吃好，爭取再抓上點膘，要讓來接馬群的民兵騎兵一看就高興。我記得那會兒巴圖在場部抓革命、促生產會上就說過，馬群放在大泡子的北邊不安全。可場部說春天多一半刮西北風，哪能就在這幾天剛好碰上北風呢。這事兒你也是同意的，怎麼一出了事，就把責任全栽到巴圖頭上？

幾個場部領導都不說話了。場長烏力吉咳了咳嗓子說：沙茨楞說的沒錯，是有這回事。大家都是好心，想讓軍馬再長壯實點，路上走好，爲戰備多貢獻一點力量。誰會想到會來了這麼一場白毛風，還是北風，又跟來這麼一大群狼。要沒有這群狼，巴圖也準保能把馬群趕到安全地方了。風災白災加狼災，百年不遇，百年不遇啊。我負責抓生產，這次事故該由我負責。

包順貴用馬鞭指著沙茨楞的鼻子說：你的責任也不小，畢利格說得對，這群馬再跑一小段就沒大事了，要是你們三個不臨陣脫逃，和巴圖一塊兒趕這群馬，也就不會出這次大事故。要不是看你後來救了巴圖一命，我早就把你隔離審查了。

畢利格用自己的馬棒壓下包順貴的馬鞭，板著面孔說：包代表，你雖是農區的蒙族人，可也該知道牧區蒙古人的規矩，在草原，是不許用馬鞭指著別人的鼻子跟人說話的，只有從前的王爺、台吉、牧主才這樣說話。不信，你可以去問問你們軍分區首長。下次他來檢查工作，咱倆可以一塊兒去問。

包順貴放下馬鞭，倒換到左手，又立刻用右手的食指，點著沙茨楞和巴圖的鼻子喝道：你！還有你！還不下馬鏟雪，掃雪！我要親眼驗屍，我倒要看看狼有多厲害，狼群有多大。別想把什麼責任都推到狼身上。毛主席教導我們說，人的因素第一！

人們都下了馬，拿起帶來的木鍬，鐵鍬，竹掃帚開始清理屍場。包順貴騎著馬，拿著一架海鷗牌相機忙著拍照取證，並不斷對眾人大聲喝道：掃乾淨，一定要掃乾淨。過幾天盟裏、旗裏還有部隊的調查組，要來這兒現場調查。

陳陣淌著厚雪，跟著烏力吉、畢利格、巴圖和沙茨楞向泡子最裏面的幾個雪堆走去。泥塘冰面凍得還很硬實，雪在人腳下吱吱作響。老人說：只要看緊裏面的幾匹馬是不是讓狼咬死的，就知道這群狼有多大，有多厲害了。

陳陣緊追著問：爲什麼？

烏力吉說：你想想看，那會兒越往裏面越危險，那兒的泥水是最後凍住的，狼也怕陷死在裏面，狼不會去冒這個險的。要是那幾匹馬也讓狼咬死，你說那狼有多厲害。

老人轉過頭問巴圖：你開槍也不管用？

巴圖苦著臉說：不管用，我才帶了十發子彈，打了不一會兒，就打光了。白毛風把槍聲全刮碎了。狼就算嚇跑了，可等打光了子彈，狼又回來了。天太黑，電池也沒多少電，我什麼也看不見。

那會兒可沒想那麼多。巴圖用手指輕輕按了按臉上的凍皮說：天黑雪大，我也怕打死馬。我只盼著風停，泡子不上凍，狼進不去，還能活下不少馬呢。我記得，我把槍口抬高了一尺。

畢利格和烏力吉都舒了一口氣。

走到最裏面的一個雪堆面前，巴圖猶豫了一下，然後拿木鍬飛快地鏟開馬頭部位的雪。大家都倒抽了一口冷氣：大白馬的脖子被咬斷一半，並被擰了一圈半，歪倒在馬背上。馬眼突兀，已凍成透明的黑冰蛋，大白馬當時的絕望恐懼的表情被全部凍凝在裏面，異常恐怖。馬頭下的雪被馬血凍成了一大塊紅冰，已無法鏟動。大家一聲不吭，急急地鏟雪掃雪。泡子泥冰上的半個馬身全部露了出來。

陳陣覺得，馬身不像是被咬過，倒像是被炸彈從馬肚裏面炸開過一樣，兩邊側肋全被掀開，內臟腸肚被炸到周圍幾米遠的地方，一半後臀也不見了，露出生生白骨。冰面上一片殘肢斷骨，碎皮亂毛，狼只把馬的心肝和肥厚一點的肉吃掉了，馬的整個身架成了狼群鞭屍發洩的對象。

陳陣想，難道人將人碎屍萬段、抽筋剝皮的獸行也是從狼那兒學來的？或者人性中的獸性和獸性中的狼性同出一源？在歷史上人類的爭鬥中，確實相當公開或隱蔽地貫徹了人對人是狼的法則。第一次親眼目擊狼性如此大規模的殘暴，陳陣內心的獸性也立即被逼發了出來，他真恨不得馬上套住一條狼，將狼抽筋剝皮。難道以後跟狼打交道多了，人也會變成狼？或者變成狼性獸性更多一些的人？

人們都愣愣地看著，陳陣感到手腳冰冷，透心透骨的冷。

畢利格老人用雙手扶著木鍬把，若有所思地說：這八成是我這輩子看到的不數第二、也得數第三的大狼群了，連最頭裏的這匹馬都咬成這碎樣，別的馬我也不用看了，準保一個全屍也剩不下。

烏力吉一臉沉重，他嘆了口氣說：這匹馬我騎過兩年，我騎牠套過三條狼，全場數一數二的快馬啊，當年我當騎兵連長帶兵剿匪，也沒騎過這麼快的馬。這群狼這次運用的戰略戰術，比當年馬匪的戰術還要精明。牠們能這樣充分利用白毛風和大泡子，真讓人覺著腦子不夠使，我要是比狼聰明一點，這匹馬也死不了了。這次事故我是有責任的，當時我要是再勸勸包主任就好了。

陳陣一邊聽著他倆小聲交談，一邊卻在想他自己的心事。在中國，人們常說的猛獸就是虎豹豺狼，但是虎豹是稀有動物，不成群，事例少。而狼是普見動物，可成群，故事多，惡行也多。狼是歷史上對人威脅最大、最多、最頻繁的猛獸。到了草原，狼簡直就是人馬牛羊的最大天敵。但爲什麼草原民族還是要把狼作爲民族的圖騰呢？陳陣又從剛剛站住的新立場向後退卻。

屠場已清出大半。冰湖上屍橫遍野，冰血鋪地，碎肢萬段，像一片被密集炮彈反覆轟炸過的戰場。一群奔騰的生命，待命出征的生命，戛然而止，變成了草原戰場上的炮灰。每匹馬的慘狀與大白馬如出一轍，馬屍密集處，殘肢斷骨犬牙交錯，只能憑馬頭和各色的馬毛來清點馬數。兩個馬倌蹲在冰面上，用自己的厚毛馬蹄袖和皮袍下襬，一遍一邊地擦拭自己的愛馬的馬頭，一邊擦，一邊流淚。

所有的人都被眼前的慘景驚呆了。陳陣和幾個從未親眼見過慘烈戰爭場面，也從未見過狼群集體屠殺馬群慘狀的北京知青，更是驚嚇得面色如雪，面面相覷。知青的第一反應好像都是：我們中間的任何一人，假如在白毛風中碰上這群狼，那會是什麼結局？難道就像這群被狼分屍的軍馬一樣？

陳陣眼前突然出現了南京大屠殺的血腥場面。他在狼性中看到了法西斯、看到了日本鬼子。陳陣體內湧出強烈的生理反應：噁心、憤怒，想吐、想罵、想殺狼。他又一次當著畢利格老人的面脫口而出：這群馬死得真是太慘了，狼太可惡太可恨了！比法西斯，比日本鬼子還可惡可恨。真該千刀萬剮！

老人面色灰白地瞪著陳陣，但底氣十足地說：日本鬼子的法西斯，是從日本人自個兒的骨子裏冒出來的，不是從狼那兒學來的。我打過日本人我知道，日本沒有大草原，沒有大狼群，他們見過狼嗎？可他們殺人眨過眼嗎？我給蘇聯紅軍帶路那會兒，見著過日本人幹的事，咱們牧場往東北吉林去的那條草原石子道，光修路就修死了多少人？路兩邊淨是人的白骨頭。一個大坑就幾十條命，一半蒙古人一半漢人。

烏力吉說：這次大事故也不能全怪狼，人把狼的救命糧搶走了，又掏了那麼多的狼崽，狼能不報復嗎？要怪，也只能怪咱們自己沒把馬群看好。狼惜命，不逼急了，牠們不會冒險跟人鬥的，人有狗有槍有套馬杆。在草原上，狼怕人，狼多一半是死在人的手裏的。可日本鬼子呢，咱們中國從來沒侵略過它，還幫了它那麼大的忙，可它殺起中國人來連眼都不眨一下。

老人明顯不悅，他瞥了一眼陳陣說：你們漢人騎馬就是不穩，穩不住身子，一遇上點磕磕絆絆，準一邊歪過去，摔個死跟頭。

陳陣很少受老人的責備，老人的話使他的頭腦冷靜下來，聽出了老人的話外之音。他發現狼圖騰在老人靈魂中的地位，遠比蒙古馬背上的騎手要穩定。草原民族的獸祖圖騰，經歷了幾千年不知多少個民族滅亡和更替的劇烈顛簸，依然一以貫之，延續至今，當然不會被眼前這七八十匹俊馬的死亡所動搖。

陳陣突然想到：「黃河百害，惟富一套」、「黃河決堤，人或為魚鱉」、「黃河——母親河」、「黃河——中華民族的搖籃」……中華民族並沒有因為黃河百害、吞沒了無數農田和千萬生命，而否認黃河是中華民族的母親河。看來「百害」和「母親」可以並存，關鍵在於「百害的母親」是否養育了這個民族，並支撐了這個民族的生存和發展。草原民族的狼圖騰，也應該像中華民族的母親河那樣得到尊重。

包順貴也不吆三喝四了，他一直騎在馬上，對事故現場看得更廣更全面。他根本沒有料到額侖草原的狼會這麼厲害兇殘，也不會想到這麼大的一群馬會被狼啃咬成碎片，他驚愕的表情始終繃在臉上。陳陣還看到他

在照相的時候手抖個不停，需要經常換姿態，才能勉強控制住相機。

畢利格和烏力吉兩人在屍場中間的一片馬屍周圍鏟雪，這裏挖挖，那裏戳戳，像是在尋找什麼重要證據。陳陣趕緊過去幫他們找，忙問畢利格：阿爸，您在找什麼？老人回答說：找狼道，得小心點鏟。陳陣仔細找地方下腳，彎下身也開始尋找。

過了一會兒，人們找到了一條被狼群踩實的雪道，足有四指厚，相當硬，死死地凍扒在泥冰上，掃去後來落下的新雪浮雪，可以看見狼的足爪印，大的有牛蹄大，小的也比大狗的狗爪大。每個爪印有一個較大的掌凹痕，有的掌凹痕還帶著馬血殘跡。

烏力吉和畢利格招呼大家集中清掃這條狼道。畢利格說掃出這條狼道就更能估摸出狼群的大小。人們掃著掃著，慢慢發現這條狼道不是直的而是彎的，再掃下去，狼道又變成了半圓形。大家用了一個多小時把這狼道全部鏟掃出來，這才發現這條狼道竟是圓形的，整整一圈白道，雪中帶血，白裏透紅，高出冰面一拳厚，在黑紅色的泥冰血冰上顯得格外恐怖，像冥府地獄裏小鬼們操練用的跑道，更像一個鬼畫符樣的怪圈。跑道寬一米多，圈周長有五六十米，圈內竟是馬屍最密集的一塊屍場。雪道上全是狼爪血印，密密麻麻，重重疊疊。

人們又被嚇著了，大夥哆哆嗦嗦，議論紛紛：

我活了這把年紀，還從來沒見過這老些狼爪印。

這哪是一群狼，準是一群妖怪。

這群狼真大得嚇人。

少說也得有四五十條。

巴圖，你真夠楞的，敢一人跟這群狼玩命。要是我，早就嚇得掉下馬餵狼了。

那晚，天黑雪大，我啥也瞅不清，我哪知道這群狼有多大。

往後，咱們牧場的日子就難過了。

咱們女生誰還敢一人走夜道？

場部那幫盲流真不是東西，把狼打下的春天度荒的活命糧全搶走了，狼群逼得急了。我要是頭狼我也得報仇，把他們養的豬和雞全咬死。

誰出的歪主意，派這麼多的勞力進山掏狼崽，母狼能不發瘋嗎？往年掏狼崽掏得少，馬群就沒出過這麼大的事故。

場部也該幹點正事，組織幾次打狼運動，再不打，狼要吃人了。

少開點會，多打狼吧。

照狼這個吃法，再多的畜群也不夠牠糟蹋的。

咱們牧場領導班子來了一些農區的人，盡幹缺德事，騰格里就派這些狼來教訓咱們了。

別亂說，你想挨批鬥啊。

……

包順貴跟著烏力吉和畢利格順著狼道仔細查看，拍照，並不時停下交談。他一直緊繃的臉卻開始放鬆。陳陣猜想畢利格可能把包順貴「人的因素第一」的觀點說活動了。這麼大的狼災天災，人的因素能抗得住嗎？不管什麼調查組來調查，只要他們看了這片屠場，也得承認這場大災是人力無法抗拒的，尤其是無法抗拒這樣大規模的狡猾狼群和白毛風的共同突襲。陳陣對烏力吉和巴圖的擔憂也慢慢鬆懈下來。

陳陣又開始琢磨這圈狼道。這個怪圈怪得讓人頭皮發麻，它套在陳陣心頭一圈又一圈，一圈緊似一圈，又像一群狼妖繞著他的心臟沒命地跑，跑得他心裏憋堵得喘不過氣來。狼群爲什麼要跑出這個圈？出於什麼動機？爲了什麼目的？草原狼的行爲總讓人摸不著頭腦，狼留下的每一個痕跡都像是一道疑難怪題。是爲了禦寒？跑步取暖？有可能。那天晚上的白毛風實在太冷了，狼群長途奔襲猛地停下來，準保凍得受不了，所以狼在吃飽之後，要擠在一起跑步，跑出點熱氣來。

是爲了助消化？多消耗些能量以便再多吞點馬肉？也有可能。因爲狼不像草原黃鼠、金花鼠、大眼賊，牠沒有鼠類那種可以儲藏食物的倉洞。狼獵殺了多餘的肉食卻無法儲存，爲了最大限度利用食物，狼只有把自己吃得飽上加飽，撐上加撐，然後用奔跑來加速消化，加速體內養料儲存，騰出胃裏空間，再裝下更多的肉食。但是，那該是什麼樣的胃啊，難道是鋼胃，鐵胃，彈簧胃，橡皮胃，還是沒有盲腸，不怕得盲腸炎的胃？這更可怕了。

是爲了準備再戰的閱兵或大點兵？也很有可能。從狼道的足跡來看，狼群具有高度的組織性，紀律性。一米多寬的狼道從始至終都是寬一米多，很少有跑出圈外的足印。這不是閱兵隊列的步伐痕跡又是什麼？狼單兵作戰的多，小群出動得多，一般都是三五成群，十條八條以家族爲單位狩獵捕獵，打家劫舍，可像眼前這樣規模的大兵團作戰卻不多見。

陳陣難以理解的是，狼是怎樣把看似自由散漫、各自爲戰的遊擊戰，突然升格爲具有正規野戰軍性質的運動戰？即使當年的八路軍新四軍完成這個大級別的跳級轉換，也費了九牛二虎之力。難道狼先天具有這種本領？狼能把牠們祖先在草原血腥廝殺中摸索出的經驗，一代一代繼承下來？可是不會說話的狼是怎樣把祖上的經驗繼承下來的？狼真的讓人不可思議。

那麼，是爲慶祝戰役勝利？或是大會餐之前的狂歡儀式留下的痕跡？可能性極大。狼群的這次追擊圍殺戰，全殲馬群，無一漏網，報了仇，解了恨，可謂大獲全勝，大出了一口氣。一群饑狼捕獵了這樣大的一群肥馬，牠們能不凱歌狂歡嗎？狼群當時一定興奮得發狂發癲，一定激亢得圍著最密集的一堆馬屍瘋跑邪舞。牠們的興奮也一定持續了很長時間，所以冰湖上留下了這鬼畫符似的狼道怪圈。

陳陣發現以人之心度狼之腑，也有許多狼的行為疑點可以大致得到合理解釋。狗通人性，人通狼性，或狼也通人性。天地人合一，人狗狼也無法斷然分開。要不怎能在這片可怕的屠場，發現了那麼多的人的潛影和疊影，包括日本人、中國人、蒙古人、還有發現了「人對人是狼」這一信條的西方人。可能研究人得從研究狼入手，或者研究狼得從人入手，狼學可能是一門涉及人學的大學問。

一行人馬跟著巴圖，順著事故發生路線逆行北走。陳陣靠近畢利格老人問道：阿爸，狼群究竟為什麼要跑出這麼一條道來？老人望望四周，故意勒韁放慢馬步，兩人慢慢落到了隊伍的後面。

老人輕聲說道：我在額侖草場活了六十多年，這樣的狼圈也見過幾回。我小時候也像你一樣問過阿爸。阿爸說，草原上的狼是騰格里派到這裏來保護白音窩拉神山和額侖草原的，誰要是糟踐山水和草原，騰格里和白音窩拉山神就會發怒，派狼群來咬死牠們，再把牠們賞給狼吃。狼群每次收到天神和山神的賞賜以後，就會高興地圍著賞物跑，一圈一圈跑，跑出一個大圓圈，跟騰格里一樣圓，跟太陽月亮一樣圓。這個圓圈就是狼給騰格里的回信，跟現在的感謝信差不離。騰格里收到回音以後，狼就可以大吃二喝了。狼喜歡抬頭看天望月，鼻尖沖天，對騰格里長嗥，要是月亮旁邊出了一圈亮圈，這晚準起風，狼也一準出動。狼比人會看天氣。狼能看圓畫圓，就是說狼能通天啊。

陳陣樂了，他一向喜愛民間神話故事。畢利格老人對狼道圓圈的這個解釋，在文學性上似乎還真能自圓其說，而且，也不能說裏面沒有一點科學性。狼可能確實在長期的捕獵實踐中掌握了石潤而雨、月暈而風等等自然規律。陳陣不由得感嘆：這太有意思了，在草原上，太陽旁邊會出圓圈，月亮旁邊會出圓圈，牧民在遠處打手式讓人家過去，也是用手畫大圈。這個圓圈真像一個神神怪怪的信號。您這麼一說我頭皮又麻了，草原上的狼這麼神，還會給騰格里劃圓圈、發信號，真瘆得慌。

老人說：草原上的狼可是個精怪，我跟狼打了一輩子交道，還是鬥不過狼。這回出了這麼大的事故，我也沒料到。狼總是在你想不到的時候，想不到的地方鑽出來，一來就是一大幫，你說狼沒有騰格里幫忙，牠能這麼厲害嗎？

前面人馬站住了，有人下馬鏟雪。陳陣跟著畢利格策馬跑去，在人們面前又發現了馬屍，但並不集中，而是四五匹散成一長溜。更遠處還有人大叫：有死狼！有死狼！陳陣想，這裏一定就是巴圖說的狼群捨命撕馬肚的地方，也是馬群最終全軍覆沒的轉捩點。他的心一下子又吊了起來：通通、通通地狂跳不停。

包順貴騎在馬上，在頭頂上揮舞著鞭子大喊大叫：別亂跑！別亂跑！都過來。挖這邊兩匹馬就行了，先挖馬，後挖狼。大家要注意三大紀律，八項注意。一切繳獲要交公！誰亂來，辦誰的學習班！

人們很快地聚到兩匹馬旁邊，鏟雪挖馬。

兩匹馬漸漸露了出來，每匹馬的腸子、胃包、心肺肝腎，都被自己的後蹄踩斷、踩扁、踩碎，瀝瀝拉拉拖了幾十米。這兩匹馬死後顯然沒有再被狼群鞭屍蹂躪過。狼群可能已在泡子裏過足了玩癮、殺癮和報復癮，總算饒過這幾匹死馬。然而，陳陣一邊挖，一邊卻感到這些被狼剖腹殘殺的馬，比泡子裏的馬死得還要慘，還要嚇人。死馬的眼裏所凍凝的痛苦和恐懼，也比泡子裏的馬更加觸目。

包順貴氣得大叫：這群狼真跟日本鬼子一樣殘忍。虧狼想得出，只給馬肚豁開一條口子，就能讓馬自個兒掏空自個兒，自個兒踩死自個兒。真是太歹毒了。這些狼真有小日本的武士道精神，敢打自殺戰，蒙古的狼群太可怕了。我非得殺光牠們不可！

陳陣忍不住插嘴道：也不能把自殺戰都說成是小日本的武士道精神，董存瑞、黃繼光、楊根思敢跟敵人同歸於盡，這能叫做武士道精神嗎？一個人一個民族要是沒有寧死不屈，敢與敵人同歸於盡的精神，只能被人家統治和奴役。狼的自殺精神看誰去學了，學好了是英雄主義，可歌可泣；學歪了，就是武士道法西斯主義。但是如果沒有寧死不屈的精神，就肯定打不過武士道法西斯主義。

包順貴愍了一會兒，哼了一聲說：那倒也是。

烏力吉一臉沉重和嚴肅，對包順貴說：這樣毒辣亡命的攻擊，巴圖和馬群那能抗得住？巴圖從北邊草場一直跟狼群鬥到這兒，真不簡單。這回沒出人命，就算騰格里保佑了。讓上面的調查組來看看吧，我相信他們會做出正確的結論的。

包順貴點點頭。他第一次平和地問巴圖：當時，你就不怕狼把你的馬也豁了？

巴圖憨憨地說：我就是急，急得什麼都不顧了。差一點點就過泡子了，就差一點點啊。

包又問：狼沒撲你嗎？

巴圖拿起那根鐵箍馬棒，伸出來給包順貴看：我用這根馬棒打斷一條狼的四根牙，打豁了一條狼的鼻子。要不我也得讓狼撕碎了。沙茨楞他們沒這傢伙，沒法子防身，他們不能算逃兵啊。

包順貴接過馬棒，掂了掂說：好棒！好棒！用這傢伙打狼牙，你也夠毒的。好！對狼越毒越好。巴圖你膽量技術了不得啊。等上面的調查組來的時候，你再跟他們好好說說你是怎麼打的狼。

包順貴說完，便把馬棒還給巴圖。又對烏力吉說：我看你們這兒的狼也太神了，比人還有腦子。狼群這個打法我也看明白了，牠們的目標很明確，就是不惜任何代價把馬群趕進泡子裏去。你看……

然後他掰著手指頭往下數：你看，狼懂氣象，懂地形，懂選擇時機，懂知己知彼，懂戰略戰術，懂近戰、夜戰、遊擊戰、運動戰、奔襲戰、偷襲戰、閃擊戰，懂集中優勢兵力打殲滅戰。還能有計劃、有目的、有步驟地實現全殲馬群的戰役意圖。這個戰例簡直可以上軍事教科書了。咱倆都是軍人出身，我看除了陣地戰，壕溝戰狼不會，咱們八路軍遊擊隊的那套戰略戰術軍事兵法，狼全都會。想不到草原狼還有這兩下子，原先我以為狼只會蠻幹或者偷雞摸狗，咬幾隻羊什麼的。

烏力吉說：自打我轉業到這牧場工作，就沒覺著離開戰場，一年四季跟狼打仗，天天槍不離身，到現在，我的槍法比當兵的時候還有準頭。你說得沒錯，狼真是懂兵法，至少能把兵法中的要緊部分用得頭頭是道。跟狼打了十幾年交道，我也長了不少見識。要是現在再讓我去剿匪打仗，我肯定是一把好手。

陳陣越聽越感興趣，忙問：那麼，人的兵法是不是從狼那兒學來的？

烏力吉眼睛一亮，他盯著陳陣說：沒錯，人的不少兵法就是從狼那兒學來的。古時候草原民族把從狼那兒學來的兵法，用來跟關內的農業民族打仗。漢人不光是向游牧民族學了短衣馬褲，騎馬射箭，就是你們讀書人說的「胡服騎射」，還跟草原民族學了不少狼的兵法。我在呼和浩特進修牧業專業的那幾年，還看了不少兵書，我覺著孫子兵法跟狼子兵法真沒太大差別。比如說，「兵者，詭道也」、知己知彼、兵貴神速、出其不意、攻其不備，等等。這些都是狼的拿手好戲，是條狼就會。

陳陣說：可是中國的兵書中，一個字也沒提到草原民族和草原狼，這真不公平。

烏力吉說：蒙古人吃虧就吃在文化落後，除了一部《蒙古秘史》以外，沒留下什麼有影響的書。

包順貴對烏力吉說：看來在草原上搞牧業，還真得好好研究狼，研究兵法，要不真得吃大虧。天不早了，咱倆去看看那邊的死狼吧。我得多照幾張相。

兩位頭頭走了以後，陳陣拄著木鍬發愣，這次戰地復盤、實地考察，使他對草原民族和成吉思汗的軍事奇蹟更著迷了。爲什麼成吉思汗及其子孫，竟然僅用區區十幾萬騎兵就能橫掃歐亞？消滅西夏幾十萬鐵騎、大金國百萬大軍、南宋百多萬水師和步騎、俄羅斯欽察聯軍、羅馬條頓騎士團；攻佔中亞、匈牙利、波蘭、整個俄羅斯，並打垮波斯、伊朗、中國、印度等文明大國？還迫使東羅馬皇帝採用中國朝代的和親政策，把瑪麗公主屈嫁給成吉思汗的曾孫。

是蒙古人創造了人類有史以來世界上版圖最大的帝國。這個一開始連自己的文字和鐵箭頭都還沒有、用獸骨做箭頭的原始落後的游牧小民族，怎麼會有那麼巨大的軍事能量和軍事智慧？這已成了世界歷史最不可思議的千古之謎。而且，成吉思汗及其子孫的軍事成就和奇蹟，不是以多勝少，以力取勝，而恰恰是以少勝多，以智取勝。難道他們靠的是狼的智慧和馬的速度？狼的素質和性格？以及由狼圖騰所滋養和激發出來的強悍民族精神？

陳陣這兩年來與狼打交道的經歷，加上他搜集的無數狼的故事，以及實地目睹和考察狼群圍殲黃羊群和全殲馬群的精典戰例，他越來越感到成吉思汗軍事奇蹟的答案可能就在狼身上。

戰爭是群體與群體的武力行爲，戰爭與打獵有本質區別。戰爭有攻有防，戰爭的雙方都武裝到牙齒。而打獵，人完全處於主動，絕大部分動物都處於被獵殺的地位。打野兔、旱獺、黃羊，也是打獵，但這完全是以強凌弱，絕無你死我活的對抗，僅僅是打獵而不是戰爭。雖然在打獵中確實可以學到某些軍事技能，但只有在真正的戰爭中，才能全面掌握軍事本領。

陳陣反覆琢磨：蒙古草原上沒有虎群、豹群、豺群、熊群、獅群和象群，牠們都難以在蒙古草原嚴酷的自然條件下生存，即便能適應自然條件，也適應不了更殘酷的草原生存戰爭、抵抗不了兇猛智慧的草原狼和草原人的圍剿獵殺。草原人和草原狼，是蒙古草原生物的激烈競爭中，惟一一對進入決賽的種子選手。那麼，在草原，能跟人成建制地進行生存戰爭的猛獸群，就只有狼群了。

以前的教科書認爲，游牧民族卓越的軍事技能來源於打獵——陳陣已在心裏否定了這種說法。更準確的結論應該是：游牧民族的卓越軍事才能，來源於草原民族與草原狼群長期、殘酷和從不間斷的生存戰爭。游牧民族與狼群的戰爭，是勢均力敵的持久戰，持續了幾萬年。在這持久戰爭中，人與狼幾乎實踐了後來軍事學裏面的所有基本原則和信條，例如：知己知彼，兵貴神速，兵不厭詐。上知天文，下知地理。常備不懈，聲東擊西。集中兵力，各個擊破。化整爲零，隱避精幹。出其不意，攻其不備。打得贏就打，打不贏就走。傷其十指不如斷其一指。敵進我退，敵駐我擾，敵疲我打，敵退我追。等等。狼雖幾乎遍佈全球，但沒有農業文明地區深溝高壘，大牆古堡的蒙古草原，卻是狼群的主要聚集地，也是人類與狼群長期鬥智鬥勇的主戰場。

陳陣順著這條思路繼續前行，他覺得自己似乎正站在一個通往華夏五千年文明史的隧道入口。在蒙古高原，人與狼日日戰，夜夜戰、隨時一小戰，不時一大戰。人群與狼群戰爭實踐的頻繁程度，大大超過世界上所有農業文明國家的人狼戰爭和人與人戰爭、甚至也超過人狼主戰場外的其他西方游牧民族的戰爭頻率。再加上游牧民族長期殘酷的部落戰爭、民族戰爭和侵略戰爭，使他們的戰爭才能不斷得到強化和提高。因此，蒙古草原民族，絕對比世界上任何一個農業民族和其他游牧民族，更善戰、更懂戰、更具有先天的軍事優勢。

從周、春秋戰國、秦漢唐宋的歷史來看，這些在人口和國力上占絕對優勢的農業文明大國，卻經常被蒙古高原的游牧小民族打得山河破碎，喪權辱國。到宋末以後，乾脆就被成吉思汗蒙族入主中原近一個世紀。中國的最後一個封建王朝清朝，也是游牧民族建立的。農耕的漢族沒有卓越的軍事狼教官、沒有狼陪練不間斷的嚴格訓練，古代漢人雖有孫子兵法，也只是紙上談兵，更何況「狼子兵法」，本是孫子兵法的源頭之一。

陳陣好像找到了幾千年來，華夏民族死於北方外患千萬冤魂的淵源，也好像找到了幾千年修築長城、耗空了中國歷朝歷代國庫銀兩的債主。他覺得思緒豁然開朗，同時卻深深地感到沉重與頹喪。世界萬物因果關係主宰著人的歷史和命運。一個民族的保家衛國的軍事才能，是一個民族的立身之本，生存之本。如果蒙古草原沒有狼，世界和中國是否會是另一個樣子？

人們忽然嚷嚷著向遠處快跑，陳陣從迷茫中驚醒，也騎上馬奔過去。

兩頭死狼被挖了出來，這是狼群把馬群逼進大泡子的一部分代價。陳陣走近一頭狼，巴圖和沙茨楞正在給一條狼掃雪，一邊在給人們講解狼的自殺剖腹戰。雪地上的這條狼比較苗條，顯然是一條母狼。下半身已經被馬蹄踢爛，但還可以看見幾個鼓脹的乳房流出的乳汁和血液，混合成一粒粒粉紅色的冰珠子。

畢利格老人說：真可憐啊，這條母狼的一窩崽子準保讓人給掏了，這些母狼就叫來了一大群狼替牠們報仇，牠自個兒也不想活了。在草原上，做什麼事都別做絕。在草原上，兔子急了還咬狼呢，母狼急了能不拚命嗎？

陳陣對幾個知青說：史書上記載，草原上的母狼最有母性，牠們還收養過不少人的小孩呢，匈奴、高車、突厥的祖先就是狼孩，被母狼收養過……

包順貴打斷他說：什麼狼孩不狼孩的！狼是吃人的東西還會收養小孩？整個兒胡說八道。人和狼你死我活，就得狠狠地打，斬盡殺絕。掏狼崽是我下的令，從前草原上一年一度的掏狼崽活動，確實是減少狼害的好傳統，但是只減少狼害還不行，必須徹底根除狼害！要把全牧場的狼窩統統掏光！讓狼報復吧，等我把狼殺乾淨了，看狼怎麼報復。現在，我的命令沒有收回，等事故處理完了還要繼續掏。每兩戶必須交一窩狼崽皮，完不成任務的交大狼皮也行，要不就扣工分！

包順貴在原地給死狼照了幾張相，又讓人把死狼裝車。人們又走向另一條死狼。陳陣來草原兩年，活狼、死狼、狼皮筒子見過不少，但像腳下這頭狼卻從來沒見過，牠的個頭大得近乎於豹子，胸圍甚至比豹子還粗還壯。狼身上的雪被掃盡，露出灰黃厚密的毛，狼脖狼背上一根根黑色粗壯的狼毫狼鬃，從柔軟的黃毛中伸出來，像鋼針一樣尖利挺拔。狼的下半身已被馬蹄踢爛全是血，地上一片血冰。

巴圖推了一下已經凍在地上的狼，沒搬動，他擦了擦汗說：這條狼笨了點，牠一定沒咬準，要是咬準的話，憑牠這個個頭，一下子就能豁開馬肚，自個兒也能掉下地活命，沒準是哪塊骨頭卡住了牠的牙，活該牠倒楣。

畢利格老人細細地看了一會，蹲下身來，用手撥開狼脖子上的一團血毛，兩個手指粗的血洞赫然出現，幾個知青都吃了一驚。這種血洞太熟悉了，草原上，所有被狼咬死的羊脖子兩側都有兩個血洞，一共四個，這是狼的四根牙咬斷羊的頸動脈留下標記。老人說：馬沒把這條狼踢死，只是踢成了重傷，這條狼是讓吃飽馬肉的另一條狼咬死的。

包順貴大罵：狼簡直跟土匪一樣狠毒！敢殺傷兵！

畢利格瞪了包順貴一眼道：土匪死了升不了天，狼死能升天。這條狼讓馬踢破肚子，死，一下子死不了，活又活不成，這麼活著不比死還難受？活狼看著也更難受，給牠這一口，讓牠死個痛快，身子不疼了，魂也歸騰格里了。頭狼這麼幹不是狠毒，是在發善心，是怕傷狼落到人的手裏，受人的侮辱！狼是寧死也不願受辱的硬漢，頭狼也不願看自己的兄弟兒女受辱。你是務農出身，你們的人裏面有幾個寧死不降的？狼的這個秉性，讓每個草原老人想想就要落淚。

烏力吉看包順貴有些不快，連忙說：你想草原上的狼，戰鬥力為什麼那樣強？很重要的一條，就是頭狼會乾脆地殺掉重傷兵，可是這樣一來，也就減輕了狼群的負擔，保證了整個隊伍的精幹快速有力。瞭解狼的這個特點，你在跟狼打仗的時候，就能把形勢估計得更嚴重一些。

包順貴似乎悟出點什麼，點點頭說：是啊，部隊打仗，為了安置傷病員需要大批的擔架員、衛生兵、衛兵、護士、醫生，還得有車隊、醫院一大堆機構。我搞過幾年後勤，我們算過，一個傷員最少也得需要十幾個人服務，負擔很重。戰爭期間這一大堆人員機構，確實影響部隊的戰鬥力。要這麼說，那狼群就真比人的軍隊快速機動得多了。可是傷兵大多是勇將，治好了還是部隊的骨幹。殺傷兵，難道不怕影響戰鬥力？

烏力吉嘆一口氣說：狼敢這麼幹，自然有牠的道理。一是狼特別能生，一生就是七八條十幾條，成活率也高。有一年秋天，我看見一條母狼帶著十一條當年的小狼，個頭只比母狼短小半個頭，跑起來也不比母狼慢。過兩年，小母狼也能下崽了。母牛下母牛，三年見五頭。母狼下母狼，三年該是多少呢？我看，至少一個排。狼群的兵員補充要比人快得多；二是狼一年成材。春天下的狼崽，到第二年春天，就是一條什麼都會的大狼了。一歲的狗會抓兔，一歲的狼會掏羊，一歲的小孩還在穿開襠褲。人不如狼啊。兵源多，狼當然敢殺傷員。我看狼殺狼，是狼太多了，連牠們自個兒都嫌多。狼殺狼，是狼自個兒在搞計劃生育，強行加速報廢，只把精兵強將留下。草原狼群的銳氣萬年不減，道理就在這兒。

包順貴舒展眉頭說：今天這次調查，我也算領教了狼的厲害。抗天災還有天氣預報幫忙，抗狼災誰能預報？我們這些農區來的人對草原狼災的估計太離譜了。這次事故確實人力不能抗拒，上面的調查組要是能來現場，看一看就知道了。

烏力吉說：那還得是明白人，才能看明白。

包順貴說：不管他們來不來，咱們也得組織幾次大規模打狼戰役，要不然，咱們牧場就成了狼群的大食堂了。我跟上頭再多要點子彈來。

人群的一邊，幾個知青爭論不休。三隊的初中生，原北京「東糾」紅衛兵小頭頭李紅衛情緒激動地說：狼真是階級敵人，世界上一切反動派都是野心狼。狼太殘忍了，屠殺人民財產馬群牛群羊群不算，竟然還屠殺自己的同類，咱們應該組織群眾打狼，對所有的狼實行無產階級專政。堅決、徹底地把狼消滅乾淨。還要堅決批判那些同情狼、姑息狼、死了還把屍體餵狼的草原舊觀念、舊傳統、舊風俗和舊習慣……

陳陣一看他要把矛頭指向畢利格老人，就急忙打斷他說：你這話太過頭了吧。階級只能在兩條腿的動物中劃分，如果把狼劃進階級裏來，那你是狼還是人？你不怕把偉大的無產階級領袖也劃到同狼一類的圈子裏去？再說，人殺人是不是屠殺同類？人殺人要比狼殺狼多得多，一戰二戰一殺就是幾百萬，幾千萬。人從周口店北京猿人起，就有殺同類的習性，從本性上來講，人比狼更殘忍。你還是多看點書吧。

李紅衛氣得舉起馬鞭，指著陳陣的鼻子說：你不就仗著老高三嗎，有他媽的什麼了不起！你看的全是資、封、修。壞書！毒草！你受你狗爹的影響極深，在學校裏你不吭氣，當逍遙派，到這個最原始最落後的地方你倒如魚得水了，你跟這兒的四舊臭味相投！

陳陣熱血衝頭，真恨不得像惡狼一樣地衝上去一口把他咬下馬來。但他又想起了狼堅毅的忍耐性，便瞪了他一眼，又狠狠地抽了兩下自己的氈靴，扭頭便走。

天近黃昏，已經適應草原牧區一頓手把肉早茶，一頓晚餐飲食習慣的知青，也已餓得全身冰冷，瑟瑟發抖。場部調查組的頭頭們和大部分牧民、知青隨著裝運死狼的輕便馬車撤回。陳陣跟著巴圖、沙茨楞去尋找他們的寶貝套馬杆，也再想找找被馬踩死踩傷的狼，陳陣更希望兩位驃悍的馬倌，給他多講點狼的故事和打狼技術。

「灰狼其為吾人之口令！」

黎明有亮似天光，射入烏護可汗之帳，一蒼毛蒼鬃雄狼由此光出，狼語烏護汗曰：「……予導汝。」

後烏護拔營而行，見蒼毛蒼鬃雄狼在軍前行走，大軍隨之而行。

此後，烏護可汗又見蒼毛蒼鬃雄狼，狼語烏護可汗曰：「即與士卒上馬。」烏護可汗即上馬。狼曰：「率領諸旬及民眾，我居前，示汝道路。」

此後，彼又上馬同蒼毛蒼鬃雄狼出征信度……唐兀……

——《烏護汗史詩》轉引自韓儒林《穹廬集》

在蒙古草原，大規模的圍獵捕狼都選在冬初，那時遍佈山包的旱獺已封洞冬眠，個比兔大，肉肥油厚的獺子是狼喜食之物，也草原狼的食源之一。旱獺一入洞，狼群開始加倍攻擊牲畜，牧場就需組織獵手給與回擊。冬初，草原狼剛剛長齊禦寒皮毛，這時的狼皮，皮韌、毛新、色亮、茸厚。上等優質狼皮大多出自這個季節，收購站的收購價也定得最高。

初冬打狼是牧民工分以外的重要副業收入來源。圍獵是青壯牧民鍛鍊和炫耀馬技、杆技、膽量的大好時機，也是展示各牧業隊組織者的偵察、踩點、選場、選時、組織、調度、號令等一系列軍事才能的機會。初冬圍獵打狼，也曾是草原上的酋長、單于、可汗、大汗對部族進行軍訓和實戰演習的古老傳統。千年傳統一脈相承，延續至今。

當一場大雪剛剛站住，打圍就基本準備就緒。這時雪地上的狼爪印最清晰，狼群行蹤的隱避性大大降低。狼腿雖長，但初踏新雪濕雪，拖泥帶水跑不快，馬腿更長就可大賺便宜。新雪初冬是狼的喪季，草原牧民總是利用這一時機煞煞狼群氣焰，也給受苦一年的人畜出口冤氣。

然而，草原的規律既可以被人認識，也可被狼摸透。這些年狼更精了，一年一打，倒把狼打明白了。狼一見新雪站穩，草場由黃變白，就一溜煙地跑過邊境，要不就鑽進深山打黃羊野兔，或縮在大雪封山的野地裏忍饑挨餓，靠啃嚼動物的枯骨和曬乾風乾的腐皮臭毛度日。一直等到雪硬了，在雪上也跑習慣了，人沒精神頭了，牠們才過來打劫。

在場部會議上，烏力吉說：前幾年冬初打圍，沒打著幾條大狼，打的儘是些半大小狼。以後咱得像狼一樣，儘量減少常規打法，要胡打亂打、出其不意，亂中求勝，停停打打、打打停停。雖然亂，不合兵法，但讓狼摸不到規律，防不勝防。春季不打圍，咱們就破破老規矩，來一次春圍，給狼群一次突然襲擊。這會兒的狼皮雖然沒有冬初的好，可是離狼脫毛還得一個多月，就算賣不出好價，但是可以在供銷社領到獎勵子彈。

場部會議決定，爲了消除這次狼殺馬群大事故的惡劣影響，爲了執行上級關於消滅額侖草原狼害的指示精神，全場動員，展開大規模滅狼運動。包順貴說：雖然目前正是春季接羔的大忙季節，抽勞力不易，但圍狼這場仗非打不可，否則，無法向各方面交代。

烏力吉又說：按以前的經驗，狼群在打完一場大仗以後，主力一定會後撤，牠們知道這時候人準保會來報復。估計這會兒狼群準在邊境附近，只要牧場一有動靜，狼群馬上就會越境逃竄。所以這些天不能打，放牠些日子，等狼肚子裏的馬肉消化淨了，牠們還會回頭惦記那些死馬凍肉的。旱獺和老鼠還沒出洞，狼沒吃食，牠們肯定會冒險搶馬肉吃的。

畢利格贊同地點頭說：我要帶些人先到死馬旁邊多下些狼夾子，唬弄唬弄狼群。頭狼一看見新埋的夾子，準保以爲人只想守，不想攻。從前，場部組織打狼，要帶一大幫狗，就先得把野地裏的狼夾子起了，要不夾斷狗腿誰都心疼。這回進攻前下夾子，再精的頭狼也得犯迷糊。要是能夾住幾條狼，狼群就得發暈，遠遠看著馬肉，吃又不敢吃，走又捨不得走。到那時候，咱們再悄悄上去猛地一圍，準能圈著不少狼，八成還能打著幾條頭狼和惡狼呢。

包順貴問畢利格：聽說這兒的狼賊精，下毒下夾子的地方，狼都不碰。老狼頭狼還能把有毒的肉咬出一圈記號，讓母狼小狼吃旁邊沒毒的肉。有的頭狼還能把狼夾子像起地雷一樣起出來，成心氣你，這是真的嗎？

畢利格回答說：也不全對，供銷社賣的毒狼藥，味大，狗都能聞出來，狼還能聞不出來嗎。我自個兒從來不用毒，弄不好還會毒死狗。我喜歡下夾子，我有絕招，除了神狼，沒幾條狼能聞出夾子埋在哪兒。

包順貴覺得，場部已經變成了司令部，生產會議成了軍事會議。看來當年上級派烏力吉這個騎兵連長，轉業後來當牧場場長絕對對口，連他自己到這兒來當軍代表也是順理成章。包順貴用筆敲了敲茶缸，對會議全體成員說：就這麼定了！

場部下了死令：各隊和個人未經場部允許，不得到牧場北邊去打狼，尤其是開槍打狼驚狼。場部將組織大規模打圍滅狼活動。各隊接到通知後，立即準備行動。

各隊牧民開始選馬、餵狗、修杆、磨刀、擦槍、備彈，一切都平靜有序，像準備清明接羔，盛夏剪毛，中秋打草，初冬宰羊那樣，忙而不亂。

早晨，遮天的雲層又陰了下來，低低地壓著遠山，削平了所有的山頭山峰，額侖草原顯得更加平坦，又更加壓抑。天上飄起雪沫，風軟無力。蒙古包頂的鐵皮煙囪像一個患肺氣腫的病人，困難地喘氣，還不時卜卜地咳幾聲，把煙吐到遍地羊糞牛糞，殘草碎毛的營盤雪地上。這場倒春寒流的尾巴似乎很長，看不到收尾轉暖的跡象。好在畜群的膘情未盡，還有半指厚的油膘，足以抗到雪化草長的暖春。雪下還有第一茬草芽，羊也能用蹄子刨開雪啃個半飽了。

羊群靜靜地縮臥在土牆草圈裏，懶懶地反芻著草食，不想出圈。三條看家護圈的大狗，叫了一夜，此刻又冷又餓，哆哆嗦嗦地擠在蒙古包門前。陳陣一開門，獵狗黃黃就撲起來，把兩隻前爪搭在他的肩膀上，舔他的下巴，拚命地搖尾巴，向他要東西吃。陳陣從包裏端出大半盆吃剩的手把肉骨頭倒給牠們。三條狗將骨頭一搶而光，就地臥下，兩爪夾豎起大骨棒，側頭狠嚼，喀吧作響，然後連骨帶髓全部咽下。

陳陣又從包裏的肉盆挑了幾塊肥羊肉，給母狗伊勒單獨餵。伊勒毛色黑亮，跟黃黃一樣也是興安嶺獵狗種，頭長、身長、腿長、腰細、毛薄。兩條獵狗獵性極強，速度快，轉身快，能掐會咬，一見到獵物興奮得就像是發了情。

兩條狗都是獵狐的高手，尤其是黃黃，從牠爹媽那兒繼承和學會了打獵的絕技。牠不會受狐狸甩動大尾巴的迷惑，能直接咬住狐狸尾巴，然後急剎車，讓狐狸拚命前衝，再突然一撒口，把狐狸摔個前滾翻，使牠致命的脖子和要害肚皮來個底朝天，黃黃再幾步衝上去，一口咬斷狐狸的咽喉，獵手就能得到一張完好無損的狐皮。而那些賴狗，不是被狐狸用大尾巴遛斷了腿，就是把狐狸皮咬開了花，常常把獵手氣得將狗臭揍一頓。黃黃和伊勒見狼也不慌，能仗著靈活機敏的身手跟狼東咬西跳，死纏活纏，還能不讓狼咬著自己，為後面跟上來的獵手和惡狗，套狼抓狼贏得時間創造戰機。

黃黃是畢利格老人和嘎斯邁送給陳陣的，伊勒是楊克從他的房東家帶過來的。額侖草原的牧民總是把他們最好的東西送給北京學生，所以這兩條小狗長大以後，都比牠們的同胞兄弟姐妹更出色出名。後來巴圖經常喜歡邀請陳陣或楊克一起去獵狐，主要就是看中這兩條狗。

去年一冬天下來，黃黃和伊勒已經抓過五條大狐狸了，陳陣和楊克冬天戴的狐皮草原帽，就是這兩條愛犬送給他倆的禮物。春節過後，伊勒下了一窩小崽，共六隻。其他三隻被畢利格、蘭木扎布和別的知青分別抱走了。現在只剩三隻，一雌兩雄，兩黃一黑，肉呼呼，胖嘟嘟，好像小乳豬，煞是可愛。

生性細緻的楊克，寵愛伊勒和狗崽非常過份，幾乎每天要用肉湯、碎肉和小米給伊勒煮一大鍋稠粥，把糧站給知青包的小米定量用掉大半。當時額侖知青的糧食定量仍按北京標準，一人一月三十斤，但種類與北京大不相同：三斤炒米（炒熟的糜子），十斤麵粉，剩下的十七斤全是小米。小米大多餵了伊勒，他們幾個北京人也只好像牧民那樣，以肉食爲主了。

牧民糧食定量每月只有十九斤，少就少在小米上。小米肉粥是最好的母狗狗食，這是嘎斯邁親手教他們倆的技術。伊勒下奶特別多，因此陳陣包的狗崽要比牧民家的狗崽壯實。

另一條強壯高大的黑狗是本地蒙古品種，狗齡五六歲，頭方口闊，胸寬腿長身長，吼聲如虎，兇猛玩命。牠全身傷疤累累，頭上胸上背上有一道道、一條條沒毛的黑皮，顯得醜陋威嚴。牠臉上原來有兩個像狗眼大小的圓形黃色眉毛，可是一個眉毛像是被狼抓咬掉了，現在只剩下一個，跟兩隻眼睛一配，像臉上長了三隻眼。雖然第三隻眼沒有長在眉心，但畢竟是三隻眼，因此，開始的時候，陳陣楊克就管牠叫二郎神。

這頭兇神惡煞般的大狗，是陳陣去鄰近公社供銷社買東西的路上撿來的。那天，在回家的路上，陳陣總感到背後有一股寒氣，牛也一驚一乍的。他一回頭，發現一條巨狼一樣大的醜狗，吐出大舌頭，一聲不吭地跟

在後面，把他嚇得差點掉下牛車。他用趕牛棒轟牠趕牠，牠也不走，一直跟著牛車，跟回了家。

幾個馬倌都認得牠，說這是條惡狗，有咬羊的惡習，被牠的主人打出家門，流浪草原快兩年了，大雪天就在破圈牆根底下憋屈著，白天自個兒打獵、抓野兔、抓獺子、吃死牲口，撿狼食，要不就跟獨狼搶食吃，跟野狗差不離。後來牠自個兒找了幾戶人家，也都因爲牠咬羊又被打出家門幾次。要不是牧民念牠咬死過幾條狼，早就把牠打死了。

按草原規矩，咬羊的狗必須殺死，以防家狗變家賊，家狗變回野狼，攪亂狗與狼的陣線，也可對其他野性未泯的狗以儆效尤。牧民都勸陳陣把牠打跑，但陳陣卻覺得牠很可憐，也對牠十分好奇，牠居然能在野狼成群，冰天雪地的殘酷草原生存下來，想必本事不小。再說，自從搬出了畢利格老人的蒙古包，離開了那條威風凜凜的殺狼猛狗巴勒，他彷彿缺了左膀右臂。陳陣就對牧民說，他們知青包的狗都是獵狗快狗，年齡也小，正缺這樣大個頭的惡狗看家護圈，不如暫時先把牠留下以觀後效，如果牠再咬死羊，由他來賠。

幾個月過去了，「二郎神」並沒有咬過羊。但陳陣看得出牠是忍了又忍，主動離羊群遠遠的。陳陣聽畢利格老人說，這幾年草原上來了不少打零工的盲流，把草原上爲數不多的流浪狗快打光了。他們把野狗騙到土房裏吊起來灌水嗆死，再剝皮吃肉。看來這條狗也差點被人吃掉，可能是在最後一刻才逃脫的。牠不敢再流浪，不敢再當野狗了。

流浪狗不怕吃羊的狼，可是怕吃狗的人。這條大惡狗夜裏看羊護圈吼聲最兇，拚殺最狠，嘴上常常有狼血。一個冬天過去，陳陣楊克的羊群很少被狼掏、被狼咬。在草原上，狗的任務主要是下夜、看家和打獵。白天，狗不跟羊群放牧。況且春季帶羔羊群有石圈，也隔離了狗與羊，這些條件也許能幫這條惡狗慢慢改邪歸正。

陳陣的蒙古包裏，其他幾個知青對「二郎神」也很友好，總是把牠餵得飽飽的。但「二郎神」從來不與人親近，對新主人收留牠的善舉也沒有任何感恩的表示。牠不和黃黃伊勒玩耍，連見到主人搖尾的幅度也小到幾乎看不出來。白天沒事的時候，牠經常會單身獨行在草原上閒逛，或臥在離蒙古包很遠的草叢裏，遠望天際，沉思默想，微瞇的眼睛裏流露出一種對自由草原嚮往和留戀的神情。

某個時刻，陳陣突然醒悟，覺得牠不大像狗，倒有點像狼。狗的祖先是狼，中國西北草原最早的民族之一——犬戎族，自認爲他們的祖先是兩條白犬，犬戎族的圖騰就是狗。陳陣常常疑惑：強悍的草原民族怎能崇拜人類的馴化動物的狗呢？可能在幾千年前，草原狗異常兇猛，野性極強，或者乾脆就是狼性未褪、帶點狗性的狼？古代犬戎族崇拜的白犬很可能就是白狼。陳陣想，難道他撿回來的這條大惡狗，竟是一條狼性十足的狗？或是帶有狗性的狼？也許在牠身上出現了嚴重的返祖現象？

陳陣經常有意地親近牠，蹲在牠旁邊，順毛撫摸，逆毛撓癢，但牠也很少回應。目光說不清是深沉還是呆滯，尾巴搖得很輕，只有陳陣能感覺到。牠好像不需要人的愛撫，不需要狗的同情，陳陣不知道牠想要什麼，不知道怎樣才能讓牠回到狗的正常生活中，像黃黃伊勒一樣，有活幹，有飯吃，有人疼，自食其力，無憂一生。

陳陣常常也往另處想：難道牠並不留戀狗的正常生活，打算返回到狼的世界裏去？但爲什麼牠一見狼就掐，像是有不共戴天之仇。從外表上看，牠完完全全是條狗，一身黑毛就把牠與黃灰色的大狼劃清了界線。但是印度、蘇聯、美國、古羅馬的狼，以及蒙古草原古代的狼都曾收養過人孩，難道狼群就不能收留狗孩嗎？可是牠要是加入狼群，那馬群牛群羊群就該遭殃了。可能對牠來說，最痛苦的是狗和狼兩邊都不接受牠，或者，牠兩邊哪邊也不想去。

陳陣有時想，牠絕不是狼狗，狼狗雖然兇狠，但狗性十足。牠有可能是天下罕見的狗狼，或狗性狼性一半一半，或狼性略大於狗性的狗狼。陳陣摸不透牠，但他覺得應該好好對待牠、慢慢琢磨牠。陳陣希望他能成

爲牠的好朋友。他打算以後不叫牠二郎神，而管牠叫二郎，諧二狼的音，含準狼的意，不要神。

陳陣等著楊克和高建中起床，在蒙古包外繼續餵狗，逗狗崽，撫摸沒有表情的二郎。

他們四個同班同學，住進自己的蒙古包已有一年多了。四個人：一個馬倌，一個牛倌，兩個羊倌。好強又精幹的張繼原當馬倌，跟著巴圖和蘭木扎布放一群馬，近五百匹。馬群食量大，費草場，爲了不與牛羊爭食，所以必須經常遠牧。深山野場，狼群出沒，遠離營盤，住在只夠兩人睡進去的簡易小氈包裏，用小小的鐵圈馬糞爐湊合野炊，長年過著比營盤蒙古包更原始的生活。馬倌的工作危險，辛苦，擔責任，但是馬倌在牧民中地位最高，這是馬背上民族最驕傲的職業。

馬倌套馬是一項優美，高難的藝術，也可變爲套狼殺狼的高超武藝。馬倌爲了給己給人換馬、給馬打鬃、打藥，還要騸馬、驗馬、馴生馬，幾乎天天離不開套馬。從古至今，草原民族的馬倌練就了一身套馬絕技，使用一根長長的套馬杆，在飛奔的馬背上，看準機會，探身抖杆，拋投出一個空心索套，準確地套住馬脖子。好馬倌一套便中，很少落空。

此技用來套狼，只要馬快，與狼的距離短，或有獵狗幫忙，同樣能套住狼。然後擰緊套繩，撥馬回跑，將狼勒昏勒死，或讓獵狗咬死。草原狼在白天極怕套馬杆，一見帶杆的馬倌，調頭就逃，或者臥草隱避。陳陣經常想，狼畏日戰，善夜戰，可能跟套馬杆有關。蒙古草原套馬杆的歷史起碼有幾千年了，這麼長的時間足以改變蒙古草原狼的習性。

額侖草原上的套馬杆，是陳陣見過的最漂亮、做工最講究的杆子，比他在報刊雜誌照片上看到的其他旗盟草原牧民的套馬杆，更長更精緻更實用。額侖草原的馬倌自豪地說，額侖的套馬杆是全蒙古最高級、最厲害、最漂亮的杆子。額侖草原地處內蒙著名的馬駒河流域的北部，是歷史上蒙古名馬戰馬——烏珠穆沁馬（古稱突厥馬）的主要產地之一。馬是蒙古人賴以生存的重要夥伴和戰友，馬倌的套馬杆當然也不能湊合了事。

額侖馬倌的套馬杆奇長奇直，光滑順溜。長——杆子總長大約有五六米至六七米。那些特長的杆子大都是用兩根樺木杆楔咬膠接而成的，陳陣還見過近九米長的套馬杆，杆子越長越容易套到馬和狼；直——直得如同一根沒有竹節的長竹，爲了直，馬倌必須用鉋子把樺木杆上的歪扭節疤細細刨平，實在刨不直的地方，就把杆子放在地上用濕牛糞焐，等焐軟了，再用一套擠杆的杠杆工具慢慢擠直。長杆頂端還拴接一根一米半長的指頭粗細的小杆，小杆頂端用馬鬃編成辮子花，勒緊杆頭，在編花上拴套繩就不會滑脫。

套馬杆的套繩是草原上最堅韌、最抗拉拽的繩索，它不是用細牛皮條做的，而是用羊腸線擰出來的，工藝複雜，這是整個套馬杆上惟一不能自己做的東西，必須到供銷社專門櫃檯去買。最後，還要用羊毛加鮮羊糞攥住套杆使勁擦抹，把雪白的杆子抹成羊糞色，等羊糞乾了以後再用軟布拋光，套馬杆表面就有一層沉著光亮的古銅色，長杆便像一件銳不可擋的古代金屬武器。

馬倌騎著馬，一手夾端著套馬杆的時候，杆梢會由套繩的重量自然下垂，套繩也垂成一個飄動的絞索。整個杆子會隨著馬步的起伏輕輕顫悠，彷彿活蛇一樣。草原狼都見過被套馬杆套住勒死的狼的慘狀。可能在狼的眼裏，套馬杆就像一條長長的蛇龍神那樣可畏。草原的白天，若在無人的曠野或深山長途走單騎，只要手握套馬杆，不管男女老少，就如手持騰格里的神符一樣，可以在狼的天下通行無阻。

張繼原當了近一年的馬倌了，他的套技一直很差勁，經常幾套不中，胯下的杆子馬就不肯再追，常常自己換不成馬，還得讓巴圖替他換。要不就是勉強套住了烈馬，但沒有在套住的一剎那，及時坐到馬鞍後面的馬屁股上，以便用馬鞍支撐住自己的身體。於是他常常被馬拽脫了手，馬拖著杆子跑了，不一會兒，費了幾天的工夫做

成的套馬杆，就被馬一踩三截。

爲了練套技，他經常在羊群裏練習套羊，追得羊群像遇到狼，追得母羊幾乎流產，讓畢利格老人一通好訓以後才算罷休。後來老人讓他先從套牛車後轅頭開始練，他的套技才大有長進，近來他已經可以替陳陣他們三個人換馬了，這可解決了一個大難題。張繼原很少回家，一個月能在家裏斷斷續續住上一星期就算不錯了。每次他一回來，倒頭便睡，睡醒以後就會給同伴講許許多多人、馬、狼的故事。

馬倌馬多腿快，識多見廣。牧業隊分給馬倌的專用馬就有八九匹，而且馬群裏的生馬，無主馬也可以隨便騎。馬倌騎馬幾乎一天一換，甚至一天兩換，從不吝惜馬力，到任何地方都是一路狂奔，牛氣烘烘。馬倌到哪個蒙古包都有人求，求換馬，求捎信，求帶東西，求請醫生，求講小道消息。

馬倌也是收到姑娘們笑容最多的人，讓那些只有四五匹專用馬，消息閉塞的羊倌牛倌羨慕得要死。但放馬又是草原上最艱苦最凶險的工作，沒有身強，膽大，機敏，聰明，警覺，耐饑渴，耐寒暑的狼或軍人的素質，生產隊裏是不會選你當馬倌的。四人中能被挑走一個就算走運，其他三人就絕無希望當馬倌了。

陳陣搜集的許多狼故事，就是張繼原陸續講給他聽的。每當張繼原回家小住，陳陣就對他好吃好喝好招待，兩人在狼的話題上非常投機。馬倌處在與狼群生死戰鬥的第一線，對狼的態度非常矛盾。陳陣和張繼原，再加上楊克，三人經常聊得很晚，有時還爭論不休。張繼原回馬群的時候，也總要跟陳陣楊克借一兩本書揣著解悶。

高建中當牛倌，放一百四十多頭牛。放牛是草原上最舒服的活計，草原上的人說，牛倌牛倌，給個縣官也不換。牛群早出晚歸，自己認草又認家。小牛犢一個挨一個拴在家門前地上的馬鬃繩旁，母牛會準時回來餵奶。只是犍牛討厭，哪兒草好往哪兒跑，懶得回家，牛倌最辛苦的活也就是找牛趕牛。但牛強起來，無論怎麼打，牠都梗著牛脖子，哆嗦著眼皮，賴在地上就是不走，讓人氣得想咬牛。

牛倌屬於自己的閒散時間最多，當羊倌的，若是有事就可以找牛倌幫忙。蒙古包沒有牛，那日子就沒法過了。駕車、搬家、擠奶、做奶食、儲乾糞、剝牛皮、吃牛肉、做皮活，這些與家有關的事情都離不開牛。馬背上的民族，必須得有一個牛背上的家。牛倌、羊倌、馬倌各司其職，就好比是一根環環相扣、缺一不可的鏈條。

陳陣和楊克合管一群羊，一千七百多隻。絕大部分是聞名全國的額侖大尾羊，尾巴大如中型臉盆，尾膘半透明，肥脆而不膩；肉質鮮香又不膻。據烏力吉說，全盟草場中，就數額侖的草場和草質最好，所以額侖的羊也最好。在古代，是皇家貢品羊，是忽必烈進北京以後親點的皇族肉食羊；就是現在，國家領導人在人民大會堂，招待阿拉伯伊斯蘭國家元首所用的羊肉，就是額侖大尾羊。據說，那些國家的元首們，經常撇開國家大事，來尋問羊肉的產地。

陳陣常想，額侖草原的狼個頭大得出奇，腦子轉得比人還快，可能也與牠們經常吃額侖大尾羊有關。羊群中另一種羊是新疆改良羊，是本地羊和新疆細毛羊的雜交品種，毛質好，產量高，賣價高於本地羊毛三四倍。但肉質鬆，無鮮味，牧民誰也不愛吃。

再就是山羊，數量很少，只占羊群總數的二、三十分之一。雖然山羊啃草根毀草場，但山羊絨價值昂貴，而且山羊中的閹羊大多有利角又膽大，敢與狼拚鬥。羊群裏放進一些山羊，常常可以抵擋孤狼獨狼的偷襲。因此，蒙古羊群的領頭羊通常都由幾十隻大角山羊擔任。頭羊們認草、認家又有主見，走到草好的地方就壓住陣腳，走到草差的地方就大步流星。

山羊比綿羊還有個優點，就是牠一受到狼攻擊就會咩咩亂叫，起到報警的作用。不像綿羊，膽小又愚蠢，被狼咬開了肚子也嚇得一聲不吭，任狼宰割。陳陣發現蒙古牧民擅長平衡，善於利用草原萬物各自的特長，能夠把矛盾的比例，調節到害處最小而收益最大的黃金分割線上。

兩個羊倌一人放羊，一人下夜。放羊記工十分，下夜記工八分。兩人工作可以互相輪班，互相調換，一人有事，另一人經常連幹一天一夜或兩夜兩天。如果狗好圈好，春季下夜照樣可以睡足覺。但夏秋冬三季游牧，沒有春季接羔營盤的土石羊圈，只靠半圈用牛車、柵欄和大氈搭的擋風牆，根本擋不住狼。如果狼害嚴重，下夜絕對是件苦差事，整夜甭想睡覺，要打著手電筒圍羊群轉，跟狗一塊兒扯破嗓子叫喊一夜。

烏力吉說，下夜主要是爲了防狼，每年牧場支付下夜工分費用，就占了全部工分支出的三分之一左右。這是牧場支付給狼的又一大筆開銷。

下夜是牧區蒙族婦女的主要職業，女人晚上下夜，白天繁重家務，一年四季很少能睡個整覺。人晝行，狼夜行；人困頓，狼精神。草原狼攪得草原人晨昏顛倒，寢食不安，拖垮了一家又一家，一代又一代的女人，因而，蒙古包的主婦，大多多病短壽，但也練出了一些強悍拖不垮的、具有一副好身骨女人。草原狼繁殖過密，草原人口一年年卻難以大幅度增長。然而，古代蒙古草原也從來沒有發生過因人口過剩，而大範圍墾荒求食的事情。是草原狼控制了草原人口舒舒服服地發展。

羊群是草原牧業的基礎，養著羊群有羊肉吃，有羊皮穿，有羊糞燒，有兩份工分收入，草原原始游牧的基本生活就有了保障。然而羊倌的工作極爲枯燥單調，磨人耗人拴人，從早到晚在茫茫綠原或雪原，一個人與羊群爲伍，如果登高遠望，方圓幾十里見不到一個人影。沒有人說話，不敢專心讀書，時時得提防狼來偷襲。每天總有蘇武牧羊那種孤獨蒼涼，人如荒草的感覺，揮之不去，侵入膏肓。陳陣常常覺得自己老了，很老了，比蘇武還要老。千萬年的草原一點都沒變，人還在原始游牧，還在與狼爭食，爭得那樣殘酷，那樣難分勝負。

陳陣經常覺得自己好像是流落到草原的北京山頂洞人，遇到的敵人還是狼。如果哪天在草原晨霧中，手持節杖的蘇武，或是圍著獸皮的猿人向他走來，他都不會吃驚，可能他們相遇時，彼此比比劃劃說的話題還是狼。額侖草原的時間是化石鐘，沒有分秒點滴漏出。是什麼東西使草原面容凝固不動，永保草原遠古時代的原貌？難道又是狼？

放羊對陳陣來說也有一個好處，獨自一人在草原上，總能找到靜靜思索的時間，任憑思想天馬行空自由翱翔。他從北京帶來的兩大箱名著、加上楊克的一箱精選的史書和禁書，他這個羊倌可以學羊的反芻法來消化它們。晚上，在油燈下如羊一樣吞咽古今經典書籍；白天，在羊群旁邊，又如羊一樣反芻中外文化精華。細嚼慢芻，反覆琢磨，竟覺故紙有如青草肥嫩多汁。

白天放羊時，陳陣大多是在芻嚼和思慮中打發光陰。有時也可以一目十行，飛快地讀幾頁書，但必須在確定周圍沒有狼的情況下才敢看。難道真像畢利格老人說的那樣要懂草原，懂蒙古人，就得懂狼？難道萬年草原保持原貌，停滯不前，草原民族一直難以發展成大民族，也與狼有關？他想，有可能。至少狼群的進攻，給牧場每年造成可計算的再加上不可估算的的損失，使牧業和人業無法原始積累，使人畜始終停留在簡單再生產水平，維持原狀和原始，騰不出人力和財力去開發貿易、商業、農業，更不要說工業了。狼涉及的問題真是太廣泛和深刻了……

然而，真要想懂得狼，實在太難。人在明處，狼在暗處；狼嗥可遠聞卻不可近聽。這些日子來，陳陣心裏一直徘徊不去的那個念頭越來越強烈了，他真想抓一條小狼崽放在蒙古包旁養著，從夜看到書，從小看到大，把狼看個夠，看個透。

他又想起前幾天那條叼走羊羔的母狼，和那一窩不知藏在哪個洞的小狼崽。

那天，他剛觀察過羊群四周的情況，感覺平安無事，便躺在草地上，盯防著藍天上盤旋的草原雕。突然，他聽到羊群嘩啦啦一陣輕微騷動，他急忙坐起來，看到一條大狼衝進了羊群，一口叼住一隻羊羔的後脖子，然後側頭一甩，把羊羔甩到自己的後背上，歪著頭，背扛著羊羔，順著山溝，向黑石頭山方向，颼地跑沒影了。

羊羔平時最愛叫，聲音又亮又脆，一隻羊羔的驚叫聲，常常會引起幾百隻羊羔和母羊們的連鎖反應，叫得草場驚天動地。可狼嘴叼緊了羊羔後脖頸，就勒得羊羔的喉嚨發不出一點聲音。母狼悄無聲息地溜走了，羊群平靜如初。絕大部分羊還不知發生了什麼事，可能連羊羔媽媽都不知自己丟了孩子。如果陳陣聽力和警覺性不高的話，他也會像那隻傻母羊那樣，要等到下午對羔點羊的時候才會發現丟了羊。陳陣驚得像遇到了一個身懷絕技的飛賊，眼睜睜地看著賊在他眼皮底下搶走了錢包。

等喘平了氣，陳陣才騎馬走到狼偷襲羊羔的地方查看，發現那兒的草叢中有一個土坑，土坑裏的草全被壓平，顯然，那條母狼並不是從遠處匍匐接近羊群的，那樣的話，陳陣也許還能發現。母狼其實早已悄悄埋伏在這個草坑裏，一直等到羊群走近草坑時才突然躥出。

陳陣看了看太陽，算了一下，這條狼足足埋伏了三個多小時。在這個季節抓走活羊羔的狼只會是母狼，這是牠訓練狼崽抓活物的活教材，活道具，也是餵給尚未開眼和斷奶的小狼崽，鮮嫩而易消化的理想肉食。

陳陣窩了一肚子的火，但他又暗自慶幸。這些天，他和楊克經常隔三差五地丟羊羔，兩人一直懷疑是老鷹或草原雕偷的，這些飛賊動作極快，趁人不備，一個俯衝就能把羊羔抓上藍天。可是老鷹抓羊羔，低空俯衝威脅面很大，會驚得整群羊狂跑大叫，而守在羊群旁的人是不可能不發覺的。他倆始終弄不清這個謎。直到陳陣親眼看到母狼抓羊羔的技巧和這個草坑，他才算破了這個案。否則，那條母狼還會繼續讓他們丟羊羔。

無論牧民怎樣提醒、告誡，陳陣還是不能保證不出錯。兵無常法，草原狼會因地制宜地採用一切戰法。狼沒有草原雕的翅膀，但草原上真正的飛賊卻是狼。讓你一次一次地目瞪口呆，也讓你多留心眼多長心智。

陳陣輕輕地給二郎撓脖子，牠還是沒有多少感謝的表示。

空中飄起雪沫，陳陣進了包，和楊克、高建中圍著鐵筒乾糞爐，喝早茶，吃手把肉和嘎斯邁送的奶豆腐。趁著這一會兒的閒空，陳陣又開始勸他倆跟自己去掏狼窩，他認爲自己的理由很過硬：咱們以後少不了跟狼打仗，養條小狼才可以真正摸透狼的脾氣，就能知己知彼。

高建中在爐板上烤著肉，面有難色地說道：掏狼崽可不是鬧著玩的，前幾天蘭木扎布他們掏狼洞薰出一條母狼，母狼跟人玩了命，差點沒把他的胳膊咬斷。他們一共三個馬倌牛倌，七八條大狗，費了好大勁，才打死母狼。狼洞太深，他們換了兩撥人，挖了兩天才把狼崽掏了出來。護羔子的綿羊都敢頂人，護崽的母狼還不得跟人拚命。咱們連槍都沒有，就拿鐵鍬馬棒能對付得了？挖狼洞也不是件輕活，上次我幫桑傑挖狼洞也挖了兩天，也沒挖到頭，最後只好點火灌煙再封了洞拉倒。誰知道能不能薰死小狼崽。桑傑說母狼會堵煙，洞裏也有通風暗口……找有狼崽的洞就更難了，狼的真真假假你還不知道？牧民說，狼洞狼洞，十洞九空，還經常搬家。牧民挖到一窩狼崽都那麼難，咱們能挖著嗎？

楊克倒是痛快地對陳陣說：我跟你去。我有根鐵棒，很合手，頭也磨尖了，像把小扎槍。要碰見母狼，我就不信咱倆打不過一條狼。再帶上一把砍刀，幾個二踢腳。咱們連砍帶炸準能把狼趕跑。要是能打死條大狼，那咱們就更神氣了。

高建中挖苦道：臭美吧。留神狼把你抓成個獨眼龍，咬成狂犬病，不對，是狂狼病，那你的小命可就玩兒完了。

楊克晃晃腦袋：沒事兒，我命大，學校那回武鬥，我們第一組五個人傷了四個，就我沒事。辦什麼事都不能前怕狼後怕虎。漢人就是因爲像你這樣，才經常讓游牧民族入主中原。蘭木扎布老說我是吃草的羊，他是吃肉的狼。咱們要是自個兒獨立掏出一窩狼崽，看他還敢說我是羊了。我豁出一隻眼也得賭這口氣。

陳陣說：好！說定了？可不許再反悔噢！

楊克把茶碗往桌上一扣，大聲說：嗨，你說什麼時候去？要快！晚了場部就該讓咱們去圈狼了。我也特想參加圍狼大會戰。

陳陣站起來說：那就吃完飯去，先偵察偵察。

高建中抹著嘴說：得，又得讓官布替你們倆放羊，咱包又要少一天的工分了。

楊克反唇相譏道：上回我和陳陣拉回一車黃羊，能頂多少個月的工分啊。淨算小賬，沒勁！

陳陣和楊克正在備鞍，巴雅爾騎著一匹大黃馬跑來，說爺爺讓陳陣去他家。陳陣說：阿爸讓我去，準保有要緊事。楊克說：沒準和圍狼有關係，你趕緊去吧，也正好可以跟阿爸討教討教掏狼崽的技術和竅門。

陳陣立即上馬。巴雅爾個子小，在平地上不了馬，楊克想把他抱上馬鞍，小傢伙不讓，他自己把大黃馬牽到牛車旁，踩著車轅認了馬鐙上了馬。兩匹馬飛奔而去。

第八章 草原帝國的衛士

東漢明帝時，汶山郡以西的白狼、槃木……等部約有一百三十餘萬戶，六百萬餘口，自願內屬。他們作詩三章，獻給東漢皇帝……合稱《白狼歌》，備述「白狼王……等慕化歸義」之意。

——張傳璽《中國古代史綱・上》

陳陣還未下馬，就聞到老人的蒙古包裏飄出一股濃濃的肉腥味，不像是羊肉味。他很覺奇怪，急忙下馬進包。畢利格老人忙喊慢著慢著。陳陣慌忙站定，發現東、北、西三面的地毯都已捲起，寬大的地氈上鋪著生馬皮，馬皮上擺滿了鋼製狼夾子，至少有七八個。

蒙古包中央爐子上的大鍋，冒著熱氣和腥氣，鍋裏是黑呼呼油汪汪的一大鍋湯水。嘎斯邁滿面煙塵汗跡，跪在爐旁加糞添火。她的五歲小女兒其其格正在玩一大堆羊拐，足有六七十個。巴圖在一邊擦狼夾子，他還在家裏養傷，臉上露出大片的新肉。畢利格的老伴老額吉也在擦狼夾。陳陣不知老人在煮什麼。老人在身旁挪出了空地，讓陳陣坐在他的旁邊。

陳陣開玩笑地問：您在煮什麼？想煮狼夾子吃啊？您老牙口好硬呵。

畢利格笑瞇了眼，說道：你猜著了一半，我是在煮狼夾。不過，我的牙口不成了，是狼夾的牙口好，你看看這夾子是不是滿口鋼牙？

陳陣驚訝地問：您煮狼夾幹什麼？

夾狼啊。畢利格指指大鍋說：我來考考你，你聞聞這是什麼肉味？

陳陣搖搖頭。老人指了指爐旁的一盆肉說：那是馬肉，是我從泡子那邊撿回來的。煮一大鍋馬肉湯，再用肉湯煮狼夾子，你知道這是爲的啥？爲的是煮掉夾子的鐵銹味。

陳陣明白了，立刻來了興趣說：得，這下狼該踩進夾子裏去了，狼還是鬥不過人。

老人捋了捋黃白色的鬍鬚說：你要是這麼想，就還鬥不過狼。狼鼻子比狗靈，有一星半點的銹味和人味，那你就瞎忙乎了。有一回，我把夾子弄得乾乾淨淨，一點銹味人味也沒有。可到了也沒夾著狼，我想了半天才想起來，那天我下完夾子，不小心咳出一口痰，我要是連雪帶痰一塊捧走也就沒事了，可我踩了一腳，又扒拉些雪蓋上痰，想著沒事，可還是讓狼給聞出來了。

陳陣吃了一驚，嘆道：狼的鼻子也太厲害了。

老人說：狼有靈性，有神助，有鬼幫，難鬥啊……

陳陣正要順著鬼神往下問，阿爸跪起身來從鍋裏撈夾子了，狼夾很大很重，一口大鍋只能煮一個夾子。陳陣幫老人用木棍撈出夾子，放在一塊油膩膩的麻袋上，然後又下了一隻夾子。

老人說：昨天我讓全家人先擦了一天夾子，我先煮過一遍了，這會兒是第二遍。這還不成，待會兒，還得用馬鬃蘸著煉好的馬腸油再擦兩遍，這才能用。真到下夾子的時候還要戴手套，上乾馬糞，打狼跟打仗一樣，心不細不成。要比女人的心還細，比嘎斯邁的心還要細。老人笑道。

嘎斯邁望著陳陣，指指碗架說：知道你又想喝我做的奶茶了，我手埋汰，你自個兒動手吧。

陳陣不喜歡炒米，最喜歡嘎斯邁做的奶豆腐，就抓了四五塊放在碗裏，又拿起暖壺，倒了滿滿一碗奶茶。

嘎斯邁說：本來阿爸是要帶巴圖去下夾子的，可他的臉還出不了門，就讓你這個漢人兒子去吧。陳陣笑道：只要是狼的事，阿爸就忘不了我。是吧，阿爸？

老人看著陳陣說：孩子啊，我看你是被狼纏住了，我老了，這點本事傳給你。只要多上點心，能打著狼。可你要記住你阿爸的話，狼是騰格里派下來保護草原的，狼沒了，草原也保不住。狼沒了，蒙古人的靈魂也就上不了天了。

陳陣問：阿爸，狼是草原的保護神，那您爲什麼還要打狼呢？聽說您在場部的會上，也同意大打。

老人說：狼太多了就不是神，就成了妖魔，人殺妖魔就沒錯。要是草原牛羊被妖魔殺光了，人也活不成，那草原也保不住。我們蒙古人也是騰格里派下來保護草原的。沒有草原，就沒有蒙古人，沒有蒙古人，也就沒有草原。

陳陣心頭一震，追問道：您說狼和蒙古人都是草原的衛兵？

老人的目光突然變得警惕和陌生，他盯著陳陣的眼睛說：沒錯。可是你們……你們漢人不懂這個理。

陳陣有點慌，忙說：阿爸，您知道，我是最反對大漢人主義的，也不贊成關內的農民到草原來開荒種地。

老人臉上的皺紋慢慢鬆開，他一面用馬鬃擦著狼夾，一面說：蒙古人這麼少，要守住這麼大的草原難啊。不打狼，蒙古人還要少；打狼打多了，蒙古人更要少……

老人的話中似乎藏有玄機，一時不易搞懂，陳陣有些疑惑地把問話咽下了。

所有的狼夾子都處理好了，老人對陳陣說：跟我一塊去下夾子，你要好好看我是咋下的。老人戴上一副帆布手套，又遞給陳陣一副。然後起身拿著一個狼夾，搬到包外一輛鐵輪輕便馬車上，車上墊著浸過馬腸油的破氈子。陳陣和巴雅爾也跟著搬運，鋼夾一出包，夾子上的馬油立即凍上一層薄薄的油殼，將狼夾糊得不見鐵。

狼夾全都上車以後，老人又從蒙古包旁提起一小袋乾馬糞蛋，放到車上。一切準備停當，三人上馬。嘎斯邁追出幾步對陳陣大聲囑咐，陳陳（陳陣），下夾子千萬小心，狼夾子能夾斷手腕的。那口氣像是在叮囑她

她的兒子巴雅爾。

巴勒和幾條大狗見到狼夾子，獵性大發，也想跟著一塊兒去。巴圖急忙一把抓著了巴勒脖子上的鬃毛，嘎斯邁也彎腰摟住了一條大狗。畢利格老人喝退了狗，牽著套車的轅馬，三人四馬向大泡子一路小跑。

雲層仍低低地壓在山頂，空中飄起又薄又輕的小雪片，雪絨乾鬆。老人仰面接雪，過了一會，臉上有了一點水光，他在摘下手套，又用手接了一點雪擦了一把臉，說道：這些天，忙得臉都常忘了洗，用雪洗臉爽快。在爐子旁邊待長了，臉上有煙味，用雪洗洗，去去味，方便幹活。

陳陣也學著老人洗了一把臉，又聞了馬蹄袖，只有一點點羊糞煙味，但是這可能就會讓幾個人的辛苦前功盡棄。陳陣問老人：身上的煙味要不要緊？

老人說：不大要緊，一路過去，煙味也散沒了。記著，到了那兒，小心別讓袍子皮褲碰上凍馬肉就沒事。

陳陣說：跟狼鬥，真累啊。昨天晚上，狼和狗叫了一夜，叫得特兇，吵得我一夜沒睡好。

老人說：草原不比你們關內，關內漢人夜夜能睡個安穩覺。草原是戰場，蒙古人是戰士，天生就是打仗的命。想睡安穩覺的人不是個好兵。你要學會一躺下就睡著，狗一叫就睜眼。狼睡覺，兩個耳朵全支楞著，一有動靜，撒腿就跑。要鬥過狼，沒狼的這個本事不成。你阿爸就是條老狼。

老人呵呵笑了起來：能吃，能打，能睡，一袋煙的工夫，也能迷糊一小覺。額侖的狼啊，都恨透我了。我要是死了，狼準把我啃得連骨頭渣子都剩不下。我上騰格里就比誰都快。呵呵……

陳陣一邊打著哈欠，一邊說：我們知青得神經衰弱的人越來越多，有一個女生已經病退回北京了。再這麼下去，過幾年，我們這些知青得有一半讓狼打回關內。我死了可不把身子餵狼，還是一把火燒了才痛快。

老人笑聲未停：呵呵……你們漢人太浪費，太麻煩。人死了還要棺材，用那老些木頭，可以打多少牛車啊。

陳陣說：哪天我死了，可不用棺材，火化拉到。

老人笑道：那也要用多多的木頭燒呢，浪費浪費。我們蒙古人節約鬧革命，死了躺在牛車上，往東走，什麼時候讓車顛下來，什麼時候就等著餵狼了。

陳陣也笑了：可是，阿爸，除了讓狼把人的靈魂帶上騰格里，是不是還爲了節省木頭呢？因爲草原上沒有大樹。

老人回答說：除了爲了省木頭，更是爲了「吃肉還肉」。

吃肉還肉？陳陣這還是第一次聽說，頓時睏意全消。忙問，什麼叫吃肉還肉？

老人說：草原上的人，吃了一輩子的肉，殺了多少的生靈，有罪孽啊。人死了把自己的肉還給草原，這才公平，靈魂就不苦啦，也可以上騰格里了。

陳陣笑道：這倒是很公平。要是我以後不被狼打回北京，我沒準也把自己餵狼算了。一群狼吃一個人，不用一頓飯的功夫就俐索了。餵狼可能比火化速度更快。

老人樂了，隨即臉上又出現了擔憂的神情：額侖草原從前沒有幾個漢人，全牧場一百三四十個蒙古包，七八百人，全是蒙族。文化革命了，你們北京知青就來了一百多，這會又來了這老些當兵的，開車的，趕大車的，蓋房子的。他們都恨狼，都想要狼皮，往後槍一響，狼打沒了，你想餵狼也餵不成了。

陳陣也樂了：阿爸，您甭擔心，沒準往後打大仗，扔原子彈，人和狼一塊兒死，誰也甭餵誰了。

老人比劃了一個圓，問道：圓……圓子彈是啥樣子彈？

陳陣費了牛勁，連比劃帶說，也沒能讓老人明白……

快到泡子最北邊的那幾匹死馬處，畢利格老人勒住馬，讓巴雅爾牽住轅馬就地停車等著。然後帶上兩副狼夾子，小鐵鎬，裝乾馬糞的口袋等等工具，帶陳陣往死馬那邊走。老人騎在馬上走走停停，到處察看。幾匹死馬顯然已被動過，薄薄的新雪下面能隱約看到馬身上的咬痕，還有馬屍旁邊的一個個爪印。陳陣忍不住問，狼群又來過了？

老人沒回答，繼續察看。連看了幾匹馬以後才說：大狼群還沒來過，烏力吉估摸得真準，大狼群還在邊防公路北邊。這群狼真能沉得住氣。

阿爸，這些腳爪印是怎麼回事？陳陣指了指雪地。

老人說，這些多半是狐狸的爪印，也有一條母狼的爪印。這邊一些帶崽的母狼得護著崽，單獨活動。老人想了想說：我原本想打狼群裏的頭狼和大狼的，可這會兒有這些狐狸搗亂，就不容易打著大狼和頭狼了。

那咱們不是白費勁了嗎？

也不算白費勁，咱們的主要任務就是要把狼群弄迷糊，牠以爲人下了夾子，就沒功夫打圍了，變著法子也要來吃馬肉的。只要狼群一過來，咱們就好打圍了。

陳陣問：阿爸，有沒有法子夾一條大狼？

咋能沒有呢。老人說：咱們把帶來的夾子全下上，下硬一點，專夾狼，不夾狐狸。

老人騎馬又轉了兩圈，在一匹死馬旁邊選了第一個下夾點。陳陣急忙下馬，鏟清掃淨了雪。老人蹲下身，用小鐵鎬在凍得不太深的地上刨出一個直徑約四十釐米，深約十五釐米的圓坑，坑中還有一個小坑。然後戴上沾滿馬腸油的手套，把鋼夾放在圓坑裏，再用雙腳踩緊鋼夾兩邊像兩個巨形鑷子的鋼板彈簧，用力掰開鋼夾朝天緊閉的虎口，將滿嘴鋼牙的虎口掰到底，掰成一個緊貼地面，準備狠咬的圓形大口。再小心翼翼把一個像刺繡綳架一樣的布綳墊，懸空放在坑中小坑和鋼夾之間，再用鋼夾邊緣小鐵棍別住虎口，插到布墊的扣子上。

陳陣提心吊膽地看著老人做完這一組危險、費力的動作，如稍有閃失，鋼夾就可能把手打斷。老人抬起腳，滿頭大汗地蹲在雪地上喘氣，用馬蹄袖小心地擦汗，生怕汗落到馬身上去。

老人第一次帶陳陣出來下夾子，陳陣總算看明白鋼夾是怎樣夾狼的了。只要狼爪一踩到懸空的布繃墊上，布墊下陷，小鐵棍從布墊的活扣中滑脫，那時鋼簧就會以幾百斤的力量，猛地合攏鋼夾虎口，把踩進夾子的狼爪，打裂骨頭咬住筋。怪不得狼這麼害怕鋼夾，這傢伙果真了得！要是草原狼不怕鋼夾的鋼鐵聲音，那他可能就在第一次誤入狼陣時喪命了。

剩下的就是如何掩蓋和僞裝了，這道工序也不能出絲毫差錯。畢利格老人緩過勁來說：這夾子不能用雪蓋，雪太沉，能把布墊壓塌，還有，要是出了太陽雪一化，夾子裏面凍住了，夾子也打不開。你把乾馬糞給我。

老人接過布袋，抓了一把乾馬糞，一邊搓一邊均勻地撒在布墊上，又乾又輕的馬糞沫慢慢填滿狼夾的鋼牙大口。此刻，布墊依然懸空，又不怕鋼夾裏面上凍。然後老人將夾子上的鐵鏈勾在死馬的骨架上，才說這會兒能用雪蓋了。他指導陳陣鏟雪把鋼夾的鋼板彈簧和鐵鏈蓋好，又用浮雪小心地蓋住馬糞，最後用破羊皮輕輕掃平雪，與周圍雪面接得天衣無縫。

細碎的小雪還在下，再過一會兒，雪地上所有的痕跡都看不出來了。陳陣問：這個夾子爲什麼只能夾狼不夾狐狸？老人說：我把鐵棍別子插得深了一點，狐狸輕，踩不動。狼個頭大，一踩準炸。

老人看了看四周，又用腳步量了量距離，在兩步左右的地方又選了個下夾點。說：這個夾子你來下吧，我看著你下。

兩個夾子爲什麼離這麼近？陳陣問。

老人說：你不知道，有的狼對自個兒也特別狠，牠要是被夾住了腿，會把腿連骨帶筋全咬斷，瘸著三條腿逃掉。我給牠下兩個，只要夾住一條腿，牠就會疼得沒命地拽鏈子，沒命轉圈，轉著轉著，後腿就踩著第二個夾子

了，這地方鏈子剛好搆得著。要是狼的前後兩條腿都給夾住了，牠就算能把兩條斷腿都咬掉，剩下兩條腿牠咋跑？

陳陣心裏猛地一抽，頭皮發根乍起。草原上的人狼戰爭真是殘忍之極。人和狼都在用殘酷攻擊殘酷，用殘忍報復殘忍，用狡猾抗擊狡猾。如果這樣惡惡相報，近朱者赤，近狼者勢必狠了，從此變得鐵石心腸，冷酷無情？陳陣雖然痛恨狼的殘暴，但當他馬上就要親手給狼下一個狡猾殘忍的鋼夾時，他的手卻不禁微微發抖。

這個陷阱太隱蔽。它放在具有極強誘惑性的肥壯死馬前，只有馬肉、馬油和馬糞味，沒有任何人味和銹味。陳陣相信再狡猾的狼也要上當，被鋼夾打得腿斷骨裂，然後被人剝皮，棄屍荒野。而且，這還僅僅是一個大圈套中的一個小圈套，那個大圈套要套的就不是幾條狼了。

他想起周秦漢唐宋明無數支漢軍被誘進草原深處，落入被精心設計、沒有破綻的陷阱而全軍覆沒的戰例。古代草原騎兵確實不是靠蠻力橫掃先進國家的。草原民族也確實是草原的捍衛者，他們用從狼那裏學來的軍事才華和智慧，牢牢地守住了草原，抗住了漢軍後面的鐵與火，鋤和犁對草原的進攻。老人說得一點也沒錯。陳陣的手還在一陣陣地發抖。

老人呵呵地笑起來：心軟了吧？別忘了，草原是戰場，見不得血的人，不是戰士。狼用詭計殺了一大群馬，你不心疼？人不使毒招能鬥得過狼嗎？

陳陣定了定心，沉了口氣，心虛手硬地掃雪刨坑。真到下夾子的時候，他的手又有點抖了，這次是怕不小心被打斷手指，畢竟這是他第一次下狼夾。老人一邊教，一邊把粗粗的馬棒伸進鋼夾的虎口裏，即使鋼夾打翻，也先夾著馬棒而夾不到陳陣的手。陳陣感到周身一熱，有了老人的保護，他的手不抖了，第一次下夾，一次成功。

陳陣在擦汗的時候，發現老人頭上冒的汗比他的還多。老人舒了口氣說：孩子啊，我再看著你下一個，第三個你就自個兒下吧，我看你能行。陳陣點點頭。他跟著老人回到馬車旁，又取了兩副鋼夾，又挑了匹死馬，選好點，細心下好。剩下的四副夾子，一人兩副，分頭下。老人又讓巴雅爾給陳陣幫忙。

天近黃昏，仍未轉晴。畢利格老人仔細地檢查了陳陣下的夾子，笑道：真看不出來了，我要是條老狼，也得讓你夾住。老人又認真地看著陳陣，問道：時候不早了，這會兒咱們該做什麼？

陳陣想了想說：是不是該掃掃咱們的腳印，還要清點一下帶來的工具，不能落下一件。老人滿意地說：你也學精了。

三人就從最北邊慢慢掃，慢慢檢查，一直掃到馬車處才停下來。陳陣一邊收拾工具一邊問：阿爸，下了這麼多夾子，能打著多少條狼？

老人說：打獵不能問數，一說數，就一個也不上夾了。人把前面的事做好，後面的事就靠騰格里。

三人上馬，牽著馬車往回走。陳陣問：咱們明天早上就來收狼嗎？

老人說：不管夾著沒夾著，都不能來收狼。要是夾著了，先要讓狼群看看。只要牠們不見人來收狼，疑心就重了，更會圍著死馬轉圈琢磨。場部交給的任務，不是夾幾條狼，是要把狼群給引過來。要是沒夾著狼，咱們就還得等。你明兒就不用來了，我會遠遠地來看的。

三人輕鬆地往家走。陳陣想起了那窩狼崽，便打算向老人討教掏狼窩的技術。掏狼崽可是草原上一件凶險、艱難、技術性極強的狩獵項目，也是草原民族抑制草原狼群惡性發展的最主要的方法。一窩狼崽七八隻、十幾隻，額侖草原的狼食多，狼崽的成活率極高。春天掏到一窩狼崽，就等於消滅了一群狼。狼群為了保護狼崽，會運用狼的最高智慧，和狼的所有兇猛亡命的看家本領。

陳陣聽過不少各種掏狼崽的驚險和運氣的故事，他也早已有充分的思想準備。兩個春天了，全場一百多個知青，還沒有一個人獨自掏到過狼崽。他不敢奢望自己能掏到一窩，只打算找機會跟著畢利格老人掏幾次先學學本領。可是，馬群事故發生以後，老人就顧不上狼崽了。陳陣只好從經驗上來求教老人。

陳陣說：阿爸，我前些日子放羊，一隻羊羔就在我眼皮子底下被一條母狼活活地叼走，往東北邊黑石頭山那邊逃走了。我想那邊一定有一個狼窩，裏面一定有狼崽。我打算明天一早就去找，本來我想讓您帶我們去的……

老人說：明兒我是去不了了，這邊的事大，場部還等著我的信呢。老人又回頭問道：母狼真往黑石頭山那邊去了？

沒錯。陳陣說。

老人捋了捋鬍子，問道：你那會兒騎馬追了沒有？陳陣說：沒有。牠跑得太快，沒來得及追。老人說：那還好。要不那條母狼準會騙你。有人追，牠是不會直奔狼窩的。

老人略略想了想，說道：這條母狼真是精，頭年開春，隊裏剛剛在那兒掏了三窩狼崽，今年誰都不去那兒掏狼了，想不到還有母狼敢到那兒去下崽。那你明兒快去找吧，多去幾個人，多帶狗。一定得找幾個膽大有經驗的牧民去，你們兩個千萬別自個兒去，太危險。

掏狼窩最難的是什麼？陳陣問。

老人說：掏狼窩麻煩多多的有，找狼窩更難。我告訴你一個法子，能找到狼窩。你明兒天不亮就起來，跑到石頭山底下高一點的山頭，趴下。等到天快亮的時候，你用望遠鏡留神看，這時候，母狼在外面忙活了一夜，該回洞給狼崽餵奶。你要是看到狼往什麼地方去，那邊就準有狼窩，你要仔細找，帶上好狗轉圈找，多半能找著。可找著了，要把狼崽挖出來也難啊，最怕洞裏有母狼。你們千萬要小心。

老人的目光忽而黯淡下來，他說：要不是狼群殺了這麼大一群馬，我是不會再讓你們去掏狼崽的，掏狼崽是額侖草原老人們最不願幹的事情……

陳陣也不敢再問下去。老人本來就對這次大規模掏狼崽的活動窩了一肚子的火，陳陣生怕再問下去，老人會阻止他去。可是，掏狼崽的學問太奧妙，他掏狼崽的目的是養一隻狼崽，如果再不抓緊時間，等到狼崽斷了奶或睜開了眼那就難養了，必須搶在狼崽還沒有看清世界、分清敵我的時候，把牠從狼的世界轉到人的環境中來。

陳陣生怕野性最強的狼崽比麻雀還難養。從小就喜愛動物的陳陣，小時候多次抓過和養過麻雀，可是麻雀氣性大，在籠子裏閉著眼睛就是不吃不喝直至氣絕身亡。狼崽可不像麻雀那麼好抓，如果冒了風險、費了牛勁抓到了狼崽，卻養不了幾天就養死了，那就虧大了。陳陣打算再好好問問巴圖，他是全場出名的打狼能手，前幾天吃了狼群這麼大的虧，正在氣頭上，找他請教掏狼崽的事準能成。

回到老人的蒙古包，天已全黑。進了包，漂亮的地毯已恢復原狀，三個燈捻的羊油燈將寬大的蒙古包照得亮堂堂，矮方桌上兩大盆剛出鍋的血腸血包，羊肚肥腸和手把肉冒著騰騰的熱氣和香氣，忙了一天的三個人的肚子全都叫了起來。陳陣急忙脫了皮袍，坐到桌旁。嘎斯邁已經端著肉盆，將陳陣最愛吃的羊肥腸轉到他的面前，又端起另一個肉盆，把老人最愛吃的羊胸椎轉到老人面前。然後，給陳陣遞過一小碗用北京固體醬油和草原口蘑泡出的蘑菇醬油。這是陳陣吃手把肉時最喜歡的調料，這種北京加草原的調味品，現在已經成爲他們兩家蒙古包的常備品了。陳陣用蒙古刀割了一段羊肥腸蘸上調料，塞到嘴裏，香得他幾乎把狼崽的事忘記。

草原羊肥腸是草原手把肉裏的上品，只有一尺長。說是肥腸，其實一點也不肥，肥腸裏面塞滿了最沒油水的肚條、小腸和胸膈膜肌肉條。羊肥腸幾乎把一隻羊身上的棄物都收羅進來了，但卻搭配出蒙古大餐中讓人不能忘懷的美食，韌脆勁道，肥而不膩。

陳陣說：蒙古人吃羊真節約，連胸隔膜都捨不得扔，還這麼好吃。

老人點頭：餓狼吃羊，連羊毛羊蹄殼都吃下去。草原鬧起大災來，人和狼找食都不容易，吃羊就該把羊吃得乾乾淨淨。

陳陣笑道：這麼說蒙古人吃羊，吃得這麼乾淨聰明，也是跟狼學的了？

全家人大笑，連說是是是。陳陣又一連吃下去三段肥腸。

嘎斯邁笑得開心，陳陣記得嘎斯邁說過，她喜歡吃相像狼一樣的客人。他有點不好意思，此刻他一定像條餓狼。他不敢再吃了，他知道畢利格全家人都愛吃羊肥腸。可一眨眼的工夫，他已經把大半根腸吃進肚裏了。

嘎斯邁直起腰，用刀子撥開血腸，再用刀尖又挑出一大根肥腸來，笑道：知道你回來就不肯走了，我煮了兩根腸吶。那根全是你的了，你要跟狼一樣節約，不能剩。一家人又笑了。

巴雅爾連忙把嘎斯邁挑出來的肥腸抓到自己的肉盆前。兩年多了，陳陣總是調不好與嘎斯邁的輩份關係，正常輩份，她應該是他的大嫂，可是，陳陣覺得嘎斯邁有時是他的姐姐，有時是嬸嬸，有時是小姨小姑，有時甚至是年輕的大姨媽。她的快樂與善良像草原一樣坦蕩純真。

陳陣吃下整根肥腸，又端起奶茶一口氣喝了半碗，問嘎斯邁：巴雅爾敢抓狼尾巴，敢鑽狼洞掏狼崽，敢騎烈馬，膽子也太大了，妳就不怕他出事？

嘎斯邁笑道：蒙古人從小個個都是這樣。巴圖小時候膽子比巴雅爾還大，巴雅爾鑽的狼洞沒有大狼，狼崽又不咬人，掏出一窩狼崽算什麼。可是巴圖鑽的狼洞裏面有大狼。他在洞裏碰見了母狼，還硬是把母狼從狼洞裏拽了出來。

陳陣吃驚不小。他忙問巴圖：你怎麼從來沒給我講過這事，快跟我好好講講。

笑了幾次以後，巴圖心情好了起來。他喝了一大口酒說：那年我十三歲吧，有一次阿爸他們幾個人找了幾天，才找到了一個有狼崽的狼洞，洞很大很深，挖不動，阿爸怕裏面有母狼，先點火薰煙，想把母狼轟出來。後來煙散了，母狼也沒有出來，我們以爲裏面沒有大狼了，我就拿著火柴麻袋鑽進狼洞去掏狼崽。

哪想到鑽進去兩個半身子深的時候，我就看見了狼的眼睛，離我就兩尺遠，嚇得我差點尿褲子。我連忙劃了一根火柴，火光一亮，我看見狼也嚇得在那兒哆嗦呢，跟狗害怕的樣子差不離，尾巴都夾起來了。我趴在洞裏不敢動，火剛一滅，狼就衝過來，我退也退不出去，心想這下可完了。哪想到牠不是來咬我，是想從我頭上躥過去，逃出洞。

這時候，我怕洞外面的人沒防備，怕狼咬了阿爸，我也不知道哪來的膽子，猛地撐起身子，想擋住狼，沒想到我的頭頂住了狼的喉嚨，我又一使勁，就把狼頭頂在洞頂上了，這一下，狼出不去跑不了，母狼急得亂抓，把我的衣服抓爛了。我也豁出去了，急忙坐起來，狠狠頂住狼的喉嚨和下巴，不讓牠咬著我，我又去抓狼的前腿，費了半天勁，才把狼的兩條前腿抓住。這下狼咬不著我，也抓不著我了，可我也卡在那裏沒法動彈，渾身一點勁也沒了。

巴圖平靜地敘述著，好像在講一件別人的事情：外面的人等了半天不見我出來，不知道出了什麼事，阿爸急得鑽了進來，他劃著火柴，見我頭上頂著一個狼頭，這陣勢把他也嚇壞了。他趕緊讓我頂住狼頭別動，然後，抱著我的腰，一點一點往外挪。我一邊頂住狼頭，一邊又使勁拽狼腿，讓狼跟著我慢慢往外挪動。阿爸又大聲叫外面的人，抓住他的腳一點一點地往外拽。一直到把阿爸拽到洞口的時候，外面的人才知道是怎麼回事。

大家都拿著長刀棍棒等在洞口，阿爸和我剛把狼拽頂到洞口邊上，外面的人一刺，刀就刺進狼嘴，把狼頭釘在洞口的頂上，幾個人一起把狼從狼洞裏拽出來打死。後來，我歇夠了勁，又鑽進洞，越到裏面洞越窄，只有小孩能鑽進去，最裏面倒大了，地上鋪著破羊皮和羊毛，上面蜷著一窩小狼崽。一共九隻，都還活著。

那條母狼爲了護崽，在狼崽睡覺的地方外，刨了好多土，把最裏面的窩口堵了一大半，母狼自個兒留在外頭。母狼沒薰死，是因爲洞上面還有一些小洞，煙都跑上面去了，還能往外面散煙。後來，我就扒開了土，伸手把狼崽全抓了出來，再裝到麻袋裏，倒著爬了出來……

陳陣聽得喘不過氣來。全家人也好像好久沒有回憶這個故事了，都聽得戰戰兢兢。

陳陣感到這個故事和他聽到的其他掏狼崽的故事很不一樣，就問：我聽別人說母狼最護崽，都敢跟挖狼洞的人拚命，可這條母狼怎麼不敢跟人拚命呢？

老人說：其實，草原狼都怕人。草原上能打死狼的，只有人。狼剛讓煙給薰暈了，又看著人手裏拿著火，敢鑽進牠的洞，牠能不害怕嗎？這條狼個頭不算小，可我看得出來，這是條兩歲的小母狼，下的是頭胎。可憐吶。今兒要不是你問起這件事，誰也不願提起牠啊。

嘎斯邁沒有了一點笑容，眼裏還閃著一層薄薄的淚光。

巴雅爾忽然對嘎斯邁說：陳陣他們明天一早要上山掏狼崽，我想幫他們掏，他們個兒大，鑽不到緊裏面的。今兒晚上我住到他們包去，明天一早跟他們一塊兒上山。

嘎斯邁說：好吧，你去，要小心點。

陳陣慌忙擺手：不成！不成！我真怕出事。妳可就這麼一個寶貝兒子啊。

嘎斯邁說：今年春天咱們組才掏了一窩狼崽，還差三窩呢。再不掏一窩，包順貴又該對我吼了。

陳陣說：那也不成，我寧可不掏也不能讓巴雅爾去。

老人把孫子摟到身邊說：巴雅爾就別去了。這回我準能夾著一兩條大狼，不交狼崽皮，交大狼皮也算完成定額。

第九章　大狼與小狼

當初元朝人的祖，是天生一個蒼色的狼，與一個慘白色的鹿相配了，同渡過騰吉思名字的水來，到於斡難名字的河源頭，不兒罕名字的山前住著，產了一個人，名字喚作巴塔赤罕。

——《明初音寫、譯注本，〈蒙古秘史〉總譯》轉引自余大鈞譯注《蒙古秘史》

孛端察兒（成吉思汗的八世祖——引者注）……縱馬緣斡難河而下矣。行至巴勒諄島，在彼結草庵而居焉……無所食時，窺伺狼圍於崖中之野物，每射殺與共食，或拾食狼食之餘，以自糊口，兼養其鷹，以卒其歲也。

——道潤梯步《新譯簡注〈蒙古秘史〉》

凌晨三點半，陳陣和楊克帶著兩條大狗，已經悄悄登上了黑石頭山附近的一個小山頭，兩匹馬都拴上了牛皮馬絆子放到山後的隱避處。二郎和黃黃的獵性都很強，如此早起，必有獵情，兩條狗匍匐在雪地上一聲不響，警惕地四處張望。

雲層遮沒了月光和星光，黑沉沉的草原異常寒冷和恐怖，方圓幾十里只有他們兩個人，而此刻正是狼群出沒，最具攻擊性的時候。不遠處的黑石頭山，像一組巨獸石雕壓在兩人身後，使陳陣感到後背一陣陣發冷，他開始爲身後的兩匹馬擔心，也對自己的冒險行動害怕起來。

忽然，東北邊傳來了狼嗥聲，向黑黑的草原山谷四處漫散，餘音嫋嫋，如簫如簧，悠長淒寒。幾分鐘後，狼嗥尾音才漸漸散去，靜靜的草原又遠遠傳來一片狗叫聲。陳陣身旁的兩條狗依然一聲不吭，牠倆得都懂

得出獵的規則：下夜護圈需要狂吠猛吼，而上山打獵則必須斂聲屏息。

陳陣把一隻手伸到二郎前腿腋下的皮毛裏取暖，另一隻手摟住牠的脖子。出發前，楊克已把牠們餵得半飽，獵狗出獵不能太飽又不能太饑，飽則無鬥志，饑則無體力。食物已在狗的體內產生作用，陳陣的手很快暖和起來，甚至還可以用暖手去焐狗的冰冷鼻子，二郎輕輕地搖起了尾巴。身邊有這條殺狼狗，陳陣心裏才感到踏實了一些。

連續幾天幾夜的折騰，陳陣已疲憊不堪。前一天晚上，楊克找了幾個要好的青年牧民夥伴，邀他們一起去掏狼窩，但他們都不相信黑石頭山那邊還有狼崽窩，誰也不肯跟他們一塊兒起大早，還一個勁地勸他倆別去。兩個人一氣之下，決定獨自上山。此刻，身邊只有自家的兩條狗，孤單單的，沒有一點兒氣勢聲威。

楊克緊緊抱著黃黃，小聲對陳陣說：嗳，連黃黃也有點害怕了，牠一個勁地發抖哩，不知是不是聞著狼味兒了……

陳陣拍了拍黃黃的頭，小聲說：別怕，別怕，天快亮了，白天狼怕人，咱們還帶著套馬杆呢。

陳陣的手也跟著黃黃的身體輕輕地抖了起來，卻故作鎮定地說：我覺得咱倆很像特工，深入敵後，狼口拔牙。現在我一點兒也不睏了。

楊克也壯了壯膽說：打狼就是打仗，鬥體力，鬥精力，鬥智鬥勇，三十六計除了美人計使不上，什麼計都得使。

陳陣說：可也別大意啊，我看三十六計還不夠對付狼的呢。

楊克說：那倒也是，咱們現在使的是什麼計？——利用母狼回洞餵奶的線索，來尋找狼洞，三十六計裏可沒這一條。老阿爸真是詭計多端，這一招真夠損的。

陳陣說：誰讓狼殺了那麼多的馬呢！阿爸也是讓狼給逼的。這次我跟他去下夾子，才知道他已經好幾年沒給狼下夾子了，老阿爸從來不對狼斬盡殺絕。

天色漸淡，黑石頭山已經不像石雕巨獸，漸漸顯出巨石的原貌。東方的光線從雲層的稀薄處緩緩透射到草原上，視線也越來越開闊。人和狗緊緊地貼在雪地上，陳陣拿著單筒望遠鏡四處張望，地氣很重，鏡頭裏一片茫茫。陳陣很擔心，如果母狼在地氣的隱蔽下悄悄回洞，那人和狗就白凍了半夜了。幸好地氣很快散去，變成一層輕薄透明的霧氣，在草上飄來蕩去。如有動物走過，反而會驚動地霧，暴露自己。

突然，黃黃向西邊轉過頭去，鬃毛豎起，全身緊張，向西匍匐挪動，二郎也向西邊轉過頭去。陳陣立即意識到有情況，急忙把鏡頭對準西邊草甸。山下，山坡與草甸交界處的窪地上長著一大片乾黃的旱葦，沿著山腳一直向東北方向延伸。這是狼鍾愛之地，隱蔽，背風，是狼在草原與人進行遊擊戰所憑藉的「青紗帳」。

畢利格老人常說，一冬一春旱葦地是狼轉移、藏身和睡覺的地方，也是獵人獵狗打狼的獵場。黃黃和二郎可能聽到了狼踏枯葦的聲音，時間對，方向也對，陳陣想，一定是母狼要回窩了。他仔細地搜索葦地的邊緣，等著狼鑽出來。老人說過，葦地低窪，春天雪化會積水，狼不會在那兒挖洞。狼洞一般都在高處水灌不著的地方。陳陣想，只要狼從那兒鑽出來，那牠的窩一定就在附近的山坡上。

兩條狗忽然都緊緊盯著一處旱葦不動了，陳陣趕緊順著狗盯的方向望去，他的心一下子狂跳起來。一條大狼從葦地裏探出半個身子，東張西望。兩條狗立刻把頭低了下去，下巴緊貼地面。兩人也儘量趴下身體。狼仔細地看了看山坡，然後才颼地竄出葦地，向東北方向的一個山溝跑去。

陳陣一直用望遠鏡跟著狼，這條狼與他上次看到的那條母狼有點像。狼跑得很快但也很吃力，想必在夜裏偷了哪家的羊，吃得很飽。他想，如果今天這兒就只有這一頭狼，那他就不用怕了，兩個人加兩條狗，尤其

是有二郎，肯定能對付這頭母狼。

母狼爬上了一個小坡。陳陣想，只要看到牠再往哪個方向跑，就可以斷定狼洞的大致位置了。但是，就在這時，狼突然在小山坡的頂上站住了，轉著身子，東望望，西望望，然後望著人與狗潛伏的方向不動了。兩人緊張得不敢喘一口氣，狼站的位置已經比葦地高得多，牠在葦地裏看不到人，可是站這個小坡上應該能看到。

陳陣深感自己缺乏實戰經驗，剛才在狼往山坡跑的時候，他們和狗應該後退幾米就好了，誰會想到狼的疑心這麼重。狼緊張地伸長前半身，使自己更高一些，再次核實一下牠所發現的敵情。牠焦急猶豫地原地轉了兩圈，猶疑片刻，然後颼地轉頭，向山坡東面的大緩坡躥去，不一會就跑到一個洞口，一頭紮進洞裏。

好！有門！這下子咱們就可以大狼小狼一窩端了。楊克拍手大叫。

陳陣也興奮地站起身來說：快，快上馬。

兩條狗圍著陳陣蹦來跳去，急得哈哈喘氣，跟主人討口令。陳陣手忙腳亂，居然忘記給狗發口令了，急忙用手指向狼洞，叫一聲「啾」！兩條狗立即飛撲下山，直奔東坡的狼洞。兩人也飛跑下山，解開馬絆子，扶鞍認鐙，撐杆上馬，快馬加鞭向狼洞飛奔。兩條狗已經跑到狼洞口，正衝著洞狂叫。

兩人跑到近處，只見二郎像瘋狗一樣張牙舞爪衝進洞，又退出來，退出來，又衝進去，卻不敢衝得太深。黃黃站在洞口助威吶喊，還不斷就地刨土，雪塊土渣飛濺。兩人滾鞍下馬，跑到洞口一看，真真把他倆嚇了一跳：一個直徑七八十釐米的蛋形洞口裏面，那頭母狼正在發狂地猛攻死守，把衝進洞的粗壯的二郎頂咬出洞，還探出半個狼身，與兩條狗拚命廝殺。

陳陣扔下套馬杆，雙手舉起鐵鍬，不顧一切朝狼頭砸去，狼反應極快，還未等鐵鍬砸下一半，狼已經把頭縮了進去。狼很快又齜著狼牙衝了出來，楊克一鐵棒下去，又打了個空。幾出幾進，幾個來回，陳陣終於狠狠地拍著了狼頭，楊克也打著了一下。但那狼依然兇猛瘋狂，牠突然縮到洞裏一米左右的地方，等二郎衝進去的時候，躥上去狠狠地在牠前胸咬了一口，二郎滿胸是血退出洞口，氣得兩眼通紅，又怒吼幾聲一頭紮進洞裏，洞外只見一條大尾在晃。

陳陣突然想起套馬杆，立刻回身從地上撿起杆。楊克一看，馬上明白了陳陣的意圖，說：對了，咱們來給牠下一個套。陳陣抖開套繩，準備把半圓形的絞索套放在洞口。只要狼一衝出洞，就橫著拽杆擰繩，勒套住狼，再把狼拽出洞，那時楊克的鐵棒就可以使上勁，再加上兩條狗，肯定就能把狼打死。

陳陣緊張得喘不過氣來。但是，還未等他下好套，二郎又被狼頂咬了出來，牠的兩條後腿一下子把套繩全弄亂。緊接著，滿頭是血的狼就衝出了洞，但是套繩卻被牠一腳踩住。狼一見套馬杆和套繩，像是踩到漏電的電線一樣，嚇得颼地縮進洞裏，再也不露頭了。陳陣急忙探頭望洞裏看，洞道向下三十五度左右，顯得十分陡峭，洞深兩米處，地道就拐了彎，不知裏面還有多深。楊克氣得對洞大吼了三聲，深深的黑洞立即把他的聲音一口吞沒。

陳陣猛地坐到了洞口平臺上，懊喪之極：我真夠笨的，要是早想起套馬杆，這條狼也早就沒命了。跟狼鬥反應真得快，不能出一點錯。

楊克比陳陣還懊喪，他把帶尖的鐵棒戳進地裏，憤憤地說：媽的，這條狼就欺負咱們沒槍，我要有槍，非掀了牠的天靈蓋不可。

陳陣說：場部有令，現在一級戰備，誰都不能開槍，你就是有槍也不能打。

楊克說：這樣耗下去，哪是個頭？我看咱們還是拿「二踢腳」炸吧！

那還不是跟開槍一樣，陳陣忽然冷靜下來說：要是咱們把北邊的狼嚇跑了，打圍的計劃就完了，全場的人還不把咱倆罵死。再說「二踢腳」也炸不死狼。

楊克不甘心地說：炸不死狼，但是可以嚇狼，把牠嚇個半死，薰個半死。這兒離邊防公路六七十里，狼群哪能聽見。你要是不放心，我把皮袍脫了，把二踢腳一扔進洞，我就用皮袍把洞捂住，外面絕對聽不見。

要是狼不出來，怎麼辦？陳陣問。

楊克一邊解腰帶，一邊說：肯定出來。我聽馬倌說，狼特怕槍聲和火藥味，只要扔進去三個二踢腳，那就得炸六響，洞裏攏音，聲音準比外面響幾倍，絕對把狼炸懵。狼洞裏空間窄，那火藥味準保特濃、特嗆。我敢打賭，三炮下去，狼準保被炸出來，嗆出來。你等著拽套吧。我看大狼後面還會跟出來一群小狼崽，那咱倆就賺了。

陳陣說：那好吧，就這麼幹。這次咱倆可得準備好了。我得先看看這個狼洞附近還有沒有別的出口。狡兔還三窟呢，狡狼肯定不止這一個洞。狼太賊了，人的心眼再多都不夠用。

陳陣騎上馬，帶上兩條狗，以狼洞爲中心，一圈一圈地仔細找，白雪黑洞，應該好找。但是，在直徑百米方圓以內，陳陣和狗沒有發現一個洞口。陳陣下了馬，把兩匹馬牽到遠處，繫上馬絆。又走到狼洞口，擺放好套繩，放好鐵鍬，鐵棒。

陳陣看見二郎在費勁地低頭舔自己的傷口，牠的前胸又被狼咬掉一塊二指寬的皮肉，傷口處的皮毛在抽動，看來二郎疼得夠嗆，但牠仍然一聲不吭。兩人身上什麼藥和紗布也沒有，只能眼看著牠用狗的傳統療傷方法，用自己的舌頭和唾液來消毒、止血、止疼。只好等回去以後再給牠上藥包紮了。看來牠身上的傷大多是狼給牠的，所以牠一見狼就分外眼紅。陳陣覺得自己也許誤認了牠，二郎仍然是條狗，一條比狼還兇猛的蒙古狗。

楊克一切準備就緒，他披著皮袍，抓著三管像爆破筒一樣粗的大號二踢腳，嘴裏叼著一根點著了的海河牌香煙。

陳陣笑著說：你哪像個獵人，活像「地道戰」裏面的日本鬼子。

楊克嘿嘿笑著說：我這是入鄉隨俗，胡服騎射。我看狼的地道肯定沒有防瓦斯彈的設備。

陳陣說：好吧，扔你的瓦斯彈吧！看看管不管用。

楊克用香煙點著一筒二踢腳，嗤嗤地冒著煙，朝洞裏狠勁摔進去，緊接著又點著兩筒，扔了進去，三個「爆破筒」順著陡道滾進洞的深處，然後立即將皮袍覆蓋在洞口上。不一會兒，洞裏發出悶悶的爆炸聲，一共六響，炸得腳下山體微微震動，洞裏一定炸聲如雷，氣浪滾滾，硝煙瀰漫，蒙古草原狼洞肯定從來沒有遭受過如此猛烈的轟炸。可惜他倆聽不到狼洞深處的鬼哭狼嚎。兩人都覺得深深出了一口惡氣。

楊克凍得雙手交叉抱著肩問：哎，什麼時候打開？

陳陣說：再悶一會兒。先開一個小口子，等看到有煙冒出來，再把洞口全打開。

陳陣掀開皮袍的一小角，沒見到多少煙，又把它蓋上。他看楊克凍得有些發抖，就想解腰帶，跟他合披一件皮袍。楊克連忙擺手說：留神，狼就快出來了！你解了袍子腰帶，動作就不俐索了。沒事，我能扛住。

兩人正說著，忽然，黃黃和二郎一下子站了起來，都伸長脖子往西北方向看，嘴裏發出嗚嗚呼呼的聲音，顯得很著急。兩人急忙側頭望去，西北方向約二十多米遠的地方，從地下冒出一縷淡藍色的煙。

陳陣呼地站起來，大喊：不好，那邊還有一個洞口，你守著這兒，我先過去看著……

陳陣一邊說，一邊拿著鐵鍬向冒煙處跑去，兩條狗衝了過去。這時，只見從冒煙的地下，忽地躥出一條大狼，就像隱蔽的地下發射場發出的一枚地對地導彈，颼地射出，以拚命的跳躍速度朝西邊山下葦地奔去，眨眼間，就躥進葦地，消失在密密的枯葦叢林裏。二郎緊追不捨，也衝進葦地，葦梢一溜晃動，向北一直延伸。

陳陣害怕有詐，急得大喊回來回來！二郎肯定聽到喊聲，但牠仍是窮追不捨。黃黃衝到葦地旁邊，沒敢

進去，象徵性地叫了幾聲就往回走。

楊克一邊穿著皮袍，一邊向剛才冒煙的地方走去，陳陣也走了過去。到了那個洞口，兩人又吃一驚：雪下的這個洞是個新洞，碎石碎土都是新鮮的。顯然是狼剛剛刨開的一個虛掩的臨時緊急出口。這裏，平時像一塊平地，戰時就成了逃命的通道。

楊克氣得脖子上青筋暴跳，大叫：這條該死的狼，把咱倆給耍了！

陳陣長嘆一聲說：狡兔三窟雖然隱蔽，總還在明處。可狡猾的狼，就不知道牠有多少窟了。這個洞的位置大有講究，你看，洞外就是一個陡坡，陡坡下面又是葦地。只要狼一出洞，三步兩步就躥到安全的地方了。這個洞智商極高，比狡兔的十窟八窟還管用。上次包順貴說狼會打近戰、夜戰、奔襲戰、遊擊戰、運動戰，一大堆的戰。下次我見到他，還得跟他說說，狼還會打地道戰和青紗帳戰，還能把地道和青紗帳連在一起用。「兵者，詭道也。」狼真是天下第一兵家。

楊克仍是氣呼呼的：電影裏把華北的地道戰、青紗帳吹得天花亂墜，好像是天下第一大發明似的，實際上，狼在幾萬年前就發明出來了。

認輸了？陳陣問。他有點怕他這個老搭檔退場，打狼可不是一個人能玩得轉的事情。

哪能呢。草原上放羊太寂寞，跟狼鬥智鬥勇，又長見識又刺激，挺好玩的。我是羊倌，護羊打狼，也是我的本職。不過，我可沒你那種玩命的研究鑽勁。

兩人走到大洞口旁邊。洞裏還在往外冒煙，煙霧已弱，但火藥味仍然嗆鼻。

楊克探頭張望：小狼崽應該爬出來了啊，這麼大的爆炸聲，這麼嗆的火藥味，牠們能待得住嗎？是不是都薰死在裏面了？

陳陣說：我也這麼想。咱們再等等看，再等半個小時，要是還不出來，那就難辦了。這麼深的洞怎麼挖？我看比打一口深井的工程量還要大。就咱倆，挖上三天三夜也挖不到頭。狼的爪子也太厲害了，在這麼硬的沙石山地居然能挖出這麼龐大的地下工事。再說，要是狼崽全死了，挖出來有什麼用？

楊克嘆道：要是巴雅爾來了就好了，他準能鑽進去。

陳陣也嘆了一口氣說：可我真不敢讓巴雅爾來，你敢保證裏面肯定沒有別的大狼？蒙古人真夠難的，嘎斯邁就這麼一個寶貝兒子，她竟然捨得讓巴雅爾抓狼尾、鑽狼洞。現在看來，「捨不得孩子打不著狼」，這句流傳全中國的老話，八成是從蒙古草原傳過來的。蒙古人畢竟統治中國近一個世紀。我過去還真不理解這句話的意思，捨不得孩子打不了狼，難道是用孩子做誘餌，來換一條狼嗎？這樣做不是太不合情理了嗎。後來我才明白，這句話說的是讓孩子冒險鑽狼洞掏狼崽。這又深又窄的狼洞，只有孩子的小身子才能鑽得進去。蒙古女人要像漢族女人那樣溺愛孩子，他們民族可能早就滅亡了，所以蒙古孩子長大以後個個都勇猛強悍。

楊克恨恨地說：草原狼真他媽厲害，繁殖能力比漢人還強，而且連下崽都要修築這麼深、這麼堅固複雜的產房工事，害咱白忙呼半天……咱們還是先吃點東西吧，我真餓了。

陳陣走到馬旁，從鞍子上解下帆布書包，又走回洞口。黃黃一見這個滿是油跡的土黃色書包，立刻搖著尾巴，咧著嘴巴，哈哈、哈哈地跑過來。這個書包是陳陣給狗們出獵時準備的食物袋。他打開包，拿出一小半手把肉遞給黃黃，剩下的給二郎留著，牠還沒回來，陳陣有些擔心。冬春的葦地是狼的地盤，如果二郎被那條狼誘入狼群，肯定凶多吉少。二郎是守圈護羊的主力，這次出師不利，假如又折一員大將，那就虧透了。

黃黃一邊吃肉一邊頻頻搖尾。黃黃是個機靈鬼，牠遇到兔子、狐狸、黃羊，勇猛無比。遇到狼，牠會審時度勢，如果狗眾狼寡，牠會兇猛地去打頭陣；如果沒有強大的支援，牠絕不逞能，不單獨與大狼搏鬥。牠剛

才臨陣脫逃，不去幫二郎追狼，是牠怕葦地裏藏著狼群。黃黃很善於保護自己，這也是牠的生存本領。

陳陣寵愛通人性的黃黃，不怪牠不仗義，但開春以來，他越來越喜歡二郎了。牠的獸性似乎更強，似乎更不通人性。在殘酷競爭的世界，一個民族，首先需要的是猛獸般的勇氣和性格，無此前提，智慧和文化則無以附麗。民族性格一旦衰弱，就只能靠和親、築長城、投降稱臣當順民和超過鼠兔的繁殖力，才能讓自己苟活下來。他站起來，用望遠鏡向西北邊的葦地望去，希望看到二郎的去向。

但二郎完全不見了蹤影。陳陣從懷裏掏出一個生羊皮口袋，這是嘎斯邁送給他的食物袋，防潮隔油，揣在懷裏既保溫又不髒衣服。他掏出烙餅，手把肉和幾塊奶豆腐，和楊克分食。兩人都不知道下一步該怎麼辦。一邊吃一邊苦想。

楊克把烙餅撕下一大塊塞進嘴裏，說：這狼洞真真假假，虛虛實實，有狼崽的洞總是在人最想不到的隱蔽地兒，這回咱倆好容易找準一個，可不能放過牠們。薰不死，咱就用水灌洞，拉上十輛八輛木桶水車輪番往裏灌，準能把小狼崽淹死！

陳陣譏諷道：草原山地是沙石地，哪怕你能搬來水庫，水也一會兒就滲沒了。

楊克想了想，忽然說：對了，反正洞裏沒有大狼了，咱們是不是讓黃黃鑽進洞，把小狼崽一個一個地叼出來？

陳陣忍不住笑起來：狗早就通了人性，背叛了狼性。牠的鼻子那麼尖，一聞就聞著狼味兒了，狗要是能鑽進狼洞叼狼崽，那就趁母狼不在洞的時候敞開叼好了，那草原上的狼，早就讓人和狗消滅光了。你當牧民都是傻蛋？

楊克不服氣地說：咱們可以試試看嘛，這也費不了多大勁。說完，他就把黃黃叫到洞邊，洞裏的火藥味已散去大半。楊克用手指了指洞裏面，然後喊了一聲「啾」。黃黃馬上明白楊克的意圖，立刻嚇得往後退。楊克用兩腿夾住黃黃的身子，雙手握住牠的兩條前腿，使勁把黃黃往洞裏塞，黃黃嚇得夾緊尾巴嗚嗷直叫，拚命掙扎，斜著眼，可憐巴巴地望著陳陣，希望能免了牠這個差事。

陳陣說：看見了吧，別試了。進化難，退化更難。狗是退化不成狼了。狗只能退變成弱狗、懶狗、笨狗。人也一樣。

楊克放開了黃黃，說：可惜二郎不在，牠的狼性特強，沒準牠敢進洞。

陳陣說：牠要是敢進洞，準把小狼崽一個個全咬死。可我想要活的。

楊克點頭：那倒是。這傢伙一見到狼就往死裏掐。

黃黃吃完了手把肉，獨自到不遠處遛躂去了，牠東聞聞，西嗅嗅，並時時抬後腿，對著地上的突出物撒幾滴尿做記號。牠越走越遠，二郎還沒回來，陳陣和楊克坐在狼洞旁傻等傻看，一籌莫展。

狼洞裏一點動靜也沒有。一窩狼崽七八隻，十幾隻，即使被炸被薰，也不可能全死掉，總該有一兩隻狼崽逃出來吧？就是憑本能，牠們也應該往洞外逃的。又過了半小時，仍然不見狼崽出來，兩人嘀咕著猜測：要不狼崽已經全都薰死在洞裏；要不，這狼洞裏根本就沒有狼崽。

正當兩人收拾東西準備回撤的時候，突然隱隱聽見黃黃在北面山包後面不停地叫，像是發現了什麼獵物。陳陣和楊克立即上馬向黃黃那邊奔去。登上山包頂，只聽到黃黃叫，仍不見黃黃的身影。兩人循聲策馬跑去，但沒跑多遠，馬蹄就絆上了雪下的亂石，兩人只好勒住馬。

前面是一大片溝壑條條、雜草叢叢的破碎山地，雪面上有一行行大小不一，圖案各異的獸爪印，可知有兔子、狐狸、沙狐、雪鼠、還有狼，曾從此地走過。雪下全是石塊石片，石縫裏長的大多是半人多高的茅草，荊棘和地滾草，乾焦枯黃，一派荒涼，像關內荒山裏的一片亂墳崗。兩人小心翼翼地控制著馬嚼子，馬蹄仍不

時磕絆和打滑。這是一片沒有牧草、牛羊馬都不會來的地方，陳陣和楊克也從未來過此地。

黃黃的聲音越來越近了，但兩人還是看不見牠。陳陣說：這兒野物的腳印多，沒準黃黃抓著了一條狐狸。咱們快走。楊克說：那咱們就算沒白來一趟。

兩人總算繞過荊棘叢，下到溝底，拐了個小彎，終於看到了黃黃。這次陳陣和楊克更是嚇了一大跳：黃黃居然翹著尾巴，衝著一個更大更黑的狼洞狂叫。溝裏陰森恐怖，狼氣十足，冷風吹來，陳陣的頭皮一陣陣發麻。他感到像是誤入了狼群的埋伏圈，數不清的狼眼從看不見的地方向你瞪過來，嚇得他身上的汗毛又像豪豬毛一樣地豎了起來。

兩人下了馬，上了馬絆，拿著傢伙，急忙走到洞前。這個狼洞，坐北朝南，洞口高約一米，寬有六十釐米。陳陣從來沒有見過這麼大的狼洞，比他在中學時去河北平山勞動學農，見到的抗戰時期的地道口還要大。它隱蔽地藏在大山溝的小溝褶裏，溝上針草叢生，溝下尖石突兀，不到近處，難以發現。黃黃見到兩個主人頓時興奮，圍著陳陣跳來蹦去，一副邀功請賞的樣子。陳陣對楊克說：這個洞肯定有戲，沒準黃黃剛才看見狼崽了，你瞧牠直跟我表功吶。

楊克說：我看也像，這兒才像真正的狼巢，陰森可怕。陳陣說：狼騷味真夠衝的，肯定有狼！

陳陣急忙低頭查看洞外平臺上的痕跡，狼洞外的平臺是狼用掏洞掏出的土石堆出的，洞越大，平臺就越大。這個平臺有兩張課桌大小。平臺上沒有雪，有許多爪印，還有一些碎骨。陳陣的心怦怦直跳，這正是他想看到的東西。他把黃黃請出平臺，讓牠站在一旁替他們放哨，然後和楊克跪在平臺旁邊，俯下身細細辨認。黃黃已經把平臺原先的痕跡踩亂了，但是兩人還是找到不少確鑿的證據——兩三個大狼的腳印和五六個小狼崽的爪印。

狼崽的爪印，呈梅花狀，兩分鎳幣大小，小巧玲瓏，非常可愛。小爪印非常清晰，好像這窩小狼崽剛才還在平臺上玩耍過，聽見了陌生的狗叫才嚇回洞裏去，而這個平展無雪的平臺，好像是母狼專爲小狼崽清掃出來的戶外遊戲場。平臺上還有一些羊羔的碎骨渣和捲毛羔皮，羊羔嫩骨上面有小狼崽的添痕和細細的牙痕。在平臺旁邊還發現幾根小狼崽的新鮮糞便，筷子般粗細，約兩釐米長短，烏黑油亮，像用中藥蜜丸搓成的小藥條。

陳陣用巴掌猛一拍自己的膝蓋說：我要找的小狼崽就在這個洞裏。咱們兩個大活人讓那條母狼給耍了。

楊克也突然猛醒，他用力拍了一下平臺說：沒錯，那條母狼原本就是往這個洞的方向跑的，牠在山包上看見了人影，突然臨時改變路線，把咱倆騙到那個空洞去了。牠還裝得跟真的似的，跟狗死掐，真好像在玩命護犢子。狼他媽的狼，我算是服了你了！

陳陣回憶說：牠改變路線的時候，我也有點懷疑，但是牠後來實在裝得太像了，我就沒有懷疑下去。牠可真能隨機應變。要不是你炸了牠三炮，牠絕對可以跟咱倆周旋到天黑，那就把咱們坑慘了。

楊克說：咱們也虧得有這兩條好狗，沒牠們，咱倆早就讓狼鬥得灰溜溜地敗下陣來了。

陳陣發愁地說：現在更難辦了，這條母狼又給咱倆出了難題，牠讓咱倆浪費了大半天時間，還浪費了三個「瓦斯彈」。這個洞在山的肚子裏，比剛才那個洞還深，還複雜。

楊克低頭朝洞裏看了半天，說：時間不多了，「瓦斯彈」也沒了，好像真是沒什麼招了。我看還是先找找這個洞有沒有別的出口，然後咱們再把所有的洞口出口全部堵死，明天咱們再多找些牧民一塊來想辦法，你也可以問問阿爸，他的主意最多最管用。

陳陣有點不甘心，心一橫，說：我有一招，可以試試。你看這個狼洞大，跟平山地道差不多，平山的地道咱們能鑽進去，這個狼洞怎麼就不能鑽進去呢？反正二郎正跟那條母狼死掐呢，這洞裏多半沒有大狼。你用腰帶拴住我的腳，慢慢把我順下去。沒準能搆著小狼崽呢。就算搆不著，我也得親眼看一看狼洞的內部構造。

楊克聽了連連搖頭說：你不要命啦，萬一裏面還有大狼呢。我已經讓狼給耍怕了，你敢說這個洞就是那條母狼的洞？如果是別的狼洞呢？

陳陣心中憋了兩年多的願望突然膨脹起來，壓倒了心虛和膽怯。他咬牙說道：連蒙古小孩都敢鑽狼洞，咱們不敢鑽，這不是太丟人了嗎？我非下去不可。你幫我一把，我拿著手電筒和鐵鍬子，要是真有大狼也能抵擋一陣子。

楊克說：你要真想下，那就讓我先下，你比我瘦，我比你有勁兒！

陳陣說：這恰好是我的優勢，狼洞裏面窄，到時候準把你卡住。現在，別爭了，誰胖誰留在洞外。

陳陣脫掉皮袍，楊克勉強地把手電筒、鐵鍬和書包遞給他，並用陳陣那條近兩丈長的蒙袍腰帶拴住了他的雙腳，又把自己的長腰帶解下來連接在陳陣的腰帶上。陳陣在入洞前說：不入狼穴，焉得狼崽！楊克一再叮囑：如果真遇上狼，就大聲喊、用力勾腿拽腰帶發信號。陳陣打開手電筒，匍匐在地，順著向下近四十度的斜洞往下爬滑，洞裏有一股濃烈的狼騷味，嗆得他不敢大口呼吸。

他一點一點地往下爬，洞壁還比較光滑，有些土石上剮住幾縷灰黃色的狼毛。在洞道的地面上佈滿了小狼崽的腳爪印。陳陣很興奮，心想也可能再爬幾米就能摸到小狼崽了。他的身體已經完全進洞，楊克一點一點放腰帶，並不住地大聲問要不要出來，陳陣大聲喊放帶放帶，然後用兩肘代手前後挪動，幾寸幾寸地往下蹭。

大約離洞口兩米多，狼洞開始緩緩拐彎，再往裏爬了一會兒，洞外的光線已經照不到洞裏了。陳陣把手電筒開關推到頭，洞裏的能見度全靠電筒光來維持。拐過彎去，洞的坡度突然開始平緩，但是洞道也突然變矮變窄，必須低頭縮肩才能勉強往裏挪。陳陣一邊爬一邊觀察洞道洞壁，這兒的洞壁比洞口處的洞壁更光滑，更堅固，不像是狼爪掏出來的，倒像是用鋼鍬鑿了出來的一樣。肩膀蹭壁也很少蹭下土石碎渣，用鐵鍬捅了捅洞頂，也沒有多少土渣落下，這使他消除了對洞內坍方的擔憂。

他簡直難以相信狼用牠們的爪子在這麼堅硬的山地裏，能掏出如此深的洞來。洞側壁上的石頭片已被磨掉稜角，光滑如卵石。根據這種磨損程度，這個狼洞肯定是個百年老洞，不知有多少大狼小狼、公狼母狼，曾在這個洞裏進進出出。陳陣感到自己已完全進入狼的世界，狼氣逼人。

陳陣爬著爬著，越來越感到恐懼。他鼻子下面就有幾個被狼崽爪印踩過的大狼爪印，萬一這洞裏有大狼，靠這根鐵鍬能打得過嗎？洞窄，狼牙可能不容易搆得著人，但是狼的兩條長長的前腿和前爪，卻可以在這個窄洞裏遊刃有餘，那他還不被狼撕爛？怎麼就沒想到狼爪呢，他全身的汗毛又豎了起來。

陳陣停了下來，猶豫著，只要用腳勾一勾腰帶，楊克可以迅速地把他拽出去。但他想到可能近在咫尺的八九隻，十幾隻小狼崽，實在捨不得退出去，便下意識地咬緊了牙，沒動腰帶，硬著頭皮繼續往裏蹭挪。洞壁已幾乎把他的身體包裹起來，他覺得自己不像個獵人，倒很像個掘墓大盜。空氣越來越稀薄，狼臊味越來越濃重，他真怕自己憋死在洞裏。考古發掘經常發現盜墓者就是死在這樣的窄洞裏的。

一個更小的窄洞卡口終於擋在面前，這個卡口僅能通過一條匍匐行進的母狼，而恰恰能擋住一個成年人，顯然這是狼專們為牠在草原上惟一的天敵設置的。陳陣想，狼也一定是在這個卡口做好了堆土堵煙堵水的防備。

這個卡口實際上是一個防禦工事，陳陣確實是被防住了，他仍不甘心，就用鐵鍬鑿壁，企圖打通這個關口。但是狼選擇此地做關卡絕對有牠的道理。陳陣鑿了幾下就停了手，這個卡口的上下左右全是大石塊，大裂縫，看上去既堅固又懸呼。陳陣呼吸困難，再無力氣撬挖，即使有力氣也不敢撬，如果鑿坍了方，那他反倒成了狼的陷阱獵物了。

陳陣大口吸著狼臊氣，畢竟那裏面還有幾絲殘碎的氧分子。他洩了氣，他知道已不可能抓到小狼崽了。但他還不能馬上撤離，還想看看卡口那邊的構造，萬一能看上一眼小狼崽呢。

陳陣把最後的一點力氣全用到最後的一個願望上，他把頭和右手伸進卡口，然後伸長了胳膊，照著手電筒。眼前的情景使他徹底洩氣：在卡口那邊竟是一個緩緩向上的洞道，再往上就什麼也看不見了，上面一定更乾燥舒適、更適於母狼育崽，還可以預防老天或天敵往洞裏灌水。儘管他對狼洞的複雜結構早有思想準備，眼前這一道有效實用的防禦設施，仍使他驚嘆不已。

陳陣側頭細聽，洞裏一點聲音也沒有，可能小狼崽全睡著了，也可能牠們天生就有隱蔽自己的本能，聽見陌生聲音進洞，便一聲不吭。要不是他已喘不過氣來，陳陣真想在離洞前，給牠們唱一首兒歌：「小狼兒乖乖，把門兒開開……」可惜漢人的「人外公」，還是抱不走蒙古「狼外婆」的小狼崽。

陳陣終於憋得頭暈眼花，他用了最後一點力氣向上勾了勾後腿，楊克又著急又興奮因而特別用力，竟然像拔河一樣，把他快速地拔出了洞口。陳陣灰頭土臉，癱坐在洞外大口大口地喘氣，一邊跟楊克說：沒戲了，像是個魔鬼洞，怎麼也到不了頭。楊克失望地把皮袍披在陳陣的身上。

歇過氣，兩人又在方圓一兩百多米的範圍內找了半個小時，只發現了大狼洞的另外一個出口，便就地撬出了幾塊估計狼弄不動的大石頭，堵住副洞和主洞口，還用土把縫隙拍得嚴嚴實實。臨走前，陳陣還不解氣，示威一般將鐵鍬插在大狼主洞的洞口，明確地告訴母狼：明天他們還要帶更多的人和更厲害的法子來的。

天近黃昏，二郎還沒有回來，那條母狼陰險狡猾，光靠二郎的驍勇兇猛可能還對付不了，兩人都爲二郎捏一把汗。陳陣和楊克只好帶著黃黃回家。快到營盤，天已漆黑，陳陣讓楊克帶上工具和黃黃先回家，給高建中報個平安，急忙撥轉馬頭，朝畢利格老人的大蒙古包跑去。

第二卷

在蒙古人的某些編年史抄本中所述如下：……泰亦赤兀惕人起源於海都汗（成吉思汗的六世祖——引者注）的兒子察剌合—領昆……海都汗有三個兒子；長子名為伯升豁兒（成吉思汗的五世祖——引者注），成吉思汗祖先的一支出自他……仲子名為察剌合—領昆……察剌合—領昆在其兄伯升豁兒死後，娶嫂為妻，她是屯必乃汗（成吉思汗的四世祖——引者注）的母親……他從她生下了兩個兒子：一個名為堅都—赤那，另一個名為兀魯克臣—赤那……上述這兩個名字的含義為「公狼」和「母狼」……屬於這兩個孩子這一分支的人，被稱為赤那思。（「赤那」蒙語的意思為狼，「赤那思」為「赤那」的複數，意即「狼群」——引者注）

——（波斯）拉施特《史集·第一卷》

老人抽著旱煙，不動聲色聽完陳陣的講述後，不客氣地把他一頓好訓。他最生氣的是兩個漢人學生用大爆竹炸狼窩，他還從來不知道用爆竹炸狼窩有這麼大的威力和效果。

老人捏著的銀圓煙袋鍋蓋，在煙袋鍋上抖出一連串的金屬聲響。他抖著鬍子對陳陣說：作孽啊，作孽啊……你們幾炮就把母狼炸了出來。你們漢人比蒙古人點火薰煙多多地厲害，母狼連刨土堵洞的工夫也沒有了，蒙古狼最怕火藥味。要是你們炸的是一個有狼崽的洞，那一窩狼崽就都會跑出洞，讓你們抓住。這樣殺狼崽，用不了多少時候，草原上的狼就通通沒有啦。狼是要打的，可是不能這樣打。這樣打，騰格里會發火的，草原就完啦。以後再不能用炮炸狼窩，萬萬不能告訴小馬倌和別的人用炮炸洞。小馬倌都會讓你們帶壞了……

陳陣沒有想到老人會發這麼大的火，老人的話也使他感到炸狼窩掏狼崽的嚴重後果。此法一旦普及，狼洞內的防禦設施再嚴密，也很難擋住大爆竹的巨響和火藥嗆味。草原上一直沒有節日點爆竹、放焰火的風俗，煙花爆竹是盲流和知青帶到草原的。草原上槍彈受到嚴格控制，但對爆竹還未設防，內地到草原沿途不查禁，很好帶。如果爆竹大量流入草原，再加大藥量，加上辣椒屑，催淚粉，用於掏狼殺狼，那麼稱霸草原幾萬年的狼就難逃厄運了，草原狼從此以後真有可能被斬盡殺絕。火藥對於仍處在原始游牧階段的草原，絕對具有劃時代的殺傷力。一個民族的圖騰被毀滅，這個民族的精神可能也就被扼殺。而且，蒙古民族賴以生存的草原也可能隨之消亡……

陳陣也有些害怕了，擦了擦額頭上的汗說：阿爸，您別生氣，我向騰格里保證，以後一定不會再用炮來炸狼窩了，我們也保證不把這個法子教給別人。陳陣特別作了兩次保證。

在草原，信譽是蒙族牧民的立身之本，是大汗留下來的訓令之一。保證這個詞的份量極重，草原部落內部從來都相信保證。蒙古人有時在醉酒中許下某個諾言，因而丟掉了好狗好馬好刀好杆，甚至丟掉了自己的情人。

老人的臉部肌肉開始鬆弛，他望著陳陣說：我知道你打狼是爲了護羊護馬，可是護草原比護牛羊更重要。現在的小青年小馬倌，成天賽著殺狼，不懂事理啊……收音機裏淨捧那些打狼英雄。農區的人來管草原牧區，真是瞎管。再往後，草原上人該遭罪了……

嘎斯邁遞給陳陣一碗羊肉麵片，還特別把一小罐醃韭菜花放到他面前。她跪在爐子旁，又給老人添了一碗麵片，她對陳陣說：你阿爸的話現在不大有人聽了，讓別人不打狼，可他自個兒也不少打狼，誰還信你阿爸的話？

老人無奈地苦笑著，接過兒媳的話問陳陣：那你信不信阿爸的話？

陳陣說：我信，我真的信。沒有狼，草原容易被破壞。在東南邊很遠很遠的地方有一個國家，叫澳大利亞。那兒有很大的草原，那兒原來沒有狼也沒有兔子，後來有人把兔子帶到這個國家，一些兔子逃到草原，因為沒有草原狼，兔子越生越多，把草原挖得坑坑窪窪到處都是洞，還把牧草吃掉一大半，給澳大利亞的牧業造成巨大損失。澳大利亞政府急得什麼法子都用上了，都不管用。後來又做了大批鐵絲格子網，鋪在草原上，草能長出來，可兔子就鑽不出來了。他們想把兔子全餓死在地底下。但是，這個法子還是失敗了，草原太大，政府拿不出那麼多的鐵絲來。我原來以為內蒙草原草這麼好，兔子一定很多，可是到了額侖草原以後，才發現這兒的兔子不太多，我想這肯定是狼的功勞。我放羊的時候，好多次見到狼抓兔子。兩條狼抓兔子更是一抓一個準。

老人聽得很入迷，他目光漸漸柔和，不停地念叨：澳大利亞，澳大利亞，澳大利亞；然後說：明天，你把地圖給我帶來，我要看看澳大利亞。往後誰要是再說把狼殺光，我就跟他說說澳大利亞。兔子毀起草場可不得了，兔子一年可以下好幾窩兔崽，一窩兔崽比一窩狼崽還多吶。到冬天，旱獺和老鼠都封洞不出來了，可兔子還出來找食吃，兔子是狼的過冬糧，狼吃兔子就能少吃不少羊。可就是這麼殺，兔子還是殺不完。要是沒有狼，人在草原上走三步就得踩上一個兔子洞了。

陳陣趕緊說：我明天就給您送地圖。我有很大的世界地圖，讓您看個夠。

好啦，你累了幾天了，早點回去休息吧。老人看陳陣還不想走，又說：你是不是想問你老阿爸怎麼把那窩狼崽掏出來？

陳陣猶豫了一下，還是點了點頭，說：這是我第一次掏狼崽，阿爸，您怎麼也得讓我成功一次。

老人說：教你可以，可往後不要多掏了。

老人喝了一口奶茶，詭秘地一笑：你要是不問你阿爸，你就別想再抓到那窩小狼崽了。我看，你最好饒了那條母狼吧，做事別做絕。

那一定。陳陣又做了一次保證。

陳陣著急地追問：我怎麼就抓不到小狼崽了呢？

老人收了笑容說：那個狼洞讓你們炸了，這個狼洞又讓你們鑽過，洞裏有了人味，洞口還讓你們給堵了。母狼今晚準保搬家，牠會刨開別的洞口鑽進去，把小狼崽叼出洞，再到別處挖一個臨時的洞，把狼崽藏起來。過幾天牠還會搬家，一直搬到人再找不到的地方。

陳陣的心狂跳起來，他忙問：這個臨時的洞好找嗎？

老人說：人找不著，狗能找著。你的黃狗，還有兩條黑狗都成。看來，你真是鐵了心要跟這條母狼幹到底了？

陳陣說：阿爸，要不明天還是您老帶我們去吧，楊克說他已經讓狼給騙怕了。

老人笑道：我明兒還要去北邊遛套。昨兒夜裏咱們下的夾子夾了一條大狼，我沒動牠。北邊的狼群餓了，又回來了。明兒我沒準要把夾子都起了，這兩天你要睡足覺，準備打圍。這事兒最好等打過圍再說吧。

陳陣一時急得臉都白了。老人看看陳陣，口氣鬆了下來：要不，你們倆明兒先去看看，狼洞味重，帶著狗多轉幾圈，準能找著。新洞都不深，要是母狼把狼崽叼進另外一個大狼洞，那就不好挖了。掏狼崽還得靠運氣。要是掏不著我再去。我去了，才敢讓巴雅爾鑽狼洞。

小巴雅爾十分老練地說：你剛才說的那個洞卡子，我準能鑽過去。鑽狼洞非得快才成，要不就憋死啦。

今天你要是帶我去，我準能把狼崽全掏出來。

回到蒙古包，楊克還在等他。陳陣將畢利格的判斷和主意給他講了兩遍，楊克仍是一副很不放心的樣子。

半夜，陳陣被一陣兇猛的狗叫聲驚醒，竟然是二郎回來了，看來牠沒被狼群圍住。陳陣聽到牠仍在包外健步奔跑，忙著看家護圈，真想起來去給牠餵食和包紮傷口，但是他已經睏得翻不了身。二郎叫聲一停，他又睡死過去。

早上陳陣醒來時，發現楊克、高建中正和道爾基在爐旁喝茶吃肉，商量掏狼崽的事。道爾基是三組的牛倌，二十四五歲，精明老成，讀書讀到初中畢業就回家放牧，還兼著隊會計，是牧業隊出了名的獵手。他的父親來自靠近東北的半農半牧區，在牧場組建不久帶全家遷來落戶，是大隊裏少數幾家東北蒙族外來戶中的一家。

在額侖草原，東北蒙族和本地蒙族的風俗習慣有很大的差異，很少相互通婚。半農區的東北蒙族都會講一口流利的東北口音的漢話，他們是北京學生最早的蒙語翻譯和老師。但畢利格等老牧民幾乎不與他們來往，知青也不想介入他們之間的矛盾。楊克一大早就把道爾基請來，肯定是擔心再次上當或遇險，就讓道爾基來當顧問兼保鏢。道爾基是個不見兔子不撒鷹的獵手，他能來，掏到狼崽就多了幾分把握。

陳陣急忙起身穿衣招呼道爾基。他衝陳陣笑了笑說：你小子敢鑽進狼洞去掏狼？你往後可得留神了，母狼聞出了你的味，你走到那兒，母狼就會跟到那兒。

陳陣嚇了一跳，絨衣都穿亂了套，忙說：那咱們真得把那條母狼殺了，要不我還活不活了？

道爾基大笑道：我嚇唬你呢！狼怕人，牠就是聞出了你的味也不敢碰你。要是狼有那麼大的本事，我早就讓狼吃了。我十三四歲的時候也鑽過狼洞，掏著過狼崽，我現在不是還活得好好的。

陳陣鬆了一口氣，問道：你可是咱們大隊的打狼模範，你這些年一共打死多少條狼？不算狼崽，一共有六七十條吧。要算小狼崽，還得加上七八窩。七八窩至少也得有五六十隻吧？那你打死的狼快有一百二三十條了，狼沒有報復過你？怎麼沒報復？十年了，我家的狗讓狼咬死七八條，羊就更多，數不清了。你打死這麼多狼，要是把狼打光了，那人死了怎麼辦？我們伊盟來的蒙族，跟你們漢人差不多，人死了不餵狼，打口棺材土葬。這兒的蒙族太落後。人死了餵狼，是這兒的風俗，在西藏，人死了還餵鷹呢。要是你把這兒的狼打光了，這兒的人不恨你嗎？

額侖的狼太多了，哪能打得完？政府都號召牧民打狼，說打一條狼保百隻羊，掏十窩狼崽保十群羊。我打的狼還不算多。白音高畢公社有個打狼英雄，他前年一個春天就掏了五窩狼崽，跟我十年掏的差不離。白音高畢的外來戶多，東北蒙族多，打狼的人也多，所以他們那兒的狼就少。

陳陣問：他們那兒的牧業生產搞得怎麼樣？

道爾基回答說：不咋樣，比咱們牧場差遠了。他們那兒的草場不好，兔子和老鼠太多。

陳陣穿好皮袍，急忙出門去看二郎，牠正在圈門外吃一隻已被剝了羔皮的死羊羔。春天隔三差五總有一些傷病凍餓死的羊羔，是很好的狗食，草原上的狗們只吃剝了皮的死羔，從來不碰活羔。可是陳陣發現二郎一邊啃著死羔，一邊卻忍不住去看圈裏活蹦亂跳的活羔。陳陣喊了牠一聲，牠不抬頭，趴在地上啃吃，只是輕輕搖了一下尾巴。而黃黃和伊勒早就衝過來，把爪子搭在陳陣的肩膀上了。

楊克他們已經給二郎的傷口紮上了繃帶，但牠好像很討厭繃帶，老想把它咬下來，還用自己的舌頭舔傷口。看牠的那個精神頭，還可以再帶牠上山。

喝過早茶，吃過手把肉，陳陣又去請鄰居官布替他們放羊。高建中看陳陣和楊克好像就要掏著狼崽了，他也想過一把掏狼崽的癮，便也去請官布的兒子替他放一天牛。在額侖草原，掏到一窩狼崽，是一件很榮耀的事情。

一行四人，帶了工具武器和一整天的食物還有兩條狗，向黑石山方向跑去。這年的春季寒流，來勢如雪崩，去時如抽絲。四五天過去，陽光還是攻不破厚厚的雲層，陰暗的草原也使牧民的臉上漸漸褪去了紫色，變得紅潤起來，而雪下的草芽卻慢慢變黃，像被子裏焐出來的韭黃一樣，一點葉綠素也沒有，連羊都不愛吃。

道爾基看了看破絮似的雲層，滿臉喜色地說：天凍了這老些天，狼肚裏沒食了。昨兒夜裏營盤的狗都叫得厲害，大狼群八成已經過來了。

四人順著前一天兩人留下的馬蹄印，急行了兩個多小時，來到荊棘叢生的山溝。狼洞口中間的那把鐵鍬還戳在那裏，洞口平臺上有幾個大狼的新鮮爪印，但是洞口封土和封石一點也沒有動，看來母狼到洞口看到了鐵鍬就嚇跑了。兩條狗一到洞邊立即緊張興奮起來，低頭到處聞到處找，二郎更是焦躁，眼裏充滿了報復的慾火。

陳陣伸長手，指了指附近山坡，喊了兩聲「啾啾」，兩條狗立刻分兵兩路，各自嗅著狼足印搜索去了。四人又走到狼洞的另一個出口，洞口旁邊也有新鮮的狼爪印，堵洞的土石也是原封不動。道爾基讓他們三人再分頭去找其他的出口，四人還沒轉上兩圈，就聽到北邊坡後傳來二郎和黃黃的吼叫聲。四人再也顧不上找洞，陳陣連忙拔出鐵鍬，一起朝北坡跑去。

一過坡頂，四人就看到兩條狗在坡下的平地上狂叫，二郎一邊叫一邊刨土，黃黃也撅著屁股幫二郎刨土，刨得碎土四濺。

道爾基大叫：找著狼崽了！四人興奮得不顧亂石絆蹄，從坡頂一路衝到兩條狗的跟前。四人滾鞍下馬，兩條狗見主人來了也不讓開身，仍然拚命刨土，二郎還不時把大嘴伸進洞裏，恨不得把裏面的東西叼出來。

陳陣走到二郎旁邊，抱住牠的後身，把牠從洞口拔出。但是眼前的場景使他差點泄了氣：平平的地面上，只有一個直徑三十釐米左右的小洞，和他以前見的大狼洞差得太遠了。洞口也沒有平臺，只有一長溜碎土，鬆鬆散散蓋在殘雪上，兩條狗已經將這堆土踩得稀爛。

高建中一看就撇嘴說：這哪是狼洞啊，頂多是個兔子洞，要不就是獺子洞。

道爾基不慌不忙地說：你看，這個洞是新洞，土全是剛挖出來的，準是母狼把小狼搬到這個洞來了。

陳陣表示懷疑：狼的新洞也不會這麼小吧，大狼怎麼鑽得進去？

道爾基說：這是臨時用的洞，母狼身子細，能鑽進去，牠先把狼崽放一放，過幾天牠還會在別的地方，給小狼崽挖一個大洞的。

楊克揮著鐵鍬說：管他是狼還是兔子，今天只要抓著一個活物，咱們就算沒白來。你們躲開點，我來挖。

道爾基馬上攔住他說：讓我先看看這個洞有多深，有沒有東西。說完就拿起套馬杆調了一個頭，用杆子的粗頭往洞裏慢慢捅，捅進一米多，道爾基就樂了，抬頭衝陳陣說：嗨，有東西，軟軟的，你來試試。陳陣接過杆子也慢慢捅，果然手上感到套馬杆捅到了軟軟有彈性的東西。陳陣樂得合不上嘴：有東西，有東西，要是狼崽就好了。楊克和高建中也接著試，異口同聲說裏面肯定有活物。但是誰也不敢相信那活物就是小狼崽。

道爾基把杆子輕輕地捅到頭，在洞口握住了杆子，然後把杆子慢慢抽出來，放在地上，順著洞道的方向，量出了準確的位置，然後站起身，用腳尖在量好的地方點了一下，肯定地說：就在這兒挖，小心點兒，別傷了狼崽。

陳陣搶過楊克手中的鐵鍬，問：能有多深？

道爾基用兩隻手比了一下說：一兩尺吧。一窩狼崽的熱氣能把凍土化軟，可別太使勁兒。

陳陣用鐵鍬清了清殘雪，又把鐵鍬戳到地上，一腳輕輕踩下，緩緩加力，地面上的土突然嘩啦一下塌陷下去。兩條狗不約而同衝向坍方口，狂吼猛叫。陳陣感到熱血衝頭，一陣陣地發懵，他覺得這比一鍬挖出一個西漢王墓更讓他激動、更有成就感。碎土沙礫中，一窩長著灰色茸毛和黑色狼毫的小狼崽，忽然顯露出來。狼崽！狼崽！三個北京知青停了幾秒鐘以後，都狂喊了起來。

陳陣和楊克都傻呆呆地愣在那裏，幾天幾夜的恐懼緊張危險勞累的工程，原以為最後一戰定是一場苦戰惡戰血戰，或是一場長時間的疲勞消耗戰，可萬萬沒有想到，最後一戰竟然是一鍬解決戰鬥。兩人簡直不敢相信眼前的這堆小動物就是小狼崽。那些神出鬼沒、精通兵法詭道、稱霸草原的蒙古狼，竟然讓這幾個北京學生端了窩，這一結局讓他們欣喜若狂。

楊克說：我怎麼覺著像在做夢，這窩狼崽真讓咱們給矇著了。

高建中壞笑道：沒想到你們兩個北京瞎貓，居然碰到了蒙古活狼崽。我攢了幾天的武藝功夫全白瞎了，今天我本打算大打出手的呢。

陳陣蹲下身子，把蓋在狼崽身上的一些土塊碎石小心地撿出來，仔細數了數這窩狼崽，一共七隻。小狼崽比巴掌稍大一點，黑黑的小腦袋一個緊挨著一個，七隻小狼崽縮成一團，一動不動。但每隻狼崽都睜著眼睛，眼珠上還蒙著一層薄薄的灰膜，藍汪汪的，充滿水分，瞳孔處已見黑色。他在心裏默默對狼崽說：我找了你們多久呵，你們終於出現了。

道爾基說：這窩小狼生出來有二十來天，眼睛快睜開了。

陳陣問：狼崽是不是睡著了，怎麼一動也不動？

道爾基說：狼這東西從小就鬼精鬼精的，剛才又是狗叫又是人喊，狼崽早就嚇醒了。牠們一動不動是在裝死，不信你抓一隻看看。

陳陣生平第一次用手抓活狼，有點猶豫，不敢直接抓狼崽的身子，只用拇指和食指小心地捏住一隻狼崽的圓直的耳朵，把牠從坑裏拎出來。小狼崽還是一動不動，四條小腿乖乖地垂著，沒有一點張牙舞爪拚命反抗的舉動，牠一點也不像狼崽，倒像是一隻死貓崽。

小狼崽被拎到三人的面前，陳陣看慣了小狗崽，再這麼近地看小狼崽，立即真切地感到了野狼與家狗的區別。小狗崽生下來皮毛就長得整齊光滑，給人的第一印象就非常可愛；而小狼崽則完全不同，牠是個野物，雖然貼身長著細密柔軟乾鬆的煙灰色絨毛，但是在絨毛裏，又稀疏地冒出一些又長又硬又黑的狼毫，絨短毫長，參差不齊，一身野氣，像一個大毛栗子，拿著也扎手。

狼崽的腦袋又黑又亮，像是被瀝青澆過一樣。牠的眼睛還沒完全睜開，可是牠的細細的狼牙卻已長出，齜出唇外，露出兇相。從土裏挖出來的狼崽，全身上下散發著土腥味和狼臊氣，與乾淨可愛的小狗崽簡直無法相比。但在陳陣看來，牠卻是蒙古草原上最高貴、最珍稀、最美麗的小生命。

陳陣一直拎著小狼崽不放，狼崽仍在裝死，沒有絲毫反抗，沒有一息聲音。可是他摸摸狼崽的前胸，裏面的心臟卻怦怦急跳，快得嚇人。道爾基說：你把牠放到地上看看。

陳陣剛把小狼崽放到地上，小狼崽突然就活了過來，拚命地往人少狗少的地方爬，那速度快得像上緊了發條的玩具汽車。黃黃三步兩步就追上了牠，剛要下口，被三人大聲喝住。陳陣急忙跑過去把小狼崽抓住，裝進帆布書包裏。黃黃非常不滿地瞪著陳陣，看樣子，牠很想親口咬死幾隻狼崽，才能解牠心頭之恨。陳陣發現二郎卻衝著小狼崽發愣，還輕輕地搖尾巴。

陳陣打開書包，三個知青立刻興奮得像是三個頑童，到京城郊外掏了一窩鳥蛋，幾個人你一隻我一隻，搶著拎小狼崽的耳朵，一眨眼的工夫，就把洞裏的小狼崽全部拎到帆布包裏。陳陣把書包扣好，掛在馬鞍上，準備回撤。

道爾基看了看四周說：母狼一定就在不遠的地方，咱們往回走，要繞個大圈，要不母狼會跟到營盤去的。三人好像突然意識到危險，這才想起書包裏裝的不是鳥蛋，而是讓漢人聞之色變的狼！

第二章 狼性、獸性、人性

察剌孩領忽兄死而妻其嫂，生二子，一曰更都赤那，一曰玉律貞赤那。蒙語赤那譯言狼……《史集》特別解釋二子之名為雄狼及雌狼。赤那思部即此二子之後。

……

赤那思即《元史‧宗室世系表》之直拏斯，斯（S）為複數，意為狼之集團也。

——韓儒林《成吉思汗十三翼考》

他們三人匆匆跨上馬，跟著道爾基向西穿葦地，再向南繞鹹灘，專走難留馬蹄足跡的地方往家急行。一路上，三個北京學生都有些緊張，不僅沒有勝利的感覺，相反還有作賊於豪門的心虛。生怕事後發了瘋的失主率兵追蹤，跟他們玩命。

但陳陣想到了被母狼叼走的羊羔，心裏稍稍感到一點平衡，他這個羊倌總算替被殺的羊羔報了仇。掏一窩狼就等於保一群羊，如果他們沒有發現並掏到這七隻狼崽，那麼牠們和牠們的後代，日後還不知道要禍害多少牲畜。掏狼窩絕對是蒙古草原人與草原狼進行生存戰爭的有效戰法，掏一窩狼崽，就等於消滅一小群狼，掏到這七隻狼崽雖然很難，但還是要比打七條大狼容易了許多。可是爲什麼蒙古人早已發明了這一快捷有效的滅狼戰法，卻仍然沒有減緩狼災呢？陳陣向道爾基提出了這個疑問。

道爾基說：狼太精了，牠下狼崽會挑時候。都說狼和狗一萬年前是一家，實際上，狼比狗賊得不能比。狗每年在春節剛過半個月就下崽，可狼下崽，偏偏挑在開春，那時雪剛剛化完，羊群剛剛開始下羔。春天接羔是蒙古人一年最忙最累最打緊的時候，一群羊分成兩群，全部勞力都上了羊群。人累得連飯都不想吃，哪還有力氣去掏狼。等接完羔，人閒下來了，可狼崽已經長大，不住在狼洞裏了。

狼平時不住狼洞，只有在母狼下崽的時候才用狼洞。小狼差不多一滿月就睜開眼，再過一個多月就能跟狼媽到處亂跑。這時候再去掏狼，狼洞早就空了。要是狼在夏天秋天冬天下崽，那時候人有閒功夫，大家都去掏狼崽，那狼早就讓人給打完了。狼在開春下崽還有個好處，母狼可以偷羊羔，餵狼崽教狼崽。嫩羔肉可是狼崽的好食，只要有羊羔肉，母狼就不怕奶不夠，就是下了十幾隻狼崽也能養活……

楊克一拍馬鞍說道：狼啊，狼，我真服了你了，下崽還要挑時候。可不嘛，春天接羔太累，我跟著那些下羔的羊群，天天揹著運羔的大氈袋，一次裝四五隻，一天來回跑十幾趟，人都累趴蛋了。要不是咱們第一次掏狼，圖個新鮮，誰能費這麼大牛勁！以後我可再也不去掏狼窩了。今兒我回去就得睡覺。

楊克連連打哈欠。陳陣也突然感到睏得不行，也想回包倒頭就睡。但是狼的話題又使他捨不得丟掉，他強打起精神問下去：那，這兒的老牧民為什麼都不太願意掏狼崽？

道爾基說：本地的牧民都信喇嘛，從前差不多家家都得出一個人去當喇嘛。喇嘛行善，不讓亂殺生，多殺狼崽也會損壽。我不信喇嘛，不怕損壽。我們東北蒙族，人死了也不餵狼，就是狼打光了，我也不怕。我們東北蒙族學會種地以後，就跟你們漢人一樣了，也相信入土為安。

離被掏的狼洞越來越遠，但陳陣總感到背後有一種像幽靈一樣的陰風跟隨著他，弄得他一路上心神不寧，隱隱感覺到靈魂深處傳來的恐懼和不安。在大都市長大、以前與狼毫無關係的他，竟然決定了七條蒙古狼的命運。

這窩狼崽的媽，太兇猛狡猾了，這窩狼崽沒準就是那條狼王的後代，或者是一窩蒙古草原狼的優良純

種。如果不是他鍥而不捨的癡迷，這七條狼崽肯定能夠躲過這一劫，健康長大，日後成爲叱吒草原的勇士。然而由於他的到來，狼崽的命運徹底改變了，他從此與整個草原狼群結下了不解之緣，也因此結下了不解之仇。整個額侖草原的狼家族，會在那條聰慧頑強的母狼帶領下，在草原深夜的黑暗裏來向他追魂索債，並不斷來咬噬他的靈魂。他開始意識到自己可能犯了一個大錯。

回到蒙古包，已是午後。陳陣把裝狼崽的書包掛在蒙包的哈那牆上。四人圍坐爐旁，加火熱茶，吃烤肉，一邊討論怎樣處理這七隻小狼崽。

道爾基說：處理狼崽還用得著討論嗎，喝完茶你們來看我的，兩分鐘也用不了。

陳陣知道自己馬上就要面臨那個最棘手問題——養狼。在他一開始產生養狼崽的念頭時，就預知這個舉動將會遭到幾乎所有牧民、幹部和知青的反對。無論從政治、信仰、宗教、民族關係上，還是從心理、生產和安全上來看，養狼絕對是一件居心叵測、別有用心的大壞事。

文革初期在北京動物園裏，管理員僅僅只是將一隻缺奶的小老虎，和一條把牠餵大的母狗養在一個籠子裏，就成了重大政治問題，說這是宣揚反動的階級調和論，管理員被審查批鬥。那麼把狼養在羊群牛群狗群旁邊，這不是公然敵我不分，認敵爲友嗎？在草原，狼既是牧民的仇敵，又是牧民、尤其是老人心目中敬畏的神靈和圖騰，是他們靈魂升天的載體。神靈或圖騰只能頂禮膜拜，哪能像家狗家奴似的被人豢養呢？從宗教心理、生產安全上來說，養虎爲患，養狼爲禍；真把小狼養起來，畢利格阿爸會不會再也不認他這個漢人兒子了？

可是，陳陣沒有絲毫要褻瀆神靈、褻瀆蒙古民族宗教情感的動機，相反，正因爲他對蒙古民族狼圖騰的尊重，對深奧玄妙的狼課題的癡迷，他才一天比一天更迫切地想養一條小狼。狼的行蹤如此神出鬼沒，如果他不親手養一條實實在在，看得見摸得著的活狼，他對狼的認識只能停留在虛無玄妙的民間故事、或一般人的普通認識水平、甚至是漢族仇視狼、仇恨狼的民族偏見之上。

從他們這一批一九六七年最早離開北京的知青開始，大批的內地人，內地的槍枝彈藥就不斷湧入蒙古草原。草原上的狼正在減少，可能再過若干年，人們就可能再也找不到一窩七隻狼崽的狼洞了。要想從牧民那裏要隻狼崽來養，那是不可能的，要養狼只有自己抓。他不能等了，既然這次自己親手抓住了狼崽，就一定要養一條狼。但是，為了不傷害牧民和尤其是老人的情感，陳陣還得找一些能讓牧民勉強接受的理由。

在掏狼前，他苦思多日，終於找到了一個看似合理的理由：養狼是科學實驗，是為了配狼狗。狼狗在額侖草原上極負盛名。原因是邊防站的邊防軍有五六條狼狗軍犬，高大威猛，奔速極快。獵狼獵狐總是快、準、狠、十拿九穩。一次，邊防站的趙站長騎著馬，帶著兩個戰士、兩條狼狗到牧業隊檢查民兵工作，一路上，兩條狼狗一口氣抓了四條大狐狸，幾乎看到一條就能抓到一條。一路檢查工作，一路剝狐狸皮，把全隊的獵手都看呆了。

後來牧民都想弄條狼狗來養，但是在當時，狼狗是稀缺的軍事物資，軍民關係再好，牧民也要不來一條狼狗崽。陳陣想，狼狗不就是公狼和母狗雜交出來的後代嗎，如果養大一條公狼，再與母狗交配，不就能得到狼狗了嘛。然後再把狼狗送給牧民，不就能爭取到養狼的可能性了嗎。而且，蒙古草原狼是世界上品種最優的狼，如果試驗成功，就可能培養出比德國蘇聯軍犬品質更優良的狼狗來。這樣，也許還能為蒙古草原發展出一項嶄新的畜牧事業來呢。

陳陣放下茶碗對道爾基說：你可以把六條小狼崽處理掉，給我留一條最壯的公狼崽。我想養狼。

道爾基一愣，然後像看狼一樣地看著陳陣，足足有十秒鐘，才說：你想養狼？

陳陣說：我就是想養狼，等狼長大了，讓牠跟母狗配對，沒準能配出比邊防站的狼狗還要好的狼狗來呢。到時候，小狼狗一生出來，準保牧民家家都來要。

道爾基眼珠一轉，突然轉出獵犬看到獵物的光芒。他急急地喘著氣說：這個主意可真不賴！沒準能成！要是咱們有了狼狗，那打狐狸打狼就太容易了。說不定，將來咱們光賣狼狗崽，就能發大財。

陳陣說：我怕隊裏不讓養。

道爾基說：養狼是爲了打狼，保護集體財產，誰要是反對咱們養狼，往後下了狼狗崽子，就甭想跟咱們要了。

楊克笑道：噢，你也想養狼了？

道爾基堅決地說：只要你們養，我也養一條。

陳陣擊掌說：這太好了，兩家一起養，成功的把握就更大了！陳陣想了想又說：不過，我有點兒吃不準，等小狼長大了，公狼會跟母狗配對嗎？

道爾基說：這倒不難，我有一個好法子。三年前，我弄來一條特別好的母狗種，我想用我家的一條最快最猛的公狗跟牠配對。可是我家有十條狗，八條是公狗，好狗賴狗都有，要是這條母狗先讓賴狗配上了，這不白瞎了嗎。後來，我想出了一個法子，到該配種的時候，我找了一個挖了半截子的大乾井筒子，有蒙古包那麼大，兩人多深。我把那條好公狗和母狗放進去，再放進去一隻死羊，隔幾天給牠們添食添水。過了二十天，我再把兩條狗弄上來，嘿，母狗還真懷上了。不到開春，母狗就下了一窩好狗崽，一共八隻，我摔死四條母的，留下四條公的，全養著。現在我家的十幾條狗，就數這四條狗最大最快最厲害。一年下來，我家打的狼和狐狸，多一半是這四條狗功勞。要是咱們用這個法子，也一定能得到狼狗崽，你可記住了，打小就得把狼崽和母狗崽放在一塊堆養。

陳陣楊克連聲叫好。

帆布書包動了動，小狼崽們可能被壓麻了，也可能是餓了，牠們終於不再裝死，開始掙扎，想從書包的縫隙鑽出來。這可是陳陣所尊重敬佩的七條高貴的小生命啊，但其中的五條即將被處死。陳陣的心一下子沉重起來。他眼前立即晃過北京動物園大門的那面浮雕牆，假如能把這五條狼崽送到那裏就好了，這可是草原深處最純種的蒙古狼呵。

此刻，他深感人心貪婪和虛榮的可怕，他掏狼本是爲了養狼，而養狼只要抱回來一隻公狼崽就行了，即使在這七隻裏挑一隻最大最壯的也不算太過分。但他爲什麼竟然把一窩狼崽全端了回來了呢？真不該讓道爾基和高建中倆人跟他一塊兒去。但如果他倆不去，他會不會只抱一隻小狼崽就回來呢？也不會的。掏一窩狼崽還意味著勝利、勇敢、利益、榮譽和人們的刮目相看，相比之下，這七條小生命就是沙粒一樣輕的砝碼了。

此刻，陳陣的心一陣陣的疼痛。他發現自己實際上早已非常喜歡這些小狼崽了。他想狼崽想了兩年多，都快想癡了，他真想把牠們全留下來。但這是根本不可能的，七條小狼，他得弄多少食物才能把牠們餵大呀？他忽然閃過一個念頭：是不是再騎馬把其他的五隻狼崽送回狼洞去？可是，除了楊克，沒人會跟他去的，他自己一個人更不敢去，來回四個多小時，人力和馬力都吃不消。那條母狼此刻一定在破洞旁哭天搶地，怒吼瘋嚎。現在送回去，不是去找死嗎。

陳陣拎著書包，步履緩慢地出了門。他說：還是過幾天再處理吧，我想再好好地看看牠們。道爾基說：你拿什麼來餵牠們？天這麼冷，狼崽一天不吃奶，全得餓死。

陳陣說：我擠牛奶餵牠們。

高建中沉下臉說：那可不行！那是我養的牛，奶是給人喝的，狼吃牛，你用牛奶餵狼，天下哪有這等道理？以後大隊該不讓我放牛了。

楊克打圓場說：還是讓道爾基處理吧，嘎斯邁正爲完不成任務發愁呢，咱們要是能交出五張狼崽皮，就能矇混過去了，也能偷偷地養狼崽了。要不，全隊的人都來看這窩活狼崽，你就連一隻也養不成了。快讓道爾基下手吧，反正我下不了手，你更下不了手，請道爾基來一趟也不容易。

陳陣眼睛酸了酸。長嘆一聲：只能這樣了……

陳陣返身進了包，拖出乾牛糞箱，倒空乾糞，將書包裏的狼崽全放進木箱裏。小狼崽四處亂爬，可爬到箱角又停下來裝死，小小的生命還想爲躲避厄運做最後的掙扎。每隻狼崽都在發抖，細長硬挺的黑狼毫顫抖得像過了電一樣。

道爾基用手指像撥拉兔崽一樣地撥拉狼崽，抬起頭對陳陣說：四隻公的，三隻母的。這條最大最壯的歸你了，這條歸我！說完便去抓其他五隻狼崽，一隻一隻地裝進書包。

道爾基拎著書包走向蒙古包前的空地，從書包裏掏出一隻，看了看牠的小肚皮說：這是隻母的，讓牠先去見騰格里吧！說完，向後抬手，又蹲了一下右腿，向前掄圓了胳膊，把胖呼呼的小狼崽用力扔向騰格里，像草原牧民每年春節以後處理過剩的小狗崽一樣——拋上天的是牠們的靈魂，落下地的是牠們的軀殼。

陳陣和楊克多次見過這種古老的儀式，過去也一直聽說，草原牧民也是用這種儀式來處理狼崽，但是，他倆還是第一次親眼看見牧民用此方式來處理自己掏來的狼崽。陳陣和楊克臉色灰白，像蒙古包旁的髒雪一樣。

被拋上天的小狼崽，似乎不願意這麼早就去見騰格里。一直裝死求生、一動不動的母狼崽剛剛被拋上了天，就本能地知道自己要到哪裡去了，牠立即拚出所有的力氣，張開四條嫩嫩的小腿小爪，在空中亂舞亂抓，似乎想抓到牠媽媽的身體或是爸爸的脖頸，哪怕是一根救命狼毫也行。

陳陣好像看到母狼崽灰藍的眼膜被劇烈的恐懼猛地撐破，露出充血的黑眼紅珠。可憐的小狼崽竟然在空中提前睜開了眼，但是牠仍然未能見到藍色明亮的騰格里，藍天被烏雲所擋，被小狼眼中的血水所遮。小狼崽張了張嘴，從半空拋物線弧度的頂端往下落，下面就是營盤前的無雪硬地。

狼崽像一隻乳瓜一樣，噗地一聲摔砸在地上，稚嫩的身體來不及掙扎，一下就不動了。口中鼻中眼中流出稀稀的粉紅色的血，像是還帶著奶色。陳陣的心像是從嗓子眼又摔回到胸腔，疼得似乎沒有任何知覺。三條狗幾步衝到狼崽跟前，道爾基大吼一聲，又跨了幾大步擋住了狗，他生怕狼崽珍貴的皮被狗咬破。那一刻陳陣意外地發現，二郎衝過去，是朝著兩位夥伴在吼，顯然是為了攔住黃黃和伊勒咬狼崽。頗具大將風度的二郎，沒有鞭屍的惡習，甚至還好像有些喜歡狼崽。

道爾基又從書包裏掏出一隻狼崽，這條狼崽好像已經嗅到了牠姐妹的乳血氣味，剛一被道爾基握到手裏就不再裝死，而是拚命掙扎，小小的嫩爪將道爾基的手背抓了一道又一道的白痕。他剛想拋，突然又停下對陳陣說：來，你也開開殺戒吧，親手殺條狼，練練膽子。草原上哪個羊倌沒殺過狼？

陳陣退後一步說：還是你來吧。

道爾基笑道：你們漢人膽子忒小，那麼恨狼，可連條狼崽都不敢殺，那還能打仗嗎？怪不得你們漢人費那老勁修了個一萬里的城牆。看我的……話音剛落，狼崽被拋上了天。一隻還未落地，另一隻又飛上了天。道爾基越殺越興奮，一邊還念念有詞：上騰格里吧，上那兒去享福吧！

陳陣覺得自己的膽氣非但沒被激發出來，反倒被嚇回去一大截。他深感農耕民族與游牧民族在心理上的巨大差異——使用宰牲刀的民族自然比使用鐮刀的民族更適應鐵與血。古老的漢民族爲什麼不在自己的民族內部，保留一支漢文化的游牧族群呢？傳統的國土範圍內，尚有適合游牧的草原，完全可以培養出一支華夏本民族的「哥薩克」。說到底，築城護邊，屯墾戍邊都不如游牧戍邊，草原民族的驃悍勇猛就是在這樣嚴酷的環境中，年復一年地練出來的。

五條可憐的小狼崽從半空中飛過，五具血淋淋的軀殼全都落了地。陳陣把五隻死崽全都收到簸箕裏，然後久久仰望雲天，希望騰格里能收下牠們的靈魂。

道爾基似乎很過癮，他彎腰在自己的捲頭蒙靴上擦了擦手，說：一天能殺五條狼的機會不多。人比狼差遠了，一條惡狼逮著一次機會，一次就可以殺一二百隻羊。我殺五隻狼崽算個啥。天不早了，我該回去圈牛了。說完就想去拿自己的那條狼崽。陳陣說：你先別走，幫我們把這些狼崽皮剝了吧。道爾基說：這好辦，幫人幫到底，一會兒就完事。

二郎站在簸箕旁邊死死護著死狼崽，衝著道爾基猛吼兩聲，並收低重心準備撲擊。陳陣急忙抱住二郎的脖子。道爾基像剝羔皮似的剝著狼崽皮，一邊說：狼崽皮太小，不用剝狼皮筒子。不一會兒，五張狼崽皮都剝了出來，他把皮子攤在蒙古包的圓坡頂上，撐平繃直。又說：這皮子都是上等貨，要是有四十張，就可以做一件狼崽小皮襖，又輕巧又暖和又好看，花多少錢也買不來。

道爾基抓了些殘雪洗手，又走到牛車旁拿了把鐵鍬說：你們幾個真是啥也不會，我還是幫你們都做了吧。狗從不吃狼崽肉，這會兒得快把死狼崽埋了，還得埋深一點。要不讓母狼聞見了，那你們的羊群牛群就該遭殃了。

幾個人走到蒙古包西邊幾十米的地方，挖了個近一米深的坑，將五具小狼屍全埋了進去，填平踩實，還撒了一些迪迪胃藥粉，蓋住狼崽屍體的氣味。

楊克問：要不要給狼崽搭一個窩？道爾基說：還是挖個土洞，讓牠還住地洞吧。陳陣和楊克在蒙古包西南邊十幾步的地方，挖了個六十釐米深，半米見方的土坑，坑裏墊上幾片破羊皮，又留出一點泥地，然後把小公狼崽放進了坑裏。

小狼崽一接觸到泥土，立即就活潑起來。牠東聞聞，西看看，在洞裏轉了幾圈，好像又回到了自己原來的家。牠漸漸安靜下來，在墊著羊皮的角落縮起身趴下，但還在東聞西望，像是在尋找牠的兄弟姐妹。

陳陣突然想把另一條狼崽也留下，好給牠做個伴。但是，道爾基立即把歸了他的那條狼崽揣進懷裏，跨上馬，一溜煙地跑走了。高建中冷冷地看了狼崽一眼，也騎馬圈牛去了。

陳陣和楊克蹲在狼窩旁邊，心事重重地望著狼崽。陳陣說：我真不知道咱們能不能把牠養活養大。以後的麻煩太大了。

楊克說：咱們收養小狼，好事不出門，壞事行千里。你等著吧。現在全國都在唱「打不盡豺狼決不下戰場」。咱們這倒好，居然認敵為友，養起狼來了。

陳陣說：這兒天高皇帝遠，誰知道咱們養狼。我最怕的是畢利格阿爸不讓我養狼……

楊克說：母牛早就回來了，我去擠點奶，小狼準餓壞了。

陳陣擺擺手說：還是餵狗奶，讓伊勒餵，母狗能餵虎崽，肯定就能餵狼崽。

陳陣把狼崽從狼窩裏拎出來，雙手捧在胸前。狼崽一天沒進食了，肚皮癟癟的，四個小爪子也冷得像雪下的小石子。此刻牠又冷又怕又餓，全身瑟瑟發抖，比牠剛被挖出狼洞時候萎靡了許多。陳陣急忙把小狼崽揣進懷裏，讓牠先暖和暖和。

天近黃昏，已到伊勒回窩給狗崽餵奶的時候了，兩人朝狗窩走去。原先他倆用大雪堆掏挖出來的狗窩，早就讓寒流前的暖日化塌了，新雪又不厚，堆不出大雪堆。此時的狗窩已經挪到蒙古包右前方的乾牛糞堆，乾糞堆裏有一個人工掏出的小窯洞，洞底鋪著厚厚的破羊皮，還有一大塊用又硬又厚的生馬皮做的活動門，這就是伊勒和牠三個孩子溫暖的家。楊克用肉湯小米粥餵過了伊勒，牠便跑到自己的窩前，用長嘴挑開馬皮門，鑽了進去，盤身靠洞壁小心臥下。三條小狗崽立即找到奶頭，使出了吃奶的勁。

陳陣悄悄走近伊勒，蹲下身，用手掌撫摸伊勒的腦袋，儘量擋住牠的視線。伊勒喜歡主人的愛撫，牠高興地猛舔陳陣的手掌。楊克扒開一隻狗崽，用一隻手捏著伊勒的奶頭擠狗奶，另一隻手握成碗狀接奶，接到半巴掌的時候，陳陣悄悄從懷裏掏出小狼崽。楊克立即把狗奶抹在狼崽的頭上背上和爪子上。

楊克使用的是草原牧民讓母羊認養羊羔孤兒的古老而有效的方法。楊克和陳陣也想用這個方法讓伊勒認下這個狼崽兒子。但是狗比綿羊聰明得多，嗅覺也更靈敏。假若伊勒的狗崽全部死掉或被人抱走，牠也許會很快認下這個狼子，但是牠現在已有自己的三個孩子，所以牠顯然不願意接收狼子。狼崽一進狗窩，伊勒就有反應，牠極力想抬頭看牠的孩子。陳陣和楊克只好採用軟硬兼施的辦法，不讓伊勒抬頭起身。

又冷又餓的小狼崽被放到伊勒的奶頭旁邊，當牠一聞到奶香，一直蔫蔫裝死的小狼崽，突然像大狼聞到了血腥一樣，張牙舞爪，殺氣騰騰，一副有奶便是娘的嘴臉原形畢露。小狼崽比狗崽出生晚了一個半月，狼崽的個頭要比狗崽小一圈，身長也要短一頭。但是小狼崽的力氣卻遠遠超過狗崽，牠搶奶頭的技術和本事也狠過狗崽。

母狗腹部有兩排奶頭，乳房有大有小，出奶量更是有多有少。讓陳陣和楊克吃驚的是小狼崽並不急於吃奶，而是發瘋似的順著奶頭一路嚐下去，把正在吃奶的狗崽一個一個擠開拱倒。一時間，一向平靜的狗窩像是闖進來一個暴徒劫匪，打得狗窩狗仰崽翻，亂作一團。小狼崽蠻勁野性勃發，連拱帶頂，挑翻了一隻又一隻的狗崽，然後把兩排奶頭從上到下，從左到右，全部嚐了個遍。

牠嚐一個，吐一個；嚐一個，又吐一個，最後在伊勒的腹部中間，挑中了一個最大最鼓，出奶量最足的奶頭，叼住了就不撒嘴，猛嘬猛喝起來。只見牠叼住一個奶頭，又用爪子按住了另一個大奶頭，一副吃在碗裏，霸住鍋裏，肥水不流外人田的惡霸架式。三隻溫順的胖狗崽，不一會兒全被狼崽轟趕到兩邊去了。

兩人看得目瞪口呆。楊克驚大了眼睛說：狼性真可怕，這小兔崽子連眼睛還沒睜開，就這樣霸道，怪不得七條狼崽就數牠個大，想必在狼窩裏，牠對牠的兄弟姐妹也六親不認。

陳陣卻看得興致勃勃，又陷入沉思，過了好一會兒，他才從思索中醒來，又想了想說：咱們還真得好好看吶，這裏面啓發人的東西太多了。我看，這個狗窩，簡直就是世界歷史的縮影和概括。我剛才忽然想起魯迅先生的一段話，他認爲，西方人獸性多一些，而中國人家畜性多一些……

陳陣指了指狼崽說：這就是獸性……又指了指狗崽說：這就是家畜性。現在的西方人，大多是條頓、日爾曼、盎格魯・薩克遜那些遊獵蠻族的後代。古希臘古羅馬的高度文明發展了一兩千年以後，他們才像猛獸一樣地從原始森林中衝出來，搗毀了古羅馬。他們的食具是刀叉；他們的食物是牛排、奶酪和黃油。因此，現在的西方人身上的原始野性和獸性，保留得要比古老的農耕民族多得多。一百多年來，中國家畜性當然要受西方獸性的欺負了。幾千年來，龐大的華夏民族總被草原游牧小民族打得丟人現眼，也就不足爲怪了。

陳陣摸了摸狼崽的頭，繼續說：性格不僅決定個人的命運，性格也決定民族的命運。農耕民族家畜性過多，這種窩囊性格，決定了農耕民族的命運。世界上四大文明古國全是農耕國，那三個古文明早就滅亡了，華夏文明之所以沒有滅亡，不光是因爲它擁有世界上最大的農業兩河流域——黃河和長江，養育出了世界上最龐大的人口，使得其他的文明不太好啃動和消化掉。還可能由於草原游牧民族對中華文明的巨大貢獻……不過，這個關係我還沒有完全琢磨透，在草原待了兩年多，我越來越覺得這裏面大有文章……

楊克點了點頭說：看來養狼除了研究狼，還可以研究研究人性、狼性、獸性和家畜性，在城市和農區還真沒這個條件，頂多只能看看人和家畜……

陳陣說：可是人性家畜性不跟狼性獸性放在一起對比研究，肯定研究不出什麼名堂來的。

楊克笑道：沒錯。看來養狼的第一天就大有收穫。這條狼崽咱們養定了。

狗窩裏的騷動，小狗崽被狼崽欺負所發出的委屈的哼哼聲，使伊勒更加懷疑和警惕起來，牠極力想撐起前腿，擺脫陳陣的控制，看看窩裏到底發生了什麼事情。陳陣擔心牠認出狼崽，把牠咬死，便死死按住伊勒的頭，一邊輕輕叫牠的名字，哄牠撫摸牠，一直等到狼崽吃圓了肚皮才鬆開手。

伊勒扭過頭，立即發現窩裏多出了一個小崽，牠不安地挨個聞了聞，很快就聞出了狼崽，可能狼崽身上也有牠的奶味，牠稍稍猶豫了一下，但還是想用鼻子把狼崽頂走，並極力想站起來，到窩外光線亮一點的地方看個究竟。陳陣馬上又把伊勒按住，他必須讓伊勒明白主人的意圖，希望伊勒能接受這個事實，只能服從不准反抗。伊勒彆彆扭扭地哼叫起來，牠似乎已經知道窩裏多出來的一隻小崽，就是主人剛剛從山裏抓回來的狼崽，而且主人還強迫牠認養這個不共戴天的仇敵。

草原狗不同於內地狗，內地狗眼界狹窄，沒見過狼和虎，給牠一條虎崽，牠也會傻呼呼地餵奶認養。可這裏的草原是狗和狼搏殺的戰場，母狗哪能認敵爲友。伊勒幾次想站起來拒絕餵奶，都被陳陣按住。伊勒氣憤、煩躁、難受、噁心，但牠又不敢得罪主人，最後只好氣呼呼地躺倒不動了。

在草原上，人完全掌握著狗的生殺大權，人是靠強大的專制暴力和食物的誘惑將野狗馴成家畜的。任何膽敢反抗主人的狗，不是被趕出家門，趕到草原上餓死凍死或被狼吃掉，就是被人直接殺死。狗早已喪失了獨立的獸性，而成爲家畜性十足的家畜，成爲一種離開人便無法生存的動物。陳陣替伊勒深深地感到難過。

與此同理，在人類社會，如果專制鎮壓的力量太強大，時間又太久，人群也會漸漸喪失人性中的獸性，而逐漸變爲家畜性十足的順民。順民多了，民族內部的統治也順利了，可是一旦遭受外部強大力量的入侵，這個民族就喪失了反抗能力，或者俯首稱臣變成異族的順民，或者被徹底毀滅，變成後人考古發掘的廢墟。多少燦爛輝煌的農耕文明，現在只能到歷史博物館去看了。

狗窩漸漸平靜下來。伊勒是楊克陳陣餵養的第一條母狗，在牠的懷孕期、生產期和哺乳期，他們始終對牠關懷備至，好吃好喝好伺候。因此伊勒的奶水特足。在別人抱走了幾條狗崽後，牠的奶水更是綽綽有餘。此時多了一條小狼崽，伊勒的奶水供應，也應該不成問題。三條狗崽雖然被狼崽擠到瘦奶頭的地方，但狗崽們也慢慢吃飽了。小狗崽開始爬到狗媽的背上脖子上，互相咬尾巴叼耳朵玩耍起來。可是狼崽還在狠命地嘬奶。

陳陣想，在狼窩裏，七隻狼崽個個都是小強盜，搶不到奶就可能餓死。即使這條個頭最大的狼崽，也未必能敞開肚皮吃個夠。這回牠來到狗窩，可算有了用武之地。牠一邊吃，一邊快樂地哼哼著，像一條餓瘋了的大狼撲在一頭大牲口上生吞活咽，胡吃海塞，根本不顧自己肚皮的容量。

陳陣看著看著就覺得不對頭，一轉眼，狼崽的肚皮大得快超過胖狗崽的肚皮了。他趕緊摸了摸狼崽的肚子，嚇了一跳：那肚皮撐得薄如一層紙。陳陣擔心狼崽真的會被撐破肚皮，便急忙握住狼崽的脖子，慢慢拽牠，可是小狼崽竟然毫無鬆口的意思，竟把奶頭拽長了兩寸，還不撒口，疼得伊勒嗅嗅直叫。楊克慌忙用兩手指掐住狼崽的雙顎，才掐開了狼嘴。

楊克倒吸一口冷氣說：牧民都說狼有一個橡皮肚子，這回我真信了。

陳陣不禁喜形於色：你看牠胃口這麼好，生命力這麼旺盛，養活牠好像不難，以後就讓牠敞開吃，管夠！

陳陣從這條剛剛脫離了狼窩的小狼崽身上，親眼見識了一種可畏的競爭能力和兇狠頑強的性格，也由此隱隱地感覺到了小狼身上那種根深蒂固的狼性。

天色已暗。陳陣把小狼崽放回狼窩，並抓了母狗崽一同放進去，好讓小狼在退膜睜眼之前，與母狗崽混熟，培養牠倆的青梅竹馬之情。兩個小傢伙互相聞了聞，狗奶味調和了彼此的差異，牠倆便緊緊靠在一起睡下了。陳陣回頭發現二郎一直站在他的身旁，觀察狼崽，也觀察主人的一舉一動，還向陳陣輕輕搖了搖尾巴，幅度較以前大了一點，似乎牠對主人收養小狼表示歡迎。

爲了保險起見，陳陣搬來一塊舊案板蓋在洞坑上，又找來一塊大石頭壓在案板上。

敦實和藹的官布已將羊群關進羊圈，他聽說陳陣他們掏了一窩狼崽，馬上打著手電筒尋過來看個究竟，見到蒙古包頂上的小狼崽皮，他吃驚地說：在額侖，漢人挖到小狼，從來沒有，從來沒有，我的，相信了。

三個人正圍著鐵桶火爐吃著羊肉掛麵，門外傳來一陣狗叫和急促的馬蹄聲。張繼原挑開氈門簾，拉開木門。他一隻手還牽著兩根馬籠頭韁繩，兩匹馬在包外踩蹄，他蹲在門口說：場部下了命令，邊境線附近的大狼群已經分頭過來了，明天全場三個大隊在三個地點分別集中打圍。咱們大隊負責西北地段，場部還抽調一些其他大隊的獵手支援咱們隊，由畢利格全權指揮。隊裏通知你們，明天凌晨一點，你們到畢利格家集合。場部說，各個蒙古包除了留下老人小孩放牛放羊，其他所有人都必須參加打圍。全隊的馬倌馬上就要給各家沒馬的人送馬，馬倌必須提前繞到預定的埋伏地點。你們趕緊抓時間睡覺吧，我走了，你們可千萬千萬別睡過了頭！

張繼原關上門，跨上馬急奔而去。

高建中放下飯碗，苦著臉說：剛來了隻小狼，大狼也來了，咱們快讓狼拖垮拖死了。

楊克說：在草原上再待幾年，保不準咱們也全都變成狼了！

三人跳起來分頭備戰。高建中跑到草甸，將三人的馬牽到草圈牆下，又跑進草圈，用木叉給馬挑出三堆乾青草。楊克從柳條筐車裏拿出一些羊骨羊肉餵狗，再仔細檢查馬鞍馬肚帶和套馬杆，並和陳陣找出兩副牽狗出獵用的皮項圈。兩人都曾參加過小規模的打圍，知道打圍時，狗的項圈和牽繩馬虎不得。

陳陣給二郎戴上一副皮項圈，然後把長繩像穿針鼻一樣地穿進項圈的銅環，再把長繩的兩端都攥在手裏。他牽著二郎走了幾步，指了指羊圈北面，喊了一聲「啾」！同時鬆開一股繩。二郎颼地衝了過去，兩股繩拉成了一股，又從銅環中脫出。二郎只戴著皮項圈衝進黑暗，而長繩還捏在陳陣手裏。此種集體打圍時的牽狗方法，既可以使獵狗完全受獵手的控制，以避免狗們擅自行動，打亂圍獵的整體部署；又可以多人同時放狗，還避免長繩纏絆狗腿，影響速度。

楊克也給黃黃戴了項圈，穿了繩，也演習了一次。兩條獵狗都聽命令，兩人手上的動作也沒有毛病，沒有讓狗拖著長繩跑出去。

第三章 殺手狗對巨狼

成吉思汗在其教令中囑諸子練習圍獵，以為獵足以習戰。蒙古人不與人戰時，應與動物戰。故冬初為大獵之時，蒙古人之圍獵有類出兵……汗先偕其妻妾從者入圍，射取不可以數計之種種禽獸為樂……如是數日，及禽獸已少，諸老人遂至汗前，為所餘之獵物請命，乃縱之，俾其繁殖，以供下次圍獵之用。

——馮承鈞譯《多桑蒙古史》

諸王共商，各領其軍作獵圈陣形之運動前進，攻取擋道之諸國。蒙哥合罕（元憲宗——引者注）作此獵圈陣形循河（伏爾加河——原注）之左岸進。

——（波斯）剌失德丁《史集・第二卷》（周良霄譯注）

大隊人馬和獵狗群，跟著畢利格老人在漆黑的草原上向西北方向急行。幾乎每個人都牽著一條狗，有的人甚至牽了兩條狗。風從西北吹來，不軟也不硬。厚厚的雲層仍低低地壓著草原，將天空遮得沒有一絲星光和月光。四周是沉沉的黑暗，連馬蹄下的殘雪也是黑色的。

陳陣極力睜大眼睛，但仍然看不見任何東西，像是突然雙目失明了似的。兩年多了，陳陣已經走過不少次夜道，但像這麼黑的夜道，他還從來沒有走過。他真想劃一根火柴，檢查一下自己的眼睛是否出了毛病。

陳陣憑著聽覺向畢利格靠過去，輕聲說：阿爸，能不能讓我在馬蹄袖裏開一下電筒，我覺得我眼珠子都沒有了。老人低聲喝道：你敢！老人的口氣中透出大戰前的緊張和擔心。陳陣立即閉上嘴不敢再問，跟著吱吱的馬蹄聲瞎走。

馬隊狗群悄然夜行。草原狼群善於夜戰，草原人也擅長黑夜奇襲。陳陣感到這群狼非同一般，居然餓著肚子，一直等到這個奇黑的夜晚才傾巢而出。而畢利格老人對戰局判斷也非同尋常。戰局正在按老人所預料和設計的方向發展。陳陣暗暗激動，能在原始大草原上，親身參加兩個狼王之間的角逐，簡直是太刺激了！

馬隊走了一段下坡路以後，開始爬一個大坡，畢利格這才併到陳陣身旁，用馬蹄袖擋住嘴，緩和了口氣低聲說：想當個好獵手，你還得多練練耳朵。狼的耳朵比眼睛還要尖。

陳陣也用馬蹄袖擋住嘴小聲問：您這會兒說話不怕狼聽見？老人壓低聲音說：這會兒咱在爬坡，有山擋著，又是頂風，說輕一點就不礙事。

陳陣問：阿爸，您憑耳朵真能領大夥趕到指定地點？

老人說：光憑耳朵還不成，還得靠記性，要聽馬蹄踩的是什麼地，雪底下是草是沙還是碎石頭，我就知道馬走到那塊地界了。要不迷道，還得拿臉來摸風，摸著風走；還得用鼻子聞，聞著味走。風裏有雪味、草味、沙味、硝味、鹹味、狼味、狐味、馬糞味和營盤味。有時候啥味也沒有，就憑耳朵和記性，再黑的天，你阿爸也認道。

陳陣感嘆道：阿爸，啥時候我才能學得像您那樣啊？

陳陣感到馬隊還在爬坡，抓緊時間又問：咱們牧場除了您以外，還有誰有這個本事？

老人說：除了幾個老馬倌，就是幾條老狼了。

陳陣追問道：那是人厲害，還是狼厲害？老人說：人哪能比得了狼。從前有一條出了名的頭狼，把畜群禍害得好慘吶，把王爺的寶馬都咬死了。後來王爺派了最好的獵人炮手折騰了大半年，才把那條頭狼抓住。不

曾想那條頭狼是半個瞎子，一隻眼是瘸的，一隻眼是渾的……

胯下的馬身已平，老人立即止住了話頭。馬隊翻過坡頂，再下到坡底，就踏上了一片平坦的大草甸。畢利格加快了馬步，大隊人馬狗緊隨其後，悄聲快進，聽不到女人和孩子們的嬉笑聲，整個馬隊像是一支訓練有素的正規騎兵，正在執行一項嚴格的軍事任務。而實際上，這支隊伍只是臨時召集、包括老弱婦幼在內的雜牌軍而已。

如果是草原青壯武士和強壯戰馬組成的草原正規騎兵呢？陳陣真實地感受到了草原民族那種卓越軍事素質和軍事天才的普及性。「全民皆兵」，在華夏中原大地只是個口號或理想，而在蒙古草原，早在幾千年前就已成爲「現實」了。

離指定地點越近，隊伍中的緊張氣氛就越濃。不久前狼群全殲軍馬群，已大大地勝了一局。而額侖草原的人們投入了全部的力量，此戰的勝負還未見分曉。陳陣也開始擔心，用狼所擅長的夜戰、偷襲戰和圍殲戰來對付那群聽覺嗅覺遠高於人的狼，是否有些班門弄斧？早幾年，牧場年年組織大規模打圍，但總是戰績平平，十圍五空。場部的大車老闆挖苦道：打圍，打圍，一個蛋子的叫驢（種驢）——沒準。

由於上次軍馬群被狼群全殲的影響極壞，如果此次圍狼戰不能使上級滿意，牧場的領導班子有可能被全部撤換。據場部的人說，上面已放口風，準備從除狼滅狼有成效的幾個公社牧場，抽調得力的幹部來充實額侖寶力格牧場的領導班子。因此，烏力吉、畢利格以及牧場的眾馬倌，都準備拿出他們的真功夫，好好煞一煞額侖草原狼群的氣焰。畢利格在戰前動員會上說，這次打圍至少要剝下十幾張大狼皮筒子交上去，要是打不著狼，其他公社牧場的打狼英雄就該來管額侖了。

天更黑更冷。草原凌晨的酷寒和黑暗壓得人們喘不過氣來。楊克悄悄靠近陳陣，湊到他耳邊輕聲說：隊伍一散開，包圍圈的空隙太大，狼就是從馬蹄旁邊溜過去你也看不見，真不知道畢利格有什麼高招。楊克把臉鑽到馬蹄袖裏，看了看腕上的夜光錶又說：咱們走了兩個多小時了，隊伍該散開了吧？

陳陣抓住楊克的袖筒，把頭伸進去，終於看到了老瑞士錶上的點點螢光。他揉了揉眼，心中更多了幾分恐懼。

忽然，空中飄來一股冷香，陳陣聞到了鹹灘黃蒿草的甜香藥味，濃郁寒冽，沁人心脾。就在馬蹄踏上這片厚厚的蒿草地上時，畢利格老人突然勒住了馬，整個馬隊也收住了馬蹄。老人與跟在他身後的幾個生產小組長和獵手輕輕說了幾句，他們便帶著各組的人馬向兩面拉開隊形。一百多人的馬隊迅速由縱隊變爲橫隊，很快變成長長的散兵線，馬蹄聲由近到遠直到完全消失。陳陣仍然緊跟老人。

突然，陳陣的眼睛被猛地刺了一下，畢利格老人手中的大手電筒發出白熾強光，接著，從東西兩邊極遠的地方也回應了幾下光亮。老人又晃了三下手電筒，兩邊的燈光向更遠的地方飛速包抄過去。

此時，老人忽然用乾亮的嗓音吼起來：「喔……呵……」聲音在寒冷的空氣中震顫擴散。剎那間，靜靜的草原人聲鼎沸：「喔呵……依呵……啊呵……」男聲、女聲、老聲、童聲響成一片。最近處的嘎斯邁小組的幾個蒙古女聲，分貝高、音質脆、高低起伏、經久不息。嘎斯邁領喊的聲音尤其異峰突起，全隊的女人男人拿出下夜喊夜、嚇狼轟狼的功夫，一時間聲浪翻滾，聲濤洶湧，向西北壓去。

與此同時，一百多條大狗猛犬也拚命掙著皮繩，狂叫瘋吼，驚天動地，如排炮滾雷向西北方向轟擊。

聲戰一開，光戰繼起。突然間，強的弱的，大的小的，白的黃的，各種手電筒光柱全部掃向西北方向。原先漆黑一片的雪地，頓時反射出無數道白晃晃的冷光，比寒氣襲人的刀光劍影更具威懾力和恐嚇力。

聲浪與光柱立即塡補了人與人、狗與狗之間的巨大空隙。一時間，人網、馬網、狗網、聲網、光網編織

成疏而不漏，聲勢浩大的獵網，向狼群罩過去。

陳陣、楊克和其他知青，被這草原奇景刺激得大呼小叫，手舞足蹈。人們士氣大振，群情激昂，吼聲震天。陳陣大致看清了自己所在的地點，這裏正是馬群全軍覆沒地的東邊。畢利格老人將馬隊準確地帶到大泡子的東北邊緣，然後才撒開獵網。此時，人馬狗已經繞過泡子，在狹長的大泡子北部神速地展開了包圍線。

畢利格老人沿著獵網策馬奔跑，他低頭緊張地用手電筒尋找雪地上狼群的足跡，一邊又檢查獵網的疏密，及時調配人員的站位。陳陣緊隨老人一路查看。老人勒了勒馬，長長地舒了一口氣說：狼群剛走不大一會兒，不老少呢，你看這老些爪印，全是剛踩出來的。這下子總算圈住了狼群，沒讓全隊的人白凍大半宿。

陳陣問：爲什麼您不把狼群包圍在這個泡子裏？老人說：那哪成。狼群是在下半夜天最黑的時候來搶吃凍馬肉的，天快亮的時候狼群準溜。要是天黑的時候圍住了狼群，黑燈瞎火的咋套狼？狗也看不清狼，狼群四下一衝，不就全白瞎啦。打圍得在後半夜出動，天亮前圍趕，到天見亮了，再把狼群圈到圍場裏……

左右兩邊不斷傳來手電筒的信號，畢利格手扶前鞍橋，立在馬蹬上，不斷向兩邊各組組長發命令。他的信號有長有短，有橫有豎，有十字形，也有圓圈形，燈語指令內容複雜。半月形的獵圈緊張有序穩步推進，人喊馬嘶狗叫的聲浪一浪高過一浪，手電筒在雪地和空中交叉射出一個又一個扇面。人馬狗見到狼足印都叫出了高頻變調，傳遞出大戰在即的衝動與興奮。

陳陣好奇地問：您現在發的是什麼命令？

老人一邊發信號一邊說：讓西邊的人走慢一點，讓東邊的人快一點，趕緊跟山裏的人接上頭。還得讓全隊中段的人壓住陣腳慢慢推，不能急，趕早了，趕晚了都不成。陳陣抬頭望天，天空已不再是鐵幕一塊，已能隱約看到雲層在向東南移動，雲層間也已透出灰白的顏色。

大狗們都已聞到狼群的氣味，吼聲更加兇猛暴躁。二郎已經開始咬脖子上的長繩，牠拚命掙繩，急於衝鋒。陳陣死死勒住繩，並用套馬杆輕輕敲打牠的腦袋，讓牠聽令守紀。

一行行大步幅的狼爪印大多指向西北方向，也有一些爪印指向其他方向。畢利格不斷查看狼爪印，然後繼續發令。陳陣問：從前草原上沒有手電筒的時候怎麼打圍？老人說：用火把。火把是用木棍氈捲紮出來的，氈捲裏裏著牛油，點著了一樣亮，狼更怕火把，真要跟狼撞上了，還能當傢伙使，能把狼毛燎著。

天色見亮，陳陣立刻認出了眼前的草場，他曾在這裏放過幾個月的羊。他能想起西北方有一個三面環山一邊緩坡的一個開闊半盆地，畢利格所說的圍場可能就在那裏。馬倌們就埋伏在山後，只要狼群被趕進圍場，後面的人馬狗封住進口，圍殲戰就將打響。但陳陣仍然不知道到底圍進去多少狼，如果狼群太大，困獸猶鬥，每個人都可能與惡狼近戰。他從馬鞍上解下長馬棒，扣在手腕上，他也想學學巴圖的殺狼絕技，然而手臂卻在微微發抖。

西北風漸強，雲層移動越來越快，雲隙間洩下的光已將草原照得濛濛亮。到了山口附近，人們突然驚叫起來，在早晨淡薄的光線裏，人們看到二十多條大狼，走走停停，東張西望，就是不敢鑽進盆地。在山口附近還能隱約見到另一群狼，正在就地徘徊，也似乎對前面的地形感到擔心。可能牠們已經嗅到從西北方向飄過來的危險氣息。

陳陣對畢利格老人計算時間以及指揮調度獵隊的精確性深深嘆服——當狼群能夠看清地形和獵圈時，獵圈原先的巨大空檔已經縮緊；當手電筒光的威力剛剛喪失，獵隊的套馬杆的絞索正好清晰地豎起來。狼群實際上已經陷於合圍之中，半月形獵圈的兩端已經和半盆地的兩頭相連。可能在中原大地還沒有被開闢成農田的遠古時期，草原上的老獵手就早已熟諳兵法了。卓越善戰的草原狼群所培訓出來的草原民族，也早就青出於藍。

有幾條頭狼看清戰況之後，立即毫不猶豫地率領狼群掉頭往回衝。這群狼剛剛吃飽了馬肉，銳氣正旺，衝勢極猛，殺氣騰騰。雪面上騰起一片恐怖的白塵狼煙，狼群呼嘯而來，銳不可擋。人們一片驚呼，羊倌牛倌揮舞著套馬杆向狼群迎面衝去，兩旁的人急忙填補因此出現的獵圈空缺。

狼群攻勢不減，但稍稍改變了主攻的方向，朝色彩最鮮豔，套馬杆最少的女人集中的地方猛衝過去。嘎斯邁和一些身穿舊彩緞綢面皮袍的蒙古女人和姑娘們面不改色，立即踩著馬蹬，站起身來揮動雙臂狂呼尖叫，恨不得想用雙臂去阻攔狼群。但畢竟她們手中沒有套馬杆，狼群抓住這個獵圈的最薄弱環節，集中兵力發狠急衝。陳陣擔心獵圈功虧一簣，緊張得心都快不跳了。

正在此時，畢利格老人站起身，手過頭頂，向下猛地一揮，大吼一聲：放狗！長長的獵圈陣中突然響起一片啾！啾！啾！啾！的口令聲。所有牽狗的人幾乎同時鬆開一股皮繩。一百多條憋足了勁、急紅了眼的猛犬惡狗，從東南西三個方面，甩脫了長繩，衝向狼群。巴勒、二郎和幾條全隊最高大威猛的殺手狗，逕直衝向狼群中的頭狼。緊隨其後的狗群，狗仗人勢爭功心切，爭先恐後地狂吼追撲。

人們重新調整了獵圈陣形，揮著套馬杆，快馬加鞭地跟著狗群衝了過去。雪地上急奔的馬蹄刨起雪塊泥土，剽悍的蒙古騎手武士，喊著可怕急促的，曾讓全世界聞聲喪膽的呵！呵！呵！呵！的殺聲，配伴著戰鼓般急促的馬蹄聲，朝狼群猛衝。

狼群立即被這強大的攻勢震住了。頭狼陡然急停，然後掉頭率領狼群向山口逃衝，並迅速與山口處的狼群會合，衝了一段又分兵幾路，朝三面大坡突圍，力圖搶佔制高點，然後再施展登頂繞圈或向下衝鋒的山地作戰的本事。

半月形的獵圈終於拉成了直線，嚴密地封住了山口，兩群狼被趕進畢利格老人匠心設置的優良圍場。

在圍場的山頭後面，場長烏力吉和軍代表包順貴，正伏在草叢中緊張地觀察戰況，整個圍場一覽無餘，盡收眼底。包順貴興奮地向雪地砸了一拳說：誰說畢利格淨爲狼說話了，你看他在規定的時間把這麼大的一群狼，圈進了預定地點，時間計算得恰到好處，真是神了，我還從來沒見過這麼大的狼群呢。我算是服了這老頭了，我得向上級爲他請功。

烏力吉也總算鬆了口氣說：圈進來的狼足有四五十條，往年打圍能圈進一二十條就算不賴了。畢利格可是額侖草原人裏面的頭狼。每年牧場組織打圍，只要他不領頭，獵手們就都懶得去。這回狼群毀了馬群，老畢真的發火了。烏力吉轉過身對巴圖說：告訴大夥，誰也不准開槍，對天放也不行，今天人多，萬一誰走了火，傷了人就完了。

巴圖說：我已經跟大夥說了幾遍了。

山坡後，眾馬倌和獵手都已騎在馬上，一切準備就緒，只等命令。這批馬倌和獵手是全牧場精選出來的獵狼高手，他們的馬技，杆技和棒技都遠遠高於普通獵手，每人都有套狼和殺狼的優良記錄。此次，他們都騎上了自己平時捨不得騎的最快、最靈活、最能咬住獵物的杆子馬。他們爲了那群死馬憋了一肚子的氣，準備在這一天痛快發洩。

騎手們的坐騎早已聽到圍場中的狗叫聲，都已感到臨戰的緊張氣氛。牠們低頭掙韁，抬蹄刨雪，馬胸馬腿都繃起條條筋肉，每匹馬的後腿都像被壓到極限的捕獸夾彈簧，只要主人一鬆馬嚼子，馬就會彈射出去。獵手們牽的大狗，也都是從各家狗群裏挑選出來的最善搏殺的獵狗，兇猛機警，訓練有素。牠們雖然都早已聽到圍場中的殺聲，但都只張口不出聲，側頭望著主人，個個都有久經沙場的沉著和老練。

烏力吉和巴圖慢慢躬起身來，準備發令。

狼群主力集中向西北的制高點突圍。在草原，爬高衝頂，人馬狗絕對不是狼的對手。體力耐力肺活量極強的草原狼，慣用快速衝頂的辦法來甩脫追敵。即便少數在平地上比狼跑得快的獵狗和杆子馬，一到爬坡就追不上狼了。狼只要一衝上山頂，牠就會先喘一口氣，然後利用逃出追敵視線的這一小段時間，挑選最陡最隱蔽的山溝山褶快速撤離。往往當人馬狗爬上山頂時，就再也見不到狼的蹤影，即便見到，那狼早就跑出步槍的有效射程之外了。

狼群幾乎衝速不減地向山頭奔跑，龐大的狗群和馬隊漸漸被狼群甩開了距離。狼的前鋒是幾條快狼，一條頭狼和幾條巨狼卻處在前鋒的側後面。烏力吉指了指一條脖子和前胸長著灰白毛的大狼，對巴圖說：就是這條頭狼！領著狼群殺馬群準是牠幹的，牠就交給你了，開始吧！

狼群已衝到二百米以內。巴圖退後幾步，撐杆上馬。烏力吉也上了馬，他大喊一聲：出擊！巴圖猛地向上豎起套馬杆，像豎起一根高高的信號旗。所有馬倌發出「啾！啾！」的口令聲，幾十條大狗，幾十匹快馬幾步就衝上坡頂，狗群像一枚枚魚雷朝狼群發射出去。三分之二的馬倌搶先跑位，佔據半山腰偏上一些的有利地形，形成一個半月形包圍圈，與畢利格指揮的獵圈相銜接。三分之一的杆子手則直接衝向狼群。

本來就對坡後懷有戒心，提心吊膽的狼群一見到伏兵，陣腳大亂。狼群終於落入自己最善使用、也最爲熟悉的獵圈陷阱裏，此刻，牠們比落入狼群獵圈的黃羊群更爲驚慌，也更爲惱火。狼群惱羞成怒，重新掉頭，急轉直下，憑藉居高臨下的山勢，向坡下的人群狗群發動孤注一擲的決戰。

狼群全都發了狠，以亡命的拚勁衝進狗陣，撞翻了一大片狗。雪坡上一片混戰惡戰：狼牙相撞，犬牙交錯，雪塊飛濺，獸毛飄飛，狗哭狼嚎，狗血狼血交叉噴湧。知青們從來沒有見過如此血腥慘烈的狗狼大戰，驚得發不出聲來。

巴圖從登上坡頂的那一刻就盯住了白狼王，他一衝下坡就舞著套馬杆朝狼王追去。但那條狼王並沒有隨狼群衝下山，卻毫不遲疑地向西橫插過去。四五條保駕的大狼巨狼，前後簇擁著牠一同突圍。巴圖帶著三個獵手、四五條大狗緊追不捨。然而熟悉地形、早有第二套突圍方案的狼王，選擇了一條極險的路段。

殘雪下佈滿了光滑的小石片，狼爪一踩，石片嘩嘩地往下滑，但狼能用牠們厚韌的大腳掌踩在滑動的石片上快速奔躍，而牠們的身體卻不隨石片下滑，石坡頓時響起一陣令人膽寒的嘩嘩聲。狗的足掌遠小於狼爪掌，還能勉勉強強、跌跌撞撞地追過去，而光滑堅硬的馬蹄就扒不住石片和地面，幾個騎手剛追上險路沒多遠，一個馬倌就來了一個側滑，連人帶馬滾下山坡，套馬杆一撅三段，嚇得兩個馬倌勒住了馬，慌忙下馬去救援。

巴圖報仇心切，立即跳下馬，迅速豎起套馬杆，將杆子當拐杖使，把扁尖的杆尾戳進石縫，用以支撐身體。然後牽拽著馬，快走快追。一邊還大聲叫喊跟上！跟上！翻過一道山樑，巴圖就聽到狗的慘叫聲，他立刻騎馬追去，不一會兒，他發現一條大狗已被狼咬倒在地，正在垂死掙扎，另一條狗被撕掉一隻耳朵，滿頭是血，其他三條狗嚇得鬃毛倒豎直往後退。狼一見到套馬杆，立即朝西邊遠處的一大片葦地竄去，巴圖帶著一個獵手和三條狗追了上去。

烏力吉見巴圖追過山樑，便帶著包順貴，跑到獵圈中視線最好的一個位置，以便統攬全局，調配兵力，再慢慢收緊獵圈，將圈中的狼群一網打盡。每一個身經百戰的蒙古獵手，都具有天然的全局意識，懂得自己的

職責，不爭功不搶功。在外圈守圈守圍的的獵手，雖然眼睜睜地看著圈中的獵手獵狗大出風頭，大獲獵物，但是沒有一個人擅離獵位。只要有一條狼從圈中突圍出來，外圈的一兩個獵手就會迎上去，或將其套住、或將其趕回圈中。而他們身後留下的空缺，其他的獵手會及時奔來補位，以保證整個獵圈完整無缺。

盆地中央，人、馬、狗、狼已攪作一團，幾條倒地的狗和狼已停止掙扎，致命的傷口處還蒸騰著熱氣和血氣。四十多條狼被二百六七十條狗團團圍住，群狼肩並肩，背靠背，尾對尾，狼牙一致朝外，抱團死戰，與獵狗殺得難分難解。多條大狼和大狗被撕開了肩皮和胸皮，血肉模糊，血湧如注。

狗群的外層是幾十個驃悍的杆子手，都在用長長的杆子，抽打最裏面的狼。狼與狗翻滾撲躍，死掐狼咬，根本分不清哪是狼，哪是狗。獵手雖多但卻常常無法下杆，一杆下去不知套住的是狼還是狗，弄不好把狼與狗一起套住。騎著高頭大馬的獵手也不敢冒然衝陣，被圍的狼太多，體力還未耗盡，狼群減員也不多，萬一衝亂了陣，群狼四下發力，狗和人的兩層獵圈就可能被衝散，而最外層的鬆散獵圈就難免顧此失彼。

幾個最有經驗，杆技最好的獵手，舉著長杆虛虛地懸在群狼的上方，一旦有一條狼躥起撲咬，便手急眼快地抖杆下套，不管套住狼頭狼身還是狼胯，就趕緊擰緊套繩往外拽，殺手狗便撲上去一口咬斷狼的咽喉。

知青和女人孩子被安排在南線外圈。陳陣和楊克被畢利格派到西南邊的半山腰，這裏地勢較高，能看清整個圍場，兩人比羅馬鬥獸場裏的看客更加心驚肉跳。他倆巴望著能有一條狼向他們方向突圍過來，使他們也能撈上個套狼的機會。卻又擔心大狼衝過來，他倆能否一套而中，草原狼的速度和反應是決不會給你套第二杆的機會的。幸虧內圈的幾層獵狗和一層獵人在數量上占絕對優勢，被圍的狼群很難突出重圍。

大狼終於還是被杆子手一條一條地從狼陣裏拖了出來，也被惡狗一條一條地咬倒。狼群發出沙啞瘋狂的咆哮聲，牠們馬上改變戰術，不再躍起撲咬，而是低頭與狗死掐，讓杆子手無套可下。

陳陣用望遠鏡細細地觀察戰局，他發現群狼雖陷於死地，但仍然沒有失去理智，牠們不像那些拚一個夠本，拚兩個就賺一個的莽漢，而是盡可能多地殺傷圍場中的主力——獵狗。群狼三五成組，互相配合，下口極快極狠，一口咬透，口口見血。幾條大狼巨狼還使出了蒙古狼極其殘酷的戰法：以輕傷換重傷，以重傷換敵命，故意露出非要害處讓大狗咬住，然後置自己傷口於不顧，而猛攻狠咬狗的喉嚨和肚子。

大狼巨狼個個渾身是血，但倒下的卻極少，而一條一條大狗被咬倒，退出戰鬥，一條一條傷狗哀叫哭嚎，動搖軍心。十幾個回合下來，群狼居然漸漸得逞，一旦獵狗怯陣，狼群就該集體發力，四下突圍了。

正在此時，抵近了內圈外沿指揮的畢利格老人突然大喊，巴勒！巴勒！衝！衝！又比劃了一個後退的手勢。陳陣和楊克立即明白老人的意圖，也狂喊起來：二郎！二郎！衝！衝！衝！兩條殺紅眼的大惡狗，明白了主人的叫喊和手勢，巴勒和二郎突然後退幾十步，迅速改變戰術，連吼幾聲，發了瘋似地朝狼群中一條最大的頭狼衝撞過去——二郎速度快，先撞上了狼，大狼被撞出三四米遠，但沒有撞倒，旋即站住；此時，兇猛沉重的巴勒，像一段粗大的撞城錘，砰地撞了個正著。

頭狼被撞得連打了兩三個滾，還未等頭狼站起身，二郎等不及其他的狗護衛支援，立即單刀突入狼群中心，上前一口咬住牠的咽喉，喀嚓一聲合攏牙口，四股狼血噴向天空雪地，噴紅了二郎的頭，也嚇懵了群狼。垂死掙扎的頭狼張牙舞爪，使出最後的野勁蠻力狠命亂抓，在二郎的頭胸腹處抓下了好幾把毛，抓出十幾道血口子。可是二郎野性蠻勁更狠，就是被抓開胸膛、抓破肚子也不撒口，直到頭狼完全斷氣。

群狼好像都認識這條大惡狗，都領教過這條大野狗的武功，驚得後退幾步，不敢近身。巴勒見自己撞翻的獵物，被二郎如此乾脆俐索地搶得先手，極爲惱火，但又不好發作，只好憋足了勁向另一條大狼撞過去。

狗群似乎開了竅，大狗巨狗紛紛集體效仿。一條一條的大塊頭撞進了狼群。二郎巴勒那些殺手狗，自此

大開殺戒，狼陣終於被衝開了一個缺口，獵手們趁勢衝進去，用套馬杆敲打狼群，將狼群分割分散，狼們的脖頸後背側腹，頓時全暴露在杆子和狗牙之下。

狼群見大勢已去，全體發力，依仗單兵狼心孤膽，分頭突圍。剎時間，狼群中心開花，四下猛衝，圍場內線一片混亂，群狼力圖亂中求生。但不一會兒，每一條狼都被幾條狗，一兩個獵手咬住不放。外圍獵圈的男女老少大呼大喊，獵手們則猛揮套馬杆往圈內施壓。

在內線，一向自比爲狼的蘭木扎布，見幾條狗扭住了一條大狼，便衝過去一個俯身前探，飛出去一個貼地套圈，有意讓過狼的短脖和前腿，狼的前半身剛入套，他立即抬杆抖杆，像擰麻花一樣地擰緊套繩，套住狼的後胯。不等大狼衝套別杆，就一撥馬頭，一翻手腕倒拖著狼跑起來。大狼被拖倒在地，像一條沉重的死麻袋，無法起身，大狼急得用爪子死死摳地，雪面凍地犁出兩道溝。蘭木扎布一邊拖狼，一邊呼叫殺手狗。

在草原，套狼不易，殺狼更難。草原狼脖子短粗，套住脖子，狼會立即甩頭脫套。即便狼甩不脫套，要擰緊套也不易，如遇到脖子特別粗壯的狼，套住狼脖子就像套住了一段圓木，只要使勁一拖，套扣依然會滑脫。因此有經驗的獵手套狼，都喜歡套狼的後胯，那是狼身最細的部位，只要套住擰緊，狼絕對脫不了套。

但是殺狼就難了，如果勒緊脖子拖拽的話，可以把狼勒昏勒死，可是套住後胯再怎麼拖也勒不死狼。要是一人對付一頭狼就更難得手。只要人一下馬，狼立即就會站起身順杆衝套，把套馬杆杆頭細杆生生別斷，然後逃脫或傷人以後再逃跑。只有膽量技術都過硬的獵手，能夠一下馬不等狼站起身就繼續迅速拽杆，把狼拽到身前再用馬棒或刀子殺死狼。許多獵手都不敢單人殺狼，常常只得犧牲狼皮，把狼一直拖到有人或有殺手狗的地方，讓人或狗來幫忙殺狼。

蘭木扎布專挑雪厚的地方拽狼，一邊尋找殺手狗。幾條狗圍著狼亂叫瞎咬，輕咬一口就跳開，就是不敢在要害處下口。蘭木扎布突然發現二郎剛剛咬斷了一條大狼的咽喉，他認識這條大惡狗，於是便向二郎跑去，一邊大聲喊：殺！殺！二郎聽到有人呼牠殺狼，就丟下尚未斷氣的狼衝了過去。

二郎咬殺被套住的狼十分老道，牠繞到狼的側背後下手，用前爪按住狼頭狼胸，猛地一口，準確咬斷了狼的頸動脈，狼用爪子拚命反抗但卻抓不到二郎。蘭木扎布跳下馬，朝四周大叫：快把狼拖到這兒來，這條狗比狼還厲害！不遠處另一條戰線上，巴勒也在咬殺被套的大狼，馬上就有幾位獵手拖著幾條被套住的狼，向這兩條猛狗靠攏。

在圍場混戰中，除了巴勒和二郎這兩條屠夫惡犬大展神威外，還有一群如同愛斯基摩人的毛茸茸兇猛大狗，也格外奪人視線。這是道爾基家的一群全場出名的殺狼大狗，個個都是職業殺手，組合配對極佳，八條狗齊心合力，分工明確：快狗糾纏，笨狗撞擊，群狗咬定，惡狗一口封喉。牠們與狼交戰從不分兵，集中兵力，各個擊破。此次又是八對一，殺完一條，再殺第二條，乾脆俐索，已經一口氣連殺三條大狼。

圍場中，獵手們也三五一組地配合作戰，一旦有人套住了狼，其他的人立即跳下馬，拽住狼尾狼腿，再用沉重的馬棒敲碎狼頭。圍場的西北處發出一陣野性的叫聲，五六個獵手策馬狂奔追趕兩條大狼，一個騎著快馬的小馬倌噢噢大叫，探身揮杆狠抽大狼，把狼打得跑得口吐白沫。

當逃跑的狼跑出全速，把他甩開距離以後，又會有一匹快馬接力猛追猛打，等狼跑出最高速，等在側前方的沙茨楞突然斜插過來，探身猛地套住狼頭，但他不擰套繩，而是猛地橫向一拽，再急忙鬆套，將狼狠狠地摔了七八個滾。當狼好不容易翻身爬起，幾個馬倌就用套馬杆抽狼，逼狼再次狂奔。但是只要狼一跑出了速度，就又會從側旁奔來一匹馬，再給狼一個套頭橫拽側摔，大狼又被摔出五六個滾。狼每摔一次，眾獵手就會齊聲歡呼，一吐一年來受狼欺負的胸中惡氣。

兩條狼被獵手們套摔得暈頭轉向，再也不知道往哪裡逃了。有一條狼連摔了三四次以後，已經跑不起來了。沙茨楞扔下套馬杆，急忙脫蹬、收腿、蹲鞍、再蹬腿，像頭飛豹從馬背上飛身一躍，狠狠地撲砸在狼身上，未等狼回過頭，沙茨楞已經騎在狼背上，雙手死死握住了狼的雙耳，把狼頭狠狠地往地上死磕，磕得狼滿嘴滿鼻子都是血。

幾個獵手紛紛跳下馬，騎在狼身上，壓得狼幾乎喘不出一口氣，最後才由沙茨楞從容拔刀殺狼。另一條狼，也被三個年輕馬倌當綿羊一樣騎著玩了一會兒，輪番在狼身上蹲了一陣屁股，然後才把狼殺死。

陳陣楊克和所有的知青都鬆鬆地垂下了套馬杆。這場多年未有的成功圍狼戰，他們從頭到尾只有圍觀的份了。他們最感遺憾的是，惟一二個被派進場的知青馬倌張繼原沒套著狼。那條側面跑來的大狼，居然在他快下杆的時候，突然急拐，給他打了一個「貼身球」，擦馬腿而過，使他鞭長莫及，還差點別斷了杆。而其他兩個知青馬倌也像他們一樣成了周邊的圍觀者，而且有一條大狼，竟然從他倆的獵位中間衝出了獵圈。

畢利格老人看看大局已定，便走到陳陣和楊克的身邊。老人說：你們十來個知青也立了功，你們占了不少位置吶，要不然，我就派不出那麼多杆子手下去套狼了。

老人看出了陳陣和楊克的遺憾，又笑笑說：你們那條大惡狗今天可立了大功，我都給你們倆數了，牠獨個兒殺了兩條大狼，還幫著獵手殺了兩條。你們倆能分到兩張大狼皮，剩下那兩張皮子，按打圍的規矩，應該歸套住狼的獵手。一邊說著，老人帶他倆向山下走去。

此次打圍，除了六七條速度、戰技和運氣好的大狼，用高速反衝、貼身鑽空或別斷套馬杆的方法殺出重圍以外，其他所有被圍的狼全部戰死。

外圍獵圈的人馬呼喊著，從三面高坡衝下山來，觀看圍場中間的戰利品。畢利格老人已經叫人將歸陳陣楊克包的兩條死狼拖到一起，並挽起馬蹄袖和陳陣楊克一起剝狼皮筒子。嘎斯邁也已經招呼人，把她家巴勒咬死的兩條大狼，以及桑傑家的狗咬死的狼，統統拖了過來，桑傑和官布主動上前幫她剝皮筒子。

陳陣早已跟老人學過怎樣剝狼皮筒子了，此時他開始教楊克。先用鋒利的蒙古刀，沿著狼嘴將嘴皮與嘴骨剝離，再用力翻剝將狼頭剝出，然後讓楊克用皮條勾住狼牙，自己再揪住狼頭皮往狼脖狼身翻剝，再用刀剝離皮肉，從頭到尾像剝脫一條緊身毛衣褲那樣，將整個狼皮翻剝出來，再分別割斷四足和尾骨。此時狼皮的皮板在外，狼毛在內，兩人又像翻大腸一樣，再把狼皮重新倒翻過來，一個完整的狼皮筒子就算剝出來了。

老人看了看說：剝得還算乾淨，不帶狼油。你們倆回到家，用乾草把皮筒子塞滿，再掛在長杆的頂上，往後，額侖草原上的人，就會認你們倆是獵手啦。

二郎和黃黃一直蹲在兩人的身旁觀看，二郎不停地舔著前胸前腿上的狼血和自己的血，舔得津津有味。黃黃也幫牠舔頭上的狼血。黃黃身上沒有一處傷，也沒有幾滴狼血，一身乾淨，像是狗中遊手好閒的公子哥。

楊克聽了大樂，吐了一口氣說：這下我也可以拿蘭木扎布開耍了，他跟我一個樣，也是人仗狗勢。卻有好幾個獵手誇牠，說牠前後扭住了兩條狼，還會咬狼的後爪。沒有黃黃，蘭木扎布準套不住狼。

陳陣從懷裏掏出幾塊大白兔奶糖，獎給兩員愛將。二郎三塊，黃黃兩塊。他早有預感，此次打圍，二郎和黃黃定有上佳表現。兩條狗把糖塊按在地上，再用嘴撕糖紙，然後用舌頭捲起糖塊，得意地昂起頭來嚼得咯吧作響，把其他的狗看得直滴口水，竟去舔地上的糖紙。自從北京知青來到草原以後，草原狗都知道了世上還有那麼稀罕好吃的東西。能當著那麼多的狗吃北京奶糖，是草原狗莫大的榮譽。

嘎斯邁笑嘻嘻地走過來對陳陣說：你搬家走了，就忘了你老家的狗啦？然後伸手從陳陣懷裏掏出兩塊奶糖，遞給了巴勒。陳陣慌忙將剩下的幾塊糖全部掏出來，交給嘎斯邁。她笑著剝了一塊放到了自己的嘴裏。

圍場中熱氣騰騰，狼屍、馬身、狗嘴、人額都冒著白氣。人們以家族為小獵圈分頭剝狼皮。戰利品完全按草原上的傳統規矩分配，沒有任何矛盾。牧民的職業記性極好，哪條狼是哪條狗咬死的、哪個獵手套住的，不會出差錯。只有一條被兩人共同套住的狼，稍有爭執。畢利格老人一句話也就定判了：賣了皮子打酒，一人喝一半。那些沒有得到皮子的獵手和牧民，興致勃勃地看人家剝皮，並對各家的皮筒子和各家的狗評頭品足。狗好，狼皮就完整無缺，狗賴，狼皮就賴，淨是窟窿眼。收穫狼皮最多的人家，都會高聲邀請人們到他家去喝酒。在草原上，圍獵戰果人人有份。

獵場漸漸安靜下來，人們就地休息。

圍場中，最難過的是女人。她們大多在給自家的傷狗療傷包紮。男人們只在打獵時使用狗，可女人們天天夜夜都得仗著狗。狗也是由各家的女人從小把牠們像養孩子一樣地餵養大的，狗傷了、死了，女人最心疼。幾條戰死的狗還躺在原地，在草原，獵狗戰死的地方，就是牠魂歸騰格里的天葬之地。而執行天葬使命的，就是狗們不共戴天的仇敵——草原狼。畢利格老人說；這是公平的，狗應該感謝狼，要是草原沒有狼，牧民也用不著家家拿那麼多的肉養那麼多狗了，生下的小狗崽都得被扔上騰格里去了。

戰死的狗靜靜地躺在草原戰場上。沒有一個草原蒙古人，會對漂亮厚密的狗皮打主意。在草原，狗是人的戰友、密友和義友。草原人的生存靠的是兩項主業——狩獵業和游牧業。草原人打獵靠狗、守羊靠狗，狗是比中原農民的耕牛還重要的生產工具和畜群衛士。狗比牛又更通人性，是草原人排遣原野寂寞的不可缺少的情感依託和精神伴侶。

蒙古草原地廣人稀，環境險惡，草原狗還有報警救命的奇功。嘎斯邁總是念念不忘巴勒的救命之恩。一年深秋，她倒爐灰，不曾想在澆濕的爐灰裏還有一粒未熄滅的羊糞，那天西北風刮得正猛，不一會兒就把火星吹到草裏，把門前的枯草燒著了。當時家裏只有她、老額吉和孩子，她在包裏做針線活，一點也不知道外面的事情。

忽然，她聽到巴勒一邊狂叫一邊撓門，她衝出門一看，灰坑前的火已經燒出兩百多步遠，十幾步寬了，再往前就是牧場其他大隊的秋冬季大草場，草高草密油性大，一旦燒起來誰也擋不住，這年全場的大半牲畜不被燒傷燒死，也過不了沒有草的冬季了，她肯定得被判刑坐牢。巴勒及時報警，給她搶出了比命還寶貴的一點時間，她拖了一塊澆濕了的大氈，衝進火場，用大氈裹住自己，拚命在火裏打滾，再拖氈壓火，總算在大火燒著高草之前撲滅了火。嘎斯邁說，沒有巴勒她就完了。

嘎斯邁還對陳陣和楊克說過，草原上的男人都貪酒，常有騎馬人喝醉了酒，摔下馬凍死在雪地裏的事情。其中有的人沒有死，就是因爲帶了狗。是狗奔回家，叼著女主人的皮袍，叫來人才把男主人從深雪裏救回家的。在額侖草原，家家都有救命狗；包包都有被狗救過命的男人和女人。所以，在草原，殺狗、吃狗肉、剝狗皮和睡狗皮褥子的行爲，被草原人視爲忘恩負義，不可饒恕的罪孽。草原牧民因此與許多外地農民工和漢人交惡。

畢利格老人曾說，在古時候，漢軍一入草原便大肆殺狗吃肉，因而激怒了牧民，紛紛自發抵抗。眼下，牧民的狗也經常被內地來的盲流偷走吃掉，狗皮則被偷運到東北和關內。蒙古草原狗皮大、毛厚絨密，是北方漢人喜歡的狗皮帽子和狗皮褥子的最佳原料。老人忿忿說：可漢人寫的書，從來不提這種事。畢利格一家人經常問陳陣一個使他難堪的問題：爲什麼漢人恨狗罵狗殺狗還要吃狗肉？陳陣想了很長時間，才對畢利格一家人做了解釋。

一天晚上，陳陣對圍著火爐的一家人說：漢人沒有游牧業，也沒有多少獵人，能吃的東西都讓漢人打光

了吃光了，漢人就不知道狗的好處了。漢人人口多，不冷清，不需要狗來陪人解悶。漢人有幾十種罵狗的話：狼心狗肺，豬狗不如，狗屁不通，狗娘養的，狗仗人勢，狗急跳牆，雞狗升天，狗眼看人低，狗腿子，痛打落水狗，狗坐轎子不識抬舉，狗嘴裏吐不出象牙，狗拿耗子多管閒事，肉包子打狗有去無回……到現在又成了政治口號，全國都在「砸爛劉少奇的狗頭」、「打倒劉少狗」，西方人也不懂中國人為什麼總拿狗來說事兒。

漢人為什麼恨狗罵狗？主要是因為狗不合漢人的規矩。你們知道古時候中國有一個聖人叫孔子嗎？連中國各朝代的皇帝都要給他的像鞠躬下拜。他給中國人定了許多做人的規矩，千百年來，中國人全都得照那些規矩做，讀書人每人都有一本「語錄」，就像現在的紅本本語錄一樣。誰要是不照著做，誰就是野蠻人，最嚴重的還要被殺頭。

可是狗的毛病，正好不合孔子定的老規矩：一是孔子教人要有禮貌，好客尊客。可是狗見了生人，不管是窮人富人，老人孩子，親朋好友，還是遠道來的尊貴客人，衝上去就亂吼亂咬，讓講究禮儀的漢人覺得很失禮、很丟面子、很生氣；二是孔子教人男女不能亂來亂倫亂搞，要是亂搞，就會受到嚴厲的處罰。可是狗呢，狗不管是自己兄弟姐妹、還是父女、母子，都可以亂搞亂配。漢人就害怕了，恨透了，怕人跟狗學壞；三是孔子教人要穿得乾淨，吃得也要乾淨。可是狗喜歡吃人屎，這真讓漢人討厭噁心透了。

還有一點，是漢人裏面窮人養狗的少，窮人連自己都吃不飽，哪有糧食餵狗。可是富人就能養狗看家護院，還經常放狗出來咬窮人，也讓大多數窮人恨狗。所以漢人罵狗、殺狗吃狗肉也就不奇怪了，而且吃過狗肉的人都說狗肉很香。漢人說豬可以殺吃，羊可以殺吃，為什麼狗就不可以殺吃？這些都是人養的牲畜嘛……漢人恨狗殺狗吃狗，最根本的一條就是漢人是農業民族，不是游牧民族，還總想拿自己的習慣來改人家的習慣。

畢利格老人和巴圖聽了以後，半天沒說話，但對陳陣的解釋也不大反感，老人想了一會兒說：孩子啊，漢人和蒙古人中間，要是多一點你這樣明白事理的人就好了。

嘎斯邁嘆了一口氣，忿忿不平地說：狗到了你們漢人住的地方真是倒楣透了，狗的好處全使不出來，狗的毛病全讓你們漢人抓住了。我要是狗，就不跑到漢人地方去，我寧可讓狼咬死，也要留在草原。

陳陣又說：我也是到了草原上才知道，狗是所有動物中最通人性的一種，真是人的好朋友。只有落後貧窮的農業民族，把不該吃的東西都吃完了，連狗肉都不放過。等到將來中國人都富裕了，有剩餘糧食，那時候漢人可能就會和狗交上朋友，就不會恨狗吃狗肉了。我到了草原以後就特別愛狗，一天見不到我的狗，心裏就空空的。現在誰要是偷殺了我們包的狗，我和楊克也會跟他拚命，把他打得把吃下去的東西全吐出來……

陳陣已經剎不住這句話了，他自己也感到有些吃驚，他一向信奉君子動口不動手，居然也衝口說出狼性十足的話來了。

嘎斯邁追問道：那你將來如果回到北京，會不會養狗呢？

陳陣笑道：我這一輩子都會愛狗的，跟你們全家一樣愛狗。不瞞妳說，我家裏從北京寄來的高級奶糖，我還留了一些呢，我自己都捨不得吃，連妳和巴雅爾也沒捨得給，都留給我的狗了。

畢利格一家人全笑出了眼淚，巴圖在陳陣背上重重拍了一巴掌說：你是多半個蒙古人啦……

那次關於狗的談話已時隔大半年，但陳陣永遠不會忘記自己的承諾。

獵場漸漸平靜下來。疲憊不堪的獵狗傷狗們都很悲哀，幾條狗圍著那些同伴的屍體，用鼻子緊張恐懼地嗅著牠們，轉來轉去，像是在舉行告別儀式。有一個孩子趴在地上，摟著他家死去的狗不肯離開，大人走過去勸，他便索性放聲大哭起來。眼淚滴灑在僵硬的狗身上，彈開去，落在塵土中不見了。孩子的哭聲在草原上久久回蕩。陳陣的眼前一片模糊。

第四章 陰雲

盧龍節度使劉仁恭習知契丹情偽，常選將練兵，趁秋深入，逾摘星嶺擊之，契丹畏之。每霜降，仁恭輒遣人焚塞下野草，契丹馬多饑死。

——司馬光《資治通鑒・唐昭宗聖穆景文孝皇帝下之上》

蒙古習慣法：「其禁草生而創地者，遺火而焚草者，誅其家。」

——（宋）彭大雅《黑韃事略》

包順貴和烏力吉帶領幾個牧場幹部巡視了整個圍場的戰利品以後，走到畢利格老人身旁。包順貴下了馬，興沖沖地對老人說：大勝仗！大勝仗啊！這場勝仗你的功勞最大，立頭功。我要向上級給你請功。說完便伸出雙手要與老人握手。

老人攤開滿是狼血的手掌說：埋汰埋汰，還是算了吧。包順貴卻一把握住了老人的手說：沾點狼血，也可以沾點您老的福氣，沾點立大功的光。

老人面色忽轉陰沉，說：甭提功不功了，功越大我的罪孽越大。往後可不能這麼打狼了，再這麼打下去，沒有狼，黃羊黃鼠野兔旱獺都該造反了，草原就完啦，騰格里就要發怒了，牛羊馬還有我們這些人都要遭報應。老人張開血手，仰望騰格里，誠惶誠恐。

包順貴尷尬地笑了笑，轉身又對滿頭是血跡的二郎大發感慨說：這就是那條大野狗吧？個頭真夠嚇人的。我在山坡上就看牠能打會掐，真是一員虎將，是牠頭一個衝進狼群，咬死了一條頭狼，把狼都嚇得退讓三分。牠一共咬死幾條狼？

陳陣答道：四條。包順貴連說：好樣的，好樣的！早聽說你們養了一條常咬羊的大野狗，有人向我反應，說你們壞了草原上的規距，讓我斃了這條狗。這回我說了算，你們可以接著養下去，還要餵好養壯。往後牠再咬死羊可免死罪。不過，羊皮得交公，羊肉你們得掏錢。陳陣和楊克樂得連連答應。

陳陣說：這次打圍，我們知青一條狼也沒有打著，知青不如狗，真不如這條大野狗。眾人哄笑。連知青們都笑了。

烏力吉笑道：你這話聽著已經不像是漢人的話了。畢利格老人也樂了，說：這孩子對草原的事兒可上心了，往後定是一把好手。

烏力吉問：聽說你們倆還掏了一窩狼崽？楊克老老實實回答說：就昨天，一共七隻。沒有畢利格阿爸指點，我們倆哪能掏得著呢。

包順貴說：七條狼崽，到秋天可就是一群狼，真不簡單。過幾天就把狼崽皮交給我吧，我出最高價，再多給你們一點子彈。說完又拿起地上的兩個大狼皮筒子說：我看了一圈，就數這兩個皮筒子個大毛好，我也先跟你們訂下了，也出最高價。我有一個老領導，過去打仗常年趴冰臥雪，得了寒腿病，一直想做條狼皮筒褲，我得孝敬孝敬他呢。

陳陣說：我還得在門前面掛幾天。我得給我們家的大野狗平反呢。

包順貴訕笑說：那，過五六天我再來收皮吧。

獵場到處都是鮮紅的血跡和白生生的狼的裸屍，只有四隻狼足還留著一紮長的狼皮。包順貴招呼獵手把狼屍統統集中到一處，並把狼屍以兩橫兩豎井字形的形狀，疊摞起來。不一會兒，三十多條狼屍，堆成了一個近一人高的屍塔。包順貴打開相機對著屍塔，變換角度一連拍了四五張，然後又吩咐所有獵到狼的獵手舉著狼皮筒子，站在狼屍堆的兩側，排成兩隊。

三十多人高舉狼皮筒，皮筒狼尾幾乎全都拖地，最前面的一排，是那群傷痕累累，狼血斑斑的殺狼狗，蹲坐在地，哈著熱氣。包順貴讓陳陣照相，自己高舉著一條最大最長的狼皮筒子站在隊伍的中間，把狼皮舉得比誰的都高。而畢利格老人卻右臂挽著狼皮，半低著頭，笑容很苦。陳陣連拍了兩張。

包順貴向前邁了六七步，轉過身來對獵手們說：我代表旗盟革委會、軍分區領導謝謝大家了！你們都是打狼英雄，過幾天照片就會登在報紙上。我要讓大家看看額侖草原的狼災有多厲害，一次打圍就打死這麼多的狼，這些狼大多是從外蒙古跑過來的，軍馬群的損失主要就是這群狼幹的。我也要告訴人家，額侖草原的幹部和牧民還有知青沒有向狼災低頭，而是以堅定的決心和精心的組織，給狼群以狠狠地回擊。這場滅狼運動才剛剛開始，我們完全有信心把額侖草原的狼乾淨、全部、徹底地消滅光。

最後，包順貴還揮臂高呼：打不盡豺狼決不下戰場！

除道爾基一家和幾個知青以外，應者寥寥。包順貴下令隊伍解散，就地休息，等待巴圖。

包順貴盤腿坐在地上對烏力吉說：現在邊防這麼吃緊，上面一直催我抓緊時間組織民兵軍事訓練。沒想到這次打圍，歪打正著，倒來了個刺刀見紅的大實戰。

烏力吉說：草原蒙古人天生就是戰士，真打起仗來，一發下槍，個個都能上陣。今天你真是一舉兩得，又打了狼，又練了兵。那你就寫兩份總結報告報上去吧，上面一定會滿意的。

知青們都聚到陳陣楊克這裏看狼皮筒子，大家撫摸著皮筒好生羨慕。王軍立說：要不是你們包的這條野狗，咱們知青的臉就丟大了，簡直當了蒙古騎兵的僕從軍了。

陳陣說：自古以來，咱們漢人的武功和勇氣就是不如游牧民族，不如人家就應該向人家學習，能當上僕從軍跟牧民實地學習打獵打仗，這種機會上哪找去啊。

王軍立不屑地說：游牧民族雖然經常入主中原，還兩次統治全中國，但是最後還不是被中華先進文化所征服了嗎？草原民族雖然是一代天驕，但終究只識彎弓射大雕，徒有武功而已。

陳陣反駁說：那不一定，你別輕武重文，歷朝歷代，沒有武功，哪來的文治。沒有武功，再燦爛的文化也會成爲一堆瓦礫。漢唐的文治是建立在武功的基礎上的。世界歷史上許多文明古國大國，不是被武功強大的落後民族徹底消滅了嗎？連文字語言種族都滅亡消失了。你說漢族文化征服了落後的草原民族，那也不全對，蒙古民族就長期保留著自己的語言文字、圖騰信仰、民族習俗，至今堅守著草原。要是蒙古民族接受了漢族農耕文化，把蒙古大草原開墾成大農田，那中原的華夏文明可能早就被黃沙吞沒了。赫魯雪夫就是想用大俄羅斯的農業文明和工業文明，來征服哈薩克斯坦的游牧文明，結果怎麼樣？竟然把世界少有的一大片優質草原，征服成了沙漠……

孫文娟一看幾位好戰的男生又要爆發舌戰，連忙打斷：好了好了，平時放牧，各組遠隔幾十里上百里，好不容易才聚到一塊，可一見面又要開仗。你們男生一到草原都快變成狼了，一見面就掐，你們有完沒完啊！

二郎看到那麼多人來摸牠的獵物，很不舒服，牠慢慢走近他們。孫文娟以爲知青包的狗從不咬知青，便從懷裏掏出兩塊奶豆腐來犒賞牠，她說：二郎二郎，好樣的……

二郎一聲不吭，也不搖尾巴，瞪著惡眼，朝眾人走去。孫文娟有些害怕，連退幾步。陳陣大喝：回來！但爲時已晚，只見二郎大吼一聲，向知青們猛撲一步，嚇得孫文娟坐倒在地。

楊克氣得大罵：混蛋！抄起馬棒就要下手，可是二郎挺著脖子，一副寧可挨打也不逃跑的架勢。這可是

一條一氣兒殺死四條狼的野狗，楊克怕打出牠的狼性來，不敢輕易下手，只得放下了馬棒。

王軍立氣呼呼地說：往後誰還敢上你們包？要不是看在牠殺狼的份上，我非得剝牠的皮，吃牠的肉不可。陳陣連連道歉說：這是條怪狗，狼性大，不通人性。你們得常來，混熟了，牠就認你們了。

大多數知青都散了。陳陣拍了拍二郎的腦袋，對牠說：你看，我的同學都快讓你得罪光了。

楊克壓低了聲音說：養了條惡狗就把人嚇成這樣，要是……要是小狼崽長大了，誰還敢到咱們包來？

陳陣說：不來拉到，動物比某些人有意思，咱們就跟狗和狼做伴兒。

張繼原走到二郎身旁摸摸牠的頭說：我倒是越來越欣賞二郎了，人是得有點狼性才成。我沒套住那條狼，不是技術問題，是我膽氣不夠，手軟了。

二郎向屍塔走了幾步，望著白生生的狼屍發愣。幾十條大狗都站得遠遠的，又敬又畏，衝牠搖尾巴，只有巴勒昂首闊步走到牠跟前，二郎不卑不亢地和牠碰了碰鼻子。二郎在得到牧場領導和牧民的首肯之後，又終於被二隊的大狗們接納了。但陳陣發現二郎眼中卻流露出失落，陳陣摟著牠的脖子，不知該如何安慰牠。

畢利格老人被包順貴請到獵手最多的圈子裏去。在圈子中央，老人用草地上撿來的羊糞粒和馬糞蛋擺沙盤，講解這次打圍的戰術。大夥兒都聽得很仔細。包順貴一邊聽一邊問，不時叫好。他說：這一仗真是可以上軍事教科書了，比狼群圍殲馬群那一仗還要精彩，您老真是個軍事家了。這場戰鬥就是派一個團長來指揮，也不定打得贏。

陳陣插話道：要是在成吉思汗時代，畢利格阿爸準能成爲大將軍，能跟木華黎、哲別和速不台那幾位大將不相上下。老人慌忙擺手說：可不能這麼比，這麼比我，要惹騰格里生氣的。那幾位都是蒙古的聖人，一打起來，就能打下七八個國家幾十個城幾十萬軍隊，沒有他們，蒙古大草原早就讓別人開了荒了，我一個老奴隸，哪能跟他們比啊。

天近中午，巴圖還沒有回來，大隊人馬準備回營。這時，一匹快馬從西北方向十萬火急地奔來。馬到近處，馬倌布赫氣喘吁吁地對烏力吉和包順貴說：巴圖讓你們快過去，你們早上才圈了一半的狼，還有一半在天亮以前都溜出包圍圈，鑽到西北山下的葦地裏去了。

畢利格瞪了一眼說：沒那麼多吧？布赫說：我跟巴圖鑽進葦地轉了半天，雪上淨是狼爪印，全是新鮮的，巴圖說起碼有二十多條狼，那條老白狼好像也在裏面，就是殺馬群的那條頭狼，巴圖說非得抓住牠不可。

烏力吉對包順貴說：人馬都餓了一夜半天了，狗也傷了不少。那片葦地我知道，太大了，有幾千畝，咱們這點人哪能圈得過來，我看就算了吧。

包順貴滿眼狐疑地盯著畢利格說：外來戶和一些知青都向我反應，說你淨替狼說話，你這回不會是故意放狼一馬吧？以你帶的人和狗，應該是能把那二十多條狼圈進圍場來的，要是圈進來，咱也能敲掉牠們！

烏力吉忙說：你這麼說就不大得勁了。今兒早上圈進來的狼不多也不少，正好包了一個大餡餃子，狼再多，包圍戰沒準就成了擊潰戰，餃子皮就該撐破了。

包順貴對畢利格說：我想你準是故意給我放了這些狼。

畢利格老人也瞪眼道：圍狼不像你們撈麵條！天那老黑，人馬中間的空檔那麼大，能不漏掉一些狼嗎？要是讓你帶隊圈狼，八成連一條也圈不進來。

包順貴臉色青綠白紅，最後憋成了紫色。他用馬鞭拍擊著自己的手掌吼道：人馬狗雖然不夠，可咱們的槍還沒使上勁呢。不管怎樣，這回發現了葦地裏的狼，我就不會放過，敵情就是軍情，這一仗由我親自指揮！

包順貴騎馬走到高處，對全隊的人說：同志們，西北葦地又發現了一群狼。咱們不是還有不少人沒得著狼皮嗎？尤其是知青，你們不是埋怨領導沒讓你們上第一線嗎？這次我讓你們全上第一線。同志們，我們要發揚不怕疲勞，連續作戰的戰鬥精神，堅決消滅這群狼！

人群中有幾個知青和幾位獵手躍躍欲試。

包順貴大聲說：現在宣布我的計劃，這個計劃是費不了大夥兒多少勁的。全隊包圍葦地，然後用火攻，把狼從葦地裏燒出來，再用槍打，別怕浪費子彈。

牧民獵手一聽用火攻，都嚇了一跳。在草原，燒荒是民族的大忌，獵手打獵除了小範圍點火薰煙外，從不敢大面積燒荒，眾人頓時議論紛紛。

畢利格老人說：燒草原，犯天條，薰黑了騰格里的臉，騰格里還會給人好臉色看嗎？染黑了河裏的水，水神來年還會給人畜水喝嗎？薩滿和喇嘛都不准在草原放火。從前誰要燒了草原，蒙古大汗就會殺了他全家。這會兒國家政策也不准燒荒。

嘎斯邁氣得漲紅了臉：火，火，草原的大禍。平時管小孩玩火都要打腫孩子的屁股，這倒好，大人要放這麼大的火來了。要是往後有小孩玩火燒了草原，說是跟包代表學的，你負不負責？

蘭木扎布憋漲了短粗的牛脖子吼道：古時候漢人大兵才燒蒙古草原，這是漢人最毒的一招。如今漢人都不敢，怎麼蒙古人倒帶頭燒蒙古草原了？包代表，你還是蒙古人嗎？

桑傑說：現在地上有雪，還不到防火季節。可是燒草原開了頭，以後防火就難囉。再說，大火一起，燎著了狼毛，那狼皮也不值錢了。

沙茨楞說：用火燒狼，這招是夠損的。要把狼全燒死了，遇上大災年，遍地的死牲口誰來處理？草原臭

氣薰天，非鬧瘟病不成，人也活不成了。把狼打光了，黃鼠野兔還不把草底下的沙漠高比（戈壁）掏上來？

張繼原說：我們三個馬倌都出來打狼，馬群扔在山上一天一夜了，再不回去，狼群就要抄我們的後路了，我得馬上趕回馬群，出了事我可負不了責。

包順貴大叫：安靜！安靜！誰也不准回去！咱們打狼是為民除害，是為了保護國家財產。進攻是最好的防禦，只有把狼消滅光，狼群才抄不著我們的後路。打狼不光是為了得狼皮，燒光毛的死狼也是戰果。我要再堆一大堆狼屍，再拍幾張照片，讓首長們看看我們的巨大戰果……誰不服從命令，我就辦誰的學習班！全體出發！

蘭木扎布瞪圓狼眼，喊聲如嗥：你愛辦不辦！我就是不去！我得趕回馬群去了！幾個馬倌都紛紛撥轉馬頭高喊：回去！回去！包順貴向空中猛揮一鞭，大吼道：誰敢臨陣脫逃，我就撤了他馬倌的職！還要撤掉你們後臺的職！

畢利格老人望了望烏力吉，然後無奈地擺了擺手說：誰也別瞎吵吵了，我是這次打圍的頭，這事我說了算，一個馬群趕緊回去一個馬倌，剩下的人全都跟包代表走。就這樣定了！

蘭木扎布對張繼原說：那我回馬群，你完事了就回家歇兩天吧。說完，便帶著本隊和外隊的八九個馬倌狂奔而去。

馬隊狗群跟著包順貴翻過三道山樑，山下是一大片白金般的茫茫旱葦。葦地四周是潔白的殘雪。王軍立等五六個知青簇擁著包順貴，都說這是個極理想的火獵場。王軍立詩性大發，朗聲吟道：欲破狼公，須用火攻，萬事具備，不欠西風。

巴圖騎馬從葦地中跑到包順貴和烏力吉面前說：我沒有驚動狼，好大一群，就在裏面。包順貴用馬鞭指向葦地說：各組組長聽好了，一組在東，二組在西，三組在北，三面圍住葦地。四組再繞到南面去，在東南先點火，先燒斷狼的後路，點完就撤到上風頭遠處去。一、二、三組的人一看到南面冒煙，就三面點火。全隊的人馬狗都在火邊等著，狼一跑出來，就放狗追，用槍打。執行吧！

第四組的知青一馬當先，衝了過去，四組的牧民跟在後面，其他各組也向指定地點包抄。

陳陣跟著畢利格老人走進葦地，仔細看了看。這是片多年未被野火燒過的大葦地，兩人多高的旱葦下面是厚厚一層陳年舊葦，足足有半米深。無論是新葦還是舊葦，都乾得沒有一絲水分，飽含油性。

老人說：這會兒，葦地裏的狼準是聽著外面人和狗的動靜了，可狼不怕。葦子這麼密，狗跑不快，人也使不開套馬杆，裏面又黑又暗，馬踩葦子啪啪響，人到哪兒狼都知道。葦地裏有好多狼的小道，人馬狗一進去，狼就順著小道跑到你後面去了。冬天春天的葦地，是狼的天下，進葦地抓狼難啊。額侖草原的狼都讓野火燒過，可是狼哪會想到人會放火燒葦地，草原上從來就沒有這樣的事。還是外來戶主意多，主意狠。這群狼算是完啦。

突然，有人大叫：點火！點火！陳陣急忙拽著老人的馬籠頭跑出了葦地。東南方向已冒起滾滾黑煙，剎那間，東西北幾十個火點同時燒起。包順貴還叫人用葦子紮成葦圈，點著火以後，順大風拋進葦地深處。

密密匝匝的油皮枯葦，一遇到明火大風，頓時像油庫爆炸一樣燃燒起來，幾丈高的火焰噴出幾十丈的濃煙，在空中洶湧翻滾。幾千畝葦地立即變成了火海，火海上空飛舞著被熱風捲起的黑葉黑管，像遮天蔽日的黑蝙蝠群向東南方向急飛。包順貴在高坡上大聲叫好，儼然一位指揮火燒連營七百里的東吳大將。

在葦地西邊迴旋瀰漫的煙塵中，畢利格老人突然面朝東方的天空跪下了，老淚縱橫，長跪不起，口中念念有詞。陳陣聽不清楚，但他能知道老人在說什麼。風向忽然回轉，狂風裹著嗆煙黑火朝老人捲來。陳陣和楊克慌忙架扶起老人衝出濃煙，跑到雪坡上。老人滿臉是黑塵，滿眼是黑淚。

陳陣望著老人，心裏似乎跟老人產生了無語的心靈共振，眼前也彷彿升起一個可怕又可敬的狼圖騰，牠在烈火濃煙中升空，隨著濃煙飛上高高的騰格里，並帶走蒙古人頑強執著的靈魂。而牠們僥倖活下來的兄弟姐妹子孫後代，將繼續在蒙古大草原上造禍造福，給草原民族以驕傲和光榮。

大風猛推火浪，把陳葦舊根吹開燒盡，再將厚厚的灰燼刮向天空，撒向東南方向殘雪覆蓋的草場。大火燒了大半個下午，風火過處寸葦不留，火星終於熄滅，幾千畝金葦變成了一片焦土，又繁生出下風處的萬畝黑雪地。但是，東南西北都沒有傳來狗叫和槍聲。

大風刮淨殘煙，火場漸漸變冷。包順貴下令全隊人馬狗一字排開，像篦子一樣地打掃戰場，尋找狼屍統計戰果。有人估計起碼燒死二十多條狼，有人估計要超過上午的戰績。

包順貴說：不管多少，燒糊燒焦的，都得給我找出來，一五一十給我碼好，我要拍照，不能謊報軍情。我要讓全旗全盟的人知道，這才叫真正的滅狼除害，而不是爲了打獵得狼皮。

在馬隊的最邊緣，陳陣緊跟著畢利格老人，悄悄問：阿爸，您估摸會燒死多少條狼？老人說：燒荒是你們漢人的本事，蒙古人最怕火，哪能知道用這種打法能打死多少狼？我怕包順貴燒完葦子又想開荒了……

兩人依著馬隊的速度，不快不慢地梳尋焦土殘灰，一遇到厚一些的灰堆，兩人都會緊張地用套馬杆的根部去捅，還要扒拉幾下。每次扒平一個灰堆，沒發現什麼東西，老人都會長舒一口氣。

風勢已弱，但馬蹄淌起的焦灰還是迷得人馬狗流出了眼淚，馬隊裏不時傳出人馬的咳嗽聲，不一會兒，狗也咳了起來。有的狗踩到未滅的火星上，燙得嗚嗷亂叫。馬隊梳過半片焦地，人們仍一無所獲，包順貴有些

沉不住氣，不斷大叫：慢點！慢點！不要放過一個灰堆。畢利格老人的愁容稍稍舒展。陳陣忍不住問：狼是不是早就逃掉了？要不，怎麼也能找到一兩條啊。老人眼中滿是期望地說道：興許騰格里又幫狼了。

突然，遠處有人大喊：這兒有一條死狼！老人臉一沉，兩人急忙夾馬往喊聲方向奔去。全隊人馬也都跑了起來。包順貴已在圈內，他興沖沖地請畢利格進圈來辨認。

圈中黑灰中蜷臥著一具焦屍，全身呈碳化狀，冒著刺鼻的油煙味和腐肉的焦味。眾人議論紛紛，王軍立興奮地說：火戰成功了！找到一條就肯定能找到一大批。沙茨楞說：這不像是狼，狼沒這麼小。包順貴說：狼一燒身子準抽抽，自然就小了。王軍立點頭說：沒準是一條小狼呢。

畢利格下了馬，用馬棒給焦屍翻了個兒，但焦屍的反面也燒得一根毛不剩。顯然，這具屍體是在厚厚的陳葦堆上被架起來燒的，燒得透焦。老人說：這哪是狼，也不是小狼，是條老狗。

包順貴又狐疑地盯著老人問：你咋看的？老人說：沒錯，瞧瞧這副牙口，狼牙要比狗牙長，也比狗牙尖。你不信，就把牠照下來往上去報功吧，小心上面懂行的人說你是謊報戰功，用死狗來冒充狼。

包順貴焦急地說：做一個記號插在這兒，要是再找到幾條，就能知道是狼是狗了。

老人望著老狗的焦屍神情黯然，說道：老狗知道自個兒不行了，就走到這兒來給自個兒出葬了。這兒背風、狼多。可憐啊，狼咋就沒找見牠？

包順貴大喊大叫：拉開隊接著找。馬隊又拉成一條線，繼續搜尋。人們扒平了一堆又一堆灰，仍然一無所獲。幾個知青開始覺得不對頭，那些身經百戰但從未參加火戰的獵手們也覺得奇怪，難道巴圖謊報軍情？

巴圖被周圍的人問急了，就連聲說：向毛主席保證，向騰格里發誓。我和布赫都親眼看見的，你們不是也看見狼群的新爪印了嗎？

包順貴說：那就怪了，難道狼插上翅膀飛走了？畢利格老人微笑道：知道狼會飛了吧。狼可是個精怪，沒有翅膀也會飛。包順貴惱怒地問：那上午咱們怎麼就打了那麼多的狼呢？

老人說：打死那些狼，剛好給馬群報了仇。再打多了騰格里就不讓了，騰格里最公平。包順貴打斷他說：什麼騰格里不騰格里的，這是四舊！一邊又喊：剩下最後一塊地了，都給我仔細搜。

突然，走在最前面的兩個馬倌大叫起來：不好啦！兩頭氓牛燒死啦！全隊人馬都朝那兩個馬倌奔去，牧民獵手個個神色緊張。

氓牛是蒙古大草原上，最自由最快樂最受人們尊敬的公牛，是草原上最有經驗的老牛倌從牛群的牛犢中精選出來的種牛。氓牛長大以後，除了在夏天的交配季節，牠們跑到各家牛群裏盡情交歡外，其餘的時間就離開牛群，自由自在地像野牛一樣在草原上到處閒逛，無須人看管和餵飲。氓牛體壯皮厚，脖子短粗，力大兇悍，滿臉長著田螺大小的一簇簇漂亮的鬈毛，還長著一對又粗又尖又直的短角，是極具殺傷力的近戰武器，比古羅馬軍團士兵使用的短劍還要厲害。稱霸草原的大狼們從不敢打氓牛的主意，即便是一群餓狼，也咬不透氓牛厚重的鎧甲，鬥不過氓牛的蠻勁。

因此，氓牛是草原上沒有天敵的大牲畜。氓牛一般都是兩頭一組地行動，白天挑最好的草場吃草，晚上哥倆頭對尾地並排睡覺。氓牛是神聖的牛，是草原上強壯、雄性、繁殖、勇敢、自由和幸福的象徵。蒙古的摔跤手就叫布赫，與氓牛同名。蒙古男人極羨慕氓牛，因爲氓牛是草原上妻妾成群，又不負家庭責任的甩手掌櫃和快樂的單身漢。在交配季節之後，牠們的妻妾兒女都交給了草原人來照料。所以，許多蒙古男人都喜歡起名叫布赫。

氓牛一直被草原牧民奉爲神物，氓牛健壯就預示牛羊興旺，氓牛病瘦就意味災禍臨頭。氓牛數量極少，

平均幾群牛才能攤上一頭。眾牧民一聽到大火燒死了氓牛，都驚慌起來，像聽到了一個天大的噩耗，人們以奔喪的速度奔過去。

牧民們都下了馬，默默地站在兩個龐然大物的周圍。氓牛已死，岔著四腿橫躺在焦土上，厚密的牛毛已燒成一大片黑色焦泡，近一指厚的牛皮被燒得龜裂，裂縫裏露出白黃色的牛油，牛眼瞪得像兩盞黑燈泡，牛舌吐出半尺長，口鼻裏的黑水還在流淌。牛倌和女人從牛角的形狀認出了這兩頭氓牛，人群頓時憤怒了。

嘎斯邁說：作孽啊，這可是咱們隊最好的兩頭氓牛，我們組有一半的牛都是這兩頭牛的兒孫啊。草原能用火燒的嗎！草原早晚得毀在你的手裏！

畢利格老人說：這兩頭牛是蒙古牛的最好品種——草原紅牛。這兩頭牛配出來的母牛出奶最多，配出來的犍牛出肉最多，肉質也最好。這事我非得上報旗領導不可！要是調查組來了，我也非得領他們來這兒調查。人造成的損失比狼造成的損失還要大！

烏力吉說：前幾年盟畜牧局就想要走這兩頭牛，大夥都沒捨得給，後來只給了兩頭牠們配出來的小公牛。這個損失不小啊。

沙茨楞說：葦地裏沒風，氓牛在葦地裏躺得好好的，非得去燒一把火。氓牛跑得慢，哪能跑過火呢。那麼大的油煙，一嗆就把牛給嗆死了。草原上還從來沒有人把牛燒死的事呢。不信騰格里，就要遭報應。

焦黑的牛皮還在開裂，龐大的牛身上炸出恐怖的天書鬼符咒語般的裂紋。女人們嚇得用羔皮馬蹄袖捂著臉逃到圈外，人們像躲避瘟神一樣地躲開了包順貴。包順貴孤寡地站在牛屍旁，全身煙灰，臉色發黑。他忽然咬牙吼道：燒死了牛，這筆賬得記在狼身上！不管你們說啥，我不把額侖草原的狼群滅了，決不罷休！

晚霞已暗，早春草原的寒氣如網一般罩下來。又饑又乏又冷的人馬狗，垂頭喪氣往營盤撤，像一支灰頭土臉的殘兵敗將。誰也不知道，白狼王帶領的狼群，究竟是怎樣從獵圈和火海中逃脫的。眾人議論紛紛，戰戰兢兢，都說是飛走的。

烏力吉說：這次打圍只有一個漏洞，就是打圍前人和狗的動靜太大了，老白狼準是在點火以前就帶著狼群溜走了。

馬倌們急急奔向自己的馬群。陳陣和楊克都惦記家裏的小狼崽，他倆招呼了張繼原和高建中，四個人脫離了大隊，抄近道加鞭急行，直奔自家的營盤。

楊克一邊跑一邊嘀咕說：半夜臨走前，只給小狼崽兩塊煮爛的羊肉，不知道牠會不會吃肉，道爾基說狼崽還得一個多月才能斷奶呢。陳陣說：那倒沒事，昨天小狼的肚皮吃得都快爆了，牠就是不會吃熟肉，也餓不死。我最擔心的是，咱們一整天不在家，後方空虛，要是母狼抄了咱們的老窩，那就糟了。

除了張繼原的馬，其他人的馬已跑不出速度，直到午夜前四人才回到家。二郎和黃黃已站在空空的狗食盆前等飯吃。陳陣滾鞍下馬，先給了兩條大狗幾大塊肉骨頭。張繼原和高建中進包洗臉熱茶，準備吃完茶和肉就睡覺。陳陣和楊克急忙跑到狼洞前。兩人搬開大案板，手電筒光下，小狼崽縮在洞角的羊皮上，睡得正香。小母狗卻餓得哼哼地叫，拚命想攀洞壁爬出來吃奶，伊勒也焦急地圍著洞直轉悠。陳陣急忙把小母狗抓出來遞給伊勒，伊勒便把狗崽叼回了狗窩。

陳陣和楊克仔細看看洞底，兩塊熟羊肉不見了，小狼崽的肚皮卻向兩邊鼓起，嘴邊鼻頭油光光。牠閉著眼睛，嘴角微翹，樂瞇瞇像是做著美夢的樣子。楊克樂了：這小禿崽子把肉給獨吞了。陳陣長長鬆了口氣說：看來母狼目前是自顧不暇了。

第五章 帝國與狼群

一蒙古人名明忽里，有羊一群。一夜，狼入群中，毀傷其大半。翌日，此蒙古人來至王廷，以此事告之。合罕（元太宗窩闊台——引者注）問狼走入何方。正值此時，群穆斯林摔跤手恰於是處生獲一狼，捆縛而至。合罕以一百巴里失購得是狼，而語蒙古人曰：「殺此動物亦於汝無益。」彼令以一千羊予之，曰：「我將釋是狼，使之能以所發生之事告於其友，使彼等能離此而他去。」狼被釋放後，適遇犬，撕為碎片。合罕以犬殺狼，大怒，令盡將犬擊死。彼進入斡耳朵，愴然若有所思，顧諸維昔兒、廷臣而言曰：「我因我體虛弱，而釋此狼，意能救此生物於垂死，長生天將賜我以福，我亦可得寬恕。然狼竟不免於犬，我亦難免於危殆矣！」

——（波斯）剌失德丁《史集・窩闊台合罕記第三部分》（周良霄譯注）

已感陌生的陽光，從蒙古包頂蓋的木格中射進來，陳陣睜開眼睛，終於又看到草原春天冷冷的藍天了。他一骨碌爬起來，套上袍子就鑽出蒙古包，直奔小狼的土洞。陳陣剛一出包，立即就被高原陽光刺得眯起了眼睛。

官布已將帶羔羊群放出羊圈，不用羊倌趕，緩緩地自行走上羊圈對面的大草坡，另一群下羔羊群也在西邊近處的草甸裏吃草。還未下羔的母羊已經不多了，羊群走得十分緩慢。

陳陣見楊克尚未出發，官布正在教楊克和張繼原塞狼皮筒子，兩個皮筒已經攤在空牛車上。陳陣馬上轉身向他們走過去。官布老人從乾草圈裏弄來一小抱乾草，再把乾草捲成小捲輕輕地塞進狼皮筒子裏，慢慢將皮筒撐鼓撐大，小心地撐出狼體原來的形狀。老人說：這樣可以防皮筒內皮抽縮黏連，損壞狼皮的質量。兩個狼皮筒子塞滿草以後，官布又將狼鼻孔輕輕扎通，穿上細皮繩。

官布問張繼原有沒有做套馬杆的備用樺木稈，張繼原連忙說有，並帶老人走到牛車旁。老人從地上四五根長長的樺木杆中，選了最長最直的一根，足有七米長。然後將皮筒鼻尖上的細皮繩拴在長杆頂端，再在蒙古包門前三四米遠的地方挖了一個坑，把長杆豎在土坑裏，豎直埋好踩實。兩個狼皮筒懸掛在樺木杆上，被高高地送到空中，像兩筒迎風招展的信號旗。

官布老人說：這樣能風乾皮子，同時也能向草原上過往的人，亮出這家蒙古包獵人的獵績。從前，要是掛出這兩筒大狼旗，連盜馬賊和土匪也不敢來了。陳陣，楊克和張繼原都被杆頂上高高的大狼旗吸引得站定了腳跟。

兩面狼旗一左一右在風中獵獵飄動，被浩蕩的春風刮得橫在天空。蓬鬆的狼毛立即收緊，順順地貼在狼身上，兩筒狼皮竟像兩條在草原上高速衝鋒、活生生的戰狼。

楊克驚嘆道：狼死，可狼形和狼魂不死。牠倆還在發狠地衝鋒陷陣，銳氣正盛，還讓我心驚肉跳。

陳陣也不由對楊克和張繼原大發感慨：看著這兩筒大狼旗，我就想起了一面面鑲著金狼頭的古代突厥騎兵的軍旗。在狼旗下衝鋒陷陣的草原騎兵，全身都一定奔騰著草原狼的血液，帶著從狼那裏學來的勇猛、兇悍和智慧征戰世界。世界歷史上，突厥騎兵又兇猛又智慧，西突厥被唐朝大軍打出中國以後，就很快打出一塊新地盤，並慢慢站穩腳跟，幾百年後又突然崛起，一路勢如破竹，攻下了連蒙古人也沒攻下東羅馬首都君士坦丁堡和古老埃及，統一中亞西亞，建立了一個橫跨歐亞非的奧斯曼大帝國，切斷了東西方的貿易通道，壟斷了東西方的商品交換，以強大的國力和武力壓得西方百年抬不起頭來。

所有先進文明都是被逼出來的，西方森林狼被東方草原狼逼出了內海，逼下深海，逼進了大洋，變成了更加強悍的海狼。他們駕起西方古老的貿易船和海盜船，到外海大洋去尋找通往東方的貿易新通道，結果無意中因禍得福，發現了美洲新大陸，搶得了比西歐大好幾倍的富饒土地，以及印加、印第安人的銀礦金山，爲西方的資本主義的發展，搶得了第一船原始積累。結果，西方海狼壯大成世界上的大狼巨狼，資本狼，工業狼，科技狼，文化狼，再反攻東方，搗毀了奧斯曼大帝國，最終擊敗了東方草原老狼，而那些東方農耕羊就更不在話下了……

張繼原說：我現在也覺得狼學是一門大學問，涉及的大問題太多了，怨不得你這麼迷狼呢。

楊克說：我看咱們哥仨也別自學大學課程了，鑽鑽這門學問倒更有意思。

官布站在杆下恭恭敬敬地仰望狼皮筒，久久不走。老人說：用大風來梳狼毛，能把狼毛裏面的草渣和土灰都梳乾淨，還梳不掉毛。大風吹上幾天，狼毛就順了，好看了，可以走了……你們看，兩條狼活了，牠們倆走了，去騰格里那裏了……一路走好。老人又虔誠地看了一會兒，就上羊圈清圈去了。陳陣，楊克和張繼原三人連連道謝。

強勁的草原春風吹得陳陣兩耳嗚嗚地生音生樂，像是遠方狼群的哭嚎，也像文革前北京西什庫教堂裏哀哀的管風琴琴聲，吹得他滿心淒涼哀傷。兩條大狼皮筒被風吹得橫在天空，仰頭望去，春風將狼毛梳理得光滑柔順，一根根狼毛纖毫畢現，在陽光下發出潤澤的亮色，一副盛裝赴宴的樣子。

兩條大狼在藍色的騰格里並肩追逐嬉戲，又不斷擁抱翻滾，似有一種解脫的輕鬆。陳陣一點也覺不出狼身子裏充滿乾草，反而覺得那裏面充滿了激情的生命和歡樂的戰鬥力。蒙古包煙筒裏冒出的白煙，在牠們身下飄飛，兩條大狼又像是在天上翻雲破霧，迎風飛翔。飛向騰格里，飛向天狼星，飛向牠們一生所崇仰的自由天堂，並帶走草原人的靈魂。

陳陣仰望天狼，已經看不到周圍的山坡，蒙包，牛車和羊圈。他眼中只有像哥特教堂尖頂一般的旗杆和飛翔的狼，他的思緒被高高的杆尖引向天空，引離了草原大地。

陳陣想，難道草原人千百年來把狼皮筒高高掛在門前的長杆上，僅僅是爲了風乾狼皮和炫耀戰利品嗎？難道不是一種最古老最傳統的薩滿方式，爲狼超度亡靈嗎？難道不是草原人對他們民族心中的圖騰舉行的一個神聖的儀式嗎？陳陣發現自己駐足仰望本身就是一種儀式，他在不知不覺之中，已將自己置於圖騰之下、站在景仰的位置上了。草原精神像空氣一樣地包圍著你，只要你有靈魂的焦慮和渴望，你就能感知……

楊克和張繼原也久久地仰頭欣賞，他們的脖子終於痠了。張繼原說：咱們的穿著打扮，生活生產用具都跟牧民沒什麼區別，連臉色也成老蒙古了。可我還是覺得咱們不像地道的草原人，咱們包也沒有正宗的蒙古味道。但是現在一掛出這兩筒狼旗，誰打老遠看過來，都會以爲這包是家地道的老蒙古……

陳陣轉了轉脖子，揉了揉痠痠的頸骨說：離開北京之前，我也曾經以爲蒙古草原就是「天蒼蒼，野茫茫，風吹草低見牛羊」，真以爲草原就是那麼和平安詳……後來才知道，《敕勒歌》只是鮮卑族的一首兒歌，真正的草原實在太嚴酷了，草原精神其實都集中在狼身上。

楊克點頭：我懷疑草原民族真正精彩的詩歌都沒傳下來，只有合漢人口味的東西，才被漢人抄錄下來流傳至今。我問過好幾個牧民，他們都沒聽說過這首詩。

張繼原仍然仰著頭望狼，一遍遍圍著杆子轉圈，耿耿地說：誰都知道這兩條狼是狗咬死的，我，我一個額侖的馬倌，怎麼著也得親手打死一條狼吧。要不誰還會把我當作額侖馬倌？

二郎見被牠咬死的狼又在天上活了過來，很是惱火。牠不斷仰頭吼叫，並用兩條後腿立起來吼，但狼毫不怕牠，繼續飛舞。牠只好無可奈何地看著狼，看著看著，牠的目光開始柔和起來，似乎還有些羨慕大狼那身漂亮的戰袍。

下羔羊群漸漸走遠。楊克揹上接羔氈袋，騎上馬去追羊群。帶羔羊群在草坡上漸漸攤開，還在人和狗的視野裏。陳陣對張繼原說：你就惦記打狼打狼，走，還是跟我去看小狼崽吧。

兩人朝狼窩走去，陳陣搬開石頭，揭開木板，窩中的小母狗還縮在羊皮上睡懶覺，一點也不惦記起床吃早奶。可是小狼崽卻早已蹲在洞底抬頭望天，焦急地等待開飯。強烈的天光一照進洞，狼崽就精神抖擻地用兩條後腿站起來，用小小的嫩前爪扒著洞壁往上爬。剛爬了幾寸，就一個後滾翻，摔到洞底。

牠一骨碌站起身又繼續爬，使出了吃奶的勁，嫩爪死死地摳住洞壁，像隻大壁虎一樣地往上爬。壁土鬆了，狼崽像個松毛球似的跌滾到洞底，小狼衝著洞上的大黑影，生氣地發出呼呼的聲音，好像責怪黑影為什麼不把牠弄上去。

張繼原也是第一次看到活狼崽，覺得很好奇，就想伸手把狼崽抓上來仔細看看。陳陣說：先別著急，你看牠能不能爬上來，要是能爬上來，我還得把洞再挖得深一點。

狼崽連摔兩次，不敢在原處爬了，牠開始在洞底轉圈，一邊轉，一邊聞，好像在想辦法。轉了幾圈，牠突然發現了母狗崽，立即爬上狗崽的脊背，然後蹬鼻子上臉，踩著狗崽頭再扒著洞壁往上爬。小狼扒下的碎土撒了狗崽一身，狗崽被踩醒了，哼哼地叫著，站起來抖身上的土，小狼崽又被摔了下來。牠氣得轉過身來就朝狗崽皺鼻，齜牙，呼呼地咆哮。

張繼原笑道：這小兔崽子，從小狼性就不小啊，看樣兒還挺聰明。

陳陣發現，才兩天時間，小狼的眼膜薄了許多，眼球雖然仍是充滿液體，黑汪汪的像是害了眼病。但小狼崽好像已經能模模糊糊辨認眼前的東西，對他做的手勢也有所反應。他張開巴掌，手掌向東，狼崽的頭眼就朝東；手掌向西，狼崽的頭眼就向西。為了刺激狼崽的條件反射，陳陣一字一頓地叫牠：小……狼，小……

狼。小……狼，開……飯……囉。開……飯……囉。小狼歪著頭，豎起貓一樣的短耳費力地聽著，有些害怕，又有些好奇。

張繼原說：我要看看牠對原來的狼家還有沒有印象，然後就用雙手做成蚌殼形扣在口鼻上，模仿大狼的嗥聲，嗚……歐，嗚嗚……歐……小狼突然神經質地抖了一下，發了瘋似地踩著狗崽的身體爬壁，摔了一次又一次，然後委屈地蹺起身子直往洞角裏鑽，像是在尋找狼媽媽的懷抱。

兩人都覺得做了一件殘忍的事情，不該再讓小狼崽聽到狼世界的聲音。張繼原說：我看你這條小狼不好養，這兒又不是北京動物園，狼可以與野狼世界完全隔離，慢慢可以減少一點野性。可這兒是原始游牧環境條件，一到夜裏周圍都是狼嗥聲，狼性能改嗎？等小狼長大了，牠非傷人不可，你真得小心。

陳陣說：我倒是從來就沒打算把狼養掉野性，養掉野性反倒沒意思了。我只是想跟活狼直接接觸，能摸狼抱狼，天天近距離的看狼，摸透狼和狼性。不入狼穴，焉得狼子。得了狼子，就更不能怕狼咬了。我最怕的還是牧民不讓我養狼。

小狼還在奮力爬壁，陳陣伸手捏住狼崽後脖頸，把牠拎出洞。張繼原雙手捧住牠，放到眼前看了個仔細。又騰出一隻手，輕輕地撫摸小狼崽。稀疏的狼毫怎麼也擼不順，擼平了，手一鬆，狼毫又挺了起來。

張繼原說：真不好意思，我這個馬倌還得從羊倌那兒得到摸活狼的機會。我跟蘭木扎布去掏過兩次狼，一隻也沒掏著。在中國真正摸過蒙古草原活狼的漢人，可能連十萬分之一也沒有。漢人恨狼，結果把狼的本事也恨丟了，學到狼的真本事的，大多是游牧民族……

陳陣接過話說：在世界歷史上，能攻打到歐洲的東方人，都是游牧民族，而對西方震撼最強的，是三個崇拜狼圖騰的草原游牧民族——匈奴、突厥和蒙古。而攻打到東方來的西方人，也是游牧民族的後代。古羅馬城的建城者就是兩個狼孩兄弟，是被母狼養大的。母狼和狼孩至今還鐫刻在羅馬城徽上呢。後來的條頓、日爾曼和盎格魯・撒克遜民族就更強悍了，強大民族血管裏流淌著狼性血液。而性格懦弱的華夏民族太需要輸補這種勇猛野性進取的血液。沒有狼，世界歷史就寫不成現在這個樣子。不懂狼，就不懂游牧民族的精神和性格，更不懂這游牧民族和農耕民族的差別和各自的優劣。

張繼原說：我真的很理解你爲什麼要養狼了，我幫你做做牧民的工作。

陳陣把小狼崽揣在懷裏，向狗窩走去。當伊勒發現狼崽在吃牠的奶時，趁陳陣不備，立即呼地站起來，想回頭咬狼崽。可狼崽仍緊緊叼咬住奶頭不撒口，像隻大螞蟥、又像只大奶瓶一樣地吊掛在伊勒的腹下，伊勒轉了好幾圈，狼崽也懸空地跟著轉，伊勒費了好大勁也沒咬到狼崽。兩人看得又好笑又好氣。陳陣急忙掐開狼崽嘴巴，把牠從奶頭上摘下來。張繼原笑道：好一個吸血鬼。

陳陣按住伊勒哄著牠餵飽狼崽以後，站起來說：該讓狼崽和狗崽一塊玩了。兩人抱著四隻胖呼呼地小崽子向一塊乾草地走去。陳陣把狼崽放進狗崽中間，狼崽剛一接觸到地面，立即以牠最快的速度向沒有人沒有狗的地方逃跑。小狼崽的四條小腿還沒有長直，羅圈形的小嫩腿還支撐不起身體，跑起來肚皮貼地，四爪像在划水，活像一隻長了毛的大烏龜。一條小公狗崽追著牠一塊跑，狼崽側頭向牠齜牙，發出威脅性的呼呼聲。

陳陣心裏一驚，說：牠餓的時候有奶便是娘，可一吃飽了就不認娘了。雖然牠眼睛還沒睜開，可牠的鼻子嗅覺已經有了辨別力，我可知道狼鼻子的厲害。

張繼原說：我看出來，小狼崽已經斷定這裏不是牠的真正的家，狗媽不是牠的親媽，狗崽也不是牠的親兄弟姐妹。陳陣說：剛把牠挖出來的時候，牠還會裝死呢。

兩人跟在小狼崽的身後四五步遠的地方，繼續觀察狼崽的行爲。小狼崽在殘雪和枯草地上快速逃爬，爬了幾十米後，就開始聞周圍的東西，聞馬糞蛋，聞牛糞，聞牛羊的白骨，聞草地上所有的突出物。

可能牠聞到的都是狗留下的尿記號，於是牠一聞就走，繼續再聞。兩人跟了牠走了一百多米，發現牠並不是無方向、漫無目的地亂走。牠的目的很明確，就是朝著離蒙古包和營盤、離羊圈、人氣、狗氣、煙氣、牲畜氣越遠的地方逃。

陳陣感到這條尚開眼的小狼崽，已經具有頑強的天性與本能，牠有著比其他動物更可怕可敬的性格。在動物中，陳陣一直很敬佩麻雀，麻雀以無法家養著稱於世。陳陣小時候抓過許多麻雀，也先後養過大大小小十幾隻麻雀。可麻雀被抓住後，就閉上眼睛以絕食絕水相拚，絕不就範。不自由，毋寧死，直至氣絕。陳陣從來沒有養活過一隻麻雀。而狼卻不是，牠珍視自由也珍愛生命，狼被俘之後照吃照睡，不僅不絕食，反而沒命地吃、敞開肚皮地吃，吃飽睡足以後，便伺機逃跑，以爭取新的生命和自由。

陳陣似乎看到了被囚在渣滓洞裏的那些鬥士們才有的性格和品質。可他們只是民族的沙中之金，而這種性格，對狼來說卻是普遍的、與生俱來、世代相傳，無一例外。而將具有此種性格的狼，作爲自己民族的圖騰、獸祖、戰神和宗師來膜拜，可以想見，牠對這個民族產生了何等難以估量的影響。都說榜樣的力量是無窮的，而圖騰的精神力量遠高於榜樣，牠處在神的位置上。

陳陣感激這條小狼崽，牠稚嫩的身體竟然能帶他穿過千年的謎霧，逕直來到了謎團的中心。

官布騎馬過來招呼陳陣給帶羔羊群對羔。羊群中央的羊羔們大多在睡覺，而母羊則散開去吃草了。陳陣把狼崽送回狼窩，騎馬上了羊群。兩人收攏羊群，近兩千隻大羊和羊羔母呼子叫，子呼母叫，呼叫聲驚天動地如同狼衝羊群。兩人用套馬杆把住羊群想去的地方，再把住道口，讓母羊在近千隻的羊羔中認領出自己的孩子，凡是領對的，允許通過；領錯的和不領的，就被趕回羊群繼續尋找。

陳陣已能準確地認出領錯羊羔的母羊，只要是咩咩亂叫，不回頭看身邊羔子的母羊，就一定不能放牠過去。一對對母子母女走出卡口，一出卡口羊羔便在母羊腹下跪下前腿，抬頭吃奶，母羊則慈愛地回頭看著自己的寶貝。兩人只花了不到一個小時就對完一遍羔。

對一次羔就是餵一遍奶，一天兩次，上午下午各一次。如果不對羔，許多找不著媽的羊羔，就會因母子失散而餓死。對羔又是數羔，清點羔子。羊羔怕曬，喜歡鑽到獺洞裏睡覺，不對羔就容易丟羔。有一次陳陣發現丟羔後，找遍羊群周圍所有的獺洞，從幾個獺洞裏掏出三隻大羔子。

官布對這群羊很滿意，他說：額侖草原水草好啊，母羊的奶水足，都認自個兒的羔子，對一遍羔多省事啊。要是草場壞了，母羊沒奶，都不認羔子，就是把全場的勞力全派到羊群去對羔，一天也對不完一遍羔。一場白毛風過來，幾萬隻羊羔用不了幾天就餓死凍死啦，再大的狼災也不如人災嚇人。額侖的老領導好，明白草原，明白狼，下的功夫不在一群群的羊上，下功夫在草上，在草場上。大事管好了，小羔子不用怎麼管也能管好。額侖的羊倌多省心啊，過幾天我一個人就能對羔……

陳陣聽出，不串門的官布卻對牧場瞭如指掌。

第六章 隱沒的草原狼

成吉思汗極其重視狩獵，他常說，行獵是軍隊將官的正當職司，從中得到教益和訓練是士兵和軍人應盡的義務，他們學習如何追趕獵物，如何獵取牠，怎樣擺開陣勢，怎樣視人數多寡進行圍捕……當他們不打仗時，他們老那麼熱衷於狩獵，並且鼓勵他們的軍隊從事這一活動。這不單為的是獵取野獸，也為的是習慣狩獵訓練，熟悉弓馬和吃苦耐勞。

——志費尼《世界征服者史》上冊

溫暖濕潤的春風吹拂額侖草原，大朵大朵亮得刺目的白雲在低空飛掠。單調的草原突然生動起來，變成了一幅忽明忽暗，時黃時白的流動幻燈巨畫。

當大片白雲遮住陽光的時候，張繼原感到寒風吹透棉袍，異常陰冷。但白雲掠過之後，強烈的陽光又把他置於如同初夏太陽的曝曬之下，臉和手頓時就被曬出了汗，連棉袍的布面都曬出了陽光的氣味。當他剛想解開銅扣透透氣的時候，又會被一大片白雲投下的陰影完全罩住，使他又回到陰冷的春天。

冰軟了，雪化了，大片大片的黃草地又露了出來，雪前早發的春芽已被雪焐黃，只在草芽尖上還帶點綠色。空氣中瀰漫著陳草腐草的濃重氣味，條條小溝都淌著雪水，從坡頂向草甸望去，無數窪地裏都積滿了水，千百個大小不一的臨時池塘，映著千萬朵飄飛的白雲，整個額侖草原彷彿都在飛舞。張繼原感到自己不是趴在草地上，而是坐在一塊巨大的蒙古飛毯上，天上水上的白雲飛速向身後掠去。

張繼原和巴圖已在這片草坡上十幾叢高高的圈草裏，潛伏了一個多小時了，他倆一直在等狼。一次馬群

大事故又加上一次「謊報」葦地軍情，使巴圖在整個牧場抬不起頭來，他把一肚子的火都遷怒到狼身上。

張繼原也因在圍場錯失良機，想打條狼來挽回影響。兩人歇了幾天以後，就揹了兩支半自動步槍，又回到了大泡子附近的山坡。巴圖判定其他狼群是捨不得死馬全沉入湖底的，雪化了、水漲了，但泡子邊緣淺灘的死馬，狼還能搆得著，狼若再不動手就真沒機會了。

忽明忽暗的山坡水塘繼續刺晃他倆的眼睛，兩人一邊擦淚，一邊用望遠鏡細細搜索對面山坡上每一個可疑的黑點、灰點和黃點。忽然，巴圖低下頭小聲說：往左邊山坡看。張繼原輕輕挪動望遠鏡，屏住了氣，但壓不住自己狂跳的心臟，只見從對面山坡後慢慢走來兩條大狼，先露出頭，再露出脖子和前胸。

兩人緊盯獵物。狼從坡後露出大半個前身便停下腳步，仔細掃視新視野內的一切可疑之物。狼再沒有向前走，就在七八叢高高的圈草中臥了下來，隱蔽得毫無破綻，似乎牠們也在打獵。兩個人與兩條狼，都躲在高高的圈草裏面，等待著機會。張繼原發現草原上的獵人連選擇打獵的潛伏點，都是從狼那裏學來的。狼似乎不著急，只是在看人還會有什麼伎倆，狼有等到天黑再動手的耐心。

圈草是知青給這種草起的名字，它是一種蒙古草原常見的禾本草，長得很美很怪。在草原上，平平坦坦的草甸或草坡，隨處都會突然冒出一團團高草來，草葉齊胸，直上直下，整整齊齊，很像一叢叢密密的水稻，又像一叢叢矮矮的旱葦。到秋季，圈草也會抽出蘆花似的蓬鬆草穗，逆光下像一片片白天鵝的絨羽，晚霞中又像一朵朵燃燒發光的火苗，在矮草坡上尤顯得鶴立雞群，比秋天鋪天蓋地的野花還要奪人眼目。一到冬季，圈草長長的枯葉和草穗被風捲走，但它韌性極強的莖杆卻堅守原地，並像狼毫一樣桀驁不馴，擼不平，撫不順。白毛狂風雖然能將它刮得彎腰鞠躬，但風一停，它重又挺拔如初，直指藍天，像一圈圈歐州國王的王冠。草原上家家牧民用的掃帚炊帚，就是用圈草紮出來的，齊整而耐用。

圈草不僅美而且怪，怪就怪在它是一圈一圈地單獨生長的。圈草圈草，只長一圈草，外表密密匝匝，像豎起來的葦簾一樣密；而圈內卻空空蕩蕩，幾乎寸草不生。圈草的圓圈極圓，像是用圓規畫出線、再依線精心播下種籽養育出來一樣。草圈大小不一，大的直徑有一米多，小的直徑只有兩紮長。牧民放羊放馬休息時，經常找一叢小圈草壓倒半圈坐下去，坐下去的部分成了鬆軟有彈性的座墊，未坐倒的部分，就成了天然的扶手和靠背。草原上蒙古包裏沒有沙發，但是草原人在草原上隨便一坐，就可以坐出個沙發來。知青們一到草原，馬上就喜歡上了圈草，有的知青乾脆就管它叫沙發草、圈椅草。

形態和構造獨特的圈草，在無遮無攔的草原上，也成了狼和獵人休息或是潛伏的天然隱蔽所。草原英雄，所見略同，但狼肯定比人更早統治草原，也就更早發現和利用圈草。巴圖說狼經常藏在這種草叢的後面，偷襲路過此地的黃羊或人的羊群。張繼原在大圈草的圈內曾發現過幾段狼糞，看來狼確實很喜歡圈草，畢利格老人說，這是騰格里專門送給草原狼的的隱身草。

此時人和狼都隱蔽得很內行，狼看不見人，人也瞄不準打不著狼，但狼已先被人發現。巴圖還在猶豫，張繼原也開始擔心，在他倆剛剛潛伏到這兩叢圈草後面的時候，會不會也被對面更早潛伏在圈草裏的狼發現呢？在草原和狼打交道，必須明白「什麼可能都會出現」。這是草原狼教給蒙古戰士的最基本的軍事條令。

巴圖想了想，沒有動，繼續觀察對面山坡的地形，並讓張繼原記住側面山坡的坡形特點。兩人悄悄退到坡後馬旁，解開馬絆子，輕輕牽馬下坡，再向西南面輕步走去。等離狼很遠了，才輕身上馬，從下風處向狼隱藏的地方繞過去。馬踏濕地無聲響，風聲飽滿又遮蓋了人馬的動靜。張繼原感到兩人像偷襲羊的狼一樣。

巴圖一路細細辨認山坡的側面形狀，半小時以後，兩人繞到了離狼最近的坡後。巴圖再次確認了坡頂的幾塊石頭和草叢後，才下了馬，慢慢牽馬爬坡。在快接近坡頂的時候，他停下步，但沒給坐騎上馬絆子，而是把韁繩拴在馬的前小腿上，鬆鬆地打了一個活扣。張繼原立即會意，也給馬腿打了一個活扣。

兩人打開槍的保險，弓腰低行，悄悄向坡頂接近。到了坡頂，兩人匍匐爬行，直到剛剛能看到狼。此時兩人距狼僅有一百米遠，能隱約看見露在圈草外面的狼尾巴和半個後身，但是狼頭狼胸狼腹這些要害部位，全被圈草所半遮半掩，狼此時像被關在巨大鳥籠裏的一條聽話的狗。

看上去，兩條大狼所擔心的，還是巴圖和張繼原剛才潛伏的那個地方，狼抬頭從草縫裏注視那裏的動靜，兩隻耳朵高高豎起，也攏向那個方向。但狼並不鬆懈對其他地方的警惕，不時舉鼻衝天，嗅捕空氣中的危險分子。

巴圖讓張繼原打左邊近一點的那條，自己瞄稍遠的一條。風還在呼呼地刮著，圈草被刮成弓形，草杆併緊，狼身被遮。張繼原閉上一隻眼以後，狼就看不見了。兩人都在等風的間隙，巴圖早向張繼原交代，只要巴圖的槍一響，張繼原也扣動扳機。

張繼原此時倒不緊張，即便打不中，巴圖也可連擊補中的。巴圖是全場出名的槍手，二百米以內獵物很難逃脫。據許多獵手說，額侖草原狼一見揹槍的人，五百米四百米都不跑，一到三百米準跑。狼這個習慣就是讓巴圖打出來的。此時的狼還不到二百米遠，張繼原心氣平和地瞄著這個靜止的目標。

正當風力突減，圈草挺起，狼從草縫中露出來的時候，從目標右側方的圈草裏，忽然躥出一條細細的狼，向坡下衝去，正好從兩條大狼前面通過。兩條大狼像被蛇咬了一樣，颼地躍起，縮脖低頭，緊跟那條狼衝下西北山坡。顯然，那條細狼是兩條大狼的哨兵和警衛，專門負責側後的警戒，當人能看清狼時，狼早就發現了人。有警衛的大狼絕非等閒之輩，最大的那條像是一條頭狼。三條狼挑選了一面最陡的山坡跌衝下去。

巴圖一躍而起，大喊上馬。兩人奔向坡後，一拉韁繩，翻身上馬，夾馬向狼猛追。衝過坡頂，就是一面陡坡，陡得讓張繼原感到如臨深淵，他本能地勒了一下馬。但巴圖卻大喊：扶住鞍鞽衝下去！巴圖毫無怯色，反而膽氣沖天，挾著一股蒙古武士赴湯蹈火，衝陷死陣的豪氣，撥偏馬頭斜衝下去。

張繼原閃過一念：強膽與破膽在此一舉！他一咬牙，一橫心，一鬆嚼子也衝了下去。陡坡下衝，是騎術之大忌，尤其是在野坡，不知在哪兒就會冒出獺洞、兔洞或鼠洞，一蹄踏空，人滾馬翻，人馬非死即傷。三組知青馬倌鄭林，就是因爲下陡坡沒勒住馬，馬失前蹄，人被拋上半空，落下來時肩膀著地，鎖骨骨折，還讓滾馬狠狠地砸了一下，此時還在北京療傷。如果腦袋著地，那他就永遠回不了北京了。

張繼原酷愛馬倌職業，他認爲蒙古馬倌是世上最具雄性、最爲勇敢的職業，蒙古游牧馬倌是和平時期的戰士，是戰爭時期的勇士。儘管蒙古女人的勇氣和膽量普遍超過漢族男人，但是，額侖草原上仍然沒有一個女馬倌。在千百年的草原游牧生活中，正式蒙古馬群只配備兩個馬倌，知青來了以後，每群馬才加了一個知青馬倌，設置知青馬倌只是牧場的一個試驗。

可兩年多了，二隊四個知青馬倌中，一個受傷退役，另一個吃不了這份苦、又練不出那份膽而主動要求改行，目前還沒有一個知青能夠成爲正式馬倌，只能與兩個蒙古馬倌共同包攬一群馬。由兩個漢人知青馬倌獨包一群馬那樣的壯舉，知青們連想都不敢想，張繼原也不敢想。但他渴望成爲一個正式馬倌，將來能與巴圖或者蘭木扎布共管一群馬。他眼下的身分只能算作跟班學徒。

兩年多的風雪饑寒，張繼原深知自己咬牙硬挺還能吃得下這份苦，也能學會放馬的高難技術，欠缺的卻是蒙古馬倌馴服烈馬、制服野狼的那股驃悍兇猛的膽氣。圍場失手，失的不是技術恰恰就是勇敢。他清楚記得他抖杆套狼的一刹那，他的心先抖了。

張繼原拚了！他拚了命也想當一個正式馬倌。此刻，他要拿自己做一個試驗，看看他能不能恢復出漢唐時期華夏民族橫掃匈奴、驅逐突厥的那種氣概。

快馬衝下陡坡，馬速快得像從絕壁下墜，人馬如同加速墜落的自由落體，馬身斜得已根本坐不住人。他單手撐住突出的前鞍鞒，全身極力後仰，後背幾乎貼上了馬屁股，兩隻腳蹬直馬蹬，一直蹬到馬耳處，身子幾乎躺在了馬背上。他雙腿死死夾緊馬鞍前鞒，這是騎手惟一能夠保命的高難動作，如果他此刻的心再輕抖一下話，他的一切願望都將魂歸騰格里。幾天以後當他重返此地時，發現他下衝的這條線路上，有不下六七個獺洞鼠洞，驚得一身冷汗。巴圖卻說騰格里喜歡勇敢的人，牠把獺洞鼠洞都給你挪開了。

張繼原衝到坡底的時候，竟然與巴圖的馬只差半個馬身。巴圖側頭露出驚喜的笑容，張繼原覺得那笑容比金質獎章還要燦爛。

額侖草原的杆子馬都有勝則躁進、敗則氣餒的特性。兩匹馬一見只衝一個陡坡，就縮短了與狼三分之一的距離，渾身的興奮都成了興奮劑，兩匹馬竟然跑出了黃羊的速度。在狼還沒有爬坡衝頂的時候，又把距離縮小了一大段。

巴圖看了看狼和地形說：狼馬上就要分頭跑了，那條小的別管，就追兩條大的。等會兒你看我打哪條狼，你就打狼前頭的石片地，先打右邊那條。兩人都端著槍準備。馬跑快了馬身反而不顛，更有利於獵手瞄準射擊。三條狼顯然都已聽出了追敵的量級，也加速朝前面的山坡狂奔。

馬和狼衝刺速度都保持不了多長時間，巴圖在等待其中的一條狼由順跑改爲側身，順跑的目標太小，只要狼分兵三路，有一條狼橫過身子，就有射擊的機會。三條狼見甩不開追敵，有些著急。狼似乎在準備分頭逃跑，那樣的話，至少可以確保一條狼沒有追兵。當追到三百多米的時候，頭狼的左右兩條狼突然向兩邊斜插，巴圖立即開槍打右邊的大狼，但未擊中。

張繼原略略瞄了一下，就朝右狼跑的前方，啪啪連放了兩槍，一槍打在泥裏，一槍打在石頭上，濺起一片火星、石粉和硝煙。狼被嚇得一個趔趄，剛剛跑穩，巴圖的槍響了。狼一頭栽倒地上，狼的側背被打開了花。張繼原高興地大叫，巴圖卻懊喪地說：壞了壞了，這張皮子掛不出去了。

兩人撥正馬頭，繼續急追頭狼，巴圖囑咐說：你不用開槍，我有法子對付牠。兩匹杆子馬見主人撂倒了一條狼，興奮過度，竟用衝刺的速度來衝坡，結果衝了幾十米以後便喘不出氣來，速度漸漸下降。而頭狼卻大顯衝坡的本領，步幅加大，後勁爆發，頭狼越跑越快，還漸漸跑出了自信。

巴圖和張繼原用馬鞭狠抽馬臀，並用馬靴猛磕馬肋，平時從不挨鞭的杆子馬，又口吐白沫抽瘋似的跑起來了。頭狼奔速不減，跑得越發從容。張繼原低頭看了看狼在草坡上的爪印，前爪與後爪的步距已超過了馬步。頭狼越來越接近大坡頂上的天地交接線，一旦狼越過這條線，獵手就再也別想見著這條狼了。

正在此刻，巴圖突然大喊：下馬！然後緊勒馬嚼子，凡是杆子馬，都有在高速中急停的絕技，這是牠們在馬群裏追狡馬練出來的本事，在此刻用得恰到好處。兩匹馬喀喀幾步猛然刹住，巨大的慣性幾乎把兩人拋出馬背。巴圖順勢一躍而下，迅速伏地架槍，極力控制呼吸，瞄準坡頂。張繼原也臥倒端槍。

正在狂奔的大狼，突然聽不到後面的馬蹄聲，便警覺地猛然刹步。草原狼脖子短，回頭後望必須轉過身體，而且大狼平時登上坡頂的時候也要喘一口氣，並最後看一眼追敵的路線和位置，以便應對。

此時，在坡頂天地交接線上出現了一個狼的清晰剪影，比狼順跑時的身影足足大了三倍，像射擊運動場上的一個狼形靶。這往往是獵手射擊逃狼的惟一一次的機會，但在多數情況下，頭狼是不會給獵手這個機會的，可巴圖用急刹馬蹄的狡計來刺激狼的疑心，誘逼牠回頭察看獵手使用了什麼新招。

此時這條狼終於中計。巴圖的槍聲響了，只見狼向前猛地一跪，便消失在坡頂線上了。巴圖說：可惜，太遠了，沒有打中要害，不過牠跑不了。快追！兩人跨馬急追，躍上坡頂，只見黃草和碎石間有一灘血，大狼卻不見蹤影，用望遠鏡四處搜索也沒有發現任何動靜，兩人只好順著血跡小步快追。

張繼原嘆道：要是帶狗來就好了。但他倆是從馬群出發的，草原狗從來只跟蒙古包不跟馬群，只跟羊倌牛倌不跟馬倌，除非一開始就把狗牽上。

兩人騎馬低頭細看，速度很慢。走了一段，巴圖說：我把狼的一條前腿打斷了，你看狼走一步只有三個爪印，那條傷腿不能著地了。張繼原說：這下狼肯定跑不了了，三條腿的狼哪能跑得過四條腿的馬？巴圖看了看錶說：難說啊，這可是條頭狼，牠要是找一個深狼洞鑽進去，還能抓住牠嗎？得趕緊追。

血跡時現時斷，兩人又追了一個多小時，在一處草灘上，兩人都愣住了：一截帶著白生生骨茬的狼前腿赫然在地，腿骨和狼皮狼筋還留著狼的牙痕。巴圖說：你看，狼嫌跑起來刮草礙事，牠自個兒把傷腿咬斷了。張繼原心口一陣緊痛，像被狼爪抓了一下似的，他說：都說壯士斷臂，硬漢子能自己砍斷中毒箭的胳膊，不過我從來沒見過。可狼咬斷自個兒的腿，我已經見過兩次了，這是第三次。巴圖說：人跟人不一樣，狼跟狼一個樣……

兩人繼續追尋。漸漸發現，狼咬斷腿以後血跡少了，而步幅卻明顯加大。最讓人擔心的是，頭狼好像是在抄近道，奔邊防公路去了，而邊防公路以北則是軍事禁區。巴圖說：這條頭狼真是厲害，咱們不能跟在牠後面傻追了。兩人輕騎快馬走小道直插邊防公路。

越往北走草就越高，灰黃灰黃的大草甸猶如一張巨大的狼皮。張繼原覺得，在這「灰黃」的狼皮中找灰黃色的狼，真是比在羊毛堆裏找羊羔還難。天人難以合一，可是狼和草原卻融合得如同水乳。一條瘸狼可能就在他倆的鼻子底下行走，可兩個騎在高頭大馬上的大活人卻什麼也看不見。

張繼原又一次體會到了狼和草原、狼和騰格里的深厚關係：每當狼處在生死關頭的時候，牠總能依靠草原來逃脫；每當狼遭遇危難的時候，草原會像老母雞一樣地張開翅膀，將狼呵護在牠的羽翼下；廣袤遼闊的蒙古草原似乎更疼愛和庇護草原狼，它們像一對相守相伴的老夫妻，千年忠貞，萬年如一。而極力希望比狼對草原更忠貞的蒙古人，似乎仍未取代草原狼的位置。而在接近漢區的南邊，墾草爲田，改牧爲農的蒙古人卻越來越多了。

張繼原沒有想到一條被打斷腿的狼，還能跑這麼長的時間和距離，居然把騎著全隊最快的馬的人甩在後面。張繼原真不想再追下去了，他感到除了身邊的巴圖之外，自己其實還有一個老師的老師。

兩匹馬找找停停，慢慢恢復了體力，重新加速。北面一條高大的山脈也越來越近，而這片草原的邊境線，就是沿著這條山脈的山腳線劃定的。據牧民說，那片大山山大溝深，寒冷貧瘠，是額侖草原狼沒有天敵的最後根據地。可是那條瘸狼到了那裏，牠以後的日子怎麼過？他馬上覺得自己又是以己度狼了，人最終可以滅絕狼，可是世上沒有任何力量可以摧毀蒙古草原狼剛強不屈的意志和性格。

兩匹馬終於踏上了邊防公路。說是公路，實際上只是一條供邊防軍巡邏的土路，嚴格地說是一條沙路。軍用吉普車和送運物資的卡車輪子，在草原上切下近一米深的寬溝，整條路就是一個曲曲彎彎、又大又長的沙槽，似一條可怕的黃沙巨龍，綿延起伏，蠢蠢欲飛。

蒙古大草原的虛弱外表被這條沙路輕易揭開，露出薄薄草皮下恐怖的真面目。草地還是濕漉漉的，可沙路卻早已被風吹成乾路，西風一刮，百里沙龍開始爬升騰飛，馬蹄踏起沙塵乾粉，人和馬像是被裹在迷眼嗆鼻的沙漠戈壁裏。

兩人順著沙路向東快跑，路上看不到狼爪印。翻過一個小坡，兩人突然看到在前方三十多米的地方突然出現了一條狼，牠正在沙路北沿吃力地爬翻高陡的路岸。平時狼可一躍而過的小路障，此刻竟成爲牠一生中最後一道邁不過去的坎。瘸狼又沒有爬上去，再次滾下路底，傷口直接戳到沙地，疼得狼縮成一團。

下馬。巴圖一邊說，一邊跳落到路面。張繼原也下了馬，他緊張地注視著巴圖的動作，以及掛在馬鞍上的那根沉重的馬棒。然而，巴圖並沒有去解馬棒，也沒有再往前走一步，他鬆開馬韁繩，讓馬自己登上草地去吃草，他自己卻坐到高高的路岸上掏出一包煙，點了一支，默默地吸了起來。

張繼原透過煙霧，看到了一雙情感複雜的眼睛。他也放了馬，坐到巴圖的身旁，要了一支煙慢慢吸了起來。

狼從路溝裏費力地爬起來，斜過身蹲坐著，沾滿血跡的胸下又沾了一層沙，不屈而狂傲的狼頭正正地對著兩位追敵。狼沒有忘記自己的身分和習慣，用力地抖了抖身上的沙土和草渣，力圖保持戰袍的整潔和威嚴。但牠還是控制不住露骨的斷腿，翹在胸前不停地發抖。然而狼的目光卻兇狠得大義凜然，牠大口喘氣，積攢著最後一拚的體力。張繼原感到自己不敢與狼的目光對視，站在這片古老的草原上，也就是站在草原的立場上，正義彷彿已全被狼奪去……

巴圖手裏停著煙，半思半想地望著狼，眼中露出一種學生面對被自己打傷殘的老師的愧疚和不安。瘸狼久久不見追敵動手，牠便扭轉身用單爪刨土，路岸的斷面，最表層只有不到三十釐米厚的灰黑表土，表土之下就全是黃沙和沙礫了。狼終於刨掉了一陀草皮，一塊沙岸垮塌下來，瘸狼順著豁口的斜坡跳爬到草面上，然後像大袋鼠一樣，用三條腿一跳一顛地向遠處的防火道和界樁跑去。

防火道在界樁內側，是邊境防火站用拖拉機開墾的一條耕帶，寬約百十米，與邊界並行。防火道年年定期翻耕，早已沙化，寸草不生，僅用以阻擋境外燒過來、以及境內可能燒過去的小規模的野外火災。只有這條用於防火的耕地，爲額侖草原牧民所容忍，草原老人們說這是農墾給草原的惟一好處。

在西風中，防火道騰起的黃塵卻比野火還要可怕，幸虧它只是窄窄的一條。

瘸狼跑跑歇歇，漸漸隱沒在高草裏，再往前就沒有邁不過去的坎了。

巴圖站起身又默默地看了一會兒，然後彎腰將張繼原扔在沙路上的煙頭撿起來，用口水啐過，又用手指在半濕的草地上挖了一個小坑，將兩個煙頭按在裏面，再填土拍實，告誡道：要養成習慣！在草原不能有一點大意。然後站起身說：走吧，去找剛才打死的那條狼，回去！

兩人上馬朝著圈草山坡急行，雪淨馬蹄輕，兩人一路無語。

第七章 美得令人心顫

太子承乾（唐太宗之子——引者注）喜聲色及畋獵……又好效突厥語及其服飾，選左右貌類突厥者五人為一落，辮髮羊裘而牧羊，作五狼頭纛及幡旗，設穹廬，太子自處其中，斂羊而烹之，抽佩刀割肉相啖。又嘗謂左右曰：「我試作可汗死，汝曹效其喪儀。」因僵臥於地，眾悉號哭，跨馬環走，臨其身……太子……曰：「一朝有天下，當帥數萬騎獵於金城西，然後解髮為突厥……」

——司馬光《資治通鑑・第一百九十六卷》

一場春雨過後，接羔營盤附近的山坡草甸，在溫熱的陽光下，瀰散著濃濃的臭氣。在漫長冬季凍斃的弱畜，被狼群咬死肢解吃剩的牲畜都在腐爛，黑色的屍液和血水流入草地。倒伏的秋草枯莖敗葉滲出黃黑色的腐水，遍地的羊糞牛糞、狗糞狼糞、兔糞鼠糞，也滲出棕黑的糞水浸潤著草原。

陳陣絲毫沒有被草原陽春的臭氣敗壞了自己的興致，古老的草原需要臭水。人畜一冬的排泄物、人與狼殘酷戰爭留下的腐肉、臭血和碎骨，給薄薄的草皮添加了一層寶貴的腐殖質、有機質和鈣磷質。

烏力吉說：城裏下來視察的幹部和詩人，都喜歡聞草原春天的花香，可我最愛聞草原春天的臭氣。一隻羊一年拉屎撒尿差不多有一千五百斤，撒到草地上，能長多少草啊。「牛糞冷，馬糞熱，羊糞能頂兩年力」。要是載畜量控制得好，牛羊不會毀草場，還能養草場。從前部落的好頭人，還能把沙草場養成肥草場吶。

春天的額侖草場水肥充足，血沃草原，勁草瘋長。連續半個多月的暖日，綠草已覆蓋了陳腐的舊草。草甸草坡全綠了。春草春花的根莖也在肥土中穿插伸展，把草原薄薄的土層加密加固，使草下的沙漠和戈壁永無翻身之日。陳陣騎著畢利格老人的大黃馬輕快地小跑，一路欣賞著新綠的草原，他感到廣袤的草原舞臺上，人與狼殘酷的競爭，最後都能轉化為對草原母親的脈脈溫情。

母羊的乳房鼓了，羊羔的毛色白了，牛的吼聲底氣足了，馬的厚毛開始脫了。草原的牲畜都由於牧草及時返青而熬出了頭。額侖草原又遇上了一個難得的豐收年。這年早春寒流雖然凍死不少羊羔，可大隊的接羔成活率卻有可能超過百分之一百零一。誰也沒想到這年一胎下雙羔的母羊出奇地多，每群羊至少增加了近一千隻羊羔，原來還算富裕的草場一下子就緊張起來了。

羊羔激增，額侖寶力格牧場原有的四季草場眼看就要超載。如果為了維持草場與載畜量的平衡，而大批出售或上交牲畜，牧場將完不成上級下達的數量死任務。隊裏幾次開會商議，烏力吉認為惟一的出路，就是在牧場境內開闢新草場。

陳陣跟隨烏力吉和畢利格老人去實地考察新草場。老人特地把自己的一匹又快又有長勁的好馬給他騎。烏力吉揹著半自動步槍，畢利格老人帶上了巴勒，陳陣則帶上了二郎，讓黃黃留著看家。遊獵游牧民族但凡出遠門，都不會忘記攜帶武器和獵狗。兩條猛犬獵興十足，一路上東聞西看，跑得很輕鬆，和陳陣一樣愉快。

老人笑道：羊倌和看羊狗被羊群拴住了一個多月，都憋悶壞了。陳陣說：謝謝阿爸帶我出來散散心。老人說：我也怕你總看書，看壞了眼睛。

在場部東北部的盡頭，有一片方圓七八十里的荒山，據烏力吉說，那片荒山自古以來還未有過人煙，那裏的草地肥厚，有小河，有大水泡子，山草瘋長一米多高，年年積下的陳草一尺多厚。水多草厚，那裏的蚊子也就多得嚇人，一到夏秋，蚊子多得能吃牛。上了山一腳踩下去，陳草團裏能轟出成千上萬的蚊子，像踩了地雷一樣可怕。那片山人畜都害怕，誰也不敢進去，陳草太厚，每年長出的新草就得拚命竄高，才能見著陽光，

新草長得又細又長，牲畜不愛吃，吃了也不上膘。

作爲老場長的烏力吉，一直都想開闢這片草場，他早就料到在重數量不重質量的政策下，額侖草場早晚要超載。許多年來，他一直惦念著那片荒山，盼望來一場秋季野火，徹底燒掉那裏的腐草，然後在來年春天，再驅趕一個大隊的牲畜進場，用千千萬萬的馬蹄牛蹄羊蹄踩實鬆土，吃掉新草，控制草的長勢。那樣的話，地實了，土肥了，草矮了，蚊子也就少了。再過幾年，那片荒山就能改造成優良的夏季草場，爲全場牲畜增加整整一季的草場，然後把原來的夏季草場改爲春秋季草場。裏外裏算下來，牧場的牲畜可以增加一倍多，草場還不超載。

前幾年野火多次光顧額侖草原，可惜的是沒有一次燒到那兒。直到去年秋末，才有一場大火燒過了那片荒山，後來又下了雨，荒山黑得流油。烏力吉終於決心實施他的計劃，他得到了包順貴的全力支持，但是卻遭到了多數牧民的反對，誰都怕那裏的蚊子。烏力吉只好請畢利格老友幫忙，請他一同去荒山實地考察，只要畢利格老人認可，就可以讓老人帶二大隊進駐新草場。

三人穿過鄰隊的冬季草場，陳陣感到馬蹄拖遝起來，他低頭一看，發現這裏的秋草依然茂密，足有四指高。陳陣問烏力吉：您總說草場不夠，您看，羊群馬群刨吃了一個冬天了，草場還剩下這麼多的草呢。

烏力吉低頭看了看說：這些都是草茬，草茬太硬，牲畜咬不斷，再啃就得使勁，一用勁就把草根拔出來了。草茬又沒有營養，牲畜吃了也不長膘，吃到這個份上就不能再啃了，再啃，草場準退化……內地漢人生得太多了，全國都缺肉，缺油水，全國都跟內蒙要牛羊肉。可是，一噸牛羊肉是用七八十噸草換來的，內地一個勁地來要肉，實際上就是跟草原要草啊，再要下去，就要了草原的命了。上面又給咱們牧場壓下了指標，東南邊的幾個旗都快壓成沙地了……

陳陣說：我覺得搞牧業要比搞農業難多了。

烏力吉說：我也真怕把這片草原搞成沙地。草原太薄太虛，怕的東西太多：怕踩、怕啃、怕旱、怕山羊、怕馬群、怕蝗蟲、怕老鼠、怕野兔、怕獺子、怕黃羊、怕農民、怕開墾、怕人多、怕人太貪心、怕草場超載，最怕的是不懂草原的人來管草原……

畢利格點頭說：草原是大命，可它的命比人的眼皮子還薄，草皮一破，草原就瞎了，黃沙刮起來可比白毛風還厲害。草原完了，牛羊馬，狼和人的小命都得完，連長城和北京城也保不住啊。

烏力吉憂心忡忡地說：從前，我隔幾年都要去呼和浩特開會，那邊的草場退化得更厲害，西邊幾百里長城已經讓沙給埋了。上面再給東邊草原壓任務的話，東邊的長城真就危險了。聽說，國外的政府管理草原都有嚴格的法律，什麼樣的草場只能放什麼樣的牲畜，連一公頃草場放多少頭牲畜都定得死死的，誰敢超載就狠罰狠判。但那也只能保護剩下的草原不再退化，以前退化的草原就很難恢復了。等到草原變成了沙漠以後，人才開始懂草原，到那時就太晚了。

畢利格說：人心太貪，外行太多，跟這些笨羊蠢人說一百條理也沒用。還是騰格里明白，對付那些蠢人貪人還得用狼，讓狼來管載畜量，才能保住草原。

烏力吉搖頭說：騰格里的老法子不管用了，現在中國的原子彈都爆炸了，上面真想消滅狼也費不了多大事。

陳陣心裏像堵滿黃沙，說：我已經有好幾夜沒聽到狼嗥狗叫了。阿爸，您把狼打怕了，牠們不敢來了。草原一沒狼，就像哪兒不對勁似的。

老人說：打了三十多條，也就合四五窩狼崽的數，額侖的狼還多著吶。狼不是打怕了才不來了，這個月份，牠們去忙別的事了。

陳陣頓時提起了精神問：狼又玩什麼花樣呢？

老人指了指遠處的一片山丘說：跟我上那邊去看看。然後，給了陳陣的馬一鞭子，又說：快跑起來，春天要讓馬多出汗，汗出多了，脫毛快，上膘也快。

三匹馬像三匹賽馬向山丘狂奔，馬蹄刨起無數塊帶草根的泥土，千百根嫩草被踏斷，染綠了馬蹄。好在這條道幾個月內不會再有馬來。陳陣跑在最後，他開始意識到「草原怕馬群」這句話的份量，蒙古人真是生活在矛盾的漩渦裏。

三匹馬登上了坡頂，到處都響著「笛笛」，「嘎嘎」的旱獺的叫聲。旱獺是原始草原的常見動物，在額侖草原近一半的山坡都有獺洞和獺子。每年秋季陳陣都能見到老人打的獺子，吃到又肥又香的獺子肉。

旱獺是像森林熊一樣靠脂肪越冬的冬眠動物，獺肉與草原上所有動物的肉都不同，牠有一層像豬肉一樣的肥膘白肉，與瘦肉紅白分明，是草原上著名的美味，鮮肥無膻味，比牛羊肉更好吃。一隻大獺子比大號重磅暖壺還要粗壯，可出一大臉盆的肉，夠一家人吃一頓。

陳陣還是被眼前旱獺的陣勢嚇了一跳：十幾個連環山包的坡頂和坡面上，站著至少六七十隻大小旱獺，遠看像一片採伐過的樹林的一段一段樹樁。獺洞更多，洞前黃色的沙土平臺，多得像內地山坡的魚鱗坑。平臺三面是沙石坡，如同礦山坑口前倒卸的碎石，壓蓋了大片草坡。

陳陣彷彿來到了陝北的窯洞坡，山體千瘡百孔，可能都被掏空了。每個沙土平臺大如一張炕桌，幾乎都站著或趴著一隻或幾隻獺子。規格較大的獨洞平臺上，站立的是毛色深棕的大雄獺子，那些群洞或散洞的平臺上，立著的都是個頭較小的母獺子，灰黃的毛色有點像狼皮。母獺身旁有許多小獺子，個頭如兔，有的平臺上竟趴著七八隻小獺子。所有的獺子見到人都不忙著進洞，大多只用後腿站立，抱拳在胸，「笛笛」亂叫，每叫一聲，像奶瓶刷似的小尾巴，就會隨聲向上一翹，像示威，像抗議，又像招惹挑逗。

兩條大狗見到一隻離洞較遠的大獺子便急衝過去，可獺子馬上就跑到一個最近的洞口，站在洞口平臺上，瞪著兔子似的圓眼看著狗，等狗追到離洞只有五六米的時候，才不慌不忙地一頭紮進陡深的洞裏。等狗悻悻走開幾十米，牠又鑽出洞，衝狗亂叫。

畢利格老人說：這兒就是額侖有名的獺子山，獺子多得數不清。北邊邊防公路南面還有一處，比這兒的獺子還多。這山從前可是草原窮人的救命山，到了秋天，旱獺上足了膘，窮人上山套獺子，吃獺肉，賣獺皮獺油，換銀子，換羊肉。你們漢人最喜歡獺皮大衣了，每年秋天張家口的皮貨商，都到草原上來收蘑菇和獺皮。獺皮比羔皮要貴三倍吶，旱獺救了多少窮人啊，連成吉思汗一家人在最窮的時候，也靠打獺子活命。

烏力吉說：旱獺好吃就仗著牠的肥油。草原上鑽洞過冬的黃鼠田鼠大眼賊，全得叼草進洞儲備冬糧。可旱獺就不儲糧，牠就靠這一身肥膘過冬。

老人說：獺子在洞裏憋屈了一冬了，這會兒剩不下多少肥膘了，可肉還不少。你看獺子個頭還不小吧，今年春天的草好，獺子吃些日子又上膘了。

陳陣恍然大悟，說：怪不得這些日子狼不來搗亂，狼也想換換口味了。可獺洞那麼深，獺子就在洞邊活動，狼用什麼法子抓牠？

老人笑道：狼抓獺子的本事大著吶。大狼能把獺洞刨寬掏大，又讓幾條狼把住別的洞口，再鑽進去把一窩獺子全趕出來咬死吃光。要不就派半大的小狼，鑽進洞把小獺子叼出來吃掉。沙狐也會鑽獺洞打獺子吃，我年年打獺子都得套著六七隻沙狐，有一回還套著一條小狼呢。蒙古人讓小孩鑽狼洞掏狼崽，也是跟狼和沙狐子學來的。獺子洞要是淺了，過冬就冷，所以獺子打洞就得往深裏打，要打幾丈深呢。

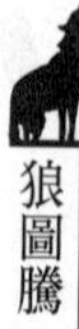

老人突然問：你說，狼不在洞裏過冬，爲啥狼洞也那老深？陳陣搖了搖頭。老人說：好多狼洞是用獺洞改的，母狼把獺洞掏寬，就變成了下崽的狼洞啦。

陳陣吃了一驚說：狼可真夠毒的，吃了獺子一家不夠，還要霸佔人家的窩。

烏力吉笑得很由衷，彷彿很欣賞狼的毒辣，他側頭對陳陣說：狼不毒就治不住旱獺。狼吃旱獺，可給草原立了大功啊。旱獺是草原的一個大害，山坡上到處都有牠的洞，你看看這一大片山讓旱獺挖成啥樣了。旱獺能生，一年一窩，一窩六七隻，洞小了就住不下，可是洞大了，要挖出多少沙石，毀壞多少草場？草原野物四大害：老鼠、野兔、旱獺和黃羊。旱獺數第三。旱獺跑得慢，人都能追上，可爲啥還得下套抓？旱獺就是仗著洞多，洞和洞還連著地道，人一走近牠就鑽進洞了。旱獺吃起草來也厲害，到秋天專吃草籽，那一身肥膘得用幾畝地的草和草籽才能養出來。旱獺洞的害處更大，馬倌最怕獺洞，每年獺洞要別斷不少馬蹄，摔傷不少馬倌。

陳陣說：那狼殺獺子，還真爲草原立了大功了。

烏力吉接著說：草原上獺洞最可惡，牠還給蚊子過冬提供了地方。蒙古東部草原的蚊子，是在世界上出了名的。東北森林的蚊子能吃人，東蒙草原的蚊子能吃牛。草原上白災、黑災（冬季無雪的旱災）不一定年年有，可是蚊子年年來。牧民和牲畜怕蚊子比怕狼還要厲害。一年下來，蚊子能吃掉牛羊馬三四成的膘。按道理，蒙古草原冬季零下三四十度，連病牛都能凍成冰坨子，怎麼就凍不死蚊子呢？蒙古包裏也藏不住蚊子，可爲啥草原上的蚊子就能安全過冬？

原因就在旱獺洞。一到天冷，旱獺鑽洞，蚊子也跟著進洞了。旱獺洞幾丈深，旱獺一封洞，外面冰天雪地，可洞裏像個暖窖。旱獺躲在洞裏不吃不喝，蚊子叮在旱獺的身上有吃有喝，就可以舒舒服服過冬了。等到來年開春，旱獺出洞，蚊子也跟了出來，額侖草原水多泡子多，蚊子在水裏經過一代又一代的繁殖，一到夏天，草原就是蚊群的天下了……你說旱獺是不是草原牧業一個大害？在草原上，狼喜歡吃獺肉，狼是殺旱獺的主力，草原老話說，「獺子出洞，狼群上山」，旱獺一出來，牲畜就能消停一段日子。

陳陣被蚊群叮咬過兩個夏季，一聽到蚊群就全身發毛發癢發疼，就有皮開肉綻的感覺，知青怕蚊子真比怕狼還厲害。後來緊急讓家人從北京寄來蚊帳，才能睡著覺。牧民見到蚊帳喜歡得不行，過了一個夏天，北京的蚊帳立刻在草原牧民蒙古包裏普及，牧民給這種新東西起了個名字：依拉格勒，直譯爲「蚊房子」。陳陣真沒想到草原上恐怖的蚊群，竟是從旱獺洞裏冒出來的，他對烏力吉說：您倆真是草原專家，原來草原的蚊災跟旱獺有這麼大的關係，獺洞簡直成了蚊子的賊窩了，而狼又是獺子的剋星。我在書上可讀不到這麼多的知識……

烏力吉說：草原太複雜，事事一環套一環，狼是個大環，跟草原上哪個環都套著，弄壞了這個大環，草原牧業就維持不下去。狼對草原對牧業的好處數也數不清，總的來說，應該是功大於過吧。

畢利格老人笑著說：可旱獺也不全壞，牠的皮、肉和油都是珍貴東西，獺子皮是牧民的一項重要的副業收入，國家用它跟外國人換汽車大炮呢。狼最聰明，殺旱獺從不殺光，留著年年都有得吃。牧民也不把獺子打絕，只打大的不打小的。

三匹馬在山裏急行，有恃無恐的旱獺，繼續歡叫。草原雕常常俯衝，可是十撲九空。越往東北方向走，人跡越少，井臺土圈已消失。最後連馬糞也見不到了。

三人登上一片高坡，遠處突然出現幾座綠得發假的大山。三人路過的山，雖然都換上了春天的新綠，卻是綠中帶黃，夾雜著秋草的陳黃色。可遠處的綠山，卻綠得像是話劇舞臺上用純綠色染出的佈景，綠得像是動畫片中的童話仙境。

烏力吉揚鞭遙指綠山說：要是去年秋天來，走到這兒看到的是一座黑山，這會兒黑灰沒了，全是一色兒的新草，像不像整座山都穿上綠緞子夾袍？三匹馬望見綠山，全都加速快跑起來。烏力吉挑了一面坡勢較緩的草坡，帶兩人直插過去。

三匹馬翻過兩道山樑，踏上了全綠的山坡。滿坡的新草像是一大片綠苗麥地，純淨得沒有一根黃草，沒有一絲異味，草香也越來越濃。聞著聞著，畢利格老人覺得有點不對頭，低頭仔細察看。兩條狗也好像發現獵情，低頭聞，小步跑，到處亂轉。

老人彎下腰，低下頭，瞪眼細看馬蹄旁半尺多高的嫩草。老人抬起頭說：你們再仔細聞聞。陳陣深深地吸了一口氣，竟然直接聞到了嫩草草汁的清香，好像是在秋天坐在馬拉打草機上，聞到的刀割青草流出的草汁香氣。

陳陣問道：難道有人剛剛在這兒打過草？可誰會上這兒來打草呢？

老人下了馬，用長馬棒扒拉青草，細心查找。不一會兒，便從草叢下找出一團黃綠色的東西，他用手捻了一下，又放到鼻子下面聞了聞說：這是黃羊糞，黃羊剛才還來過這兒。

烏力吉和陳陣也下了馬，看了看老人手中的黃羊糞，春天的黃羊糞很濕，不分顆粒，擠成一段。兩人都吃了一驚，又走了幾步，眼前一大片嫩草像是被鐮刀割過一樣，東一塊，西一片，高矮不齊。

陳陣說：我說今年春天在接羔草場沒見著幾隻黃羊，原來都跑這兒來吃好草了。黃羊吃草真夠狠的，比打草機還厲害。

烏力吉給槍膛推上子彈，又關上保險，輕聲說：每年春天，黃羊都到接羔草場跟下羔羊群搶草吃，今年不來了，就是說這片新草場的草，要比接羔草場的草還要好。黃羊跟我想到一塊兒去了。

畢利格老人笑眯了眼，對烏力吉說：黃羊最會挑草，黃羊挑上的草場，人畜不來那就太可惜了，看來這次又是你對了。

烏力吉說：先別定，等你看了那邊的水再說。

陳陣擔心地說：可這會兒羊羔還小，還走不了這麼遠的道。要是等到羔子能上路遷場，起碼還得一個月，到那時候，這片草場早就讓黃羊啃光了。

老人說：甭著慌，狼比人精。黃羊群過來了，狼群還能不過來嗎？這季節母黃羊下羔還沒下完呢，大羊小羔都跑不快，正是一年中狼抓黃羊的最好時候，用不了幾天，狼群準把黃羊群全趕跑。

烏力吉說：怪不得今年牧場羊群接羔的成活率比往年高，原來青草一出來，黃羊群和狼群全來這兒了。沒黃羊搶草，又沒多少狼來偷羔子，成活率自然就高了。

陳陣一聽有狼，急忙催兩人上馬。三匹馬又翻過一道小山樑，烏力吉提醒他留神，翻過前面那道大樑，就是大草場。他估摸狼和黃羊這會兒都在那裏呢。

快到山樑頂部的時候，三人全下了馬，躬著腰，牽著馬，摟著狗的脖子，輕步輕腳地向山頂上幾礅巨石靠過去。兩條大狗知道有獵情，緊緊貼著主人蹲步低行。接近岩石，三人都用韁繩拴住馬前腿，躬身走到巨石後面，趴在草叢中，用望遠鏡觀察新草場的全景。

陳陣終於看清了這片邊境草原美麗的處女地，這可能是中國最後一片處女草原了，美得讓他幾乎窒息，美得讓他不忍再往前踏進一步，連使他魂牽夢繞的哥薩克頓河草原都忘了。陳陣久久地拜伏在它的面前，也忘記了狼。

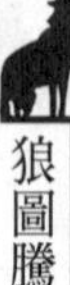

眼前是一大片人跡未至、方圓幾十里的碧綠大盆地。盆地的東方是重重疊疊、一層一波的山浪，一直向大興安嶺的餘脈湧去。綠山青山、褐山赭山、藍山紫山，推著青綠褐赭藍紫色的彩波向茫茫的遠山泛去，與粉紅色的天際雲海相匯。盆地的北西南三面，是淺碟狀的寬廣大緩坡，從三面的山樑緩緩而下。草坡像是被騰格里修剪過的草毯，整齊的草毯上還有一條條一片片藍色、白色、黃色、粉色的山花圖案，色條之間散點著其他各色野花，將大片色塊色條，銜接過渡得渾然天成。

一條標準的蒙古草原小河，從盆地東南山谷裏流出。小河一流到盆地底部的平地上，立即大幅度地扭捏起來，每一曲河彎河套，都彎成了馬蹄形的小半圓或大半圓，猶如一個個開口的銀圈。整條閃著銀光的小河，宛若一個個銀耳環、銀手鐲和銀項圈串起來的銀嫁妝；又像是遠嫁到草原的森林蒙古姑娘，在欣賞草原美景，她忘掉了自己新嫁娘的身分，變成了一個貪玩的小姑娘，在最短的距離內繞行出最長的觀光採花路線。河彎河套越繞越圓，越繞越長，最後注入盆地中央的一汪藍湖。泉河清清，水面上流淌著朵朵白雲。

盆地中央竟是陳陣在夢中都沒有見過的天鵝湖。望遠鏡鏡頭裏，寬闊的湖面出現了十幾隻白得耀眼的天鵝，在茂密綠葦環繞的湖中幽幽滑行，享受著世外天國的寧靜和安樂。天鵝四周是成百上千的大雁、野鴨和各種不知名的水鳥。五六隻大天鵝忽地飛起來，帶起了大群水鳥，在湖與河的上空低低盤旋歡叫，好像隆重的迎新彩隊樂團。泉湖靜靜，湖面上漂浮著朵朵白羽。

在天鵝湖的西北邊還有一個天然出口，將湖中滿溢的泉水，輸引到遠處上萬畝密密的葦塘濕地裏去了。

這也許是中國最後一個從未受人驚擾過的原始天鵝湖，也是中國北部草原邊境最後一處原始美景了。陳陣看得癡迷，心裏不由一陣陣驚嘆，又掠過一絲擔憂。一旦人馬進駐，它的原始美很快就會消失，以後的中國人再也沒有機會欣賞這樣天然原始的處子之美了。陳陣想，如果邊防公路通過他趴伏的地方就好了，這才是真正應該劃為禁區的地方。

烏力吉和畢利格一直在用望遠鏡細細搜尋目標。老人用馬靴尖輕輕點了點陳陣的小腿，讓他往小河右邊第三個河彎裏看。陳陣從夢境中半天沒醒過來，又問了一遍目標位置，才端著望遠鏡向小河望去。

在一個大半圓的河彎的岸邊，有兩隻落水的黃羊正在費力地登岸，後半身浸在水裏，後蹄好像是陷在泥裏，前蹄扒著岸，但已無力縱躍。在這個河彎的草地上躺著十幾隻大黃羊，肚膛已被豁開……陳陣仔細往河邊的高草搜索，心裏突然一陣狂跳：有幾條他已多日不見的大狼正伏在羊屍不遠處打盹。河彎裏的草較高，陳陣數不清草叢裏有多少狼。

烏力吉和畢利格還在搜索盆地的各個角落，把鏡頭對準了東南方的山坡，那裏的黃羊群早已被衝散，黃羊三三兩兩的在匆匆吃草，母羊的身旁大多帶著羊羔。陳陣看到一隻母羊正在低頭舔剛出生的黃羊羔子，一舔一抬頭，緊張得團團轉。黃羊羔在掙扎著站起來，只要羔子能站穩了，牠立即就會跑，快得連狗都追不上。但是這站起來的幾分鐘，恰恰是生死攸關的時刻。陳陣一時真不知道該怎麼辦，在如此開闊如此遠的距離內，究竟怎樣下手？是先打狼還是先打黃羊？

老人說：你瞧瞧狼敢在那兒睡大覺，就知道人拿牠沒辦法。這老遠，狼是打不著了。咱們一露面，狼和黃羊準都跑光。

烏力吉說：不過，那幾隻跑不動的羊就歸咱們了，正好當午飯。三人上馬向河邊跑去。人馬狗剛一露頭，狼群像颼颼的灰箭，分兵多路，向東邊大山方向逃竄，一會兒就消失在葦林後面了。黃羊一眨眼的工夫也都快速翻過山，只剩下幾隻陷在泥裏的羊和舔羔的母羊。

三人走近一個河套，從一個只有五六米的開口處走進去，河套只有一畝大，三面環水，小河寬約四五米，水深一米左右，清澈見底。有些河底是沙質的，有些是爛泥。河岸約一米多高，直上直下。有的河灣處有淺沙灘，河岸較緩。河灣草地上躺著十幾隻大小黃羊，多數羊的內臟腿肉已被吃掉，有一隻黃羊陷在泥裏不能動彈，還有幾隻羊在慢慢地蹬著腿，脖子上的傷口還在流血。畢利格老人說：早上黃羊來這兒喝水，讓狼群打了圍。

陳陣對狼群打圍的戰術已領教多次，但看到狼群利用三面環水的河套來打圍還是第一次。他騎在馬上細心地琢磨狼群的戰術。

烏力吉說：你看這群狼有多精。牠們一定是在頭天晚上就埋伏在河邊的草叢裏了，等黃羊群來河邊喝水的時候，一個衝鋒封住河灣的出口，就把圈裏的黃羊全堵在裏面了，多省事。一個河灣就是一個口袋，狼一扎口就是一整袋肉食。

畢利格老人笑道：這回你又見著了吧，騰格里又給狼幫忙了。你看這河灣，繞來繞去繞出多少個圍場來。我說狼是騰格里的寶貝疙瘩，沒錯吧？

陳陣說：這麼好的圍場真是找也沒處找去，沒想到這兒一下子出了幾十個，騰格里替狼想得太周到了。狼也真聰明，騰格里給了牠這些套，牠們馬上就會用，還用得這麼在行。

烏力吉說：狼打仗利用天氣和地形的本事比人強得多。

兩條大狗見到遍地的野味肉食，並不急於就餐，兩條傲狗對狼吃過的黃羊不屑一顧。巴勒毫不客氣地衝向一隻還未斷氣的整羊，牠按住黃羊脖子看了看畢利格，老人點點頭說：吃吧吃吧。巴勒低頭一口就讓黃羊斷了氣，然後從羊大腿上狠狠地撕下一大塊鮮肉，大嚼起來。

二郎見到這樣血腥的獵場，全身的鬃毛像狼一樣地豎了起來，殺心頓起，竟朝河邊陷在泥裏的兩隻活羊衝去，陳陣和老人同聲將牠喝住。二郎還不甘心，牠兩隻前爪踩在一隻死羊身上，墊高自己的身體，四處瞭望，終於看到不遠的河灣裏還有一隻活羊，便衝進水裏，游了過去。老人未讓陳陣阻攔，他說：這條狗野性大，讓牠殺殺野物，就不咬自家的羊了。

三人走向河邊。畢利格老人從馬鞍上解下來一捆皮繩，作了一個活套。陳陣脫靴挽褲下水，將活套套在黃羊脖子上，畢利格和烏力吉兩人一起把羊拽到岸上，按倒再紮緊四蹄。三人又將另一隻羊拖出血污狼藉的河灣，然後在乾淨的草地上選了一塊野餐地。

老人說：咱們吃一隻，再帶回去一隻。烏力吉拔刀殺羊，老人望了望四周山坡，便帶陳陣上山去尋找燒柴。

兩人騎馬來到西北面山裏的一條深溝裏，溝裏的坡上有大片野杏林，大部分樹還活著，一米多高的樹幹上，仍有不少燒焦枯死的樹杈。杏花剛謝，落英繽紛，山溝溢滿杏花的苦香，溝底是厚厚一層爛杏核。兩人掰了兩大抱乾柴，用皮繩拴緊，再騎馬拖到野餐地。烏力吉已經剝完羊皮，卸出大半隻羊的肉，還在河邊採摘了幾把野蔥和馬蓮韭。陳陣發現新草場的野韭菜竟有筷子那麼粗。

三人都給馬摘了馬嚼子，卸了馬鞍。三匹馬抖了抖身子，迫不及待地找到一處緩坡，走到河邊痛飲起來。畢利格樂了，連說：好水！好水！選夏季草場，頭一條就得選水啊。三匹馬直到撐圓了肚皮才抬起頭，慢慢走到草坡上大嚼嫩草，吃得連打響鼻。

草地上篝火燃起，天鵝湖畔純淨的空氣裏，第一次飄散出黃羊烤肉的香氣，還有帶著蔥鹽韭菜和辣椒屑的油煙氣味。離湖太近，湖邊還殘留不少未被野火燒掉的舊葦和一人多高的新葦，像一層葦牆遮住了水面，使陳陣無法一邊吃肉喝酒，一邊近近地欣賞天鵝和天鵝湖。

陳陣不斷翻動串在樹枝上的羊肉條羊肉塊，羊肉鮮活得好像還在跳動抽搐。他們三人天不亮就出發，跑到這會兒都已餓腸轆轆。陳陣就著嫩辣加鹽的山蔥野韭吃了一串又一串，又拿著老人的扁酒壺喝了一口又一口，完全陶醉在狼食野餐的美味美景之中了。他說：這是我第二次吃狼食，狼食真是天下第一美味。在狼打獵的地方吃狼食那就更香了。難怪古時候那麼多的皇帝喜歡來蒙古草原打獵。

畢利格老人和烏力吉，直接握著一條黃羊腿在火上轉烤，烤熟一層就用刀子片下來吃一層，再用刀在肉上劃幾道口子，撒上鹽、蔥花和一點點辣椒屑，繼續轉烤。老人胃口大開，吃了一層又一層，他仰脖灌了一口酒說：有這群狼替咱們看這片新草場，我就放心了。再過二十多天，等羊羔能走遠道了，全隊搬過來，就這麼定了吧。

烏力吉用肉片捲了幾根山蔥野韭咬了一口，說：全隊都能跟你來？老人說：黃羊和狼都來了，人還能不來嗎？草不好，黃羊能來嗎？黃羊不多，狼群能來嗎？我把那隻黃羊帶回去，明天就在我家開大隊幹部會，請大夥吃頓黃羊肉包子。他們要是知道這兒的水好，還是活水，各組都要爭著來了。夏季草場光草好還不成，還得水好。夏天最怕的就是死水泡子，水少水髒，牲畜喝了得病。夏天抓水膘，水不好還抓什麼水膘啊。

烏力吉說：要是還有不同意見，我就再跑一趟，把他們帶來再看一看。

老人呵呵地笑了幾聲，說道：用不著了。我是頭狼，我一來，全隊的大狼小狼準跟著來。跟著頭狼走，從來不吃虧。老人又望著陳陣問：你跟著阿爸走了這些趟，吃過虧嗎？

陳陣大笑：跟著阿爸大狼王，淨吃香的喝辣的了。楊克他們都爭著想跟您出門呢。

烏力吉說：那就一言爲定。我回場部開會準備遷場。這些年上面下達的任務快把我壓得喘不過氣來了，咱要是開出這片新草場，就可以鬆快四五年了。

陳陣問：要是再過四五年，咱們牧場還有沒有可以開發的荒草場了？

沒有了。烏力吉的眼神黯淡下來。北邊是邊境線，西面和南面是別的公社。往東北去，山太陡又大多是石頭山，我已經去過兩次，再沒有可以利用的草場了。

陳陣又問：再往後怎麼辦？

烏力吉說：只有控制牲畜數量，提高質量。比如說，發展新疆改良羊。改良羊比本地羊出毛量多兩倍，毛質好，價格要比本地羊毛高三倍。一斤本地毛才一塊多錢，一斤改良羊毛四塊多錢，你算算這要差多少，羊毛可是咱們場最主要的收入來源啊。

陳陣贊同說這是個好法子。但烏力吉卻嘆口氣說：中國人口多，我估摸著，再過幾年，咱們牧場的草場還是不夠。等我們這些老傢伙退休以後，真不知道往後你們怎麼辦！

畢利格老人瞪眼說：你還得跟上面多反應，不能再給牧業隊壓數了，再加下去，天要黃了，地要翻個了，沙該埋人了。

烏力吉搖頭說：誰聽你的？現在是農區幹部掌權。農區幹部是比牧區幹部文化水平高，漢話也講得俐落。再說如今牧區幹部一個個也都爭著打狼，比牲畜數量，不懂草原的本地幹部，反而提拔得快。

三匹馬都已吃撐了，平著脖子閉目小憩。二郎也回來了，渾身濕淋淋，滿頭是血，肚皮吃得像個擠奶桶，在離人還有十幾步的地方站住不動了。巴勒好像知道牠去幹什麼了，瞪著滿眼的懷疑和妒火，不一會兒，兩條大惡狗便掐了起來，陳陣和老人急忙跑過去，才將兩條狗分開。

烏力吉又帶兩人巡視了半個盆地草場，一邊與畢利格商量著安排全隊四個小組營盤的地點。陳陣一路上貪婪地欣賞眼前的美景，懷疑自己是不是來到了草原中的伊甸園，或是伊甸園中的草原？他真想就此留下不走了。

回到原地，三人動手殺羊剝皮卸肉。陳陣望著河彎裏成片的黃羊血屍，心裏忽然空落落地傷感起來，剛踏上這片草地時感受到的那種幽靜、浪漫的氣息，此時已被滿手的血腥氣掩蓋了。陳陣悶悶地想了一會，忍不住問老人：狼群在冬天殺黃羊是爲了留著開春吃，可牠們在夏天殺那麼多的黃羊幹什麼呢？那幾個河灣裏好像還有不少死羊呢。過幾天不都臭爛了，沒法吃了嗎？狼太喜歡濫殺了。

老人說：狼群殺那麼多的黃羊，不是爲了好玩，也不是爲了抖威風，牠們是爲了給狼群裏的老弱病殘留食。老虎花豹爲啥在蒙古草原站不住腳？狼群爲啥就能霸住草原？就是因爲狼群比老虎花豹抱團齊心。老虎打了食就顧自個兒吃，不顧妻兒老小。狼不是，狼打食想著自個兒也想著狼群，還想著跟不上狼群的老狼、瘸狼、半瞎狼、小狼、病狼和產崽餵奶的母狼。

你別看黃羊倒了一大片，今兒晚上頭狼一嗥，半個額侖草原的狼，還有跟這群狼沾親帶故的狼都會上這兒來，一晚上就把這些羊都吃完了。狼想著別的狼，別的狼也想著牠，狼群才抱團；狼群抱團，打起仗來才厲害。有時候狼王一聲嗥，能調來上百條狼集體打仗。聽老輩的人說，原來草原上也有老虎，後來全讓狼群趕跑了。狼可比人顧家，比人團結。

老人又嘆了一口氣說：蒙古人只有在成吉思汗那會兒，學狼學得最到家，蒙古各個部落抱成了一個鐵軲轆，一捆箭，人雖少，可力量大，誰都樂意爲蒙古、草原母親捨命，要不咋能打下多半個世界？後來蒙古人敗就敗在不團結上面了。兄弟部落黃金家族互相殘殺，各個部落像零散的箭一樣，讓人家一支一支地撅斷了。人心不如狼心齊啊，狼打仗的本事還好學，可狼的齊心就難學了，蒙古人學了幾百年還出不了師。不說了，一說我心口就疼哩……

陳陣望著美的讓人心顫的天鵝草場，陷入深深的沉思。

老人將剔出來的黃羊肉，用黃羊皮包好，再裝進兩個麻袋裏。陳陣替老人備好馬鞍，老人和烏力吉各將一個麻袋馱在馬鞍後面，用馬鞍上的鞍皮條拴緊紮牢。三匹馬向大隊營盤方向奔去。

第八章 草原邏輯

他們就像一隻狼——匈奴人的獸祖（「圖騰」——原注）」。

……

我們知道突厥——蒙古民族的古代神話中的祖先是一個狼。據《蒙古秘史》記載，蒙古人的神祖是一個蒼色的狼；據《烏古思史記》，突厥人的神祖是一個灰色的狼：「從一條光芒之中出來了一個巨大的灰色毛和鬃的雄狼。」

——（法）勒尼·格魯塞《草原帝國》

上級機關對額侖寶力格牧場軍馬群事故的處理決定已下達到牧場。負責全場生產的烏力吉記行政大過一次，並撤消牧場三結合領導班子成員職務，下放到基層勞動鍛鍊。巴圖、沙茨楞等四位馬倌各記大過一次，撤消巴圖的民兵連長一職。另一份任命也下達到場，已辦完轉業手續的包順貴，被任命爲牧場領導班子第一把手，負責全場革命與生產的全面工作。

烏力吉離開了場部，包順貴和張繼原陪他去牧業大隊。烏力吉的行李只有一個小挎包，比獵人出獵時帶的行囊還要小。文革前，烏力吉就喜歡把場長辦公室放在牧業隊或牧業組。他在牧業隊有自己的四季蒙袍蒙靴，一直由幾個蒙古包的主婦替他保管和縫補。多年來，他下不下放，都在下面；他有職無職，都在盡職。烏力吉的威信和影響依然如故，但是，此時他出行的速度卻降了一半。烏力吉騎的是一匹老白馬，已到春末這個時令，老馬還怕冷，身上的毛尚未脫落，就像一個到初夏還焐著棉襖的老人。

張繼原想把自己的快馬換給烏力吉，烏力吉不同意，並催他快馬快走，不要陪他耽誤工夫了。張繼原到場部為大隊的馬倌領電池，返隊剛出場部的時候，遇到了兩位新舊領導，便陪護著烏力吉上路了。當他知道烏力吉要住到畢利格老人家裏，心裏稍稍感到放心。

包順貴騎的是烏力吉原先的專騎，高大強壯的黃驃馬，薄薄一層新毛像黃緞一樣光滑亮澤，包順貴需要經常勒緊馬嚼子，才能讓烏力吉與他並肩而行。黃驃馬不斷地掙嚼子，牠對這位新主人經常頓牠腰的騎術很不習慣。有時牠會有意慢行，用頭去輕輕蹭磨身旁老主人的膝蓋，並發出哀哀的輕嘶。

包順貴說：老烏啊，我已盡了最大的努力，希望你留在領導班子裏。我不懂牧業，從小在農村長大，上面非讓我負責這麼大的一個牧場，我心裏真是沒底。

烏力吉不停地用馬靴後跟磕馬，額頭已冒出一層細密的汗珠。騎老馬，人很累，馬也累，張繼原用馬鞭子不停地幫他趕馬。烏力吉伸出手拍了拍黃驃馬的馬頭，讓牠安靜下來，一邊對包順貴說：這樣處理已經算是照顧我了，只定性為生產事故，沒算作政治問題。這次事故影響太大，不撤了我，沒法向各方面交代。

包順貴一臉誠懇地說：老烏，我來了快一年了，這牧業是比農業難整，要是再出一兩次大事故，我這個主任也當不長……有些人非要讓你去基建隊，是我堅持讓你去二隊的，我覺著你懂牧業，住在畢利格那兒我心裏踏實，哪兒出了差錯，我也好隨時找你請教。

烏力吉臉色開朗了許多，問道：二大隊進新草場的事，場革委會定下沒有？

定下了，包順貴說。場部決定這件事由我總負責，由畢利格具體負責，什麼時候進場，怎麼安排營盤，分配草場，全由畢利格定。場部反對意見不少吶，路太遠，山裏狼多，蚊子多，什麼設施也沒有。萬一出了什麼問題，我得負主要責任啊，所以我決定跟你們一起下去。我還要帶基建隊去，蓋藥浴池，羊毛倉庫，臨時隊部和臨時獸醫站，還要把幾段山路修一修。

烏力吉哦了一聲，若有所思地出了一會神。

包順貴說：這件事還是你的功勞，你看得遠。全國都沒牛羊肉吃啊，今年上面又給咱們場加了任務，四個大隊都叫喚草場不夠，再不開闢新草場，今年的任務就完不成了。

烏力吉說：羊羔還小，進場還得等些時候，這幾天你打算幹什麼？

包順貴毫不含糊地說：抽調好獵手，組織打狼隊，集中射擊訓練。我已經向上面要來不少子彈，非得把額侖草原的狼害滅了不可。最近我看了牧場十年的損失報表，全場每年一大半的損失是由狼災造成的。超過了白災、旱災和病災。要想把咱們牧場的畜群數量搞上去，得抓兩件事，第一是打狼，第二是開闢新草場。新草場狼多，要是治不住狼，新草場咱們也開不出來。

烏力吉打斷他：那可不成。狼造成的是損失，可滅了狼，牧場就不是損失了，就要遭大禍，以後補都補不回來。

包順貴抬頭望了望天，說：我早就聽說，你和畢利格，還有一些老牧民淨替狼說話，今兒你就敞開說吧，不要有顧慮……

烏力吉清了清嗓子說：我有什麼顧慮，我顧慮的是草場，祖宗留下的這麼好的草場別毀在我的手裏。狼的事，我已經說了十幾年了，還要說下去……我接手牧場十幾年，畜群數量只翻了一倍多，可上交的牛羊要比其他牧場多兩倍。最主要的經驗是保護草場，這可是牧業的本。

保護草場難啊，最要緊的是嚴格控制草場的載畜量，特別是馬群的數量。牛羊會反芻，晚上不吃草。可馬是直腸子，最費草，馬不吃夜草不肥，馬白天吃晚上吃，一天到晚地吃，一天到晚地拉。一隻羊一年需要

二十畝草場，一匹馬一年至少需要二百多畝。馬蹄最毀草場，一群馬在一塊地停上十天半個月，這塊地就成了沙地，廢了。夏天雨水多，草長得快，除了夏天之外，每個牧業點必須每隔一個多月就搬一次家，勤著遷場，不准紮在一個點啃個沒完。

牛群也毀草場，這牛吶，有個大毛病，每天回家，不會散著群往家走，偏喜歡一家子排著隊走。牛個大體重，蹄子又硬，走不了幾天，就把好好的草場踩出一條條沙道，要是不經常搬家，蒙古包旁邊一兩里地就全是密密麻麻的沙道沙溝了。再加上羊群天天踩，用不了兩個月，營盤周圍方圓一兩里地就寸草不長了。游牧游牧，就是為了能讓草場老能喘口氣。草場最怕踩，最怕超載，超載就是狠啃狠踩。

烏力吉看包順貴聽得仔細，就一口氣說下去：還有，保護草場關鍵一條經驗，就是不能過分打狼。草原上毀草的野物太多了，最厲害的是老鼠，野兔，旱獺和黃羊。這些野物都是破壞草場的大禍害。沒有狼，光老鼠和野兔幾年工夫就能把草原翻個兒。可狼是治牠們的天敵，有狼在，牠們就翻不了天。草場保護好了，牧場抗災的能力也就大了。

比方說白災吧，咱們牧場遇上白災的年份比較多，別的公社牧場有時一場大白災，牲畜就得損失一大半。可咱們場就沒有太大的損失。什麼原因？就是咱們場的草勢旺，每年秋天都能打下足夠的青乾草，這些年又添了畜力打草機，用不了一個月，就能把全場備災的乾草打足。草勢旺草就高，一般大雪蓋不住草；草場好，水土不流失，泉眼小河不乾，就是遇上大旱，人畜都有水喝。草好牛羊就壯，這些年咱們牧場從來就沒有發生過病災。牧場生產上去了，也有力量添置機械設備，打井蓋圈，增加抗災能力。

包順貴連連點頭說：有道理，有道理。保護草場是搞好牧業的根本，我記住了。我可以經常帶幹部下大隊，親自逼牧民按期搬家遷場，讓馬倌一天二十四小時跟著馬群，讓馬群在山裏轉悠，不准停在一塊地界上亂刨亂啃。我還要每個月檢查各隊各組的草場，哪個組的草場啃過頭了，我就扣他們的工分。哪個組的草場保護得好，我就要給他們發重獎，給他們評先進。我用部隊嚴格管理的方法，我不信管不好額侖草原……可是依靠狼群來保護草場，我還是想不明白。狼有這麼大的作用嗎？

烏力吉見包順貴真像是聽進去了，臉上露出了笑容，繼續說：你真不知道，一窩老鼠一年吃的草，比一隻大羊吃的草還要多，黃鼠秋天還要叼草進洞，儲備半年多冬季的吃食。我在秋天挖開過幾個鼠洞，裏面有幾大抱草，還全是好草和草籽。黃鼠繁殖能力最強，一年下四五窩，一窩十幾隻，一年一窩變十窩。你算算一窩黃鼠加上小窩變大窩，一年要吃掉多少隻羊的飼草？野兔也一樣，一年下幾窩，一窩一大堆。旱獺獺洞你也見過了，旱獺能把一座山掏空。我大概算了算，這些野物一年吃的草，要比全場十萬牲畜吃的草還要多幾倍。咱們牧場這麼大，面積相當內地的一個縣，可人口只有不到一千人，要是知青不來的話，全場的人口連一千都不到。就這麼一點人，要想滅掉幾百萬的鼠兔旱獺黃羊能辦得到嗎？

包順貴說：可是這一年多我沒見著幾隻野兔，除了場部附近老鼠比較多，別的地方我也沒見多少黃鼠啊，獺子獺洞倒是見了不少。就是黃羊太多了，上萬隻一群的大黃羊群，我見著過好幾次，我還用槍打死過三四隻呢。黃羊倒是一大禍害，啃起草來真讓人看著心疼。

烏力吉說：額侖的草場好，草高草密，把黃鼠和野兔都遮住了，你不仔細看是看不見的。到了秋天你就能見著，草原上到處都是一堆堆的草堆，那是黃鼠的曬草堆，曬乾了再叼進洞。黃羊還不算最厲害，牠們光吃草，不打洞刨沙。可黃鼠、野兔和旱獺，牠們又吃草又能打洞又特別能下崽，要是沒有狼群，用不了幾年，這些野物就能把額侖草原吃光掏空，整個兒變成沙地沙漠。你要是非要可勁打狼，再過三五年，你這個主任真就當不成了。

包順貴嘿嘿一笑說：我只知道貓抓鼠，鷹抓鼠，蛇也吃鼠，可從來沒聽說過狼會抓鼠。連狗拿耗子都是多管閒事，狼還會管那點小事嗎？狼是吃羊吃馬的，老鼠這點肉還不夠牠塞牙縫的呢，狼怎麼會抓老鼠吃，我真的不信。

烏力吉嘆道：你們農區來的人就是弄不清這件事，你們要是不調查研究，真要誤大事。我是在草原長大的，我太瞭解狼了。狼是愛吃牛羊馬黃羊這些大傢伙，可是牛羊馬有人看管，弄不好吃不著牛羊還得把自個兒的小命搭上，黃羊腿快也不容易抓著，比較起來，就數黃鼠好抓。從前草原上的窮人，在荒年的時候也是靠吃鼠肉活命的。我小時候當奴隸，吃不飽的時候，也常常抓黃鼠吃，草原黃鼠個大肉肥，小的有一紮長，二三兩重，個大的有一尺長，一斤多重，吃上三四隻就能飽。抓多了吃不完，就剝了皮，曬鼠肉乾，也很好吃，還可以儲存。你要是不信，等有空了，我抓幾隻烤好了讓你嚐嚐，那肉又細又嫩，當年蘇武，還有成吉思汗，在草原上都吃過鼠肉的。

包順貴面露窘色。烏力吉不看他，只管說下去：有一年，一位領導到邊防站視察，他是廣東人。那天我正好到邊防站談軍民聯防的工作，他問我草原上的大鼠好不好吃，我說很好吃，他一聽就說，今天中午不吃別的，你們就拿鼠肉招待我吧。我帶了一個牧民民兵到草地上找了幾個大鼠洞，又提了水桶往裏面灌水，不到一小時就抓回來十幾隻大鼠，鼠皮一剝就是一身的肥白肉，那位領導一看就說好。中午，我們三人美美地吃了一頓烤鼠肉，把全站的官兵都看傻了，聞著香就是不敢吃。那位領導說，草原乾淨，草更乾淨，吃草原上的青草和草籽長胖的鼠也最乾淨，他還說，這是他吃過的最香最好吃的鼠肉，比廣東的鼠肉好吃多了。要是拿到廣東去賣，非搶瘋了不可。可惜廣東太遠，火車上不准運活鼠，要不然，每年內蒙古可以向廣東提供多少活鼠啊，既可以幫助草原滅鼠，又增加一筆大收入，還可以給廣東增加高級肉食……

包順貴笑起來：有意思，咱們牧場要是把草原大鼠賣給廣東，沒準要比賣羊毛羊肉的收入還要多呢。那，黃鼠好抓嗎？

烏力吉說：好抓！可以用水灌，用繩子套，用鐵鍬挖，最簡單的辦法就是訓練幾條抓鼠狗。草原上的狗都喜歡抓老鼠玩，母獵狗教小狗抓野物，就先教抓鼠。草原上的狗有牛羊肉吃，牠們從來不吃老鼠。可是狼在吃食上，就不像狗那麼有保障了，草原鼠又肥又大又好抓，所以春夏秋三季，黃鼠就成爲狼的主要食物。

有一年我們抓生產抓得緊，牧民的責任心也很強，狼群總是找不到下手掏羊掏馬的機會。後來我和牧民打了幾條狼，我發現狼還挺壯，心裏納悶，剖開狼的肚子一看，裏面儘是大鼠，鼠肉爛了，可鼠頭鼠尾不爛，我數了一條狼肚子裏的黃鼠，足足有二十多個鼠頭和二十多條鼠尾，還有一隻旱獺的碎頭。你說一條狼一年要吃多少黃鼠？每次旗盟或自治區的領導來，我都要跟他們講這件事。跟他們說，狼是草原滅鼠的大功臣。可是他們就是不太相信，要轉變農區人對狼的老看法真叫難啊。

張繼原越聽越來勁，忍不住插話說：我當了兩年馬倌，經常看到狼抓鼠，追得塵土飛揚。狼抓黃鼠比狗還要有本事。狼抓黃鼠一是靠淌，狼常常到黃鼠最多的草地裏，到處亂淌，一碰到黃鼠就竄過去，一巴掌把黃鼠打得認不得自家的洞了，然後一口吞進肚裏。淌個十幾回，狼就能吃個半飽了。二是靠挖洞，狼是草原上挖洞高手，狼一見大黃鼠鑽進洞裏，幾條狼就合夥挖洞守洞，不一會兒就能把一窩黃鼠全挖出來吃掉。

烏力吉說：母狼和小狼最喜歡抓鼠吃。小狼斷奶以前，母狼要教小狼抓活物，也是先教小狼抓鼠。母狼還帶著小狼的時候，一般不會跟大狼群外出打獵。小狼長到一尺多長，剛會小跑的時候最怕人，獵人只要發現母狼帶著一群小狼在野地上打獵，一槍把母狼打死，那群小狼就一個也跑不掉，獵人就可以像抓羊羔一樣地把一群小狼都抓住。所以小狼還沒長大的時候，母狼就得把小狼帶到遠離人畜的地方。遠離了人畜，小狼倒是安全了，可就吃不到牛羊了，那母狼和小狼靠什麼活命呢？除了公狼頭狼給牠們帶回一些大獵物的肉和骨頭，母狼和小狼主要就得靠吃黃鼠和旱獺了。

烏力吉側頭看看包順貴，見他沒有不耐煩，便又說了下去：這段時間，母狼就帶著一群小狼，在沒人的安全地方抓大鼠吃，一來可以教小狼學習抓活物的本事；二來可以餵飽小狼的肚子。小狼長到兩尺多長時候的一段時間裏，還是跟不上大狼群東奔西跑幾十里。牠們就得靠自己抓鼠吃飽肚子。我見過一群小狼抓黃鼠，小狼一邊玩一邊追，追得像在草地上起了風沙，比貓抓老鼠還好看，到處都是黃鼠吱吱的叫聲。到夏天，又是小兔子剛會跑的時候，小兔哪有小狼跑得快，所以小狼又是吃小兔的能手。一窩小狼七八隻，十幾隻，牠們要吃掉多少黃鼠和小野兔才能長成大狼？

還有，烏力吉又加重語氣說：沒有狼群，草原上的人和牲畜要是碰上大災就麻煩了。草原上出現幾百年不遇的大白災的時候，牲畜成片死亡，雪化以後，草原上到處都是死畜，臭氣薰天，如果死畜不及時埋掉，很可能爆發瘟疫。草原上出了大瘟疫，半個旗的人畜都保不住命。可是如果狼群多，狼群就會很快把死畜處理乾淨，草原上狼多的地方就不會發生大瘟疫，額侖草原就從來沒有出過大疫情。古時候，草原上戰爭頻繁，一場大戰下來，人馬一死就是幾千幾萬，那麼多的屍體誰來處理？還得靠狼群。老人們說，草原上要是沒有狼，蒙古人早就瘟死絕了。額侖草原一直水清草旺，多虧了狼群。沒有狼，額侖草原哪有這麼興旺的牧業。南面那些公社，狼打光了，草場馬上就毀了，牧業再也上不來了……

包順貴一言不發。三匹馬走上了一個坡頂，坡下的草甸一片新綠，草香花香，還有陳草的酵香撲面而來。停在半空清唱的百靈子，突然垂直地飛落到草叢裏，又有更多的百靈鳥，從草叢中直飛藍天，急搧翅膀，停在半空接唱對歌。

烏力吉深深地吸了一口氣說：你們看，這片草場多好看，跟幾千年前一模一樣，這是中國最美的一片天然草原了。草原人和草原狼爲了守住草原，打了幾千年的仗，才把這片草原原封不動地保存下來，它可千萬不能亡在咱們這些人的手裏。

張繼原說：您應該給各個牧業隊的知青辦個學習班，好好講講草原學和狼學。

烏力吉神色黯然地說：我是個下臺幹部，哪有資格辦學習班啊。你們還是多向老牧民學習吧，他們懂得比我還要多。

又翻過一個山坡，包順貴終於開口：老烏啊，你對草原的感情誰也不會否認，你這十幾年的成績更不能否認。但是，你的思想趕不上趟了，你說的事都是從前的事，現在時代不同了，都到了中國原子彈爆炸的時代，還停留在原始時代想問題，是要出大問題的。我到這個牧場，也想了很長時間，咱們一個牧場，比內地一個縣的面積還大，可是只養活了千把人，還沒有內地的一個村子的人多呢。這是多大的浪費！

要想給黨和國家多創造財富，就一定要結束這種落後的原始游牧生活。前些日子我也做了一些調查，咱們場的南面有不少黑沙地，有好幾大塊，每塊地都有幾千畝，還有一塊地有上萬畝。我用鐵鍬挖過，那裏的土很厚，有兩尺多深，這麼好的地用來放羊太可惜了。我到盟裏開會的時候，徵求過一個自治區農業局專家的意見，他說這種地完全可以用來種小麥，只要不是大面積連片開墾就沒事，幾百畝、一兩千畝的小規模開墾，是不會造成沙害的。

包順貴見烏力吉不吭氣，又接著說：我還調查了水，那裏的水也方便，挖條小渠就能把河裏的水引來澆地。咱們牧場有的是牛羊糞，那都是上好的肥料。我敢說，要是在那兒種小麥，頭一年我就能讓畝產過黃河，不出幾年，咱們牧場的農業產值就上來了，以後沒準還能超過牧業。到那時，不光全場人畜的糧食和飼料可以自給，而且可以支援國家。現在全國的糧食這麼緊張，在我老家，戶戶糧食不夠吃，家家一年至少缺三個月的口糧。到了牧場，我看著這麼好的黑土地荒著，一年就讓牛羊在這些地上吃一個多月的草，我真心疼啊。我打算先開幾塊地試驗試驗，等成功以後再大搞。聽說南邊幾個公社牧場草場不夠，牧業維持不下去了，他們決定劃出部分厚土地來搞農業。我覺得這才是內蒙草原的出路。

烏力吉臉色驟變，他長嘆道：我早就知道會有這麼一天的。你們老家的人先是不顧草場的載畜量，拚命發展牲畜的數量，還拚命打狼，等把草場啃得不長草了，就墾地種糧。我知道你們老家幾十年前也是牧區，改成農區才十幾年，家家的糧食都不夠吃。這裏已經是邊境，等什麼時候你把這片好牧場也墾成你老家那樣，我看你還能往哪兒墾？新疆大沙漠比內地一個省的面積還要大，戈壁上全荒無人煙，你說是不是浪費土地？

包順貴說：這個你盡可放心，我會吸取我老家的教訓的，一定嚴格劃清可開墾的地和不可開墾的地的。全牧不成，全農也不成，半農半牧最好。我會儘量保護好草場，搞好牧業的。沒有牧業，農業就沒有肥料。莊稼一枝花，全靠糞當家。沒有了牛羊糞，糧食產量從哪來？

烏力吉生氣地說：等農民一來，他們見了土地，到時候誰也管不住了。就算你這一代能控制，到下一代你還能控制嗎？

包順貴說：一代人管一代事，下一代事我就管不著了。

烏力吉說：那你還是要打狼囉？

包順貴說：你就是打狼不堅決才犯了大錯，我可不想走你的老路。要是再讓狼幹掉一群馬，我也跟你一樣下場。

遠處已見營盤的炊煙。包順貴說：場部那幫人太勢利眼了，他們給了你這麼一匹老馬，多耽誤工夫。又回頭對張繼原說：小張，你回馬群一定要給老烏換一匹好馬，告訴巴圖就說是我說的。

張繼原答道：到了大隊，誰都不會讓烏場長騎賴馬的。

包順貴說：我的事太多，就先走一步了。我到畢利格家等你，你慢慢走吧。說罷，便一鬆嚼子，狂奔而去。

張繼原勒緊嚼子，跟在那匹慢吞吞的老馬身旁，對烏力吉說：老包對您還是不錯的。我聽場部的人說，他給上面打了好幾次電話，要求把您留在領導班子裏。可是，他當兵出身，有不少軍閥習氣，你可別生氣。

烏力吉說：老包幹工作有衝勁，雷厲風行，經常深入第一線，要是在農區，他一定是把好手。可是到了牧區，他的幹勁越大，草原就越危險。

張繼原說：如果是我剛來草原那會兒，我肯定會支持老包的觀點，內地農村有不少人餓死，草原上卻有那麼多土地閒著。知青中支持他的人還不少呢。可現在，我不那麼看了。我也認爲您說的道理更有遠見。農耕民族不懂草原的載畜量，不懂土地的載人量，更不懂大命和小命的關係，陳陣說，草原千百年來有一種樸素的草原邏輯，是符合客觀發展規律的。他認爲滿清前期和中期二百年的草原政策是英明的，草原就不能讓農區的人大量進入，這會付出加倍慘重的代價。

烏力吉對「草原邏輯」這個詞很感興趣，念叨了幾遍就記下了。然後接著說：到清朝後期，草原政策頂不住內地的人口壓力，還是執行不下去了，草原就一步步向北縮，再往西北縮，快要和大戈壁碰頭了。要是長城以北都成了大沙漠，北京怎麼辦？連蒙古人都心疼著急，北京從前是蒙古人的大都，也是當時世界的首都啊……

張繼原看見馬群正在不遠處的井臺飲水，便急著向井臺跑去。他要給烏力吉老場長換一匹好馬。

第九章　小狼的生死

漢朝與唐朝統治全亞洲的幻夢是被十三——十四世紀時的元朝皇帝，忽必烈與鐵木耳完澤篤，為古老的中國的利益而把它實現了，將北京變成為俄羅斯、突厥斯坦、波斯、小亞細亞、高麗、西藏、印度支那的宗主國首都。

……

統治人的種族，建立帝國的民族為數並不多。能和羅馬人相提並論的是突厥——蒙古人。

——（法）勒尼・格魯塞《草原帝國》

陳陣不停地攪著稠稠的奶肉粥，粥盆裏冒出濃濃的奶香肉香和小米的香氣，饞得所有的大狗小狗圍在門外哼哼地叫。

陳陣這盆粥是專門爲小狼熬的，這也是他從嘎斯邁那裏學來的餵養小狗的專門技術。在草原上，狗崽快斷奶以前和斷奶以後，必須馬上跟上奶肉粥。嘎斯邁說，這是幫小狗長個頭的竅門，小狗能不能長高長壯，就看斷奶以後的三四個月吃什麼東西，這段時間是小狗長骨架的時候，錯過了這三四個月，以後餵得再好，狗也長不大了。餵得特別好的小狗要比隨便餵的小狗，個頭能大出一倍，餵得不好的小狗以後就打不過狼了。

一次小組集體拉石頭壘圈的時候，嘎斯邁指著一條別家的又瘦又矮，亂毛乾枯的狗悄悄對陳陣說，這條狗是巴勒的親兄弟，是一個狗媽生出來的，你看牠倆的個頭差多少。陳陣真不敢相信，狗裏面也有武松和武大郎這樣體格懸殊的親兄弟。在野狼成群的草原，有了好狗種還不行，還得在餵養上狠下功夫。因此，他一開始餵養小狼就不敢大意，把嘎斯邁餵狗崽的那一整套經驗，全盤挪用到狼崽身上來了。

他還記得嘎斯邁說過，狗崽斷奶以後的這段時間，草原上的女人和狼媽媽在比賽呢。狼媽拚命抓黃鼠、獺子和羊羔餵小狼，還一個勁地教小狼抓大鼠。狼媽媽都是好媽媽，牠沒有爐子，沒有火，也沒有鍋，不能給小狼煮肉粥，可是狼媽媽的嘴就是比人的鐵鍋還要好的「鍋」。牠用自己的牙、胃和口水，把黃鼠旱獺的肉化成一鍋爛呼呼溫呼呼的肉粥，再餵給小狼，小狼最喜歡吃這種東西了，小狼吃了這樣的肉粥長得像春天的草一樣快。

草原上的女人要靠狗來下夜掙工分，女人們就要比狼媽媽更盡心更勤快才成。草原上懶女人養賴狗，好女人養大狗。到了草原，只要看這家的狗，就知道這家的女人是好是賴啦。後來陳陣就經常猛誇巴勒，誇得嘎斯邁笑彎了腰。陳陣一直想餵養出像巴勒一樣的大狗，此時他更想餵養出一條比狼媽餵養的更大更壯的狼。

自從養了小狼，陳陣一下子改變了自己的許多生活習慣。張繼原挖苦說，陳陣怎麼忽然變得勤快起來，變得婆婆媽媽的，心比針尖還細了。陳陣覺得自己確實已經比可敬可佩的狼媽和嘎斯邁還要精心。他以每天多做家務的條件，換得高建中允許他擠牛奶。他每天還要為小狼剁肉餡，既然是長骨架光餵牛奶還不夠，還得再補鈣。他小時候曾被媽媽餵過幾年的鈣片，略有這方面的知識，就在剁肉餡的時候剁進去一些牛羊的軟骨。有一次，他還到場部衛生院弄來小半瓶鈣片，每天用擀麵杖擀碎一片拌在肉粥裏。這可是狼媽媽和嘎斯邁都想不到的。

陳陣又嫌肉粥的營養不全，還在粥裏加了少許的黃油和一丁點鹽。粥香得連陳陣自己都想盛一碗吃了，可是還有三條小狗呢，他只好把口水咽下去。

小狼的身子骨催起來了，牠總是吃得肚皮溜溜圓，像個眉開眼笑的小彌勒，真比秋季的口蘑長勢還旺、身長已超過小狗們半個鼻子長了。陳陣第一次給小狼餵奶肉粥的時候，還擔心純肉食猛獸不肯吃糧食。肉粥肉粥，但還是以小米為主。結果大出意外，當他把溫溫的肉粥盆放到小狼的面前的時候，小狼一頭扎進食盆，狼吞虎咽，興奮得呼呼喘氣，一邊吃一邊哼哼，直到把滿盆粥吃光舔淨才抬起頭來。陳陣萬萬沒有想到狼也能吃糧食，不過他很快發現，小狼決不吃沒有摻肉糜和牛奶的小米粥。

小狼的肉奶八寶粥已經不燙了。陳陣將粥盆放在門內側旁的鍋碗架上，然後輕輕地開了一道門縫，再貼身擠出了門，又趕緊把門關上。除了二郎，一群狗和小狼全都撲了過來。黃黃和伊勒都將前爪搭到陳陣的胸前，黃黃又用舌頭舔陳陣的下巴，張大嘴哈哈地表示親熱。三條小胖狗把前爪搭在陳陣的小腿上一個勁地叼他的褲子。小狼卻直奔門縫，伸長鼻子順著門縫，上上下下貪婪地聞著蒙古包裏的粥香，還用小爪子摳門縫急著想鑽進去。

陳陣感到自己像一個多子女的單身爸爸，面對一大堆自己寵愛的又嗷嗷待哺的愛子愛女們，真不知道怎樣才能顧了這個，又不讓另一個受冷落。他偏愛小狼，但對自己親手撫養的這些寶貝狗們，哪一個受了委屈他也心疼。他不能立即給小狼餵食，先得把狗們安撫夠了才成。

陳陣把黃黃伊勒挨個攔腰抱起來，就地懸空轉了幾個圈，這是陳陣給兩條大狗最親熱的情感犒賞，牠們高興得把陳陣下巴舔得水光光黏呼呼。接著，他又挨個抱起小狗們，雙手托著小狗的胳肢窩，把牠們一個個地舉到半空。放回到地上後，還要一個一個地摸頭拍背撫毛，哪個都不能落下。

這項對狗們的安撫工作是養小狼以後新增加的，小狼沒來以前就不必這樣過分，以前，陳陣只在自己特別想親熱狗的時候才去和狗們親熱。可小狼來了以後，就必須時時對狗們表示加倍的喜愛，否則，狗們一旦發現主人的愛已經轉移到小狼身上，狗們的嫉妒心很可能把小狼咬死。

陳陣真沒想到在游牧條件下，養一條活蹦亂跳的小狼，就像守著一個火藥桶，每天都得戰戰兢兢過日子。這些天還是在接羔管羔的大忙季節，牧民很少串門，大部分牧民還不知道他養了一條小狼，就是聽說了也沒人來看過。可以後怎麼辦？騎虎難下，騎狼更難下。

天氣越來越暖和，過冬的肉食早在化凍以後割成肉條，被風吹成肉乾了。沒吃完的骨頭也已被剔下了肉，風乾了。剩下的肉骨頭，表面的肉也已乾硬，雖然帶有像霉花生米的怪臭味，仍是晚春時節僅存的狗食。陳陣朝肉筐車走去，身後跟著一群狗，這回二郎走在最前面，陳陣把牠的大腦袋夾摟在自己的腰胯部。二郎通點人性了，牠知道這是要給牠餵食，已經會用頭蹭蹭陳陣的胯，表示感謝。陳陣從肉筐車裏拿出一大筐籮肉骨頭，按每條狗的食量分配好了，就趕緊向蒙古包快步走去。

小狼還在撓門，還用牙咬門。養了一個月的小狼，已經長到了一尺多長，四條小腿已經伸直，有點真正的狼的模樣了。最明顯的是，小狼眼睛上的藍膜完全褪掉了，露出了灰黃色的眼球和針尖一樣的黑瞳孔。狼嘴狼吻已變長，兩隻狼耳再不像貓耳了，也開始變長，像兩隻三角小勺豎在頭頂上。腦門還是圓圓的，像半個皮球那樣圓。

小狼已經在小狗群裏自由放養了十幾天了，牠能和小狗們玩到一塊去了。但在沒人看管的時候和晚上，陳陣還得把牠關進狼洞裏，以防牠逃跑。黃黃和伊勒也勉強接受了這條野種，但對牠避而遠之。只要小狼一接近伊勒，用後腿站起來叼奶頭，伊勒就用長鼻把牠挑到一邊去，連摔幾個滾。只有二郎對小狼最友好，任憑小狼爬上牠的肚皮，在牠側背和腦袋上亂蹦亂跳，咬毛拽耳，拉屎撒尿也毫不在意。二郎還會經常舔小狼，有時則用自己的大鼻子把小狼拱翻在地，不斷地舔小狼少毛的肚皮，儼然一副狗爹狼爸的模樣，小狼完全像是生活在原來的狼家裏，快活得跟小狗沒有什麼兩樣。但陳陣發現，其實小狼早已在睜開眼睛以前，就嗅出了這裏不是牠真正的家，狼的嗅覺要比牠的視覺醒得更早。

陳陣一把抱起小狼，但在小狼急於進食的時候，是萬萬不能和牠親近的。陳陣拉開門，進了包，把小狼放在鐵桶爐前面的地上。小狼很快就適應了蒙古包天窗的光線，立刻把目光盯準了碗架上的鋁盆。陳陣用手指試了試肉粥的溫度，已低於自己的體溫，這正是小狼最能接受的溫度。

野狼是很怕燙的動物，有一次小狼被熱粥燙了一下，嚇得夾起尾巴，渾身亂顫，跑出去張嘴舔殘雪。牠一連幾天都害怕那個盆，後來陳陣給牠換了一個新鋁盆，牠才肯重新進食。

爲了加強小狼的條件反射，陳陣又一字一頓地大聲喊：小狼，小狼，開……飯……囉。話音未落，小狼颼地向空中躥起，牠對「開飯囉」的反應已經比獵狗聽口令的反應還要激暴。陳陣急忙把食盆放在地上，蹲在兩步遠的地方，伸長手用爐鏟壓住鋁盆邊，以防小狼踩翻食盆。小狼便一頭扎進食盆狼吞起來。

世界上，狼才真正是以食爲天的動物。與狼相比，人以食爲天，實在是太誇大其辭了。人只有在大饑荒時候才出現像狼一樣兇猛的吃相。可是這條小飽狼在吃食天天頓頓都充足保障的時候，仍然像餓狼一樣兇猛，好像再不沒命地吃，天就要塌下來一樣。狼吃食的時候，絕對六親不認。小狼對於天天耐心伺候牠吃食的陳陣也沒有一點點好感，反而把他當作要跟牠搶食、要牠命的敵人。

一個月來，陳陣接近小狼在各方面都有進展，可以摸牠抱牠、親牠捏牠、拎牠撓牠，可以把小狼頂在頭上，架在肩膀上，甚至可以跟牠鼻子碰鼻子，還可把手指放進狼嘴裏。可就是在牠吃食的時候，陳陣絕對不能碰牠一下，只能遠遠地一動不敢動地蹲在一旁。只要他稍稍一動，小狼便兇相畢露，豎起挺挺的黑狼毫，發出低低沙啞的威脅咆哮聲，還緊繃後腿，作出後蹲撲擊的動作，一副亡命徒跟人拚命的架式。

陳陣爲了慢慢改變小狼的這一習性，曾試著將一把漢式高粱穗掃帚伸過去，想輕輕撫摸牠的毛。但是掃帚剛伸出一點，小狼就瘋似地撲擊過來，一口咬住，拚命後拽，硬是從陳陣手裏搶了過去，嚇得陳陣連退好幾步。小狼像撲住了一隻羊羔一樣，撲在掃帚上腦袋急晃、瘋狂撕啃，一會兒就從掃帚上撕咬下好幾縷穗條。

陳陣不甘心，又試了幾次，每次都一樣，小狼簡直把掃帚當作不共戴天的仇敵，幾次下來，那把掃帚就完全散了花。高建中剛買來不久的這把新掃帚，最後只剩下禿禿的掃帚把，氣得高建中用掃帚把把小狼抽了幾個滾。此後，陳陣只好把在小狼吃食的時候摸牠腦袋的願望，暫時放棄了。

這次的奶粥量比平時幾乎多了一倍，陳陣希望小狼能剩下一些，他就能再加點奶水和碎肉，拌成稍稀一些的肉粥，餵小狗們。但是他看小狼狂暴的進食速度，估計剩不下多少了。從牠的這副吃相中，陳陣覺得小狼完全繼承了草原狼的千古習性。狼具有戰爭時期的軍人風格，吃飯像打仗。或者，真正的軍人具有狼的風格，假如吃飯時不狂吞急咽，軍情突至，下一口飯可能就要到來世才能吃上了。

陳陣看著看著，生出一陣心酸，他像是看到了一個蓬頭垢面、狼吞虎咽的流浪兒一樣，牠的吃相就告訴了你，那曾經的淒慘身世和遭遇。若不是如此以命爭食，在這虎熊都難以生存的高寒嚴酷的蒙古草原，狼卻如何能頑強地生存下呢。

陳陣由此看到了草原狼艱難生存的另一面。繁殖能力很高的草原狼，真正能存活下來的，可能連十分之一都不到。畢利格老人說，騰格里有時懲罰狼，也是六親不認的，一場急降的沒膝深的大雪，就能把草原上大部分的狼凍死餓死。一場鋪天蓋地的狂風猛火，也會燒死薰死成群的狼。從災區逃荒過來的餓瘋了的大狼群，也會把本地的狼群殺掉一大半。加上牧人早春掏窩、秋天下夾、初冬打圍、嚴冬槍殺，能僥倖活下來的狼便是少數了。

老人說，草原狼都是餓狼的後代，原先那些豐衣足食的狼，後來都讓逃荒來的饑狼打敗了。蒙古草原從來都是戰場，只有那些最強壯、最聰明、最能吃能打、吃飽的時候也能記得住饑餓滋味的狼，才能頑強地活下來。

小狼在食盆裏急衝鋒，陳陣越看越能體會食物對狼的命運的意義。在殘酷的生存競爭中，即使是良種，但若爭搶不到食物，不把恐怖的饑餓意識，體現在每一根骨頭、每一根肉絲上，牠只能成為狼世界中矮小的武大郎，最後被無情淘汰。陳陣逐漸發現，蒙古草原狼有許多神聖的生存信條，而以命拚食、自尊獨立就是其中的根本一條。陳陣在餵小狼的時候，完全沒有在餵狗時、那種高高在上救世濟民的感覺。小狼根本不領情，小狼的意識裏，絕沒有被人豢養的感覺，牠不會像狗一樣，一見到主人端來食盆，就搖頭擺尾感激涕零。

小狼絲毫不感謝陳陣對牠的養育之恩，也完全不認爲這盆食是人賜給牠的，而認爲這是牠自己掙來的、奪來的。牠要拚命護衛牠自己爭奪來的食物，甚至不惜以死相拚。在陳陣和小狼的關係中，養育一詞是不存在的，小狼只是被暫時囚禁了，而不是被豢養。小狼在以死拚食的性格中，似乎有一種更爲特立獨行、桀驁不馴的精神在支撐著牠。陳陣覺得脊背一陣陣發冷，他不知道自己能否將這條小狼留住並養大。

陳陣最後還是打消了在小狼吃食時撫摸牠的願望，決定尊重小狼的這一高貴的天性。以後他每次給小狼餵食的時候，都會一動不動地跪蹲在離小狼三步遠的地方，讓小狼不受任何干擾地吞食。自己也在一旁靜靜地看小狼進食，虔誠地接受狼性的教誨。

轉眼間，小狼的肚皮又脹得快要爆裂，吞食的速度大大下降，但仍在埋頭拚命地吃。陳陣發現，小狼在吃撐以後就開始挑食了，先是挑粥裏的碎肉吃，再挑星星點點的肉丁吃，牠銳利的舌尖像一把小鑷子，能把每一粒肉丁都鑷進嘴裏。不一會兒，雜色的八寶肉粥變成了黃白一色的小米粥了。

陳陣睜大眼睛看，小狼還在用舌尖鑷吃著東西，陳陣再仔細看，他樂了，小狼居然在鑷吃黃白色粥裏的白色肥肉丁和軟骨丁。小狼一邊挑食，一邊用鼻子像豬拱食一樣把小半盆粥拱了個遍，把裏面所有葷腥的瘦肉丁、肥肉丁和軟骨丁，丁丁不落地挑到嘴裏。小狼又不甘心地翻了幾遍，直到一星肉丁也找不到的時候，牠仍不抬頭。

陳陣伸長脖子，再仔細看牠還想幹什麼，幾乎樂出了聲，小狼居然在用舌頭擠壓剩粥，把擠壓出來的奶湯舔到嘴裏面，奶也是狼的美食啊。當小狼終於抬起頭來的時候，一大盆香噴噴的奶肉八寶粥，竟被小狼榨成了小半盆沒有一點油水、乾巴巴的小米飯渣，色香味全無。陳陣氣得大笑，他沒想到這條小狼這麼貪婪和精明。

陳陣沒有辦法，只好在食盆裏加上一把碎肉，加了剩留的牛奶，再加上一點溫水，希望還能兌出大半盆稀肉粥，可是他怎麼攪，也只能攪出肉水稀飯來。陳陣把食盆端到包外，把稀湯飯倒進狗的食盆裏，小狗們一擁而上，但馬上就不滿地哼哼叫起來了。陳陣感到了牧業的艱辛，餵養狗也是牧業份內的一件苦差事，再加上一條狼，他就更辛苦了。而這份苦，完全是他心甘情願自找的。

小狼撐得走不動道了，趴在地上遠遠地看小狗們吃剩湯。小狼吃飽了什麼都好說，陳陣走近小狼，親熱地叫牠的名字：小狼，小狼。小狼一骨碌翻了個身，四爪彎曲，肚皮朝天，頭皮貼地，頑皮淘氣地倒看著陳陣。陳陣上前一把抱起小狼，雙手托著小狼的胳肢窩，把牠高高地舉上天，一連舉了五六次，小狼又怕又喜，嘴高興地咧著，可後腿緊緊夾著尾巴，腿還輕輕地發抖。但小狼已經比較習慣陳陣的這個舉動了，牠好像知道這是一種友好的行爲。

陳陣又把小狼頂在腦袋上，架在肩膀上，但牠很害怕，用爪子死死摳住陳陣的衣領。回到地上，陳陣盤腿坐下，就把小狼肚皮朝天放在了自己腿上，給牠做例行的肚皮按摩，這是母狗和母狼幫助小崽們食後消化的工作，現在輪到他來做了。陳陣覺得這件事很好玩，用巴掌慢慢揉著一條小狼的肚皮，一邊聽著小狼舒服快樂的哼哼聲，和小狼打嗝放屁的聲音。吃食時狂暴的小狼，這時候變成了一條聽話的小狗，牠用兩隻前爪抱住陳陣的一根手指頭，不斷地舔，還用尖尖的小狼牙輕輕地啃咬。小狼的目光也很溫柔，揉到牠特別舒服的時候，小狼的狼眼裏還會充滿盈盈的笑意，似乎把陳陣當作了一個還算稱職的後媽。

辛苦之餘，小狼又給了他加倍的歡樂。此時陳陣忽然想起在遙遠的古代，或者不知什麼地方的現在，一條溫柔的母狼在用舌頭給剛吃飽奶的「狼孩」舔肚皮，光溜溜的小孩高興得啃著自己的腳趾頭，格格地笑。一群大小野狼圍在這團小胖肉旁邊相安無事，甚至還會叼肉來給他吃。

從古到今，天下母狼收養了多少人孩，天下的人又收養了多少狼崽？多年來關於狼的奇特傳說，如今陳陣能夠身臨其境了，他能親身感受、親手觸摸到狼性溫柔善良的一面。他心裏湧出衝動，希望能替天下所有的狼孩，無論是古匈奴、高車、突厥，還是古羅馬、印度和蘇聯的狼孩們，回報人類對牠們的敬意。

他低下頭用自己的鼻子碰了碰小狼的濕鼻頭，小狼竟像小狗一樣地舔了一下他的下巴，這使他興奮而激動。這是小狼第一次對他表示信任，他和小狼的感情又進了一步。他慢慢地享受品味著這種純淨的友誼，覺得自己的生命向遠古延伸得很遠很遠。有一刻，他忽然覺得自己好像很老很老了，卻還保持著人類幼年時代的野蠻童心。

惟獨使他隱隱不安的是：這條小狼不是在野外撿來的，也不是病死戰死的母狼的棄兒或遺孤。那種收留和收養充滿了自然原始的愛，可他的這種強盜似的收養，卻充滿了人爲的刻意。他爲了滿足自己的獵奇和研究，把天下流傳至今美好的人狼故事，強制性地倒行逆施了。他時時都在擔心那條被抄了窩的母狼來報復。這也許是科學和文明進程中的冷酷與無奈？但願這種冷酷和新野蠻能爲騰格里所理解——他的本意是想由此進入草原民族的狼圖騰精神領域呵。

二郎已經把牠那份食物吃完了，向陳陣慢慢走來。二郎每次看到陳陣抱著小狼給牠揉肚皮的時候，總會走得很近，好奇地望著他倆，有時還會走到小狼的身旁給牠舔肚皮。陳陣伸手摸摸二郎的腦袋，牠衝他輕輕咧嘴一笑。

自從陳陣收養了小狼以後，二郎與他的距離忽然縮短了。難道他自己身上也有野性和狼性？而且也被牠嗅了出來？如是那樣倒有意思了：一個有野性狼性的人，一條有野性狼性的狗，再加上一條純粹的野狼，共同生活在充滿野性狼性的草原上。那他的情感年齡就突然變得高齡起來。他竟然獲得了從遠古一直到現代的全部真實感覺，遠古的感覺越真實，他就覺得自己的生命越久遠。難道現代人總想跑到原始環境裏去探奇，難道在下意識中，是爲了從相反的方向來「延長」自己的壽命嗎？他的生活忽然變得比奇特的狼孩故事還要奇特。

陳陣覺得自從對草原狼著了魔以後，他身上萎靡軟弱無聊的血液好像正在減弱，而血管裏開始流動起使他感到陌生的狼性血液。生命變得茁壯了，以往蒼白乏味的生活變得充實飽滿了。他覺得自己重新認識了生命和生活，開始珍惜和熱愛生命和生活。他漸漸理解爲什麼《熱愛生命》是與一條垂死的狼聯繫在一起的；爲什麼列寧在生命垂危的時候，要讓他的夫人再給他朗讀傑克‧倫敦的小說《熱愛生命》。列寧是在聽著人與狼生死搏鬥的故事中安詳長眠的，他的靈魂也可能是由異族的狼圖騰帶到馬克思那裏去了。連世上生命力最旺盛的偉人，都要到荒原和野狼那裏去尋找生命的活力，更何況他這個普通人了。

陳陣的思緒漸漸走遠。他突然覺得，生命的真諦不在於運動而在於戰鬥。哺乳動物的生命起始，億萬個精子抱著決一死戰的戰鬥精神，團團圍攻一枚卵子，殺得前仆後繼，屍橫遍宮。那些只運動不戰鬥、游而不擊的精子全被無情淘汰，隨尿液排出體外。只有戰鬥力最頑強的一個精子勇士，踏著億萬同胞兄弟的屍體，強悍奮戰，才能攻進卵子，與之結合成一個新人的生命胚胎。此間卵子不斷地分泌殺液，就是爲了消滅一切軟弱無戰鬥力的精子。

生命是戰鬥出來的，戰鬥是生命的本質。世界上曾有許多農耕民族的偉大文明被消滅，就是因爲農業基本上是和平的勞動；而遊獵游牧業、航海業和工商業，卻時時刻刻都處在殘酷的獵戰、兵戰、海戰和商戰的競爭戰鬥中。如今世界上先進發達的民族都是游牧、航海和工商民族的後代。連被兩個大國緊緊封閉在北亞高寒貧瘠內陸、人口稀少的蒙古民族，依然沒有被滅絕，顯然要比歷史上古埃及、古巴比倫和古印度的農耕民族，更具戰鬥力和生命力。

小狼開始在陳陣的腿上亂扭，陳陣知道小狼要撒尿拉屎了。牠也看到了二郎，想跟牠一塊玩了。陳陣鬆開手，小狼一骨碌跳下地，撒了一泡尿就去撲鬧二郎，二郎樂呵呵地臥下來，充當小崽們的玩具「假山」。小狼爬到了二郎背上玩耍。小狗們也想爬上來玩，但都被小狼拱下去，小狼沙啞地咆哮發威，一副占山爲王的架式。

兩條小公狗突然一起發動進攻，叼住小狼的耳朵和尾巴，然後一起滾下狗背，三條小狗一擁而上，把小

狼壓在身下亂掐亂咬，小狼氣呼呼地踹腿掙扎，拚命反抗，打得不可開交，地面上塵土飛揚。可是不一會兒，陳陣就聽到一條小公狗一聲慘叫，一條小爪子上流出了血，小狼居然在玩鬧中動了真格的了。

陳陣決定主持公道，他揪著小狼的後脖頸把牠拎起來，走到小公狗面前，把小狼的頭按在小狗受傷的爪子前面，用小狼的鼻子撞小狗的爪子，但小狼毫無認錯之意，繼續皺鼻齜牙發狼威，嚇得小狗們都躲到伊勒的身後。伊勒火冒三丈，牠先給小狗舔了幾下傷，便衝到小狼面前猛吼了兩聲，張口就要咬。

陳陣急忙把小狼抱起來轉過身去，嚇得心通通亂跳，他不知道哪天兩條大狗真會把小狼咬死。在沒有籠子和圈的情況下，養著這麼一個小霸王太讓他操心了。陳陣連忙摸頭拍背安撫伊勒，總算讓牠消了氣。陳陣再把小狼放在地下，伊勒不理牠，帶著三條小狗到一邊玩去了。小狼又去爬二郎的背，奇怪是，兇狠的二郎對小狼總是寬容慈愛有加。

忙完了餵食，陳陣開始清理牛車，爲搬家遷場做準備。突然，他看見畢利格老人趕著一輛牛車，拉了一些木頭朝他的蒙古包走來。陳陣慌忙從牛車上跳下來，抓起小狼，將小狼放進狼窩，蓋好木板，壓上大石頭。他心跳得也希望能有一塊大石頭來壓一壓。

黃黃伊勒帶著小狗們，搖著尾巴迎向老人，陳陣趕緊上前幫老人卸車拴牛，並接過老人沉重的木匠工具袋。每次長途遷場之前，老人總要給知青包修理牛車。陳陣提心吊膽地說：阿阿……爸，我自個兒也能湊和修車了，以後您老就別再幫我們修了。

老人說：湊合可不成。這回搬家路太遠，又沒有現成的車道，要走兩三天吶。一家的車誤在半道，就要耽誤全隊全組的車隊。

陳陣說：阿爸，您先到包裏喝口茶吧，我先把要修的車卸空。

老人說：你們做的茶黑呼呼的，我可不愛喝。說完，突然朝壓著石頭的木板走去，沉著臉說道：我先看看你養的狼崽。

陳陣嚇慌了神，連忙攔住了老人說：您先喝茶吧，別看了。

老人瞪圓杏黃色的眼珠喝道：都快一個多月了，還不讓我看！

陳陣橫下一條心說：阿爸，我打算把狼崽養大了，配一窩狼狗崽……

老人滿臉怒氣，大聲訓道：胡鬧！瞎胡鬧！外國狼能配狼狗，蒙古狼才不會配呢。蒙古狼哪能看上狗，狼配狗？做夢！你等著狼吃狗吧！

老人越說越生氣，每一根山羊鬍子都在抖動：你們幾個越來越不像話了。我在草原活了六十多歲，還從沒聽說有人敢養狼。那狼是人可以養的嗎？狼能跟狗一塊堆兒養的嗎？跟狼比，狗是啥東西？狗是吃人屎的，狼是吃人屍的。狗吃人屎，是人的奴才；狼吃人屍，是送蒙古人的靈魂上騰格里的神靈。狼和狗，一個天上，一個地下，能把牠們倆放到一塊堆兒養嗎？還想給狼和狗配對？要是我們蒙古人給你們漢人的龍王爺配一頭母豬，你們漢人幹嗎？冒犯神靈！冒犯蒙古祖宗！冒犯騰格里啊！你們要遭報應的啊，連我這個老頭子也要遭報應……

陳陣從沒見過老人發這麼大的火。小狼這個火藥桶終於爆炸了，陳陣的心被炸成了碎片。老人這次像老狼一樣動了真格了，他生怕老人氣得一腳踢上石頭踢傷了腳，再氣得一石頭砸死小狼。

老人鐵嘴狼牙，越說越狠，毫無鬆口餘地：一開始聽說你們養了一條狼崽，我還當是你們內地人漢人學生不懂草原規矩，不知道草原忌諱，只是圖個新鮮，玩幾天就算了。後來聽說道爾基也養了一條，還打算配狼狗，真打算要養下去了。這可不成！今兒你就得當著我的面，把這條狼崽給處理掉……

陳陣知道自己闖了大禍。草原養狼，千年未有。士可殺，不可辱。狼可殺可拜，但不可養。一個年輕的漢人深入草原腹地，在草原蒙古人的祖地，在草原蒙古人祭拜騰格里，祭拜蒙古民族的獸祖、宗師、戰神和草原保護神狼圖騰的聖地，像養狗似的養一條小狼，實屬大逆不道。如果這件事發生在古代草原，陳陣非得被視作罪惡的異教徒，要處以五馬分屍、拋屍餵狗不可。就是在現代，這也是違反國家少數民族政策、傷害草原民族感情的行爲。

但陳陣最怕的，是他真的深深地激怒和傷害了畢利格老阿爸，一位把他領入草原狼圖騰神秘精神領域的蒙古老人，而且就連他掏出的那窩狼崽，也是在老人一步步指點下挖到手的。他無法堅持，也不能做任何爭辯了。他哆哆嗦嗦地叫道：阿爸。

老人手一甩喊道：甭叫我阿爸！陳陣苦苦央求：阿爸，阿爸，是我錯了，是我不懂草原規矩，冒犯了您老……阿爸，您說吧，您說讓我怎麼處理這條可憐的小狼吧。陳陣的淚水猛然湧出眼眶，止也止不住，淚水灑在小狼和他剛才還快活地玩耍和親吻的草地上。

老人一愣，定定地望著陳陣，顯然一時也不知道該如何處理這條小狼。老人肯定知道，陳陣養狼根本就不是爲了配狼狗，而是被草原狼迷昏了頭。陳陣是他精心栽培的半個漢族兒子，他對草原狼的癡迷，已經超過了大部分蒙古年輕後生，然而，恰恰是這個陳陣，幹出了使老人最不能容忍的惡行。這是一件老人從未遇到過的，也從未處理過的事情。

老人仰望騰格里長嘆一聲，說道：我知道你們漢人學生不信神，不管自個兒的靈魂。雖說這兩年多，你是越來越喜歡草原和狼了，可是，阿爸的心你還是不明白。阿爸老了，身子骨一年不如一年了。草原又苦又冷，蒙古人像野人一樣在草原上打一輩子仗，蒙古老人都有一身病，都活不長。再過不了多少年，你阿爸就要去騰格里了。你咋能要把阿爸的靈魂帶上騰格里的狼養在狗窩裏呢？你這麼做，阿爸有罪啊，騰格里興許就不要你阿爸的靈魂了，把我打入戈壁下面又嗆又黑的地獄。草原上要是都像你對奴才一樣待狼，蒙古人的靈魂就沒著沒落了……

陳陣小聲辯解說：阿爸，我哪是像對奴才一樣對待小狼啊，我自己都成了小狼的奴才了。我天天像伺候蒙古王爺少爺一樣地伺候小狼，擠奶餵奶，熬粥餵粥，煮肉餵肉。怕牠冷，怕牠病，怕牠被狗咬，怕牠被人打，怕老鷹把牠抓走，怕母狼把牠叼走，連睡覺都睡不安穩。連高建中都說我成了小狼的奴隸。您是知道的，我是最敬拜狼的漢人。騰格里全看得見，騰格里最公平，他是不會怪罪您老的。

老人又是微微一愣，他相信陳陣說的全是真的。如果陳陣像供神靈，供王爺一樣地供著小狼，這是冒犯神靈還是敬重神靈呢？老人似乎難以做出判斷。不管在方式上，陳陣如何不合蒙古草原的傳統和規矩，但陳陣的心是誠的。蒙古草原人最看重的就是人心。老人像狼一樣兇狠的目光漸漸收斂。陳陣希望爭取睿智的老阿爸，能給他這個敬重狼圖騰的漢族年輕人一個破例，饒了那個才出生兩個月多的小生命。

陳陣隱約看到了一線希望，他擦乾眼淚，喘了一口氣，壓了壓自己恐慌而又焦急的情緒說：阿爸，我養狼，就是想實實在在地摸透草原狼的脾氣和品行，想知道狼爲什麼那麼厲害，那麼聰明，爲什麼草原民族那樣敬拜狼。您不知道，我們漢族人是多麼恨狼，把最惡最毒的人叫作狼，說他們是狼心狗肺，把欺負女人的人叫做大色狼，說最貪心的人是狼子野心，把美帝國主義叫做野心狼，大人嚇唬孩子，就說是狼來了……

陳陣看老人的表情不像剛才那樣嚇人，壯了壯膽子，接著說下去：

在漢人的眼裏，狼是天下最壞最兇惡、最殘忍的東西，可是蒙古人卻把狼當神一樣地供起來，活著的時候學狼，死了還把自己餵狼。一開始，我也不明白這是爲什麼。在草原兩年多了，要不是您經常開導我，給我講狼和草原的故事和道理，經常帶我去看狼打狼，我不會這麼著迷狼的，也不會明白了那麼多的事理。可是，我還是覺著從遠處看狼琢磨狼，還是看不透也琢磨不透，最好的辦法就是養條小狼，近近地看，天天和牠打交道。

養了一個多月的小狼，我還真的看到了許多以前沒有看到的東西，我越來越覺得狼真是了不起的動物，真是值得人敬拜。可到現在，咱們牧場還有一大半的知青，沒有改變對狼的看法呢。知青到了草原還不明白狼，那沒到過草原的幾億漢人哪能明白呢。以後到草原上來的漢人越來越多，真要是把狼都打光了，草原可怎麼辦呢？蒙古人遭殃，漢人就更要遭大殃。我現在真是很著急，我不能眼看著這麼美的草原被毀掉……

老人掏出煙袋，盤腿坐到石頭前。陳陣連忙拿過火柴，給老人點煙。老人抽了幾口說：是阿爸把你帶壞了……可眼下咋辦？孩子啊，你養狼不替你阿爸想，也得替烏力吉想想，替大隊想想。老烏場長剛被罷了官，四個馬倌記了大過，這是為的啥？就是上面說老烏盡護著狼了，從來不好好組織打狼，還說你阿爸是條老狼，大隊的頭狼，咱們二隊是狼窩。這倒好，在這個節骨眼上，咱隊的知青還真的養了一條小狼。別的三個大隊的學生咋就不養？這不是明擺著說你是受二隊壞人的影響嗎？你這不是往人家手裏送把柄嗎？

老人憂鬱的目光，從一陣陣煙霧中傳遞出來，他的聲音越發低沉：再說，你養小狼，非把母狼招來不可，母狼還會帶一群狼過來。額侖草原的母狼最護崽，牠們的鼻子也最尖，我估摸母狼準能找見牠的崽子，找到你這塊營盤來報復。額侖的狼群什麼邪性的事都能幹得出來，咱們隊出的事故還少嗎？要是再出大事故，老烏和隊裏的幹部就翻不了身了，要是狼群盯上了你的羊群，逮個空子毀掉你大半群羊，你養狼招狼，毀了集體的財產，你沒理啊！那你非得坐牢不可……

陳陣的心剛剛暖了一半，這下又涼下去多半截。在少數民族地區養狼，本身就違反民族政策，而在羊群旁邊養狼，這不是有意招狼，故意破壞生產嗎？如果再連繫到他的「走資派」父親的問題，那絕對可以上綱上線，而且還要牽連許多人。陳陣的手不由地微微發抖，看來今天自己不得不親手把小狼拋上騰格里了。

老人的口氣緩和了些，說：包順貴上臺了，他是蒙族人，可早就把蒙古祖宗忘掉了，他比漢人還要恨狼，不打狼就保不住他的官。你想，他能讓你養狼嗎？

陳陣還在做最後一線希望的努力，他說：您能不能跟包順貴說，養狼是爲了更好地對付狼，是科學實驗。

老人說：這事你自個兒找他去說吧，今天他就來我家住，明天你就找他去吧。老人站起身，回頭看了看那塊大石頭說：你養狼，就不怕狼長大了咬羊？咬你，再咬別人？狼牙有毒，咬上一口，沒準人就沒命了。我今天就不看狼崽了，看了我心裏難受。走，修車去吧。

老人修車的時候，一句話也不說。陳陣還沒有做好處死小狼的心理準備，但是，他不能再給處境困難的老阿爸和烏力吉添亂了……

老人和陳陣修好了兩輛牛車，正要修第三輛車的時候，三條大狗猛吼起來，包順貴和烏力吉一前一後地騎馬跑了過來，陳陣急忙喝住了狗。

包順貴一下馬就對畢利格說：你老伴說你到這兒來了，我正好也打算看看小陳養的小狼崽。場革委會已經決定，讓老烏就住在你家。場部那幫人，差點要把老烏打發到基建隊去幹體力活。

陳陣的心急跳不停。草原的消息比馬蹄還快。

老人應道：嗯，這件事你幹得還不賴。

包順貴說：這回開闢新草場的事情，都驚動了旗盟領導，他們對這件事很重視，指示我們要爭取當年成功。能增加這麼大的一片新牧場，載畜量就可以翻一番，真是件大好事。這件事是你們倆挑頭幹的，這次我特地讓老烏住到你家，這樣你們研究工作就更方便了。

老人說：這件事是老烏一人帶頭幹的，不論啥時候，他的心都在草原上。

包順貴說：那當然，我已經向領導彙報過了。他們也希望老烏同志能將功補過。

烏力吉淡淡一笑說：不要談功不功了，還是商量一些具體的事吧。遷場路太遠，搬家困難不少，場部的汽車和兩台膠輪拖拉機，應該調到二隊幫忙，還得抽調一些勞力把路修一修……

包順貴說：我已經派人通知今晚隊幹部開會，到時候再議吧。

包順貴又轉頭對陳陣說：你交上來的兩張大狼皮，我已經讓皮匠熟好，托人捎給我的老領導了，他很高興，說想不到北京知青也能打到這麼大的狼，真是好樣的，他還要我代他謝謝你吶。

陳陣說：你怎麼說是我打的呢，明明是狗打的嘛，我可不敢貪狗之功。包順貴拍拍他的肩膀說：你的狗打的就是你打的。下級的功勞從來都是記在上級的功勞簿上的，這是我軍的光榮傳統。好吧，讓我見識見識你養的小狼。

陳陣看了看畢利格老人，老人仍不說話。陳陣趕緊說：我已經不打算養了，養狼違反牧民的風俗習慣，也太危險，要是招來狼群，我可負不起這個責任。他一邊說著，一邊搬開石頭掀開了案板。

洞裏，胖呼呼的小狼正要往上爬，一見洞上黑壓壓的人影，立即縮到壁角，皺鼻齜牙，可是全身的狼毫瑟瑟發抖。包順貴眼裏放出光彩，大聲叫好：哈！這麼大的一條狼崽，才養了一個多月，就比你交上來的狼崽皮大兩倍多了。早知道這樣，還不如讓你都養了，等大一點再殺，十幾張皮就能做一件小狼皮襖了。你們瞧，這身小狼皮的毛真好看，比沒斷奶的狼崽皮厚實多了……

陳陣苦著臉說：那我可養不起，狼崽特能吃，一天得吃一大盆肉粥，還要餵一碗牛奶。

包順貴說：你怎麼就算不過賬來呢，小米子換大皮子多划算。明年各隊再掏著狼崽，一律不准殺，等養大兩三倍再殺。

老人冷笑道：哪那麼省事，斷奶前，他是用狗奶餵狼崽的，要養那麼多的狼崽，上哪兒找那麼多母狗去？包順貴想了想說：哦，那倒也是。

陳陣伸手捏著小狼的後脖頸，將牠拎出洞。小狼拚命掙扎，在半空中亂蹬亂抓，渾身抖個不停。狼其實是天性怕人的動物，只有逼急了才會傷人。他把小狼放在地上。包順貴伸出大巴掌在小狼身上摸了幾下，笑道：我還是頭一回摸活狼呢，還挺胖啊，有意思，有意思。

烏力吉說：小陳啊，看得出來，這一個多月你沒少費心。野地裏的小狼都還沒長這麼大呢，你比母狼還會帶狼崽了。早就聽說你迷上了狼，碰到誰都要讓人講狼故事，真沒想到你還養上了狼，你是不是走火入魔了？

畢利格老人出神地看著小狼，他收起煙袋，用巴掌搧走了洞口的煙，說道：我活這麼大的歲數，這還是頭一回瞅見人養的小狼，養得還挺像樣兒，陳陣這孩子真是上了心啊，剛才求了我老半天了。可是，在羊群旁邊養狼，不全亂套了嗎？要是問全隊的牧民，沒一個會同意他養狼的。今兒你們倆都在，我想，這孩子有股鑽勁，他想搞個科學試驗，你們說咋辦？

包順貴好像對養狼很感興趣，他想了想說：這條小狼現在殺了也可惜了，就這麼一張皮子做啥也不好做。能把沒斷奶的狼崽養這麼大，不容易啊。我看這樣吧，既然養了，就先養著試試吧。養條狼做科學實驗，也說得過去。毛主席說，研究敵人是爲了更好的消滅敵人嘛。我也想多琢磨琢磨狼呢，往後我還真得常來這兒看看小狼呢。聽說你還打算把狼養大了配狼狗？

陳陣點點頭：是想過，可阿爸說根本成不了。

包順貴問烏力吉：這事草原上從前有人做過嗎？

烏力吉說：草原民族敬狼拜狼，哪能配狼狗？

包順貴說：那倒可以試一試嘛，這更是科學實驗了。要是能配出蒙古狼狗來，沒準比蘇聯狼狗還厲害。蒙古狼是世界上最大最厲害的狼，配出的狼狗準錯不了。這事部隊一定感興趣，要是能成，咱們國家就不用花錢到外國去買了。牧民要是有了蒙古狼狗看羊，狼沒準真的不敢來了。我看這樣吧，往後牧民反對，你們就說是在搞科學實驗。不過，小陳你記住了，千萬要注意安全。

烏力吉說：老包說可以養，那你就先養著吧。不過我得提前告訴你，出了事還得你自己承擔，不要給老包添麻煩。我看你這麼養著太危險，一定要弄條鐵鏈子拴著養，不讓狼咬著人咬著羊。

包順貴說：對，絕對不能讓狼傷著人，要是傷了人，我馬上就斃了牠。

陳陣緊張得心都快跳出來了，連聲說：一定！一定！不過……我還有一件事得求你們，我知道牧民都反對養狼，你們能不能幫我做做工作？

烏力吉說：你阿爸說話比我管用，他說一句頂我一百句呢。

老人搖搖頭說：唉，我把這孩子教過了頭，是我的錯，我也擔待一點吧。

老人將木匠工具袋留給陳陣，便套好牛車回家。包順貴和烏力吉也上馬跟著牛車一塊走了。

陳陣像是大病初癒，興奮得沒有一點力氣，幾乎癱坐在狼窩旁邊。他緊緊摟抱著小狼，摟得小狼又開始皺鼻齜牙。陳陣急忙給牠撓耳朵根，一下就搔到了小狼的癢處，小狼立刻軟了下來，閉著一隻眼，歪斜著半張嘴，伸頭伸耳去迎陳陣的手，全身舒服得直打顫，像是得了半身不遂，失控地抖個不停。

第二卷

第一章 天鵝垂死，草原悲愴

上（漢武帝——引者注）乃下詔：「……匈奴常言，『漢極大，然不耐饑渴，失一狼，走千羊。』乃者貳師敗，軍士死略離散，悲痛常在朕心。」

——司馬光《資治通鑑・漢世宗孝武皇帝下之下》

包順貴帶領巴圖、沙茨楞等五個獵手和楊克，以及七八條大狗率先進入新草場。兩輛裝載著帳篷、彈藥和鍋碗瓢盆的輕便鐵輪馬車緊隨其後。

登上新草場西邊山頭，包順貴和獵手們用望遠鏡，仔細搜索大盆地的每個山溝山褶，河灣河汊，草甸，竟沒有發現一條狼，一隻黃羊。只有盆地中央的湖泊裏成群的野鴨、大雁和十幾隻大天鵝。

每個獵手似乎都對初夏打狼提不起精神，可都對這片盛著滿滿一汪草香的碧綠草場驚呆了眼。楊克覺得自己的眼睛都快瞪綠了，再看看別人的眼珠，也是一色綠瑩瑩，像冬夜裏的狼眼那樣既美麗又嚇人。

一路下山，青綠蔥蔥，草香撲鼻，空氣純淨，要想在這裏找到灰塵，簡直比找金沙還要難。馬蹄和車輪全被草汁染綠，連拖地的套馬杆的尾根也綠了。馬拚命掙著嚼子，硬是低下頭吃新草。楊克惟一感到遺憾的是，陳陣向他描述的大片野花已經凋謝，全綠的草色略嫌單一。包順貴像發現了大金礦，大聲高叫：真是塊風水寶地，翡翠聚寶盆啊，真應該先請軍區首長們開著小車來這兒玩幾天，打天鵝打野鴨子，再在草地上生火吃烤肉。楊克聽得刺耳，眼前忽地閃過了芭蕾舞劇《天鵝湖》中，那個揹著黑色翅膀的飛魔。

馬隊輕快地下山，走過一個小緩坡以後，包順貴又壓低聲音叫起來了：快瞧左邊，那條山溝裏停著一群天鵝，正吃草吶。咱們快衝過去打下一隻來！說完，便帶著兩個獵手急奔而去。

楊克阻攔不及，只好也跟著奔過去。一邊揉了揉眼睛望過去，果然在左前方的一個山溝裏有一片大白點，像一小群夏季雪白的大羊羔，白得鮮豔奪目，與剛才在望遠鏡裏看到的大天鵝一樣白亮。楊克憋得喘不過氣來，他手中沒槍，要不真想故意走火驚飛天鵝。狂奔了一段，白點還是不動，楊克幾乎就要大喊了。正在這時，幾個獵手都突然勒住馬，垂下了槍，減了馬速，並大聲說著什麼。

包順貴也勒了勒馬，掏出望遠鏡看了起來。楊克也趕緊掏出望遠鏡，當他看清了鏡頭裏的景物時，一下子就懵了。他幾乎不敢相信自己的眼睛：那群白羊羔似的嬌豔亮色，竟然是一大片野生白芍藥花叢。前一年的初夏，楊克曾在舊草場的山裏見過野芍藥，都是幾株一叢，零零散散的，但是從來沒有見過這麼大的一片，他恍然覺得這些芍藥花，像是由一群白天鵝在眨眼間搖身一變而成。

包順貴並沒有感到掃興，他反而又高叫起來：我的天！我可從來沒見過這麼漂亮的芍藥花，比城裏大公園裏人種人養的芍藥長得還要好。快過去看看！幾匹馬又急奔起來。

衝到花前，楊克驚得像是秋翁遇花神、花仙那樣，快要暈過去了。在一片山溝底部的沖積沃土上，三四十叢芍藥花開得正盛。每叢花都有一米高，一抱粗。幾十支小指那樣粗壯的花莖，從土裏密密齊齊伸出來，伸到一尺多，就是茂密的花葉，而花葉上面，就開滿了幾十朵大如牡丹的巨大白花，將花葉幾乎完全遮蓋。整叢花像一個花神手插的大白花籃，只見密密匝匝的花朵，不見花葉，難怪遠看像白天鵝。楊克湊近看，每朵花，花心緊簇，花瓣蓬鬆，飽含水分，嬌嫩欲滴；比牡丹活潑灑脫，比月季華貴雍容。他從未在純自然的野地裏，見過如此壯觀、較之人工培育更精緻完美的大叢鮮花，幾乎像是天鵝湖幻境裏的眾仙女。

包順貴也看傻眼了，他驚叫道：這可真是稀罕玩意兒，要是送到城裏，該賣多少錢啊？我得先移幾棵給軍區首長，讓他們也高興高興。老幹部不愛錢，可都愛名花。送這花，就送到他們的心坎裏了。小楊，你們北京的國賓館，也沒有這麼神氣的芍藥花吧？

楊克說：別說國賓館了，我看國外的皇家花園裏都不見得有呢。

包順貴大喜，轉身對獵手們說：你們都聽好了，這些花可是寶貝，要嚴加看管，咱們回去的時候，砍些野杏樹杈，把這片花圍起來。

楊克說：要是以後咱們搬家走了怎麼辦？我真怕人偷挖。

包順貴想了想說：我自有辦法，你就別管了。

楊克面露擔憂：你千萬別把這些花移走，一挪可能就挪死了。

馬隊和馬車來到小河邊的一個河套子裏，獵手們很快找到狼群打圍的幾處獵場，黃羊的屍骨幾乎吃盡，只剩下羊角、蹄殼和碎皮，連羊頭骨都沒剩下。巴圖說：狼群又打過幾次圍，來過不少群狼。你看看這些狼糞，我估摸連老狼瘸狼都來過了。

包順貴問：現在狼群上哪兒去了？

巴圖說：八成跟黃羊進山去了，也沒準狼群上山打獺子去了，要不就是跟黃羊回界樁那邊了。小黃羊這會兒都跑得跟大羊一樣快，狼抓黃羊難了，要不狼群不會把黃羊吃得這麼乾淨。

包順貴說：老烏老畢他們明明看見過幾百隻黃羊，幾十條狼，怎麼才二十多天，就跑沒影了呢？

巴圖說：來了那老些狼，黃羊能待得住嗎？

沙茨楞笑道：狼群準保最怕你，你一來狼就嚇飛啦。對狼太狠的人反倒打不著狼。你看畢利格盡放狼一馬，可他一打狼，就是一大群。

巴圖對包順貴說：你看見狼群的好處了吧，要是沒有狼群，這麼好的一片新草場，早就讓黃羊啃光尿遍了。咱們的羊群來了，一聞黃羊尿就一口草也不吃啦。這片草場真太好了，馬都不肯走了。我看還是選點支帳篷吧，下午歇歇馬和狗，明天再進山看看。包順貴只得下令過河。

巴圖找了一片水較淺的沙質河床，然後和幾個獵手用鐵鍬在河的兩岸鏟出斜坡。巴圖騎馬牽著架車的轅馬過了河，獵隊又在東山坡上一塊地勢較平的草地上，支起了白帆布帳篷。

巴圖吩咐兩個獵手在帳外埋鍋燒茶，然後對包順貴說：我去南邊山溝裏看看，沒準能找著受傷的黃羊，獵人到了這兒，哪能吃帶來的肉乾呢。包順貴高興地連連點頭稱是。巴圖帶上兩個獵手和所有大狗向南山奔去。巴勒和二郎認識這片打過黃羊的獵場，獵性十足地衝在前面。

楊克最惦念湖中的天鵝，不得不把跟巴圖去打獵的機會忍痛割捨，而留在營地高坡上遠遠眺望天鵝湖。爲了看天鵝湖裏的天鵝，他纏了包順貴和畢利格老人足足兩天，一定要在大隊人馬畜群開進新草場之前捷足先登，才總算得到了這個充分欣賞邊境處女天鵝湖美景的機會。此刻，他覺得天鵝湖比陳陣向他描述的還要美，陳陣沒有到小河的東邊來，這裏地勢高，可以越過密密的綠葦，將天鵝湖盡收眼底。他坐在草坡上，掏出望遠鏡，看得氣都透不過來了。

他正獨自一人沉浸在寧靜的遐思中，一陣馬蹄聲從他身後傳來。包順貴興沖沖地對他喊道：嗨，你也在琢磨天鵝吶？走，咱倆上泡子邊去打隻天鵝來解解饞。這兒的牧民不吃飛禽，連雞都不會吃。我叫他們去，誰也不去。他們不吃，咱倆吃。

楊克一回頭，看見了包順貴正擺弄著手中的那杆半自動步槍。楊克差點嚇破了膽，連連擺手，結結巴巴地說：天鵝可……可是名貴珍稀動物，千……千萬不能殺！我求求您了。我從小就愛看芭蕾舞《天鵝湖》，三年困難時期，我爲了看蘇聯一對年輕功勳演員和中國演員合演的《天鵝湖》，曠了一天課，在大冬天餓著肚子，排了半夜的隊才買到票。《天鵝湖》可真是太美了，全世界的偉大人物和有文化的人，對天鵝愛都愛不過來呢，哪能到真正的天鵝湖，殺天鵝吃天鵝呢？你要殺就先殺了我吧。

包順貴沒想到碰到這麼一個不領情的人，滿腦子的興奮，被潑了一盆冷水。他頓時瞪起牛眼訓道：什麼天鵝湖不天鵝湖的，你滿腦子資產階級思想，不就是個高中生嗎？我的學歷不比你低。不把《天鵝湖》趕下臺，《紅色娘子軍》能上臺嗎？

沙茨楞見包順貴拿著槍要往泡子走，急忙跑來阻攔，他說：天鵝可是咱們蒙古薩滿供的頭一個神鳥，打不得，打不得啊。對了，包主任，你不想打狼啦？你的槍一響，山裏的狼可就全跑了，咱們不就白來一趟了嗎？

包順貴愣了愣，連忙收住馬步，轉過身來對沙茨楞說：虧你提醒，要不真得誤大事。包順貴把槍遞給沙茨楞，然後對楊克說：那就陪我走走吧，咱們先到泡子邊上去偵察偵察。

楊克無精打采地重新備鞍，騎上馬，跟著包順貴向湖邊走去。接近湖邊，湖裏飛起一大群野鴨大雁和各色水鳥，從兩人頭上撲楞楞地飛過，灑下點點湖水。包順貴扶著前鞍鞽，伸直腿從馬鐙上站立起來，想越過蘆葦往湖裏瞧。

正在此刻，兩隻大天鵝突然貼著葦梢，伸長脖頸，展開巨翅，在包順貴頭上不到三米的低空飛過。驚得包順貴一屁股砸在馬鞍上，黃驃馬一驚，向前一衝，差點把包順貴甩下馬鞍。大天鵝似乎不怕人，悠悠地飛向盆地上空，又緩緩地繞湖飛翔，再飛回湖裏，消失在茂密的蘆葦後面。包順貴控住了馬，猛地扭了一下屁股，校正了歪出馬脊樑的馬鞍。他笑道：在這兒打天鵝太容易了，拿彈弓都能得打著。天鵝可是飛禽裏的皇帝，能吃上一口天鵝肉，這輩子就算沒白活。不過，我得等到打完狼，再來收拾牠們。

楊克小心翼翼地說：剛才你看見芍藥花，說是寶貝，一個勁的要保護。這天鵝可是國寶、世界之寶，你爲什麼倒不保護了呢？

包順貴說：我是農民出身，最講實際，人能得著的寶貝才是寶貝，得不著的就不是寶貝了。芍藥沒腿，跑不了。可天鵝有翅膀，人畜一來，牠張開翅膀就飛到北邊去了，就是蘇修蒙修鍋裏的寶貝了……

楊克說：人家真把天鵝當寶貝，才不會打下來吃呢。

包順貴有些惱怒地說：早知道你怎麼不懂事理，我就不帶你來了！哼，你瞧著，我馬上就要把你的什麼天鵝湖，改造成飲馬河，飲牛泡子……

楊克不得不咽下這口氣，他真想抄起一杆槍，向天鵝湖上空胡亂開槍，把天鵝全部驚飛，飛離草原，飛出國界，飛到產生舞劇《天鵝湖》的那個國度去，那裏才會有珍愛天鵝的人民。在這塊連麻雀都快被吃光了的土地上，在一個僅剩下癩蛤蟆的地方，哪能有天鵝的容身之地呢？

沙茨楞用手轉著大圈，大聲高喊讓他倆回去。兩人急忙奔回營地。桑傑從東南山裏回來了，正在套牛車。他說：巴圖他們在東南山溝裏打著了幾隻野豬，讓他回來套牛車拉獵物，還說讓包主任去看看。包順貴樂得合不攏嘴，一拍大腿說：草原上還有野豬吃？真沒想到。野豬可比家豬好吃。小楊，咱們快走。

楊克曾聽說過獵人打著過野豬，但他來草原後，一次也沒見過，就跟著包順貴向桑傑指的方向狂奔而去。

還沒有跑到巴圖那兒，兩人就看到被野豬群拱開的草地。小河邊、山坡下、山溝裏，大約幾十畝的肥沃黑土地、像是被失控的野牛拉著犁亂墾過一樣，東一塊西一塊，長一條短一條，有的拱成了溝，有的犁成了田。長著肥草根的闊葉大草，根已被吃掉，乾蔫的草葉草棵東倒西歪，有的已被埋進土裏，大片優質草場像是變成了被家豬偷拱過的土豆地。包順貴看了大罵：這野豬太可惡了，要是往後種上了糧食，還不都讓野豬毀了！

兩人的馬不敢奔跑了，只能慢慢向巴圖靠近。巴圖坐在山腳下抽煙，大狗們正趴在死豬旁邊啃食。兩人下了馬，只見巴圖身邊並排躺著兩隻完整的野豬，還有兩隻已被狗撕成幾大塊，狗們分頭吃得正香，二郎和巴勒各把著最大的兩條豬腿。兩隻整豬比出欄的家豬小得多，只有一米多長，全身一層稀疏灰黃的粗毛，豬拱嘴比家豬的嘴要長一倍多，但個個長著結結實實的肉，從外表看不出一點骨架。嘴裏的獠牙也不算太長，沒有想像的那樣可怕。兩頭野豬脖頸上都有狗咬的血洞。

巴圖指了指遠處一條山溝說：是兩條大狗先聞著狼味的，就追了過去，一直追到那條山溝，我們就看見一大片坑坑窪窪的賴地，後來又看見了三四隻讓狼吃剩下的死豬骨頭。兩條大狗就不追狼了，順著野豬的味一直追到這個山溝裏，轟出一小群豬，大豬有長牙，又跑得快，狗不敢追。我也不敢開槍，怕驚了狼。狗就咬死了這幾隻半大的豬，我把兩條咬爛的豬餵狗了，剩下兩隻全拖到這兒來了。

包順貴用腳踩了踩肉滾滾的野豬，笑道：你們幹得不錯，這半大的豬，肉嫩著呢，更好吃。今兒晚上，我請大夥兒喝酒。看來這兒的狼還真不少，明兒你們幾個再能打上幾條狼就更好了。

巴圖說：這些野豬都是從幾百里外的林子裏下來的，那兒野豬多，順著河就過來了。要不是額侖的狼多，這片草場早就被野豬毀了。

包順貴說：野豬肉是好東西嘛，往後人多了，多打點野豬，不是可以少吃點牛羊肉了嗎。我們農區來的人還是愛吃豬肉，不太愛吃牛羊肉。

桑傑的牛車趕到，幾個人將獵物抬上車。巴圖示意狗們在原地繼續啃食，獵手和牛車先回。營地的柴堆已經準備好，車一到，大夥兒先挑了一隻最大的野豬開膛剝皮卸肉，草原牧民吃野豬肉也像吃羊一樣先要剝皮，而且不吃皮。不一會兒，篝火上空飄起烤野豬肉的香氣。

野豬沒有家豬的厚肥膘，但是，肚裏的肥網油不少，楊克學著包順貴，用網油裹著瘦肉烤，那肉烤得油汪汪的滋滋響，遠比家豬烤肉更香。楊克早在獵手們卸肉的時候，就挖了不少野蔥野蒜和野韭菜，這回他也嚐到了香辣野菜就野味的草原烤肉的原始風味，心裏十分得意和滿足。他既看到了陳陣沒看到的天鵝芍藥，又飽餐了草原稀罕的野豬烤肉，回蒙古包後，他就可以向陳陣誇耀自己的新奇眼福和口福了。

篝火邊，包順貴一邊請大家喝酒，一邊給獵手們大講天鵝美味帝王宴，可是獵手們都搖頭，弄得他很是沒趣。額侖草原的牧民只獵走獸，不碰飛禽，他們敬畏能飛上騰格里的生靈。

獵狗們結伴回營，警惕地巡守營地。七個人吃得酒足肉飽才站起身，收拾好剩下的豬，放在一隻鐵皮大洗衣盆裏。除了心和肝，大部分的內臟和豬頭都扔到草地上，作爲狗們下一頓的食物。

傍晚，楊克悄悄離開人群，獨自一人走到可以望見天鵝湖全景的地方坐下來，雙肘支膝，雙手握著望遠鏡，靜靜地欣賞也許在不久後就將逝去的天鵝湖。天鵝湖緩緩波動，湖中西邊的波紋反射著東方黑藍天空的冷色，東邊的波紋反射著西邊晚霞的暖色。波紋輕輕散開，慢慢滑動，一道道瑪瑙紅、祖母綠、壽山黃；一道道水晶紫、寶石藍、珍珠白，冷暖交融，色澤高貴。楊克的眼前彷彿正在上演冷豔淒美的天鵝之死，騰格里撒下了各色寶物寶光，爲它珍愛的天鵝和清清天鵝湖道別送行。

波紋一道又一道地緩緩先行，像長長序幕中的序曲，讓人不忍看波紋後面的悲劇主角。楊克希望這幕舞劇只有天幕的背景，永遠不要出現主角。但是，墨綠色的葦叢下，一隻隻大天鵝還是悄然滑出水灣，一隻兩隻三隻……竟然出現了十二隻，繽紛的湖面與身後的天穹，爲牠們搭建了巨大的舞臺。

天鵝們已換上了冷藍色的晚禮服，使得牠們頭上的那塊黃色也變成了冷紫色。幽幽天鵝的彎彎頸項，像一個個鮮明的問號，默默地向天問、向地問、向水問、向人問、向世上萬物追問。問號在湖面上靜靜地移動，靜靜地等待回答。然而天地間寂靜無聲，只有水面上的倒影在波紋中顫抖，變成了十幾個反問號，一陣風來，十幾個反問在波紋和波光中破碎……

楊克想起了狼，此刻，那一條條兇惡的草原狼，竟然顯得特別可親可敬，牠們用最原始的狼牙武器，在草原上一直頑抗到原子時代，能讓他最後看上一眼草原處女天鵝湖的美景，他和陳陣真是現代漢人中的幸運兒。假如狼群的兇猛和智慧再強一些，也許就能繼續延遲人畜對草原的擴張和侵略？而逼迫草原民族去擴張的，卻是華夏人口失控的農耕民族。楊克心中充滿了感動和哀傷，還有對狼的感激。狼群的潰敗，將是草原潰敗的先兆，也是人類心目中美的潰敗。淚水模糊了望遠鏡鏡頭。處女天鵝湖漸漸遠去……

第二天，獵隊在東山裏，一條山溝一條山溝地拉網搜索，整整一天卻一無所獲。第三天獵隊進入深山，直到下午，已是人睏馬乏，包順貴、巴圖和楊克，忽然聽到不遠處傳來了一陣槍聲。三人循聲望去，只見東邊山樑上竟然出現了兩條狼。兩條狼剛剛跌跌撞撞跑上山樑，發現這邊也有人馬狗，於是便拚命往一處岩石突兀的山頭上爬。

巴圖用望遠鏡看了看說：大狼群早就逃走了，這是兩條跟不上隊的老狼。包順貴興奮地說：不管老狼還是好狼，扒下這兩張狼皮就是勝利。巴圖一邊追一邊嘀咕：咋看不出，你看兩條狼後半身的狼毛還沒脫乾淨

呢，可憐吶。

山樑兩側的獵手和獵狗全部追向山頂。兩條老狼一大一小，大的那條，左前腿不能伸直，好像是在以往的戰鬥中被獵狗咬傷了腳筋。另一條小的像是條老母狼，瘦骨瘦身，老得毛色灰白。巴勒，二郎和其他獵狗，見到兩條狼是老狼半瘸狼，不僅不加速，反而有些遲疑。只有一條剛成年的獵狗以爲可占到便宜，便不知深淺地衝了上去。

兩條狼跑進了遍佈風化岩石的地段，那裏山勢複雜，巨石突兀，碎石虛疊。狼每走一步，就發出碎石垮塌的嘩嘩聲響。馬已難行，獵手們紛紛下馬，持槍持杆，三面包抄。久經沙場的巴勒和二郎步幅小，吼聲大。只有那條爭功心切的楞頭青，全速猛追，叫都叫不回。

只見那條老公狼，剛剛躍上一塊巨大方石，便以兩個後爪爲軸，冷不丁地來了個一百八十度的全身急掃，將那條正躍在半空，眼看就要落到方石上的獵狗打偏了航道。只聽一聲慘叫，獵狗墜入石下，仰面朝天地卡在兩塊柱石之間，傷雖不重，但人一時很難將牠拔出來，只好任牠在那裏哭叫。獵狗們全都緊張得豎起鬃毛，老母狼趁機颼地鑽進一個石洞。

老公狼衝到了只有兩張飯桌大小的斷崖頂部，此崖東南北三面是懸崖絕壁，一面與山體陡坡相連。老狼背衝懸崖，獨把一面，渾濁的老眼中兇光老辣嗆人，牠喘了一口氣準備死拚。獵狗們圍成半圓獵圈，狂吼猛叫，可誰也不敢上，生怕失足墜崖。人們全圍了過去，包順貴一看這陣勢，高興地大喊：誰也別動，看我的！他掰順刺刀，推上子彈，準備抵近射擊。

包順貴剛走到狗群的後面，只見老狼斜身一躍，朝斷崖與山體交接處的碎石陡坡面撲去。老狼頭朝上撲住了碎石坡面，用四爪深深地摳住陡坡碎石，頭胸腹緊貼坡面，石塊嘩啦啦地垮塌下去，老狼像是趴在高陡的滑梯上一般，隨著無數碎石墜滑下去；碎石帶起無數小石大石，紛紛砸到老狼身上，一時捲起滾滾沙灰，將老狼完全吞沒、掩埋了。

人們急忙小心地走近崖邊，探頭下看，直到塵沙散盡，也沒有見到老狼的影子。包順貴問：咋回事兒？狼是摔死了砸死了還是逃跑了？

巴圖悶悶說：不管死活，反正你都得不著狼皮囉。包順貴愣在那裏，半天說不出話來。

楊克低頭默立，他想起了中學時看的那個電影《狼牙山五壯士》。

兩條守住石洞的獵狗又叫了起來。包順貴猛醒，他說：還有一條吶，快去！今天怎麼也得抓著一條狼。

沙茨楞和桑傑先走向被石頭卡住的狗，兩人各抓住狗的兩條腿，把狗從石頭裏抬拔出來。狗兩肋的毛擦脫了兩大片，露出了皮，滲出了血，同一家的狗親戚上前幫忙舔血。

獵隊來到石洞口外，這個洞是石岩風化石垮塌以後形成的一個天然洞，成爲草原動物的一個臨時藏身洞，石頭堆上有幾大灘像石灰水似的老鷹糞。包順貴仔細看了看石洞，開始撓頭：他奶奶的，挖還不能挖，一挖準坍方；薰還沒法薰，一薰準撒氣漏風。巴圖，你看咋辦？

巴圖用套馬杆後杆往用裏捅了捅，裏面傳出碎石下落的聲音。他搖了搖頭說：別費事了，挖垮了石堆，傷了人和狗划不來。

包順貴問：這個洞深不深？

巴圖說：深倒是不深。

包順貴說：我看咱們還是用煙薰，你們都去挖草皮，點火以後，哪兒冒煙就堵哪兒。我帶著辣椒呢，我不信狼不怕辣煙。快！快！都去幹！我和楊克留下守洞。帶了你們幾個打狼能手，打了三天狼，一條也沒打著，全場的人都該看咱們的笑話了。

獵手們分頭去找燒柴和草皮，包順貴和楊克坐守在洞口。楊克說：這條母狼又老又有病，枯瘦如柴，活也活不了多少日子了，再說，夏天狼皮沒狼絨，收購站也不收，還是饒牠一命吧。

包順貴面色鐵青，吐了一口煙說道：說實話，這人吶，還真不如狼。我帶過兵，打起仗來，誰也不敢保證部隊裏不出一個逃兵和叛徒，可這狼咋就這麼寧死不屈？說句良心話，額侖的狼個個都是好兵，連傷兵老兵女兵都讓人心驚膽顫……不過，你說夏天的狼皮沒人要，那你就不懂了，在我們老家，狼毛太厚的狼皮沒人敢做皮褥子，睡上去人燒得鼻子出血，毛薄的狼皮倒是寶貝。你可不能心軟，打仗就是你死我活，窮寇也得斬盡殺絕。

巴圖等人用繩索拖來一捆捆枯枝，沙茨楞等人用單袍下襬兜來了幾堆帶土的草皮。包順貴將乾柴濕柴堆在洞口，點火薰煙。幾位獵手跪在洞口火堆旁，端起蒙古單袍的下襬，朝洞裏搧煙。濃煙灌進洞裏，不一會兒，石堆四處冒煙，獵手們急忙往冒煙處糊草皮，洞外一片忙亂，一片咳聲，石堆上漏氣漏煙處越來越少。

包順貴抓了一大把半乾辣椒，放到火堆上，一股嗆辣濃煙被搧進洞裏。人和狗都站到上風頭，石洞正處在石堆的下方，像一個大灶的添火口。辣煙滾滾而入，一會兒就完全灌滿了石洞，獵手們只是故意留出了一兩個小小的出氣口。忽然，洞裏傳出老母狼劇烈的咳嗽聲，所有的人都緊握馬棒，所有的獵狗都弓背待搏。

洞中的咳聲越來越響，像一個患老年支氣管炎的病人，咳得幾乎把肺都要咳出來了。然而，母狼就是不露頭。楊克被殘煙嗆出了眼淚，他簡直無法相信狼有這樣驚人的忍耐力。要是人的話，死也要死到外面來了。

突然，石堆嘩啦一聲，一下子塌下半米，幾處石縫衝出幾股濃煙，不一會兒，所有封泥處都重新冒出煙來。幾塊大石頭向擂石一樣滾砸下山，差點砸著煽煙的獵手。人們驚出一身冷汗，包順貴大喊：洞裏坍方，快躲開！

洞中咳聲驟停，再沒有任何動靜。辣煙朝天升去，石洞已灌不進煙了。巴圖對包順貴說：算你倒楣，又碰上了一條敢自殺的狼。牠把洞扒塌了，把自個兒活埋了，連皮子也不給你。包順貴惱怒地吼道：搬石頭！我非要把狼挖出來不可。

忙累了多日的獵手們都坐石頭上，誰也不動手。巴圖掏出一包好煙，分給眾獵手，又給包順貴遞上一顆，說道：誰都知道你打狼不是爲了狼皮，是爲了滅狼，這會兒狼已經死了，不就成了嗎？咱們這點人，怕是挖到明兒天亮也挖不成。大夥都可以作證，你這回帶打狼隊，趕跑了狼群，還打死了兩條大狼，把一條狼逼得跳了崖，還把一條狼嗆死在石洞裏。再說，夏天的狼皮賣不了錢啊……

巴圖回頭說：大夥能證明嗎？眾人齊聲說：能！包順貴也累了，他猛吸一口說：好吧，休息一會兒，就撤！

楊克愣在石堆前，他的靈魂像是被巨石坍方猛地震砸了一下，全身的血氣都衝發出來。他幾乎就要單腿下跪，向石堆行蒙古壯士禮，挺了挺身子還是站住了。楊克走到巴圖面前，向他要了一支煙，吸了幾口，便雙手舉煙過頭，向石堆拜了三拜，然後把香煙恭恭敬敬地插在石堆面前的石縫裏。石堆宛如一座巨大的石墳，嫋嫋煙霧輕輕升空，帶著老母狼不屈的靈魂，升上藍藍的騰格里。

獵手們都站了起來，他們沒有跟著楊克插香。人吸過的香煙被蒙古牧民認作不潔之物，不能用來敬神，但是他們都沒有計較楊克這種不潔的方式。獵手們掐滅了手中的香煙，站得筆直，仰望騰格里，默默無語，目光純淨清澈，比香煙更快地直上騰格里，護送老母狼的靈魂抵達天國。連包順貴都不敢再吸一口煙，直到煙燒手指。

巴圖對包順貴說：今天看見了吧，從前成吉思汗的騎兵，個個都像這兩條狼，死也要死得讓敵人喪膽。你也是蒙古子孫，根還在草原，你也該敬敬蒙古神靈了……

楊克心中感嘆道：死亡也是巨大的戰鬥力，狼圖騰培育了多少慷慨赴死的蒙古武士啊。古代漢人雖然幾乎比蒙古人多百倍，但宮廷和民間骨子裏真正流行的信仰，卻是好死不如賴活著，這是華夏農耕民族得以延續至今的一種極爲實用的活命經驗和哲學。好死不如賴活著的「賴勁」，也是一種民族精神，而這種精神又滋生出多少漢奸僞軍，讓游牧民族鄙視和畏懼。中唐晚唐以後，漢人一蹶不振，頻頻淪爲亡國奴，秦皇漢武唐宗時代的浩浩霸氣上哪裡去了呢？難道是因爲中唐晚唐時，中原大地的狼群被漢人斬盡殺絕了麼？是由於兇猛卓絕的狼老師被滅絕，才導致民族精神和性格的萎靡？楊克又有新問題可以和陳陣討論一夜了。

獵隊快到帳篷的時候，包順貴對巴圖說：你們先回去燒一鍋水，我去打隻天鵝，晚上我請大夥喝酒吃肉。楊克急得大叫：包主任，我求求您了，天鵝殺不得。包順貴頭也不回地說：我非得殺隻天鵝，沖沖這幾天的晦氣！

楊克一路追上去，還想勸阻，但是包順貴的馬快，已經先行衝到湖邊。湖上的水鳥大雁野鴨，還在悠悠低飛，根本不提防騎馬帶槍的人。蘆葦中飛起七八隻大天鵝，像機群剛剛駛離機場跑道，騰空而起，一扇扇巨大的翅膀迎面撲來，在包順貴頭頂上落下巨大的陰影。還未等楊克追上包順貴，槍聲已響，啪啪啪一連三槍，一隻巨大的白鳥落到楊克的馬前。馬被驚得猛地一閃，把楊克甩到濕漉漉的湖邊草地上。白天鵝在草地上噴血掙扎。

楊克多次看過芭蕾舞劇中，天鵝之死那淒絕的一幕，但眼前的天鵝，卻沒有舞劇中的天鵝那麼從容優雅，而像一隻被割斷脖子的普通家鵝一樣，拚命蹬腿，拚命撲搧翅膀，拚命想用翅膀撐地站起來，求生的本能使牠在生命的最後一刻仍在掙扎。血從天鵝雪白側胸的槍洞裏噴湧出來，楊克撲了幾次，都沒有抱住牠，眼睜睜看著那條細細的血流注入草地，然後一滴滴流盡……

楊克終於抱住了大天鵝，牠柔軟的肚腹上仍帶著體溫，但那美麗的長頸，已彎曲不成任何有力量的問號了，像被抽了脊骨的白蛇一樣，軟遝遝地掛在楊克的肘彎裏，沾血的白羽毛在人跡初至的天鵝湖畔零落飄飛。

楊克小心地托起天鵝的頭，放大的瞳孔中，是一輪黑藍色的天空，好似怒目圓瞪的騰格里。他的眼裏一下子溢滿了淚水——這高貴潔白、翺翔萬里的生命，給人類帶來無窮美麗幻想的大天鵝，竟然被人像殺草雞一樣地殺死了。楊克心中的悲憤難以自制，那一刻，他真想跳到湖裏去，游到葦叢深處去給大天鵝們報警。最後一抹晚霞消失，一鍋天鵝肉孤單單地陪著包順貴，沒人同他說話。獵手們仍以烤野豬肉當晚餐，楊克拿著剔肉刀子的手一直在發顫。

天鵝湖的上空，天鵝群「剛剛，剛剛」的哀鳴聲整夜不絕。

半夜，楊克被帳外幾條獵狗學叫狼嗥的聲音驚醒，狗叫聲一停，楊克隱隱聽到東邊遠山裏傳來淒涼蒼老、哽咽得斷斷續續的狼嗥。楊克的心被淒寒冰冷的狼嗥穿透——那條老公狼高山跳崖竟然沒有摔死，爬了半夜，帶著累累重傷翻過了山。牠此時一定在老伴亡妻的石墳前，哀叫哭嗥，痛心痛魂，痛不欲生，牠可能連扒開石堆再見一次老妻遺容的力氣也沒有了。喪偶天鵝的哀鳴和喪偶老狼的哀嗥振顫共鳴，合成了《草原悲愴》，比柴可夫斯基的《悲愴》更加真切，更加悲愴。楊克淚水湍急，直到天明。

幾天以後，沙茨楞從場部回來說，包順貴裝了半卡車野芍藥的大根，到城裏去了。

第二章 馬群裡的小公主

吾父可汗之騎士英勇如狼，其敵人則怯懦如羊。

——《闕特勤碑文》轉引自（法）勒尼・格魯塞《草原帝國》

高原初夏的陽光，將盆地上空浮島狀的雲朵照得又白又亮，晃得人睜不開眼睛。空氣中瀰漫著羊群羊羔嚼出的山蔥野蒜的氣味，濃郁而熱辣。人們不得不時時眨一下眼睛，滋潤一下自己的眼珠。陳陣睜大眼睛觀察新草場和新營盤陣地，他太怕母狼帶狼群來搶奪小狼和報復羊群了。

二大隊三十多個蒙古包，紮在盆地西北接近山腳的緩坡上。兩個蒙古包組成一個浩特，浩特與浩特相距不到一里，各個生產小組之間也很近。這樣的營盤安排，要比以往各組相距幾十里駐營間距，緊了幾十倍。畢利格和烏力吉下令如此集中紮營，顯然是爲了防範新區老區狼群的輪番或聯合攻擊。陳陣感到額侖的狼群無論如何也攻不破這樣密集的人群狗群防線。只要一個營盤遭狼襲擊，就會遭到無數猛狗的聯合圍殺。陳陣稍稍放下心來，開始瞇起眼睛欣賞新草場。

大隊幾十群牛羊馬都已開進了新草場，處女草地一天之間就變成了天然大牧場。四面八方傳來歌聲、馬嘶聲、羊咩聲和牛吼聲，開闊的大盆地充滿了喜氣洋洋的人氣、馬氣、羊氣和牛氣。

陳陣和楊克的羊群長途跋涉以後都累了，散在蒙古包後面不遠的山坡上吃草。陳陣對楊克感慨道：這片夏季草場與去年那塊草場真有天壤之別，我心裏有一種開疆拓土般的自豪，舒暢還是多於遺憾。有時覺得好像在夢遊，把羊放到了伊甸園來了。

楊克說：我也有同感，這真是個世外草原，天鵝草原。要是沒有包順貴，沒有知青，沒有外來戶就好了，額侖的牧民肯定能與那些白天鵝和平共處的。在天鵝飛翔的藍天下牧羊，多浪漫啊，連伊甸園裏可能都沒有白天鵝。再過幾年，娶一個敢抓活狼尾巴的蒙古姑娘，再生幾個敢鑽狼洞的蒙漢混血兒，此生足矣。

楊克又深深地吸了一口草香，說道：連大唐太子都想當個突厥草原人，更何況我了。草原是個愛狗和需要狗的地方，不像北京到處都在「砸爛狗頭」。我這個「反動學術權威」的「狗崽子」，能到草原紮根安家就是最好的歸宿了。

陳陣反問道：要是沒有知青就好了，你不是知青啊？

楊克說：在靈魂誠心誠意拜過狼圖騰以後，我就是一個蒙古人了。蒙古草原人真是把草原當作比自己的命還重要的大命，到了牧區以後，我覺得農區來的人真可惡，難怪游牧民族要跟農耕民族打幾千年的仗。我要是生在古代，也會像王昭君那樣主動請求出塞的，哪怕當昭君的衛兵隨從我也幹。一旦打起仗來，我就站在草原大命一邊，替天行道，替騰格里行道，替草原行道。

陳陣笑笑說：別打啦，歷史上農耕與草原兩個民族打來打去，然後又和親又通婚，其實我們早已是中原和草原民族的混血後代了。烏力吉說過，這片新草場能讓額侖的人畜鬆快四五年，如果烏力吉立了這個大功，能重新上臺就好了，我關心的是烏力吉和畢利格他們的草原力量，能不能抗過掠奪草原的勢力。

楊克說：你太烏托邦了！有一次我聽見父親說，中國的前途，就在於把農耕人口數減少到五億以下。可是農耕人口惡性膨脹的勢頭誰能擋得住？連蒙古的騰格里和中國的老天爺也乾沒轍。這二十年不要說把農民逐漸變爲工人、市民和城市知識份子了，還恨不得把城裏的知識份子統統趕到農村去當二等農民，咱們幾百萬知青不是一下子就被掃地出城了嗎？就烏力吉和畢利格這點力量……連螳臂擋車都不如。

陳陣瞪眼道：看來，狼圖騰還沒有成爲你心中真正的圖騰！狼圖騰是什麼？狼圖騰是以一當十、當百、當千、當萬的強大精神力量。狼圖騰是捍衛草原大命的圖騰，天下從來都是大命管小命，天命管人命。天地沒命了，人的小命還活個什麼命！要是真正敬拜狼圖騰，就要站在天地、自然、草原的大命這一邊，就是剩下一條狼也得鬥下去。相信物極必反的自然規矩吧，騰格里是會替草原報仇的。站在大命一邊，最壞的結果也就是和破壞大命的勢力同歸於盡，然後靈魂升上騰格里。人生能有這種結局，也就死得其所了。草原絕大多數的狼都是戰死的！

楊克一時無語。

小狼對視野寬廣的新環境十分好奇和興奮，牠有時對排隊去小河飲水的牛群看個沒完，有時又對幾群亮得刺眼的白羊群，歪著頭反覆琢磨；過了一會兒，又遠眺湖泊上空盤旋飛翔的大鳥水鳥群。

小狼看花了眼，牠從來沒有一下子看到過這麼多的東西。在搬家前的接羔草場，陳陣的浩特距最近的畢利格家都有四五里遠，那時小狼只能看到一群牛，一群羊，一個石圈，兩個蒙古包和六七輛牛車。在搬家的路上，小狼被關在牛糞箱裏兩天一夜，什麼也沒看到。當牠再次見到陽光時，周圍竟然變成這個樣子了。小狼亢奮得上躥下跳，如果不是那條鐵鏈拴著牠，牠一定會跟著狗們到新草地上撒歡撒野，或者與過路的小狗們打架鬥毆。

陳陣不得不聽從烏力吉的意見，將小狼用鐵鏈拴養。小狼脖子上的牛皮項圈扣在鐵鏈上，鐵鏈的另一端扣連在一個大鐵環上，鐵環又鬆鬆地套在一根胳膊粗的山榆木的木樁上，木樁砸進地面兩尺深，露出地面部分有近一米高。木樁上又加了一個鐵扣，使鐵環脫不出木樁。這套囚具結實得足以拴一頭牛，它的結構又可以避免小狼跑圈時，將鐵鏈纏住木樁，越勒越短，最後勒死自己。

在搬家前的一個星期裏，小狼失去了自由，牠被一根長一米半的鐵鏈拴住，成了一個小囚犯。陳陣心疼地看著小狼怒氣沖沖地與鐵鏈戰鬥了一個星期，半段鐵鏈一直被咬得濕漉漉的。可是牠咬不斷鐵鏈，拔不動木樁，只能在直徑三米的圓形露天監獄裏度日。陳陣經常加長放風溜狼的時間，來彌補他對小狼的虐待。

小狼最快樂的時刻，就是偶爾有一條小狗走進狼圈陪牠玩，但牠每次又忍不住將小狗咬疼咬哭咬跑，最後重又落得個孤家寡人。只有二郎時常會走進狼圈，有時還故意在圈裏休息，讓小狼沒大沒小地在牠身上踩肚踩背踩頭，咬耳咬爪咬尾。

小狼一天中最重要的一項內容，就是眼巴巴地盯著蒙古包門旁屬於自己的食盆，苦苦等待食盆加滿再端到牠的面前。陳陣不知道小狼能否意識到牠成爲囚徒的真正原因——小狼眼裏總是充滿憤怒：爲什麼小狗們能自由自在，而牠就不能？故而常常向小狗發洩，直到把小狗咬出血。在原始游牧條件下，在狗群羊群人群旁邊養狼，若不採取「非人的待遇」，稍一疏忽，小狼也許就會傷羊傷人，最後難逃被處死的結局。

陳陣好幾次輕聲細語地對小狼說明了這一點，但小狼仍然冥頑不化。陳陣和楊克開始擔心這種極其不公平的待遇，會對小狼心理發展產生嚴重影響。用鐵鏈拴養，必然使小狼喪失個性自由發展的條件和機會，那麼，在這種條件下養大的狼，還能算是真正的狼嗎？牠與陳陣楊克想瞭解的野生草原狼，肯定會有巨大差別。

他倆的科學研究，一開始就碰上了研究條件不科學的致命問題。如果能在某個定居點的大鐵籠或一個大石圈裏養狼，狼就能相對自由，也能避免對人畜的危害了。陳陣和楊克隱隱感到他們有些「騎狼難下」了，也許這個科學實驗早已埋下了失敗的種子。楊克有一次偶爾露出了想放掉小狼的念頭，但被陳陣斷然拒絕。楊克的心裏也實在是捨不得放，他對小狼也越發疼愛了。

草原又到了牛群自由交配的季節。草原自由神，幾頭雄壯的氓牛，居然在當夜就聞著母牛的氣味，轟轟隆隆地追到了新草場，找到了牠們的妻妾。小狼對近在眼前的一頭大氓牛很害怕，趕緊把身子縮在草叢中。當氓牛狂暴地騎上一頭母牛後胯的時候，小狼嚇得向後猛地一竄，一下子被鐵鏈拽翻了一個大跟頭，勒得牠吐舌頭，翻白眼。小狼經常忘記自己脖子上的鎖鏈，等到氓牛又去追另一頭向牠回頭示意的母牛的時候，小狼才算平靜下來。

小狼對這個新囚地，似乎還算滿意，牠開始在狼圈裏打滾撒歡。新居的領地裏長滿了一尺多高的青草，比原來的乾沙狼圈舒服多了。小狼仰面朝天躺在草上，又側著頭，一根一根地咬草拽草，牠自己可以和青草玩上半小時。生命力旺盛的小狼在這個小小的天地裏，爲自己找到了可以燃燒生命的運動，牠又開始每日數次的跑圈運動，牠沿著狼圈的外沿全速奔跑，一圈又一圈，不知疲倦。

小狼瘋跑了一陣以後，突然急刹車，掉頭逆時針地跑。跑累了便趴在草地上，像狗一樣地張大嘴，伸長舌頭，滴著口水，散熱喘氣。陳陣發現小狼這些日子跑的時間和圈數超出平時幾倍，他忽然明白小狼好像有意在爲自己脫毛換毛加大運動量。畢利格說，小狼第一次換毛，要比大狼晚得多。

草地最怕踩，狼圈新跑道上的青草，全被小狼踩得萎頓打蔫。

突然，東面響起一陣急促的馬蹄聲，張繼原騎馬奔來，額頭上紮著醒目的白繃帶。兩人吃了一驚，忙去迎接。

張繼原大喊：別別！別過來！他跨下那匹小馬一驚一乍，根本不容人接近。兩人才發現他騎的是一匹剛馴的生個子。兩人急忙躲開，讓他自己找機會下馬。

在蒙古草原，蒙古馬性格剛烈，尤其是烏珠穆沁馬，馬性更暴。馴生馬，只能在馬駒長到新三歲，也就是不到三歲的那個早春來馴。早春馬最瘦，而新三歲的小馬又剛能馱動一個人，如果錯過這個時段，當小馬長到新四歲的時候，就備不上鞍子，戴不上嚼子，根本馴不出來了。就算讓別人幫忙，揪住馬耳把馬摁低了頭，強行備鞍戴嚼上馬，馬也絕不服人騎，不把人尥下馬決不罷休，哪怕用武則天的血腥馴馬法也無濟於事。這匹馬就可能成爲永遠無人能騎的野馬了。每年春季，馬倌把馬群中野性不是最強的新三歲小馬，分給牛倌羊倌們馴，誰馴出的馬，就歸誰白騎一年。如果騎了一年後，覺得這馬不如自己名下其他的馬好，可將新馬退回馬群。當然，這匹馴好的新馬從此就有了名字。

在額侖草原，給馬取名字的傳統方法是：馴馬人的名字加上馬的顏色。比如：畢利格紅、巴圖白、蘭木扎布黑、沙茨楞灰、桑傑青、道爾基黃、張繼原栗、楊克黃花、陳陣青花等等。馬名一旦定下，將伴隨馬的一生。

在額侖，馬名很少重名。以馴馬人名字來給新馬命名，是草原對勇敢者的獎勵。擁有最多以自己名字命名的馬的騎手，在草原上受到普遍的尊敬；如果馴馬人覺得自己馴出的是一匹好馬，他就可以要下這匹馬，但必須用自己原來名額中的一匹馬來換。一般羊倌牛倌會用自己名下的四五匹、五六匹馬中最老最賴的馬，去換一匹有潛力的小新馬。

在草原上，馬是草原人的命。沒有好馬，沒有足夠的馬和馬力，就逃不出深雪、大火和敵兵的追擊，送不及救命的醫生和藥物，報不及突至的軍情和災情，追不上套不住狼，追不上白毛風裏順風狂奔的馬群牛群和羊群，等等。畢利格老人說，草原人沒有馬，就像狼被夾斷兩條腿。

羊倌牛倌要想得好馬，只能靠自己馴馬。草原人以騎別人馴出的馬爲恥。在額侖草原，即便是普通羊倌牛倌，騎的都是自己馴出來的馬，優秀的羊倌牛倌，騎著一色兒的好馬，讓年輕的小馬倌看了都眼紅。

馬群中剩下的野性最強的新三歲馬，大多由馬倌自己馴。馬倌的馬技最好，馴出的馬最多，好馬倌就有騎不完的馬。但是遇到野性奇強的生馬，馬倌被摔得鼻青臉腫，肉傷骨折的事也時有發生。但在額侖草原，往往野性越大的馬，就越是快馬和有長勁的上等馬，成了爭強好勝的馬倌們爭奪的對象。

在額侖，哪個馬倌好馬最多，哪個馬倌的地位就最高，榮譽和情人就最多。蒙古草原鼓勵男兒鑽狼洞、馴烈馬、鬥惡狼、摔強漢、上戰場、出英雄。蒙古草原是戰鬥的草原，是勇敢者的天下。蒙古大汗是各部落聯盟推選出來，而不是世襲欽定的。蒙古人在歷史上，一直從心底裏拒絕接受無能的「太子」登基，蒙元時平庸無能的太子，經常被強悍的皇兄皇弟、勇將悍臣取而代之。

張繼原一邊撓著馬脖子，一邊悄悄脫出一隻腳的馬蹬，趁生個子分神的機會，他一抬腿俐索落地。生馬驚得連尥了十幾下，差點把馬鞍尥下馬背。張繼原急忙收短韁繩，把馬頭拽到身邊，以避開後蹄，又費了半天勁，才把馬趕到牛車軲轆旁拴結實。生個子暴躁地猛掙韁繩，把牛車掙得匡匡響。

陳陣和楊克都長舒了一口氣。楊克說：你小子真夠玩命的，這麼野的馬你也敢壓？

張繼原摸了摸額頭說：早上我讓牠尥了下來，腦袋上還讓牠尥了一蹄子，正中腦門，把我踢昏過去了，幸虧巴圖就在旁邊。青草還沒長出來的時候，我就壓了牠兩次，根本壓不住，後來又壓了兩次才總算老實了。哪想到牠吃了一春天的青草，上了膘，就又不肯就範了。幸虧是小馬，蹄子還沒長圓，沒踢斷我的鼻樑，要是大馬我就沒命了。這可是匹好馬胚子，再過兩三年準是匹名馬。在額侖，誰都想得到好馬，不玩命哪成！

陳陣說：你小子越來越讓人提心吊膽。什麼時候，你既能壓出好馬，又不用打繃帶，那才算出師了。

張繼原說：再有兩年差不多。今年春天我連壓了六匹生個子，個個都是好馬，往後你們倆打獵出遠門，馬不夠騎就找我。我還想把你們倆的馬全換成好馬。

楊克笑道：你小子膽子大了，口氣也跟著見長。別人嚼過的饃沒味道，我想換好馬，自個兒馴。今年淨顧小狼了，沒時間壓生個子，等明年吧。

陳陣也笑著說：你們倆的狼性都見長。真是近朱者赤，近狼者勇。

馬群飲完了水，慢慢走到陳陣蒙古包正前方坡下的草甸上。張繼原說：這裏是一個特棒的觀戰台，居高臨下，一覽無餘，跟你們說十遍不如讓你們親眼看一遍。從前大隊不讓馬群離營盤太近，你倆沒機會看，這回就讓你們倆開開眼，一會兒你倆就知道什麼叫蒙古馬了。

新草場地域寬廣，草多水足，進來的又只是一個大隊的牲畜，大隊破例允許馬群飲完水以後，可以在牛羊的草場上暫時停留一段時間。由於沒有人轟趕，馬群都停下來，低頭吃草。陳陣和楊克立即被高大雄壯剽悍的兒馬子奪去了視線。兒馬子全都換完了新毛，油光閃閃，比蒙袍的緞面還要光滑。兒馬子的身子一動，緞皮下條條強健的肌肉，宛如肉滾滾的大鯉魚在游動。

兒馬子最與眾馬不同的，是牠們那雄獅般的長鬃，遮住眼睛，遮住整段脖子，遮住前胸前腿。脖子與肩膀相連處的鬃髮最長，鬃長過膝，及蹄，甚至拖地。牠們低頭吃草的時候，長鬃傾洩，遮住半身，像披頭散髮又無頭無臉的妖怪。牠們昂頭奔跑時，整個長脖的馬鬃迎風飛揚，像一面草原精銳騎兵軍團的厚重軍旗，具有使敵人望旗膽戰的威懾力。

兒馬子性格兇猛暴躁，是草原上無人敢馴，無人敢套，無人敢騎的烈馬。兒馬子在草原的功能有二：交配繁殖和保護馬群家族。牠具有極強的家族責任心，敢於承擔風險，因而也更兇狠頑強。如果說氓牛是配完種就走的二流子，那麼，兒馬子就是蒙古草原上真正的偉丈夫。

沒過多久，激烈的馬戰突然開始。馬群裏所有兒馬子，都兇神惡煞地加入了廝殺。一年一度蒙古馬群中

驅趕女兒，爭搶配偶的大戰，就在觀戰台下爆發了。

三個人坐在狼圈旁的草地上靜靜觀看，小狼也蹲坐在狼圈邊線，一動不動地注視著馬群大戰，狼鬃瑟瑟顫抖，如同雪地裏饑狼。狼對兇猛強悍的大兒馬子有一種本能的恐懼，但牠看得全神貫注。

五百多匹馬的大馬群中，有十幾個馬家族，每個兒馬子統率一個家族。最大的家族有七八十匹馬，最小的家族只有不到十匹馬。家族成員由兒馬子的妻妾，兒女構成。在古老的蒙古馬群中，馬群在交配繁殖方面，進化得比某些人還要文明。爲了在殘酷的草原上，在狼群包圍攻擊下能夠繼續生存，馬群必須無情地剷除近親交配，以提高自己種群的質量和戰鬥力。

每當夏季，三歲的小母馬接近性成熟的時候，兒馬子就會一改慈父的面孔，毫不留情地把自己的女兒趕出家族群，決不允許小母馬跟在牠們媽媽的身旁。發瘋發狂的長鬃生父，像趕狼咬狼一樣地追咬親生女兒。小母馬們被追咬得哭喊嘶鳴，馬群亂作一團。剛剛有機會逃到媽媽身邊的小母馬，還未喘口氣，兇暴的兒馬子又快速追到，對小母馬又踢又刨又咬，絕不允許有絲毫頂抗。

小母馬被踢得東倒西歪，只好逃到家族群之外，發出淒慘的長嘶苦苦哀求，請父親開恩。但是兒馬子怒瞪馬眼，猛噴鼻孔，狠刨勁蹄，無情威脅，不許女兒重返家族。而小母馬的媽媽們剛想護衛自己的女兒，立即會遭到丈夫的拳打腳踢。最後大母馬們只好無可奈何地保持中立，牠們也似乎理解丈夫的行爲。

各個家族驅趕女兒的大戰剛剛告一段落，馬群中更加殘酷的爭奪新配偶的惡戰接踵而來，這是蒙古草原上，真正雄性野性的火山爆發。馬群中那些被趕出族門，無家可歸的小母馬們，立即成爲沒有血緣關係的其他兒馬子的爭奪對象。所有兒馬子都用兩隻後蹄高高地站立起來，捉對廝殺搏擊，整個馬群頃刻間就高出了一倍。牠們用沉重巨大的馬蹄當武器，只見馬蹄在半空中，像掄錘，像擊拳，像劈斧。馬蹄鏗鏘，馬牙碰響，弱馬被打得落荒而逃，強馬們殺得難分難解。前蹄不靈就用牙、大牙不行就轉身用後蹄，那可是能夠敲碎狼頭的超級重武器。有的馬被尥得頭破了，胸腫了，腿瘸了，但兒馬子們毫無收場之意。

當小母馬趁亂逃回家族的時候，又會遭到狂怒的父親和貪婪的搶親者共同追咬。兒馬子又突然成了戰友，共同把小母馬趕到牠必須去的地方。

一匹最漂亮健壯的小白母馬，成了兩匹最兇猛的兒馬子爭搶的目標。小母馬全身雪白的新毛柔順光亮，一對馬鹿似的大眼睛嫵媚動人。牠高挑苗條，跑起來像白鹿一樣輕盈快捷。楊克連聲讚道：真是太漂亮了，我要是匹兒馬子，也得玩命去搶。搶婚比求婚更刺激。媽的，草原上連馬群的婚姻制度都是狼給定的，狼是馬群最大的天敵與剋星。如果沒有狼，兒馬子犯不上這麼兇猛無情，小母馬也不得不接受野蠻的搶婚制。

兩匹兒馬子激戰猶酣，打得像羅馬鬥獸場裏的兩頭雄獅，怒髮衝天，你死我活。張繼原下意識地跺著腳，搓著手說：爲了這匹小母馬，這兩匹大兒馬子已經打了好幾天了。這匹小白母馬人見人愛，我管牠叫白雪公主。這個公主真是可憐，今天在這個兒馬子的馬群待一天，明天就又被那匹兒馬子搶走了，然後兩匹馬再接著打，後天小公主可能又被搶回去。等這兩匹兒馬子打得精疲力竭，還會突然殺出一匹更兇猛狡猾的第三號競爭者，小公主又得改換門庭了。

小公主哪裏是公主啊，完全是個女奴，任兒馬子爭來搶去，整天東奔西跑，連這麼好的草也吃不上幾口，你們看牠都餓瘦了。前幾天，牠還要漂亮呢。每年春天這麼打來打去，不少小母馬也學乖了，自己的家反正也回不去，牠就找最厲害的兒馬子的馬群，去投奔靠得住的靠山，省得讓人家搶個沒完，少受點皮肉之苦。小母馬們很聰明，都見過狼吃馬駒和小馬的血腥場面，都知道在草原上如果沒有家，沒有一個厲害的爸爸或丈夫的保護，弄不好就可能被狼咬死吃掉。蒙古馬的野性，兒馬子的勇猛戰鬥精神，說到底，都是讓狼給逼出來的。

張繼原繼續說：兒馬子是草原一霸，除了怕狼群攻擊牠的妻兒之外，基本上是天不怕地不怕的，不怕狼更不怕人。以前我們常說什麼做牛做馬，其實跟兒馬子根本就不相干。蒙古馬群真跟野馬群差不多，馬群中除了多一些閹馬，其他幾乎沒太大區別。我泡在馬群裏的日子也不短了，可我還是想像不出來，那原始人一開始是怎麼馴服野馬的？怎麼能發現把馬給騸了，就有可能騎上馬？

騸馬這項技術也不是好掌握的，騸馬必須在小馬新二歲的早春時候騸，騸早了小馬受不了，騸晚了又騸不乾淨。騸掉馬睪丸也很難，割破陰囊皮，揪出睪丸以後，睪丸還連著許多細管子。不能用刀切，一切就感染；也不能拽，一拽就會把馬肚子裏別的器官拽出來。馬倌的原始手法是把連著睪丸的細管子擰斷，斷口被擰成一個小疙瘩，才不會讓傷口感染，稍稍一感染，小馬就會死掉。騸馬還必須在新二歲騸，到了新三歲就該馴生個子了，把騸馬和馴馬放在同一個時候，非把小馬弄死不可。這項技術難度太高了，你們說，原始草原人是怎麼摸索出並掌握這項技術的呢？

陳陣和楊克互相看了一眼，茫然搖頭。張繼原便有些得意地說下去：

我琢磨了好長時間，我猜測，可能是原始草原人先想法子抓著被狼咬傷的小野馬駒，養好傷，再慢慢把牠養大。可是養大以後也不可能騎啊，就算在小馬的時候還勉強能騎，可小馬一長成兒馬子誰還敢騎啊。然後再想辦法抓一匹讓狼咬傷的小野馬駒，再試。不知道要經過多少代，沒準原始人碰巧抓住了一匹被狼咬掉睪丸，僥倖活下來的新二歲小馬，後來長大了就能馴騎了……這才受到啓發。

反正原始草原人馴服野馬的這個過程，太複雜太漫長了。不知摔傷摔死了多少草原人，才終於馴服了野馬。這真是人類歷史發展的偉大一步，要比中國人的四大發明早得多，也重要得多。沒有馬，人類古代生活真不堪想像，比現在沒有汽車火車坦克還慘，所以，游牧民族對人類的貢獻真是不可估量。

陳陣興奮地打斷他說：我同意你的觀點。草原人馴服野馬，可比遠古農民馴化野生稻難多了。至少野生稻不會跑，不會尥蹶子，不會把人踢破頭，踢死拖死。馴化野生植物基本上是和平勞動，可是馴服野馬野牛，是流血又流汗的戰鬥。農耕民族至今還在享用游牧民族的這一偉大戰果呢。

楊克說：游牧民族真了不得，他們既敢戰鬥，又會勞動和學習。游牧民族文明發展程度雖然不如農耕民族高，可是一旦得到發展條件，那趕超農耕民族的速度要比野馬跑得還要快。忽必烈、康熙、乾隆等帝王學習和掌握漢文化，絕對比大部分漢族皇帝厲害得多，功績和作爲也大得多，可惜他們學的是古代漢文化，如果他們學的是古希臘古羅馬或近代的西方文化，那就更了不得了。

陳陣嘆道：其實現在世界上最先進的民族，大多是游牧民族的後代。他們一直到現在還保留著喝牛奶、吃奶酪、吃牛排，織毛衣、鋪草坪、養狗、鬥牛、賽馬、競技體育，還有熱愛自由、民主選舉、尊重婦女等等的原始游牧民族遺風和習慣。游牧民族勇敢好鬥、頑強進取的性格，不僅被他們繼承下來，甚至還發揚得過了頭了。

人說三歲看大，七歲看老，對於民族也一樣。原始游牧是西方民族的童年，咱們現在看原始游牧民族，就像看到了西方民族的「三歲」和「七歲」的童年，等於補上了這一課，就能更深刻懂得西方民族爲什麼後來居上。西方的先進技術並不難學到手，中國的衛星不是也上天了嗎。但最難學的，是西方民族血液裏的戰鬥進取、勇敢冒險的精神和性格。魯迅早就發現華夏民族在國民性格上存在大問題……

張繼原說：我當了馬倌以後，感觸最深的就是蒙漢民族的性格差別。過去在學校，我也算是處處拔尖的，可一到草原，發現自己弱得像隻貓。我拚命地想讓自己變得強悍起來，後來才發現，咱們好像從骨子裏就有些先天不足似的……

陳陣嘆道：就是先天不足！華夏的小農經濟是害怕競爭的和平勞動；儒家的綱領是君君臣臣父父子子，強調的是上尊下卑，論資排輩，無條件服從，以專制暴力消滅競爭，來維護皇權和農業的和平。華夏的小農經濟和儒家文化，從存在和意識兩個方面，軟化了華夏民族的性格，華夏民族雖然也曾創造了燦爛的古代文明，但那是以犧牲民族性格爲代價的，也就犧牲了民族發展的後勁。當世界歷史越過了農業文明的低級階段，中國注定了要落後挨打。不過，咱們還算幸運，趕上了蒙古草原原始游牧生活的最後一段尾巴，沒準能找到西方民族崛起的秘密也說不定？

在草甸上，原始馬戰仍打得不可開交。打著打著，那匹美麗的「白雪公主」，終於被一匹得勝馬圈進牠的馬群。失敗者不服氣，狂衝過來，朝小母馬就是幾蹄，小公主被踢翻在地，不知道該向誰求救，臥在草地上哀傷地長嘶起來。小公主的媽媽焦急地就要上前援救，但被惡魔似的丈夫幾蹄子就打回了馬群。

楊克實在是看不下去了，他推了推張繼原說：你們馬倌怎麼也不管管？

張繼原說：怎麼管？你一去，馬戰就停，你一走，大戰又起。牧民馬倌也不管，這是馬群的生存戰，千年萬年就這樣。整個夏季，兒馬子不把所有女兒趕出家門、不把所有的小母馬爭搶瓜分完畢，這場馬戰就不會停止。每年一直要到夏末秋初才能休戰，到那時候，最兇猛的兒馬子能搶到最多的小母馬，而最弱最膽小的兒馬子，只能撈到人家不要的小母馬。最慘的兒馬子，甚至連一個小妾也撈不著。

夏季這場殘酷的馬戰中，會湧現出最勇猛的兒馬子，牠配出的後代也最厲害，速度快，腦子靈，性格兇猛。戰鬥競爭出好馬，通過一年一度的馬戰，兒馬子膽量戰技也越強越精，牠的家族也就越來越興旺。這也是兒馬子鍛鍊鬥狼殺狼，看家護群本領的演習場。沒有一年一度的馬戰演習，蒙古馬群根本無法在草原生存。

陳陣說：看來能跑善戰，震驚世界的蒙古馬，真是讓草原狼給逼出來的。

張繼原說：那當然。草原狼不光是培養了蒙古武士，也培育了蒙古戰馬。中國古代漢人政權也有龐大的騎兵，可是漢人的馬，大多是在馬場馬圈裏餵養出來的。咱們下鄉勞動過，農村養馬的過程咱們還不知道嗎。馬放在圈裏養，有人餵水添料，晚上再加夜草。內地馬哪見過狼啊，也從來沒有馬戰。馬配種不用打得你死我活，全由人來包辦，把母馬拴在柱子旁邊，人再牽一匹種馬來配就得了，等配完了，母馬還不知道公馬長得什麼樣。這種馬的後代哪還有個性和戰鬥力？

楊克笑道：包辦婚姻包出來的種，準傻！幸虧咱們哥仨都不是包辦出來的種，還有救。不過現在農村的包辦婚姻還很普遍，但是總算比耕馬強一點，小媳婦們還能知道男人長得什麼樣。

陳陣說：這在中國可真算是個大進步了。

張繼原又說：中原漢人的馬，只是苦力，白天幹活，晚上睡覺，跟農民的作息沒什麼兩樣。所以漢人這邊是勞動農民和勞動馬，當然就打不過蒙古草原的戰士加戰馬了。

楊克嘆道：傻馬上陣能不敗嗎？可馬傻的根本原因還是人傻。傻兵騎傻馬，夜半臨深潭。

三人苦笑。

張繼原繼續說：戰鬥性格還真比和平勞動性格更重要。世界上勞動量最大的工程——長城，仍是抗不過世界上最小民族的騎兵。光會勞動不會戰鬥是什麼？就是那些閹馬，任勞任怨任人騎，一遇到狼，掉頭就逃，哪敢像兒馬子那樣猛咬狠踢。在馬群裏待久了就可以發現，馬群裏有不少大閹馬，牠們的個頭，體重，牙齒和蹄子，跟兒馬子也差不了太多，如果牠敢跟狼拚命的話，狼肯定打不過牠。可是爲什麼大部分閹馬見狼就逃呢？原因就是強悍的雄性和勇氣被閹割掉了。

楊克贊同地說：唉，長城萬里是死勞動，可人家草原騎兵是活的戰鬥，繞個幾百幾千里玩似的。有一次蒙古騎兵與金國交戰，攻打居庸關打不動，人家馬上南下幾百里，打下毫無防備的紫荊關，再從南邊攻北京，一攻就下來了。

陳陣說：我覺得咱們過去受的教育，把勞動捧得太極端。勞動創造了人，勞動創造了一切。勤勞的中國人民最愛聽這個道理。實際上，光靠勞動創造不了人。如果猿猴光會勞動不會戰鬥，牠們早就被猛獸吃光了，哪還輪得上勞動創造以後的「一切」。猿人發明的石斧，你說這是勞動工具還是武器？或者二者兼而有之？

楊克說：石斧當然首先是武器，不過用石斧也可以砸核桃吃。

陳陣笑道：勞動光榮，勞動神聖。勤勞是華夏民族的一大優勢，是未來民族復興的雄厚資本。但是勞動不是萬能的和無害的，勞動之中還有奴隸勞動，奴役性勞動，專政下的勞動，勞改式的勞動，做牛做馬的勞動。這種勞動光榮神聖嗎？可以讚美嗎？而奴隸主、封建主最喜歡和讚美這種勞動。自己不勞動甚至剝削別人勞動的人，同樣也會高唱讚美勞動的歌曲。

楊克忿忿說：我最恨的就是這種人，真應該用石斧好好收拾收拾他們。

陳陣思索著說：勞動之中還有無效勞動，破壞性勞動和毀滅性勞動。兩千多年以前，修建阿房宮的勞動，就把整個四川的森林砍光了，「蜀山兀，阿房出」，這種勞動多可惡。世界上許多農耕民族的墾荒勞動，其結果是勞動出一片大沙漠，最後把自己的民族和文明都埋葬了。

而且，世界上最重要的一些東西，都不是勞動可以創造出來的。比如，勞動創造不了和平、安全、鞏固的國防；勞動創造不了自由、民主、平等及其制度；勞動創造不了強烈要求實現自由民主平等的民族性格。不會戰鬥的勞動者，只是苦力、順民、家畜、牛馬。自由民主平等不可能成爲他們的戰鬥口號。世界上人口最多、最勤勞、勞動歷史最長、並且從未中斷過勞動的華夏人民，卻創造不出勞動歷史短得多的西方民族所創造的先進發達的文明……

兒馬子終於暫時休戰，都去往肚子裏填草了。小母馬們，趁機又逃回媽媽身邊，大母馬心疼地用厚厚的嘴唇給女兒擼毛揉傷。但小母馬只要一看到父親瞪眼噴鼻向牠怒吼，就嚇得乖乖跑回自己的新家，遠遠地與媽媽相望，四目淒涼。

楊克由衷地說：以後我還真得多到馬群去上上課。當年威震天下的蒙古騎兵，都是從馬群大學中畢業出來的高材生。

高建中趕了一輛牛車興沖沖地回來。他大喊：咱們賺了！我搶了大半桶野鴨蛋！三人跑過去，從車上拎下沉甸甸的大水桶，裏面大約有七八十個長圓形野鴨蛋，其中有一些破了，裂了口子，金黃色的汁液從蛋殼的縫隙裏滲出來。

楊克說：你可是一下子就消滅了一大群野鴨啊。

高建中說：王軍立他們都在那兒搶呢。西南的泡子邊，小河邊的草裏沙窩裏，走不了十幾步就能找到一窩野鴨蛋，一窩就有十幾個。先去的人都搶了好幾桶了。

跟誰搶？跟馬群搶唄。馬群去飲水一踩一大片，河邊泡子邊淨是蛋黃碎蛋殼，看著真心疼啊。

陳陣問：還有沒有？咱們再去搶點回來，吃不了就醃鹹鴨蛋。

高建中說：這邊沒了，四群馬一過還能剩下多少，泡子東邊可能還有。

楊克衝著張繼原大吼：馬群真夠渾的，你們馬倌也不長點眼睛。

張繼原說：誰知道河邊草裏有野鴨蛋啊。

高建中看到了家門口下面不遠的馬群，立即對張繼原說：哪有把馬群放在自己家門口的，把草吃光了，我的牛吃什麼。你快把馬群趕走，再回來吃攤鴨蛋。

陳陣說：他騎的可是生個子，上馬下馬不容易，還是讓他吃了再走吧。他剛才給我們倆上了一課，也得犒賞犒賞他。又對張繼原說：別走別走，這麼多的破蛋我們仨吃不了。

高建中吩咐說：你們都過來，把破蛋好蛋分開挑出來。我兩年沒吃到攤雞蛋了，這次咱們吃個夠。正好包裹還有不少山蔥，野蔥攤野蛋，是真正的野味，一定特香。楊克你去剝蔥，陳陣你去打蛋，繼原去搓一大簸箕乾牛糞來，我掌勺。

挑的結果，一半好蛋，一半破蛋。每人先可以吃上八九個破蛋，四人樂得像過節。不一會兒，羊油、山蔥和野鴨蛋，濃烈的混合油香溢出蒙古包，在草原上隨風飄散。狗們全都流著口水，搖著尾巴擠在門口，小狼把鐵鏈掙得嘩嘩響，也饞得蹦高，兇相畢露。陳陣準備留出一份餵狼，想看看小狼吃不吃羊油攤野鴨蛋。

四人在蒙古包裏狼吞虎咽地吃了一碗又一碗。正吃在興頭上，忽然聽到嘎斯邁在包外大聲高叫：好啊，吃這麼香的東西，也不叫我。嘎斯邁帶著巴雅爾，扒拉開狗進了包。陳陣和楊克立刻讓坐，請兩人坐在北面地氈主座的位置上，陳陣一邊給兩人盛鴨蛋，一邊說：我以為牧民不吃這種東西呢，來，你們先嚐嚐。

嘎斯邁說：我在家裏就聞到香味了，太香了，隔著一里地都能聞見，饞得我像狗一樣流口水了，連我家的狗都跟來了。我怎麼不敢吃？我吃我吃！說完就拿筷子夾了一大塊，放到嘴裏，嚼了幾口，連說好吃好吃。巴雅爾更是吃得像小狼一樣貪婪。吃在碗裏望著鍋裏，擔心鍋底朝天。草原牧民一天早上一頓奶食、肉和茶，晚上一頓主餐，不吃中飯。這時母子倆都確實餓了。

嘎斯邁說：這東西太好吃了，我的「館子」的吃啦。不用進城啦，今天一定得讓我吃個飽。

額侖草原的牧民把漢家菜叫作「館子」，都喜歡吃「館子」。近年來，牧民的飲食中也開始出現漢菜的佐料，牧民喜歡花椒、醬油和大蔥，有的牧民也喜歡辣椒，但所有的牧民都不喜歡醋、蒜、生薑和八角大料，說大料「臭臭的」。

陳陣趕緊說：往後我們做「館子」一定請你們來吃。

高建中經常吃嘎斯邁送來的黃油、奶豆腐，奶皮子，也經常去她家喝奶茶吃手把肉。他最喜歡吃嘎斯邁做的蒙古奶食肉食，這次終於得到回報的機會了。他笑著說：我這兒有一大桶呢，破的不夠就吃好的，保妳吃夠。他連忙把破蛋放在一邊，一連敲了五六個好蛋，專門爲嘎斯邁母子攤一鍋。

嘎斯邁說：可阿爸不吃這東西，他說這是騰格里的東西不能動，我只好到你們這兒來吃啦。

陳陣說：去年我見到阿爸向場部幹部家屬要了十幾個雞蛋，那是怎麼回事？

嘎斯邁說：那是因爲馬得了病上了火，他捏住馬鼻子，讓馬抬起頭，再在馬牙上把兩個這東西打破，灌下去。灌幾次馬病就好啦。

楊克小聲跟張繼原嘀咕：這事壞了，咱們來了，牧民也開始跟著咱們吃他們原來不吃的東西了，再過幾年，這兒不要說天鵝了，連野鴨子也見不著了。

巴雅爾越吃越來勁，他滿嘴流油地對高建中說：我知道哪兒還有這東西，你再給我們做一碗，我明天帶你去撿。土坡上廢獺洞的口子裏面準有，早上我找羊羔的時候，就在小河旁邊見到過。

高建中高興地說：太好了，小河邊是有一個土包，還真有不少沙洞呢，馬群肯定踩不著。他一邊攤著蛋，一邊讓陳陣再敲出一些蛋來。又是一大張油汪汪厚嫩嫩的攤鴨蛋出了鍋，這回高建中把蛋餅用鍋鏟一切

兩半，盛到嘎斯邁母子的碗裏，母子倆吃得滿頭冒汗。油鍋裏油煙一冒，一大盆打好的蛋汁，又刺啦啦地下了鍋。

等攤蛋出了鍋以後，陳陣接過鍋鏟說：我再讓你們倆吃新花樣。他往鍋裏放了一點羊油，開始煎荷包蛋，不一會兒，鍋裏就出現了兩個焦黃白嫩的荷包形的標準煎蛋。嘎斯邁母子倆跪起身來看鍋，看得眼睛都直了。陳陣給他們倆一人盛了一個，並澆了一點化開的醬油膏。

嘎斯邁一邊吃一邊說：這個新東西更好吃啦，你再給我們做兩個。楊克笑嘻嘻地說：待會兒我給妳做一碗韭菜炒鴨蛋，你們吃飽以後，再讓張繼原給你們做一鍋鴨蛋蔥花湯。我們四個的手藝一個也不落下了。

蒙古包裏油煙和菜香瀰漫，六個人吃撐得有點噁心了，才放下碗筷。這頓野鴨蛋宴消滅了桶裏的大半鴨蛋。

嘎斯邁急著要走，剛搬家，裏裏外外的活兒多，她打著飽嗝，回頭笑了笑說：你們可別跟阿爸說啊。過幾天，你們幾個都上我那兒去吃奶皮子拌炒米。

高建中對巴雅爾說：明天一定帶我去找鴨蛋啊。

陳陣追上巴勒，悄悄地給牠的嘴裏塞了一大塊攤蛋，巴勒馬上把蛋吐在草地上看了看，又聞了聞、舔了舔，確信這是主人剛才吃的好東西時，才眉開眼笑地吃到嘴裏，咂著滋味慢慢咽下，還不忘向陳陣搖尾答謝。

人都散了，陳陣心裏惦著自己的小狼，趕緊跑去看。一眼看去，小狼竟然沒了。陳陣冒出一頭冷汗，慌忙跑近一看，卻見小狼原來是放扁了身子，下巴貼地，趴躲在高高的草叢裏。一定是剛才的兩個陌生人和一大群陌生狗把牠嚇成這樣，看來小狼天生具有隱蔽的才能，陳陣這才鬆了一口氣。

小狼探頭看了看陌生人和狗都不在了，才跳起來，上下左右聞著陳陣身上濃重的煎蛋油煙香氣，還不斷地舔陳陣的油手。陳陣轉身進包，向高建中要了六七個破鴨蛋，又加大羊油量，爲小狼和狗們做最後一鍋攤鴨蛋。雖然不可能讓牠們吃飽，但他決定必須要讓牠們嚐一嚐。草原狗對零食點心的喜愛有時超過主餐，餵零食也是人親近狗的好法子。

陳陣攤好了蛋，把它分成四大塊三小塊，四塊大的給三條大狗和小狼，三塊小的給三條小狗。狗們還擠在門口不肯走，陳陣先把小狼的那塊藏好，然後，蹲在門口用爐鏟像敲木魚那樣，輕輕敲了敲每條狗的腦門，讓牠們不准搶，必須排隊領食。再拿了最大的一塊蛋遞給二郎，二郎把蛋塊叼住，尾巴搖得有點擺度了。

陳陣等狗們滿意地到草地上玩去了，又等到攤蛋完全放涼了，才把小狼的那份蛋放到食盆裏向小狼走去。楊克、張繼原和高建中都跟著走過來，想看看小狼吃不吃攤鴨蛋，這可是草原狼從來沒見過吃過的東西。

陳陣高喊：小狼，小狼，開飯囉。食盆一放進狼圈，小狼像餓狼撲羔一樣，把羊油味十足的攤鴨蛋一口咬到嘴裏，囫圇吞下，連一秒鐘都沒有。

四人大失所望。張繼原說：狼也真是可憐，把東西吞到肚子裏就算幸福了。狼的字典裏沒有「品嚐」這個字眼。

高建中心疼地說：真是白白糟蹋了那麼好的鴨蛋。

陳陣只好解嘲地說：沒準狼的味蕾都長在胃裏了。三人大笑。

陳陣留在蒙古包裏，收拾剛搬來的亂家。其他三人準備去馬群、牛群和羊群。陳陣對張繼原說：嗳，要不要讓我揪住馬耳朵幫你上馬？

張繼原說：那倒不用，生個子很聰明，牠一看我要回馬群，準不給我搗亂。

陳陣又問：你騎這匹小馬，怎麼換馬？牠能追上你的大馬嗎？

張繼原說：馬倌都有一兩匹老實馬，你喊牠一聲，或者用套馬杆敲敲牠的屁股，牠就停，不用追，也不用套。馬倌要是沒這種馬，萬一一個人在馬群裏被烈馬摔下來，沒馬騎了，馬群又跑了，那就慘啦。要在冬天，非凍死在深山裏不可。

張繼原拿了一些換洗的衣服，又跟陳陣借了一本傑克・倫敦的《海狼》，出了包。

張繼原果然輕鬆上馬，又在馬群裏順利換馬，然後趕著馬群向西南大山方向跑去。

第三章 草原帝國的底蘊

拓跋燾（魏太武帝——引者注）於四二九年決定向東戈壁的蠕蠕蒙古部落採取反侵寇的行動時，他的一些顧問們向他預告說：南朝（南京）帝國的漢人可能要趁機來牽制他的兵力。他簡單地回答道：「漢人乃步卒，吾人則騎士。駒犢群豈能抗拒豺狼。」

——（法）勒尼・格魯塞《草原帝國》

陳陣見前邊的幾群羊陸續離開湖邊，便將羊群攏了攏朝湖邊慢慢趕。他看羊群已經走起來，就先騎馬跑到湖邊。湖西北邊的一溜蘆葦已經被砍伐乾淨，又出現了一大片用沙土填出的人造沙灘，以便畜群進湖飲水。

一群已經飲飽了的馬，還站在水裏閉目養神，不肯上岸。野鴨和各種水鳥仍在湖面上戲水，幾隻美麗的小水鳥甚至游到馬腿邊，從馬肚子下面大搖大擺地鑽了過去。馬們友好地望著水鳥，連尾巴也不掃一下。只有天鵝不願與馬爲伍，牠們遠離被馬淌渾的湖水，在湖心，湖對岸的蘆葦叢和葦巷裏慢慢游弋。

突然，湖邊坡地上發出驚天動地的羊叫聲，陳陣的大羊群聞到了湖水氣味。夏季飲羊，兩天一次。渴了兩天的羊群齊聲狂喊，全速衝鋒，捲起大片沙塵衝向湖水。人畜進新草場才不到十天，湖旁大片草地已經被牛羊馬群踏成了沙地。羊群衝進水裏，在馬腿旁馬肚子下，伸頭猛灌湖水。

羊群飲飽了水，剛剛走上了湖邊坡地，湖邊又響起另一群渴羊的衝鋒吶喊聲，捲起一陣更濃烈的黃塵。距湖兩里地的一面緩坡上，已經豎起三四個民工帳篷，幾十個民工正在開挖地溝。包順貴指揮著民工們修建藥浴池、羊毛庫房和臨時隊部。陳陣看到幾個民工和家屬在挖溝，翻地，開菜園子。遠處的一片山坡上，一些民工已經挖開一個巨大石坑，正在起石頭，幾掛大車滿載著鮮黃色的石頭和石片運往工地。陳陣真不願多看一眼處女草原上新出現的千瘡百孔，便趕著羊群匆匆向西北走去。

羊群翻過一道山樑，走出了盆地草場。畢利格老人要求各組畜群不要死啃盆地草場，夏季天長，必須盡量遠牧，以便堅持到夏末秋初不搬家。他計劃用畜群，把這盆地內外大片草場來回淌過幾遍，控制草勢瘋長，踩實過鬆新土壤，以防危險的蚊群。陳陣的羊群散成半月形的隊伍，向西面山坡慢慢移動。

陽光下，近千隻羊羔白亮得像大片盛開的白菊花，在綠草坡上分外奪目。羊羔的鬈毛已經開始蓬鬆，羊羔又吃奶又吃嫩草，牠們的肥尾長得最快，有的快趕上母羊被餵奶耗瘦的尾巴了。滿坡的野生黃花剛剛開放，陳陣坐在草地上，眼前一片金黃。成千上萬棵半米多高的黃花花株，頭頂一朵碩大的喇叭形黃花，枝杈上斜插著沉甸甸的筆形花蕾，含苞欲放。陳陣坐在野生的黃花菜花叢裏，如同坐在江南的油菜花田裏，他沒想到處女草場的野生黃花，要比人工種植的黃花大得多，最大的花蕾竟然差不多像是一枝圓珠筆了。

陳陣站起來騎上馬，跑到羊群前面花叢更密的地方，淌花採蕾。這些日子鮮嫩可口的黃花菜，已經成爲北京學生的時令蔬菜：鮮黃花炒羊肉，黃花羊肉包子餃子，涼拌山蔥黃花，黃花肉絲湯等等。一冬缺菜的知青，個個都像牛羊一樣狂吃起草原的野菜野花，讓牧民大開眼界，但牧民都不喜歡黃花的味道。早上出門前，高建中已經爲陳陣準備了兩隻空書包。這幾天，高建中不讓陳陣在放羊的時候看書了，要他和楊克抓緊花季儘量採摘，回家以後用開水焯過，再曬製成金針菜，留到冬季再吃。這幾天，他們已經曬製出了半面口袋了。

羊群在身後遠處的花叢中低頭吃草，陳陣大把大把地採摘花蕾，不一會兒就採滿了一書包。採著採著，他發現腳下有幾段狼糞，立即蹲下身，撿起一段仔細端詳。狼糞呈灰白色，香蕉一般粗長，雖然已經乾透，但還能看得出是狼在前幾天新留下的。陳陣盤腿坐下，細細地琢磨起來，也想多積累一些有關狼糞的知識。

他忽然意識到幾天以前，他坐的地方正是一條大狼的休息之地。牠到這兒來幹什麼？陳陣看了看周圍的草地，既沒有殘骨，又沒有殘毛，顯然不是狼吃東西的地方。這裏花高草深，小組的羊群經常路過這裏，可能是狼的潛伏之地，是一處打伏擊的好地方？陳陣有點緊張，他急忙站起來四處張望，還好，附近幾個制高點都有羊倌坐著休息瞭望，而自己的羊群還在身後半里的地方。他又重新坐了下來。

陳陣認識狼糞，但還沒有機會細細研究。他掰開一段狼糞，發現狼糞裏面幾乎全是黃羊毛和綿羊毛，竟沒有一點點羊骨渣，只有幾顆草原鼠的細牙齒，還有黏合羊毛的石灰粉似的骨鈣。陳陣又捏鬆了狼糞仔細辨認，還是找不到其他任何的硬東西。狼竟然把吞下肚的羊肉鼠肉，羊皮鼠皮，羊骨鼠骨，羊筋鼠筋全部消化了，消化得幾乎沒有一點殘餘，只剩下不能消化的羊毛纖維和鼠齒。

再仔細看，即便是羊毛，也只是粗毛纖維，而細羊毛和羊絨也被消化掉了。相比之下，狗的消化能力就差遠了，狗糞裏常常殘留著不少未消化掉的骨渣和苞米渣。

陳陣越看越吃驚，草原狼確實是草原的清潔工，牠們把草原上的牛羊馬，旱獺黃羊，野兔野鼠，甚至人的屍體統統處理乾淨。經過狼嘴、狼胃和狼腸，吸光了所有的養分，最後只剩下一點毛髮牙齒，吝嗇得甚至不給細菌留下一點點可食的東西。萬年草原，如此純淨，草原狼功莫大焉。

微風輕拂，黃花搖曳。陳陣用手指捻著狼糞，糞中的羊毛經過狼胃酸的強腐蝕，狼小腸的強榨取，已經變得像剛出土的木乃伊。羊毛纖維早已失去任何韌性，稍稍一捻，鬆酥的纖維就立刻化爲齏粉，化得比火葬的骨灰還要輕細，像塵埃一樣，從指縫漏下，隨風飄到草地上，零落成泥，化爲草地的一部分，連最後一點殘餘也沒有浪費。狼糞竟把草原生靈那最後的一點殘餘，又歸還給了草原。

陳陣一時陷入了沉思。千萬年來，游牧和遊獵的草原人和草原狼，在魂歸騰格里時，從不留墳墓碑石，更不留地宮陵寢。人和狼在草原生過、活過、戰過、死過。來時草原怎樣，去時草原還是怎樣。能摧毀幾十個國家巨大城牆城堡和城市的草原勇士的生命，在草原上卻輕於鴻毛。真讓想在草原上考古挖掘的後來人傷透腦筋。

而這種輕於鴻毛的草原生命，卻是最尊重自然和上蒼的生命，是比那些重於泰山的金字塔、秦皇陵、泰姬陵等巨大陵墓的主人，更能成爲後人的楷模。草原人正是通過草原狼達到輕於鴻毛，最後完全回歸於大自然的。他們彼此缺一不可，在肉體的生命消失後，終於與草原完全融爲一體。

齏粉在陳陣的指縫裏輕輕飄落，也許在這些粉沫裏，就有某個草原人的毛髮殘餘。在草原，每月或每季都會有天葬升天的草原人。陳陣高高抬起雙手，仰望藍天，祝他們在騰格里的靈魂安詳幸福。

牛角梳形的羊群緩緩梳過花叢，漫上山坡。陳陣捨不得扔掉剩下的幾段狼糞，就把狼糞裝進另一個空書包裹，跨上馬向羊群前行的方向跑去。

不遠處的山頭上，有幾塊淺黑色巨石，遠遠望去，很像古長城上的烽火臺。在更遠的山頭上也有幾塊巨石，陳陣眯著眼看過去，這片山地草原彷彿殘存著一段古長城的遺跡。他忽然想起「烽火戲諸侯」和「狼煙四起」那些典故成語，他曾查過權威辭典，狼煙被解釋成「是用狼糞燒出來的煙」。

可他剛剛捻碎過一段狼糞，很難想像這種主要由動物毛髮構成的狼糞，怎能燒出報警的沖天濃煙來呢？難道狼糞中含有特殊成分？他的心突突地跳起來，眼前這現成的「烽火臺」，現成的狼糞，何不親手燒一燒，何不戲戲「諸侯」？親眼見識見識兩千年來讓華夏人民望煙喪膽的「狼煙」呢？看看狼煙到底有多麼猙獰可怕。陳陣的好奇心越來越強，他決定再多收集一些狼糞，今天就在「烽火臺」上製造出一股狼煙來。

羊群緩緩而動，陳陣在羊群前面來回繞行，仔細尋找，找了一個多小時才找到四撮狼糞，加起來只有小半書包。

陳陣的疑心越來越大。即便燒狼糞可以冒出濃煙，但狼不是羊，狼是疾行猛獸，狼糞不可能像羊糞那樣集中。狼群神出鬼沒，狼糞極分散，要搜集足夠燃煙的狼糞，決非易事。即使在這片狼群不久前圍獵打黃羊大規模活動過的地方，都很難找到狼糞，更何況是在牛羊很少的長城附近了。而且，在沙漠長城烽火臺的士兵，又到哪兒去找狼糞呢？萬里長城，無數個烽火臺，那得搜集多少狼糞？狼是消化力強、排糞少的肉食猛獸，得需要多麼龐大的狼群，才能排出夠長城燒狼煙的狼糞？

陳陣又跑了幾個來回，再也找不到一堆狼糞了。他把羊群往一面大坡圈了圈，便直奔山頭巨石。

陳陣跑到石下，抬頭望去，巨石有兩人多高，旁邊有幾塊矮石，可以當石梯。他在山溝裏找了一大抱枯枝，用馬籠頭拴緊，拖到石下。再斜挎書包，踏著石梯，攀上巨石，並把枯柴拽上石頂。石頂平展，有兩張辦公桌大，上面佈滿白色鷹糞。

時近正午，羊群已臥在草地上休息。陳陣站在「烽火臺」上，用望遠鏡仔細觀察周圍形勢，沒有發現一條狼。他的羊群與其牠的羊群相距五六里遠，最近的一群羊也在三里之外，不怕羊群混群。陳陣放心地架好柴堆，把所有的狼糞放到柴堆上。此時是初夏，不是防火季節，草原上到處都是多汁的青草，又在高高的巨石上，在此點火冒煙不會受人指責，遠處的人只會認爲是某個羊倌在烤東西吃。

陳陣定了定心，從上衣口袋裏掏出袖珍語錄本大小的羊皮袋，裏面有兩片火柴磷片和十幾根紅頭火柴。這是額侖草原不抽煙的牧人身上必備的東西，防身、烤火、燒食、報信都用得上。陳陣劃著了火，乾透了的枯枝很快就燒得劈啪作響。

他的心怦怦直跳，如果狼糞冒出濃煙，那可是有史以來，漢族人在蒙古草原腹地點燃的第一股狼煙。可能全隊所有人都能看到這股煙，大部分的知青看到這座「烽火臺」上的濃煙，一定會聯想到狼煙。畢竟狼煙在

漢人的記憶中，太讓人毛骨悚然了。「狼煙」在中國歷史文化中是一個特級警語，意味著警報、恐怖、爆發戰爭和外族入侵。「狼來了」能嚇住漢人的大人和小孩，而「狼煙」能嚇住整個漢民族。華夏中原多少個漢族王朝，就是亡在狼煙之中的。

陳陣有些害怕，如果他真把狼煙點起來，不知全隊的知青會對他怎樣上綱上線，口誅筆伐呢。養了一條小狼還不夠，竟然還點出一股狼煙來，此人定是狼心叵測。陳陣抬起一隻腳，隨時準備用馬靴踩滅火堆，撲滅狼煙。這裏又是戰備緊張的邊境，他竟敢烽火戲諸侯，這不是冒煙報信通敵嗎？陳陣額上冒出了冷汗。

可是一直到柴火燒旺了，狼糞還沒有太大的動靜。灰白的狼糞變成了黑色，既沒有冒出多少煙，也沒有躥出火苗。火堆越燒越旺，狼糞終於燒著了，一股狼臊氣和羊毛的焦糊味直衝鼻子。但是狼糞堆還是沒有冒出濃黑的煙，燒狼糞就像是燒羊毛氈，冒出的煙是淺棕色的，比乾柴堆冒出的煙還要淡。

乾柴燒成了大火，狼糞也終於全部燒了起來，最後與乾柴一起燒成了明火，連煙都幾乎看不見了，哪有沖天的黑煙？就是連沖天的白煙也沒有。哪有令人膽寒的報警狼煙？哪有妖魔龍捲風狀的煙柱？完全是一堆乾柴加上一些羊毛氈片，燒出的最平常的輕煙。

陳陣早已放下腳，他擦了擦額上虛驚的冷汗，輕輕地舒了一口氣。這堆煙火實在不值得大驚小怪，與羊倌們在冬天雪地裏燒火取暖的柴火沒什麼區別。他一直看著這堆柴糞燒光燒盡，期盼中的狼煙仍未出現。

他站在高高的巨石上，東邊寬闊的草場是一派和平景象：牛車悠悠地走著，馬群依然在湖裏閉目養神，女人們低頭剪著羊毛，民工們挖著石頭。這堆煙火沒引起人們的任何反應，最近的一位羊倌只是探身朝他這裏看了看。遠處蒙古包的煙筒冒出的白煙，倒是直直地升上天空，這堆用真材實料燒出的狼煙，還不如蒙古包的和平炊煙更引人注目。

陳陣大失所望，他想所謂狼煙真是徒有虛名，看來「狼煙」一定是望文生義的誤傳了。剛才的試驗多少印證了他的猜測：古代烽火臺上的所謂狼煙，絕不可能是用狼糞燒出來的煙。那種沖天的濃煙，完全可以用乾柴加濕柴再加油脂燒出來的。就是燒半濕的牛糞羊糞也能燒出濃煙來，而濕柴、油脂、半濕的牛羊糞，要遠比狼糞容易得到。他現在可以斷定，狼煙是用狼糞燒出來的權威和流行說法，純屬胡說八道欺人之談，是膽小的華夏和平居民嚇唬自己的鬼話。

柴灰和狼糞灰被微風吹下了「烽火臺」。陳陣沒有被自己燒出的狼煙嚇著，而對中國權威辭典中關於狼煙的解釋十分生氣。華夏農耕文明對北方草原文明的認識太膚淺，對草原狼的認識也太無知。狼煙是不是用狼糞燒出來的這麼簡單的一件事，只要弄點狼糞燒一燒不就知道了嗎？可是爲什麼從古至今的億萬漢人，竟沒有人去試一試？

陳陣轉念一想，又覺得這個簡單的事情，實際上並不簡單。幾千年華夏民族農耕文明的擴張，把華夏狼斬盡殺絕，漢人上哪兒去找狼糞？拾糞的老頭拾的都是牛羊豬馬狗糞或者是人糞，就是偶然碰到一段狼糞也不會認得。

陳陣坐在高高的「烽火臺」上，凝神細想，思路繼續往縱深延伸。既然狼煙肯定不是狼糞燒出來的，那麼古代烽火臺上燃起的沖天濃煙，爲什麼叫作狼煙呢？狼煙這兩個字，確實具有比狼群更可怕的威嚇力和警報作用，而狼煙肯定與狼有關。狼煙難道就是警報「狼來了」的濃煙？

長城絕對擋得住草原狼群，而「狼來了」這三個字中的「狼」，實際上不是草原狼群，而是打著狼頭軍旗的突厥騎兵；是崇拜狼圖騰、以狼爲楷模、具有狼的戰略戰術、狼的智慧和兇猛性格的匈奴、鮮卑、突厥、蒙古等等的草原狼性騎兵。

草原人從古至今一直崇拜狼圖騰；一直喜歡以狼自比，把自己比作狼，把漢人比作羊；一直憑以一擋百的豪氣，藐視農耕民族的羊性格。而古代華夏農耕民族也一直將草原騎兵視爲最可怕的「狼」。「狼煙」的最初本義，應該是「在烽火臺點燃的、警報崇拜狼圖騰的草原民族騎兵進犯關內的煙火信號」。「狼煙」與狼糞壓根兒就沒有直接的關係。

他忽然想到，也許世界上只有漢語中有「狼煙」這一辭彙。普天之下，鼠最怕貓，羊最怕狼。將「狼煙」作爲最恐怖的草原民族進攻的象徵，暴露出漢民族的羊性或家畜性的性格本質。自從滿清入關以後，由於游牧的滿族熱愛草原，懂得草原，因而暫時彌合了草原與農耕的矛盾，狼煙漸漸消散。但是草原文明與農耕文明的深刻矛盾並沒有解決。不懂草原的漢人重新立國以後，狼煙徹底熄滅了。可是農耕民族墾荒燒荒的濃煙卻向草原燃燒蔓延過去。

這是一種比狼煙更可怕戰爭硝煙，是比自毀長城更愚蠢的自殺戰爭。陳陣想起烏力吉的話，如果長城北邊的草原全變成了沙地，與蒙古大漠接上了頭，連成了片，那北京怎麼辦？

陳陣在心中長嘆，要讓千年來一直敵視草原的農耕民族熱愛和珍惜草原，可能要等到長城被超級大漠掩埋以後才有可能。農耕民族是不見山枯石爛不落淚的民族，滿族入主中原後，逐漸被農耕文明同化，封關禁海，關起門來自吹自擂，抵制西方先進文明，就是不肯改革維新。非得到列強用堅船利炮轟開國門，割地賠款，把皇室趕出京城，這才有了後來幾十年勉強的變革……

陳陣望著腳下已經化爲灰燼的狼糞，頹然而沮喪。

高原夏季的陽光，到中午時分突然發力。把滿山的青草曬矮了三寸，也把巨石曬得豁開了幾道新裂縫。陳陣急忙把殘枝殘灰扒拉到石縫裏，然後下到草地上。羊群被曬昏了頭，背對太陽臥在草叢裏，把頭貼在地面，躲進自己身體的陰影裏，整群羊都在靜悄悄地午睡。

陳陣躲到巨石的背陰處，也想睡一小覺，但是他不敢，這裏可是剛剛還拾到狼糞的地方。很可能一條大狼正躲在不遠處盯著你呢，只等你被太陽曬睏，睡死過去。陳陣喝了幾大口水壺裏的酸奶湯，睏勁兒才壓下去不少。每次輪到他放羊，他總要到嘎斯邁那兒做奶豆腐的木桶裏灌一壺酸奶湯。酸奶湯是夏季羊倌解渴去睏的飲料，也是待在家裏的人和狗喜歡喝的解暑酸湯。

一陣馬蹄聲傳來，道爾基跳下馬。他身著白布蒙古單袍，腰紮綠綢腰帶，顯得精幹英俊。他紫紅的寬臉全是汗，擦了一把汗說：是你啊，剛才我看見這塊石頭上冒煙冒火，還當是哪個羊倌套住了獺子，正烤獺肉吃呢。我也餓了。

陳陣說：我哪能套住獺子，我，我有點犯睏了，燒一把火玩玩，解解睏……你的羊呢？

道爾基指了指北坡剛剛出現的一群羊說：羊都睡下了。我也想睡，又不敢睡，就找你說說話。我的羊群沒事，我讓那邊的羊倌照看了，那邊的兩個羊倌正在山頭下棋呢。道爾基坐到巨石下乘涼。

陳陣知道草原牧民中流行的遊戲，是蒙古狼抓羊的石子棋，還有蒙古騎兵從西方帶回來的國際象棋，卻無人會下中國象棋。畢利格老人曾說，漢人的棋淨是漢字，蒙古人看不懂，西邊國家的棋子上沒有字，可誰都認識，特別是馬，跟蒙古馬頭琴上的馬頭刻得差不多。蒙古人很喜歡有馬頭的棋。

陳陣常想，蒙古草原至今還存有古代蒙古騎兵橫掃世界的遺物、證據和影響。草原民族遠比漢族更早地接觸國際象棋和國際，是最早獵獲西方戰利品的東方民族。在蒙古人征戰世界的時代，連羅馬教皇都要向蒙古朝廷遣使致敬，蒙古人的強悍，也是西方不敢完全藐視東方的因素之一。陳陣到草原後，也向牧民學會了下國際象棋。

內蒙草原的夏季天長得可怕，凌晨三點多天就亮，到晚上八九點天才黑。雖然羊群怕淌草地露水得關節炎，早上不用太早出圈，必須等上午八九點鐘，太陽把露水曬乾了才能趕羊上山。可是晚上羊群必須在天黑以後才能進營盤，因爲從黃昏到天黑，草原暑氣消散的這一時間，是羊群拚命吃草抓膘的主要時段。夏季牧羊要比冬季牧羊幾乎長出一倍的時間。草原羊倌都怕夏季，早上一頓奶茶以後，一直要餓到晚上八九點，又曬又睏、又渴又餓，又寂寞單調。如果進入盛夏，草原蚊群出來以後，那草原就簡直成了刑獄。北京學生來到草原以後才知道，與夏季比，草原寒冷漫長的冬季，簡直就是人們抓膘長肉的幸福季節了。

在蚊群還沒出來之前，陳陣感到最難忍受的就是饑渴。牧民極耐饑渴，但大多有胃病。知青第一年夏季放羊時還帶一些乾糧，但後來漸漸就入鄉隨俗了。一說到烤獺肉，兩人的肚腸都響出聲來。

道爾基說：新草場獺子多，西邊山樑淨是獺子洞，今兒咱們先摸摸底，明兒放羊的時候下十幾個套子，到中午準能套上幾隻，烤獺肉吃。陳陣連連說好，要是真能套上獺子，那就又解餓又解睏了。

道爾基望著兩群羊沒有一點起來吃草的意思，就帶著陳陣跑到西北邊的坡頂，伏在幾塊白色的石英石後面，這裏既可以向後看到羊群，又可以向前看到西邊山樑的獺洞。兩人都掏出望遠鏡，細細搜索。山樑靜悄悄，幾十個獺洞平臺上空蕩蕩，閃爍著石英礦沙礦片的光亮。額侖草原獺洞極深，旱獺甚至可以把山體裏的礦石掏到地面上來。有的牧民曾在獺洞口的平臺上撿到過紫水晶和銅礦石。此事還驚動了國家勘探隊，要不是額侖草原地處邊境，這裏就可能變成礦場了。

不一會兒，從山樑那邊傳來「迪迪」，「嘎嘎」旱獺的叫聲，聲音很大，這是獺子們出洞前的聲音探測，只要洞外沒有反應，獺子們就該大批出洞了。又叫了一會兒，山樑上一下子冒出幾十隻大大小小的獺子。幾乎每一個平臺上，都立著一隻大母獺，四處瞭望，並發出「迪、迪、迪」緩慢而有節奏的報平安之聲，於是小獺子們迅速竄到洞外十幾米的草地上撒歡吃草。

草原雕在高高的藍天上盤旋，母獺子都警惕地望著天空。一旦天敵逼近，母獺子就發出「迪迪迪迪」急促的警報聲，洞外的大小獺子就會颼颼地扎進洞去，等待敵情解除後再出來。

陳陣挪動了一下身子，動作稍稍大了一點。道爾基立即按住了他的背，小聲說：你看，最北邊的那個獨洞下面有一條狼，人跟狼又想到一塊去了，都想吃獺子了。

一聽到有狼，陳陣睏意頓消，趕緊對準目標望過去。見那個平臺上站著一隻大雄獺子，雙爪垂胸，四處張望，就是不敢離開平臺到草地上去吃草。草原旱獺，雄獺與雌獺分居，母獺領著小獺住在一群洞裏，公獺住自個兒的獨洞。這隻公獺洞的平臺下面有一大叢高草，微風吹過，草葉搖動，露出幾塊灰黃色的石頭。草影變幻，將草叢下面的東西晃得難以辨認。陳陣說：我還是沒看見狼，只看見幾塊石頭。

道爾基說：可那塊石頭旁邊就有一條狼。我估摸牠已經趴了老半天了。陳陣又仔細看了看，才模模糊糊看出了半個狼身，不由說：你眼神真好，我怎麼就找不見呢？

道爾基說：你要是不知道狼是怎麼逮獺子的，眼神再好也找不見狼。狼逮獺子得從下風頭上去，再趴在獺洞下面的草窩裏頭。狼抓一次獺子不容易，就專抓大雄獺子。你瞅瞅，這隻獺子個頭多大，快趕上一隻大羊羔了，逮住一隻就管飽。你要是想找狼，就得先找雄獺子的獨洞，再從下風頭的高草裏仔細找……

陳陣滿心歡喜說：今天我又學了一招。這隻獺子什麼時候才吃草？我真想看看狼是怎麼抓住獺子的。那兒到處都是洞，狼一露頭，獺子隨便找一個近一點的洞鑽進去，狼就沒輒了。道爾基說：笨狼當然抓不住獺子，只有最精的狼才能抓住。頭狼有絕招，牠有法子讓獺子鑽不成洞，你等著看這條狼的本事吧。

兩人回頭看了看羊群，見羊群還趴著不動，就打算耐心等待。

道爾基說：可惜今天沒帶狗，要是有狗，等狼抓住了這隻大獺子，趕緊放狗追，人再騎馬跟上，就準能

把獺子搶到手，那咱倆就能飽吃一頓了。

陳陣說：待會兒咱們騎馬追追試試，沒準能追上呢。道爾基說：準保追不上，你看看，狼在山樑上，狼下山，咱們上山，哪能追上？狼一翻過山樑，你就甭想再找見牠了。山上獺洞那麼多，馬也不敢快跑，就更追不上。陳陣只好作罷。

道爾基說：還是明兒下套子吧。今兒我先陪你看看，狼抓獺子也就這半個月了，等下了雨，蚊子一出來，狼就抓不著獺子。爲什麼？狼最怕蚊子，蚊子專叮狼的鼻子眼睛耳朵。叮得狼直蹦高，狼還能趴得住嗎？狼一動，獺子早就逃跑了。到那會兒，狼就又該折騰羊群馬群，人畜就該遭罪了。

大雄獺子眼睜睜地看其他獺子大啃青草，看得實在受不了，終於衝下平臺，跑到十幾米外的草叢迅速吃草，吃了幾口又急忙躥回平臺，大聲高叫。道爾基說：你看這獺子就是不吃窩邊草，留著那些草是爲著擋洞。

陳陣緊張地注視著那條狼，估計牠從潛伏的位置不能直接看到獺子，只能憑聽覺來判斷獺子的方位和動靜，所以牠趴得更低了，低得幾乎要貼進地裏去。

草原上的野物活著都不易，一不留神，小命就沒了。

大獺子三番五次衝出又退回，發現沒有什麼危險，便放鬆了警惕，向一片長勢極旺的青草地跑去。大約過了五六分鐘，那條狼突然站起身來。使陳陣吃驚的是，狼並沒有立即去撲獺子，而是猛扒碎石，並把幾塊石頭扒拉下坡，石頭滾下山坡的聲音一定不小，陳陣只見離洞二十米開外的那隻大獺子聽見動靜後，嚇得掉頭竄回自己的獨洞。

這時，等待已久的大狼已像一道閃電躥上平臺，幾乎與獺子同時到達洞口。獺子再想改鑽別的洞已經來不及，大狼未等獺子鑽洞，便一口咬住了獺子的後頸，把牠甩到平臺上，再咬斷脖頸。然後高昂著頭，叼著大雄獺子，快速翻過山樑。那條狼從出擊到捕獲獵物，前後不到半分鐘。

山坡上所有獺子都不見了。兩人坐起身來，陳陣眼前不斷閃回狼抓獺子那一環扣一環的精彩絕技，真有些目瞪口呆。狼的智慧真是深不可測，狼簡直太神了。陳陣曾讀過《物種起源》，但書本仍然無法解釋，他在生活中親眼目睹的所有現實和奇蹟。

陽光已經發黃，兩群羊都已站起來吃草，並向西北方向移動了一兩里地了。兩人聊了幾句就準備回羊群，該掉轉羊頭往家趕了。

正當兩人就要起身牽馬的時候，陳陣發現自己的羊群裏出現了一陣輕微的騷動，急忙拿起望遠鏡看，只見羊群左側，金色的黃花叢中突然躥出一條大狼，忽地撲翻一隻大綿羊，按住就咬。陳陣嚇得臉色發白，剛要起身大喊，卻被道爾基一把按住。

陳陣猛醒，把喊出的聲吞回一半。只見那條狼已經在撕吞羊大腿，活吃羊肉。

草原綿羊是見血不敢吭聲的低等動物，牠脖子噴著血，前蹄亂蹬，拚命掙扎，就是不會像山羊那樣大喊亂叫，報警求救。

道爾基說：離羊群這麼遠，衝過去也救不活羊了。讓牠吃，等牠吃撐得跑不動了再套牠。道爾基異常冷靜地說：好！你這條惡狼，膽敢在我眼皮子底下掏羊，有你好瞧的！兩人輕輕坐到石頭旁，怕過早驚動狼。

顯然，這是條膽大妄爲的餓狼，牠見羊倌長時間遠離羊群，便利用黃花高草的掩護，匍匐潛行，繞到羊群旁邊，再突襲加強攻，虎口奪食，搶吃肥羊。牠早已看到山樑上的兩人兩馬，但就是不逃。狼用一隻眼盯著人，精確地計算人馬的距離，爭分奪秒，搶一口是一口，能吃多少就吃多少。陳陣想，難怪自家的小狼吃食像

打仗衝鋒。在草原，時間就是肉，細嚼慢咽的狼非餓死不可。

陳陣聽說過牧民羊倌以羊換狼的故事，按照目前的情形，這種遭遇戰只能採用那種戰法。只要能用一隻羊換一條大狼，非常划算，一條大狼一年起碼要吃掉十幾隻羊，還不算馬駒和馬。用羊換狼的羊倌不僅不會受到大隊的批評和處罰，甚至還會受到誇獎。但陳陣擔心的是，若是換狼不成反丟一隻羊，那損失就大了。

他緊握著望遠鏡死盯著狼，不到半分鐘，一條羊腿連皮帶毛幾乎全被狼吞進了肚。這隻羊肯定活不成了，陳陣希望這條餓狼把整隻羊全吞下去。兩人悄悄移到馬跟前，解開馬絆子，再握住韁繩，提心吊膽地等待著。

綿羊低等而愚昧，當狼咬翻那隻大羊的時候，立即引起周圍幾十隻羊的驚慌，四處奔逃。但不一會兒，羊群就恢復平靜，甚至有幾隻綿羊還傻呼呼戰競競地踩著蹄子，湊到狼跟前去看狼吃羊，像是抗議又像是看熱鬧。那幾隻羊一聲不吭地看著熱鬧，接著，又有十幾隻羊踩著蹄子去圍觀。最後上百隻綿羊，竟然把狼和血羊圍成一個三米直徑的密集圈子，前擠後擁，伸長脖子看個過癮。那副嘴臉彷彿是說「狼咬你，關我什麼事！」或是說「你死了，我就死不了了」。羊群恐懼而幸災樂禍，沒有一隻綿羊敢去頂狼。

陳陣渾身一激泠，愧憤難忍。這場景使他突然想起魯迅筆下，一些中國愚昧民眾伸長脖子，圍觀日本浪人砍殺中國人的場面，真是一模一樣。難怪游牧民族把漢人看作羊。狼吃羊固然可惡，但是像綿羊家畜一樣自私麻木怯懦的人群更可怕，更令人心灰心碎。

道爾基表情有些尷尬。全隊出名的獵手，竟然扔下羊群帶著一個知青看狼抓獺子，大白天的就讓狼掏了一隻大羊，大羊沒了，羊羔吃不成奶，上不了膘，也就過不了冬。這在牧業隊算是一次責任事故，陳陣要挨批評，道爾基也脫不了干係。糟糕的是，會有人將這兩個養小狼的人上綱上線，爲什麼這種事故就偏偏出在養狼的人的身上呢？心思不在羊身上的人就放不好羊，養狼的人肯定會受到狼的報復。隊裏所有反對養狼的人，肯定會抓住這件事大做文章。陳陣越想越怕。

道爾基用望遠鏡一直看著狼，看著看著他似乎有把握了。他說：這隻死羊算在我賬上，可是狼皮歸我。我只要把狼皮交給包順貴，他還要表揚咱們兩人呢。

大狼一邊用狼眼瞄人，一邊加快速度，瘋狂撕肉，生吞海塞。道爾基說：再精的狼，餓極了也會犯傻。牠不想想待會兒怎麼跑得動？我看這條狼是條笨狼，抓不著獺子，八成是好些日子沒吃東西了。

陳陣看狼已經把半隻羊的肉吞下肚，狼肚皮也漲成圓筒了，就問：該上了吧？道爾基說：別著急，再等等。待會兒，一定要快！咱們從南面追過去，把狼往北面趕。那兒有羊倌，他們會幫咱們截狼的。

道爾基又看了會兒，終於開口說：上馬！兩人扶鞍撐杆，飛身上馬，向坡下羊群的南邊猛衝過去。大狼早已做好逃離的準備，牠一見人馬衝來，又急吞了幾口，才丟下半隻死羊，朝北邊逃去。但是狼狂跑了幾十米，突然一個趔趄，好像發現自己犯了大錯，緊接著來了個急剎車，然後低頭下蹲。

道爾基大叫：不好，再快點！狼要把肚子裏的東西吐出來。陳陣果然看見狼弓腰收腹，大口大口地吐出剛吞下去的羊肉。兩人抓緊這個難得的機會狂奔猛追，一下子拉近了與狼的距離。

陳陣只知道狼會吐出肚子裏的食物餵小狼，但沒想到狼居然還會用這種方法輕裝快撤，餓瘋的狼也不傻。如果大狼迅速騰空了肚子，那事故真就成了事故了。

陳陣急得把馬抽得飛奔了起來，道爾基的馬更快，他一邊大喊嚇狼，一邊呼叫北面山頭的羊倌。道爾基越衝越近，大狼不得不停止吐食，拚命狂奔，速度一下子快了一倍。陳陣衝了一段，看到草地上狼吐出的一堆血色羊肉，份量不小。陳陣更加發慌，打馬窮追不捨。

大概狼肚子裏還有不少羊肉，新吞下的食物又沒有來得及變成體力，大狼跑得雖快，但已跑不出平時的最高速。道爾基的快馬漸漸追得與大狼的速度一樣快，又跑了一段，大狼見甩不掉追敵，突然向一面陡坡奔去，想用草原狼冒險亡命跌衝陡坡的絕招，來拚死一戰。正在此時，羊倌桑傑從坡後突然轉出來，揮動套馬杆一下子截斷了狼的逃路，大狼嚇得一哆嗦，但只是稍稍猶豫了一下，便當機立斷改變方向，立即朝最近的一個羊群衝去。陳陣又沒料到，這條狼居然想用衝亂羊群的方法，用亂羊來抵擋追馬，讓追敵無法下杆，再從混亂中尋機突圍。

然而，正是狼的這一猶豫，道爾基的快馬抓住機會，激出爆發力，飛似地衝到大狼的近處，桑傑也衝到羊群正面。大狼剛要轉身再次改變路線，只見道爾基上身猛然前傾，伸出長長的套馬杆，抖出一個空心旗形套索，竟然準確地套住了大狼短粗的脖子。未等大狼縮頭甩脖，道爾基又一抖杆，死死擰緊套繩，把絞索勒進狼耳後面的肉皮裏，牢牢地鎖住了狼的咽喉。道爾基不給狼一點喘息機會，猛轉馬頭，倒背套馬杆，拽倒大狼就跑。

大狼已毫無反抗能力，沉重的狼身使絞索越勒越緊，狼的舌頭被勒了出來，狼張開血口，拚命喘氣，嘴裏全是血和血氣泡。道爾基策馬爬坡，這樣勒勁更大。陳陣跟在狼後面，看著大狼全身劇烈抖動，已經開始垂死掙扎。陳陣終於鬆了口氣，這次事故的責任總算能夠勾銷了。

但他一點也興奮不起來，他眼睜睜地看著一條活生生的大狼，在這短短的幾分鐘就要戰死在草原上。草原無比殘酷，它對草原上所有生命的生存能力的要求太苛刻，稍稍遲鈍笨拙一點，就會被無情淘汰。陳陣心中湧出無限惋惜，這條大狼在他看來，還是非常聰明強悍的，要是在人群裏有這樣的智力和勇氣，哪會被淘汰？

等馬爬到半山坡，大狼的身體已抖不動了，但還在噴血喘氣。道爾基跳下馬，雙手迅速拽套馬杆，不讓狼站起身。等把狼拽到跟前，又把扣在手腕上的馬棒抓在手裏，急忙狠砸狼頭，並從馬靴裏拔出蒙古刀，一刀刺進狼的胸口。等陳陣跳下馬，狼已斷氣。道爾基踢了狼兩腳，見沒有一點反應，便擦了擦滿頭的汗，坐在草地上，點了一支煙，吸了起來。

桑傑跑過來看了看死狼，誇了道爾基兩句，便去幫道爾基往家圈羊。陳陣跑到自己的羊群旁邊把羊攏了攏，撥正羊群回家的方向，又跑到山坡上看道爾基剝狼皮。夏季天熱，怕狼皮焐臭，一般不把狼皮剝成皮筒子，而像剝羊皮那樣，把狼皮剝成攤開來的一大張。當陳陣下馬的時候，道爾基已經把狼皮攤在草地上涼曬了。

陳陣說：我還是第一次親眼看到套狼脖子殺狼呢，你怎麼就這麼有把握？

道爾基嘿嘿一笑說：我早就看出來，這條狼有點笨。要是機伶的狼，套繩剛一碰到狼脖子，狼就甩頭縮頭了。

陳陣說：你的眼力真厲害，我算是服了你了，我就是練上三年五年，也練不出你這兩下子。再說我的馬也不行，明年春天，我一定也要壓幾匹好生個子，在草原上沒快馬真不行。

道爾基說：你讓巴圖給挑一匹好的，巴圖是你大哥，他一定會給你的。

陳陣忽然想起了道爾基養的那條小狼，便問：這段日子太忙，一直也沒空去你家看看。你的小狼還好嗎？沒人說你？

道爾基搖頭說：別提了，大前天我把小狼打死了。

陳陣心裏一沉，急問：什麼，你把小狼打死了？為什麼？出什麼事了？

道爾基嘆了口氣說：我要是也像你那樣用鏈子拴著養就好了。我家的小狼比你的小狼個頭小，打小野性也不太大，我就一直把牠放在小狗堆裏一塊養，養了一個多月，就跟小狗大狗混熟了，不知道的人還當牠是一條小狗呢。後來，小狼越長越胖，比小狗都長得快，真跟一條小狼狗一樣，全家人都挺喜歡牠。小狼最喜歡跟我的小兒子玩，這孩子才四歲，也最喜歡小狼。可是沒想到，大前天小狼跟孩子玩著玩著，狠狠朝孩子的肚子上咬了一口，咬出了血，還撕下一塊皮來。孩子嚇傻了，疼得大哭。狼牙毒啊，比狗牙還毒，嚇得我兩棒子就把小狼打死了。又趕緊抱孩子上小彭那兒打了兩針，這才沒出大事，可這會兒孩子的肚子還腫著呢。

陳陣心裏一陣陣地發慌，急忙說：千萬別大意，這幾天還得接著打針，狂犬病能預防的，打了針就不怕了。

道爾基說：這事牧民都知道，讓狗咬了都得趕緊打針，讓狼咬了更得趕緊打針了。狼跟狗真不一樣，本地人都說不能養狼，看來還真不能養，狼的野性改不了，早晚會出大事。我勸你也別養了，你那條狼個頭大，野性大，牙的毒性更大，要是不小心讓牠咬一口，你小命就沒啦，拴著養也不保險。

陳陣也有點害怕，想了想說：我會小心的，好不容易把小狼養這麼大，我真捨不得。現在就連過去最討厭牠的高建中，也喜歡上牠了，天天逗牠玩兒。

羊群已走遠，道爾基捲起狼皮拴在鞍上，騎上馬去趕羊群回家。

陳陣心裏惦記著小狼，他走到被狼吃剩下的半隻死羊旁邊，從口袋裏掏出可折疊的電工刀，割掉被狼咬過撕爛的部分，掏空腸肚，留下心肺。收拾乾淨以後，用馬鞍上的鞍條拴住羊頭，準備帶回家餵狗和小狼。陳陣騎上馬，一步一步走得心事重重。

第二天，道爾基用羊換狼的事跡傳遍了整個大隊。包順貴得到了狼皮以後，把道爾基誇個沒完，還通報全場給予表揚，並獎勵他三十發子彈。

幾天以後，三組的一個年輕羊倌也想用羊群做誘餌，遠遠地離開羊群，也想以羊換狼。結果碰上了一條老練狡猾的頭狼，牠只搶吃了一條半羊大腿，多了不吃，吃飽不吃撐，一點也不影響牠逃跑的速度，反而跑得更快更有勁，一會兒就跑沒影了。那個羊倌被畢利格老人在大隊會上狠狠地訓了一通，並罰他家一個月不准殺羊吃。

第四章 白狼王的血裔

……滿族和達斡爾、鄂倫春、鄂溫克一些薩滿所崇敬的黑狼神，牠是勇敢無敵、嫉惡如仇的除惡驅暴的薩滿護神與助手，凡是遇到凶險、奸猾、夜間施暴的魔怪，都要委託牠用智勇在黑暗中吞噬。牠是瘋狼，然而，牠也是惡魔鬼魂的殺手。

——富育光《薩滿論》

又輪到陳陣到給羊群下夜，有二郎守著羊群，他可以一邊下夜，一邊在包裏的油燈下看書作筆記。爲了不妨礙兩位夥伴睡覺，他把矮桌放到蒙古包門旁邊，再用豎起的兩本厚書擋住燈光。

草場寂靜無聲，聽不到一聲狼嗥，三條大狗一夜未叫，但都豎著耳朵，警覺地守夜。他也只出過一次包，打著手電筒圍著羊群轉了一圈，二郎總是守臥在羊群的西北邊，讓陳陣感到放心。他摸摸二郎的大腦袋，表示感謝。回到包，他還是不敢大意，不敢閉眼，看書一直看到後半夜才睡下。第二天上午睡醒了覺，陳陣出門後的第一件事，就是給小狼餵食。

來到夏季新草場以後，小狼總是從天一亮就像蹲守伏擊獵物一樣，盯著蒙古包的木門，瞪著牠的食盆。在小狼的眼裏，這個盆就是活動的「獵物」，牠像大狼那樣耐心地等待戰機，等「獵物」走到牠跟前，然後突然襲擊「獵物」，因此，搶到嘴的食物就是牠打獵打到的，而不是人賜給牠的。這樣小狼仍然保持了牠狼格的獨立。陳陣也故意裝出怕牠的樣子，急退幾步，但經常忍不住樂出聲來。

內蒙高原在夏天雨季到來之前，常常有一段乾旱酷熱的天氣，這年的熱度似乎比往年更高。陳陣覺得蒙古的太陽不僅出得早，而且還比關內的太陽離地面低，才是上午十點多鐘，氣溫已經升到關內盛夏的正午了。強烈的陽光把蒙古包附近的青草曬捲，每根草葉被曬成了空心的綠針。蚊子還未出來，但草原上由肉蛆變出來的大頭蒼蠅，卻像野蜂群似地湧來，圍著人畜全面進攻。

蒼蠅專攻人畜的腦袋，叮吸眼睛、鼻孔、嘴角和傷口的分泌物，或者掛在包內帶血的羊肉條。人狗狼一刻不停地晃頭揮手揮爪，不勝其煩。機警的黃黃經常能用閃電般的動作，將眼前飛舞的大蒼蠅，一口咬進嘴裏，嚼碎以後再吐出來。不一會兒，牠身旁的地面上，就落了不少像西瓜子殼般的死蠅。

陽光越來越毒，地面熱霧蒸騰，整個草場盆地熱得像一口烘炒綠茶的巨大鐵鍋，滿地青草都快炒成乾綠新茶了。狗們都趴在蒙古包北面窄窄的半月形的陰影裏，張大了嘴，伸長舌頭大口喘氣，肚皮急速起伏。陳陣發現二郎不在陰影裏，他叫了兩聲，二郎也沒露面，牠又不知上哪兒溜躂，也可能到河裏涼快去了。

二郎在牠下夜上班時候盡責盡心，全隊的人已經不叫牠野狗了，但一到天亮，牠「下班」以後，人就管不著牠了，牠想上哪兒去就上哪兒去，不像黃黃和伊勒，白天也忠心守家。

此刻，小狼的處境最慘。毒日之下，小狼被一根滾燙的鐵鏈拴著，無遮無掩，活活地被暴曬著。狼圈中的青草早已被小狼踩死踩枯，狼圈已變成了圓形的黃沙地，像一個火上的平底鍋，裏面全是熱燙的黃沙。而小狼則像一個大個兒的糖炒毛栗子，幾乎被烤焦烤糊了，眼看就像要開裂炸殼。可憐的小狼不僅是個囚徒，而且還是個上曬下烤，天天受毒刑的重號犯。

小狼一見門開，呼地用兩條後腿站起來，鐵鏈和項圈勒出了牠的舌頭，兩條前腿拚命在空中敲鼓。小狼此時最想要的好像不是蔭涼，也不是水，仍然是食物。狼以食爲天，幾天來，陳陣發現小狼從來沒有熱得吃不下飯的時候，天氣越熱，狼的胃口似乎越大。小狼拚命敲鼓招手，要陳陣把牠的食盆放進牠的圈裏，然後把食盆「搶獵」到手，再兇狠地把陳陣趕走。

陳陣犯愁了。草原進入夏季，按牧民的傳統習慣，夏季以奶食爲主，肉食大大減少，每日一茶一餐，手把肉不見了。主食變成了各種麵食，小米、炒米和各種奶製品：鮮奶豆腐、酸奶豆腐、黃油、奶皮子等等。牧民喜食夏季新鮮奶食，可知青還沒有學會做奶食，一方面是不習慣以奶食代替肉食；更主要的是知青受不了做奶食的那份苦。誰也不願意在凌晨三點就爬起來，擠四五個小時的牛奶，然後不間斷地用搗棒，慢慢地搗酸奶桶裏的發酵酸奶，搗上幾千下才算完；更不願意到下午五六點鐘母牛回家以後，再擠上三四個小時的奶，以及第二天一系列煮、壓、切、曬等麻煩的手工勞動。

知青寧肯吃小米撈飯，素麵條、素包子、素餃子、素餡餅，也不願去做奶製品。夏季牧民做奶食，而知青就去採野菜，採山蔥、野蒜、馬蓮韭、黃花、灰灰菜、蒲公英等等，還有一種東北外來戶叫作「哈拉蓋」的、類似菠菜形的大葉辣麻味野菜。夏季斷肉，牧民和知青正好都改換口味，嚐個新鮮。這樣一來，卻苦了陳陣和小狼。

草原民族夏季很少殺羊，一則因爲殺一隻大羊，大部分的肉無法儲存。天太熱，蒼蠅又多，放兩天就發臭生蛆。牧民的辦法是將鮮羊肉割成拇指粗的肉條，沾上麵粉，防蠅下卵，再掛在繩上放到包裏的陰涼處，晾成乾肉條。每天做飯的時候，切兩根肉乾條放在麵條裏，只是借點肉味而已。如果碰上連續陰天，肉條照樣發綠發臭，變質長蛆。二則，還因爲夏天是羊上水膘的季節，羊上足水膘以後，到秋季還得抓油膘。兩膘未上，夏羊只是肉架子，肉薄、油少、味差，牧民也不愛吃。而且夏季羊剛剪過羊毛，殺羊後羊皮不值錢，只能做秋季穿的剪茬毛薄袍。畢利格老人說，夏天殺羊是糟賤東西。牧民夏季少殺羊吃，就像農民春天不會把麥苗割下來充饑一樣。

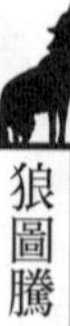

額侖草原雖然人口稀少，畜群龐大，但是政策仍不允許草原牧民敞開肚皮吃肉。對於當時油水稀缺，限量供肉的中國，每一隻羊都是珍稀動物。飽吃了一秋一冬一春肉食的知青，一下子見不到肉，馬上就受不了了，便不斷要求破例照顧。但知青向組裏申請殺羊，往往得不到批准。嘎斯邁一見陳陣上門，就笑呵呵地用香噴噴的奶皮子沙糖拌炒米來堵他的嘴，還準備了一包新鮮奶食品送給他們包，弄得陳陣每次都只好把要求殺羊的話憋回去。偶爾有一個小組的知青申請到一隻羊，立即就拿出一半羊肉，分給其他小組的同學，讓大家都能隔上一段日子吃到點鮮肉，但這樣一來，各家的肉條存貨就越發地少了。

人還好說，可小狼怎麼辦？

這天，陳陣先給小狼的食盆裏放了半根臭肉條，簡單地打發了小狼，然後趕緊拿著空食盆回到包裏想辦法。他坐下來吃早飯，望著鍋裏幾塊小小的羊肉乾，猶豫了一下，還是把肉乾撿出來，放到小狼的食盆裏。小狼跟狗不一樣，牠不吃沒有肉味的小米粥和小米飯，沒有肉和骨頭，小狼就會坐立不安，發狠地啃鐵鏈子。

陳陣就著醃韭菜，吃了兩碗肉乾湯麵，就把半鍋剩麵倒在小狼的食盆裏，又用木棍攪了攪，把盆底的幾塊羊肉乾攪到表面，好讓小狼看到肉。陳陣端起盆聞了聞，還是覺得羊肉味不足，他打算往食盆裏放一些用來點燈的羊油。夏天天熱，放在陶罐裏凝固的羊油已經開始變軟變味了，好在狼是喜食腐肉的動物，腐油對狼來說也算是好東西。

包裏從冬天存下來的兩大罐羊油，是他和楊克每天晚上讀書的燈油，夠不夠堅持到深秋還難說。但小狼正在長身子骨的關鍵階段，他只好忍痛割捨掉一些讀書時間了。不過，他仍然改不掉天天讀書的習慣，看來只好厚著臉皮去向嘎斯邁要了。畢利格老人和嘎斯邁如果聽說他們讀書的燈油不夠了，一定會儘量供應給他的。夏季太忙太累，他給老人講歷史故事，並聽老人講故事的機會越來越少了。

陳陣從陶罐裏挖了一大勺軟羊油，添到熱熱的食盆裏，攪成了油旺旺的一盆。他又聞了聞，羊油味十足，應該算是小狼的一頓好飯了。他又把大半鋁鍋的小米稠粥倒進狗食盆裏，但沒捨得放羊油。夏季少肉，草原上的狗每年總要過上一段半饑半飽的日子。

推開門，狗們早已擁在門外。陳陣先餵狗，等狗們吃光舔淨食盆，退到了包後的陰影裏，才端著狼食盆向小狼走去。一邊走著，一邊照例大喊：小狼，小狼，開飯囉。小狼早已急紅了眼，亢奮雀躍幾乎把自己勒死。陳陣將食盆快速推進狼圈，跳後兩步，一動不動地看小狼搶吃肉油麵條。看上去，牠對這頓飯似乎還很滿意。

給小狼餵食必須天天讀，頓頓喊。陳陣希望小狼能記住他的養育之恩，至少能把他當作一個真心愛牠的異類朋友。陳陣常想，將來有一天他娶妻生子後，可能對自己的兒女也不會如此上心動情。他相信狼有魔力，在饑餓的草原森林，母狼會奶養人類的棄嬰，狼群會照顧保護他（她），並把他（她）撫養成狼。如果沒有一種超人類超狼類的魔力情感，是不可能出現這種「神話」的。

陳陣自從養狼以後，經常被神話般的夢想和幻想所纏繞。他在上小學的時候，曾讀過一篇蘇聯小說，故事說一個獵人救了一條狼，把牠養好傷以後放回森林。後來有一天早晨，獵人推開木屋的門，門口雪地上放著七隻大野兔，雪地上還有許多行大狼腳印……這是陳陣看到的第一篇人與狼的友誼故事，與當時他看過的所有有關狼的書和電影都不同。書裏寫的大多都是狼外婆、狼吃小羊，狼掏吃小孩的心肝一類的可怕殘忍的事情，甚至，連魯迅筆下的狼都是那種傳統的殘暴形象。所以他一直對那篇蘇聯小說十分著迷，多年不忘。

他常常夢想成為那個獵人，踏著深雪到森林裏去，和狼朋友們一起玩，抱著大狼在雪地上打滾，大狼馱著他在雪原上奔跑……如今他竟然也有一條屬於自己的、可觸可摸的真狼了。他只要把小狼餵飽，也可以抱著牠在綠綠的草地上打滾，他已經和小狼滾過好幾次了。他的夢想差不多算是實現了一半，但那另一半，他似乎不敢夢想下去了——小狼長大以後，給他留下一窩狼狗崽，然後重返草原和狼群。

陳陣曾在夢中見到自己騎著馬，帶著一群狼狗來到草原深處，向荒野群山呼喊：小狼，小狼，開飯囉。我來囉，我來囉。於是，在迷茫的暮色中，一條蒼色如鋼，健壯如虎的狼王，帶著一群狼，呼嘯著久別重逢的亢奮嗥聲，向他奔來……可惜這裏是草原牧區，不是森林，營盤有獵人獵狗步槍和套馬杆，即使長大後能重返自然的小狼，也不可能叼七隻大野兔，作爲禮物送到他蒙古包門口來的……

陳陣發現自己血管裏好像也奔騰著游牧民族的血液，雖然他的曾祖父是地地道道的農民，但他覺得自己仍不像是純種農耕民族的後代，不像華夏的儒士和小農那樣實際、實幹、實用、實利和腳踏實地，那樣敵視夢想幻想和想入非非。陳陣既然冒險地實現了一半的夢想，他還要用興趣和勇氣去圓那個更困難的一半夢想。陳陣希望草原能更深地喚醒自己壓抑已久的夢想與冒險精神。

小狼終於把食盆舔淨了。小狼已經長到半米多長，吃飽了肚子，牠的個頭顯得更大更威風，身長已比小狗們長出大半個頭了。陳陣將食盆放回門旁，走進狼圈，現在到了他可以盤腿坐下來和小狼耳鬢廝磨的時候了。他抱了一會兒小狼，然後把牠朝天放在自己的腿上，再輕輕地給小狼按摩肚皮。

在草原上，狗與狼在廝殺時，牠們的肚皮絕對是敵方攻擊的要害部位，一旦被撕開了肚皮就必死無疑。所以狗和狼是決不會仰面朝天地把肚皮亮給牠所不信任的同類或異類的。雖然道爾基的小狼因爲咬傷孩子被打死，但陳陣還是把自己的手指讓小狼抱著舔，抱著咬。他相信，小狼是不會真咬他的，牠啃他的手指，就像咬牠的親兄弟姐妹一樣，都是點到爲止，不破皮不見血。既然小狼把自己的肚皮放心地亮給他，他爲什麼不可以把手指放進小狼的嘴裏呢？他在小狼的眼睛裏看到的，完全是友誼和信任。

已近中午，高原的毒日把空心綠草針曬沒了鋒芒，青草大多打蔫倒伏。小狼又開始受刑了，牠張大嘴不停地喘，舌尖上不斷地滴著口水。陳陣將蒙古包的圍氈全部掀到包頂上去，蒙古包八面通風，像一個涼亭，又像一個碩大的鳥籠。在包裏，他可以一邊看書，時不時向外張望照看小狼，只是猶豫著不知道該不該幫幫牠。

草原狼從來不懼怕惡劣天氣，那些受不了嚴寒酷熱的狼，會被草原無情淘汰，能在草原生存下來的都是硬骨鐵漢。可是，如果天氣太熱，草原狼也會躲到陰涼的山岩後面的。陳陣聽畢利格老人說，夏天放羊遇到涼快的地方，別馬上讓羊停下來乘涼，人先要過去看看草叢裏有沒有狼「打埋伏」。

陳陣不知道該如何幫小狼降溫解暑，他打算先觀察狼的耐熱力究竟有多強。吹進蒙古包裏的風也開始變熱，盆地草場裏的牛群全不吃草了，都臥在河邊的泥塘裏。遠處的羊群，大多臥在迎風山口處午睡。山頂上，出現了一頂頂的三角白「帳蓬」。羊倌們熱得受不了了，就把套馬杆斜插在旱獺洞裏，再脫下白單袍把領口拴在杆上，用石頭壓住兩邊拖地的衣角，就能搭出一頂臨時遮陽帳篷來。陳陣在裏面乘過涼，很管用。帳篷裏往往是兩個羊倌，一人午睡，一人照看兩群羊。三角白帳篷只有在草原最熱的時候才會出現。

陳陣漸漸坐不住了。

小狼已被曬得焦躁不安，站也不是，臥也不是。沙地冒出水波似的熱氣，小狼的四個小爪子被燙得不停地倒換，牠東張西望到處尋找小狗們，看到一條小狗躲在牛車的陰影下，牠更是氣急敗壞地掙鐵鏈。

陳陣趕緊出了包，他擔心再這麼曝曬下去，小狼真成了糖炒栗子，萬一中暑，場裏的獸醫決不會給狼治病的。怎麼辦？草原風大，只有雨衣，沒有傘，不可能給小狼打一把遮陽傘。那麼推一輛牛車來讓小狼躺到牛車下？但牛車的結構太複雜，弄不好，小狼脖子上的鐵鏈會被軲轆纏住，把小狼勒死。

最好是給小狼搭一個羊倌那樣的三角遮陽帳篷，可他又不敢。所有野外的人畜都乾曬著，有人竟爲狼搭涼棚，這是什麼「階級感情」？那樣全隊反對養狼的牧民和知青就該有話說了。這一段大家都忙，幾乎都已忘掉了小狼，偷養小狼不可張揚，陳陣再不能做出提醒人家記起小狼的事情。

陳陣從水車木桶裏舀了半盆清水，端到小狼面前，小狼一頭扎進盆裏，一口氣把水舔喝光。然後竟然迅速鑽到陳陣身體的陰影裏，來躲避毒日。牠像個可憐的孤兒，苦苦按住他的腳，不讓他走。陳陣站了一會兒，馬上就感到脖子後面扎扎地疼，再不離開就要被曬爆皮。他只好退出狼圈，打了半桶水潑在狼圈裏，沙地冒出揭屜蒸籠般的蒸氣來。小狼立即發現地面溫度降了不少，馬上就躺下來休息，牠已經一連站了好幾個小時了。可是，不一會兒沙地就被曬乾，小狼又被烤得團團轉。陳陣再沒有辦法了，他不可能連連給牠潑水，就算能，那麼輪到他放羊外出時怎麼辦？

陳陣進了包，看不下書去，他開始擔心小狼曬病、曬瘦，甚至曬死。他沒想到，拴養小狼保證了人畜的安全，卻保證不了小狼的生命安全。要是在定居點，把小狼養在圈裏，至少還可以得到一面牆的陰影。難道在原始游牧的條件下真不能養狼？連畢利格老人也不知道如何養狼，他沒有一點經驗可以借鑒。陳陣始終盯著小狼，苦思苦想，卻仍是一籌莫展。

小狼繼續在狼圈裏轉，牠的腦子好像也在不停地轉，轉著轉著，牠似乎發現了狼圈外的草地，要比圈內的沙地溫度低很多。小狼偏著身子，用後腿踩了幾腳草地，大概不怎麼燙，小狼馬上就把整個身體躺到圈外的草地上去了，只把頭和脖子留在圈內的燙沙上。鐵鏈被小狼拽得筆直，牠終於可以伸長著脖子休息了。

雖然小狼還在曝曬之中，但卻大大地減少了身子下的烘烤。陳陣高興得真想親小狼一口，小狼這個絕頂聰明的行爲，給了陳陣一線希望。他也總算想出了一個辦法，等到天更熱的時候，他就隔些日子給小狼換一個有草的狼圈，只要狼圈裏又快被踩成了沙地，就馬上挪地方。陳陣在心中嘆道，狼的生存能力總是超出人的想像，連沒娘帶領的小狼，天生都會自己解決困難，就更不要說那些集體行動的狼群了。陳陣半躺在被捲上開始看書。

蒙古包外響起了一陣急促的馬蹄聲，兩匹快馬捲著沙塵，順著門前二十多米遠的車道急奔。陳陣以爲這只是過路馬倌，沒太注意是誰。沒想到，兩匹馬跑近蒙古包的時候，突然急拐彎，離開車道朝小狼衝去，小狼立即驚起後退，繃直了鐵鏈。前面那個人，用套馬杆一杆子就套住了小狼的頭，又爆發性地狠命一拽，把小狼拽得飛了起來。這一杆力量之大，下手之狠，完全是爲了要小狼的命，恨不得借著鐵鏈的拉勁，一下子就把小狼的脖子拽斷。小狼剛剛噗地摔在地上，後面那個人又用套馬杆的套繩，狠狠地抽了小狼一鞭子，把小狼抽得一個溜滾。前面那人勒住馬，倒手換馬棒，準備下馬再擊。陳陣嚇得大叫了一聲，抄起擀麵杖，瘋了似地衝出去。

那兩人見到陳陣一副拚命的樣子，迅速騎馬捲沙揚長而去。只聽一人大聲罵道：狼在掏馬駒，他還養狼！我早晚得殺了這條狼！黃黃和伊勒猛衝過去狂吼，也挨了一杆子。兩匹馬向馬群方向狂奔而去。

陳陣沒有看清那兩人是誰，他估計有一位可能是挨了畢利格老人批評的那個羊倌，另一個是四組的馬倌。這兩人來勢兇猛，打算好了要對小狼下死手。陳陣親身領教了蒙古騎兵閃擊戰的可怕。

陳陣衝到小狼身邊，小狼夾著尾巴嚇得半死，四條腿已抖得站不穩了。小狼見到陳陣，就像一隻在貓爪下死裏逃生的小雞撲向老母雞那樣，跌跌撞撞地撲向陳陣。陳陣哆哆嗦嗦地抱起小狼，人與狼馬上就抖到了一起了。他慌忙去摸小狼的脖子，幸好脖子還沒有斷，但是脖子上的一片毛被套繩勾掉，下面是一道深深的血印。

小狼的心臟怦怦亂跳，陳陣連哄帶撫摸，好不容易才止住了小狼和自己的顫抖。他又進包拿出一小條肉乾，安慰小狼。等小狼吃完了肉條，陳陣又抱起小狼，把牠臉貼臉地抱在胸前，他摸了摸小狼的胸口，狼心已漸漸恢復平穩。小狼餘悸未消，牠盯著陳陣看，看著看著，突然舔了陳陣的下巴一下。陳陣受寵若驚，他這是第二次得到狼的舔吻，也是第一次得到了狼的感謝。看來狼給救命恩人叼去七隻野兔的故事，不是瞎編出來的。

但是陳陣的心卻沉得直往下墜，他一直擔憂的事終於發生了。養狼已得罪了絕大部分牧民，他感到了牧民對他的疏遠和冷落，連畢利格阿爸來他們包的次數也少多了。他彷彿已被牧民看作像包順貴和民工一樣的破壞草原規矩的外來戶了。

狼是草原民族精神上的圖騰，肉體上半個兇狠的敵人。無論從精神到肉體，草原牧民都不允許養狼。他養狼，在精神上是褻瀆，在肉體上是通敵。他確實觸犯了草原天條，觸動了草原民族和草原文化的禁忌。他不知道還能不能保住小狼，還該不該養狼。但是他實在想記錄和探究「狼圖騰，草原魂」的秘密和價值，不能眼睜睜地看著曾對世界和中國歷史產生過巨大影響的狼圖騰，隨著草原游牧生活的逐漸消亡而消亡，像草原人的肉體那樣，通過狼化為粉齏，不留痕跡地消失得無影無蹤。

這可能是最後的一次機會了，陳陣不得不固執己見，咬緊狼牙，堅持下去。他到處去找二郎，可二郎還沒有回家。如果有牠看家，除了本組牧民以外，其他組的牧民還不敢輕易上門。二郎會把陌生人的馬追咬得破膽狂奔。他也突然感到剛才那兩位快騎手目光的銳利，他們一定是看到二郎不在家，才實施突然襲擊的。

太陽還沒有發出它在這一天的最高溫，草原盆地卻已把所有的熱量全聚攏到了小狼的狼圈裏。小狼雖然身體下面減少了烘烤，但牠的腦袋和脖子還留在沙盤裏，加上脖子受傷，小狼躺不住了，牠站起來在狼圈裏轉磨，轉幾圈又躺到草地上去。

陳陣看不下去書，開始做家務，他摘韭菜，打野鴨蛋，拌餡和麵，烙餡餅，一直埋頭幹了半小時。當他抬頭再看小狼的時候，他愣住了——小狼居然在沙圈裏撅著屁股和尾巴，拚命地刨土掏洞，沙土四濺，像禮花似的從地洞裏噴出。陳陣急忙擦了擦手跑出包去，走進狼圈蹲下身子，好奇地觀察起來。

小狼在圈中南半部，用力刨洞，半個身子已經扎進洞裏，尾巴亂抖，沙土不斷從小狼的身底下噴射出來。過了一會兒，小狼退出洞，用兩隻前爪摟住沙堆往後扒拉。小狼渾身沾滿了土，牠看了陳陣一眼，狼眼裏充滿野性和激情，像是在挖金銀財寶，亢奮中還露出貪婪和焦急。

小狼到底想幹什麼？難道想刨倒木樁，逃到陰涼處？不對，位置不對。小狼並沒有對準木樁刨，而且木樁埋得很深，牠得刨多大一個坑？小狼是在狼圈的南半部，背對木樁，由北朝南，衝著陽光的方向刨。陳陣心中一陣驚喜，他立刻明白了小狼的意圖。

小狼又在洞裏刨鬆了許多沙土，牠半張著嘴哈哈地忙裏忙外，一會兒鑽進洞刨土，一會兒又往外倒騰土。小狼兩眼放光，賊亮賊亮，根本沒功夫搭理陳陣。陳陣看得終於忍不住，小聲叫牠：小狼小狼，慢點刨，小心把爪子刨斷。小狼瞟了陳陣一眼，瞇著眼睛笑了笑，牠好像對自己行爲很是得意。

洞裏刨出的沙土有些潮氣，遠比洞外的黃沙涼得多。陳陣抓了一把沙土，握了握，確實又潮又涼。陳陣想，小狼真是太聰明了，牠這是在爲自己刨一個避光避曬、避人避危險的涼洞和防身洞！一點沒錯，小狼準是這樣想的，洞裏有涼氣有黑暗，洞的朝向也對，洞口朝北，洞道朝南，陽光曬不進洞，小狼鑽進去刨土的時候，牠的大半個身子已經曬不到毒辣的陽光了。

小狼越往裏挖，裏面的光線就越弱。牠顯然嚐到了黑暗的快樂，也開始接近牠預期的目標。黑暗黑暗，黑暗是狼的至愛，黑暗意味著涼快、安全和幸福。牠以後再也不會受那些可惡的大牛、大馬、大人的威脅和攻擊了。小狼越挖越瘋狂，牠簡直樂得快合不上嘴了。又過了二十多分鐘，洞外只剩下一條快樂抖動的毛茸茸的狼尾巴，而小狼的整個身體，全都鑽進了陰涼的土洞裏。

陳陣又一次被小狼非凡的生存能力和智慧所震驚。他想起了「龍生龍，鳳生鳳，耗子生兒會打洞。」老鼠會打洞，那小鼠至少見過大鼠和母鼠打洞吧？可這條小狼眼睛還沒有睜開就離開了狼媽，牠哪裡見過大狼打洞？況且，後來牠周圍的狗，也不可能教牠打洞，狗是不會打洞的家畜。那麼，小狼打洞的本領是誰教給牠的？而且打洞的方位和朝向也絕對正確，打洞的距離更是恰到好處。如果離木樁的距離太遠，那麼鐵鏈的長度就會限制狼洞向縱深發展。可是小狼選的洞位恰恰在木樁和圈邊之間，牠竟然打了一個可以帶半截鐵鏈進洞的狼洞，這又是誰教的？這個選址的本領可能連草原上的大狼都不具備，牠自己又是怎樣計算出來的呢？

陳陣驚得心裏發毛。這條才三個多月大的小狼，居然在完全沒有父母言傳身教的情況下，獨自解決了生死攸關的問題。這確實要比狗，甚至比人還聰明。狼的先天遺傳居然強大到這般地步？陳陣從自己的觀察作出判斷：遺傳只是基礎，而小狼的智商更強大。他這個有知識的大活人，在毒日下轉悠了大半天，就是沒有想到就地給小狼挖一個斜斜的遮陽防身洞。

一個現代智慧人，竟眼睜睜、傻呼呼地讓一條小狼給他上了一堂高難度的生存能力課。陳陣自嘆不如，小狼的智慧確實大大地超過了他。他應該心悅誠服地接受小狼對他的嘲笑。怪不得，小狼在跟他玩耍的時候，他會感到一種莫明其妙的「平等」。此刻，陳陣似乎更覺得小狼可能根本不把他放在眼裏。小狼桀驁不馴的眼神裏，總是有一種讓他感到恐懼的意味：你先別得意，等我長大了再說。陳陣越來越吃不準小狼長大了會怎樣對待他。

但是陳陣心裏還是很高興，他跪在地上看了又看，覺得自己不是在豢養一個小動物，而是在供養一個可敬可佩的小導師。他相信小狼會教給他更多的東西：勇敢、智慧、頑強、忍耐、熱愛生活、熱愛生命、永不滿足、永不屈服、並藐視嚴酷惡劣的環境，建立起強大的自我。他暗暗想，華夏民族除了龍圖騰以外，要是還有個狼圖騰就好了。那麼，華夏民族還會遭受那麼多次的亡國屈辱嗎？還會發愁中華民族實現民主自由富強的偉大復興嗎？

小狼撅著尾巴幹得異常衝動，越往深裏挖，牠似乎越感到涼快和愜意，好像嗅到了牠出生時的黑暗環境和泥土氣息。陳陣感到小狼不僅是想挖出個涼洞和防身洞，好像還想挖掘出牠幼年的美好記憶，挖掘出牠的親媽媽和牠的同胞兄弟姐妹。他想像著小狼挖洞時的表情，也許極爲複雜，混合著亢奮、期盼、僥倖和悲傷……

陳陣的眼眶有些濕潤，心中湧出一陣劇烈的內疚。他越來越寵愛小狼，可是，他卻是毀了這窩自由快樂的狼家庭的兇手。如果不是他的緣故，那窩狼崽早已跟著牠們的狼爸狼媽東征西戰了。陳陣猜想，這條優秀的小狼，也許就是額侖草原那頭白狼王的兒子，如果在久經沙場的狼群的馴導下，在未來，牠甚至可能成長爲新一代的狼王。可惜牠們的錦繡前程被一個千里之外的漢人給徹底斷送了。

小狼已經挖到了極限，鐵鏈的固定長度已不允許牠再往深裏挖。陳陣也不打算再加長鐵鏈。此地沙土鬆脆，狼洞頂只是一層盤結草根的草皮層，再往裏挖，萬一哪匹馬、哪頭牛踩塌了洞頂，就可能把小狼活埋。小狼挖洞的極度興奮被突然中斷，氣得發出咆哮，牠退出洞，拚命衝撞鐵鏈。項圈勒到了牠脖子上的傷口，疼得牠張嘴倒吸涼氣，牠不肯罷休，直到牠累得撞不動爲止。小狼趴在新土堆上大口喘氣，休息了一會兒，牠探頭朝洞裏張望，陳陣不知道牠還能琢磨出什麼新點子來。

小狼喘氣剛剛平穩，又一頭扎進洞。不一會兒，洞裏又開始噴出沙土。陳陣又傻了眼，他急忙俯下身，湊到洞口往裏看。只見小狼在往洞的兩邊挖，牠竟然知道放棄深度，橫向擴大廣度。小狼挖掘不出牠的媽媽和兄弟姐妹，牠只好爲自己挖一個寬大的臥鋪，一個能將自己的整個身體，囫圇個兒放在裏面的安樂窩。

陳陣愣愣地坐下來，他簡直不敢相信，小狼從開始選址、挖洞、一直到量體裁洞的整個過程，從設計到完工都是一次成功，工程沒有反覆，沒有浪費。陳陣真是無法理解狼的這種才華到底是從哪裡來的。可能正是這種人類太多的「無法理解」，從古到今，草原民族才會把狼放到「圖騰」的位置上去。

小狼的涼洞和防身洞終於挖成了。小狼舒舒服服地橫臥在洞裏，陳陣怎麼叫也叫不出牠來。他朝洞裏望進去，小狼圓圓的眼睛綠幽幽的，陰森可怕，完全像一條野狼。小狼此時顯然正在專心享受牠所喜歡的陰暗潮濕和土腥氣味，牠如同回到了自己的故土故洞，回到了媽媽的懷抱，回到了同胞兄弟姐妹的身旁。

此刻的小狼心平氣和，牠終於逃離了在人畜包圍中惶惶不可終日的地面，躲進了狼的掩蔽所，回到狼的世界裏去了。小狼也終於可以睡個安穩覺，做個狼的美夢了。陳陣把狼洞前的土堆鏟平，把沙土攤撒到狼圈裏。小狼總算有了安全的新家，這一意外的壯舉，使得陳陣也重新對小狼的生存恢復了信心。

傍晚，高建中和楊克回到家裏，兩人見到家門前不遠的狼洞，也都大吃一驚。楊克說：在山上放了一天羊，人都快曬乾了，渴死了，我真怕小狼活不過這個夏天。沒想到，小狼還有這麼大的本事，真是一條小神狼。

高建中說：往後還真得留點神，得防著牠，每天都要檢查鐵鏈，木樁，脖套。說不定在什麼節骨眼上，小狼給咱們捅個大漏子，牧民和同學們都等著看笑話呢。

三個人都省下自己份內的半張油汪汪的韭菜鴨蛋餡餅，要拿去餵小狼。楊克剛一叫開飯囉，小狼就躥出洞，將餡餅颼地叼進洞裏。牠已經認定那是自己的領地，從此誰也別想冒犯牠了。

二郎在外面浪蕩了一天，也回到家。牠的肚皮脹鼓鼓的，嘴巴上油漬汪汪，不知道牠又在山裏獵著了什麼野物。黃黃，伊勒和三條小狗一湧而上，搶舔二郎嘴巴上的油水，多日不見油腥，狗們饞肉都饞瘋了。

小狼聽見二郎的聲音，颼地躥出洞。二郎走進狼圈，小狼又繼續去舔二郎的嘴巴。二郎發現小狼的洞，牠好奇驚喜地圍著洞轉了幾圈，然後笑呵呵地蹲在洞口，還把長鼻子伸進洞聞了又聞。小狼立即爬到二郎乾爸的背上上躥下跳，打滾翻跟頭。牠開心得忘掉了脖子上的傷痛，精神勃勃地燃燒著自己野性的生命力。

草原上太陽一落，暑氣盡消，涼風颼颼。楊克立即套上一件厚上衣，走向羊群，陳陣也去幫他攔羊。吃飽的羊群忌諱快趕，兩人像散步一樣，將羊群緩緩地圈到無遮無攔無圈欄的營盤。夏季的游牧，到了晚上，大羊群就臥在蒙古包外側後面的空地上過夜。夏季下夜是件最苦最擔風險的工作，他們兩人都不敢大意，最擔心的還是狼群會不會發現小狼，伺機報復。

狼的一天是從夜晚開始的。小狼拖著鐵鏈快樂地跑步，並時不時地去欣賞牠的勞動成果。兩人坐在狼圈旁邊，靜靜地欣賞黑暗中的小狼和牠的綠寶石一樣的圓眼睛。兩人都不知道狼群是否已經嗅到了小狼的氣味，失去狼崽的母狼們是否就潛伏在不遠的山溝裏。

陳陣給楊克講了這一天發生的事情，又說：得想辦法弄點肉食了，要不然，小狼長不壯，二郎也不安心看家，那就太危險了。

楊克說：今天我在山上吃到了烤獺子肉，是道爾基套的。要是他套得多，咱們就跟他要一隻，拿回來餵狗餵狼，可就是羊倌羊群干擾太多，獺子嚇得不上套。

陳陣憂心忡忡地說：我現在樣樣都擔心，最擔心的是狼群夜裏偷襲羊群。母狼是天下母性最強的猛獸，失掉孩子以後的報復心也最強最瘋狂。萬一要是母狼們帶著大狼群，半夜裏打咱們一次閃電戰，咬死小半群羊，那咱們就慘了。

楊克嘆了口氣說：牧民都說母狼肯定會找上門來的。額侖草原今年被人掏了幾十窩狼崽，幾十條母狼都在尋機報仇呢。牧民一個勁地想殺這條小狼，其他組的同學也都反對養狼。今天小彭他們爲這事，差點沒跟我

急了，他們說要是出了事，全隊的知青都得倒楣，咱們現在真是四面楚歌呵。我看咱們還是悄悄地把小狼放掉算了，就說小狼掙斷鏈子逃跑了，那就沒事了。楊克抱起小狼，摸摸牠的頭說：不過，我也真捨不得小狼，我對我的小弟弟也沒這麼親。

陳陣狠了狠心說：中國人幹什麼事都是前怕狼後怕虎的。咱們既然入了狼窩，得了狼子，就不能半途而廢，既然養了就得養到底。

楊克忙說：我不是害怕擔責任，我是看小狼整天拴著鐵鏈像個小囚徒，太可憐了。狼是最愛自由的動物，現在卻無時不在枷鎖中，你能忍心嗎？我可是已經在心裏真正拜過狼圖騰了。我能理解爲什麼阿爸反對你養狼。這真是褻瀆神靈啊。

陳陣的心裏十分矛盾，嘴上卻依然強硬，猛地上來一股執拗勁兒，衝著楊克發狠說：我何嘗不想放狼歸山啊，但現在不能放。我還有好多問題沒弄清楚呢。小狼的自由是一條狼的自由，可要是將來草原上連一條狼都沒有了，還有什麼狼的自由可言？到時候，你也會後悔的。

楊克想了想，終於還是妥協了。他猶豫著說：那……咱們就接著養。我想法子再多弄點「二踢腳」來。狼跟草原騎兵一樣，最怕火藥炸，火炮轟。只要咱們聽到二郎跟狼群一掐起來，我就先點一捆「炸彈」，你再一個一個地往狼群裏扔，準保能把狼群炸懵。

陳陣口氣緩和下來說：其實，你的狼性和冒險勁比我還大。嗳，你將來真打算娶個蒙古姑娘？比母狼還厲害的？

楊克趕緊擺手說：你可別張揚啊，要不然，哪個蒙古姑娘野勁一上來，像條小母狼一樣追我，我還真招架不住。我至少得先給自己掙出一個蒙古包吧。

第五章 天鵝湖的消逝

董仲舒對曰：「……秦則不然，師申、商之法，行韓非之說，憎帝王之道，以貪狼為俗……」

——司馬光《資治通鑑・漢世宗孝武皇帝上之上》

楊克背對著身後喧囂雜亂的工地，靜靜地望著盆地中央的天鵝湖。他不敢回頭去看那片工地。自從包順貴殺吃了那隻大天鵝，他在夜裏夢見從天鵝湖裏流出來的都是血水，藍色的湖面被鮮血染成了紅色……

三十多個從內蒙農區來的民工，已經在新草場紮下了根。他們神速地爲自己修建了堅固的土房。這些常年在牧區打長工和季節工的民工，上上輩是牧區的牧民，上一輩是半農半牧區蒙漢雜居的半農半牧民，到了他們這一輩，草場大多開成了貧瘠沙質的農田，土地已養活不了他們，於是他們就像候鳥一樣飛到草原上來。

他們會講流利的蒙話和漢話，懂得牧業活又是地道的莊稼漢，對草原遠比內地純農區來的漢人熟悉，對如何就地取材，建造農區生活設施具有特殊的本事。陳陣和楊克每次到湖邊給羊群飲完水，就順便到民工點看看聊聊。楊克發現，由於工程太忙，工期太緊，包順貴已下了死令，必須趕在雨季之前完成臨時庫房和藥浴池的工程，這些民工看來一時還顧不上湖裏的天鵝。

楊克和陳陣這些日子經常討論中國古代漢族政府實行「屯墾成邊」，「移民實邊」，以及清朝後期的「放荒招墾」的政策。這些蠶食草原，擠壓游牧的政策竟然一直持續到現在。楊克弄不懂，爲什麼報紙廣播一直在批判赫魯雪夫濫墾草原，製造大面積的沙漠，給草原人民造成無窮的災難，卻不制止自己國內的同樣行爲？而「軍墾戰歌」在近幾年倒是越唱越兇了。

楊克沒有去東北、新疆等農墾兵團，而最終選擇了草原，因爲他是看俄羅斯森林草原小說、電影、油畫和舞蹈，聽俄羅斯森林草原歌曲長大的。俄羅斯偉大的作家、導演、畫家、音樂家和舞蹈家對俄羅斯森林草原的熱愛，已經把楊克薰陶成了森林草原「動物」了。他沒有想到逃脫了東北新疆的農墾兵團，卻還是沒有逃脫「農墾」。看來農耕民族墾性難移，不把全國所有的草原墾成沙漠是不會甘心的。

楊克不得不佩服民工的建房本領。他第一次去的時候，還是塊平地，可是第二天，一排土房厚厚的牆體已壘到一人多高了。楊克騎馬仔細看了幾圈，見民工們用兩掛大車，從靠近湖邊的鹼性草灘，用大方鏟切挖草泥磚。切挖出來的草泥磚要比長城城磚大一倍，厚一倍。草灘濕地的鹼性膠泥呈灰藍色，黏度極高，泥磚裏又長滿密密匝匝的草根，整塊草泥磚一旦乾透，其硬度強度和韌度遠遠高於「乾打壘」。從草灘裏切挖草泥磚，真是取之不盡，用之不竭。所以民工修的牆體要比普通牆體厚得多。楊克用馬靴踹了踹泥磚牆，感到像鋼骨水泥碉堡一樣堅固。

民工們拉幾車泥磚就可以砌一層，草磚一律草面衝下，泥根衝上，抹齊之後用方鏟鏟平，再抹第二層。三撥人馬連軸轉，只兩天工夫，一排土房的牆體就完工了。等牆體乾透，就可以上樑蓋頂。新草場坡下那一大片綠色的草灘不見了，變成了一片渾泥水塘，又像是一片尚未插秧的水田，佈滿亂草爛泥，牛馬羊去飲水都得繞行。

新草場突然出現了一排土泥房，楊克感到比眼裏揉進泥沙還要扎眼。天然美麗的新牧場如果紮上白色的蒙古包，仍然不減天然牧場的美色；可是出現了一排灰色的土房，就像在天鵝湖舞劇佈景上，畫了一排豬舍土圈那樣醜陋。楊克簡直無法容忍，他只好向民工頭頭老王頭央求，能不能給土房刷一層白灰，看上去能跟蒙古包的色兒一個樣。老王頭賴皮賴臉地笑著說，你掏錢買來白灰，我立刻就刷。楊克氣得乾沒輒，草原不產白灰，他花錢也買不來。

山坡上的石料坑也越來越具有規模了。蒙古草原普通的山包，只要刨開一兩尺薄的草皮沙土碎石，下面就是風化的石片、石板和石塊。用杠棒一撬，石材就可取出，根本不需要鐵錘鋼鍬和炸藥。七八個民工從洞裏到洞外倒運著石料，綠色的山坡出現了三四個巨大的鮮黃色石堆，像一座座石墳。

不幾天，工程全面開工，又有二十多個民工坐著膠輪大車開進了新草場。車上滿載大紅大綠，刺目俗氣的包裹行李，一些民工的老婆孩子也來了，還抱著幾隻東北家鵝，大有在此安家落戶、紮根草原，新貌變舊顏的架式。

楊克痛心地對陳陣抱怨說，這麼美的天然牧場，就快要變成東北華北農區髒勒吧嘰的小村子了，稀有的天鵝湖也快要變成家鵝塘了。

陳陣苦著臉回答：人口過剩的民族，活命是頭等大事，根本沒有多餘的營養來餵養藝術細胞。

後來楊克探到，這幾撥民工大多來自包順貴的老家，他恨不得把半個村子都挪到草原上來。又過了幾天，楊克發現幾個民工家屬在土房前開溝翻地，四條深溝圍起十幾畝菜園子。不幾天，白菜、圓白菜、水蘿蔔、大蘿蔔、香菜、黃瓜、小蔥、大蒜等各色蔬菜竟出了苗，引得全隊的知青紛紛訂購這些草原少見的漢家菜。

草場上自然彎曲的牛車道，被突突奔跑的拉羊毛的膠輪拖拉機強行去彎拉直，又帶來了更多撿羊毛、拾杏核、挖藥材、割野韭菜的場部職工家屬。一盆寶地剛打開，農區盲流便蜂擁而入，草原深處竟到處都能聽到東北口音的蒙式漢話。

陳陣對楊克說，漢族農耕文明二三百年同化了清朝的滿族，因爲滿族的老家東三省有遼闊深厚的黑土地，可以同化出農耕文化的「同根」來，這種同化問題還不算太大。可是漢文化要是同化了薄薄的蒙古草原，那就要同化出「黃禍」來了。

包順貴天天泡在工地上，他已經看準了這片新草場的發展潛力，打算第二年就把四個大隊全遷進來，將新草場變爲全場四個大隊的夏季草場，以便騰出牧場境內原有的幾片黑沙土地，用以發展農業。到時候，要糧有糧，要肉有肉，他就有資本將老家的至愛親朋們，更多地遷到這塊風水寶地，建立一個包氏農牧場。包順貴對工程進度的要求近乎苛刻，但民工們卻毫無怨言。

畢利格老人和幾個老牧民整天跟民工吵架，逼著民工填平菜園子四周的壕溝，因爲已經有馬夜行時栽進土溝裏。土溝雖被填平，但不久，又出現了一圈半人高的土牆。烏力吉滿面愁容，他好像有點後悔開闢這片新草場。

楊克背對亂哄哄的工地，費了半天的勁才把注意力集中到眼前的景色，久久地欣賞著天鵝湖，只想多留下一些天鵝湖的印象。近日來，楊克對天鵝湖的迷戀，已勝過了陣陣對草原狼的癡迷。楊克擔心，也許用不了一年，河湖對岸的草灘草坡就會出現其他三個大隊的龐大畜群，以及更爲龐大的民工工地。假如天鵝湖四周的蘆葦被砍伐淨，剩下的那些天鵝就再也沒有青紗帳作掩護了。

楊克騎馬走向湖邊，想看看湖面上有沒有天鵝雛仔游動。按照季節，雌天鵝早該開始抱窩了。幸虧這會兒除了幾頭牛以外，畜群都不在湖邊，小河清活的流水，帶走了畜群淌渾的污濁，又帶來遙遠森林中的泉水，湖水重又變得透明清亮。他真希望水鳥們能得到暫時的寧靜。忽然，葦叢中驚起一群水鳥，響起各種音調的驚叫聲。野鴨大雁貼著水面向東南急飛，天鵝迅速升空，向北邊大片沼澤上空飛去。楊克立即掏出望遠鏡搜索葦叢，莫非真有人進湖獵殺大天鵝了？

過了十幾分鐘，遠處的水面才有了一些動靜。一個像抗日戰爭時期白洋淀雁翎隊使用的那種僞裝筏子，出現在他的鏡頭裏。筏子從葦巷裏輕輕划出來，上面有兩個人，頭上都戴著用青葦紮成的巨大僞裝帽，身上還披著用青葦作的蓑衣。筏子上堆滿了葦子，像一團活動的葦叢，如果不仔細辨認，很難將筏子和周圍的葦叢區分開來。楊克看清楚，筏子上的人顯然已有收穫，其中一個人正在脫帽卸裝，另一個人手裏竟然握著一把鐵鍬，以鍬代槳，慢慢朝岸邊划過來。

筏子漸漸靠近，這筏子原來是用六個大車輪胎的內胎和幾塊門板綁紮成的。楊克認出其中一個是老王頭，另一個是他的侄子二順。二順拖走筏子表面的青葦，下面露出一個鐵皮洗衣盆，裏頭裝滿了大大小小的鳥蛋，中央還有兩隻白香瓜似的醒目的大蛋，蛋皮細膩光滑，像兩只用羊脂玉雕磨出來的寶物。

楊克的心一下子就抽縮起來了，暗暗驚叫：天鵝蛋！更讓他恐懼的是，葦子蓑衣下面還露出半隻大天鵝，白亮的羽毛上一片血跡。楊克熱血湧上額頭，幾乎就要衝上去掀翻這隻筏子，卻又只能強忍住心中的怒火。打死的天鵝已經不能復活，但是那兩隻大天鵝蛋，他無論如何要想辦法救下來。

筏子靠岸，楊克衝上去大聲喝道：誰讓你們打死天鵝，掏天鵝蛋的！走！跟我上隊部去！

老王頭個子不高，但精明結實，滿臉半蒙半漢式的硬茬黑鬍鬚。他瞪了楊克一眼說：是包主任讓打的，礙你什麼事了？基建隊吃野物，還可以給你們大隊省下不少牛羊呢。

楊克吼道：中國人都知道，癩蛤蟆才想吃天鵝肉呢，你還是中國人嗎？

老王頭冷笑道：是中國人就不能讓天鵝飛到老毛子那兒去，你想把天鵝送給老毛子吃啊？

楊克早已發現盲流的嘴上功夫相當厲害，一時竟被噎得說不出話。

大天鵝被拖上岸，讓楊克吃驚的是，天鵝的胸口上竟然插著一支箭，筏子上還有一把用厚竹板作的大竹弓，還有一小把沒用完的箭。難怪他一直沒有聽到槍聲，剛才他還納悶，這兩個沒槍的人是怎麼打到天鵝的呢？原來他們竟然使用了最原始的武器。在槍炮時代，他看見了弓箭，這張弓具有致大天鵝死命的殺傷力，甚至比槍更有效，更有隱蔽性，不至於太驚嚇其他的天鵝和水鳥，以便更多次的獵殺。楊克提醒自己可不能小看了這些人，得由硬攻改為智取了。

楊克暫時壓下了心中的憤怒，十分吃力地改換了表情，拿起那張弓說：哦，好弓好弓，還是張硬弓，你們就是用這張弓射著天鵝的？

老王頭見楊克變了口氣，便自誇道：那還有假？這把弓，我是在場部氈房，用擀毯子彈羊毛的竹弓改做的，這弓有勁，射死個人也不費勁呢。

楊克抽了一支箭說：讓我試一試行嗎？老王坐在岸邊草墩子上看著二順搬獵物，一邊抽旱煙一邊說：做箭可是費功夫，我還得留著接著打呢，只能試一支，多了不行。

楊克仔細研究這副弓箭。做弓的竹板有近一指厚三指多寬，弓弦是用幾股細牛皮條擰出來的，鉛筆一般粗。箭杆是用柳條削刮出來的，箭羽是就地取材的雁羽。

最讓楊克吃驚的是，那箭頭居然是用罐頭盒的鐵皮做的，上面還能看到「紅燒……」兩個字。鐵皮先被剪成三角形，然後再捲在箭杆頭上，再用小釘固定，杆頭上就形成了一個鵝毛筆管形的尖管，尖管裏面的箭杆頭也被削斜了，被鐵皮尖管裹得嚴絲合縫。楊克用手指試了試箭頭，又硬又鋒利，像支小扎槍。他掂了掂箭杆，箭身並不重，但箭頭較重，箭射出去不會發飄。

弓很硬，楊克使足了勁，才能拉開五六分。他彎弓搭箭，瞄準十幾米開外的一個草墩子，用力開弓，一箭射去，射在草鐵墩子的旁邊，箭頭深深戳進地裏。楊克跑過去，小心拔出箭，抹淨泥土，箭頭依然尖銳鋒利。那一刻，他忽然覺得自己回到了蒙古草原騎射的遠古時代。

楊克走到老王頭的面前問道：你射天鵝的時候，離牠有多遠？

也就七八步吧。

你離天鵝這麼近，天鵝沒看見你？

老王頭敲了敲煙袋鍋說：前天我進葦塘找天鵝窩，找了大半天，才找見。今兒一大早，我倆就披著葦子，戴上葦帽慢慢划進去。虧得霧大，沒讓天鵝瞅見。天鵝的窩有一人多高，用葦子摞起來的，母鵝在窩裏孵蛋，公鵝就在旁邊水道裏來回守著。

那你射死的這隻是公的還是母的？

我倆趴得低，射不著抱窩的，就等那隻公的。等了老半天，公鵝游到筏子跟前，我一箭穿心，牠撲騰了幾下就沒氣了。母鵝聽見了動靜，俐麻索地就飛跑了，我倆這才靠過去把窩裏兩個蛋撿來了。

楊克暗想，這批流民的生存和破壞能力，真是非同小可。沒有槍彈，可以做出弓箭；沒有船，可以做出筏子。還會偽裝，會長時間潛伏，能夠首發命中。如果他們裝備起槍枝彈藥拖拉機，指不定把草原毀成什麼樣子？他們祖輩原本都是牧民，但是被漢族的農耕文化征服和同化以後，居然變成了蒙古草原的敵人。千年來，中國人常爲自己可以同化異族的非凡能力而沾沾自喜，但是中國人只能同化比自己文化水平低的民族，而且同化出的災難性惡果的一面，卻從來閉口不提。楊克目睹惡果，看得心中滴血。

二順清掃完筏子，也坐下來休息。楊克此時最關心的是那兩枚天鵝蛋。既然母天鵝還沒有死，就一定要把蛋放回窩裏，要讓那兩隻小天鵝出世，跟牠們媽媽遠走高飛，飛到遙遠的西伯利亞去。

楊克強作笑臉對老王頭說：您老真了不得，往後我還真得跟您老學兩手。

老王頭得意地笑道：幹別的咱不成，可打鳥、打獺子、打狼下夾子、挖藥材、撿蘑菇啥的，咱可是行家。這些玩藝兒，咱老家原先都有，後來闖關東進草甸的漢人太多了，地不夠了，野物也讓你們漢人吃盡了，得虧咱的老本事沒忘，只好再上草原混碗飯吃。我們雖說也是蒙族，可出門在外不容易，你們知青從北京來，又有本地戶口，往後多給咱這外來戶說點好話，別讓當地的老蒙古趕我們走，他們能聽你們的。你要答應，我就教你幾手，準保讓你一年弄上個千兒八百塊。

楊克說：那我就拜您爲師啦。

老王頭往楊克旁邊湊了湊說：聽說你們和牧民的包裏都留了不少羊油，你能不能給我弄點來？我們四五十口人，天天幹重活，吃糧全是從黑市上買來的高價糧，還天天吃野菜吃素，肚裏一點油水也沒有。可你們還用羊油點燈，多糟踐東西，你便宜賣給我點羊油吧。

楊克笑道：這好辦，我們包還有兩罐羊油呢。我看這兩個天鵝蛋挺好看的，這樣吧，我用半罐羊油換這兩個蛋，成嗎？

老王頭說：成！這兩個大蛋，我拿回去也是炒著吃，就當是少吃五六個野鴨蛋唄，你拿走吧！楊克連忙脫下外衣把天鵝蛋小心包好，對老王頭說：明兒我就把羊油給您送去。老王頭說：你們北京人說話算數，我信得著。

楊克喘了口氣又說：這會兒天還早，我想借您的筏子進湖去看看天鵝窩……你剛才說天鵝窩有一人多高，我可不信，得親眼見識見識。

老王頭盯了一眼楊克的馬說：成啊。這樣吧，我借你筏子，你把馬借給我。我得把大鵝馱到伙房去，這隻鵝這老沉，快頂上一隻羊了。

楊克站起身說：就這麼定了……等等，你還得告訴我那個天鵝窩在哪兒。

老王頭也站起身，指著葦巷說：到東頭，再往北拐，那條巷子裏有好些葦子讓筏子壓趴下了。順著水路划，準能找見。你會划筏子嗎？

楊克上了筏子，用鐵鍬划了幾下，很穩。他說：我在北京北海公園經常划船，還會游泳，游幾千米沒問題，淹不死。

老王頭又叮囑一句：那你回來還原照樣把筏子拴好。說完就抱起死天鵝馱到馬鞍上，自己坐在馬屁股上，慢慢向工地走去。二順吃力地端著大盆跟在後面。

等兩人走遠，楊克上了岸，將包著天鵝蛋的衣服捲放到筏子上，然後急匆匆地向東邊葦叢划去。

寬闊的湖面倒映著朵朵白雲，亮得晃眼，一群膽大的大雁綠頭鴨，又從北面沼澤飛回來。倒影中，水鳥們在水裏穿雲破霧，不一會兒又穩穩地浮在水中的白雲軟墊上。楊克一划進湖中，便不由地放慢划槳的速度，沉浸在濃濃的葦綠之中。葦巷裏吹來湖水和葦葉的清香，越往裏划，湖水越綠越清，猶如真正進入了他夢幻中的天鵝湖。楊克想，如果能邀上陳陣和張繼原一同遊天鵝湖就好了。他們仨一定會泡在湖裏不出來，躺在筏子上隨波逐流，待上一整天或一整夜的。

筏子漸漸接近湖東邊的葦叢，這裏的水是流動的，是穿湖而過的小河的主河道。河水向北流去，河道的水較深，很少長葦子，而河道兩旁卻長滿茂密的蘆葦和蒲棒。筏子順河道往北漂划過去，水面上漂來一些羽毛，有白的、灰的、咖啡色的、褐黃色的、金綠色和暗紅色的。有時葦巷裏會突然游出幾隻野鴨，一見人又鑽進葦叢裏。葦巷幽深隱蔽，是水鳥們靜靜的產房，是雛鳥們安全的樂園。下午的陽光已照不到葦巷的水面上，一陣清涼的風，吹走了楊克渾身的汗氣。

葦巷又拐了一個彎，河道忽窄忽寬。楊克又划了一會兒，葦巷分了汊。楊克停下手，忽然看到其中一條小巷有幾株折倒在水面上的蘆葦，便順著這條水巷繼續往裏划。

水面越來越寬，他的面前出現了一個隱蔽的湖中之湖，在靠東北的湖面上，有一大片割倒的蘆葦，一條人工開出的水路出現在楊克眼前。他順著水路望去，在幾叢打蒿的蘆葦後面，突然出現了一個黃綠相間的巨大葦垛，足有兩米多高，直徑有一米多粗。楊克的心跳得像擂鼓，就是它！這就是他從未見過、也從未在電影和圖片上見過的天鵝巢。他揉了揉眼睛，簡直不敢相信這是真的。

楊克呼吸急促，雙手發抖。他歪歪扭扭地朝天鵝窩划去，用鐵鍬撥開水面上的斷葦，輕輕向大巢靠近。他終於在巨大的葦柱旁邊固定好了筏子，喘了一口氣，拄著鐵鍬，輕輕地踮起腳來，伸長脖子往窩頂看，他想看看那隻喪子喪偶的天鵝女王還在不在窩裏。但大巢太高了，他看不到窩頂，憑著感覺，窩好像是空的。

楊克愣愣地站在天鵝巢前。他驚呆了，這是他見過的最大最高、最奇特的鳥巢。他原以為天鵝窩會搭建在離水面不高的蘆葦叢上，天鵝可能會踩倒一大叢蘆葦，再折一些葦枝葦葉和舊蘆花，編成像其他普通鳥窩那樣的碗狀窩巢。但是，眼前的天鵝窩，卻使他深感自己的想像力仍是過於平庸貧乏了——作為鳥中之王的天鵝，眼前的大巢不僅具有王者風範，造型與工藝更是不同凡響。這是一個獨具匠心、精工編織、異常堅固的安樂窩。

楊克確定了雌天鵝不在窩裏之後，便開始近距離細心琢磨起這個巨巢來了。

天鵝大巢位置極佳，這裏是湖中蘆葦最茂密的地方，又是在水巷最深處，巢旁更是一小片湖中之湖。天鵝情侶在這裏築巢，便於隱蔽，便於就近覓食洗浴，又便於雄天鵝就近巡邏守衛。如果不是那兩個狡猾的民工，划著經過偽裝的筏子，砍出一條水道，悄悄划進來偷襲，一般很難有人能發現和靠近這個鳥王之王巢的。

楊克用雙手推了推巨巢，就像推一棵一米多粗的巨樹一般，紋絲不動。它雖然長在水裏，但它的根卻像古榕樹一樣盤根錯節，深深地紮進湖底。大巢的結構是楊克從未見過的，楊克細心揣摩，終於大致弄清天鵝是怎樣建造這個窩的了：一對天鵝先挑選一圈葦杆最粗最韌的葦叢，然後以這組葦杆做爲大巢的鋼筋支柱，再在葦叢下用葦杆像編筐一樣地穿插編織，一層一層地編上去。

楊克估計，在最開始的時候，這對天鵝先密密地編了一層，然後，兩隻天鵝就站上去，用牠們的體重將巢基壓到水下，接著再編再壓，直到編織層露出水面。楊克用鐵鍬試了試水的深度，水深約一米半。那麼，如果加上水面以上兩米多高的主體部分，這個大巢竟然將近四米高——這也許可算是飛禽王國中的頂級工程了。成熟的葦杆像竹子一樣，具有油性韌性，還耐腐蝕。楊克曾在秋季草場掏過一口七八年的舊井，他發現墊在井底周圍防沙用的葦把，仍然沒有完全腐爛。楊克用鐵鍬捅了捅水下的巢基，果然龐大堅硬。

當窩巢露出水面之後，天鵝情侶便一層一層往上編織水上建築的主體了。楊克發現這個粗大的巢柱編織得縱橫交錯，又緊又密，宛如一個巨大的實心筐簍。巢的基柱搭到離葦梢還有一尺距離的高度便收住了，而充當鋼筋立柱的葦杆已被擠到大巢的四周，像巢的護欄，與周圍的葦梢連成一片。

楊克摳住巢柱，又用馬靴在巢體上踢出可以蹬踏的縫隙，然後小心翼翼地攀上兩尺，他終於看清了天鵝王后的產房，窩底呈淺碟狀，而不是像普通鳥窩那樣的深碗狀。裏面鋪著一層細葦葉、散落著羽毛和羽絨，柔軟舒適。

楊克落到筏子上，仰頭久久地欣賞眼前的天鵝王巢。聰明勤勞的天鵝情侶，竟然如此深諳建築力學和美學。蒙古草原是珍稀動物的天堂，也是強者和智者的王國，深藏著許許多多農耕民族所欣賞不到的奇珍異寶。

楊克接著又發現了天鵝巢更多的優點，牠聳立在蘆葦叢上端，通風涼爽乾燥，視野開闊，可以享受周圍蘆葦嫩梢青紗帳的掩護，又遠離葦下陳葦枯葉的腐臭。到了盛夏，還可以躲避葦叢裏蚊群的叮咬，以及水蛇的偷襲。如果小天鵝破殼出世，牠一睜開眼就可以看見藍天和白雲。當秋涼之後，天鵝南飛之前，牠們又將隱沒在蓬鬆美麗的蘆花叢中。大小天鵝飛得再遠，牠們還能忘記自己如此美麗浪漫的故鄉嗎？

微風吹拂，滿湖的蘆葦隨風輕搖，成千上萬的葦梢彎腰低頭。但是天鵝巨巢巍然不動，像帝王寶座在接受億萬臣民的膜拜。高傲的天鵝想必是世上飛得最高的大鳥，但楊克仍是沒有想到，在沒有一棵大樹的草原，高傲的天鵝依然高傲，牠遠比憑藉山峰高度來增加自己鳥巢高度的草原雄鷹還要高傲得多。

楊克見過十幾個草原鷹在山頂上的窩巢，徹底打破了他以往對於鷹巢的神秘敬仰之心——那哪是個窩，只是一攤枯枝加幾塊破羊皮，粗糙簡陋得簡直像乞丐的街頭地鋪。

高貴的大天鵝，從天空到地面，永遠聖潔美麗。如果世上沒有大天鵝，還會有人間舞臺上的天鵝湖嗎？還會有烏蘭諾娃嗎？還會柴可夫斯基的天鵝樂曲嗎？人們的美好願望還會被帶上天空嗎？楊克仰望天鵝王座，睜大眼睛放大瞳孔，深深地印記著王巢的每一個細節。他真想將來在國家大劇院的門前廣場上，塑造一個高聳的鳥王巨巢，作爲熱愛天鵝和天鵝湖的人們的圖騰柱。那天鵝圖騰柱的頂端，是那對聖潔高潔、穿雲展翅的天鵝情侶。牠們也將成爲人類心中的愛與美的圖騰，永存於世。

湖中的風漸漸變冷，蘆葦的綠色也慢慢變深。楊克雙手捧托著那兩枚天鵝蛋，貼在胸口，想再給它們傳去一點人的體溫。世上的癩蛤蟆越來越多，舞臺上紅色娘子軍的大刀片，趕走了天鵝公主們。但是這世界上仍然有愛妳，崇拜妳的人。

楊克小心地攀住巢柱，用一隻手虔誠地將一隻天鵝蛋舉過頭頂，輕輕放回窩巢，又從懷裏掏出另一枚，再放進去。楊克落到筏子上的時候，長長地舒了一口氣。他相信那高大的圖騰柱上的兩枚天鵝蛋，會像兩枚碩大的寶石，在葦浪之中發出耀眼的光芒，直上雲天，召喚高空飛翔的天鵝女王。

天空上終於出現一個白點，高高盤旋。楊克急忙解開繩索，撐筏輕輕退向河道。他將被筏子壓倒壓彎的蘆葦一一扶起，並用鐵鍬撥開水面上漂浮的葦稈葦葉。他希望這片被人砍倒的葦地重新長出新葦，好將已被暴露的天鵝巨巢重新掩隱。

楊克划離葦巷前，看到一隻天鵝正在急切盤旋下降，當他靠岸的時候，天空已看不到那隻大天鵝了。

楊克走回到工地伙房，二順說他叔叔已經騎馬到第三牧業組買病牛去了。伙房外的空地上已經出現一個大土灶，土灶上有一口巨鍋。地面上攤著一大堆濕漉漉的天鵝羽毛，大鍋冒著熱氣，鍋裏竟是被剁成拳頭大小的天鵝肉塊。楊克看到那隻天鵝頭正在滾水中翻騰哭泣，而大鍋旁邊一個漢人裝束的年輕女人，正在往鍋裏大把地撒著花椒大料，蔥段薑塊，還對準那高貴的天鵝頭澆了半瓶廉價醬油。楊克一陣頭暈目眩，一下子癱坐在牛車上。

年輕女人對二順說，快扶北京學生進屋，待會兒給他端碗鵝肉湯補補身子。楊克一甩手，扒拉開二順，氣得差點把鐵鍋踹翻。他實在忍受不了鍋中冒出的氣味，但他不敢踹鍋，也不敢發火。人家是貧下中農，而他卻是上山下鄉來接受再教育的「狗崽子」。他只能暗自橫下心，決心找機會毀掉那隻筏子。

渾身灰漿臭汗的民工陸陸續續收工了。他們聞到了肉香，跑過來，流著口水，圍著大鍋又唱又叫：

癩蛤蟆吃著天鵝肉了，癩蛤蟆吃著天鵝肉了！

吃著天鵝肉，還能是癩蛤蟆嗎？

那是啥？

土皇上唄。

一個五短身材，瞪著兩隻蛤蟆眼的人，趁亂捏了一把燒火女人的屁股，大聲浪笑道：誰說癩蛤蟆吃不著天鵝肉？一會兒就吃著囉。話音未落，他便挨了一燒火棍。

眾民工見肉還未熟，便脫光膀子，掄著髒毛巾衝向湖邊。有幾個人上了筏子，向湖中划。幾個水性好的早已脫得赤條條跳進水裏，向湖中心游狗刨，噗通噗通，一時濁浪四濺。那陣勢，如同在天鵝湖舞臺上，衝進一群花裏胡哨，扭唱著「二人轉」的紅臉蛋。剛剛靜下來的湖面，又驚起大群水鳥，哀鴻遍野。

楊克不明白，同是蒙族，農區來的這些人，爲什麼這麼快地就忘記了蒙古民族所敬拜的水神。在北京知青尚未到公社牧場，路過盟首府的時候，一些來看望知青的蒙漢族幹部私下裏對楊克他們說，到草原要尊重草原牧民的風俗習慣和宗教信仰。其中提到蒙古草原缺水，蒙古民族特別敬水神，不敢在河湖裏洗衣服，更不敢洗澡。

歷史上，早期的蒙古民族因爲伊斯蘭民族喜歡在河湖裏洗浴，褻瀆了蒙古人的水神，就跟伊斯蘭民族打得血流成河。他們希望知青到了草原以後，千萬不要到河裏泡子裏去游泳。兩年多了，喜歡游泳的北京知青都忍住了愛好。但是，沒想到這些農區來的蒙族民工卻如此放肆地破了草原規矩。

楊克忍無可忍地站起身，打算回蒙古包去同陳陣商量對策。剛走幾步，他突然發現土房的牆根下擺著五六個巨大的根莖。他心中又是一驚，想起了仙女般的天鵝芍藥，便急忙跑到土房前面，仔細察看。

他從未見過芍藥塊根，這些塊根大如羊頭，又像是疙疙瘩瘩的巨大紅薯，花枝全被剪掉了，只剩下剛剛冒出的幾枝淡紅色的嫩芽。有幾個最大的塊莖被放在大號的鐵皮水桶裏，一個桶只能放下一個，桶裏裝了大半桶濕沙，像是爲了保活。楊克急忙問二順：這些是不是芍藥根？從哪兒挖來的？二順說：是白芍藥，反正是長在山裏，在哪兒挖的不能告訴你。前幾天還拉走多半車呢，全賣給城裏的中藥鋪了。

楊克沒想到包順貴原先挖走的那半卡車芍藥根，只是一小部分，民工隊一進來，這片草場的天鵝芍藥花就被徹底掘地三尺，斬草除根了。這些連自己家鄉都不愛惜的人，到了異地他鄉，就更加肆無忌憚地開始掠奪搶劫了。

楊克回到家，給陳陣和高建中講了他一天的所見所感。

陳陣也氣得半天說不出話來，他緩過了神才慢慢說：你講的正好是幾千年東亞游牧民族和農耕民族相互關係的縮影。游牧民變爲農耕民，然後再掉頭殺回草原。殺得兩敗俱傷。

楊克不解地問：爲什麼非得兩敗俱傷呢？本是同根生，相煎何太急？游牧歸游牧，農耕管農耕，不就相安無事了嘛。

陳陣冷冷地說：地球就這麼點大，誰都想過好日子，人類的歷史在本質上，就是爭奪和捍衛生存空間的歷史。華夏的小農，一生一世只管低頭照料眼皮子底下一小塊農田，眼界狹窄，看不了那麼遠。咱們要是不來草原，不也還在那兒鼠目寸光、自以爲是嘛。

門外傳來三條大狗的瘋狂吼叫。楊克說：準是老王頭來還馬了。兇狠的二郎把老王頭叫咬得下不了馬，嚇得大喊楊克。楊克急忙出門喝住了狗，讓老王頭進包，然後去卸馬鞍。馬被狠狠騎了半天，全身大汗淋漓，馬鞍氈墊完全濕透，冒著熱騰騰的汗氣。楊克氣得猛一拉門進了包。

老王頭渾身酒氣蒜味，嘴巴油光光，連聲說天鵝肉好吃，好吃。爲了不打草驚蛇，楊克只好忍住這口氣，還得給他拿羊油。老王頭抱著半罐羊油高高興興地走了，楊克一想到早晨還在自由飛翔的那隻雄天鵝，此刻竟在老王頭的肚子裏和臭大蒜攪拌在一起，心疼得直想哭。

三個人愣了半天沒說一句話。爲什麼不把老王頭按在地上臭揍一頓？爲什麼不好好地教訓教訓他？但是他們知道對這幫人多勢眾的盲流痞子，打，不敢打；講道理，又全是對牛彈琴。真想治他們，惟一方法就是以毒攻毒。陳陣和高建中都贊成破壞老王頭的筏子，而且要毀得他們無力再造。一定要確保小天鵝出世長大飛走。

楊克傷心地說：我看明年春天天鵝們是不會再回來了。三人一時黯然。

然而，他們沒想到隊裏通知當晚全隊政治學習，傳達最高最新指示，規定不准請假。這使他們錯過了破壞筏子的惟一一次機會。

在額侖草原殺吃天鵝是包順貴開的頭，但是那次是在打狼隊的帳篷裏。那鍋天鵝肉沒放蔥薑蒜和花椒大料醬油，只是一鍋清水加鹽的天鵝手把肉，當時所有獵手和楊克，誰都沒動一筷子。包順貴獨飲悶酒，也沒吃出皇帝宴的感覺和心情來。他甚至說，天鵝肉跟他老家的用玉米泔水餵出來的家鵝的味道差不離。

包順貴這回及時趕到了工地伙房。這鍋天鵝肉是在漢式大灶裏，加放漢人的各式佐料，大火小火精心悶製出來的。再加上幾十人划酒猜拳，輪番捧場，他確實吃出了土皇帝土王爺的感覺和心情來了。

可惜肉少蛤蟆多。包順貴和老王頭各自獨食了一盆肉，而其他夥計則沒分到幾塊。天鵝宴一散，包順貴油嘴光光地去主持政治學習，可眾夥計卻鬧開了鍋。他們的饞蟲全被勾了出來，於是決定抽人在第二天天不亮就再披葦衣，再帶弓箭，再進葦巷。爲了保險，他們還借來包順貴的半自動步槍，準備用槍打天鵝，要是打不著天鵝，就打大雁野鴨，怎麼著也得讓大夥吃個痛快。

第二天早晨，楊克，陳陣和高建中被湖裏的槍聲驚醒，三人後悔得直跺腳。楊克瘋了似地騎馬衝向湖邊，陳陣請官布代放一天羊，也和高建中騎馬直奔湖邊。

三人提心吊膽地等到那個筏子靠岸。眼前的慘景讓楊克和陳陣像突見親人的暴死。筏子上又躺著一隻大天鵝和幾隻大雁野鴨，還有那兩枚天鵝蛋，上面沾滿了血。死天鵝顯然就是那隻剛剛喪偶的雌天鵝，牠爲了兩個未出世的心肝寶貝，沒有及時飛離這個可怕的湖，也隨亡夫一同去了。牠的腦袋被子彈炸碎了，死得比牠的愛侶更慘，牠是死在尚未破殼的一對兒女身上的，牠把熱血作爲自己最後一點熱量，給了牠的孩子們。

楊克淚流滿面，如果他不把那兩枚天鵝蛋送還到天鵝巢裏，可能那隻雌天鵝就不會遭此毒手了。

老王頭登上岸，岸邊聚了一群民工、牧民和知青。老王頭既得意又惡狠狠地瞪著楊克說道：你還想用羊油換蛋嗎？做夢吧！這回我得把這兩個大蛋給小彭了。昨兒我去買病牛，見到他，跟他說你用半罐羊油換了兩個天鵝蛋，他說我換虧了，他跟我訂了貨，說他用一罐羊油換一個大蛋。

說話間，只見小彭氣喘吁吁跳下馬，急忙把兩個血蛋抓到手，裝進塞滿羊毛的書包裏，騎上馬一溜煙跑了。

眾民工像過節似的，抬著獵物回伙房。牧民們疑惑和氣憤地看著民工，他們不明白爲什麼這些穿漢人衣服的的蒙族人，也對草原神鳥這麼殘忍，竟敢殺吃能飛上騰格里的大鳥。畢利格老人顯然也是第一次遇到這種事情。他氣得鬍鬚亂抖，大罵老王頭傷天害理，對薩滿神鳥不恭不敬，忘了蒙族的本！到底還是不是蒙古人！

老王頭不吃這一套，大聲嚷嚷：什麼薩滿薩滿，我們老家連菩薩佛爺都給砸爛了，你還念叨薩滿！全是「四舊」，都得砸爛！

畢利格見用蒙古草原天條鎮不住老王頭，就連忙去翻蒙文毛主席語錄小紅書，急急地問陳陣：治這幫土匪，該唸那條語錄？陳陣和楊克想了半天，實在想不起最高指示中有哪條語錄，可以懲治獵殺珍禽的行爲。

民工們人多勢眾，又有後臺撐腰，都敢用流利的蒙話跟畢利格老人罵架。牧民們擁上去猛吼。對立的雙方都是蒙族人，都是貧下中農（牧），民族相同，階級相同，卻無法調和游牧與農耕的衝突。楊克，陳陣和部分知青加入穿蒙袍的隊伍，和穿漢裝的民工對罵起來。雙方越罵越兇，鼻子幾乎對上鼻子。

眼看狼性暴烈的蘭木扎布等幾個馬倌就要動用馬鞭，包順貴急急騎馬趕到。他衝到人群前，用馬鞭狠狠地在自己的頭頂上揮了幾下，大吼一聲：都給我住嘴！誰敢動手，我就叫專政小組來抓人，把你們統統關進學習班去！眾人全都不吭聲了。

包順貴跳下馬，走到畢利格面前說：天鵝這玩藝兒，是蘇修喜歡的東西。在北京，演天鵝的老毛子戲已經被打倒，不讓再演了，連演戲的主角兒都被批鬥了。咱們這兒要是還護著天鵝，這事傳出去問題可就大了，成了政治問題……咱們還是抓革命，促生產吧。要想加快工程進度，就得讓幹活人吃上肉。可大隊又捨不得賣給他們處理羊，讓他們自個兒去弄點肉吃，這不是挺好的一件事兒嗎？

包順貴又轉身對眾人說：大忙季節，都呆在這兒幹什麼？都幹活去！

眾人氣呼呼地陸續散去。

楊克咽不下這口氣，他騎馬奔回包，取來三支大爆竹，對準湖面連點三炮。砰砰砰……六聲巨響，將大雁野鴨等各種水鳥驚得四散逃飛。包順貴氣得返身衝下山坡，用馬鞭指著楊克的鼻子大罵：你想斷了我的下酒菜，你長幾個腦袋？別忘了你的反動老子還跟著黑幫一塊勞動改造呢！你要好好接受貧下中農的再教育，這些工地上的人，還有我，都是貧下中農！

楊克瞪眼頂撞道：到草原插隊，我首先接受牧民，接受貧下中牧的再教育！

畢利格老人和幾個馬倌摟著楊克的肩膀往坡上走。老人說：你這回放炮，阿爸心裏高興。

楊克後來聽說，用羊油換走了天鵝蛋的小彭，是一個奇物收藏愛好者，居然懂得長期保存天鵝蛋的技巧。小彭是大隊「赤腳醫生」，他用注射器在天鵝蛋的底部扎了一個針眼，抽出蛋清蛋黃，又用膠水封住小孔，這樣就不必擔心天鵝蛋發臭爆殼，兩個美麗但失掉了生命的天鵝蛋，便可永久珍藏了。

他還到場部木工房，割了玻璃，做了兩個玻璃盒，盒的底部墊上黃綢緞包面的氈子，將天鵝蛋安放在綢墊上，尤如一件珍奇的工藝品。小彭把這兩件寶貝一直藏在箱底，秘不示人。若干年後，他把這兩件珍藏送給了到草原招收工農兵大學生的一個幹部，小彭終於借了草原天鵝的翅膀飛進了城，飛進了大學。

第四天傍晚，高建中趕牛回家。他神神秘秘地對楊克和陳陣說：老王頭買的那頭病牛讓狼給掏了，就在他們房前不遠的地方。

兩人聽了都一愣。楊克說：對了，工地上那幫人沒有狗，這下他們虧大了。

高建中說：我去他們房前看了，那頭牛就拴在房前十幾步的柱子旁邊，只剩下了牛頭牛蹄子牛骨架，肉全啃沒了。老王頭氣得大罵，說這頭牛是用伙房半個月的菜金買來的，往後工地上又該吃素了。

高建中笑道：其實這頭病牛也沒啥大毛病，就是肚子裏有寄生蟲。老王頭懂點獸醫，他弄來點藥，把牛肚子裏的蟲子打了，想利用這兒的好水好草，把牛養肥了再宰。可沒想到剛養胖了一點，就餵了狼。

楊克深深地出了一口惡氣說：這幫農區來的盲流哪有牧民的警覺性，夜裏睡得跟死豬似的。額侖的狼群也真夠精的。牠們一眼就能看出這是些外來戶，就敢在民工的家門口掏吃牛。楊克解恨地說：這不是欺負貧下中農嗎？這年頭誰也不敢，就狼敢！

陳陣說，這不叫欺負，這叫報復。

楊克忽又長嘆：在槍炮時代，狼群已經沒有太大的報復力量了，內蒙古草原上最後一個處女天鵝湖還是失守了。如果我以後還有機會回北京的話，我可再也不敢看舞劇《天鵝湖》了。一看《天鵝湖》，我就會想起那鍋天鵝肉，還有醬油湯裏的那個天鵝頭，牠活著的時候是多麼高貴和高傲……我過去認爲中國的農耕文明總是被西方列強侵略和欺負，可沒想到農耕文明毀壞游牧文明，同樣殘酷猙獰。

高建中打斷他說：別扯那麼遠，狼群都殺到家門口了，咱們包尤其得小心，要是狼群一拐彎，聞見小狼在咱們包門口，那咱們的兩群牛羊就懸了。

第六章　狼群來尋小狼

秦穆公……滅十二個戎國，開地千里，成西戎霸主。西周覆滅後，西周故地，戎狄雜居……西周文化為戎狄俗與商文化所摧毀。秦採用這些落後制度（包括君位兄終弟繼制）與文化，雖然已成西方大國，卻被華夏諸侯看作戎狄國，不讓它參與盟會。

——范文瀾《中國通史簡編・第一編》

內蒙古高原的夏夜，轉眼間就冷得像到了深秋。草原上可怕的蚊群很快就將形成攻勢了，這是最後幾個寧靜之夜。剛剛剪光羊毛的羊群緊緊地靠臥在一起，悠悠反芻，發出一片咯吱咯吱磨牙碾草的聲音。二郎和黃黃不時抬頭仰鼻，警惕地嗅著空氣，並帶領著伊勒和三條小狗，在羊群的西北邊慢慢溜躂巡邏。

陳陣握著手電筒，拖了一塊單人褥子大小的氈子，走到羊群西北面，找了一塊平地，鋪好氈子，披上破舊的薄毛皮袍，盤腿而坐，不敢躺下。進入新草場之後，放羊，下夜，剪羊毛，伺候小狼，讀書做筆記，天長夜短，睡眠嚴重不足。只要他一躺下，馬上就會睡死過去，無論大狗們怎樣狂叫，再也叫不醒他。本來他應該趁著蚊群爆起之前的平安夜，抓緊機會多睡覺，可是他仍然絲毫不敢懈怠，草原狼是擅長捕捉「僥倖」的大師。

一小群狼成功偷襲了工地的病牛之後，他們三個人都繃緊了神經。狼群吃掉病牛，是給牧人的一個信號，報告狼群進攻的目標，已經從黃羊旱獺黃鼠轉到畜群身上來了。小黃羊早已奔躍如飛，旱獺也更加機警，饑餓的狼群已不滿足靠抓草原鼠充饑，轉而向畜群展開攻擊戰。在這新草場，人畜立足未穩，畢利格老人召集了幾次生產會議，再三提醒各組牧民和知青不得大意，要像狼那樣，睡覺的時候就是閉上眼睛，也得把兩隻耳朵豎起來。額侖草原又要進入新一輪人狼大戰。

陳陣每天都要把小狼的地盤徹底打掃乾淨，清除狼糞狼臊味，還要蓋上一層薄薄的沙土。這不僅是爲了狼窩的衛生，保證小狼身體健康不得病，更重要的是怕小狼的氣味會暴露目標。陳陣最近常常琢磨當時從狼窩帶回小狼崽之後的各個細節，想得腦袋發疼。他覺得其實任何環節都可能出問題，都會被母狼發現。比如在舊營盤，母狼就可以嗅出小狼的尿味。他夜夜都擔心狼群發動突然襲擊，血洗羊群，搶走小狼。他惟一慶幸的是，這次開進新草場，長途跋涉的路途中，一直把小狼關在牛糞木箱裏，也沒有讓小狼下過車，因此在路上就沒有留下小狼的氣味蹤跡。即使母狼嗅出舊營盤上小狼留下的氣味，牠也不可能知道小狼被轉移到哪裡去了。

空氣中似乎沒有狼的氣味，三條半大的小胖狗跑到陳陣身邊，他挨個撫摸牠們。黃黃和伊勒也跑到陳陣身邊，享受主人的愛撫。只有二郎忠於職守，依然在羊群西北邊的不遠處巡視。牠比普通狗更知曉狼的本事，任何時候牠都像狼一樣警覺。夜風越來越冷，羊擠得更緊，羊群的面積又縮小了四分之一，三隻小狗都鑽進了陳陣的破皮袍裏面。剛過午夜，天黑得陳陣看不見身旁的白羊群。後半夜風停了，但寒氣更重，陳陣把狗們趕到牠們應該去的崗位，自己也站起來裹緊皮袍，打著手電筒，圍著羊群轉了兩圈。

當陳陣剛剛坐回氈子上的時候，在不遠的山坡上傳來淒涼悠長的狼嗥聲，「嗚歐……歐……歐……」尾音拖得很長很長，還帶有顫音和間隙很短的頓音。狼嗥聲音質純淨，底氣充足，具有圓潤銳利的滲透力和穿透力。顫慄的尾音尚未終止，東南北三面大山就開始發出低低的回聲，在山谷、盆地、草灘和湖面慢慢地波動徘徊，又揉入了微風吹動葦梢的沙沙聲，變幻組合出一波又一波悠緩蒼涼的狼聲葦聲風聲的和絃曲。曲調越來越冷，把陳陣的思緒帶到了蠻荒的西伯利亞。

陳陣好久沒有在極爲冷靜清醒的深夜，細細傾聽草原狼的夜半歌聲。他不由打了一個寒噤，裹緊皮袍，但是仍感到那似乎從冰縫裏滲出的寒冷聲音，穿透皮袍，穿透肌膚，從頭頂穿過脊椎，一直灌到尾骨。陳陣伸出手把黃黃摟進皮袍，這才算有了點熱氣。

陰沉悠長的序曲剛剛退去，幾條大狼的雄性合唱又高聲嗥起。這次狼嗥，立即引來全大隊各個營盤一片洶湧的狗叫聲。陳陣周圍的大狗小狗也都衝向西北方向，站在羊群的外圍線，急促猛吼。二郎先是狂吼著向狼嗥的地方衝去，不一會兒，又怕狼抄後路，就又退到羊群迎著狼嗥方向不遠的地方停下，繼續吼叫。沿盆地的山坡排成長蛇陣的大隊營盤，都亮起了手電筒光，全大隊一百多條狗足足吼了半個小時，才漸漸停下來。

夜更黑，寒氣更重。狗叫聲一停，草原又靜得能聽到葦葉的沙沙聲。不一會兒，那條領唱的狼，又開始第二遍嚎歌。緊接著，北、西、南三面大山傳來更多更密的狼嗥聲，像三面聲音巨牆向營盤圍過來，大有壓倒狗群叫聲的氣勢。全隊的狗叫得更加氣急敗壞、澎湃洶湧。各家各包下夜的女人全都打著手電筒，向狼的方向亂掃，並拚命高叫：「啊嗬……烏嗬……依嗬……」尖利的聲音一波接一波，匯成更有氣勢的聲浪，向狼群壓去。草原歌手的嗓子，也許都是下夜喊夜驅狼練出來的。

狗仗人勢，各家好戰的大狗惡狗叫得更加囂張。狗的吠聲、吼聲、咆哮聲、挑釁聲、威脅聲、起哄聲，錯雜交匯成一片分不請鼓點的戰鼓聲。轟轟烈烈，驚天動地，猶如又一次決戰在即，大狗獵狗惡狗隨時就要衝出陣大殺一場。陳陣也扯著脖子亂喊亂叫，但與草原女人和草原狗的高頻尖銳之聲相比，他覺得自己就像一隻牛犢，微弱的喊聲很快被夜空吞沒。

草原許久沒有發生這樣大規模的聲光電的保衛戰了。新草場如此集中紮營，使牧人的聲光反擊戰，比在舊營盤更集中更猛烈，也給寧靜的草原，單調的下夜，帶來緊張熱鬧的戰鬥氣氛。陳陣頓時來了精神，他想，假如草原上沒有狼，草原民族可能會變成精神木訥的萎靡民族，這個後果必將影響中原：也許華夏民族就不用修長城了，那麼，華夏民族也可能早就徹底滅亡於沒有敵國外患的死水微瀾之中。

群狼的嗥聲，很快被壓制下去。烏力吉和畢利格老人集中紮營的部署顯示出巨大的實效，營盤牢不可破，狼群難以下手。

陳陣忽然聽見鐵鏈的嘩嘩聲響，他急忙跑到小狼身旁。只見白天在防曬、防光、防人洞裏養足精神的小狼，此刻正張牙舞爪地上躥下跳，對這場人狼狗，聲光電大戰異常衝動亢奮。牠蹦來跳去，掙得鐵鏈響個不停，不斷地向牠的假想敵衝撲撕咬，恨不得衝斷鏈子，立即投入戰鬥。小狼急得呼呼哈哈地喘氣，生怕撈不到參戰的機會，簡直比搶不到肉還要難受。

酷愛黑暗的狼，到了黑夜，全身的生命活力必然迸發；酷愛戰鬥的狼，到了黑夜，全身求戰的衝動必須發洩。黑夜是草原狼打家劫舍，大塊吃肉，大口喝血，大把分獵物的大好時光。可是一條鐵鏈將小狼鎖在了如此狹小的牢地裏，使牠好戰、更好夜戰的天性狼性憋得更加濃烈，就像一個被堵住出氣孔的高溫鍋爐，隨時都可能爆炸。牠衝不斷鐵鏈，開始發狂發怒。求戰不得的狂暴，將牠壓縮成一個毛球，然後突然炸出，衝入狼圈的跑道，以衝鋒陷陣的速度轉圈瘋跑。邊跑邊撲邊空咬，有時會突然一個急停，跟上就是一個猛撲，再來一個就地前滾翻，然後合嘴、咬牙、甩頭，好像真的撲住了一個巨大獵物，正咬住要害部位，致獵物於死命。

過了一會兒，牠又眼巴巴地站在狼圈北端，緊張地豎耳靜聽，一有動靜，牠馬上又會狂熱地廝殺一通。小狼的戰鬥本能，已被緊張恐怖的戰爭氣氛刺激得蓬蓬勃勃，牠似乎根本分不清敵我，只要能讓牠參戰就行，至於加入哪條戰線則無所謂，不管是殺一條小狗或是殺一條小狼牠都高興。

小狼一見到陳陣便激動地撲了上來，卻搆不著他，就故意退後幾步，讓陳陣走進狼圈。陳陣有些害怕，他向前走了一步，剛蹲下身，小狼一個餓虎撲食，抱住他的膝頭，張口就要咬。幸虧陳陣早有防備，急忙拿手電筒擋住小狼的鼻子，強光刺得小狼閉上了嘴。他心裏有些難受，看來小狼被憋抑得太苦了。

全隊的狗又狂吼起來。家中的幾條狗圍著羊群又跑又叫，有時還跑到小狼旁邊，但很快又衝到羊群北邊，根本忘記了小狼的存在。三條小狗儼然以正式參戰的身分，叫得奶聲奶氣，吼得煞有其事，使得近在咫尺的小狼氣得渾身發抖。牠的本性、自尊心、求戰心受到了莫大的輕視和傷害，那種痛苦只有陳陣能夠理解，他料想牠無論如何也不會甘於充當這場夜戰的局外者的。

小狼歪著頭，羡慕地聽著大狗具有雄性戰鬥性的吼聲，然後低頭沉思片刻，牠似乎發現了自己不會像狗們那樣狂叫，第一次感到了自卑。但小狼立即決定要改變目前的窘況，牠張了張嘴，顯然是想要向狗學狗叫了。

陳陣深感意外，他好奇地蹲下來仔細觀察。小狼不斷地憋氣張嘴，十分費力地吐出呼呼哈哈的怪聲，就是發不出「汪汪」或「喔喔」的狗叫聲。小狼十分惱火，牠不甘心，又吸氣憋氣，收腹放腹，極力模仿狗吼叫的動作，但是發出的仍然是狗不狗、狼不狼的憋啞聲，急得小狼原地直打轉。

陳陣看著小狼的怪樣直想樂。小狼還小，牠連狼嗥還不會，要發出狗叫聲太難為牠了。雖然狗與狼有著共同的祖先，可是二者進化得越來越遠。大多數狗都會模仿狼嗥，可狼卻從來不學狗叫，可能大狼們根本不屑發出狗的聲音。然而此時，在狗叫聲中長大的小狼卻極想學狗叫，可憐的小狼還不知道自己的真實身分呢。

小狼在焦慮煎急之中，學習模仿的勁頭仍是絲毫不減。陳陣彎腰湊到牠耳旁，大聲學了一聲狗叫。小狼似乎明白「主人」想教牠，眼裏露出笨學生的難為情，轉而又射出兇學生惱羞成怒的目光。二郎跑過來，站在小狼的身旁，慢慢地一聲接一聲高叫，像一個耐心的老師。突然，陳陣聽到小狼發出了「慌……慌……」的聲音，節奏已像狗叫，但就是發不出「汪」音，小狼興奮得原地蹦高，去舔二郎的大嘴巴。以後小狼每隔六七分鐘，就能發出「慌慌」的聲音，讓陳陣笑得肚子疼。

這種不狼不狗的怪聲，惹得小狗們都跑來看熱鬧，並引起大狗小狗一片哼哼嘰嘰的嘲笑聲。陳陣笑得前仰後合，每當小狼發出「慌慌」的聲音，他就故意接著喊「張張」，營盤戰場出現了「慌慌、張張」極不和諧的怪聲。

小狼可能意識到人和狗都在嘲笑牠，於是牠叫得越發慌慌張張了。小狗們樂得圍著小狼直打滾，過了幾分鐘，全隊的狗叫聲都停了，小狼沒有狗們領唱，牠又發不出聲來了。

狗叫聲剛停，三面大山又轉來狼群的嗥聲。這場聲戰、精神戰來回鬥了四五個回合，人和狗終於都喊累了。狼群擅長悄聲突襲，連集團衝鋒的時候都靜得像死神，而此夜卻如此大張旗鼓、大嗥大吼，顯然是在虛張聲勢，並沒有強攻的意圖。當三面大山再次傳來狼嗥聲，人的聲音已經停止，手電筒也已熄滅，連狗的叫聲也敷衍起來，而狼群的嗥聲卻更加囂張。

陳陣感到其中一定隱藏著更大的陰謀，可能狼群發現人狗的防線太集中太嚴密，所以採取了大規模的疲勞消耗戰術，等到把人狗的精神體力耗盡了，才採取偷襲或突襲戰。可能這場聲音麻痹戰將會持續幾夜。陳陣想起八路軍遊擊隊「敵駐我擾」的戰術，還有，把點燃的鞭炮放在洋油筒裏用來模仿機關槍，嚇唬敵人的戰法。但是，這類聲音疲勞擾敵戰，草原狼卻在幾萬年前就已經掌握了。

陳陣躺在氈子上，讓黃黃趴下當他的枕頭。沒有人喊狗叫，他可以細細地傾聽狼嗥的音素音調，反覆琢磨狼的語言。來到草原以後，陳陣一直對狼嗥十分著迷。狼嗥在華夏名聲極大，一直是中原居民聞之喪膽的聲音。以至中國人總是把「鬼哭」與「狼嗥」相提並論。到草原以後，陳陣對狼嗥已習以為常，但是他始終不明白，為什麼嗚歐嗚歐……的狼嗥聲，總是那麼悽惶蒼涼，如泣如訴，悠長哀傷呢？確實像是關內墳地裏喪父的女人那種淒慘的長哭。

陳陣從第一次聽到狼的哭腔就覺得奇怪，爲什麼這麼兇猛不可一世的草原狼，牠的內心卻有那麼多的痛苦哀傷？難道在草原生存太艱難，狼被餓死凍死打死得太多太多，狼是在爲自己淒慘的命運悲嚎麼？陳陣一度覺得，貌似兇悍頑強的狼，牠的內心其實是柔軟而脆弱的。

但是在跟狼打了兩年多的交道，尤其是這大半年，陳陣漸漸否定了這種看法。他感到骨硬心硬命更硬的草原狼，個個都是硬婆鐵漢，牠們總是血戰到底，死不低頭。狼的字典中，根本沒有軟弱這個字眼，即便是母狼喪子，公狼受傷，斷腿斷爪，那暫時的痛苦，只會使狼伺機尋找機報復，變得愈加瘋狂。

陳陣養了幾個月的小狼，使他更確信這一點，他從未發現小狼有軟弱萎靡的時候，除了正常的睏倦以外，小狼始終雙目炯炯，精神抖擻，活潑好動。即使牠被馬倌差點拽斷脖子、要了性命，可是僅過了一會兒，牠又虎虎有生氣了。

陳陣又聽了一會兒狼嗥，分明聽出了一些狂妄威嚇的意思。可爲什麼威嚇人畜也要用這種哭腔呢？最近一段時間，狼群沒有遭到天災人禍的打擊，好像沒有痛苦哀傷的理由。難道像有些牧民說的那樣，狼的哭腔，是專爲把人畜哭毛哭慌，攪得人毛骨悚然，讓人不戰自敗？草原狼莫非還懂得哀兵必勝、或是精神恐嚇的戰略思想？這種說法雖有一定的道理，但是爲什麼狼群互相呼喚，尋偶尋友，組織戰役，向遠方親友通報獵情，招呼家族打圍或分享獵物的時候，也使用這種哭腔呢？這顯然與心理戰無關。

那麼，草原狼發出哭腔到底出於何種原因？陳陣的思考如同錐子一般，往疑問的深處扎去。他想，剛毅強悍的狼雖然也有哀傷的時候，但牠們決不會在任何時間、任何地點、任何喜怒哀樂的情緒下，都在那裏「哭」。「哭」決不會成爲狼性格的基調。

聽了大半夜的狼嗥狗叫，陳陣的頭腦越來越清醒，往往比較和對比是解開秘密的鑰匙。他突然意識到在狼嗥與狗叫的差異中，可能隱藏著答案，陳陣又反覆比較著狼嗥和狗叫的區別，他發現狗叫短促，而狼嗥悠長。這兩種叫聲的效果極為不同：狼的悠長嗥聲要比狗的短促叫聲傳得更遠更廣。大隊最北端蒙古包傳來的狗叫聲，就明顯不如在那兒附近的狼嗥聲聽得真切；而且陳陣隱隱還能聽到東邊大山深處的狼嗥聲，但狗叫聲決不能傳得那麼遠。

陳陣漸漸開竅。也許狼之所以採用淒涼哭腔作為狼嗥的主調，是因為在千萬年的自然演化中，牠們漸漸發現了哭腔的悠長拖音，是能夠在草原上傳得最遠最廣、最清晰的聲音。就像「近聽笛子遠聽簫」一樣，短促響亮的笛聲，確實不如嗚咽悠長的簫聲傳得遠。古代草原騎兵使用拖音低沉的牛角號傳令，寺廟的鐘聲也以悠長送遠而聞名天下。

草原狼擅於長途奔襲，分散偵查，集中襲擊。狼又是典型的集群作戰的猛獸，牠們戰鬥捕獵的活動範圍遼闊廣大。為了便於長距離通訊聯絡，團隊作戰，狼群便選擇了這種草原上最先進的聯絡訊號聲。殘酷的戰爭最看重實效，至於是哭還是笑，好聽不好聽，那不是狼所需要考慮的。強大的軍隊需要先進的通訊手段，先進的通訊手段又會增強軍隊的強大。古代狼群可能就是採用了這種草原上最先進的通訊嗥音，才大大地提高了狼群的戰鬥力，成為草原上除了人以外，最強大的軍事力量，甚至將虎豹熊等個體更大的猛獸逐出草原。

陳陣又想：狗之所以被人馴服成家畜的重要原因之一，可能就是遠古狗群的通訊落後，因而被狼群打敗，最後只好投靠在人的門下，仰人鼻息。草原狼的自由獨立，勇猛頑強的性格，是有其超強本領作為基礎的。人也是這樣，一個民族自己的本事不高，性格不強，再想獨立自由、民主富強，也只是空想。

陳陣不禁在心裏長嘆：藝高狼膽大，膽大藝愈高。草原狼對人的啓示和教誨真是無窮無盡。看來，曾經橫掃世界的草原騎兵，在通訊手段上也受到了狼的啓示，古戰場上悠長的牛角號聲，曾調集了多少草原騎兵，號令了多少場戰鬥啊。

狼群的嗥聲漸漸稀落。忽然一聲奶聲嫩氣的狼嗥，從羊群和蒙古包後面傳來。陳陣頓時嚇得一激泠：狼居然抄了羊群的後路？二郎帶著所有的狗，猛吼著衝了過去。陳陣一骨碌爬起來，抄起馬棒和手電筒也跟著衝了過去。衝到蒙古包前，只見二郎和大狗小狗，圍在小狼的狼圈外，都驚奇地衝著小狼亂哼哼。

電筒光下，陳陣看見小狼蹲踞在木樁旁邊，鼻尖衝天，仰天長嗥——那一聲狼嗥，竟然是從小狼喉嚨裏發出來的。小狼居然會狼嗥了？這是陳陣第一次聽到小狼長嗥，他原以爲小狼要完全長成標準的大狼才會嗥呢。沒想到這條四個月狼齡的半大小狼，這一夜突然就發出了嗚歐——嗚歐的狼嗥聲，那聲音和動作，嗥得和真正的野狼一模一樣。

陳陣興奮得真想把小狼緊緊抱在懷裏，再親牠一口。但他不願打斷牠初展歌喉的興奮，也想最近距離地欣賞自己寶貝小狼的歌聲。陳陣比一個年輕的父親聽到自己寶貝孩子第一次叫他爸爸還要激動。他忍不住輕輕撫摸小狼的背毛，小狼高興地舔了一下他的手，又繼續引吭高歌。

狗們都糊塗了，不知道該咬死牠，還是制止牠。在同仇敵愾看羊狗的陣線裏，突然出現了仇敵的嗥聲，小組的狗隊陣營頓時大亂。鄰居官布家的狗也突然停止了叫聲，有幾條狗甚至跑到陳陣的家門口來看個究竟，並隨時準備支援。只有二郎欣喜地走進狼圈，舔舔小狼的腦袋，然後趴在牠的身旁，傾聽牠的嗥聲。

黃黃和伊勒惡狠狠地瞪著小狼，這一刻，小狼稚嫩的嗥聲，把牠在狗群裏生活了幾個月漸漸模糊的身分，不打自招了——牠不是一條狗，而是一條狼、一條與狗群嗥吠大戰的野狼沒有任何區別的狼。但是黃黃和伊勒見主人笑瞇瞇地望著小狼、撫摸小狼，敢怒不敢言。鄰家的幾條大狗看著人狗狼和平共處，一時也弄不清牠到底是狗還是狼，牠們歪著腦袋，懷疑地看了幾眼這條奇怪的東西，便悻悻地回家了。

陳陣蹲在小狼身邊聽牠的長嗥，仔細觀察狼嗥的動作。陳陣發現小狼開始嗥的時候，一下子就把鼻尖抬起，把牠的黑鼻頭直指中天。陳陣欣賞著小狼輕柔綿長均勻的餘音，就像月光下，一頭小海豚正在水下用牠長長的鼻頭輕輕點拱平靜的海面，海面上蕩起一圈一圈的波紋，向四面均勻擴散。

陳陣頓悟，狼鼻朝天的嗥叫姿態，也是為了使聲音傳得更遠，傳向四面八方。只有鼻尖衝天，嗥聲才能均勻地擴散音波，才能使分散在草原四面八方的家族成員同時聽到牠的聲音。狼嗥哭腔的悠長拖音，狼嗥仰鼻衝天的姿態，都是草原狼為適應草原生存和野戰的實踐而創造出來的。

草原狼進化得如此完美，如此成功，不愧是騰格里的傑作。而且，草原騎兵的牛角號的發音口，也是直指天空的。牛角號悠長的音調和指天的發聲，與草原狼嗥的音調和方向完全一樣，這難道是偶然的巧合嗎？看來古代草原人早已對草原狼嗥的音調和姿態的原因，做了深刻的研究。草原狼教會了草原人太多的本領。

陳陣渾身的熱血湧動起來。在原始游牧的條件下，在內蒙古草原的最深處，此前大概還沒有一個人，能撫摸著狼背傾聽狼的嗥歌。緊貼著小狼傾聽狼嗥聲真是太清晰了，小狼的嗥聲柔嫩圓潤純淨，雖然也是「嗚歐……歐……」那種標準的狼嗥哭腔，但聲音中卻沒有一點悲傷。相反，小狼顯得異常興奮，牠為自己終於能高聲長歌而激動無比，一聲比一聲悠長、高昂、激越。小狼像一個初登舞臺就大獲成功的歌手，亢奮得賴在臺上不肯謝幕了。

儘管幾個月來，小狼常常做出令陳陣吃驚的事情，但是此時，陳陣還是又一次感到了震驚。小狼學狗叫不成，轉而改學狼嗥，一學即成，一嗥成狼。那狼嗥聲雖然可以模仿狼群，但是長嗥的姿態呢？黑暗的草原，小狼根本看不見大狼是用什麼姿態嗥的，可牠竟然又一次無師自通。小狼學狗叫勉爲其難，可學狼嗥卻是心有靈犀一點通。真是狼性使然，小狼終於從學狗叫的歧途回到了牠自己的狼世界。小狼不鳴則已，一鳴驚人！小狼長大了，從此將長成一條真正的草原狼。陳陣深感欣慰。

然而，隨著小狼的嗥聲一聲比一聲熟練、高亢、嘹亮，陳陣的心像被小狼爪抓了一下，突然揪緊了。偷來的鑼敲不得，可是偷來和偷養的小狼，卻自己大張旗鼓地「敲打」起來了，惟恐草原上的人狗狼不知道牠的存在。陳陣暗暗叫苦：我的小祖宗，你難道不知道有多少人和狗想打死你？有多少母狼想搶你回去？你爲了躲避人挖了一個洞，把自己藏起來，你這一嗥，不就前功盡棄了嗎？這不是自殺嗎？

陳陣轉念一想，又突然意識到，小狼不顧生命危險，冒死高嗥，肯定是牠想讓牠的媽媽爸爸來救牠。牠發出自己的聲音以後，立刻本能地意識到了自己的身分——牠不是一條「汪汪」叫的狗，而是野外遊蕩長嗥的那些「黑影」的其中一員。荒野的呼喚在呼喚荒野，小狼天性屬於荒野。陳陣出了一身冷汗，感到了來自人群和狼群兩方面的巨大壓力。

小狼突然運足了全身的力氣，發出音量最大的狼嗥。

對於小狼的長嗥，陳陣以及草原上的人群、狗群和遠處的狼群，最初都沒有反應過來，小狼給了大家一個措手不及。倉促中，仍是狼群的反應最快，當小狼發出第三聲、第四聲嬌嫩悠長的嗥聲時，三面大山的狼群刹那間靜寂無聲，有的狼「歐……」的尾音還沒有拖足拖夠，就戛然而止，把剩下的嗥聲吞回狼肚。

陳陣猜想，在人的營盤傳出標準的狼嗥聲，這是所有草原上的狼王、老狼、頭狼和母狼聞所未聞的事情。陳陣可以想像狼們的吃驚程度，狼們可能想：難道是一條不聽命令的小狼擅自闖進人的營盤了？那也不對啊，小狼誤入營盤，按常理，牠馬上會被惡狗猛犬撕碎，可是爲什麼聽不到小狼的慘叫呢？而且小狼居然還安全愉快地嗥個沒完。那麼，難道不是小狼，而是一條會學狼嗥的小狗？

陳陣試著按照狼的邏輯進一步推測。可老狼頭狼們從來沒聽到過能發出如此精確、只有狼所獨有的嗥聲的狗叫。那麼，難道是人養了一條小狼？可草原上自古到今只有狼養人，而從沒有人養狼的事情。就算是人養了條小狼，這是誰家的狼崽呢？在春天，人和狗掏了不少狼窩的狼崽，可那時狼崽還不會嗥，母狼們也聽不出這條小狼是誰家的孩子。

狼群肯定是懵了、慌了和糊塗了。陳陣估摸，此刻狼們正大眼瞪小眼，誰也發不出聲音來。一個來自北京的知青違反草原天條的莽撞行爲，使老狼頭狼們全傻了眼。但是，狼群遲早會聽出這是一條真的狼。那些春天喪子的母狼，也肯定會草原烈火般地燃起尋子奪子的一線希望。小狼突如其來的自我暴露，使陳陣最擔心的事情終於突現眼前。

草原上第一批對小狼的嗥聲做出反應的，是大隊的狗群。剛剛開始休息的狗群聽到營盤內部傳出狼嗥聲，吃驚不小。狗們判斷準是狼群趁人狗疲乏，突襲了哪一家的羊群，於是全隊的狗群突然集體狂吠起來，牠們好像有愧於自己的職責，全都以這一夜最兇猛瘋狂的勁頭吼叫，把接近凌晨的草原吼得個天翻地覆，狗群準備拚死一戰，並警報主人們，狼群正在發動全面進攻，趕快持槍應戰。

草原上反應最遲鈍的卻是人，絕大部分下夜的女人都累睏得睡著了，沒有聽到小狼的長嗥，她們是被極爲反常和猛烈的狗叫聲驚醒的。近處遠處各家女人尖厲的嗓音又響起來了，無數手電筒的光柱掃向天空和山坡。誰也沒想到在蚊群大規模出動之前，狼群竟提前進攻了。

陳陣被全隊狗群震天的聲浪嚇懵了頭，這都是他惹的禍。他不知道天亮以後怎樣面對全大隊的指責。他真怕一群牧民衝到他家，把小狼拋上騰格里。可是小狼還在嗥個不停，牠快樂得像是在過成人節。小狼毫無收

場的意思，喝了幾口水，潤潤嗓子，又興沖沖地長嗥起來。

天色已褪去深黑，不下夜的女人們就要起來擠奶，陳陣急得一把摟住小狼，又用左手狠狠握住小狼的長嘴巴，強行制止牠發聲。小狼哪裡受過這等欺負，立即拚出全身力氣，狂暴掙扎。

小狼已是一條半大的狼了，陳陣沒想到小狼的力氣那麼大，他一隻胳膊根本就按不住牠，而握住狼嘴的手又不敢鬆開，此時放手，他非得被小狼咬傷不可。小狼瘋狂反抗，牠翻臉不認人，兩眼兇光畢露，兩個小小的黑瞳孔像兩根鋼錐，直刺陳陣的眼睛。

小狼的嘴甩不脫陳陣的手，牠就用兩個狼爪拚命地亂抓亂刨，陳陣的衣褲被撕破，右手手背手臂也被抓了幾道血口子。陳陣疼得大叫楊克楊克。門開了，楊克光著腳衝了過來，兩人使足了勁才把小狼牢牢地按在地上。小狼呼呼喘氣，兩個爪子在沙地上刨出兩個小坑。

陳陣手背上滲出了血，兩人只好齊聲喊，一、二、三，同時鬆手，然後跳出狼圈。小狼不肯罷休，瘋撲過來，但被鐵鏈死死勒住。楊克急忙跑進包，從藥箱拿出繃帶和雲南白藥，給陳陣上藥包紮。

高建中也被吵醒了，爬起來走出門外，氣得大罵：狼啊，個個都是白眼狼！你天天像侍候大爺似的侍候牠，牠竟敢咬你！你們下不了手，我下手，待會兒我就殺了牠！

陳陣急忙擺手：別、別，這次不怪小狼。我攥住了牠的嘴，牠能不急眼嗎？

天已微微發白，小狼的狂熱還沒有退燒。牠活蹦亂跳，喘個不停，一會兒又蹲坐在狼圈邊緣，眼巴巴地望著西北方向，抬頭仰鼻又要長嗥。卻沒想到，經過剛才那一通搏鬥，小狼竟把尚未熟練的狼嗥聲忘了，突然發不出聲來。憋了幾次，結果又發出「慌慌、嘩嘩」的怪聲。二郎樂得直搖尾巴，三個人也樂出了聲。小狼惱羞成怒，竟然衝二郎乾爹皺鼻齜牙。

陳陣發愁地說：小狼會嗥了，跟野狼嗥得一模一樣，全隊的人可能都聽到了，這下麻煩就大了，怎麼辦呢？

高建中堅持說：快把小狼殺了，要不以後狼群夜夜圍著羊群嗥，一百多條狗跟著叫，吵得全隊不下夜的人還能睡好覺嗎？要是再掏了羊群，你就吃不了兜著走吧。

楊克說：可不能殺，咱們還是悄悄把小狼放了吧，就說牠掙斷鏈子逃跑了。

陳陣咬牙說道：不能殺也不能放！堅持一天算一天。要放也不能現在放，營盤邊上到處都是別人家的狗，一放出去就得讓狗追上咬死。這些日子，你天天放羊吧，我天天下夜，看羊群，白天守著小狼。

楊克說：只好這樣了。要是大隊下了死令，非殺小狼不可，那咱們就馬上把小狼放跑，把小狼送得遠遠的，到沒狗的地方再放。

高建中哼一聲說：你倆盡想美事，等著吧，待會兒牧民準保打上門。我被牠吵了一夜，沒睡好，頭疼得要命。我都想殺了牠！

早茶未吃完，門外就響起馬蹄聲。陳陣楊克嚇得慌忙出門，烏力吉和畢利格老人已經來到門前，兩人並未下馬，正在圍著蒙古包轉圈找小狼，轉了兩圈、才看到一條鐵鏈通到地洞裏。老人下了馬，探頭看了一眼說：怪不得找不見，藏這兒了。陳陣楊克急忙接過韁繩，把兩匹馬拴在牛車軲轆上。兩人一句話也不敢說，準備聽候發落。

烏力吉和畢利格蹲在狼圈外面，往洞裏看。小狼正側臥休息，非常討厭陌生人打擾，牠發出呼呼的威脅聲，目光兇狠。老人說：哦，這小崽子長這麼大了，比野地裏的小狼還大。老人又回頭對陳陣說：你還真寵著牠，想著給牠挖個涼洞。這陣子我還想，你把小狼拴在毒日頭底下，不用人殺牠，曬也把牠曬死了。

陳陣小心地說：阿爸，這個洞不是我挖的，是小狼自個挖的。那天牠快曬死了，自個兒轉悠了半天，想出了這個法子。

老人露出驚訝的目光，盯著小狼看，停了一會兒，說：沒母狼教，牠自個兒也會掏洞？興許騰格里還不想讓牠死。

烏力吉說：狼腦子就是好使，比狗強多了，好些地方比人都聰明。

陳陣的心通通跳個不停，他喘了一口氣說：我也……也納悶，這麼小的狼怎麼就有這個本事呢？把牠抱來的時候，牠還沒開眼呢，連狼媽都沒見過。

老人說：狼有靈性。沒狼媽教，騰格里就不會教牠嗎？昨兒夜裏，你瞅見小狼衝天嗥了吧。草原上，牛羊馬狗、狐狸黃羊旱獺叫起來，全都不衝著天，只有狼衝著天嗥，這是爲啥？我不是早就說了嘛，狼是騰格里的寶貝疙瘩，狼在草原上碰見麻煩，就衝天長嗥，求騰格里幫忙。狼那麼多的本事，都是從騰格里那兒求來的，草原上的狼早就會「早請示，晚彙報」了。草原人遇上大麻煩，也要抬頭懇求騰格里。草原萬物，只有狼和人敬騰格里。

老人看小狼的目光柔和了許多，又說：草原人敬拜騰格里還是跟狼學的吶。蒙古人還沒有來到草原的時候，狼早就天天夜夜抬頭對騰格里長嗥了。活在草原太苦，狼心裏更苦，夜裏，老人們聽著狼嗥，常常會傷心落淚。

陳陣心頭一震。在他的長期觀察中，茫茫草原上，確實只有狼和人對天長嗥或默禱。草原人和狼活在這片美麗而貧瘠的草原上太艱難了，他（牠）們無以排遣，不得不常常對天傾訴。從科學的角度看，狼對天長嗥，是爲了使自己的聲音訊息傳得更遠更廣更均勻。但陳陣從情感上，卻更願意接受畢力格阿爸的解釋。人生若是沒有某些神性的支撐，生活就太無望了。陳陣的眼圈發紅。

老人轉身看著陳陣說：別把手藏起來，是讓小狼抓的吧？昨兒晚上我全聽見了。孩子啊，你以爲我是來殺小狼的吧……今兒早上，就有好幾撥馬倌羊倌上我家告你的狀，讓大隊處死小狼。我和老烏商量過了，你還接著養吧，可得多加小心。唉，真沒見過像你這樣迷狼的漢人。

陳陣楞了幾秒鐘才吃驚地問：真讓我接著養啊？爲什麼？我也真怕給隊裏造成損失，怕給您添麻煩。我正打算給小狼做一個皮條嘴套，不讓牠嗥。

烏力吉說：晚了，母狼全都知道你家有一條小狼了。我估摸，今天夜裏狼群準來。不過，我們倆讓各組的營盤紮得這麼密，人多狗多槍多，狼群不好下手。我就怕以後回到秋草場，營盤一分散，那你們包就危險了。

陳陣說：到時候我家的三條小狗長大了，有五條大狗，再加上二郎這條殺狼狗，我們下夜的時候再勤往外跑，還可以點大爆竹，我們就不怕狼了。

老人說：到時候再看看吧。

陳陣還是不放心，忍不住問：阿爸，那麼多的人讓您下令處死小狼，您怎麼跟他們說啊？

老人說：這些日子，狼群專掏馬駒子，馬群損失太大。要是小狼能把狼群招到這兒來，馬群就可以減少損失，馬倌的日子就能好過一些。馬群再不能出事了。

烏力吉對陳陣說：你養小狼倒是有這麼一個好處，能減輕馬群的壓力……你千萬別讓小狼咬了，那可不是鬧著玩的。前些日子，有一個民工夜裏去偷牧民家的乾牛糞，讓牧民的狗咬傷了，差點得了狂犬病送了命。我已經叫小彭上場部再領一些藥。

老人和烏力吉騎上馬去了馬群，走得急匆匆。馬群一定又出事了。陳陣恍然大悟地望著兩股黃塵，心裏不知是輕鬆還是緊張。

第七章 小狼的掙扎

晉國原是戎狄游牧地區，成王封同母弟叔虞為唐侯，在唐國內「疆以戎索」（左傳定公四年），就是說，按照戎狄生活慣例，分配牧地，不像魯衛農業地區按周法分配耕地。叔虞子燮父改國號為晉。

——范文瀾《中國通史簡編》第一編

陳陣拿出家裏最後兩根肉條，再加了一些羊油，給小狼煮了一鍋稠肉粥。小狼食量越來越大，滿滿一盆肉粥還不能把牠餵飽。陳陣嘆了口氣，進包抓緊時間睡覺，爭取養足精神，準備應對這夜更危險的夜戰。到午後一點多鐘，他被一陣叫聲喊醒，急忙跑出了門。

張繼原騎著一匹馱著東西的大馬，走到蒙古包門前空地，那匹馬前半身全是血，一驚一乍不肯靠近牛車。狗們一擁而上，把人馬圍住，猛搖尾巴。陳陣揉了揉還未睡醒的眼睛，嚇了一跳：張繼原的馬鞍上竟然馱著一匹受傷的馬駒子。他慌忙上前牽住馬籠頭，穩住大馬。馬駒子疼得抬頭掙扎，胸頸的幾個血洞仍在流血，染紅了馬鞍馬身。大馬驚恐地瞪大了眼，鼻孔噴著粗氣，一條前腿不停地打顫，另一條腿不時刨地跺蹄。張繼原坐在鞍後馬屁股上，下馬很困難，又怕血淋淋的馬駒摔落到馬蹄下，驚嚇了坐騎。陳陣連忙騰出一隻手攥住了小馬駒的一條前腿，張繼原費力地把右腳退出馬蹬，小心下了馬，幾乎摔倒在地。

兩人在大馬的兩側，抬起馬駒，輕輕放到地上。大馬急轉身，瞪大眼，哀哀地看著馬駒。小馬駒已經抬不起頭，睜大了美麗的黑眼睛，哀求地望著人，疼得噢噢地叫，前蹄撐地，但已經站不起來了。陳陣忙問：還有救嗎？張繼原說：巴圖已經看過傷口，他說肯定是沒救了。咱們好久沒吃肉了，趁牠還活著，趕緊殺吧。沙茨楞剛給畢利格家也送去了一匹咬傷的馬駒。

陳陣心裏格登一下。他給張繼原打了一盆水，讓他洗手，忙問：馬群又出事了？損失大不大？

張繼原喪氣地說：別提了。昨天一晚上，我和巴圖的馬群就被狼吃了兩匹馬駒，咬傷一匹。沙茨楞那群馬更慘，這幾天，被狼一口氣掏了五六匹。別的馬群還不知道，損失肯定也不少。隊裏的頭頭都去了馬群。

陳陣說：昨天夜裏，狼群圍著大隊營盤嚎了一夜，狼群都集中在我們這兒，怎麼又跑到馬群那兒去了呢？

張繼原說：這就叫做群狼戰術，全面出擊，四面開花。聲東擊西，互相掩護，佯攻加主攻，能攻則攻，攻不動就牽制兵力，讓人顧頭顧不了尾，顧東顧不了西。狼群的這招要比集中優勢兵力，各個擊破的戰術更厲害。張繼原洗完手又說：趕緊把馬駒殺了吧，等馬駒死了再殺，就放不出血，血淤在肉裏，肉就不好吃了。

陳陣說：都說馬倌狼性最足，一點也不假。你現在有馬倌的派頭了，口氣越來越大，有點古代草原武士的兇殘勁兒了。陳陣把銅柄蒙古刀遞給張繼原：還是你下刀吧，殺這麼漂亮的小馬駒我下不了手。

張繼原說：這馬駒是狼殺的，又不是人殺的，跟人性善惡沒關係……算了，我殺就我殺。說好了，我只管殺，剩下剝皮開膛卸肉的活就全是你的了。陳陣一口答應。

張繼原接過刀，踩住馬駒側胸，按住馬駒腦袋，又按照草原的傳統，讓馬駒的眼睛直對騰格里，然後一刀戳進脖子，挑斷頸動脈。馬血已經噴不出來，但還能流淌。張繼原像看一隻被殺的羊一樣，看著馬駒掙扎斷氣。狗們都流著口水搖尾巴，小狗們擁上前去舔吃地上的馬血。小狼聞到了血腥味也早已竄出洞，衝拽鐵鏈，饞得狼眼射出兇光。

張繼原說：前幾天我已經殺過一匹駒子，沒這匹個大肉足。我和幾個馬倌吃了兩頓馬駒肉餡包子，馬駒肉特嫩特香，夏天吃馬駒肉包子，草原牧民本是迫不得已。千百年下來，馬駒肉包子倒成了草原出名的美味佳餚了。

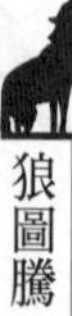

張繼原洗淨了手，坐在木桶水車的車轅上，看陳陣剝馬皮。

陳陣剝出了馬駒肥嫩的肉身，也樂了，說：這馬駒子個頭真不小，快頂上一隻大羯羊了。這一個月，我都快不知道肉味了。人還好說，小狼快讓我養成羊啦，再不給牠肉吃，牠就要學羊叫囉。

張繼原說：這匹駒子是今年最早生下來的，爹媽個頭大，牠的個頭當然也就大了。你們要是覺著好吃，過幾天我再給你們馱一匹回來。夏季是馬群的喪季，年年如此。這個季節，母馬正下駒子，狼群最容易得手的就是馬駒。每個馬群，隔三差五就得讓狼掏吃一兩匹駒子，真是防不勝防。這會兒，馬群的產期剛過，每群馬差不多都新添了一百四五十匹駒子。額侖草好，母馬奶水足，馬駒長得快，一個個又調皮好動，兒馬子和母馬真管不過來。

陳陣把馬駒的頭，胸，頸這些被狼咬過的部分用斧子剁下來，又放到砧板上剁成小塊。六條狗早已把陳陣和馬駒圍得水泄不通，五條狗尾搖得像秋風中的蘆花，只有二郎的長尾像軍刀一樣伸得筆直，一動不動地看著陳陣怎樣分肉。多日不知新鮮肉味的小狼聞到了血腥，急得團團轉，急出了「慌慌、嘩嘩」的狗叫聲。

肉和骨頭分好了，仍是三大份三小份。陳陣將半個馬頭和半個脖子遞給二郎，牠搖搖尾巴，叼住肉食就跑到牛車底下的陰涼處享用去了。黃黃伊勒和三條小狗也分到了自己的那份，各自跑到牛車和蒙古包的陰涼處。陳陣等狗們分散了，才把他挑出的馬駒胸肉和胸骨剁成小塊，放到小狼的食盆裏，足有大半盆，再把馬駒胸腔裏殘存的血澆在肉骨上。然後高喊：小狼，小狼，小狼，開飯囉！向小狼走去。

小狼的脖子早已練得脖皮厚韌，一見到帶血的鮮肉，就把自己勒得像牛拉水車爬坡一樣，勒出了小溪似的口水。陳陣將食盆飛快地推進狼圈，小狼像大野狼撲活馬駒一樣撲上馬駒肉，並向陳陣齜牙咆哮，趕他走。陳陣回到馬駒皮旁繼續剔骨卸肉，一邊用眼角掃視著小狼。小狼正狂吞海塞，並不時警覺地瞟著狗和人，身體彎成弓狀，隨時準備把食盆裏的鮮肉叼進自己的洞裏。

陳陣問張繼原：牧民吃不吃馬駒的內臟？張繼原說：被狼咬傷的馬駒的內臟，牧民是不吃的。陳陣就先把馬駒的胃包大腸小腸掏出來，扔到爐灰堆旁邊，隨狗們去搶。然後從包裏拿出兩個空肉盆，把馬駒的心肝肺、腰子氣管盛了滿滿兩盆，放在包裏碗架下的陰涼處，留作下一頓的狼食和狗食。

陳陣問：難道你們馬倌拿狼一點辦法都沒有？

張繼原說：當了快兩年的馬倌，我覺得草原游牧，最薄弱的環節就是馬群。一群馬四五百匹，只配備兩個馬倌，現在加了一個知青也不夠，兩三個人黑白班輪流倒，一個人看馬群，哪能看得過來啊。

陳陣問：那爲什麼不給馬群多配備幾個馬倌？

張繼原說：馬倌是草原上的「飛行員」，屬於高難工種。培養一個合格馬倌不容易，要花很長時間。草原上誰也不敢讓不合格的馬倌放馬，弄不好一年就能損失半群。還有，馬倌太苦太累、太擔風險。冬天夜裏的白毛風，零下三十至四十度，圈馬常常要圈上一整夜，就是穿上三層皮袍，也可能凍僵凍掉腳趾頭。夏天的蚊子能把人和馬的血吸乾，好多馬倌往往幹上十年八年就幹不下去了，或者改行，或者受傷退役。咱們大隊的四個知青馬倌，不到兩年就只剩下我一個了。草原上馬倌常常不夠用，哪還能給馬群多配備呢？馬群流動性太大，速度又快；馬群裏，母馬小馬騸馬多，膽子小，容易驚群。馬倌在小包裏只做一頓飯的工夫，馬群就可能跑沒影了。一丟馬群，往往就得找上好幾天，餓上好幾天。在這幾天裏，狼群就可以敞開追殺馬駒了。上次四組的馬倌馬失前蹄摔傷了頭，一群馬一夜之間就跑出了邊境。場部通過邊防站，花了十幾天才要回馬群。這十幾天裏馬群沒人管，損失就更大了。

陳陣問：兩國關係那麼緊張，人家怎麼沒把馬扣下？

張繼原說：那倒不會。兩國早就有協定，只要邊防站報準馬群越境的時間，地點和數量，尤其是兒馬子的頭數和毛色，人家都會派人把馬群送過來的，咱們這邊也是一樣。可是馬群在途中，被狼咬死吃掉的，雙方的邊防站都不負責任。有一回，人家報了一百二十多匹，可咱們派人找了兩天才找到九十多匹。馬倌說，那些沒找到的，多半被狼吃掉了。

陳陣抓住機會盯著問：我一直搞不明白，馬群爲什麼經常會玩兒命的跑？

張繼原說：原因多著吶。冬天太冷爲了取暖，要跑；春天脫毛必須出汗，要跑；夏天躲蚊子，要頂風跑；秋天搶吃牛羊的好草場，要偷著跑。可最要命的是爲了逃避狼群的追殺，一年四季都得玩命跑。馬群流動性大，留不住狗。一到夜裏，馬倌沒有狗群幫忙下夜，就一個人看管那麼膽小的馬群，哪能看得過來。要是到了沒有月亮的晚上，狼群常常偷襲馬群。如果狼不多，馬倌和兒馬子還能守住馬群，狼要多，馬群驚了群，兵敗如山倒，馬倌和兒馬子根本守不住。

張繼原又接著說：現在我可知道成吉思汗的騎兵，爲什麼日行千里那麼神速了。蒙古馬天天夜夜都被狼群逼著練速度、練長跑、練體力耐力。我在馬群裏常常看到馬與狼的殘酷生存競爭，太慘烈了。狼群黑夜追殺馬群，那叫狠，一路窮追猛打，高速飛奔，連續作戰，根本不讓馬群喘息。老馬、病馬、慢馬、小馬、馬駒和懷孕馬只要一掉隊，馬上就被一群狼包圍咬死吃掉。你真是沒見過馬群逃命的慘樣，個個口吐白沫，全身汗透。有的馬把垂死掙扎的力氣都用光了，跑完了最後一步，一倒地就斷氣，活活跑死。那些跑得最快的馬，能喘一口氣，停一會兒，一低頭就拚命吃草，餓極了，什麼草都吃，連乾葦子都吃；渴極了，什麼水都喝，不管髒水臭水，滲入牛尿羊尿的水坑裏的水都喝下去。蒙古馬的體力耐力、消化力、抗病力、耐寒耐暑力，可數天下第一。可是只有馬倌知道，蒙古馬的這種本事，都是被草原狼群用速度和死亡強化訓練出來的……

陳陣聽得入了迷。他把馬駒肉和手把肉骨頭塊端進包裏，又把馬駒皮攤在蒙古包頂上，又說：你當了一年多的馬倌，快成專家了，你說的這些東西太重要了。外面熱，走，進包，你只管講，剝餡擀皮的活我包了。

兩人進包，陳陣動手剝蔥、和麵、剁餡、炸花椒油，準備做牧民常吃的死麵肉餡包子。

張繼原喝了一碗涼茶說：這些日子，我這個馬倌一直在想馬的事。我想，是蒙古草原狼造就了世界上最能吃苦耐勞的蒙古馬，也造就了震憾世界的匈奴、突厥和蒙古的強悍騎兵。汗血馬、伊犁馬、阿拉伯馬、頓河馬等等都是世界名馬，可是，爲什麼西域中亞騎兵、俄羅斯欽察騎兵、阿拉伯騎兵還有歐洲條頓騎士，都被蒙古騎兵打敗了呢？蒙古騎兵往西一直打到波蘭、匈牙利、奧地利、埃及的家門口。匈奴騎兵還橫掃整個歐洲，一直打到現在法國的奧爾良。世界上哪個國家和民族的戰馬，具有如此高強的體力和耐力？

陳陣插話道：史書上說，古代的蒙古草原，人少馬多，出征的時候，一個騎兵帶四五匹、五六匹馬，倒換著騎，可日行千里。所以，蒙古騎兵是原始的摩托化部隊，專打閃電戰。蒙古馬多，還可以用傷馬當軍糧，餓了吃馬肉，渴了喝馬血，連後勤都用不著了。

張繼原笑著點頭：沒錯。記得你說過，從犬戎、匈奴、鮮卑、突厥，一直到現在的蒙古族，所有在蒙古草原上生活戰鬥過的草原民族，都懂得狼的奧秘和價值。這話，我越來越覺得有道理。蒙古草原狼給了草原人最強悍的戰鬥性格、最卓越戰爭智慧和最出色的戰馬。這三項軍事優勢，就是蒙古草原人震撼世界的秘密和原因。

陳陣一邊使勁和著麵，一邊說：善戰的蒙古戰馬出自蒙古狼的訓練，你的這個發現太重要了。我原以爲狼圖騰解決了草原人勇猛強悍性格，以及軍事智慧的來源問題，沒想到，狼還是義務馴獸師，爲馬背民族馴養了世界一流的戰馬。有了那麼厲害的蒙古戰馬，蒙古人性格和智慧因素就如虎添翼了。行啊，你當了一年多的馬倌真沒白當。

張繼原笑道：那也是受了你這個「狼迷」的影響。你這兩年給我講了那麼多書上的歷史，我自然也得還給你一些活材料了。

陳陣也笑了，說：這種交換合算合算！不過，還有一點我還沒弄清楚，狼群除了追殺馬和馬駒子以外，還用什麼手段來殺馬駒子？

張繼原說：那手段就多了。馬群每次走到草高的或是地形複雜的地方，我就特緊張。狼會像壁虎似地貼著地匍匐爬行，還不用抬頭看，牠用鼻子和耳朵就能知道獵物在什麼地方。母馬經常小聲叫喚馬駒子，狼就能憑著母馬的聲音判斷馬駒大致的方位，然後慢慢靠近。只要兒馬子不在馬駒附近，狼就猛撲上去，一口咬斷馬駒喉嚨，再將馬駒拖到隱蔽處狼吞虎咽。如果讓母馬和兒馬子發現了，狼就急忙逃跑，馬群是帶不走死馬駒的，等馬群走了之後，狼再回來吃。

有的特別狡猾的狼，還會哄騙馬駒子。一條狼發現了馬群邊上有一匹馬駒，但旁邊有母馬，這時狼就會匍匐過去，躲到附近的高草叢裏，然後仰面朝天，把目標大的身體藏在草叢裏面，再把目標小的四條爪子伸出草叢，輕輕搖晃。從遠處看那晃動的狼腿狼爪，像野兔的長耳朵，又像探頭探腦的大黃鼠或其他的小動物，反正不像狗和狼。小馬駒剛剛來到世上，好奇心特強，一見比自己小的活東西，就想跑過去看個究竟。母馬還沒有來得及攔住馬駒，狼就已經一口咬斷馬駒的喉嚨了。

陳陣說：有時我真覺得狼不是動物，而是一種神怪。

張繼原說：對對，就是神怪！你想，白天馬群散得很開，馬倌就是在馬群裏，也保不住哪兒會出問題。到了夜裏，那狼就更肆加無忌憚了。能偷則偷，能搶就搶，偷搶都不成，就組織力量強攻。兒馬子們會把母馬馬駒子緊緊地圈在馬群當中，並在圈外狠刨狠咬圍狼。普通狼群很難衝垮十幾匹大兒馬子的聯合防衛，弄不好狼還會被兒馬子踢死咬傷。但是遇到惡劣天氣和大群餓瘋了的狼群，兒馬子們就擋不住了，這時候，兩個馬倌都得上陣，人要是燈照槍打還擋不住，那狼群就會衝垮馬群，再追殺馬駒子。到夏天這時候，狼群裏的小狼都長起來了，狼群食量大增，狼抓不著黃羊旱獺，所以就開始主攻馬群裏的馬駒了。

陳陣問：那馬群每年要損失多少馬駒子？

張繼原略略想了想說：我和巴圖的這群馬，去年下了一百一十多匹馬駒子。到今年夏天，只剩下四十多匹了，有七十多匹馬駒被狼咬死或吃掉。年損失百分之六十，這在全大隊四個馬群裏還算是好的了。第四牧業組的馬群，去年下的馬駒子，現在就剩下十幾匹了，一年損失了百分之八十多。我問過烏力吉，全牧場馬群每年馬駒的損失占多少比例，他說平均損失大約在百分之七十左右。

陳陣吃了一驚，說：小馬駒的死亡率真是太高了，怪不得馬倌們都恨透了狼。

張繼原說：這還沒完呢，小馬長到新二歲，還沒脫離危險期，仍是狼群攻擊的目標。馬駒要長到三歲以後，才勉強可以對付狼。可是遇到群狼餓狼，可能還是頂不住。你說我們馬倌有多難？像野人一樣拚死拚活幹上一年，只能保下百分之三四十的馬駒子，要是稍稍馬虎一點，這一年就全白幹了。

陳陣無語，開始動手擀包子皮兒。

張繼原洗了手，幫陳陣包包子，一邊說：可是再苦再累，也不能沒有狼。巴圖說，要是沒有狼群，馬群的質量就會下降。沒有狼，馬就會變懶變胖，跑不動了。在世界上，蒙古馬本來就矮小，要是再沒了速度和耐力，蒙古馬就賣不出好價錢，軍隊騎兵部隊不敢用來當戰馬了。還有，要是沒有狼，馬群發展就太快。你想想，一群馬一年增加一百幾十匹馬駒，假如馬駒大部分都能活下來，一群馬一年就增加百分之二、三十，再加上每年新增加的達到生育年齡的小母馬，馬駒增加的比例就更高了。這樣三四年下來，一群馬的數量就會翻一番。

一般情況下，馬要長到四五歲才能賣，那麼大批四五歲以下的馬就只能養著。而馬群是最毀草場的牲口，烏力吉說，除了黃鼠野兔，馬群是草場最大的破壞分子。蒙古馬食量大，一匹馬一年要吃掉幾十隻上百隻羊的草量。現在牧民都嫌馬群搶牛羊的草場，如果全場的馬群不加控制敞開發展，那麼用不了多少年，牛羊就該沒草吃了，額侖草原就會逐漸沙化……

陳陣用擀麵杖敲了一下案板：這麼說，草原牧民是利用狼群來給馬群實行計劃生育，控制馬群的數量，同時達到提高或保持蒙古馬質量的目標？

張繼原說：那當然。草原人其實是運用草原辯證法的高手，還特別精通草原的「中庸之道」。不像漢人喜歡走極端，鼓吹不是東風壓倒西風，就是西風壓倒東風。草原人善於把草原上的各種矛盾，平衡控制在「一舉兩得」之內。

陳陣說：不過，這種平衡控制真叫殘酷。春天馬倌們掏狼崽，一掏就是十幾窩幾十窩，一殺就是一兩百。但就是不掏光殺絕；到夏天，狼群反過來，掏殺馬駒子，一殺就是百分之七、八十，但馬倌就是不讓狼殺百分之一百。平衡控制的代價就是血流成河，而控制平衡，就要靠牧民毫不鬆懈的戰鬥。這種中庸比漢族的「中庸」更具有戰鬥性，也更接近真理。

張繼原說：現在一幫農區來的幹部，一直在草原上瞎指揮，拚命發展數量，數量！數量！最後肯定「一舉多失」：狼沒了，蒙古馬沒人要了，內蒙大草原黃沙滾滾了，牛羊餓死了，咱們也可以回北京了……

陳陣說：你做美夢吧，北京在歷史上，不知道讓草原騎兵攻下過多少回，當了多少次草原民族政權的首都。北京連草原騎兵都擋不住，哪還能擋住比草原騎兵能量大億萬倍的沙塵「黃禍」？

張繼原說：那咱們就管不著，也管不了了。億萬農民拚命生，拚命墾，一年生出一個省的人口，那麼多的過剩人口要衝進草原，誰能攔得住？

陳陣嘆道：正是攔不住，心裏才著急啊。中國儒家本質上，是一個迎合農耕皇帝和小農的精神體系。

皇帝是個大富農，而中國農民的一家之主是個小皇帝。「皇帝輪流做，明天到我家」、「水可載舟，又可覆舟」，誰不順應農耕人口汪洋大海的潮流，誰就將被大水「覆舟」，遭滅頂之災。農耕土壤，只出皇帝，不出共和。「水可載舟，又可覆舟」實際上是「農可載帝，又可覆帝」，載來覆去，還是皇帝。幾千年來，中國人口一過剩就造反，殺滅了人口，換了皇帝，再繼續生，周而復始原地打轉。雖然在農耕文明的上升階段，君民上下齊心以農爲本，是螺旋上升的進步力量，但一過巔峰，這種力量就成爲螺旋下降，絞殺新生產關係萌芽的打草機……

張繼原連連點頭。他撮來乾牛糞，點火架鍋，包子上了籠屜。兩人圍著夏季泥爐，耐心地等著包子蒸熟，談興愈濃。

陳陣說：今天你這一說，我倒是想明白了——爲什麼馬背上的民族不把馬作爲自己民族的圖騰，相反卻而把馬的敵人——狼，作爲圖騰？我也真想通了。這種反常的邏輯中，卻包含著深刻的草原邏輯。這是因爲蒙古馬是草原狼和草原人共同馴出來的「學生」，而「學生」怎能成爲被老師崇拜的圖騰和宗師呢？而草原狼從未被人馴服，狼的性格和許多本領，人學了幾千年還沒能學到呢。狼在草原上實際統領著一切，站在草原各種錯綜複雜的關係的制高點上……

張繼原說：我真替犬戎和匈奴感到惋惜。他們是多麼優秀的民族，狼圖騰崇拜是他們最早確立的，又是從他們那裏傳下來的，一直傳到今天，還沒有中斷。

陳陣說：狼圖騰的精神比漢族的儒家精神還要久遠，更具有天然的延續性和生命力。儒家思想體系中，比如「三綱五常」那些綱領部分，早已過時腐朽，而狼圖騰的核心精神卻依然青春勃發，並在當代各個最先進發達的民族身上延續至今。蒙古草原民族的狼圖騰，應該是全人類的寶貴精神遺產。如果中國人能在中國民族精神中剜去儒家的腐朽成分，再在這個精神空虛的樹洞裏，移植進去一棵狼圖騰的精神樹苗，讓它與儒家的和平主義、重視教育和讀書功夫等傳統相結合，重塑國民性格，那中國就有希望了。

只可惜，狼圖騰是一個沒有多少文字記載的純精神體系，草原民族致命的弱點，就是文字文化上的落後。而跟草原民族打了幾千年交道的中國儒家史學家，也不屑去記載狼圖騰文化，我懷疑，那些痛恨狼的儒生，也許有意刪除了史書上記載下來的東西。所以，現在咱們從中國史書上查找狼圖騰的資料，就像大海撈針一樣難。咱們帶來的幾百本書太不夠用了，下回探家，還得想法子多弄一點。

張繼原又添了幾塊乾牛糞說：我有一個親戚在造紙廠當小頭頭，廠裏堆滿了抄家抄來的圖書，工人經常拿著那些就要化成紙漿的線裝書捲煙抽。愛書的人，可以用煙跟他們換來名著經典。我當馬倌一個月七十多塊錢，算是高薪了，買煙換書的事我來幹。可是，從建國以後，政府就一直鼓勵獎勵打狼滅狼，草原上，打狼「英雄」快要成爲新的草原英雄。蒙族年輕人，尤其是上過小學初中的羊倌馬倌，也快不知道什麼是狼圖騰了。你說，咱們研究這些，究竟有什麼用？

陳陣正在揭鍋蓋，回頭說：真正的科學研究是不問有用沒用的，只是出於好奇和興趣。再說，能把自己過去弄不明白的問題弄通，能說沒用嗎。馬駒肉餡包子在一陣瀰漫的熱氣中出了屜。陳陣倒著手，把包子倒換得稍稍涼了一點，狠咬了一口，連聲讚道：好吃好吃，又香又嫩！以後你一碰到狼咬傷馬駒子，就往家馱。

張繼原說：其他三個知青包都跟我要呢，還是輪著送吧。

陳陣說：那你也得把被狼咬過的那部位拿回來，我要餵小狼。倆人一口氣吃了一屜包子，陳陣心滿意足地站起來說：我已經記不清這是第幾次吃狼食了。走，咱去玩「肉包子打狼」。

等肉包子涼了，陳陣和張繼原各抓起一個，興沖沖地出了蒙古包，朝小狼走去。

陳陣高喊：小狼，小狼，開飯了！兩個肉包子輕輕打在小狼的頭上和身上，小狼嚇得夾起尾巴「颼」地鑽進了洞。肉包子也被黃黃和伊勒搶走。兩人愣了一會兒才反應過來。陳陣笑道：咱倆真夠傻的。小狼從來沒見過和吃過肉包子，肉包子打狼，怎能有去無回呢？狼的疑心太重，連我都不相信。牠一定是把肉包子當成打牠的石頭了。這些日子，過路的蒙古孩子可沒少拿土塊打牠。

張繼原笑著走到狼洞旁，說：小狼太好玩了，我得抱抱牠，跟牠親熱親熱。

陳陣說：小狼認人，就認我和楊克。只讓我和楊克抱，連高建中都不敢碰牠一下，一碰牠就咬。你還是算了吧。

張繼原低下頭，湊近狼洞，連聲叫小狼，還說：小狼，別忘了，是我給你拿來馬駒肉的，吃飽了，就不認我啦？張繼原又叫了幾聲，可是小狼齜牙瞪眼就是不出來。他剛想拽鐵鏈把小狼拽出來，小狼「颼」地躥出洞，張口就咬。嚇得張繼原往後摔了一個大跟頭。陳陣一把抱住小狼的脖子，才把小狼攔住，又連連撫摸狼頭，直到小狼消了氣。

張繼原拍了拍身上的沙土站了起來，面露笑容說：還行。還跟野地裏的狼一樣兇。要是把小狼養成狗就沒意思了。下次回來，我再給牠帶點馬駒肉。

陳陣又把小狼嗥聲所引來的種種危險告訴張繼原。張繼原把《海狼》換了一冊《世界通史》，對陳陣說：根據我的經驗，今晚狼群準來，千萬小心，千萬別讓狼群把咱們的寶貝小狼給搶走了。得多長點心眼，狼最怕炸藥，狼群真要是衝羊群的話，你們就扔「二踢腳」。上次我給你們弄來的一捆，你再仔細檢查一下，要是潮了就炸不響了。

陳陣說：楊克用蠟紙包好了，放在包裏最上面的那個木箱裏，肯定潮不了。前幾天，他跟盲流們幹架，點了三管，炸得驚天動地的。張繼原急沖沖奔回馬群。

第八章 草原之狼在哭嚎

臣光曰：……武帝（漢武帝——引者注）好四夷之功，而勇銳輕死之士充滿朝廷，闢土廣地，無不如意。及後息民重農……民亦被其利。此一君之身趣好殊別，而士輒應之，誠使武帝兼三王之量以興商、周之治……

臣光曰：孝武（漢武帝——引者注）……異於秦始皇者無幾矣。

——司馬光《資治通鑑・漢世宗孝武皇帝下之下》

晚飯後，包順貴從畢利格家來到陳陣的蒙古包。他慷慨地發給了陳陣和楊克一個可裝六節電池的大號電筒，以往這是馬倌才有資格用的武器和工具。包順貴特別交代了任務：如果狼群攻到羊群旁邊就開大手電筒，不准點爆竹，讓你們家的狗纏住狼。我已經通知你們附近幾家，一見到你們打亮，大夥都得帶狗過來圍狼。

包順貴笑著說：想不到你們養條小狼還有這麼大的好處，要是這次能引來母狼和狼群，再殺他個七條八條狼，那咱們又能打個大勝仗了。就是只殺了一兩條母狼也算勝利。牧民都說今天夜裏母狼準來，他們都要我斃了小狼，把小狼扒了皮掛起來，再把狼屍扔到山坡野地，讓母狼全死了心。可我不同意。我跟他們說，我就怕狼不來，用小狼來引大狼，這機會上哪找啊。這回大狼可得上當啦。你們倆得小心點，這麼大的手電筒，能把人的眼睛晃得幾分鐘內跟瞎了一樣，狼就更瞎了。不過嘛，你們也得準備鐵棒鐵鍬，以防萬一。

陳陣楊克連連答應。包順貴忙著到別的包去佈置任務，嚴禁開槍驚狼、走火傷人傷畜，就急急地走了。

這場草原上前所未有的以狼誘狼戰，雖然後果難以預料，但已給枯燥的放牧生活增添了許多刺激。有幾個特別恨狼，好久不上門的年輕馬倌羊倌牛倌，也跑來探問情況和熟悉環境地形，他們對這種從來沒玩過的獵法很感興趣。一個羊倌說：母狼最護崽子，牠們知道狼崽在這兒，一定會來搶的，最好每夜都來幾條母狼，這樣就能夜夜打到狼了。一個馬倌說：狼吃了一次虧，再不會吃第二回。另一個羊倌說：要是來一大群硬衝怎麼辦？馬倌說：狼再多也沒有狗多，實在不行，那就人狗一塊上，打燈亂喊、開槍放炮唄。

人們都走了以後，陳陣和楊克心事重重地坐在離小狼不遠的氈子上，兩人都深感內疚。楊克說：如果這次誘殺母狼成功，這招實在是太損了。掏了人家的全窩崽子還不夠，還想利用狼的母愛，把母狼也殺了，以後咱倆真得後悔一輩子。

陳陣垂著頭說：我現在也開始懷疑自己，當初養這條小狼究竟是對還是錯。為了養一條小狼，已經搭進去六條狼崽的命，以後不知道還要死多少……可我已經沒有退路了，科學實驗有時真跟屠夫差不多。畢利格阿爸主持草原也真不易，他的壓力太大了，一方面要忍受牲畜遭狼屠殺的悲哀，另一方面，還要忍受不斷去殺害狼的痛苦，兩種忍受都是血淋淋的。可是為了草原和草原人，他只能鐵石心腸地來維持草原各種關係的平衡。我真想求騰格里告訴母狼們，今晚千萬別來，明晚也別來，可別自投羅網，再給我一點時間，讓我把小狼養大，咱倆一定會親手把牠放回母狼身邊去的……

上半夜，畢利格老人又來了一趟，檢查陳陣和楊克的備戰情況。老人坐在兩人旁邊，默默抽旱煙，抽了兩煙袋鍋以後，老人像是安慰他的兩個學生，又像是安慰自己，低聲說道：過些日子蚊子一上來，馬群還要遭大難，不殺些狼，今年的馬駒子就剩不下多少了，騰格里也會看不過去的。

楊克問：阿爸，依您看，今晚母狼會不會來？

老人說：難說啊，用人養的小狼來引母狼，我活了這把年紀，還從來沒使過這種損招，連聽都沒聽說過。

包主任非叫大夥利用小狼來打一次圍，馬駒死了那麼多，不讓包主任和幾個馬倌殺殺狼，消消氣，能成嗎？

老人走了。盆地草場靜悄悄，只有羊群咯吱吱的反芻聲，偶爾也能聽到大羊甩耳朵轟蚊子的噗嚕嚕的聲音。草原上第一批蚊子已悄然出現，但這只是小型偵察機，還沒有形成轟炸機群的凌厲攻勢。

兩人輕輕聊了一會兒，互相輪流睡覺。陳陣先睡下，楊克看著腕上的夜光錶，握著大電筒，警惕四周動靜，又把裝了半捆爆竹的書包，掛在脖子上，以防萬一。

吃飽馬駒肉的小狼，從天還沒有黑就繃緊鐵鏈，蹲坐在狼圈的西北邊緣，伸長脖子，直直地豎著耳朵，全神貫注，一動不動，緊張地等待著牠所期盼的聲音。狼眼炯炯，望眼欲穿，力透山背，比孤兒院的孤兒盼望親人的眼神還要讓人心酸。

午夜剛過，狼嗥準時響起。狼群又發動聲音疲勞戰，三面山坡，嗥聲一片，攻勢兇猛。全隊的狗群立即狂吠反擊，巨大的聲浪撲向狼群。狼嗥突然停止，但是狗叫聲一停，狼嗥又起，攻勢更加猛烈。幾個回合過去，已經吼過一夜的狗群認爲狼在虛張聲勢，便開始節約自己的聲音彈藥，減弱音量，減少次數。

陳陣連忙和楊克走近小狼，憑藉微微的星光觀察小狼。狼圈裏，鐵鏈聲嘩嘩作響，小狼早已急得圍著狼圈團團轉。牠剛想模仿野狼嗥叫，就被狗叫聲干擾，還常常被近處二郎、黃黃和伊勒的吼叫，拐帶到狗的發聲區。小狼一急，又發出「慌慌，嘩嘩」的怪聲，牠氣得痛心疾首，甩晃腦袋。幾個月來與狗們的朝夕相處，使牠很難擺脫狗叫聲的強行灌輸，找回自己的原聲。二郎帶著狗們，緊張地在羊群西北邊來回跑動，吼個不停，像是發現了敵情。不一會，西北方向傳來狼嗥，這次嗥聲似乎距陳陣的羊群更近。其他小組的狗群叫聲漸漸稀落，而狼群好像慢慢集中到陳陣蒙古包的西北山坡上。

陳陣的嘴唇有些發抖，悄聲說道：狼群的主力是衝著咱們的小狼來了。狼的記性真沒得說。

楊克手握大電筒，也有些害怕。他摸了摸書包裏的大爆竹說：要是狼群集體硬衝，我就管不了那麼多了，你打手電筒報警，我就往狼群裏扔「手榴彈」。

狗叫聲終於停止。陳陣小聲說：快！快蹲下來看，小狼要嗥了。

沒有狗叫的干擾，小狼可以仔細傾聽野狼的嗥聲。牠挺直胸，豎起耳，閉嘴靜聽。小狼很聰明，牠不再張口亂學，而是先練聽力，使自己更多接受些黑暗中傳來的聲音，然後才學叫。狼群的嗥聲仍然瞄準小狼。小狼焦急地辨認，北面嗥，牠就頭朝北；西邊嗥，牠就頭朝西。如果三面一起嗥，牠就原地亂轉。

陳陣側耳細聽，他發現此夜的狼嗥聲與前一夜的聲音明顯不同。前一夜的嗥聲比較單一，只是騷擾威脅聲。而此夜的狼嗥聲卻變化多端，高一聲低一聲，其中似乎有詢問、有試探，甚至有母狼急切呼兒喚女的意思。陳陣聽得全身發冷。

草原上，母狼愛崽護崽的故事流傳極廣：爲了教狼崽捕獵，母狼經常冒險活抓羊羔；爲了守護洞中的狼崽，不惜與獵人拚命；爲了狼崽的安全，常常一夜一夜地叼著狼崽轉移洞穴；爲了餵飽小狼，常常把自己吃得幾乎撐破肚子，再把肚中的食物全部吐給小狼；爲了狼群家族共同的利益，那些失去整窩小崽的母狼，會用自己的奶去餵養牠姐妹或表姐妹的孩子。畢利格老人曾說，很久以前，額侖草原上有個老獵人，曾見過三條母狼共同奶養一窩狼崽的事情。那年春天，他到深山裏尋找狼崽洞，在一面暖坡發現三條母狼，躺成半個圈，給七八隻狼崽餵奶，每條母狼肚子旁邊都有兩三隻狼崽，於是他和獵手們不忍心再去掏那個窩。

老人曾說，蒙古草原的獵手馬倌，掏殺狼崽從不掏光，那些活下來的狼崽，乾媽和奶媽也就多，狼崽們奶水吃不完，身架底子打得好，所以，蒙古狼是世界上個頭最大、最壯、最聰明的狼……陳陣當時想說，這還不是全部，狼的母愛甚至可以超越自己族類的範圍，去奶養自己最可怕的敵人——人類的孤兒。在母狼的兇殘後面，還有著世上最不可思議，最感人的博愛。

而此刻，在春天裏失去狼崽的母狼們，全都悲悲切切、懷有一線希望地跑來認子了。牠們明明知道這裏是額侖草原營盤最集中、人狗槍最密集的凶險之地，但是母狼們還是冒險逼近了。陳陣在這一剎那，真想解開小狼的皮項圈，讓小狼與牠那麼多的媽媽們，母子相認重新團聚。然而，他不敢放，他擔心只要小狼一衝出營盤的勢力範圍，自家或鄰家的大狗，馬上就會把牠當做野狼，一擁而上把牠撕碎。他也不敢把小狼帶到遠處黑暗中放生，那樣，他自己將陷入瘋狂的母狼群中……

小狼似乎對與昨夜不同的聲音異常敏感，牠對三面六方的呼喚聲，有些不知所措。牠顯然聽不懂那些奇奇怪怪、變化複雜的嗥聲是什麼意思，更不知道應當如何回應。狼群一直得不到小狼的回音，嗥聲漸少。牠們可能也不明白昨夜聽到的千真萬確的小狼嗥聲，爲什麼不再出現了。

就在這時，小狼坐穩了身子，面朝西北開始發聲。牠低下頭，「嗚嗚嗚」地發出狼嗥的第一關鍵音，然後憋足氣，慢慢抬頭，「嗚」音終於轉換到「歐」音上來。「嗚嗚嗚……歐……歐……」，小狼終於磕磕絆絆完成了一個不太標準的狼嗥聲。三面狼嗥戛然而止，狼群好像一楞，這「嗚嗚嗚……歐……歐……」是什麼意思?狼群有些吃不準，繼續靜默等待。

過了一會兒，狼群裏出現了一個完全模仿蒙古包旁小狼的嗥聲，好像是一條半大野狼嗥出來的。陳陣發現自己的小狼也楞了一下，弄不明白那聲嗥叫詢問的是什麼。小狼像一頭剛剛被治癒的聾啞狼，既聽不懂人家的話，又說不出自己想要說的意思。天那麼黑，即便打手勢做表情，對方也看不見。

小狼等了一會，不見回音，就自顧自地進一步開始發揮。牠低頭憋氣，抬頭吐出一長聲。這次小狼終於完全恢復到昨夜的最高水準：「嗚……歐……」，歐聲悠長，帶著奶聲奶氣的童音，像長簫、像薄簧、像小鐘、像短牛角號，尾音不斷，餘波綿長。

小狼對自己的這聲長嗥極爲滿意，牠不等狼群回音，竟一個長嗥接著一個長嗥過起癮來了，由於心急，嗥聲的尾音稍稍變短。牠的頭越抬越高，直到鼻頭指向騰格里。牠亢奮而激越，嗥得越來越熟練，越來越標準，連姿勢也完全像條大狼。長嗥時，牠把長嘴的嘴形攏成像單簧管的圓管狀，運足腹內的底氣，均勻平穩地吐氣拖音，拖啊拖，一直將一腔激情全部用盡爲止。然後，再狠命吸一口氣，繼續長嗥長拖。

小狼歡天喜地長嗥著「哭腔哀調」，興高采烈地向狼群「鬼哭狼嗥」，激情澎湃地向草原展示牠的美妙歌喉。小狼的音質極嫩、極潤、極純，如嬰如童，婉轉清脆。在悠揚中，牠還自作主張地胡亂變調，即興加了許多顫音和拐彎。兩人聽得如癡如醉，楊克情不自禁壓低聲音去模仿小狼的狼歌。

陳陣小聲對楊克說：我有一個發現，聽了狼的長嗥，你就會明白蒙族民歌爲什麼會有那麼長的顫音和拖音了。蒙古民歌的風格，和漢人民歌的風格區別太大了。我猜測，這種風格是從崇拜狼圖騰的匈奴族那裏傳下來的。史書裏就有過記載，《魏書》的《匈奴傳》裏面就說，在很古很古的時候，匈奴單于有兩個漂亮的女兒，小女兒主動嫁給了一條老狼，跟狼生了許多兒女。原文還說：「妹……下爲狼妻，而產子。後滋繁成國。故其人好引聲長歌，又似狼嚎。」

楊克忙問：《匈奴傳》裏真有這樣記載？你讀書還是比我讀得仔細。要是真有這個記載，那麼就真的找到蒙古民歌的源頭了。

陳陣說：那還有錯？《匈奴傳》我不知看了多少遍了，裏面好多精彩段落，我背都能背下來了。讀書人來到蒙古草原生活，不看《匈奴傳》哪成？在草原，狼圖騰真是無處不在。一個民族的圖騰，是這個民族崇拜和模仿的對象，崇拜狼圖騰的民族，肯定會盡最大的可能去學習、模仿狼的一切：比如遊獵狩獵技巧、聲音傳遞、軍事藝術、戰略戰術、戰鬥性格、集體團隊精神、組織性、紀律性、忍耐性、競爭頭狼強者爲王、服從權威、愛護家族和族群、愛護和捍衛草原、仰天敬拜騰格里，等等，等等。所以我認爲，蒙古人的音樂和歌唱，也必然受到狼嗥的影響，甚至是有意的學習和模仿。草原上所有其他動物，牛羊馬狗、黃羊旱獺、狐狸等等的叫聲，都沒有這樣悠長的拖音，只有狼歌和蒙古民歌才有。你再好好聽聽，像不像？

楊克連連點頭說：像！越聽越像。你要是不說，我還真沒往那兒琢磨。胡松華唱的蒙古《讚歌》，尤其是開頭那段，那麼多的拐彎顫音，那麼長的拖音，活脫脫是從狼嗥那兒模仿過來的。這兩年，咱們聽了那麼多的蒙古民歌，幾乎沒有一首歌不帶長長的顫音和拐彎拖音的。可惜，沒有錄音機，要是能把狼嗥狼歌和蒙古民歌都錄下來再作比較，那就一定能找出兩者的關係來。

陳陣說：咱們漢人也喜歡聽蒙古民歌，蒼涼悠長，像草原一樣遼闊，可沒人知道蒙古歌的源頭原來是狼。不過，現在內蒙的蒙族人，都不願意承認他們的民歌是從狼歌那兒演變來的。我問過好幾個牧民，有的說不是，有的支支唔唔。這也不奇怪，現在《紅燈記》裏不是在唱「……獄警傳，似狼嚎」麼，那誰還敢說蒙古民歌來源於狼？要不然，那首敬祝偉大領袖萬壽無疆的《讚歌》就該封殺了，歌手也會被打成反革命。可事實就是事實，這絕不是巧合。

陳陣嘆道：真正能傳遞蒙古大草原精神的歌聲，只有狼歌和蒙古民歌。

二郎率領兩家的大狗小狗，衝西北方向又是一通狂吼。等狗叫一停，小狼再嗥，慢慢地，小狼已經能夠不受狗聲的干擾了，熟練地發出標準的狼聲。小狼連嗥了五六次，突然停了下來，跑到圈邊上的水盆旁邊，喝了幾口水，潤潤嗓子，然後又跑回西北邊長嗥起來，嗥了幾次便停住，豎起耳朵靜候回音。

過了很長時間，在一陣雜亂的眾狼嗥聲之後，突然，從西邊山坡上傳來一個粗重威嚴的嗥聲。那聲音像是一頭狼王或是頭狼發出來的，嗥聲帶有命令式的口氣，尾音不長，頓音明顯。陳陣能從這狼嗥聲中，感到那狼王體格雄壯，胸寬背闊，胸腔深厚。兩人都被這嗥聲鎮嚇得不敢再出一點聲音。

小狼又是一愣，但馬上就高興地蹦起來。牠擺好身姿，低頭運氣，但不知道如何回答，只好極力去模仿那個嗥聲。小狼的聲音雖然很嫩，但牠模仿的頓音尾音和口氣卻很準。小狼一連學了幾次，可是那頭狼王威嚴的聲音卻再也沒有出現。

陳陣費力地猜測這次對話的意思和效果。他想，可能狼王在問小狼：你到底是誰？是誰家的孩子？快回答！可是小狼的回答，竟然只是把牠的問話重複了一遍：你到底是誰家的孩子？快回答！並且還帶著模仿狼王居高臨下的那種命令口氣。那頭狼王一定被氣得火冒三丈，而且還加深了對這條小狼的懷疑。如此一問一答，效果簡直糟透了。

小狼顯然不懂狼群中的等級地位關係，更不懂狼群的輩份禮節。小狼竟敢當著眾狼模仿狼王的詢問，一定被眾狼視為藐視權威、目無長輩的無禮行為。眾狼發出一片短促的叫聲，像是義憤填膺，又像是議論紛紛。

過了一會兒，群狼不吭氣了，可小狼卻來了勁。牠雖然不懂狼王的問話和群狼的憤怒，但牠覺得黑暗中的那些影子，已經注意到自己的存在，還想和牠聯繫。小狼急切地希望繼續交流，可是牠又不會表達自己的意思，牠急得只好不斷重複剛學來的句子，向黑暗發出一句又一句的狼話：你是誰家的孩子？……快回答！快回答！快回答！

所有的大狼一定抓耳撓腮，摸不著狼頭了。草原狼在蒙古大草原生活了幾萬年，還從來沒有遇到過這種小狼。牠顯然是在人的營盤上，待在狗旁和羊群旁，嘻嘻哈哈，滿不在乎，胡言亂語。那麼，牠到底是不是狼呢？如果是，牠跟狼的天敵，那些人和狗們，到底是什麼關係？聽小狼的口氣，牠急於想要跟狼群對話，但牠好像生活得不錯，沒有人和狗欺負牠，聲音底氣十足，一副吃得很飽的樣子。既然人和狗對牠那麼好，牠究竟想要幹什麼呢？

陳陣望著無邊的黑暗中遠遠閃爍的幽幽綠眼，極力設身處地想像著群狼的猜測和判斷。此時，狼王和群狼一定是狼眼瞪綠眼，一定越來越覺得這條小狼極爲可疑。

小狼停止嗥叫，很想再聽聽黑影的回答。牠坐立不安，頻頻倒爪，焦急等待。

陳陣對這一效果既失望又擔憂。那條雄壯威嚴的狼王，很可能就是小狼的親爸爸，但是從小失去父愛的小狼，已經不知道怎麼跟父親撒嬌和交流了。陳陣擔心小狼再一次失掉父愛，可能永遠再也得不到父愛了。那麼，孤獨的小狼真是會從此屬於人類、屬於他和楊克了麼？

忽然，又有長長的狼嗥傳來，好像是一條母狼發出的，那聲音親切綿軟、溫柔悲哀，滿含著母愛的痛苦、憂傷和期盼，尾音顫抖悠長。這可能是一句意思很多、情感極深的狼語。陳陣猜測這句話的意思可能是：孩子啊，你還記得媽媽嗎？我是你的媽媽……我好想你啊，我找你找得好苦，我總算聽到你的聲音了……我的寶貝，快回到媽媽身邊來吧……大家都想你……歐……歐……

從母狼心底深處發出的、天下最深痛的母性哀歌，嗚嗚噎噎，悲涼淒婉，穿透悠遠的歲月，震盪在荒涼古老的原始草原上。陳陣忍不住自己的眼淚，楊克也兩眼淚光。

小狼被這斷斷續續、悲悲切切的聲音深深觸動。牠本能地感到這是牠的「親人」在呼喚牠。小狼發狂了，牠比搶食的動作更兇猛地衝撞鐵鏈，項圈勒得牠長吐舌頭亂喘氣。那條母狼又嗚嗚歐歐悲傷地長嗥起來，不一會兒，又有更多的母狼加入到尋子喚子的悲歌行列之中，草原上哀歌一片。

母狼們的哀歌，將原本就具有哭腔形式的狼嗥，塡充得表裏如一、淋漓盡致。這一夜，此起彼落憂傷的狼歌哭嗥，在額侖草原持續了很久很久，成爲動天地，泣鬼神，懾人魂的千古絕唱。母狼們像是要把千萬年來，年年喪子喪女的積怨統統哭洩出來，蒼茫黑暗的草原沉浸在萬年的悲痛之中。

陳陣默默肅立，只覺得徹骨的寒冷。楊克噙著淚水，慢慢走進小狼，握住小狼脖子上的皮項圈，拍拍牠的頭和背，輕輕地安撫牠。

母狼們的哀嗥悲歌漸漸低落。小狼掙開了楊克，像是生怕黑暗中的聲音再次消失，跳起身，朝著西北方向撲躍。然後極不甘心地又一次昂起了頭，憑著自己有限的記憶力，不顧一切地嗥出了幾句較長的狼語來。

陳陣心裏一沉，壓低聲音說：壞了！他和楊克都明顯感到，小狼的嗥聲與母狼的狼語差別極大，小狼可能把模仿的重點放在母狼溫柔哀怨的口氣上了，而且，小狼的底氣還是不夠，牠不能嗥得像母狼那樣長。結果，當小狼這幾句牛頭不對馬嘴的狼話傳過去以後，狼群的嗥聲一下子全部消失了。草原一片靜默。

陳陣徹底洩氣，他猜想，可能小狼把母狼們真切悲傷的話漫畫化了，模仿成了嘲弄，悲切成了挖苦，甚至可能牠把從狼王那裏學來的狼話也塞了進去。小狼模仿的這幾句狼話可能變成：孩啊子……記得還你，你是誰？……媽媽回到身邊，快回答！歐……歐……

或許，小狼說的還不如陳陣編想的好。不管怎樣，讓一條生下來就脫離狼界，與人狗羊一起長大的小狼，剛會「說話」就回答這樣複雜的問題，確實是太難爲牠了。

陳陣望著遠處突然寂滅無聲的山坡。他猜測，那些盼子心切的母狼們一定氣昏了頭，這個小流氓居然拿牠們的悲傷諷刺挖苦尋開心。可能整個狼群都憤怒了，這個小混蛋決不是牠們想要尋找的同類，更不是牠們準備冒死拚搶的狼群子弟，一貫多疑的狼群，定是極度懷疑小狼的身分。

善於設圈套誘殺獵物而聞名草原的狼，經常看到同類陷入人設陷阱的狼王頭狼們，也許斷定這條「小狼」是牧人設置的一個誘餌，是一隻極具誘惑力、殺傷力、但僞裝得露出了破綻的「狼夾子」。

狼群也可能懷疑這條「小狼」是一條來路不明的野種。草原上從來沒有人養狼崽的先例。每年春天，那些會騎馬的兩條腿的傢伙，總會帶上狗群搜狼尋洞，薰掏狼窩。眼尖的母狼，可以在隱蔽的遠處看到人掏出狼崽，馬上扔上天摔死。母狼回到被毀的洞穴，能聞到四處充滿了鮮血的氣味。有些母狼還能從舊營盤找到被埋入地下的、被剝了皮的狼崽屍體。那麼恨狼的人怎麼可能養小狼？

狼群也可能判斷，這條會狼嗥的小東西不是狼，而是狗。在額侖草原，狼群常常在北邊長長的沙道附近，見到穿著綠衣服的帶槍人，他們總是帶著五六條耳朵像狼耳一樣豎立的大狗，有幾條狼耳大狗也會學狼嗥。那些大狗比本地大狗厲害得多，每年都有一些狼被牠們追上咬死。多半，這個也會狼嗥的小流氓，就是「狼耳大狗」的小崽子。

陳陣繼續猜測，也許，狼群還是認定這條小狼是條真狼，因爲，他每天傍晚外出溜狼的時候，溜得比較遠時，小狼就在山坡上撒下不少狼尿。可能一些母狼早已聞出了這條小狼的真實氣味。但是，草原狼雖然聰明絕頂，牠們還是不可能一下子繞過一個彎子，這就是語言上的障礙。

狼群必定認爲既然是真小狼，就應該和狼群中其他小狼一樣，不僅能嗥狼語，聽懂狼話，也能與母狼和狼群對話。那麼，這條不會說狼話了的小狼，一定是一條徹底變心、完全投降了人的叛狼。牠爲什麼自己不跑到狼群這邊來，卻一個勁地想讓狼群過去呢？

在草原上，千萬年來，每條狼天生就是寧可戰死、決不投降的鐵骨硬漢，怎麼竟然出現了這麼一個千古未有的敗類？那麼，能把狼馴得這麼服服貼貼的這戶人家，一定有魔法和邪術。或許，草原狼能嗅出漢人與蒙人的區別，牠們可能認定有一種蒙古狼從未接觸過的事情，已經悄悄來到了草原，這些營盤太危險了。

狼群完全陷入了沉默。靜靜的草原上，只有一條拴著鐵鏈的小狼在長嗥，嗥得喉管發腫發啞，幾乎嗥出了血。但是牠嗥出的長句更加混亂不堪，更加不可理喻。群狼再也不做任何試探和努力，再也不理睬小狼的痛苦呼救。可憐的小狼，永遠錯過了在狼群中牙牙學語的時光和機會，這一次小狼和狼群的對話失敗得無可挽救。

陳陣感到狼群像避瘟疫一樣迅速解散了包圍圈，撤離了攻擊的出發地。

黑沉沉的山坡，肅靜得像查干窩拉山北的天葬場。

陳陣和楊克毫無睡意，一直輕聲地討論。誰也不能說服對方、並令人信服地解釋爲什麼會出現最後的這種結果。

直到天色發白，小狼終於停止了長嗥。牠絕望悲傷得幾乎死去，牠軟軟地趴在地上，眼巴巴地望著西北面晨霧迷茫的山坡，瞪大了眼睛，想看清那些「黑影」的真面目。晨霧漸漸散去，草坡依然是小狼天天看見的草坡，沒有一個「黑影」，沒有一絲聲音，沒有牠期盼的同類。小狼終於累倒了，像一個被徹底遺棄的孤兒，閉上了眼睛，陷入像死亡一樣的絕望之中。陳陣輕輕地撫摸牠，爲牠喪失了重返狼群、重獲自由的最佳機會而深深痛心內疚。

整個生產小組和大隊又是一夜有驚無險。全隊沒有一個營盤遭到狼群的偷襲和強攻，羊群牛群安然無恙。這種結局出乎所有人的預料，牧民議論紛紛。人們百思不得其解，爲什麼一向敢於冒死拚命護崽的母狼們居然不戰而退？連所有的老人都連連搖頭。這也是陳陣在草原的十年生活中，所遇到的最不可思議的事情。

包順貴和一些盼著誘殺母狼和狼群的羊倌馬倌空歡喜了一場。但包順貴天一亮就跑到陳陣包，大大地誇獎了他們一番，說北京學生敢想敢幹，在內蒙草原打出了一場草原上從未有過的「不戰而屈人之兵」的漂亮仗。並把那個大手電筒獎給他們，還說要在全場推廣他們的經驗。陳陣和楊克長長地鬆了一口氣，至少他倆可以繼續養小狼了。

早茶時分，烏力吉和畢利格老人走進陳陣的蒙古包，坐下來喝茶、吃馬駒肉餡包子。

烏力吉一夜未合眼，但氣色很好。他說：這一夜真夠嚇人的，狼群剛開始嗥的時候我最緊張。大概有幾十條狼從三面包圍了你們包，最近的時候也就一百多米，大夥真怕狼群把你們包一窩端了，真險吶。

畢利格老人說：要不是知道你們有不少「炸炮」，我真就差一點下令，讓全組的人狗衝過去了。

陳陣問：阿爸您說，狼群爲啥不攻羊群？也不搶小狼？

老人喝了一口茶，吸了一口煙，說：我想，八成是你家小狼說的還不全是狼話，隔三差五來兩聲狗叫，準把狼群給鬧懵了……

陳陣追問：您常說狼有靈性，那麼，騰格里怎麼沒告訴牠們真事呢？

老人說：雖說就憑你們包三個人幾條狗，是擋不住狼群，可是咱們組的人狗都憋足了勁，母狼跟狼群真要是鐵了心硬衝，準保吃大虧。包主任這招兒，瞞誰也瞞不過騰格里。騰格里不想讓狼群吃虧上當，就下令讓牠們撤了。

陳陣楊克都笑了起來。楊克說：騰格里真英明。

陳陣又問烏力吉：烏場長，您說，從科學上講，狼群爲什麼不下手？

烏力吉想了一會說：這種事我還真沒遇見過，聽都沒聽說過。我尋思，狼群八成把這條小狼當成外來戶了。草原上的狼群都有自個兒的地盤，沒地盤的狼群早晚待不下去，狼群都把地盤看得比自個兒的命還要緊。本地狼群常常跟外來的狼群幹大仗，殺得你死我活。可能這條小狼說的是這兒的狼群聽不懂的外地狼話，母狼和狼群就犯不上爲一條外來戶小狼拚命了。昨晚上狼王也來了，狼王可不是好騙的，牠準保看出這是個套。狼王最明白「兵不厭詐」，牠一看小狼跟人和狗還挺近呼，疑心就上來了。狼王有七成把握才敢冒險，牠從來不碰自己鬧不明白的東西。狼王最心疼牠的母狼，怕母狼吃虧上當，就親自來替母狼看陣，一看不對頭，就領著母狼跑了。

陳陣楊克連連點頭。

陳陣和楊克送兩位頭頭出包。小狼情緒低落，瘦了一圈，怏怏地趴在地上，下巴斜放在兩隻前爪的背上，兩眼發直，像是做了一夜的美夢和惡夢，直到此刻仍在夢中醒不來。

畢利格老人看見小狼，停下腳步說：小狼可憐吶，狼群不認牠了，親爹親媽也認不出牠來了。牠就這麼拴著鏈子活下去？你們漢人一來草原，草原的老規矩全讓你們給攪了。把這麼機靈的小狼當犯人奴隸一樣拴著，我想想心就疼……狼最有耐心，你等著吧，早晚牠會逃跑的，你就是天天給牠餵肥羊羔，也甭想留住牠的心。

第三夜第四夜，第二牧業組的營盤周圍仍然聽不到狼嗥，只有小狼孤獨悲哀的童音在靜靜的草原上迴蕩，山谷裏傳來回聲，可是再沒有狼群的回應。一個星期以後，小狼變得無精打采，嗥聲也漸漸稀少了。

此後一段時間，陳陣楊克的羊群和整個二組、以及鄰近兩個生產組的羊群牛群，在夜裏再也沒有遭到過狼群的襲擊。各家下夜的女人都笑著對陳陣楊克說，每天晚上都能睡個安穩覺了，一直可以睡到天亮擠牛奶的時候。

那些日子，當牧民們聊到養狼的時候，對陳陣的口氣緩和了許多。但是，仍然沒有一個牧民，表示來年也養條小狼用來嚇唬狼群。四組的幾個老牧民說，就讓他們養吧，小狼再長大點，野勁上來了，看他們咋辦？

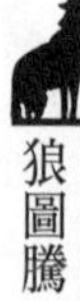

第九章 狼口拔牙

李白，他身上就有突厥人的血液，這從他兩個子女的名字就可以得到證實。他的兒子叫「頗黎」，這在漢文中無法解釋，其實這是突厥語「狼」的譯音。狼是突厥人的圖騰，用頗黎作人名，像漢族人用「龍」取名一樣。李白的女兒叫「明月奴」，在今天的維吾爾族中，叫「阿衣努兒」的女孩子很多，「阿衣」是月亮，「努爾」是光，明月奴，月是意譯，奴是音譯。而李白本人長的眼睛正是突厥的眼睛特徵……

——孟馳北《草原文化與人類歷史》

有了張繼原時不時的馬駒肉接濟，那段時間小狼的肉食供應一直充足。但陳陣一想到狼群裏的小狼，有那麼多狼媽的悉心照顧，他就覺得自己應該讓小狼吃得再好一點，吃撐一點；再多多地遛狼，增加小狼的運動時間。可是，眼看剩下的馬駒內臟只夠小狼吃一頓了，何況狗們已經斷頓。陳陣又犯愁了。

前一天傍晚，他聽高建中說，西南方向的山坡下了一場雷陣雨，大雷劈死了一頭在山頭吃草的大犍牛。第二天一早，陳陣就帶上蒙古刀和麻袋趕到那個山頭，但還是晚了一步，山坡上只剩下連巨狼都啃不動的牛頭骨和大棒骨，狼群連一點肉渣都沒給他剩下。他坐在牛骨旁邊仔細看了半天，發現牛骨縫邊上有許多小狼尖尖的牙痕。大狼大口吃肉塊，小狼小牙剔肉絲，分工合作，把一頭大牛剔刮得乾乾淨淨，連蒼蠅都氣得哼哼亂叫，叮了幾口就飛走了。三組的一個老牛倌也來到這裏，這頭只剩下骨頭的牛好像就是他牛群裏的。老人對陳陣說：狼群不敢來吃羊了，騰格里就殺了一頭牛給狼吃。你看看，早不殺晚不殺，專等傍黑殺，民工想第二天一早把死牛拉回去吃肉都不趕淌了。年輕人，草原的規矩是騰格里定的，壞了規矩是要遭報應的。老人陰沉著臉，夾了夾馬，朝山下的牛群慢慢走去。

陳陣想，老牧民常常掛在嘴邊的草原規矩，可能就是草原自然規律，自然規律當然是由蒼天，即宇宙「制定」的，那麼，他在原始游牧的條件下養一條狼，肯定打亂了游牧的生產方式，小狼已經給草原帶來了許多新麻煩。他不知道小狼還會給牧民，給他自己添什麼新麻煩……

陳陣空手而歸，一路思緒煩亂。他抬起頭仰望騰格里，長生天似穹廬，籠蓋四方。天蒼蒼，野茫茫，風吹草低不見狼。在草原，狼群像幽靈鬼火一樣，來無影，去無蹤；常聞其聲，常見其害，卻難見其容，使人們心目中的狼越發詭秘，越發神奇，也把他的好奇心、求知欲和研究癖刺激得不能自己。自養了小狼以後，陳陣才真實地摟抱住了活生生的狼——一條生活在狼圖騰信仰包圍中的狼。歷經千辛萬苦，頂住重重壓力和凶險，他已是欲罷不能，如何輕言放棄和中斷呢？

陳陣跑到民工營地，花高價買了小半袋小米，他只能給小狼增加肉粥中的糧食比例，爭取堅持到下一次殺羊的時候，也打算讓狗們也接上頓。

陳陣回到家，剛準備睡一小覺，突然發現家中的三條小狗歡叫著朝西邊方向猛跑。陳陣出門望去，只見二郎、黃黃和伊勒從山裏回來了。二郎和黃黃都高昂著頭，嘴上叼著一隻不小的獵物。黃黃和伊勒也忍受不了半饑半飽的日子，這些天經常跟著二郎上山打食吃。看來今天牠們大有獵獲，不僅自己吃得肚兒溜圓，而且還開始顧家了。

他急忙向牠們迎上去。三條小狗爭搶大狗嘴上的東西，二郎放下獵物將小狗趕開，又叼起獵物快步往家裏跑。陳陣眼睛一亮，二郎和黃黃嘴上叼著的竟是旱獺子，連伊勒的嘴上也叼著一隻一尺多長的金花鼠，個頭有大白蘿蔔那樣粗。陳陣還是第一次見到自家的獵狗往家叼獵物，興奮地衝上前想把獵物拿到手。

黃黃和伊勒表功心切，急忙把獵物放到主人腳下，然後圍著陳陣笑哈哈地又蹦又跳，使勁掄搖尾巴，掄了一圈又一圈。黃黃甚至還做了一個他從來沒見過的前腿分開的劈叉動作，前胸和脖子幾乎碰到了獺子，那意思是告訴主人，這獵物是牠抓到的。獺子的身子腹部露出一排脹紅的奶頭，那是一隻還在餵奶的母獺。陳陣連連拍擊兩條狗的腦袋，連聲誇獎：好樣的！好樣的！

但是，二郎卻不肯放下獺子，竟然繞過陳陣，逕直朝小狼那邊跑。陳陣見二郎叼的獺子又大又肥，馬上猛追幾步，雙手抓住二郎的大尾巴，從牠的嘴上搶下大獺子。二郎倒也不氣惱，還朝他輕輕搖了幾下尾巴。陳陣抓住獺子的一條後腿，拎了拎，足足有七八斤重，皮毛又薄又亮。這是剛剛上足夏膘的大公獺子，油膘要等到秋季才有，但肉膘已經長得肉滾滾的了。陳陣打算把這隻獺子留給人吃，包裹的三個人已經好久沒吃到草原野味了。

陳陣左手拎著大公獺，右手拎著大母獺和大鼠，興沖沖往家走，三條大狗互相逗鬧著，跟在主人的身後。陳陣先把大公獺放進包，再關上門。小狗們還從來沒吃過旱獺，好奇地東聞聞，西嗅嗅，牠們還不會自己撕皮吃肉。陳陣決定將那隻瘦母獺餵三條小狗，把那隻又肥又大的金花鼠囫圇個地餵小狼，讓牠嚐嚐野狼們最喜歡吃的美味，也好讓牠鍛鍊鍛鍊自己撕皮吃肉。

夏季的旱獺皮，只有毛沒有絨，不值錢，收購站也不要。於是陳陣用蒙刀把獺子連皮帶肉、帶骨帶腸肚，分成四等份，三份給小狗，另給小狼留一份下頓吃。陳陣把三大份肉食分給小狗們，小狗們一見到血和肉，就知道怎麼吃了，不爭不搶，按規矩，就地趴在自己那一份食物旁邊大嚼起來。三條大狗都露出笑容，牠們一向對陳陣分食的公平很滿意。陳陣這種公平待狗的方法，還是從傑克・倫敦的小說《荒野的呼喚》裏學來的。這本小說自打借出去以後，已經轉了兩個大隊的知青包，再也收不回來了。

三條大狗肚皮脹鼓鼓的。立下軍功應及時獎勵，這是古今中外的傳統軍規，也是蒙古草原的老規矩。陳陣從蒙古包裏拿出四塊大白兔奶糖來犒賞大狗。他先獎給了二郎兩塊，二郎叼住不動，斜眼看主人怎樣獎賞黃黃和伊勒，當二郎看清了牠倆各自只得到一塊糖，牠便得意地用爪子和嘴撕紙吃糖，嚼得咯吧咯吧作響。黃黃和伊勒比二郎少得了一塊糖，但也都沒意見，立即開吃。陳陣懷疑，牠們倆叼的獵物可能都是二郎抓獲的，牠倆只是幫著運送回來而已。

小狼早已被血腥氣味刺激得後腿站立，挺起少毛的肚皮，瘋狂地亂抓空氣。陳陣故意不去看牠，越看牠，牠就會被鐵鏈勒得越狠。一直到把大狗小狗擺平之後，陳陣才去擺弄那隻大鼠。

草原鼠品種繁多，最常見的是黃鼠、金花鼠和草原田鼠。蒙古草原到處都有金花鼠，任何一個蒙古包外，不到五六米就有鼠洞，鼠們經常站立在洞邊吱吱高叫。有時，蒙古包正好支在幾個鼠洞上，鼠們就會馬上改草食為雜食，偷吃糧食、奶食和肉食，在食物袋裏拉屎撒尿，甚至還鑽進書箱裏啃書。等到搬家時，人們還會在不穿的蒙古靴和布鞋裏，發現一窩窩肉蟲一樣的鼠崽，極噁心。牧民和知青都極討厭草原鼠，陳陣和楊克更是恨至入骨，因為老鼠啃壞了他們的兩本經典名著。

金花鼠與北京西郊山裏的小松鼠差不多大，只是沒有那麼大的尾巴，牠們也有松鼠一樣的大眼睛，一身灰綠色帶黃灰斑點和花紋的皮毛，還有一條像小刷子似的粗毛尾巴。據畢利格老人說，金花鼠是古代蒙古小孩，用小弓小箭練習射獵的小活靶子。金花鼠賊精，奔跑速度也極快，而且到處都有牠們的洞，出箭稍慢，鼠就扎進洞裏去了。蒙古孩子每天只有射夠了家長規定的數目，才能回家吃飯。但射鼠又是蒙古孩子的快樂遊戲，大草原成了孩子們的遊樂園，他們常常玩得上癮，連飯都忘了吃。等孩子長大一點，就要換大弓練習騎馬射鼠。當年征服俄羅斯的成吉思汗的大將之一、蒙古最出名的神箭手哲別，就是用這種古老而有效的訓練方法練出來的。

哲別能夠騎在快馬上，射中一百步外的金花鼠的小腦袋。老人說蒙古人守草原，打天下，靠的是天下第一的騎射本領。而箭法就是從射最小最精、最難射的活鼠練出來的。如果射鼠能過關，箭法就百發百中，射黃羊狐狼、敵馬敵兵，也就能一箭命中要害。漢人的馬不好，射箭只能練習射死靶子，哪能練得出蒙古騎兵的騎射本事？戰場上兩軍相遇，蒙古騎兵只要兩三撥箭射出去，那邊的人馬就折了一小半。

老人還說，蒙古人拿活鼠來訓練孩子，這也是從狼那裏學來的。狼媽教小狼捕獵，就是從帶領小狼抓鼠開始的，又好玩，又練身手反應實戰本領，還能塡飽肚子。狼抓鼠，又幫著草原減少鼠害。

古時候，每年草原上的小狼和小孩，都在高高興興地玩鼠、捕鼠、射鼠，每年要練出多少好狼好兵？要殺死多少老鼠？能保護多少草場？陳陣常常感嘆蒙古人有這麼好的草原軍校，有這麼卓絕的狼教頭。蒙古人不僅信奉「天人合一」，而且信奉「天獸人草合一」，這遠比華夏文明中的「天人合一」，更深刻更有價值。就連草原鼠這種破壞草原的大敵，在蒙古人的天地裏，竟然也有著如此不可替代的妙用。

陳陣拎起大鼠的尾巴仔細看。他放羊的時候，也曾見過碩大的金花雄鼠，但還從來沒有見過一尺多長、比奶瓶還粗的大鼠。只有在山裏的肥草地裏，才能養出這麼大的鼠來。他相信鼠肉一定又肥又嫩，是草原小狼和大狼愛吃的食物。他想像著小狼只要一聞到大鼠傷口上的血腥味，一定會立即撲上去，像吃馬駒肉那樣，把大鼠生吞活咽下去。

陳陣拎著大鼠的尾巴，傷口流出的血，一直滴到大鼠的鼻尖上，又滴到沙地裏。陳陣站在狼圈外沿，大聲高喊：小狼，小狼，開飯囉！小狼瞪紅了眼，牠從來沒見過這種食物，但血腥味告訴牠，這絕對是好吃的東西。小狼一次又一次向半空躥撲，陳陣一次又一次把大鼠拎高。小狼急得只盯著肥鼠，不看陳陣。而陳陣卻堅持非要小狼看他一眼，才肯把大鼠給小狼。但陳陣發現自己的願望，這一次好像要落空：小狼見到野鼠以後，一反常態，像一條獸性大發的兇殘野狼，面目猙獰，張牙舞爪，狼嘴張大到了極限，四根狼牙全部凸出，連牙肉牙床都暴露無遺。

小狼的兇相讓陳陣膽戰心寒。陳陣又晃了幾次，仍然轉移不了小狼的視線，只得把大鼠扔給小狼。他蹲坐在圈外，準備觀看小狼瘋狂撕鼠，然後狼吞虎咽。然而，小狼從半空中接到大鼠以後的一系列動作、行爲、表情，完全出乎陳陣的意料，又成爲一件他終身難忘並且無法解釋的事情。

小狼叼住大鼠，像叼住了一塊燒紅的鐵坨，嚇得牠立即把大鼠放在地上，迅速撤到距大鼠一米的地方，身子和脖子一伸一探，驚恐地看著大鼠。牠看了足有三分鐘，目光才安定下來，然後緊張地弓腰，在原地碎步倒騰了七八次，突然一個躥躍，撲住大鼠，咬了一口，又騰地後跳。看了一會兒，見大鼠還是不動，就又開始撲咬，復又停下，狼眼直勾勾地望著大鼠，如此反覆折騰了三四次，突然安靜下來。

此時，陳陣發現小狼的眼裏，竟然充滿了虔誠的目光，與剛才兇殘的目光簡直判若兩狼。小狼慢慢走近大鼠，在大鼠身邊左側站住，停了一會兒，忽然，小狼恭恭敬敬地先跪下一條右前腿，再跪下左前腿，然後用自己右側背，貼蹭著大鼠的身體，在大鼠身邊翻了個側滾翻。牠迅速爬起來，抖了抖身上的沙土，順了順身上的鐵鏈，又跑到大鼠的另一側，先跪下左前腿，再跪下右前腿，然後又與大鼠身貼身、毛蹭毛地翻了一個側滾翻。

陳陣緊張好奇地盯著看，不知道小狼想幹什麼，也不知道小狼的這些動作從哪裡學來，更不知道牠貼著大鼠的兩側翻跟頭，究竟是什麼意思？小狼的動作，就像一個小男孩第一次獨自得到一隻囫圇個的燒雞那樣，想吃又捨不得動手，在手裏一個勁地倒騰。小狼完成了這套複雜的動作以後，抖抖土，順順鏈，又跑到大鼠的左側，開始重複上一套動作，前前後後，三左三右，一共完成了三套一模一樣的貼身翻滾運動。

陳陣心頭猛然一震，他想，從前給小狼那麼多的好肉食，甚至是帶血的鮮肉，牠都沒有這番舉動，爲什麼小狼見到這隻大肥鼠竟然會如此反常？難道是狼類慶賀自己獲得食物的一種方式？或是開吃一隻獵物前的一道儀式？那虔誠恭敬的樣子，真像教徒在領聖餐。

陳陣把腦袋想得發疼，才突然意識到，他這次給小狼的食物與以前給的食物有本質不同。他以前給小狼的食物質量再好，但都是碎骨塊肉，或由人加工過的食物。而這隻「食物」，卻完全是純天然和純野性的完整食物，是一隻像的牛羊馬狗那樣有頭有尾、有身有爪（蹄）、有皮有毛的完整「東西」，甚至是像牠自己一樣的「活物」。

可能狼類是把這種完整有形的食物和「活物」，作爲高貴的狼類才配享用的高貴食物。而那些失掉原體形的碎肉碎骨，味道再好，那也是人家的殘湯剩飯。如果食之，便有失高貴狼的身分。難道人類把烤全牛，烤全羊，烤整豬、烤整鴨作爲最高貴的食物，食前要舉行隆重的儀式，也是受了狼的影響？或是人類與狼類英雄所見略同？

小狼這還是第一次面對這種高貴完整的食物，所以牠高貴的天性被激發出來，才會有如此恭敬虔誠的舉動和儀式。但是，小狼從來沒有參加過狼群中的任何儀式，牠怎麼能夠把這三套動作，完成得如此有條不紊而章法嚴謹呢？就好像每組動作已經操練過無數遍，熟練精確得像是讓一個嚴格的教練指導過一樣。陳陣又百思不得其解。

小狼喘了一口氣，還是不去撕皮吃肉。牠抖抖身體，把皮毛整理乾淨以後，突然高抬前爪，慢慢地圍著大鼠跑起圈來。牠興奮地瞇著眼，半張著嘴，半吐著舌頭，慢抬腿，慢落地，就像蘇聯大馬戲團馬術表演中的大白馬，一板一眼地做出了帶有鮮明表演意味的慢動作。小狼一絲不苟地慢跑了幾圈以後，又突然加速，但無論慢跑快跑，那個圈子卻始終一般大，沙地上留下了無數狼爪印，組成了一個極其標準的圓圈。

陳陣頭皮發麻，他突然想起了早春時節，軍馬群屍堆裏那個神秘恐怖的狼圈。那是幾十條狼圍著最密集的一堆馬屍跑出來的狼圈狼道，像怪圈鬼圈鬼畫符。老人們相信，這是草原狼向騰格里發出的請示信和感謝信……那個狼圈非常圓，此刻小狼跑出的狼圈也非常圓，而兩個圈的中央，則都是囫圇個、帶皮毛的獵物。

難道小狼不敢立刻享用如此鮮美野味，牠也必須向騰格里畫圈致謝？

無神論者碰上了神話般的現實，或現實中的神話，陳陣覺得無法用「本能」和「先天遺傳」，來解釋小狼的這一奇特的行爲。他已經多次領教了草原狼，牠們的行爲，難以用人的思維方式來理解。

小狼仍在興奮地跑圈。可是牠已經一天沒吃到鮮肉了，此刻是條餓腸轆轆的餓狼。按常理，餓狼見到血肉就是一條瘋狼。那麼，小狼爲什麼會如此反常，做出像是一個虔誠的宗教徒才有的動作來呢？牠竟然能忍受饑餓，去履行這麼一大套繁文縟節的「宗教儀式」，難道在狼的世界裏也有原始宗教？並以強大的精神力量支配著草原狼群的行爲？甚至能左右一條尚未開眼就脫離狼群生活的小狼？

陳陣問自己，難道原始人的原始宗教，是由動物界帶到人世間來的？草原原始人和原始狼，難道在遠古就有原始宗教的交流？神秘的草原有太多的東西需要人去破解……

小狼終於停了下來。牠蹲在大鼠前喘氣，等胸部起伏平穩之後，便用舌頭把嘴巴外沿舔了兩圈，眼中噴出野性貪慾和充滿食慾的光芒，立即從一個原始聖徒陡變爲一條野狼餓狼。牠撲向大鼠，用兩隻前爪按住大鼠，一口咬破鼠胸，猛地一甩頭，將大鼠半邊身子的皮毛撕開，血肉模糊的鼠肉露了出來。

小狼全身狂抖，又撕又吞。牠吞下大鼠一側的肉和骨，便把五臟六腑全掏了出來，牠根本不把鼠胃中的酸臭草食，腸中的糞便清除掉，就將一堆腸肚連湯帶水、連汁帶糞一起吞下肚去。小狼越吃越粗野，越來越興奮，一邊吃，一邊還發出有節奏的快樂哼哼聲，聽得陳陣全身發怵。

小狼的吃相越來越難看和野蠻，牠對大鼠身上所有的東西一視同仁，無論是肉骨皮毛，還是苦膽膀胱，統統視爲美味。一轉眼的工夫，一隻大肥鼠只剩下鼠頭和茸毛短尾了。小狼沒有停歇，馬上用兩隻前爪夾住鼠頭，將鼠嘴朝上，然後歪著頭，幾下就把鼠頭前半截咬碎吞下，連堅硬的鼠牙也不吐出來。整個鼠頭被咬裂，小狼又幾口就把半個鼠頭吞下。就連那根多毛無肉只有尾骨的鼠尾，小狼也捨不得扔下，牠把鼠尾一咬兩段，再連毛帶骨吞進肚裏。沙盤上只剩下一點點血跡和尿跡。

小狼好像還沒吃過癮，牠盯著陳陣看了一會兒，見他確已是兩手空空，很不甘心地靠近他走了幾步，然後失望地趴在地上。

陳陣也發現，小狼對草原鼠確實有異乎尋常的偏愛，草原鼠竟能激起小狼的全部本能和潛能，難怪額侖草原萬年來從未發生過大面積鼠害。陳陣的心裏一陣陣湧上來對小狼的寵愛與憐惜，他幾乎每天都能看到小狼上演的一幕幕好戲，而且狼戲又是那麼生動深奧，那麼富於啓迪性，使他成爲小狼忠實癡心的戲迷。只可惜，小狼的舞臺實在太小，如果牠能以整個蒙古大草原作爲舞臺，那該上演多麼威武雄壯、啓迪人心的活劇來。而草原狼群千年萬年在蒙古草原上演的浩如煙海的英雄正劇，絕大部分都已失傳。現在殘存的狼軍團，也已被擠壓到國境線一帶了。中國人再沒有大飽眼福、大受教誨的機會了。

小狼眼巴巴地望著還在啃骨頭的小狗們。陳陣回包去剝那隻大旱獺的皮，他又將被狗咬透的脖頸部位和頭割下來，放在食盆裏，準備等到晚上再餵小狼。陳陣繼續淨膛、剁塊，然後下鍋煮旱獺手把肉。一隻上足夏膘的大獺子的肉塊，占了大半鐵鍋，足夠三個人美美地吃一頓的了。

傍晚，小狼面朝西天，端端正正地坐在沙盤裏，焦急地看著漸漸變成半圓形的太陽，只要殘陽在草茸茸的坡頂剩下最後幾點光斑，牠就颼地把身體轉向蒙古包的門，並做出各種各樣的怪異動作和姿態，像撲食，前後滾翻。再就是把鐵鏈故意弄得嘩嘩響，來提醒陳陣或楊克：現在是屬於牠的時間了。

陳陣自己提前吃了獺子手把肉，便帶著馬棒，牽著鐵鏈去遛狼，二郎和黃黃也一同前往。每天黃昏的這段半自由的時間，是小狼最幸福的時刻，比吃食還要幸福。但是遛狼決不同於軍人遛狼狗，遛狼也是陳陣一天中最愉快、又是最累最費力的勞動。

小狼猛吃猛喝，越長越大，身長已超過同齡小狗一頭，體重相當於一條半同齡小狗的份量。小狼的胎毛已完全脫光，灰黃色的新毛已長齊，油光發亮，背脊上一綹偏黑色的鬃毛，又長又挺，與野外的大狼沒什麼區別了。小狼剛來時的那個圓圓的腦門，變平了一些，在黃灰色的薄毛上面，長出了像羊毛筆尖那樣的白色麻點。小狼的臉部也開始伸長，濕漉漉的黑鼻頭像橡皮水塞，又硬又韌。陳陣總喜歡去捏狼鼻頭，一捏，小狼就晃頭打噴嚏，牠很不喜歡這種親熱的動作。小狼的兩隻耳朵，也長成了尖勺狀的又硬又挺的長耳，從遠處看，小狼已經像一條草原上標準的野狼。

小狼的眼睛，是小狼臉上最令人生畏和著迷的部分。小狼的眼睛溜溜圓，但是內眼角低，外眼角高，斜著向兩側升高。如果內外眼角拉成一條直線，與兩個內眼角的連接線相接，幾近四十五度角，比京劇演員化妝出來的吊眼還要鮮明，而且狼眼的內眼角還往下，斜斜地延伸出一條深色的淚槽線，使狼眼更顯得吊詭。陳陣有時看著狼眼，就想起「柳眉倒豎」或「吊睛白額大虎」。

狼的眉毛只是一團淺黃灰色的毛，因此，狼眉在狼表示憤怒和威脅時，起不到什麼作用。狼的兇狠暴怒的表情，多半仗著狼的「吊睛」，一旦狼眼倒豎，那兇狠的威嚇力決不亞於猛虎的白額「吊睛」，絕對比「柳眉倒豎」的女鬼更嚇人。最爲精彩的是，小狼一發怒，長鼻兩側皺起多條斜斜的、同角度的皺紋，把狼兇狠的吊眼烘托得越發恐怖。

小狼的眼珠與人眼或其他動物的眼睛都不同，牠的「眼白」呈瑪瑙黃色。都說汽車的霧燈選擇爲橘黃色，是因爲橘黃色在霧中最具有穿透力。陳陣感到狼眼的瑪瑙黃，對人和動物的心理，也具有銳不可擋的穿透力。小狼的瞳仁瞳孔相當小，像福爾摩斯小說中，那個黑人的毒針吹管的細小管口，黑丁丁，陰森森，毒氣逼人。陳陣從不敢在小狼發怒的時候與小狼對視，生怕狼眼裏飛出兩根見血斃命的毒針。

自從陳陣養了小狼，並與小狼混熟之後，常常可以在小狼快樂的時候，攥著牠的兩個耳朵，捧著牠的臉，面對面，鼻對鼻地欣賞活狼的眉目嘴臉。他幾乎天天看，天天讀，已經有一百多天了，陳陣已經把小狼的臉讀得滾瓜爛熟。雖然他經常可以看到小狼可愛的笑容，但他也常常看得心驚肉跳。僅是一對狼眼，就已經讓他時時感到後脊骨裏冒涼氣，要是小狼再張開血碗大口，齜出四根比眼睛蛇的毒牙更粗更尖的小狼牙，那就太令人膽寒了。他經常掐開小狼的嘴，用手指彈敲狼牙，狼牙發出類似不銹鋼的鏜鏜聲響，剛性和韌性都很強；用指頭試試狼牙尖，竟比納鞋底的錐子更尖利，狼牙表面的那層的「琺瑯質」，也比人牙硬得多。

騰格里確是偏愛草原狼，賜與牠們那麼威武漂亮的面容與可怕的武器。狼的面孔是武器，狼的狼牙武器又是面容。草原上許多動物還沒有與狼交手，就已經被草原狼身上的武器嚇得繳械認死了。小狼嘴裏那四根日漸鋒利的狼牙，已經開始令陳陣感到不安。

好在遛狼是小狼最高興的時段，只要小狼高興，牠是不會對陳陣使用面容武器的，更不會亮出牠的狼牙。噬咬，是狼們表達感情的主要方式之一，陳陣也經常把手指伸在小狼嘴裏，任牠啃咬吮吸。小狼在咬玩陳陣手指的時候，總是極有分寸，只是輕輕叼舔，並不下力，就像同一個家族裏的小狼們互相之間玩耍一樣，決不會咬破皮咬出血。

這一個多月來，小狼長勢驚人，而牠的體力要比體重長得更快。每天陳陣說是遛狼，實際上根本不是遛狼，而是拽狼，甚至是人被狼遛。小狼只要一離開狼圈，馬上就像犍牛拉車一樣，拚命拽著陳陣往草坡跑。爲了鍛鍊小狼的腿力和奔跑能力，陳陣或楊克常常會跟著小狼一起跑。可是當人跑不動的時候，小狼就開始卯足力氣拽人拖人，往往一拽就是半個小時、一個小時。

陳陣被拽疼了手，拖痛了胳膊，拽出一身臭汗，比他幹一天重活還要累。內蒙高原的氧氣比北京平原稀薄得多，陳陣常常被小狼拖拽得大腦缺氧，面色發白，雙腿抽筋。一開始，他還打算跟著小狼練長跑，練出一副強健草原壯漢的身板來。但是，當小狼的長跑潛能蓬蓬勃勃地迸發出來後，他就完全喪失了信心。狼是草原長跑健將，連蒙古最快的烏珠穆沁馬都跑不過狼，他這個漢人的兩條腿何以賽狼？陳陣和楊克都開始擔心，等小狼完全長成大狼，他們如何「遛狼」？弄不好，反倒有可能被小狼拽到狼群裏去。

有時，陳陣或楊克在草坡上被小狼拽翻在地，遠處幾個蒙古包的女人和孩子都會笑彎了腰。儘管所有的牧民都認爲養狼是瞎胡鬧，但大家也都願意看熱鬧。全隊牧民都在等待公正的騰格里制止和教訓北京學生的所謂「科學實驗」。

有一個會點俄語的壯年牧民對陳陣說：人馴服不了狼，就是科學也馴不服草原狼！陳陣辯解說：他只是爲了觀察狼，研究狼，根本就沒打算馴服狼。沒人願意相信他的解釋，而他打算用狼來配狼狗的計劃，卻早已傳遍全場。他和楊克遛狼被狼拽翻跟斗的事情，也已經成爲牧民酒桌上的笑談，人們都說等著聽狼吃母狗的事兒吧。

小狼興奮地拽著陳陣一通猛跑，陳陣氣喘吁吁地跟在後面。奇怪的是，以往一到放風時間，小狼喜歡無方向地帶著陳陣亂跑。但是，近日來，小狼總拽著陳陣往西北方向跑，往那天夜裏母狼聲音最密集的地方跑。陳陣的好奇心又被激起，也想去看個究竟。他就跟著小狼跑了很長的一段路，比任何一次都跑得遠，穿過一條山溝，小狼把陳陣帶到了一面緩緩的草坡上。

陳陣回頭看了看，離蒙古包已有三四里遠，他有點擔心，但因有二郎和黃黃保護，手上又有馬棒，也就沒有硬拽小狼調頭。又小跑了半里，小狼放慢腳步，到處聞，四處嗅，無論是草地上的一灘牛糞、一個土堆、一塊白骨、一叢高草和一塊石頭，每一個突出物牠都不放過。

嗅著嗅著，小狼走到一叢針茅草前，牠剛伸鼻一聞，突然渾身一激泠，背上的鬃毛全像刺蝟的針刺那樣豎了起來。牠眼中射出驚喜的光芒，聞了又聞，嗅了又嗅，恨不得把整個腦袋扎進草叢中去。小狼忽然抬起頭，望著西邊天空的晚霞長嗥起來。嗥聲嗚嗚噎噎，悲切淒婉，再沒有初次發聲時那種亢奮和歡快，而是充滿了對母愛和族群的渴望和衝動，將幾個月囚徒鎖鏈生活的苦痛統統哭訴出來……

二郎和黃黃也低頭嗅了嗅針茅草叢，兩條大狗也都豎起鬃毛，兇狠刨土，又衝著西北方向一通狂吼。陳陣頓時明白過來：小狼和大狗都聞到了野狼的尿味。他用穿著布鞋的腳扒開草叢看了看，幾株針茅草的下半部已被狼尿燒黃，一股濃重的狼尿臊味直衝鼻子。陳陣有點發慌，這是新鮮狼尿，看來昨夜狼仍在營盤附近活動過。

晚霞已漸漸褪色，山坡全罩在暗綠色的陰影裏，輕風吹過，草波起伏，草叢裏好像露出許多狼的脊背。陳陣渾身一抖，他生怕在這裏遭遇狼的伏兵，躥出一群不死心的母狼。他想也沒想，急忙拽小狼，想把牠拽回家。就在這一刻，小狼居然抬起一條後腿，對著針茅草叢撒尿。陳陣嚇得猛拉小狼。

母狼還在惦記小狼，而囚徒小狼竟然也會通風報信了。一旦小狼再次與母狼接上頭，後果不堪設想。陳陣使足了勁，猛地把小狼拽了一個跟頭。這一拽，把小狼的半泡尿憋了回去，也把小狼苦心尋母的滿腔熱望和計劃強行中斷。小狼氣急敗壞，吊睛倒豎，勃然大怒，突然後腿向下一蹲，猛然爆發使勁，像一條真正的野狼撲向陳陣。

陳陣本能地急退，但被草叢絆倒，小狼張大嘴，照著陳陣的小腿就是狠狠一口。陳陣「啊」地一聲慘叫，一陣鑽心的疼痛和恐懼衝向全身。小狼的利牙咬透他的單褲，咬進了肉裏。陳陣呼地坐起來，急忙用馬棒頭死頂小狼的鼻頭。但小狼完全瘋了，狠狠咬住就是不撒口，恨不得還要咬下一塊肉才解氣。

兩條大狗驚得跳起來，黃黃一口咬住小狼的後脖子，拚命拽。二郎狂怒地衝小狼的腦袋大吼一聲，小狼耳邊響起一聲炸雷，被震得一哆嗦，這才鬆了口。

陳陣驚嚇得幾乎虛脫。他在他親手養大的小狼的狼牙上，看到了自己的血。二郎和黃黃還在撲咬小狼，他急忙上前一把抱住小狼的脖子，緊緊地夾在懷裏。可小狼仍發狠掙扎，繼續狼眼倒豎，噴射「毒箭」，齜牙咆哮。

陳陣喝住了黃黃和二郎，兩條大狗總算暫停攻擊，小狼才停止掙扎。他鬆開了手，小狼抖抖身體，退到離陳陣兩步的距離，繼續用野狼般毒辣的目光瞪著陳陣，背上的鬃毛也絲毫沒有倒伏的意思。陳陣又氣又怕，氣吁吁地對小狼說：小狼，小狼，你瞎了眼啦？你敢咬我？小狼聽到熟悉的聲音，才慢慢從火山爆發般的野性和獸性的瘋狂中醒了過來。牠歪著腦袋再次打量面前的人，好像慢慢認出了陳陣。可是，小狼眼中絕無任何抱歉的意思。

傷口還在流血，已經流到布鞋裏去了。陳陣急忙站起來，把馬棒深深地插進一個鼠洞，又將鐵鏈末端的鐵環套在這個臨時木樁上。他怕小狼見血起邪念，便走出幾步，背轉身，坐在地上脫鞋捲褲。小腿肚子側面有四個小洞，洞洞見血，幸好勞動布的布料像薄帆布那般厚實堅韌，阻擋了部分狼牙的力度，傷口還不太深。

陳陣急忙採用草原牧民治傷的土法，用力擼腿擠血，讓體內乾淨的血流出來沖洗毒傷，擠出大約半針管的血以後，才撕下一條襯衫布，將傷口包好紮緊。

陳陣重又站起身，牽著鐵鏈把小狼的頭拉向蒙古包，指了指蒙古包的炊煙，大聲說：小狼，小狼，開飯囉，喝水囉。這是陳陣和楊克摸索出來的，每次結束放風遛狼後，能讓小狼回家的惟一有效方法。小狼一聽到開飯喝水，舌頭尖上馬上滴出口水，立刻將剛才發生的事情忘得一乾二淨，頭也不回地拽著陳陣往家跑。

一到家，小狼直奔牠的食盆，熱切地等待開飯添水。陳陣把鐵環套在木樁上，扣好樁子頭上的別子，然後把獺子的脖頸遞給小狼，又給小狼舀了大半盆清水。小狼渴壞了，牠先不去啃骨頭，而是一頭扎進水盆，一口氣把半盆水喝了一半。每次放風後爲了能把小狼領回來，必須一天不給牠喝水，在遛狼時，等牠跑得「滿嘴大汗」，又渴又餓的時候，只要一提到水，牠就會乖乖地拽著人跑回家。

陳陣進包換藥，高建中一見到狼牙傷口，就嚇得逼著陳陣去打針。陳陣也不敢僥倖，急忙騎馬跑到第三牧業組的知青包，求赤腳醫生小彭給他打了一針狂犬疫苗、上藥紮繃帶，並求他千萬不要把小狼咬人的事情告訴別人。交換的條件是不追究小彭借丟《西行漫記》一書的責任，而且，還要再借他《拿破崙傳》和《高老頭》，小彭這才算勉強答應下來，一邊嘟噥說：每次去場部，衛生院就只給三四支狂犬疫苗，民工被牧民的狗咬了，已經用了兩支，大熱天的，我又得跑一趟場部了。

陳陣連連說好話，可他也不知道自己說的是什麼，他滿腦子想的是如何保住小狼。小狼終於咬傷了人——草原規矩極嚴厲，狗咬傷了羊就得被立即處死，咬傷了人就更得現場打死，那麼小狼咬傷了人，當然就沒有一絲通融的餘地了。養狼本屬大逆不道，如今又「出口傷人」，小狼真是命在旦夕。陳陣上了馬，忘記了對傷口的擔心，一路上拍著自己的腦袋，真想讓腦子多分泌出一些腦汁來，想出保住小狼的辦法。

一回到家，陳陣就聽到楊克和高建中正在爲如何處置這條開始咬人的小狼爭論不休。高建中嚷嚷說：好個小狼，連陳陣都敢咬，那牠誰還不敢咬啊！必須打死！以後牠要是再咬人怎麼辦？等咱們搬到秋季草場，各組相隔四五十、六七十里，打不上針，人被毒牙感染，狂狼病可比狂犬病厲害，那可是真要鬧出人命來的！

楊克低聲說：我擔心場部往後再不會給陳陣和我打狂犬疫苗了。狂犬疫苗那麼稀罕，是防狼或狗意外傷人用的，哪能給養狼的人用呢？我的意見是……我看只能趕緊放生，再晚了，大隊就會派人來打死小狼的。

高建中說：狼咬了人，你還想放了牠，你真比東郭還東郭，沒那麼便宜的事！

此刻，陳陣反倒忽然清醒起來。他咬牙說：我已經想好了，不能打死，也不能放。如果打死小狼，那我就真的白白地被狼咬了，這麼多日子的心血也全白費了；如果放，很可能放不了生，還會把牠放死。小狼即使能安全回到狼群，頭狼們會把小狼當作「外來戶」，或者是「狼奸」看待的，小狼還能活得了嗎？

那怎麼辦？楊克愁雲滿面。

陳陣說：現在惟一的辦法，就是給小狼動牙科手術，用老虎鉗把牠狼牙的牙尖剪掉。狼牙厲害就厲害在鋒利上，如果去掉了狼牙的刀刃，「鈍刀子」咬人就見不了血了，也就用不著打針了……咱們以後餵狼，就把肉切成小塊。

楊克搖頭說：這辦法倒是管用，可是你也等於殺了牠了。沒有鋒利狼牙的狼，牠以後還能在草原上活命嗎？

陳陣垂下頭說：我也沒有別的辦法了。反正我不贊成被狼咬了一口，就因噎廢食，半途而廢。那狼牙尖兒興許以後還會長出來呢？還是避其鋒芒吧。

高建中挖苦道：敢虎口拔牙？非得讓狼再咬傷不可！

第二天早上，羊群出圈以前，陳陣和楊克一起給小狼動手術。兩人先把小狼餵飽哄高興了以後，楊克雙手捧住小狼的後腦勺，再用兩個大拇指從腮幫子兩邊掐開狼嘴，小狼並不反感，牠對這兩個人經常性的惡作劇舉動早已習慣了，也認爲這是很好玩的事情。兩人把狼的口腔對著太陽仔細觀察：狼牙呈微微的透明狀，可以看到狼牙裏面的牙髓管。幸好，狼牙的牙髓管只有狼牙的一半長，只要夾掉狼牙的牙尖，可以不傷到牙髓，小狼也不會感到疼。這樣就可以保全小狼的四根狼牙了，也許不久，小狼能重新磨出鋒利的牙尖來。

陳陣先讓小狼聞聞老虎鉗，並讓牠抱著鉗子玩了一會兒。等小狼對鉗子放鬆了警惕，楊克掐著狼嘴，陳陣小心翼翼又極其迅速地，喀嚓喀嚓夾斷了四根狼牙的牙尖，大約去掉了整個狼牙的四分之一，就像用老虎鉗子剪夾螺絲尾巴那樣。

兩人原以爲「狼口鉗牙」一定類似「虎口拔牙」，並做好了捆綁搏鬥，強行手術的準備，但是手術卻用了不到一分鐘就做完了，一點也沒傷著小狼。小狼只是舔了舔狼牙粗糙的斷口，並沒有覺得有什麼損失。兩人輕輕放下小狼，想犒賞牠一些好吃的，又怕碰疼了傷口，只好作罷。陳陣和楊克都鬆了一口氣，以後再不怕狼咬傷人了。然而，兩人好幾天都打不起精神。

楊克說：去了狼牙尖，真比給人去了勢還殘忍。

陳陣也有些茫然地自問：我怎麼覺得，咱們好像離一開始養狼的初衷越來越遠了呢？

小彭一連借走了三本好書，兩人心疼得要命。全場一百多個北京知青，只有陳陣和楊克帶來了幾大箱「封資修」經典名著，前兩年最瘋狂的政治風暴過去了，在枯燥單調的牧羊生活中，知青們也開始如饑似渴地偷看禁書了。因此只要書一借出，就甭想再收回來。但是，陳陣不得不借……要是讓三位頭頭知道小狼咬傷了人，包順貴就準會斃了小狼。經典名著很管用，果然，在很長時間裏，全大隊一直沒人知道陳陣被小狼咬傷過。

第四卷

第一章 狼王與母狼的深情

世民（唐太宗——引者注）自起兵以來，前後數十戰，常身先士卒，輕騎深入，雖屢危殆而未嘗為矢刃所傷。

……

……世民手殺數十人，兩刀皆缺，流血滿袖，灑之復戰。淵兵復振。

……

上（唐太宗——引者注）曰：「……凡用兵之道，見利速進，不利速退。」

——司馬光《資治通鑑・第一百九十卷》

《同上・第一百八十四卷》

《同上・第一百九十六卷》

幾場大雨過後，額侖草原各條小河河水漲滿，新草場的湖面擴大，湖邊草灘變成了濕地，成了千百隻小鴨練飛和覓食的樂園。與此同時，一場罕見和恐怖的蚊災，突然降臨邊境草原。

對北京知青來說，草原蚊災是比白災黑災、風災火災、旱災病災和狼災更可怕的天災。額侖草原蚊災中的蚊子就像空氣，哪裡有空氣的地方哪裡就有蚊子。如果不戴防蚊帽，在草原任何一個地方吸一口氣，準保能吸進鼻腔幾隻蚊子。

內蒙古中東部的邊境草原，可能是世界上蚊群最大最密、最瘋狂的地區，這裏河多湖多，草深草密，蚊子賴以平安越冬的獺洞鼠洞又特別多。蚊子有吸之不盡的狼血人血、牛羊馬血、以及鼠兔狐蛇、旱獺黃羊血。那些喝過狼血的蚊群，最近已把一個十六歲的小知青折磨得精神失常，被送回北京去了。更多吸過狼血的蚊群，以比草原狼群更加瘋狂的野性，撲向草原所有熱血和冷血動物。

在新草場，前一年安全越冬的蚊子更多，因此，這裏的蚊災就更重。

午後，陳陣在蒙古包的蚊帳裏看了一會兒書，便頭戴養蜂人戴的防蜂帽式的防蚊帽，手握一柄馬尾掃蠅撣子，從捂得嚴嚴實實的蒙古包走出，去觀察被蚊群包圍的小狼。這是一天當中，蚊群準備開始總攻的時刻。陳陣剛走出包，就陷入了比戰時警報還恐怖的嗡嗡哼哼的噪音之中。

額侖草原的大黃蚊，不具有狼的智慧，但卻具有比狼更亡命、更敢死的攻擊性。它們只要一聞到動物的氣味，立即撲上去就刺，毫不試探，毫不猶豫，沒有任何戰略戰術，如同飛針亂箭急刺亂扎，無論被馬尾牛尾抽死多少，依然蜂擁而上，後續部隊甚至會被抽開花的蚊子血味，刺激得越發兇猛。

陳陣眼前一塊一尺見方的防蚊帽紗窗，一瞬間就落滿無數黃蚊。他調近了眼睛的視焦，看到大黃蚊從一個個細密的紗網眼中，將長嘴針像一支支大頭針一樣空扎進來。陳陣用馬尾撣子狠狠地抽掃了一下，幾十隻黃蚊被掃落，可轉眼間，此紗窗上又一片黃蚊密布。他只得像搧扇子那樣不斷抽掃，才能看清眼前的東西。

陳陣抬頭望天，蚊群像是在做戰前準備，密密麻麻懸飛在頭頂不到兩米的空中，草原上彷彿燃起了戰火，天空中罩上了一層厚厚的黃煙。陳陣想：真正可怕的「狼煙」，應該是草原蚊群形成的「黃煙」。這個季節，草原人畜全進入了戰爭狀態。

陳陣抬頭仔細觀察蚊情，好爲晚上下夜做準備。他發現這天的蚊群不僅密集，蚊子的個頭也大得嚇人。黃蚊都在不斷地抖翅，翅膀看不見了，看見的都是黃蚊的身體，大得好像一隻隻蝦米皮。一時間，他竟然像是

置身於湖底，仰望清澈的水空，頭頂上是一片密集的幼蝦群。

陳陣的戴著馬絆子的白馬，早已不敢在草坡上吃草了，牠此時正站在空蕩蕩的羊糞盤上，這裏的地上鋪了一層羊糞，一根草也沒有，蚊子較少。但是，馬身上仍然落上厚厚一片黃蚊，全身像是黏上了一層米糠。白馬看見主人拿著撣子正在掃蚊子，便一瘸一拐，一步三寸地往陳陣身旁挪動。陳陣急忙上前，彎腰替白馬解開了皮「腳鐐」，把馬牽到蚊子更少一些的牛車旁邊，再給牠扣上了馬絆子。

白馬不停地上下晃頭，並用大馬尾狠狠地抽掃馬肚馬腿和側背的蚊子，而前胸前腿、前側背的蚊子，只能靠馬嘴來對付了。千萬隻黃蚊，都用前肢分開馬毛，然後用針頭扎馬肉。不一會兒，蚊子的肚子就鼓了起來，馬身上像是長出一片長圓形的枸杞子，鮮紅發亮。白馬狠命地抽掃，每抽一下便是一層紅血，馬尾已被血黏成馬尾氈，馬尾巴的功能在牠的勢力範圍之內，確實發揮得鮮血淋漓盡致。而白馬則像一匹剛從狼群裏衝殺出來的血馬。

陳陣用撣子替馬轟蚊，使勁抽掃馬背馬前腿，大馬感激得連連向主人點頭致謝。可是蚊群越來越密，轟走一層，立即就又會飛來一層，馬身上永遠裹著一層「米糠」、一層「枸杞子」。

陳陣最惦記小狼，急忙跑向狼圈。狼洞裏積了半洞的雨水，小狼無法鑽進洞裏避蚊。牠的薄毛夏裝根本無法抵禦蚊群的針刺，那些少毛或無毛的鼻頭耳朵、眼皮臉皮、頭皮肚皮以及四爪，更是直接暴露在外，小狼此時已經被蚊群折磨得快要發瘋了。草原蚊群似乎認準狼血是大補，小狼竟然招來了草原上最濃烈的「黃煙」，被刺得不斷就地打滾。刺得實在受不了了，就沒命地瘋狂跑圈，跑熱了，連吐舌頭也不敢，更不敢大口喘氣，生怕把蚊群吸進喉嚨裏。

不一會兒，小狼又蜷縮身體，把少毛的後腿縮到身體底下，再用兩隻前爪捂住鼻頭。陳陣從未想到這個

草原小霸王，居然會被蚊群欺負成這副狼狽相，活像一個挨打的小叫花子。但是，小狼的目光依然刺亮有神，眼神裏仍然充滿了倔強兇狠的勁頭。

天氣越來越悶，頭頂懸飛的蚊群被低氣壓聚攏得散不開去。陳陣用馬尾撣子替小狼轟趕蚊群，又用手掌抹牠的頭和身子，一抹一把「糠」，一抹一把血。陳陣心疼難忍，這些血，可都是他用時間和心血換來的啊。小狼卻高興得連連去舔陳陣掌中的狼血，還歪著頭在他的膝蓋上瘋狂地蹭癢癢，蹭得陳陣膝頭上一片紅狼毛。

小狼簡直把陳陣當成了救命稻草，抓住不放，狼眼裏充滿了感激興奮之意。陳陣又想到了野外的狼群。相比之下，營盤上的草已啃薄了，而山裏草甸裏草高蚊群更多，狼群一定比小狼更苦：鑽洞，蚊群會跟著進洞；順風瘋跑，可前面還是蚊群。旱獺是抓不到了，就算抓到一隻，也不夠補償被蚊群吸血的損失。畢利格老人說，蚊災之後必是狼災，蚊群把狼群變成餓狼瘋狼群，人畜就該遭殃了。草原最怕雙災，尤其是蚊災加狼災。這些日子，全場人心惶惶。

小狼明顯地疲憊不堪，但還不見瘦。每天每夜，牠不知道要被蚊群抽掉多少血，還要無謂地加大運動量。在猖狂的蚊災面前，小狼桀驁的個性更顯桀驁，蚊群的轟炸絲毫不影響小狼的飯量和胃口。盛夏蚊災，畜群中病畜增加，陳陣經常可以弄到死羊來餵小狼，小狼就以翻倍的食量，來抵抗蚊群對牠的超額剝削和精神折磨。

小狼在大災之季，依然一心一意地上膘長個。陳陣像一個省心的家長，從來不用逼迫或利誘孩子去做功課。小狼只需要他做好一件事：頓頓管飽。只要有肉吃有水喝，再大的艱難和災禍牠都頂得住，而且，還可以天天帶給你出色的成績報告單。陳陣想，養過小狼的人，可能再也不會對自己的孩子抱有太高的期望。不要說「望子成龍」了，就是「望子成狼」，也是高不可攀的奢望。

小狼突然神經質地蹦跳起來，不知是哪隻大黃蚊，鑽到了小狼的肚皮底下，扎刺了小狼的小雞雞，疼得牠顧頭不顧尾，馬上改變了避蚊的姿勢，高抬後腿，把頭伸到肚子下面，想用牙齒來撓牠的命根。可是牠剛一抬起後腿，幾百隻餓蚊呼啦一下衝過去覆蓋了牠的下腹，小狼疼得恨不得把自己的那根東西咬掉。

陳陣撇下小狼，拿上鐮刀揹上柳條筐，快步走向西山溝去割艾草。前一年蚊子少，陳陣只跟著嘎斯邁去割過一次艾草。搬到湖邊的新草場後，連逢雨水，陳陣早就偵察好了哪裡長有艾草。雨水帶來了大蚊災，也給草原帶來了一片又一片茂盛的艾草。蚊群剛到最猖獗的時候，山溝裏的艾草也正好長得藥味奇濃。陳陣仰望騰格里，他想，假如草原上沒有艾草，草原民族究竟還能否在草原上生存？

狗們都怕草地裏的蚊子，沒有跟陳陣走，仍趴在蚊子比較少的牛車低下避蚊避曬。陳陣往西山溝走，他看見遠處小組的羊群，都被放到草少石多風順的山頭上，只有在那裏，羊群才能待得住。羊倌們個個都戴著防蚊帽，雖然熱得透不過氣來，但誰也不敢脫帽。

山溝裏草深蚊密，吹不到風，陳陣汗流浹背。他的勞動布外衣已濕了一大片，許多大蚊的硬嘴針刺進厚濕布，刺了一半就刺不動，也拔不出。於是，陳陣的衣服上，出現許多被自己嘴針拴住的飛蚊。陳陣懶得去撥弄它們，讓它們自作自受飛死累死。但不一會兒，他就感到肩膀頭上狠狠地挨了一針，一拍，手心上一朵血花。

陳陣剛一走近一片艾草地，蚊群就明顯減少。地裏長滿近一米高的艾草，灰藍白色的枝莖，細葉上長著一層茸毛，柔嫩多汁。艾草如苦藥，牛羊馬都不吃，因而艾草隨意瘋長。陳陣一見高草，就職業地放慢腳步，他握緊鐮刀，警惕地彎下身體，做好戰鬥準備。老羊倌們常常提醒知青羊倌，夏天放羊的時候，一定得留神艾

草地，那裏草高蚊子少，是狼避蚊藏身的地方。狼爲了驅蚊，還會故意在艾草地裏打滾，讓全身沾滿衝鼻的艾草藥味，給自個兒穿上一件防蚊衣。

沒有狗，陳陣不敢深入，他大吼了兩聲，不見動靜，又站了一會兒，才慢慢走進艾草地。陳陣像見到救命仙草一樣，衝進最茂密的草叢一通狂割。草汁染綠了鐮刀，空氣中散發出濃郁的藥香，他張大了嘴敞開呼吸，真想把自己的五臟六腑都裹上艾草氣息。

陳陣割了結結實實冒尖的一大筐艾草，快步向家走。他抓了一把嫩艾草，擰出汁抹在手背上。果然，惟一暴露在外的皮膚也沒有多少蚊子敢刺了。

回到包裏，陳陣加大爐火，添加了不少乾牛糞，再到柳條筐車裏，找出一年來收集的七八個破臉盆，他挑了最大的一個，放進幾塊燃燒的牛糞，又加上一小把艾草，盆裏馬上就冒出了濃濃的艾香白煙。陳陣端起煙盆放到狼圈的上風頭，微風輕吹，白煙飄動，罩住了大半個狼圈。草原上，艾煙是黃蚊的天敵剋星，煙到之處，黃蚊驚飛，連吸了一半血的蚊子都被薰得慌忙拔針逃命。刹那間，大半個狼圈裏的蚊群便逃得無影無蹤。

艾煙替小狼解了圍。可是小狼見了火星和白煙，卻嚇得狼鬃奓立，全身發抖，眼裏充滿恐懼，亂蹦亂跳，一直退到狼圈邊緣，直到被鐵鏈勒停，還在不停地掙扎。小狼像所有野狼那樣怕火怕煙，怕得已經忘掉了蚊群叮刺的痛苦，拚命往白煙罩不到的地方躲。陳陣猜想，千萬年來，草原狼經常遭遇野火濃煙的襲擊，小狼的體內一定帶有祖先們怕火怕煙的先天遺傳。

陳陣又加了一把艾草，挪了挪煙盆，將白煙罩住小狼。他必須訓練小狼適應煙火，這是幫牠度過最苦難的蚊災的惟一出路。在野地裏，母狼會帶領小狼們到山頭或艾草叢裏避蚊；而在人的營盤，陳陣必須擔起狼媽的責任，用艾煙來給小狼驅蚊了。

白煙源源不斷，小狼拚死掙扎，幾乎把自己勒死。陳陣狠下心不爲所動，繼續加火添草。小狼終於累得掙扎不動了，只好哆哆嗦嗦地站在艾煙裏。小狼雖然對白煙充滿了恐懼，但是牠好像漸漸感到渾身輕鬆起來，包圍牠幾天幾夜的蚊群噪聲消失了，可惡的小飛蟲也不見了。牠覺得很奇怪，轉著腦袋四處張望，又低頭看了看肚皮，那些刺得牠直蹦高的小東西也不知上哪兒去了。小狼眼裏充滿狐疑和驚喜，頓時精神了不少。

白煙繼續湧動，但小狼只要一看到煙，就縮成一團。煙盆裏突然冒出幾個火星，小狼嚇得立即逃出煙陣，跑到沒有煙的狼圈邊緣。但牠剛一跑出白煙，馬上又被蚊群包圍，刺得牠上躥下跳，沒命捂臉。刺得實在受不了了，牠只好又開始轉圈瘋跑。

跑了十幾圈，小狼的速度慢慢減了下來，牠好像忽然發現了蚊多和蚊少的區域差別：只要一跑進煙裏，身上的蚊子就呼地飛光；只要一跑出白煙，牠的鼻頭準保挨上幾針。小狼瞪圓了眼睛，驚奇地望著白煙，而且在白煙裏停留的時間越來越長了。小狼是個聰明孩子，牠開始飛快地轉動腦筋，琢磨眼前的新事物。但牠還是怕煙，在煙與無煙的地帶猶豫。

一直在營盤牛車下躲避蚊子的幾條大狗，很快發現了白煙。草原上的大狗都知道艾煙的好處，牠們眼睛放光，興奮得趕緊帶著小狗們跑來蹭煙。大狗們一衝進煙陣，全身的蚊子呼地薰光了。大狗又開始搶佔煙不濃不淡的地盤，臥下來舒服地伸懶腰，總算可以痛痛快快地補補覺了。小狗們還從來沒嚐到過艾煙的甜頭，傻呼呼地跟著大狗衝進到煙陣，馬上就高興得合不上嘴了，也開始搶佔好地盤。不一會兒，四米直徑的小小狼圈，臥下了六條狗，把小狼看得個目瞪口呆。

小狼那份高興，眼也眯了，嘴也咧開了，尾巴也翹起來了。牠平時那般殷勤地揮動雙爪，三番五次熱情邀請狗們到牠的狼圈來玩，可狗們總是對牠愛搭不理，今天竟然突然間不邀自來，並且全體出動，就連最恨牠的伊勒也來了，真讓小狼感到意外和興奮，比得到六隻大肥鼠還要開心。

小狼一時忘掉了害怕，牠衝進煙陣，一會兒爬上二郎背上亂蹦；一會兒又摟住小母狗滾作一團。孤獨的小狼終於有了一個快樂的大家庭，牠像一個突然見到了全家成員一同前來探監的小囚徒，對每條狗好像都聞不夠、親不夠、舔不夠……陳陣從來沒有見過小狼這樣高興過，他的眼圈有些發澀……

狗多煙少，外加一條狼，艾煙就有些不夠用了。小狼原本是這塊地盤的「主人」，現在反倒被反客為主的狗們擠到煙流之外去了。小狗們還在爭搶地盤，兩條小公狗毫不客氣地把好客的小狼再次頂出煙外。小狼有些納悶；牠忍受著蚊群的叮刺，歪著腦袋琢磨著狗們的行為。不一會兒，小狼眼中露出恍然大悟的神色，眼裏的問號沒有了，牠終於明白：狗們並不是衝著牠來的，而是衝著白煙來的。那片一直讓牠害怕的白霧，是沒有可惡小飛蟲的舒服天地，而這塊地盤，原本是特為牠準備的。

從不吃虧的小狼立即感到吃了大虧，便怒氣沖沖像搶肉一樣衝進煙陣，張牙舞爪兇狠地驅趕兩條小公狗。一條小狗死賴在地上不肯離開，小狼粗暴地咬住牠的耳朵，把牠生生地揪出煙陣，小公狗疼得嗚哇亂叫。小狼終於為自己搶佔了一個煙霧不淡又不嗆的好地段，舒舒服服地趴下來，享受著無蚊的快樂。好奇心、求知慾、研究癖極強的小狼，始終盯著冒煙的破盆看，看得津津有味，一動不動。

過了一會兒，小狼突然站起來，向煙盆慢慢走去，想去看個究竟，可沒走幾步，就被濃煙嗆得連打噴嚏，牠退了幾步，過了一會兒，牠又忍不住好奇心，再去看。小狼把頭貼在煙少的地面「躡手躡腳」匍匐前進，接近煙盆，牠剛抬起頭，一顆火星被風吹出，剛好飛到小狼的鼻頭上，牠被燙得一激泠，像顆被點著火捻的炸彈那樣炸了起來，又重重地落在地面。

牠的鬃毛也全部奓起，呈往外放射狀。小狼嚇得夾起尾巴跑回二郎身旁，鑽進牠的懷裏。二郎呵呵笑，笑這條傻狼不知好歹。二郎張開大嘴，伸出舌頭舔小狼的鼻頭，小狼老老實實趴在了地上，傻呆呆地望著煙盆，再也不敢上前一步了。過了一會兒，小狼像一個犯睏的嬰兒，睏得睜不開眼睛，很快睡了過去。被蚊群折磨了幾天幾夜的小狼，總算可以補一個安穩覺了。但陳陣卻留意到，熟睡中的小狼，耳朵仍在微微顫動，牠的狼耳仍在站崗放哨。

陳陣聽到磕磕絆絆的馬蹄聲，那匹白馬也想來蹭煙。陳陣連忙上前，解開馬絆，把馬牽到狼圈的下風頭，再給白馬扣上馬絆子。密布馬身的黃蚊「米糠」，呼地揚上了天。白馬長舒了一口氣，低下頭，半閉眼睛打起盹來。

大蚊災之下的一盆艾煙，如同雪中送炭，竟給一條小狼，一匹大馬和六條狗救了災。這八條生命都是他的寶貝和朋友，他能給予牠們最及時有效的救助，陳陣深感欣慰。小狼和三條小狗像幼兒一樣還不知道感謝，在舒服酣睡，而大白馬和三條大狗，卻不時向陳陣投來感激的目光，還輕輕搖著尾巴。

動物的感謝像草原一樣真摯，牠們雖然不會說一大堆感恩戴德的肉麻頌詞，但陳陣卻感動得願意爲牠們做更多的事情。陳陣想，等聰明的小狼長大了，一定會比狗們更加懂得與他交流。大災之中，陳陣覺得自己對於動物朋友們越來越重要了。他又給煙盆加了一些乾牛糞和艾草，就趕緊去翻曬揹運牛糞餅。

蚊災剛剛開始，山溝裏的艾草割不完，抗災的關鍵在於是否備有足夠的乾牛糞。無需催促，整個大隊的女人和孩子，都在烈日下翻曬揹運牛糞餅。

在額侖草原，牛羊的乾糞是牧民的主要燃料。在冬季，乾牛糞主要是用來引火，那時的燃料主要是靠風乾的羊糞粒，因爲家家守著羊糞盤，每天只要在羊群出圈以後，把滿圈的羊糞粒鏟成堆，再風吹日曬幾天，就是很好的燃料，比乾牛糞更經燒。但是在草原的夏季，羊糞水分多不成形，牧民在蒙古包裏就不能燒羊糞，只能燒乾牛糞。然而在夏季，牛吃的是多汁的嫩青草，又大量地喝水，牛糞又稀又軟，不像其他季節的牛糞乾硬成形，因此必須加上一道翻曬工序。

夏季翻曬牛糞是件麻煩事和苦差事。每個蒙古包的女人和孩子，一有空，就要到營盤周圍的草地上，用木叉把一灘灘表面曬乾、內部濕綠的牛糞餅一一翻個，讓太陽繼續曝曬另一面。再把前幾天翻曬過的牛糞餅三塊一組地豎靠起來，接著通風曝曬。然後，又把更早幾天曬硬了的牛糞餅撿到柳條筐裏，揹到蒙古包側前的糞堆上。

但是剛揹回來的牛糞還沒有乾透，掰開來，裏面仍然是潮呼呼的，此時把外乾內濕的牛糞堆在糞堆上，主要是爲了防雨。盛夏多雨，如不抓緊時間，一遇上急雨，糞場上晾曬多日的牛糞，不一會兒就會被雨淋成稀湯。而堆在糞堆上的半乾牛糞，遇雨則可馬上蓋上大舊氈擋雨。雨過之後，再掀開曝曬。

在草原夏季，看一家的主婦是否勤快善持家，只要看她家蒙古包前的牛糞堆的大小便可知曉。知青剛立起自己的蒙古包時，不懂未雨綢繆，一到雨季，知青包常常冒不出煙來，或者光冒煙不著火，經常要靠牧民不斷接濟乾牛糞，才能度過雨季。到了兩年後的這個夏季，陳陣楊克和高建中都已懂得翻糞、曬糞和堆糞的重要性，他們包門前的「柴堆」也不比牧民的小了。

陳陣和楊克一向討厭瑣碎的家務活，這些雞毛蒜皮的小事，常常把讀書的時間拆得零七八碎，使他們煩心惱火。但是，自從養了小狼以後，一項項沒完沒了的家務活，成了能否把小狼養大的關鍵環節。家務活一下子就升格爲決定戰役勝負的後勤保障的戰略任務。於是，他倆都開始搶著料理柴米油鹽肉糞茶這七件「大事」。

按常年的用量，陳陣包前的「柴堆」已足夠度過整個夏季。但突降的大蚊災，用柴量將成倍增加，牛糞堆也將很快一日日矮縮下去。陳陣決定用狼的勁頭，忍受一切勞苦悶熱和煩躁，把柴堆迅速增大幾倍。

高原的陽光越來越毒，陳陣這身像防化兵服一樣的厚重裝束，讓他熱得喘不過氣來。他揹著沉重的糞筐，只揹運了兩三筐，就感到缺氧眩暈，悶熱難當，步履艱難。汗已流乾，防蚊服乾了又濕、濕了又乾，汗跡花白，此刻已經成爲揹在身上的乾硬板結的鹽鹼地了。但是，他望著在輕煙薄雲下安穩睡覺的小狼、小狗、大狗和大白馬，不得不咬牙堅持。

此外，陳陣肩上還揹負著遠比牛濕牛糞更沉重的壓力。他咬牙苦幹，不僅是爲了小狼和狗們，也是爲了羊群。這近兩千隻羊的大羊群，是他和楊克兩個人的勞動果實，兩年多來兩次接羔，他倆接活的羊羔就達兩千多隻，已經被分出過兩群。他倆頂風冒雪，頂蚊曝曬，日日夜夜與狼奮鬥，一天二十四小時輪班放羊、下夜連軸轉，整整幹了兩個春夏寒暑。羊群是集體財產，不能出半點差錯。眼下又偏偏遇上了可怕的「雙災」，如稍有疏忽，將釀成他倆的政治大災。

這麼大的一群羊，每夜非得點五六盆煙才夠。如果艾煙罩不住整個羊群，羊群被蚊群刺得頂風狂跑，單靠一個下夜的人根本攔擋不住。一旦羊群衝進山裏，被狼群打一個屍橫遍野的大伏擊，有人再把這責任與「狗崽子」養狼的事實聯繫起來，那可就罪責難逃了。

巨大的壓力和危險，逼迫陳陣咬緊狼牙，用狼的勇敢、智慧、頑強、忍耐、謹慎和冒險精神，來把他養狼研究狼的興趣愛好堅持下去，同時，又更能磨練出像草原狼頑強桀驁的個性。陳陣忽然感到他有了用不完的力氣和不服輸的狠勁。

陳陣一旦衝破了疲勞的心理障礙與極限，反而覺得輕鬆了。他不斷變換工種，調節勞動強度，一會兒揹糞，一會兒翻糞，越來越感到有目標的勞動的愉快。同時，他漸漸發現了自己如此苦心養狼，好像已經從一開始僅僅出於對狼的研究興趣，轉換成了一種對狼的真切情感，還有像父母和兄長所擔負的那種責任。

小狼是他一口奶、一口粥、一口肉養大的孩子，是一個野性獸性、桀驁不馴的異類孩子。潛藏於他心底的人獸之間那種神秘莫測、濃烈和原始的情感，使陳陣越來越走火入魔，幾乎成爲在草原上遭人白眼、不可理喻的人。但陳陣卻覺得這半年來，自己身心充實，血管中開始奔騰起野性的、充滿活力的血液。

高建中曾對其他包的知青說，養一條小狼，能夠使陳陣從一個四體不勤、五穀不分的「黑幫走資派」子弟，變成一個勤快人，也就不能算是件壞事。

陳陣在黏稠髒臭的牛糞場上幹得狼勁十足，他滿筐滿筐地往家揹糞，糞堆像雨後的黑蘑菇那樣迅速膨脹。鄰家的主婦看得都站著不動了，誰也不知道他爲什麼這麼瘋幹。有的知青挖苦道：這叫做近糞者臭，近狼者狼。

傍晚，龐大的羊群從山裏回營盤。楊克嗓音發啞，坐騎一驚一乍，他已經累得連揮動套馬杆的力氣都快沒有了。羊群從山裏帶回億萬黃蚊，整個羊群像被野火烤焦了似的，冒著厚厚一層「黃煙」。近兩千隻羊，近四千隻羊耳朵拚命甩耳甩蚊，營盤頓時噪聲大作，噗嚕嚕、噗嚕嚕的羊耳聲，一浪高過一浪。

一直懸在半空等待聚餐的厚密蚊群，突然像轟炸機群俯衝下來。那些最後一批被剪光羊毛，光板露皮的羊，經過野外一整天的肉刑針刑，早已被叮刺得像疙疙瘩瘩的癩蛤蟆一樣，慘不忍睹。密集餓蚊的新一輪轟炸，簡直要把羊們扎瘋了。羊群狂叫，原地蹦跳，幾隻高大的頭羊不顧楊克的鞭抽，卯足了勁，頂風往西北方向衝。陳陣抄起木棒，衝過去一通亂敲亂打，才將頭羊轟回羊糞盤。但是，整個羊群全部頭朝風，憋足了勁，隨時準備頂風猛跑，借風驅蚊。

陳陣以衝鋒的速度，手腳麻俐地點起了六盆艾煙，並把盆端到羊群臥盤的上風頭。六股濃濃的白煙像六條兇狠的白龍，殺向厚密的蚊群。頃刻間，毒蚊群像遇上了更毒的天龍一般，呼嘯潰逃。救命的艾煙將整個羊群全部罩住，疲憊不堪的大羊小羊，噗通噗通跪到在地。一天的苦刑，總算熬到了頭。黃煙裏的羊群一片寂靜，羊們被折磨得幾乎連反芻的力氣都沒有了。

楊克下馬，沉重地砸在地上。他急忙牽著滿身蚊子的馬，走進煙陣，又摘掉防蚊帽，解開粗布厚上衣，舒服得大叫：真涼快！這一天快把我慜死了。明天你放羊，準備受刑吧。

陳陣說：我在家裏也受了一天刑。明天我放羊回來，你也得給我備足六盆煙，還得給小狼點煙。

楊克說：那沒問題。

陳陣說：你還不去看看小狼，這小兔崽子挺知道好歹的，鑽進煙裏睡覺去了。

楊克疑惑地問：狼不是最怕煙怕火嗎？

陳陣笑道：可狼更怕蚊子，牠一看狗來搶牠的煙，就不幹了，馬上就明白煙是好東西。我樂得肚子都疼了，真可惜你沒看到這場好戲。

楊克連忙跑向狼圈，小狼側躺在地，懶懶地伸長四腿，正安穩地睡大覺呢。聽到兩位大朋友的腳步聲，小狼只是微顫眼皮，向他倆瞟了一眼。

整整一夜，陳陣都在伺弄煙盆。每隔半個多小時，就要添加乾糞。只要藥煙一弱，又要添加艾草。如果風向變了，就得把煙盆端到上風頭。有時還要趕走擠進羊群來蹭煙的牛，牛皮雖厚，但牛鼻、眼皮和耳朵仍然怕叮刺。陳陣爲了不讓牛給羊群添亂，只好再點一盆煙放到牛群的上風頭。

為了保證艾煙始終籠罩牛羊和小狼，陳陣幾乎一夜未曾合眼。三條大狗始終未忘自己的職責，牠們跑到羊群上風頭的煙陣邊緣，躲在煙霧裏，分散把守要津。煙陣外，密集饑餓的蚊群氣得發狂發抖，噪音囂張，但就是不敢衝進煙陣。戰鬥了大半夜的陳陣望著被擊敗的強敵，心中湧出勝者的喜悅。

這一夜，全大隊的各個營盤全都擺開煙陣，上百個煙盆煙堆，同時湧煙。月光下，上百股濃煙越飄越粗，宛如百條白色巨龍翻滾飛舞；又好像原始草原突然進入了工業時代，草原上出現了一大片林立的工廠煙筒，白煙滾滾，陣勢浩大，蔚為壯觀。不僅完全擋住了狂蚊，也對草原蚊災下饑餓的狼群，起到巨大的震懾作用。

陳陣望著月色下白煙茫茫的草原，眼前猶如出現了太平洋大海戰的壯闊海景：由千百艘美國航母、巡洋艦、驅逐艦以及各種艦艇，組成的世界上最龐大的艦隊，形成最具威力的獵圈陣形，冒著滾滾濃煙，昂起萬千巨炮，向日本海破浪挺進。那是現代化的西方海狼對東方倭寇海狼的一次現代級別的打圍。

人類歷史發展至今，衝在世界最前列的，大多是用狼精神武裝起來的民族。在世界殘酷競爭的舞臺上，羊欲靜，而狼不休。強狼尚且有被更強的狼吃掉的可能，那就更不要提弱羊病羊了。華夏民族要想自強於群狼逐鹿的世界之林，最根本的，是必須徹底清除農耕民族性格中的羊性和家畜性，把自己變成強悍的狼。至少，也應該有敬崇狼精神、狼圖騰的願望……

遼闊的草原也具有軟化濃煙的功能。全隊的白煙飄到盆地中央上空，已經變為一片茫茫雲海。雲海罩蓋了蚊群肆孽的河湖，平托起四周清涼的群山和一輪圓月，「軍工煙筒」消失了，草原又完全回到了寧靜美麗的原始狀態。陳陣不由吟頌起李白的著名詩句：「明月出天山，蒼茫雲海間。長風幾萬里，吹度玉門關……」陳陣從小學起就一直酷愛李白，這位生於西域，並深受西域突厥民風影響的浪漫詩人，曾無數次激起他自由狂放的狼血衝動。

在原始草原的月夜吟頌李白的詩，與在北京學堂裏吟頌的感覺迥然不同。陳陣的胸中，忽然湧起李白式的豪放，又想起了一個困擾他很久的問題：中國詩家都仰慕李白，但卻不主張去學李白，說李白恃才傲上，桀驁不馴，無人學得了。陳陣此刻頓悟，李白豪放的詩風之所以難學，難就難在他深受崇拜狼圖騰的突厥民風影響的性格，以及群狼奔騰的草原般遼闊的胸懷。

李白詩歌豪情沖天，而且一沖就沖上了中國古典詩歌的頂峰，無可逾越。哪個漢儒能夠一句飛萬里，一字上九天：「大鵬一日同風起，扶搖直上九萬里」、「君不見黃河之水天上來，奔流到海不復回」、「我本楚狂人，鳳歌笑孔丘」，哪個漢儒敢狂言嘲笑孔聖人？哪個漢儒敢接受御手調羹的伺候？哪個漢儒敢當著大唐皇帝的面，讓楊貴妃捧硯，讓高力士脫靴？噫吁戲，危乎高哉！李白之難，難於上青天。爾來四萬八千歲，文壇「詩仙」僅一人。

陳陣長嘆：草原狼的性格再加上華夏文明的精粹，竟能攀至如此令人眩暈的高度……

到下半夜，陳陣隱約看到遠處幾家營盤已經不冒煙了，隨後就聽到下夜的女人和知青趕打羊群的吆喝聲、羊群的騷動聲。顯然，那裏的艾草已經用完，或者主人捨不得再添加寶貴的乾牛糞。

蚊群越來越密，越來越躁急，半空中的噪聲也越來越響。小半個大隊的營盤失去了安寧，人叫狗吼，此起彼落。手電筒的光柱也多了起來。忽然，陳陣聽到最北面的營盤方向，隱約傳來劇烈的狗叫聲和人喊聲。不知哪家的羊群衝破人的阻攔，頂風開跑了。只有備足了乾糞艾草和下夜人狗警惕守夜的人家，還是靜悄悄的。

陳陣望著不遠處畢利格老人的營盤，那裏沒有人聲，沒有狗叫，沒有手電筒光。隱約可見幾處火點忽明忽暗，嘎斯邁可能正在侍候煙堆。她採用的是「固定火點，機動點煙」的方法。羊群的三面都有火點，哪邊來風就點哪邊的火堆。火堆比破臉盆通風，燃火燒煙的效果更好，只是比較費乾糞。但嘎斯邁最勤快，爲了絕對保證羊群的安全，她是從不惜力的。

突然，最北邊的營盤方向傳來兩聲槍響。陳陣心裏一沉，狼群終於又抓住一次戰機，這是牠們在忍受難以想像的蚊群叮刺之後，鑽到的一個空子。陳陣長嘆一口氣，不知這次災禍落在哪個人的頭上。他也暗自慶幸，深感迷狼的好處：對草原狼瞭解得越透，就越不會大意失荊州。

不久，草原重又恢復平靜。接近淩晨，露霧降臨，蚊群被露水打濕翅膀，終於飛不動了。煙火漸漸熄滅，但大狗們仍未放鬆警惕，開始在羊群西北方向巡邏。陳陣估計，快到女人們擠奶的時候了，狼群肯定撤兵了。陳陣將二茬毛薄皮袍側蒙住頭，安心地睡過去了。這是他一天一夜中，惟一完整的睡眠時間，大約有四個多小時。

第二天，陳陣在山裏受了一天的苦刑，到傍晚趕羊回家的時候，他發現自己家像是在迎接貴客：蒙古包頂上攤晾著剛剝出來的兩張大羊皮。小狼和所有的狗都興致勃勃地啃咬著自己的一大份羊骨羊肉。進到包裏，碗架上，哈那牆上的繩子上也晾滿了羊肉條，爐子上正煮著滿滿一大鍋手把肉。

楊克對陳陣說：昨天夜裏最北邊額爾敦家的羊群出事了。額爾敦家跟道爾基家一樣，都是早些年遷來的外來戶，東北蒙族。他們家剛從半農半牧區的老家娶來一個新媳婦，她還保留著一覺睡到大天亮的習慣。夜裏點了幾堆火，守了小半夜就睡著了。煙滅了，羊群頂風跑了，被幾條狼一口氣咬死一百八十多隻，咬傷的羊倒不太多。幸虧狗大叫又撓門，叫醒包裏的主人，男人們騎馬帶槍追了過去，開槍趕跑了狼。要是再晚一點，大狼群聞風趕到，這群羊就剩不下多少了。

高建中說：今天包順貴和畢利格忙了一整天，他倆組織所有在家的人力，把死羊全都剝了皮，淨了膛。一百八十多隻死羊，一半被卡車運到場部廉價處理給幹部職工，剩下的死羊傷羊留給大隊，每家分了幾隻，不要錢，只交羊皮。咱們家拉回來兩隻大羊，一隻死的，一隻傷的。天這麼熱，一下子來了這麼多的肉，咱們怎麼吃得完？

陳陣高興得合不上嘴，說：養狼的人家還會嫌肉多？又問：包順貴打算怎麼處理那家外來戶？

高建中說：賠唄。月月扣全家勞力的半個月工分，扣夠爲止。嘎斯邁和全隊的婦女，都罵那個二流子新郎和新媳婦的公婆，這麼大的蚊災，哪能讓剛過門的農家媳婦下夜呢……咱們剛到草原的時候，嘎斯邁她們還帶著知青下了兩個月的夜，才敢讓咱們單獨下夜的。包順貴把額爾敦兩口子狠狠地訓了一通，說他們真給東北蒙族的外來戶丟臉。可是他對自己老家來的那幫民工趁機給好處，把隊裏三分之一的處理羊都白送給了老王頭，他們可樂壞了。

陳陣說：這幫傢伙還是占了狼的便宜。

高建中打開一瓶草原白酒，說：白吃狼食，酒興最高。來來來，咱們哥仨，大盅喝酒，大塊吃肉。

楊克也來了酒癮，笑道：喝！我要喝個夠！養了一條小狼，人家淨等著看咱們的笑話了，結果怎麼樣？咱們倒看了人家的笑話。他們不知道，狼能教人偷了雞，還能賺回一把米來。

三人大笑。煙陣裏，撐得走不動的小狼，趴在食盆旁邊，像一條吃飽肚子的野狼捨不得離開自己的獵物那樣，死死地守著盆裏的剩肉。牠哪裏知道，這是狼爸狼叔們送給牠的救災糧。

第二章 草原狼群的反撲

在我們的血液裏，特別是在君主和貴族的血液裏，潛伏著游牧精神，無疑它在傳授給後代的氣質中，占著很大的部分，我們必須把那種不斷地急於向廣闊地域擴張的精神，也歸根於這部分氣質，它驅使每個國家一有可能，就擴大它的疆域，並把它的利益伸展到天涯海角。

——（英）赫・喬・韋爾斯《世界史綱》

巴圖和張繼原一連換了四次馬，用了兩天一夜的時間，才順著風，將馬群抽趕到新草場西北邊的山頭。山頭的風還不小，他倆總算不必擔心馬群再掉頭頂風狂奔。兩人累得腿胯已僵在馬鞍上了，幾乎下不了馬，喘了好幾口氣才滾鞍落地，癱倒在草坡上，鬆開領扣，讓山風灌滿單袍，吹吹汗水濕透的背心。

西北是山風吹來的方向，東南是大盆地中央的湖水，整群馬散在渾圓的山頭上。全身叮滿黃蚊的馬群，既想頂風驅蚊又想飲水，焦躁不安，猶豫不決。馬群痛苦疲憊地在坡頂轉了兩三圈以後，幾匹最大家族的兒馬子長嘶了幾聲，還是放棄了風，選擇了水。馬群無奈地朝野鴨湖奔去，千百隻馬蹄攪起草叢中的蚊群，瘋狂饑餓的新蚊順風急飛，撲向汗淋淋的馬群，又見縫插針地擠進一層。群馬被扎刺得又踢又咬，又驚又乍，跑得七倒八歪，全像得了小兒麻痹症。

巴圖和張繼原見馬群衝下山，不等繫上領扣便睡死過去。蚊群撲向兩人的脖子，但此時，蚊子即便有錐子那樣大的嘴針，也扎不醒他們了。兩人自從蚊災降臨，七天七夜沒有連續睡過三小時。蚊災下的馬群早已成了野馬、病馬和瘋馬，不聽吆喝，不怕鞭子，不怕套馬杆，甚至連狼群也不怕。無風時，整群馬集體亂抽風，有風時，便頂風狂奔。前幾天，馬群差點叛逃越境，要不是風向突變，他倆可能這會兒還在邊防站請求國際交涉呢。

有一天夜裏，兩人費盡心力剛把馬群趕到自己的草場，蚊群一攻，馬群大亂，竟然分群分族分頭突圍出去。兩人又花了一天一夜的時間，才將十幾個大小家族圈攏到一起，但是數了數兒馬子，發現還是丟了一個小家族共二十多匹馬。巴圖讓張繼原獨守馬群，自己換了一匹快馬，又用了整整一天的功夫，才在八十多里以外的沙地裏找到馬群。可是這群馬中的馬駒子已經一匹不剩，狼群也已被蚊群逼瘋了，拚命殺馬，補充失血，巴圖連馬駒子的馬蹄和馬鬃都沒有找到。

馬群裹攜著沙塵般的蚊群衝向野鴨湖。被蚊群幾乎抽乾了血，渴得幾乎再也流不出汗的馬群，噗通噗通躍入水中。牠們沒有急於低頭飲水，而是先借水驅蚊——馬群爭先恐後往深水裏衝，水沒小腿，小腿不疼了；水淹大腿，大腿上的吸血鬼見鬼去了；水浸馬肚，馬肚上來不及拔出針頭的血蚊被淹成了孑孓。馬群繼續猛衝，被馬蹄攪混了的湖水終於淹沒了馬背。湖水清涼，殺蚊又煞癢，群馬興奮長嘶，在湖水中拚命抖動身體，湖面上漂起一層糠膚一樣的死蚊。

馬群終於吐出一口惡氣，紛紛開始喝水，一直喝到喝不動為止。然後借著全身的泥漿保護層，走回到水觸肚皮的地方，站在水裏昏昏欲睡，沒有一點聲音，連個響鼻也懶得打。湖面上的馬群集體低頭靜默，像是在開追悼會，悼念那些被蚊狼合夥殺掉的家族成員。山頭上的馬倌和湖裏的馬群，都一同死睡過去。

不知過了多少時間，人馬幾乎同時被餓醒。人和馬已經幾天幾夜沒吃什麼東西了。巴圖和張繼原掙扎起來，跑到一個最近的蒙古包，灌飽了涼茶和酸奶湯，吃飽了手把肉，又睡死過去。馬群被餓得上岸吃草，強烈的陽光很快曬裂了馬身上的泥殼保護層，蚊群又見縫插針。湖邊的牧草早已被牛羊啃薄，為了不被餓死，積攢體力與狼拚命，馬群只好重返茂密的草坡，一邊吃草，一邊繼續忍受蚊群的轟炸。

全隊的幹部都在畢利格家裏開會。老人說：天上的雲不厚也不薄，雨還是下不來，夜裏更悶，這幾天蚊子真要吃馬群了。隊裏各個畜群的人手都不夠，羊群剛剛出了事，實在無法抽調人力把馬倌換下來休息。包順貴和畢利格老人決定，抽調場部的幹部來放羊，替換出的羊倌和隊裏半脫產的幹部，再到馬群去替換小馬倌和知青馬倌，一定要頂過蚊災狼災最重的這段災期。

已經睏乏虛弱之極的張繼原，卻像一頭拉不回頭的強牛，無論如何不肯下火線。他明白，只要能頂過這場大災，他從此就是一個蒙古草原上，可以獨當一面的合格馬倌了。陳陣和楊克都給他鼓勁，他倆也希望在養狼的知青蒙古包裏，能出一個優秀的馬倌。

下午，天氣越來越悶，大雨下不來，小雨也沒希望。草原盼雨又怕雨，大雨一下，打得蚊子飛不動，但是雨後又會催生更多的蚊群。吸過狼血的蚊子越來越多，它們產下的後代更具有狼性和攻擊性。額侖草原已變成人間地獄，張繼原抱定了下地獄的橫心，和草原大馬倌們一起衝進草甸。

畢利格老人帶著巴圖和張繼原，將馬群趕向西南六七十里的沙地，那裏草疏水少，蚊群相對少一些。馬群距邊境有近百里的緩衝地段，大隊其他三群馬也按照畢利格的指揮調度，分頭從原駐地向西南沙地快速轉移。

老人對張繼原說：西南沙地原來是額侖草原上好的牧場，那時候，那兒有小河，有水泡子，牧草也壯，養分大，牲畜最愛吃。牛羊不用把肚皮吃成大水桶，也能蹭蹭地上膘。老人仰天長嘆：才多少年啊，就成這副模樣了，小河連條乾溝也沒剩下，全讓沙子給埋了。

張繼原問：怎麼會這樣子的呢？

老人指了指馬群說：就是讓馬群給毀的，更是讓內地的人給毀的……那時候剛解放，全國沒多少汽車，軍隊需要馬，內地種地運輸需要馬，東北伐木運木頭也需要馬，全國都需要馬，馬從哪兒出？自然就跟蒙古草原要啦。爲了多出馬，出好馬，額侖牧場只好按照上面命令，把最好的草場拿來放馬。內地人來選馬、試馬、買馬，也都在這片草場。人來馬往，草場快成了跑馬場了。從前幾百年，哪個王爺捨得把這塊草場養馬啊。幾年下來，馬群一下子倒是多了，可是，這大片草場就成了黃沙場了。如今這塊大沙地就剩下一個好處，蚊子少，到大蚊災的時候，是馬群躲蚊子的好地方。可是，烏力吉早就下令，不到活不下去的時候，誰也不能再動這片沙地草場。他是想看看沙地要多少年才能變回原來的草場。今年災大，馬群是活不下去了，老烏也只好同意馬群進去。

張繼原說：阿爸，現在汽車拖拉機越造越多，打仗也用坦克，快不用騎兵了，往後不需要那麼多馬了，再過些年，草場是不是會好起來？

老人搖著頭說：可是人和拖拉機多了更糟。戰備越來越緊張，草原上就要組建生產建設兵團，已經定下來了。大批的人和拖拉機就要開進額侖草原了。

張繼原驚得半天說不出話，他憋足的滿腔豪情頓時洩了一半。他沒有想到傳聞中的建設兵團來得如此神速。

老人又說：從前草原最怕農民、鋤頭和燒荒，這會兒最怕拖拉機。前些日子，老烏招呼額侖的老牧民聯名給自治區寫了信，請求不要把額侖牧場變成農場。誰不知道管不管用？包順貴這些日子高興得不行，他說讓這麼大的一片地閒著，光長草不長莊稼，實在是太浪費了，早晚得用來……廣……廣積糧什麼的……

張繼原心中暗暗叫苦，到拖拉機時代，以草爲生的民族和除草活命的民族之間的深刻矛盾，終於快結束了，東南農耕風終於要壓倒西北游牧風了，但到最後，西北黃沙巨風必將覆蓋東南……

暮色中，四群馬開進了白音高畢沙地，方圓幾十里全是濕沙，沙地上東一叢西一叢長著旱蘆旱葦，蒺藜狼毒，地滾草，灰灰菜，駱駝刺，高高矮矮，雜亂無章。亂草趁著雨季拚命拔高，長勢嚇人。這裏完全沒有了草原風貌，像是內地一片荒蕪多年的工地。畢利格老人說：草原只有一次命，好牧草是靠密密麻麻的根來封死賴草的，草根毀了以後，就是賴草和沙子的地盤了。

馬群漸漸深入沙地。馬不吃夜草不肥，可這裏實在沒有多少馬可吃的草。但沙地上的蚊子確實出奇的少，畢竟可以讓馬休息，讓蚊子少抽一些血了。

包順貴和烏力吉騎馬奔來。畢利格老人對他們說：只能這樣了，夜裏就讓馬餓著，等天亮前下露水的時候，把馬群趕到草甸裏去吃草，蚊子一上來，再把馬群趕回來。這樣雖說保不了膘，但是可以保住命。

包順貴鬆了一口氣說：還是你們倆的門道多，馬群總算有了活路。這兩天快把我嚇出病來了。

烏力吉仍然緊鎖眉頭，說：我就怕狼群早就在這兒等著馬群了，人能想到的事，狼群還能想不到？

包順貴說：我已經給馬倌們多發了子彈，我還正愁找不著狼呢，狼來了更好。

張繼原陪著三位頭頭登上沙地最高坡，四處觀察。畢利格老人也有些擔心地說：今年雨水大，這些耐旱的大草棵長這麼高，狼正好藏身，難防啊。

包順貴說：一定得讓所有馬倌勤喊，勤走動，勤打手電筒。

老人說：只要穩住馬群不亂跑，兒馬子就能對付狼。

兩輛輕便馬車也跟了上來。馬倌們在高崗支起兩頂帳篷，埋鍋，煮茶，下羊肉掛麵。

夜裏，高崗沙地濕潤涼爽。馬群帶來的蚊群也被馬尾抽掃得傷亡大半。沒有新蚊的補充，疲憊多日的馬群終於安靜下來。夜色中，蒙古馬仍像野戰中的戰馬，耳朵都在警惕地轉動，處於高度的戰備狀態。馬群像精銳野戰軍一樣，遇災便自動降低伙食標準，不挑食，不厭食，啃嚼著苦澀帶刺的亂草，儘量往肚子裏裝進可以維持生命的苦草纖維。張繼原在夜巡時發現，一些最兇猛的兒馬子和馬倌們的名馬，竟然都把自己的肚皮吃圓了。

第一夜，蚊少又無狼，人馬都得到休整。下露水的時候，蚊子飛不起來了，馬倌準時將馬群趕到草甸。馬群珍惜營養草，全都像狼一樣瘋狂進食。太陽出來蚊群一起，馬群自動返回沙崗；第二夜，依然如此。第三天，包順貴派人駕著輕便馬車送來兩隻大羊。傍晚時分，漸漸補足了覺的馬倌們，圍著肉鍋喝酒吃肉。眾人又吃又喝又唱，驃悍地狂呼亂叫，既享受酒肉，又驚狼嚇狼。一年多來，張繼原酒量大長，酒後暈暈唱「酒歌」，他發現自己的歌聲中，也頗有些狼嗥的悠長意味了。

第四天上午，場部通信員快馬跑來通知，生產兵團的兩位幹部已經來到新草場，要找烏力吉和畢利格瞭解情況。兩人只得回隊部，臨走前，畢利格老人再三叮囑馬倌們不可大意。

兩位草原權威人物一離開，幾個年輕馬倌便開始惦記他們的情人。傍晚，有兩個小馬倌快馬飛奔，去找夜裏在蒙古包外下夜的姑娘們「下夜」去了。額侖草原的「下夜」一詞內容雙關，跟姑娘們千萬不能笑著說「下夜」，要不然人家沒準真會等上一夜。

龐大的馬群已經將粗草苦草吃得只剩下禿杆，吃不到夜草的馬群有些熬不住了。但是大兒馬子們卻像兇惡的獄警，緊緊地看押著家族成員，誰敢向草甸走幾步，馬上就被牠喝回。馬群在饑餓中罰站，兒馬子卻還得餓著肚子四方巡邏。

一直耐心潛伏在遠處亂草棵子裏的狼，也早已餓癟了肚皮，尤其聞到了肉鍋裏冒出的香味，狼群更是饑餓難耐。而且狼群在這片少蚊的沙地也養足了精神，正在暗暗等待戰機。巴圖估計，額侖草原半數的狼群，都已經潛伏在沙地周圍了，只是不敢輕易下手。眾多的馬倌們個個荷槍實彈，兇猛強悍的兒馬子全都守在馬群周邊。

有幾匹野勁無處發洩的大兒馬子，不斷向黑暗中的狼影踩蹄咆哮，那架勢恨不得想咬住一條狼的脊背，再把牠甩到天上去，等牠掉下來的時候，再用巨蹄把狼頭踩碎。然而，野放的馬群最大的弱點是沒有狗。草原人最終也沒有把顧家戀家的看家狗，訓練成馬群的衛兵。

晚飯後，巴圖帶著張繼原，專門到馬群遠處的大草棵子裏尋查狼的蹤跡。但是他倆把路線轉圈放大了好幾圈，仍然沒有發現新鮮的狼爪印。巴圖隱隱感到不安，前幾天他遠距離巡查的時候，還見過一兩條狼的影子，可是在人馬都有些鬆懈的時候，狼卻沒了蹤影。他知道，狼群在發動總攻之前，往往主動脫離牠們要攻擊的目標，故意後撤，以再一次迷惑人畜。

張繼原對如此平靜的馬場，也感到了莫名的緊張。兩人同時想到了天氣，抬頭望去，西北天空星星不見了，陰雲密布，正朝沙地方向逼近，兩人趕緊撥轉馬頭奔回駐地。巴圖發現其他三個馬群都少了一個馬倌，一問大馬倌，有的說是去場部領電池了，有的說是回大隊部看病去了。

巴圖大怒：我知道他們上哪兒去了，要是今兒夜裏出了大事，那幾個開小差的，非交場部嚴辦不可。又指著馬倌們說：今天夜裏誰也不准睡覺，每個人都換上自己最好的馬，整夜值班，一定要把馬群圈住，不能讓馬群衝下草甸，狼群今晚準來！

馬倌們急忙搭配新舊電池，裝填子彈，穿上雨衣，急奔馬群換馬，準備接戰。

上半夜，沙地上的吆喝聲響了，手電筒光柱多了。強悍的馬倌和兒馬子死死地圈住馬群，大馬們似乎感到了狼的氣息，也儘量往外圈站，用血肉之軀築成了幾道圍牆，把圈中的安全之地讓給母馬、小馬和馬駒子。小馬駒子躲在母馬身旁寸不不離。張繼原好像能聽到馬群中千百顆心臟跳動的怦怦聲，和他的心跳得一樣快速猛烈。

到下半夜，一陣狂風過後，突然從空中砸下一個巨雷，轟地一聲，馬群中間像是爆炸了一個火藥庫。剎那間，地動山搖，群馬驚嘶，所有的大小馬群全炸了群，近兩千匹馬在圈中亂撞亂跑。兒馬子全都頭朝圈裏，瘋了似地用兩條後腿站起來，用兩隻前蹄劈打刨擊那些嚇破膽、往外衝的驚馬。

馬倌們狂喊猛抽馬群，幫助兒馬子死守最後一道防線。但是，天上很快又砸下一連串巨雷，空中的閃電猶如一條條劇烈痙攣的神經纖維，一直顫動到馬群中。馬群好像遭受地震的高山環形水庫，四處崩堤，一下子沖垮了兒馬子和馬倌的防線，神經質地瘋跑起來。

劈雷的巨響壓倒了人喊馬嘶和槍聲，閃電的強光蓋住了手電筒的光柱。黑暗中短暫的亮光中，只見一條條銀灰色的大狼，從四面八方衝進了馬群。馬倌們全都嚇白了臉，張繼原大叫：狼來了！狼來了！聲音已變了調。他從來沒有見過在騰格里雷鳴電閃發怒助威聲中，狼群如此氣勢兇猛的集團性攻擊。狼群猶如得到騰格里天旨的正義神兵，師出有名，替天行道，替草原復仇，兇狠地殺入馬群，屠殺毀草破地的罪魁——蒙古馬。

剛被雷擊破膽的馬群，又遭逢氣焰囂張的狼群圍攻，集體團隊精神頓時土崩瓦解，牠們只剩下最後的本能——逃命。兵敗如山倒，驚馬更勝過敗兵。在雷電和黑暗的掩護下，狼群以飛箭的速度直插馬群中央，隨即中心開花，然後急轉掉頭，又衝向四周的馬群，把馬群衝得七零八落，衝成了最有利於狼群各個擊破的一盤散沙。

狼群攻擊的第一目標是馬駒子。從來沒有聽到過霹靂般炸雷聲的小馬駒，早已嚇得呆若木馬。大狼們一口一個，一口一匹，迅速咬殺馬駒。短短幾分鐘，已有十幾匹馬駒子倒在沙場。只有那些最膽大機警的馬駒，緊緊貼著母馬狂跑；找不到媽媽的，就去找兇狂的爸爸，緊緊跟在大兒馬子的身邊，躲閃狼的攻擊。

張繼原急慌慌地尋找著那匹心愛的「白雪公主」，他害怕黑暗中，白馬駒更搶眼更吃虧。又是一個閃電，他看到兩匹大兒馬子，正在追殺白馬駒身邊的三條大狼，又刨又咬，兇狠無比。白馬駒也緊隨兒馬子，甚至還敢對狼尥幾蹄子。

狼群搶的是速度，一看不能迅速得手，就急忙鑽到黑暗中去尋殺其他傻駒。兒馬子拚命呼叫母馬，馬群中除了兒馬子，只有護子心切的母馬最冷靜，最勇敢，一聽丈夫的叫聲，母馬們都連踢帶尥護著馬駒，朝兒馬子跑去。最強悍的兒馬子和最勇敢的母馬和馬駒們，在雷電和狼群第一次的合圍衝擊中，迅速穩住了陣腳，並集合起自己的家族部隊。

但是，大半馬群已經崩潰。一條條惡狼像一顆顆炸彈，在湖中掀起一波又一波驚濤駭浪。憋足殺勁的餓狼此刻已根本不把馬倌放在眼裏——你打手電筒，不如閃電刺目；你甩套馬杆，在黑暗中根本沒有準頭；你大喊大叫甚至鳴槍，也被滾滾雷聲吞沒掩蓋。馬倌們都已失去全部看家本領，半個小時以後，連人與人都快失去了聯繫。

巴圖急得用手電筒向馬倌們發出信號，聲嘶力竭地大喊：不要管東南方向，全部集中，追西北方向的馬！防止馬群往邊境衝！馬倌們猛醒，掉頭向西北方向急奔。

雷鳴電閃之後，大滴的雨水砸了下來，此刻馬群已衝進四周的草甸，雨滴打得蚊群暫時難以加入這場血腥大餐。雷聲越來越遠，閃電在天邊時亮時暗。一陣大風過後，巴圖看到了天上的星星。他對不遠處的張繼原和幾個馬倌大喊：快截住馬頭，要快！蚊子馬上就要上來了！馬倌們急得狂抽坐騎，以衝刺的速度狂奔。

初戰得手，使狼群膨脹起慣有的野心和胃口。一旦狼群抓住一次戰機，就會把這次機會狠狠榨乾，將戰果擴大到極限。狼群不僅攻殺跑得慢和跑丟了母馬的馬駒，還攻殺那些驚慌失措的新二歲和新三歲的小馬。狼群開始從單兵作戰變為兩三條狼協同配合作戰。一匹又一匹的小馬被撲倒，被咬斷頸動脈，血噴如注，把馬群嚇得不顧一切地四下瘋狂逃奔。

正在這緊要關頭，突然從大隊方向跑來三匹馬，晃著三條光柱。三個開小差想去「下夜」的馬倌，半途中發現天氣突變，急忙掉頭抄近路及時趕到，截住了失控的馬群。馬群見到人和光稍稍收慢了腳步，巴圖等馬倌從側後兩面迅速插上，總算將馬群攔住並掉轉了頭。

雷聲遠去，閃電熄滅。馬倌們的喊叫聲和手電筒光柱，開始發揮震攝引領作用，招呼驚散的馬群歸隊，兒馬子也引頸長嘶，呼喚自己的家族。馬群向南急行，沿途的逃兵敗軍聞聲見光後，陸續奔回馬群。三四十匹高大兇猛的兒馬子，自動在馬群前面一字排開，如牛頭馬面，兇神惡煞般地向狼群猛攻。狼群立即掉頭撤退，一陣風似的朝東南方向躥去。

從各處跑來的弱馬，小馬和傷馬，如遇救星，驚慌地撲進馬群，又有不少兒馬子帶領不足數的家族歸隊。大馬群裏響起一片呼兒喚女，認爹認媽的馬嘶聲，馬群在行進途中，慢慢走出原建制的家族隊形。

暫時後撤的狼群，行動得有條不紊，牠們不急於去吞食已經倒斃的獵物，而是趁馬倌和兒馬子重新整隊的時候，分頭追殺東南方向的散兵遊勇。巴圖和幾個大馬倌跑到馬群前面數了數兒馬子，還有近三分之一的兒馬子沒有收攏進來。巴圖急忙跑到馬群後面，命令四個馬倌分兩個組，向東西方向擴大收容範圍，剩下的馬倌

儘量轟趕馬群，要把馬群趕得奔起來。巴圖讓張繼原先朝東南方去轟趕狼群。

從西北方向撤下來的狼群，以高速追上東南方向正殺得起勁的狼群。有一些馬家族的馬駒已被殺得一匹不剩，會師後的狼群開始圍殺老弱病殘的大馬。西北方向人喊馬嘶聲越來越近，但狼群依然沉著圍殺，並不急於進食。張繼原發現自己一人根本趕不走狼群，只好回到大隊伍，幫助轟趕馬群。深諳草原氣象和戰機的草原狼，像是在等待對牠們更有利的時機。

就在眾馬倌將馬群趕到距沙崗高地還有三四里的地方，濕草甸中的蚊群突然轟地湧起，簡直像油庫爆炸後的濃煙，將馬群團團圍住。這年大蚊災中最瘋狂的一茬毒蚊傾巢而出，千萬隻毒針刺進了馬的身體。遭遇雷擊狼襲後驚魂未定的馬群，重又被刺得狂蹦亂跳起來。

此時，最毒最重的酷刑落到馬群的保護神——兒馬子身上。兒馬子體壯毛薄，皮肉緊繃，多日的抽掃，馬尾都已被血黏成了氈棒，馬尾的抽掃功能幾乎降到了零。毒蚊集中針頭，重點攻擊兒馬子，而且專門叮刺馬眼皮、下腹的陰部和陰囊，這可是兒馬子的要害命根。兇猛的兒馬子立即被刺得狂躁暴烈，刺得失去了理智和責任心。偏偏此刻風力漸弱，刮不動蚊群，卻提示了馬群迎風追風的方向。被刺得半瞎半瘋的躁狂兒馬子，甩下妻兒老小，頂風狂跑猛衝起來。

從無蚊的沙崗出來的馬倌大多沒戴防蚊帽，馬倌的頭上，臉上，脖子上和手上，全部叮滿了毒蚊。馬倌們的眼皮腫了，眼睛擠成了一條線；臉「胖」了，胖得像是發了燒；嘴唇厚了，厚得突突地跳著疼；手指粗了，粗得快握不住套馬杆。馬倌們的坐騎，全都不聽駕馭，一會兒猛尥蹶子；一會兒三步急停，低頭伸膝蹭癢；一會兒又迎風狂跑；一會兒甚至不顧背上騎著的人，竟想就地打滾剎癢止疼。

人馬幾乎都已喪失戰鬥力，全部陷入蚊海戰術的汪洋之中。馬群沒命地迎風驚奔，完全失控，其他方向的散馬，也從原地掉頭向西北方向瘋跑。

蚊群狂刺，馬群狂奔，狼群狂殺。雷災、風災、蚊災、狼災，一齊壓向額侖草原的馬群。張繼原又一次切身感受到了草原民族的苦難，恐怕任何一個農耕民族都難以承受如此殘酷的生存環境。他被毒刺刺得快要發瘋、發狂、發虛了，真想撥轉馬頭逃到沙崗去。然而，蒙古馬倌們個個都像勇猛無畏的成吉思汗騎兵，沒有一個臨陣脫逃，猶如在飛箭如蝗的沙場上衝鋒陷陣。衝！衝！衝！衝！

但黑夜衝鋒是騎兵之大忌，那完全是盲人騎瞎馬，一旦馬蹄踏進鼠洞、兔洞或獺洞，就會被摔傷、摔死、或被馬砸死。巴圖臉色慘黑，猛抽馬腹鞭馬飛奔，並用馬鞭狠抽坐騎的腦袋，把馬打得忘掉了蚊子的針刺。張繼原被這一股草原武士狂猛死戰的氣勢所裹挾，也放膽冒死地衝了上去。

巴圖邊追邊喊：把馬群往西壓！那兒還有一片沙地，壓過去！壓過去！千萬不能讓馬群往邊防公路跑！馬倌們發出呵！呵！呵！膽氣沖天的回應聲。張繼原聽到一聲慘叫，一個馬倌馬失前蹄，從馬鞍上飛了出去，砸在地上。沒有人下馬救援，馬倌繼續狂衝，毫不減速。

然而，馱著人的馬，怎能追得上被毒蚊餓狼追殺的輕裝馬群。馬倌們還是沒能把馬群壓向西面。最後一線希望破滅，但巴圖和馬倌們仍在大喊狂追不死心……

突然，從遠處山坡後面，射出多條光柱。巴圖大叫：隊裏派人來接咱們啦。馬倌們狂呼，全都打開手電筒，指示馬群方位。山後一彪人馬衝上一道橫樑，狂呼吶喊，光柱橫掃，像一道閘門攔住了逃馬的去路。馬群再一次被圈定，並被趕得掉回頭，人們有意將馬群趕得擠在一起，讓群馬身挨身，肚碰肚，擠死成片的蚊子。

畢利格老人像一位部落酋長，率領部落援軍，在最關鍵的時刻，最關鍵的地點，及時趕到，而整個部落援軍，又像是一支由老狼王親率的精銳狼隊，突入狼群。狼群被新出現的喊聲和光柱嚇住了，而且似乎能辨聽得出畢利格老人的聲音，於是狼王猛收腳步，率隊掉頭回撤。牠們此次的目的很明確，要搶先跑到第一屠場，儘快吃飽肚子，然後竄入深山。

畢利格、包順貴和烏力吉帶領十幾個羊倌牛倌和知青，與馬倌們一起收攏馬群，快速向沙地聚攏，並派了兩個牧民去照顧摔傷的馬倌。陳陣跑到張繼原身邊詢問夜裏發生的事情，並告訴他畢利格老人和烏力吉料定馬群要出事，所以在變天之前，就組織援軍斜插過來了。張繼原籲一口氣說：好險啊，要不然全隊的馬群就完了。

到了沙地高崗，天已發白。失散的馬都已找回，但馬群損失慘重。經過仔細清點，老弱病殘的大馬被咬死四五匹，新二歲的小馬死亡十二三匹，小馬駒被咬殺最多，大概有五六十匹，總共損失了七十多匹馬。這次大災，雷、電、風、蚊都是殺手，但直接操刀斷頭的，仍是狼！

包順貴騎馬巡視了屍橫遍野的沙崗草甸，氣得大罵：我早就說牧場的頭等大事就是滅狼，可你們就是不支持，這下看見了吧，這就是對你們的懲罰。往後誰要是還敢替狼說好話，我就要撤他的職，給他辦學習班，還得讓他賠償損失！

畢利格老人一隻手握著另一隻手的手背，凄涼地望著藍天，嘴唇微微顫抖。陳陣和張繼原都能猜到老人在說什麼。陳陣小聲對張繼原說：駕馭草原太難了，主持草原的人，可能最後都變成了替罪羊……

張繼原急忙走近包順貴說：這麼大的天災，人力根本無法抗拒。我估計咱們的損失還算小的呢，其餘的邊境公社牧場損失可能更大。這次大隊馬群的兒馬子、大馬、母馬，以及一大半的小馬和馬駒子都保下來了。我們所有馬倌都盡心盡責，有人受傷，但沒有一個人臨陣脫逃，這容易嗎？幸虧畢利格阿爸和烏力吉指揮調度得好，要不是五天前，他們及時把全隊馬群調到這片沙地，馬群早就完啦……

蘭木扎布說：是啊，要不是畢利格和烏力吉，馬群準跑過界樁，跑過邊境了。等大災過去，我看就剩不下多少馬了，我們馬倌坐牢，你這個主任也當不成啦。

巴圖說：馬駒子每年都要損失一大半，現在還沒損失這麼多呢。往後我們馬倌再多加小心，一年算下來，沒準跟平常年份的損失，差不了太多呢。

包順貴大聲吼道：不管你們怎麼說，這麼多的馬都是讓狼咬死的。蚊子再厲害，能咬死匹馬嗎？要是早點把狼消滅了，能出這麼大的事故嗎？兵團首長這幾天就在場部，他們要是看到這麼多死馬，非撤了我的職不可。狼群太可惡了，往後必須加緊打狼，不把狼群消滅乾淨，人畜就永遠不得安生！真正的大兵團馬上就要開進牧場，你們不打狼，我就請建設兵團來打！兵團有的是卡車、吉普、機關槍！

牧民們分頭去處理屍場，臉色陰沉地忙乎著。幾個馬倌駕著兩輛輕便馬車，將完整的死馬駒裝車，再由羊倌拉回大隊，分給各家。那些被狼啃爛的馬屍只好丟棄在沙地。草原狼在饑餓夏季的大蚊災中，還是能夠人口拔牙，爲自己奪到度災的救命糧。

那些活下來的小馬駒見到死馬駒，都驚嚇得四腿發抖。血的教訓將使馬駒們在下一次遇到天災時，變得更警覺、更勇敢、更沉著。但陳陣心裏忽地一顫，反問自己：下次，還會再有下次嗎？

第三章 狼之輓歌

四九四年，魏孝文帝率領貴族、文武百官及鮮卑兵二十萬，自平城遷都洛陽。這些人連同家屬和奴隸，總數當不下一百萬人。

……

隋唐時期居住在黃河流域的漢族，實際是十六國以來，北方和西北方許多落後族與漢族融化而成的漢族。

——范文瀾《中國通史簡編》第二編

朱子語類壹壹陸歷代類参云：唐源流出於夷狄，故閨門失禮之事不以為異。

——陳寅恪《唐代政治史述論稿》

一場冷冷的秋雨，突然就結束了內蒙高原短暫的夏季，也凍傷了草原上的狼性蚊群。

陳陣出神地望著靜靜的額侖草原，他懂得了蚊群和狼群之所以如此瘋狂的原因——草原的夏季短，而秋季更短，一過了秋季，就是長達半年多的冬季。這是草原上那些不會冬眠的動物的死季，就連鑽入獺洞的蚊子都得凍死大半。草原狼沒有一身油膘和厚毛根本過不了冬，草原的嚴冬將消滅大部分瘦狼、老狼、病狼和傷狼。所以蚊群必須抓緊這個生長的短季，拚命抽血，竭力搶救自己生命而瘋狂攻擊；而狼群，更得以命拚食，爲自己越冬以及度過來年春荒而血戰。

分給陳陣包的一匹死馬駒，還剩下已經發臭的兩條前腿和內臟。小狼又飽飽地享受了一段豐衣足食的好時光，而且剩下的腐肉還夠牠吃幾天。小狼的鼻子告訴牠自己：家裏還有存糧。所以，這些日子牠一直很快樂。小狼喜歡鮮血鮮肉，但也愛吃腐肉，甚至把腐肉上的肉蛆，也津津有味吞到肚子裏去。連高建中都說：小狼快成咱們包的垃圾箱了，咱們包大部分的垃圾，都能倒進小狼的肚子裏。

最使陳陣驚奇的是，無論多臭、多爛、多髒的食物垃圾吃進小狼的肚子，小狼也不得病。陳陣和楊克對小狼耐寒、耐暑、耐饑、耐渴、耐臭、耐髒和耐病菌的能力佩服之極。經過千萬年殘酷環境精選下來的物種真是令人感動，可惜達爾文從沒來過內蒙額侖草原，否則，蒙古草原狼會把他徹底迷倒，並會加上長長的一章。

小狼越長越大，越長越威風漂亮，已經長成了一條像模像樣的草原狼了。陳陣已經給牠換了一根更長的鐵鏈。陳陣還想給牠更換名字，應該改叫牠「大狼」了。可是小狼只接受「小狼」的名號，一聽陳陣叫牠小狼，牠會高高興興跑到跟前，跟他親熱，舔他的手，蹭他的膝蓋，撲他的肚子，還躺在地上，張開腿，亮出自己的肚皮，讓陳陣給牠撓癢癢。可是叫牠「大狼」，牠理也不理，還左顧右盼東張西望，以為是在叫「別人」。

陳陣笑道：你真是條傻狼，將來等你老了，難道我還叫你小狼啊？小狼半吐著舌頭，呵呵傻樂。

陳陣對小狼身體的每一部分都很欣賞，最近一段時間，他尤其喜歡玩小狼的耳朵。這對直直豎立的狼耳，挺拔、堅韌、乾淨、完整和靈敏，是小狼身體各部最早長成大狼的標準部件，已經完完全全像大狼的耳朵了。小狼也因此越來越具有草原狼本能的自我感覺。

陳陣盤腿坐到狼圈裏跟小狼玩的時候，總是去摸牠的耳朵，但小狼好像有一個從狼界那兒帶來的條件，必須得先給牠撓耳朵根，撓脖子，直到撓得牠全身癢癢哆嗦得夠了，才肯讓陳陣玩耳朵。陳陣喜歡把小狼的耳朵往後折疊，然後一鬆手，那隻狼耳就會噗地彈直，恢復原樣。如果把兩隻耳朵都後折，再同時鬆手，但兩耳絕不會同時彈直，而總是一前一後，發出噗噗兩聲，有時能把小狼驚得一愣，好像聽到了什麼敵情。

這對威風凜凜的狼耳，除了二郎以外，令家中所有的狗十分羨慕、嫉妒甚而敵視。陳陣不知狗耳和狼耳的軟骨中，是否也有「骨氣」的成分？狗祖先的耳朵也像狼耳一樣挺拔，可能後來狗被人類馴服以後，牠的耳朵便耷拉下來，半個耳朵遮住了耳窩，聽力就不如狼靈敏了。

遠古的人類可能不喜歡狗的野性，於是經常去擰牠的耳朵，並且耳提面命，久而久之，狗的耳朵就被人擰軟了，耳骨一軟，狗的「骨氣」也就走洩，狗最終變成了人類俯首帖耳的奴僕。蒙古馬倌馴生馬，首先就得擰住馬耳，按低了馬頭，才能備上馬鞍騎上馬；中國地主婆也喜歡擰小丫環的耳朵。一旦被人擰了耳朵，奴隸或奴僕的身分就被確認下來。

小狼的耳朵使陳陣發現耳朵與身分地位關係密切。比如，強悍民族總喜歡去擰非強悍民族的耳朵，而不太強悍的民族，又會去擰弱小民族的耳朵。游牧民族以「執牛耳」的方式，擰軟了野牛、野馬、野羊和野狗的耳朵，把牠們變成了奴隸和奴僕。後來，強悍的游牧民族，又把此成功經驗用於其他部族和民族，去擰被征服地的民族的耳朵，佔據統治地位的集團去擰被統治民族的耳朵。於是，人類世界就出現了「牧羊者」和「羊群」的關係。

劉備是「徐州牧」，而百姓則是「徐州羊」。世界上最早被統治集團擰軟耳朵的人群，就是農耕民族。直到如今，「執牛耳」仍然是許多人和集團孜孜以求的目標。「執牛耳」還保存在漢族的詞典裏，這是漢族的游牧祖先傳留給子孫遺產，然而，北宋以後的漢族卻不斷被人家執了「牛耳」。如今，「執牛耳」的文字還在，其精神卻已走洩。現代民族不應該去征服和壓迫其他民族，但是，沒有「執牛耳」的強悍征服精神，就不能捍衛自己的「耳朵」。

這些日子，陳陣常常望著越來越頻繁出現的兵團軍吉普揚起的沙塵，黯然神傷。他是第一批，也許是最後一批實地生活和考察內蒙古邊境草原原始游牧的漢人。他不是浮光掠影的記者和采風者，他有一個最值得驕傲的身分——草原原始游牧的羊倌。他也有一個最值得慶幸的考察地點——一個隱藏在草原深處，存留著大量狼群的額侖牧場。他還養了一條親手從狼洞裏掏出來的小狼。

他會把自己的考察和思考深深地記在心底，連每一個微小的細節他都不會忘記。將來，他會一遍一遍地講給朋友和家人聽，一直堅持到自己離開這個世界的時候。可惜，炎黃子孫離開草原祖地的時間太久，草原原始古老的游牧生活很快就要結束，中國人今後再也不能回到原貌祖地，來拜見他們的太祖母了……

陳陣久久地撫摸著狼耳。他喜歡這對狼耳，因爲小狼的耳朵，是他這幾年來所見過的惟一保存完整的狼耳。兩年多來，他所近距離見過的活狼、死狼、剝成狼皮或狼皮筒上的狼耳朵，無一例外都是殘缺不全的。有的像帶齒孔的郵票，有的沒有耳尖，有的被撕成一條一條，有的裂成兩瓣或三瓣，有的兩耳一長一短，有的乾脆被齊根斬斷……越老越兇猛的狼耳就越「難看」，在陳陣的記憶裏，實在找不到一對完整挺拔、毫毛未損的標準狼耳。陳陣忽然意識到，在殘酷的草原上，殘缺之耳才可能是「標準狼耳」。

那麼，小狼這對完整無缺的狼耳，就不是標準狼耳了嗎？陳陣心裏生出一絲悲哀。他也突然意識到，小狼耳朵的「完整無缺」，恰恰是小狼最大的缺陷。狼是草原鬥士，牠的自由頑強的生命，是靠與兇狠的兒馬子、兇猛的草原獵狗、兇殘的外來狼群，和兇悍的草原獵人生死搏鬥而存活下來的。未能身經百戰、招搖著兩隻光潔完美的耳朵而活在世上的狼，還算是狼嗎？陳陣感到了自己的殘忍，是他剝奪了小狼的草原狼勇士般的生命，使牠變成徒有狼耳而無狼命，生不如狗的囚徒。

是否把小狼悄悄放生？放回殘酷而自由的草原，還牠以狼命？可陳陣不敢。自從他用老虎鉗夾斷了小狼的四根狼牙的牙尖後，小狼便失去了在草原自由生存的武器。小狼原來的四根錐子般鋒利的狼牙，如今已經磨成四顆短粗的圓頭鈍牙，像四顆豎立的雲豆，連狗牙都不如。

更讓陳陣痛心的是，當時手術時儘管倍加小心，在夾牙尖時，並沒有直接傷到牙髓管，但是，陳陣手中的老虎鉗還是輕微地夾裂了一顆牙齒，一條細細的裂縫伸進了牙髓管。過了不久以後，陳陣發現，小狼的這顆牙齒整個被感染，牙齒顏色發烏，像老狼的病牙。後來陳陣每次看見這顆黑牙，心裏就一陣陣地絞痛，也許到不了一年，這顆病牙就會脫落。狼牙是草原狼的命根，小狼若是只剩下三顆鈍牙，連撕食都困難，更不要說是去獵殺動物了。

隨著時間的推移，陳陣已絕望地看清了自己當初那個輕率決定的嚴重後果——他將來也不可能再把小狼放歸草原，他也不可能到草原深處去探望「小狼」朋友了。陳陣那個浪漫的幻想，已被他自己那一次殘忍的小手術徹底斷送；同時也斷送了這麼優秀可愛的一條小狼的自由。更何況，長期被拴養的小狼，一點兒草原實戰經驗也沒有，額侖草原的狼群會把牠當成「外來戶」，毫不留情地咬死。

一個多月前，陳陣在母狼呼喚小狼的那天夜裏，沒有下決心把小狼放生，他爲此深深自責和內疚。陳陣感到自己不是一個合格和理性的科研人員，幻想和情感常常使他痛恨「科研」。小狼不是供醫用解剖的小白鼠，而是他的一個朋友和老師。

草原上的人們，都在忐忑不安地等待著內蒙生產建設兵團的正式到來。畢利格、烏力吉和蒙古老人們的聯名信起了作用，兵團決定，額侖草原仍是以牧爲主，額侖寶力格牧場改爲牧業團，以牧業爲主，兼搞農業。而其他大部分牧場和公社則改爲農業團，蒙古草原出產最著名的烏珠穆沁戰馬的產地——馬駒子河流域，將變成大規模的農場。一小部分牧場改爲半農半牧團。

兵團的宏偉計劃已經傳到古老的額侖草原。基本思路是：儘快結束在草原上延續幾千年的原始落後的游牧生產方式，建立大批定居點。兵團將帶來大量資金、設備和工程隊，爲牧民蓋磚瓦房和堅固的水泥石頭棚圈、打機井、修公路，建學校、醫院、郵局、禮堂、商店、電影院等等。還要適當開墾厚土地，種草種糧，種飼料，種蔬菜。建立機械化的打草隊、運輸隊和拖拉機站。要徹底消滅狼害、病害、蟲害和鼠害。要大大增強抵禦白災、黑災、旱災、風災、火災、蚊災等等自然災害的能力。讓千年來一直處於惡劣艱苦條件下的牧民們，逐步過上安定幸福的定居生活。

全場的知青、年輕牧民，還有多數女人和孩子，都盼望兵團到來，能早日實現兵團幹部和包順貴描述的美好圖景。但是多數老牧民和壯年牧民卻默不作聲。陳陣去問畢利格老人，老人嘆氣說：牧民早就盼望孩子能有學校，看病也再不用牛車馬車拉到旗盟醫院，額侖沒有醫院，死了多少不該死的人吶。可是草原怎麼辦？草原太薄啊，現在的載畜量已經太重了。草原是木軲轆牛車，就能拉得動這點人畜，要是老來那些人和機器，草原就要翻車了。草原翻了個，你們漢人可以回老家，可牧民咋辦吶？

陳陣最揪心的是草原狼怎麼辦？農區的人一來，天鵝大雁野鴨就被殺了吃肉，剩下的都飛走了。而草原狼不是候鳥，世世代代生活在額侖草原的狼群，難道也要被斬盡殺絕，或趕出國門、趕出家園嗎？外蒙古高寒草疏人畜少，那裏的窮狼，要比額侖的富狼更兇猛。到了那裏，牠們就要變成了狼群中受氣挨欺的「外來戶」了。陳陣沒想到，自己竟然這麼快地看到了草原狼末日的來臨，而他對草原狼群的考察和研究才剛剛開始……

時近傍晚，楊克把羊群趕到距營盤三里的地方，把羊群趕得對準了自家的蒙古包，便離開羊群回家喝水。快要搬家遷場了，可以讓羊群啃啃營盤附近剛剛長出來的一茬新草。

楊克灌了兩大碗涼茶，對陳陣說：誰能想到兵團說來就來了？在和平時期，我最討厭軍事化生活，好不容易躲開了黑龍江生產建設兵團，沒想到又讓內蒙兵團給罩住了。額侖今後到底會怎麼樣，我心裏一點都不托底，咱們還真得快點兒把草原狼的一些事情弄明白……

兩人正說著，一匹快馬沿著牛車車道飛奔而來，馬的身後騰起近一百米長的滾滾黃塵。陳陣和楊克一看，就知道是張繼原倒班回家休息來了。張繼原已完全像個草原大馬倌，馬快馬多，騎馬囂張，不惜馬力，毫不掩飾那股炫耀的勁頭。高建中一臉壞笑地說：嗳，你們看，他把好幾個包的蒙古丫頭都招出家門了，那眼神兒就像小母馬追著他跑似的。

張繼原一跳下馬，就說：快，快來看，我給你們帶來什麼東西了？

他從馬鞍上解下一個鼓鼓囊囊的大號帆布包，裏面好像是活物，還動了幾下。

楊克接過包，摸了摸，笑道：難道你也抓著一條小狼崽，想給咱家的小狼配對？

張繼原說：這會兒的狼崽哪能這麼小，你好好看看，小心別讓牠跑了。

楊克小心翼翼解開一個扣，先看到裏面的一對大耳朵，他伸手一把握住，便把那隻活物拽了出來。一隻草原大野兔在楊克手下亂蹬亂扭，黃灰色帶黑毛的秋裝發出油亮亮的光澤，個頭與一隻大家貓差不多，看樣子足有五六斤重。

張繼原一邊拴馬一邊說：今天晚上咱們就吃紅燒兔肉，老吃羊肉都吃膩了。

正說著，離著七八步遠的小狼突然野性大發，猛地向野兔撲過來。如果不是鐵鏈拴著牠，大兔肯定就被牠搶走了。小狼在半空中被鐵鏈拽住，噗地跌落在地。牠一個翻滾立即站起來，兩條前爪向前空抓，舌頭被項圈勒出半尺長，兩眼暴突，兇光殘忍，狠不得一口活吞了野兔。

家中的狗們都見識過這種跑跳極快，很難抓到手的東西。狗們都圍上來，好奇地聞著野兔，但誰也不敢搶。

楊克看看小狼貪婪的嘴臉，便拎起大兔朝小狼走了幾步，拿著兔子向小狼悠了悠。小狼的前爪一碰到兔腿，立刻變成了一條真正的野狼，滿臉殺氣，滿口嗜血慾，舌頭不斷舔嘴的外沿，一對毒針吹管似的黑瞳孔，颼颼地發射無形毒針，異常恐怖。當活兔又悠回楊克身邊的時候，小狼惡狠狠地望著所有人和狗，人狼之間頓時界限分明，幾個月的友誼和感情蕩然無存。在小狼的眼裏，陳陣、楊克和最愛護牠的二郎，頓時全都成了牠的死敵。

楊克嚇得下意識地連退三步，他定定神說：我提個建議，小狼長這麼大了，還沒有親自殺吃過活物，咱們得滿足牠一點天性。我宣佈放棄吃紅燒兔肉，把野兔送給小狼吃，今天咱們看野狼殺吃野兔，可以近距離地感受感受活生生的狼性。

陳陣大喜，馬上表示贊同說：兔肉不好吃，要跟沙雞一塊燉才行。這一夏天小狼幫咱們下夜，一隻羊也沒被狼掏走，應該給牠獎勵。

高建中點頭說：小狼不光給羊群下夜，還給我的牛犢下了夜，我投贊成票。

張繼原咽下一口唾沫，勉強說：那好吧，我也想看看咱家小狼還有沒有狼性。

四個人頓時都興奮起來。潛伏在人類內心深處的獸性、喜愛古羅馬鬥獸場野蠻血腥的殘忍性，以正當合理的藉口，暢通無阻地表現出來了。一隻活蹦亂跳的草原野兔，在兇狠的狼、鷹、狐、沙狐和獵狗等天敵殺手圍剿追殺中，艱難生存下來的草原生命，就這樣被四個北京知青輕易否決了。好在野兔有破壞草原的惡名，還有兔洞經常摔傷馬倌的罪行，判牠死刑，在良心上沒有負擔。四人開始商量鬥獸規則。

草原上無遮無攔，沒有可借用的鬥獸場，大家都爲不能看到野狼追野兔的場面而遺憾。最後，四人決定把野兔的前腿和後腿分開拴緊，讓牠既能蹦跳，又不至於變成脫兔。

顯然這是一隻久經殘酷生存環境考驗的成年兔。楊克在給兔子綁腿的時候，冷不防被這個強壯有力的傢伙狠狠地蹬了一下。善刨洞的野兔長有小尖鏟似的利爪，把楊克的手背蹬出幾道深深的血口子，他疼得倒吸一口涼氣，說：人說兔子急了也咬人，沒想到牠真會用爪子咬人。好厲害，你先別得意，待會兒我就讓小狼活剝了你！陳陣急忙跑進包，拿出雲南白藥和紗布，給他上藥包紮。

四個人一起動手，費了好大勁才把野兔的腿綁緊。野兔躺在地上一動不動，但兩隻眼睛射出兇狠狡猾的光芒。張繼原掰開野兔的三瓣嘴，看了看兔牙說：你們看，這是一隻老兔子，牙都發黃了。大車老闆都說，「人老尖，馬老滑，兔子老了鷹難拿。」老兔子可厲害呢，弄不好小狼會吃大虧的。

陳陣扭頭問張繼原：哎，爲什麼說兔子老了鷹難拿？

張繼原說：老鷹抓兔子，從空中先俯衝下來，用左爪抓住兔子的屁股，兔子一疼就會轉身，身子就橫過來了。老鷹另一隻爪子正好得勁，再一把抓住兔背，這樣兔子就跑不了了。老鷹抓穩了兔子，就飛上天再鬆開爪子，把兔子扔下來摔死，然後才把兔子抓到山頂上去吃。可是，老兔子就不會讓老鷹輕易得手。一旦老兔被老鷹抓住了屁股，再疼也不回身，然後豁出命猛跑，往最近的草棵子紅柳地裏跑。我就親眼看見過，一隻老兔子楞是帶著老鷹一起衝進了紅柳地，密密麻麻的柳條，萬鞭齊抽，把老鷹的羽毛都抽下來了。老鷹都快被抽暈了，只好鬆開爪子把兔子放走。那隻老鷹垂頭喪氣，像隻鬥敗了的雞，在草叢裏歇了半天才飛走……

楊克聽得兩眼發直，說：咱們可得想好了。

陳陣說：還是把兔子扔給小狼吧。一邊是老奸巨猾的大兔，一邊是年幼無知，牙口不全的小狼；一邊拴著腿，一邊拴著鐵鏈，這場角鬥還算公平。

楊克說：咱們都看過小說《斯巴達克》，按照羅馬競技場的規則，老兔子如果勝了，就應該獎給牠自由。

三人都說：成！

楊克對野兔自言自語說：誰讓你掏了那麼多的洞，毀了那麼多草皮，對不起啦。又對小狼大喊：小狼，小狼，開飯囉！說完一揚手，把野兔扔進狼圈。

野兔一落地，就一骨碌翻過身來，亂蹦亂跳。小狼衝過去，卻沒處下嘴，牠用前爪猛地撥拉一下野兔，兔子一下子倒在地上，縮成一團，像是嚇破了膽，胸部急促起伏，渾身亂顫。可是那雙圓圓的大眼睛，卻異常冷靜地斜看著小狼的一舉一動。顯然，這隻野兔在狼爪鷹爪下，不知逃脫過多少次了。

野兔在顫抖的掩護下，繼續收縮身體，越縮越緊，最後縮成一個極具爆發力的「拳頭」，然後收縮利爪，調整刀口的位置，猶如暗器在袖。

小狼有過吃大肥鼠的經歷，見到野兔，就以爲是一隻更大的野鼠。牠饞得口水一絲絲的掛下來，上前聞了聞。野兔還在顫動，小狼伸出前爪，想把牠按得像手把肉那樣「老實」。牠東按按，西聞聞，尋找下口之處。

野兔突然停止顫抖，此時，小狼的腦袋正好移到了野兔的後腿處。「不好！」四人幾乎同時叫了起來，但已經來不及提醒小狼了。老野兔以最後一拚的力量，勾緊爪甲，像地雷爆炸一樣，照準小狼的腦袋蹬去，一爪正中狼頭。小狼嗷地一聲，被蹬了一個後滾翻，好容易爬起來的時候，已是滿頭流血，狼耳被豁開一個大口子，頭皮幾處抓傷，右眼也差一點被蹬瞎。

陳陣和楊克心疼得變了臉色，兩人呼地站起來。楊克急忙掏出白藥瓶，打算給小狼上藥。陳陣狠了狠心，攔住楊克說：草原上哪條狼不傷痕累累，也該讓小狼嚐嚐受傷的滋味了。

小狼還從來沒有吃過這麼大的虧，牠躬起身，滿臉驚恐、憤怒，但又好奇地盯住野兔看。老兔得手後，開始拚命掙扎，翻過身，一瘸一拐，連蹦帶拱，向狼圈外挪動。幾條狗也生氣地站起來，衝著老兔狂吠。二郎實在看不過去，想衝進狼圈咬殺老兔，被陳陣一把抱住。

老兔慢慢拱向圈線，小狼慢慢跟在後面，保持一尺距離，只要老兔後腿稍有大一點的動作，小狼就像被毒蠍咬了一樣，蹭地後跳。

楊克說：這次角鬥應該判老兔贏。要是在野地裏，老兔剛才那一下就把小狼打懵了，老兔也早就趁機逃跑了。這傢伙二十分鐘內連傷一人一狼，好生了得。我看還是把牠放生吧，同樣是農耕食草動物，中國漢人要是能有草原老兔精神，哪能淪爲半殖民地？

陳陣心情矛盾地說：再給小狼最後一次機會吧。如果老兔拱出圈子，就算老兔贏。如果出不了圈子，那還得比下去。

楊克說：好吧，就以圈線定勝負。

老兔像是看到了一線生機，連滾帶拱往圈外挪。小狼也惱了，似乎覺得眼前這個本屬於牠圈子裏的東西，快要不屬於牠了。牠急得亂蹦亂跳，像對付一隻刺蝟一樣，不敢咬不敢抓。但是一有機會、就用前爪把老兔往圈裏撥拉一下，然後馬上跳開。而老兔一等小狼跳開，又會再次往圈外拱。

拉鋸了幾個回合，獵性十足的小狼終於找到了老兔的弱點，牠避開老兔的後腿，而跑到兔頭前面，採用「執牛耳」戰術，看準機會，一口叼住了老兔的長耳朵往裏拽。老兔一掙扎，小狼就鬆開嘴。小狼漸漸發現那隻厲害的後腿蹬不著牠了，就大膽咬住兔耳，一直把老兔拽到木樁旁邊。老兔眼露驚恐，連蹬帶踹一刻不停，像一條釣上岸的大鯉魚，蹦跳得讓狼無法下口。

陳陣決定給小狼一點提示，他突然大喊：小狼，小狼，開飯囉！小狼猛然一怔，這聲叫喊，一下子喚醒了小狼的饑餓感，牠立即從一條鬥狼變成了一條餓狼。只見小狼猛地按住兔頭，再用後牙喀嚓一聲，咬斷了老兔的一隻長耳朵，然後連皮帶毛吞進肚裏。兔血噴出，小狼見血眼開，狼性勃發；又兇狠地咬斷另一隻耳朵，吞下肚。失去耳朵的野兔，酷似一隻大旱獺子，亂蹬亂咬，拚死反抗。狼圈內，一條滿頭是血的小狼，與一隻滿頭湧血的老兔攪作一團，打得你死我活。狼圈變成了真正充滿血腥味的戰場。

但小狼還是沒有掌握如何先咬死兔子，再從容吃肉的殺技。只是咬一口吃一口，生吞活剝、毫無章法地在老兔身上胡亂摸索獵殺方法。小狼的牙雖鈍，但具有老虎鉗般的力度，牠咬夾住兔皮便猛甩頭，將兔皮一條一條地撕下來。牠雖然不懂得一口咬斷野兔的咽喉致命處，但是，牠卻本能地找到了野兔的另一處要害——肚子。

可憐的老兔終於被小狼撕豁了肚皮，一嘟嚕內臟被小狼狠命拽出來，這些柔軟無毛帶血的東西，是草原狼最愛吃的食物。小狼兩眼放光，把腸肚心肺肝腎統統吞到肚子裏，老兔一直戰鬥到失去了心臟才停止反抗。

陳陣總算給了小狼一次活得像條真狼的機會。小狼終於長大了，牠付出了臉耳破相的代價，從此有了草原狼的「標準狼耳」，而成爲具有實戰記錄的草原狼。但陳陣的心裏卻好像高興不起來，小狼贏了，他反倒爲老兔感到了惋惜與哀傷。

那隻可憐的老兔拚盡了全力，死得可敬可佩。牠被同樣英勇頑強的小狼殺死吃掉了，但牠精神上並沒有被打敗。蒙古草原的一切生靈，除了綿羊以外，不論是食肉動物還是食草動物，都具有草原母親給予的勇猛頑

強的精神，這就是游牧精神。羊群自己進了營盤。陳陣和楊克暫時中止了這天小狼的放風課程。小狼還沉浸在極度亢奮之中，對於每日傍晚的遛狼，居然也忘得一乾二淨。

四人難得有機會聚在一起做飯吃飯，蒙古包裏的氣氛異常溫暖融洽。陳陣給張繼原倒了一碗茶，問道：你還沒給我們講，你是怎麼抓到老兔子的？

張繼原也像草原大馬倌那樣喜歡賣關子了，他停了停說：嗨，這隻野兔還是狼送給我的呢。

三個人一愣。

張繼原又停了幾秒鐘才說：今天中午，我和巴圖去找馬，半路上，剛翻過一個小坡，離老遠看到了一條狼，正撅著屁股尾巴刨土。我們倆正好都騎著快馬，一鞭子就衝了過去。狼馬上翻坡逃走了，我們衝到狼刨土的地方，一看是個小洞，外面有不少狼刨出的新土。這個洞很隱蔽，藏在草叢下面，要不是洞外有新土，很難發現。巴圖一看就說這是個兔洞，但不是兔子的窩，只是牠的臨時藏身洞。草原野兔除了狡兔三窟四窟以外，還在牠的活動範圍內挖了許多臨時藏身洞，一遇敵情，馬上就鑽進最近的一個臨時洞。

馬倌最恨這種洞，常常傷人傷馬。去年，蘭木扎布的一匹最好的杆子馬，就是被這種洞別斷了前腿，廢了。這回我倆發現了這個兔洞，氣就不打一處來，兩人下了馬，非把牠掏出來打死不可。兔洞有一米多深，用套馬杆捅了捅，是軟的，裏面真有隻活兔。狼會刨洞，一會兒就能把野兔刨出來。可是狼跑了，我們拿什麼刨洞呢？

巴圖說他有法子，他解下套馬杆的小杆，用刀子在小杆上劈開一個小口子，在口子裏塞上點粗草，做成了一個小叉子，把杆伸進洞，慢慢探到了兔子的身子，然後就用杆子頂尖上的叉子夾兔子毛，夾住毛了以後，就開始擰兔毛，最後連毛帶皮全擰到杆子上了，一直擰到擰不動為止。再用杆子壓住兔子一點點兒往外拽，不一會兒，巴圖就把這隻大野兔擰了出來。牠剛一露頭，我就一把揪住了牠的耳朵。

三人連聲叫絕：高！實在是高！

高建中說：上回我也發現一隻野兔鑽進洞，怎麼也弄不出來。今天我又學了一招。你們說的沒錯，牧民好像是比農民強悍聰明多了。真是什麼行業出什麼人啊，以前我一直都不明白，咱中國人到底差在那兒，窩裏鬥得比誰都狠，可跟外邊一打就敗。這麼大的一個中國，這麼多的人口，楞讓小日本占了八年，要不是蘇聯出兵，美國扔原子彈，不知道還要占多少個八年呢。可剛把小日本打敗沒多少年，聽外電說，人家經濟上又成一流強國了，這小日本海盜，別說，那民族性格真是了不得。

三人全笑了，張繼原對陳陣說：真是近朱者赤啊，連高建中都同意你的觀點了。

四人圍著炕桌吃小米撈飯，粉蘑燉羊肉和醃野韭菜花。

楊克問張繼原：你腿快，消息靈通，給我們說說兵團的事吧。

張繼原說：咱們的場部已經成為團部了，第一批幹部已經下來，一半蒙族一半漢族。建團後的第一件事可能就是滅狼。那些兵團幹部一看見狼群咬死那麼多馬駒子，全都氣壞了。他們說，過去部隊一到草原先幫著牧民剿匪，現在第一件事就是要幫著牧民剿狼，調派精兵強將為民除害。人家好心好意，可蒙古老人有苦難說啊，跟那些農民出身的大兵講狼的好處，那不是對牛彈琴嗎？這會兒狼毛快長齊了，狼皮能賣錢了。兵團幹部工資也不高，參謀、幹事一個月也就六七十塊錢，可賣一條狼皮能得二十塊錢，還有獎勵，師部團部的兵團幹部積極性特高。

楊克嘆了一口氣說：蒙古草原狼，英雄末路，大勢已去，趕緊往外蒙古逃吧。

第四章 血色草原

李淵出身貴族……母為鮮卑貴族獨孤信之女，與隋文帝皇后為從姐妹。

——張傳璽《中國古代史綱》下

若以女系母統言之，唐代創業及初期君主，如高祖（唐高祖李淵——引者注）之母為獨孤氏，太宗（唐太宗李世民——引者注）之母為竇氏，即紇豆陵氏，高宗（唐高宗李治——引者注）之母為長孫氏，皆是胡種，而非漢族。故李唐皇室之女系母統雜有胡族血胤，世所共知……

——陳寅恪《唐代政治史述論稿》

清晨，兩輛敞篷軍吉普停在陳陣包前不遠處。小狼見到兩個龐然大物，又聞到一種從沒聞過的汽油味，嚇得颼地鑽進狼洞。大狗小狗衝過去，圍住吉普狂吼不止。陳陣楊克急忙跑出包，喝住了狗，並把狗趕到一邊去。

車門打開，包順貴帶著四個精幹的軍人，下車逕直走向狼圈。陳陣，楊克和高建中不知會發生什麼事，慌忙跟了過去。陳陣定了定神，上前打招呼：包主任，又領人來看小狼啦。

包順貴微微一笑說：來來，我先給你們介紹介紹。他攤開手掌，指了指兩位三十多歲的軍官說：這兩位是兵團來咱們大隊打前站的幹部，這位是徐參謀，這位是巴特爾，巴參謀。又指了指兩位司機說：這是老劉，這是小王。他們以後都要在草原上紮根了，等團部的新房子蓋好，他們還要把家屬接來呢。這次是團部派他們下隊幫助咱們打狼的。

陳陣的心跳得像逃命的狼。他上前同幾位軍人握了握手，馬上以牧民的方式請客人進包喝茶。

包順貴說：不啦，先看看小狼。快招呼小狼出來，兩位參謀是專門來看狼的。

陳陣強笑道：你們真對狼這麼有興趣？

帶有陝西口音的徐參謀溫和地說：這裏的狼太猖狂，師、團首長命令我們下來打狼，昨天李副團長親自下隊去了。可我們倆還沒有親眼見過草原上的狼呢，老包就領我們上這兒來看看。

帶有東北口音的巴參謀說：聽老包講，你們幾個對狼很有研究，打狼掏狼崽有兩下子。還專門養了一條狼，摸狼的脾氣，真是有膽有識啊。我們打狼還真得請你們協助呢。

兩位參謀和藹可親，沒有一點架子，陳陣見他們不是來殺小狼的，便稍稍放心。又支吾地說：狼……狼……的學問可大了，幾天幾夜也說不完，還是看小狼吧。待會兒，你們先往後面退幾步，千萬別進狼圈，小狼見生人會咬的，上次盟裏的一個幹部，就差點讓小狼咬了一口。

陳陣從包裏拿出兩塊手把肉，又拎起一塊舊案板，悄悄走到狼洞口，先把案板放在洞旁，然後大聲叫喊：小狼，小狼，開飯囉。小狼颼地躥出洞，撲住手把肉。陳陣急忙將案板一推，蓋住了狼洞，又跳出狼圈。平時餵狼是在上午和下午，這麼一大早餵食還從來沒有過。小狼喜出望外，撲住骨頭肉就狼吞虎咽起來。包順貴和幾位軍人立即退後了幾步。

陳陣打了個手勢，四五個人向前挪到狼圈外一米的地方，蹲在地上，圍成了小半個圈。突然來了這麼多穿綠軍裝的人，傳來這麼多陌生的氣息，小狼一反常態，不敢像以往那樣見到生人就撲咬，而是垂下尾巴，縮小身體，叼著肉塊跑到狼圈的最遠端，放下肉，又把第二塊肉也叼過來。

小狼聳著狼鬃，抓緊時間搶吃，非常不滿意被那麼多人圍觀。牠剛啃上兩口，突然翻了臉，皺鼻張口露牙，猛地向幾個軍人撲去。動作之快，兇相之狠，大出幾個軍人的意外，四個人中，有三個嚇得一屁股坐倒在地上。小狼被鐵鏈拽住，血碗大口只離軍人不到一米遠。

巴參謀盤腿坐了起來，拍了拍手上的灰土說：厲害，厲害！比軍區的狼狗還兇，要是沒有鏈子，非得讓牠撕下一塊肉去。

徐參謀說：當年出生的狼崽就這麼大了，跟成年狼狗差不多了。老包，今兒你帶我們來看狼還真對，我現在真有身臨戰場的感覺。又對巴參謀說：狼的動作要比狗突然和隱蔽，擊發的時候還得快！

巴參謀連連點頭。小狼突然掉頭，竄到肉旁，一邊發出嘶嘶哈哈沙啞的威脅聲，一邊快速吞咽。

兩位參謀還用手指遠遠地量了量狼頭和後半身的比例，又仔細看了看狼皮狼毛，一致認爲打狼頭或從側面打前胸下部最好，一槍斃命又不傷皮子。

兩位參謀觀察得很專業。包順貴滿臉放光，說：所有牧民和大多數知青都反對養狼，可我就批准他們養。知己知彼才能百戰百勝嘛。這個夏天，我已經帶了好幾撥幹部來看小狼了。越是漢人越想看，越怕狼的人也越想看，他們都說，這要比動物園裏的狼好看，還說下到蒙古草原再這麼近看蒙古活狼，機會難得啊，全內蒙草原也沒有第二條。往後，兵團首長下連隊視察，我就先陪他們到這兒來見識見識大名鼎鼎的蒙古狼。

兩位參謀都說，首長們要是聽說了肯定要來看的。徐參謀又叮囑陳陣道：必須要常常檢查鐵鏈和木樁。

包順貴看了看手錶，對陳陣說：說正事兒吧，今天一大早趕來，一是來看狼，二是讓你們倆出一個人帶我們去打狼。這兩位參謀都是騎兵出身，是軍區的特等射手。兵團首長專門爲了除狼害，才把他倆調過來的。昨天徐參謀在半路上還打下一隻老鷹，那老鷹飛得老高老高的，看上去才有綠豆那麼點大，徐參謀一發命中……哎，你們倆誰去啊？

陳陣的心猛地一沉：額侖草原狼這下真要遇到剋星了。軍吉普再加上騎兵出身的特等射手，隨著農耕人口的急劇膨脹，終於一直推進到邊境線來了。陳陣苦著臉說：馬倌比我們倆更知道狼的習性，也知道狼在哪兒，你們應該找他們當嚮導。

包順貴說：老馬倌請不動，小馬倌又不中用，有經驗的幾個馬倌都跟著馬群進山了，馬群離不開人。今天你們倆必須去一個，兩位參謀來一趟不容易，下次就不讓你們去了。

陳陣又說：你怎麼不去請道爾基，他可是全隊出名的打狼能手。

包順貴說：道爾基早就讓李副團長請走了。李副團長槍也打得準，一聽打獵就上癮。人家開一輛蘇聯「小嘎斯」卡車，又快又靈活，站在車上打狼比吉普車更得勁。包順貴又看了看錶說：別浪費時間了，趕緊走！

陳陣見推不掉，就對楊克說：那就你去吧。

楊克說：我真不如你明白狼，還是……還是你去吧。

包順貴不耐煩地說：我定了，小陳你去！你可別耍滑！你要是像畢利格老頭那樣放狼一馬，讓我們空手回來，我就斃了你這條小狼！別廢話，快走！

陳陣臉色刷白，下意識地挪了一步，擋了擋小狼說：我去，我去，我這就去。

兩輛敞篷軍吉普，向西飛馳，車道上騰起兩條黃沙巨龍。

初秋的陽光刺得陳陣瞇起眼睛。他坐在副駕駛座位上，猛烈的風吹得幾乎戴不住單帽。他即使騎上最快的馬，也跑不出如此令人窒息的迎面風來。兩輛吉普都是八成新的好車，噪音極小，轉向靈活，馬力強悍。兩位司機顯然都有很長的駕齡，並具有高超的軍事越野駕駛經驗，車開得又穩又快，在起伏的草原山道上如履平地。

陳陣已經有兩年多沒有乘坐吉普車了。如果他沒有迷上狼，如果他是個剛到草原的新手，如果他沒有接受兩年多草原和草原狼的教誨和輸血，他一定會爲得到這樣難得的現代化獵狼機會而受寵若驚。坐在敞篷軍吉普裏，在綠色的大草原上，風馳電掣般地追殺草原蒙古狼，那該是多麼刺激和享受的一件事。這可能比英國貴族吹著號角騎馬率狗獵狐、比俄國貴族在森林雪地獵熊、比滿蒙皇室貴族萬騎木蘭圍獵、更令人神往陶醉。

但此時，陳陣卻從心底盼望吉普拋錨，他覺得自己像個叛徒，帶著軍隊去抓捕自己的朋友。他對狼的態度，包順貴其實早已瞭如指掌。所以他真不知道，今天如何才能既保住小狼，又不讓大狼們斃命。

兵團的滅狼運動已在全師廣闊的草原上展開。內蒙大草原最後一批還帶有遠古建制的狼軍團，仍保留著在匈奴、突厥、鮮卑和成吉思汗蒙古時代的戰略戰術的活化石狼軍團，就要在現代化兵團的圍剿中全軍覆滅了。而且，還是揹著最惡毒的罵名和黑鍋，被徹底抹殺了其不可估量的影響和功績的狀態下，被深受其惠的中國人趕出國門，趕出歷史舞臺。陳陣的悲哀只有草原上的畢利格阿爸，和那些崇拜狼圖騰的草原人能懂，也只有自己蒙古包的兩個夥伴能懂。陳陣的悲哀在於他太超前，又太遠古了。

額侖草原五里不同風、十里不同雨。軍吉普駛上了濕沙的土路，呼嘯的秋風將陳陣吹得格外清醒。他打算無論如何也要讓他們見著狼，但那地方又得便於狼隱蔽和逃脫。

陳陣側轉頭，對後座上的包順貴說：有狼的地方我知道，可是都是陡坡和葦地，吉普車使不上勁。

包順貴瞪了一眼說：你可別跟我耍心眼。現在就數葦地裏的蚊子多，狼哪能待在葦地裏，我打了大半年的狼，還不知道這個？

陳陣只得改口：我是說……不能進山進葦地，只能到蚊子少的沙崗和大緩坡去。

包順貴緊逼陳陣：沙崗那兒出了事以後，馬倌早就把狼給攆跑了。昨天我們在那兒轉了好幾圈，一條狼也沒見著。我看你今天不想拿出真本事來？你可聽好了，我說話一向算數！昨天一天沒打著狼，我們幾個都窩了一肚子火呢。

包順貴吸了一口煙，直接噴到陳陣的後腦勺上。陳陣明白自己很難唬弄這位從基層爬上來的人精，只好說：我知道還有一片沙地，在查干窩拉的西北邊。那兒迎風，沙多草少，老鼠和大眼賊特別多，旱獺也不少，狼吃不著馬駒子，只好到獺子和老鼠多的地方去了。

陳陣決定把他們帶到牧場最西北的一片半沙半草的貧瘠草場去，那裏雖然也是避蚊放馬的好地方，但是距邊境線比較近，馬倌從不敢把馬群放到那裏。陳陣希望到那裏讓他們見著狼，狼又可以及時逃過邊防公路。

包順貴想了想，露出笑容說：沒錯，那真可能是個有狼的地方，我怎麼就沒想起來呢。老劉，往北邊那條路開，今兒哪兒也不去，就直接去那兒，再開快點！

陳陣補充說：打狼最好步行。吉普動靜太大，只怕狼一聽車響，就往草甸子跑，今年雨水大，草長得高，狼容易隱蔽。

徐參謀說：你只要讓我見著狼就行，剩下的事你就不用管了。

陳陣感到自己可能犯了大錯。

軍吉普沿著牧民四季遷場的古老土路，向西北方向急馳。在春季被牲畜吃禿了的接羔草場，秋草已齊刷刷地長到二尺高，草株緊密，草浪起伏，秋菊搖曳，一股股優質牧草的濃郁香氣撲面而來。幾隻紫燕飛追吉普，搶吃被吉普驚起的飛蟲飛蛾。燕子很快被吉普甩到後面，前面又冒出幾隻，在車前車後的半空中，劃出一

道道紫色的弧線。

陳陣大口吸著秋草秋花的醉香。眼前可是來年春季接羔的地方，作爲羊倌，他很關心這片草場的長勢。牧場每年百分之七十的收入要靠出售羊毛和活羊，接羔草場都是黃金寶地，是牧場的命根子。陳陣細細地一路看過去，草長得真好，簡直像有專人看管保護的大片麥田。自從大隊搬遷到夏季新草場之後，這裏再沒有紮過一個蒙古包。陳陣深深感謝狼群和馬倌，如果沒有狼群，這麼噴香誘人的草場，早就讓黃羊、野兔和草原鼠啃黃了。整整一個夏季，草原狼硬是沒讓那些搶草高手得逞。

在如此豐茂的草場上，陳陣每一眼看見的又是馬倌們的辛苦。是他們不分晝夜、不顧炎熱和蚊群，死死地攔住貪嘴快腿的馬群，把牠們圈到山地草場去，吃那些二等的羊鬍子山草，或牛羊啃過的剩草，就是不讓馬群走近接羔草場。馬背上的民族都愛馬，視馬如命。但是，在放牧時，牧民卻把馬群當作盜賊和蝗蟲來提防。如果沒有馬倌，這片牧民的活命草場，只會剩下一堆堆消化不充分的馬糞、一叢叢被馬尿燒黃燒死的枯草。可是，農區來的兵團幹部，能懂得草原和牧業的奧妙嗎？

吉普飛馳，但已捲不起黃塵。經過一個夏季的休養，古老的土路上已長出一層細碎的青草。游牧就是輪作，讓薄薄的草皮經受最輕的間歇傷害，再用牛羊尿糞加以補償。千百年來，草原民族又是用這種最原始但又可能是最科學的生產方法，才保住了蒙古草原。

陳陣想了又想，忍不住對徐參謀說：你看，這片草場保護得多好。今年春天，全大隊人馬到這兒來準備接羔的時候，從外蒙衝過來幾萬隻黃羊，人用槍打都打不走，白天趕走了，晚上又回來了，跟下羔母羊搶草吃。後來虧得狼群過來了，沒幾天就把黃羊轟得乾乾淨淨。草原上要是沒有狼，母羊沒草吃，羊羔沒奶吃，成千上萬的羊羔都得餓死。牧業可不比農業，農業遇災，就頂多損失一年的收成，可牧業遇到災害，可能把十年八年，甚至牧民一輩子的收成全賠進去。

徐參謀點點頭，用鷹一樣的眼睛繼續搜索前側方的草地。他停了一會說：打黃羊哪能靠狼呢？太落後了。牧民的槍和槍法都不行，也沒有卡車，等明年春天你看我們的吧，咱們用汽車、衝鋒槍和機關槍打，再來幾萬隻黃羊也不怕。我在內蒙西邊打過黃羊，打黃羊最好在晚上開著大車燈打，黃羊怕黑，全都擠到車前面的燈光裏，一路開過去，一路掃射，一晚上就能幹掉幾百隻。這兒有黃羊，太好了！黃羊來得越多越好，那樣，師部和農業團就都有肉吃了。

看！包順貴輕輕喊了一聲，指了指左側方。陳陣用望遠鏡看了看，趕緊說：是條大狐狸，快追上去。包順貴看了一會，失望地說：是條狐狸，別追了。對舉槍瞄準的徐參謀說：別打別打！狼的耳朵賊尖，要是驚了狼，咱們就白來了。

徐參謀坐下來，面露喜色說：今天看來運氣不錯，能見著狐狸就能見到狼。

越野吉普離沙地草場越近，草甸裏山坡上的野物就越多，而且都是帶「沙」字頭的：沙燕、沙雞、沙狐、沙鼠。褐紅色的沙雞最多，一飛一大群，羽翎發出鴿哨似的響聲。

陳陣指了指遠處一道低緩的山樑說：過了這道樑，就快到沙地了。老牧民說，那片沙地原先是個大草場，還有個大泉眼。幾十年前，額侖遇上連年大旱，湖乾了，河斷了，井枯了，可就是這股泉眼有水。當時額侖草原的羊群牛群馬群，全趕到這兒來飲水，從早到晚，大批牲畜排隊等水喝，連啃帶踩，沒兩年，這片草場就踩成沙地了。幸虧泉眼沒瞎，這片草場才慢慢緩了過來，可是還得等上幾十年，才能恢復成原來的樣子。草原太脆弱，載畜量一超，草場就沙化。

一群草原鼠吱吱叫著，從車輪前飛快掠過，四散開去。陳陣指著草原鼠說：載畜量裏還包括載鼠量，草

原上的老鼠比牲畜更毀草場，而狼群是減輕載畜量的主要功臣。待一會兒，你們要是打著狼，我就給你們解剖一條狼的肚子看看，這個季節，狼肚子裏多半是黃鼠和草原田鼠。

徐參謀說：我還真沒聽說過狼會吃老鼠。狗拿耗子都是多管閒事，狼還會管那閒事？

陳陣說：我養的小狼就特別喜歡吃老鼠，牠連老鼠尾巴都吃下去。額侖草原從來沒發生過鼠害，就是因爲牧民從不把狼打絕。你們要是把狼打沒了，黃鼠橫行，額侖草原真會發生鼠災的……

包順貴打斷他說：集中心思好好觀察！

吉普漸漸接近山樑，徐參謀緊張起來，他看了看地形，果斷地讓車往西開，說：要是沙地真有狼，就不能直接進去，先打周邊的遊動哨。

吉普開進一條東西向的緩坡山溝，溝中的牛車道更窄，左邊是山，右邊是沙崗。徐參謀用高倍軍事望遠鏡仔細搜索兩邊草地，突然低聲說：左前方山坡上有兩條狼！他立即回頭朝著後面的車，做了個手勢。陳陣也看見了兩條大狼，正慢慢向西小跑，大約有三四里遠。

徐參謀對老劉說：別直接開過去，還是順著土路走，保持原速，爭取跟狼並排跑，打狼的側胸。

老劉應了一聲說：明白！便順著狼跑的方向開去，速度稍稍加快。

陳陣突然意識到，這位特等射手具有高超的實戰經驗，吉普這種開法，既能縮短與狼的距離，又能給狼一個錯覺，使狼以爲吉普只是過路車，不是專衝牠們去的。額侖草原邊防站的巡邏吉普有嚴格的紀律，非特殊情況禁止開槍，以保持邊防巡邏的隱蔽性和突然性，所以額侖草原狼對軍吉普早已習以爲常。

此時，土路上長著矮草，草下是濕沙，車開起來聲勢不大。兩條狼仍在不緊不慢地跑著，還不時停下來看幾眼汽車，然後繼續向西小跑。但是，狼的路線已漸漸變斜，從山腳挪向山腰方向。陳陣看清了狼的意圖：如果吉普是過路車，狼就繼續趕路或遊動放哨；如果吉普衝牠們開過去，牠們就立即加速，翻過山樑，那吉普就再也甭想找到牠們了。

兩條大狼跑得有條不紊，額侖草原狼都知道獵手步槍的有效射程。只要在射程之外，狼就敢故意藐視你，甚至還想誘你追擊，把你引入容易車翻馬倒的危險之地。如果附近還有同家族的狼，那牠就更會把追敵誘向歧途，讓牠的狼家族脫險。陳陣見狼還不加速，心中暗暗揪心，預感到這回狼可能要吃大虧，這輛吉普可不是邊防巡邏車，而是專來打狼的獵車，車上還坐著額侖草原狼從未遇見過的兩位特等射手，他們可以在牧民射手的無效射程內，迅速作出有效射擊。

吉普漸漸就要與兩條大狼平行跑了，車與狼的距離從一千五六百米縮近到七八百米。狼似乎有些緊張起來，稍稍加快了步子。但小車在土路上的勻速行駛，確實大大地迷惑了狼，兩條狼仍是沒有足夠的警惕。陳陣甚至懷疑兩條狼是否還擔負著其他任務，是否故意在吸引和牽制吉普車？這時，兩位射手都已伸出槍管，開始端槍瞄準。陳陣的心都快要跳出來了，他緊盯著徐參謀的動作，希望他們在射擊時能停下車來，也許狼還有一個逃脫的機會。

吉普終於與狼接近平行了，距離大約在四五百米。兩條狼停下來，側頭看了一眼，一定是看到了車上的槍，於是猛然加速，一前一後朝山樑斜插過去。與此同時，陳陣只聽「砰」、「砰」兩聲槍響，兩條大狼一後一前幾乎同時栽倒在地上。包順貴大叫：好槍法！太神了！

陳陣驚出了一身冷汗。在兩輛顛簸行進的吉普車上，兩位射手兩個首發命中，完全超出了陳陣和額侖草原狼的想像。兩位特等射手似乎只是喝了一杯開胃酒，剛剛提起興致。徐參謀對老劉下令：快往沙地開！要

快！說完，又用雙手向後車做了個鉗形合圍手勢。兩輛吉普加足馬力，衝出車道，向右邊沙崗飛駛過去。

老劉按照徐參謀的指揮，一口氣翻過山坡，開進一片開闊的沙草地，又迅速登上一個最近的制高點。徐參謀握住扶手站起身，掃望沙地，只見遠處有兩小群狼，正分頭往西北和正北兩個方向狂奔。陳陣用望遠鏡看過去，正北的狼群大約有四五條，個頭都比較大，西北的狼群有八九條，除兩三條大狼外，其他的都是個頭中等的當年小狼。

徐參謀對老劉說：追正北的這群！又向後車指了指西北那群，兩輛吉普分頭猛追了過去。

半沙半草、平坦略有起伏的沙地草場，正是軍吉普放膽衝鋒的理想戰場。老劉大叫：你們都攥緊扶手！看我的！不用槍我都能碾死幾條！

吉普開得飛了起來。陳陣的腦子裏閃過了「死亡速度」那幾個字——草原上，除了黃羊還能跟這種速度拚一拚，再快的杆子馬，再快的草原狼，就是跑死了也跑不出這種速度。吉普車如同死神一般向狼群追去。追了二十多分鐘，芝麻一樣大小的狼漸漸變成了「綠豆」，又漸漸變成「黃豆」，可徐參謀仍是不開槍。陳陣想，這個參謀既然連綠豆大小的老鷹都能打下來，爲什麼還不動手呢？

包順貴說：可以打了吧？

徐參謀說：這麼遠，一打，狼就跑散了。近點打，可以多打兩條，還不傷皮子。

老劉興奮地說：今天最好多打幾條，一人分一條大狼皮。

徐參謀厲聲喝道：專心開車，要是翻了車，咱們都得餵狼！

老劉不吭聲，繼續加速，吉普飛馳。可是剛過一個沙包，突然，前面沙地小坡上，出現了一個龐大的牛身骨架，牛角斷骨，如矛如槍，像古戰場上的一個鹿角攔馬障。狼群可以飛身躍過，可對於吉普來說，卻是一道堅固刺車、無法逾越的路障。老劉嚇得猛打方向盤，車身猛拐，兩右輪懸空，差點翻車，車上的人全都屁股離座，幾乎全被甩出車，把一車人都嚇得驚叫起來。

車身擦著牛骨茬掠過去，陳陣嚇飛了魂，車身穩住以後，半天也緩不過勁來。他知道狼群開始利用地形地物來打撤退戰了，狼群略施小計，差一點就讓一車追兵車毀人亡。包順貴臉色發白大喊：減速！減速！

老劉擦了擦一頭冷汗，車速稍減，狼又遠了一點。徐參謀卻大喊：加速！吉普剛跑出速度，沙地上又突然出現了一叢叢的亂草棵子，陳陣在這裏放過羊，對這裏的地形還有印象，他大叫：前面是窪地，儘是草疙瘩，更容易翻車，快減速！

但是徐參謀不爲所動，雙手扶緊把手，側身緊盯前方，不斷給老劉發令：加速！加速！油門踩到了底，吉普發瘋似地狂衝，經常四輪離地飛出去，兩輪著地砸下來。陳陣死死攥緊扶手，五臟六腑，翻江倒海。陳陣明白，這群狼巧妙地利用了地形，正在用最後的速度衝刺。牠們只要衝下窪地，追兵的車就開不動了。

老劉大罵：狼他媽的真賊，跑到這鬼地方來了。

徐參謀冷冷地喝道：別慌！現在不是演習！是實戰！

又狂追了七八里，眼看就要接近窪地，那裏佈滿樹樁一樣硬的草墩子，但此時，吉普已經衝到牧民射手的有效射程之內。徐參謀叫道：斜插過去！老劉輕打方向盤，吉普像戰艦一般一閃身，側炮出現，狼群全部暴露在後座徐參謀的槍口下。「砰」的一聲響，狼群中最大的一條狼應聲倒地，子彈擊中狼頭，狼群驚得四散狂奔。又是一槍，第二條狼又被擊中，一頭栽倒。

幾乎與此同時，剩下的狼全部衝進窪地的亂草棵子裏，再沒有擊發的機會了。狼向邊防公路逃去，消失在草叢中。西北邊的槍聲也停止了，吉普就在坡面與窪地交接處剎住了車。

徐參謀擦了擦汗說：這兒的狼太狡猾，要不然，我還能敲掉牠幾條！

包順貴伸出兩個大拇指說：太解氣了！不到三十分鐘就連敲三條大狼，我打了半年，也沒親手打著過一條狼。

徐參謀餘興未盡地說：這兒的地形太複雜，是狼群打遊擊的好地方。怪不得這兒的狼害除不掉呢。

吉普車向死狼慢慢開過去。第二條狼被擊中側胸，狼血噴倒了一片秋草。包順貴和老劉將沉重的狼屍抬到車後面的地上，老劉踢了踢狼說：嘿，死沉死沉的，夠十個人吃一頓的了。然後打開窄小的後備箱，從裏面掏出帆布包，放到後座上；又掏出兩條大麻袋，將死狼裝進一個麻袋，再塞進後備箱裏。箱蓋合不上，變成了敞開吊鏈平臺，老劉顯然想用後箱蓋來托載另外兩條死狼。

陳陣很想剖開一條狼肚給幾位軍人看看，但是他看軍人們沒有就地剝狼皮筒子的意思，就問：你們還敢吃狼肉？狼肉是酸的，牧民從來不吃狼肉。

老劉說：盡胡說，狼肉一點也不酸，跟狗肉差不離，我在老家吃過好幾回了，狼肉做好了，比狗肉還好吃，你瞧這條狼多肥啊。做狼肉跟做狗肉一樣，先得用涼水拔一天，拔出腥味，然後多用大蒜和辣椒，可勁燉，那叫香。在我老家，誰家燉一鍋狼肉，全村子的人都會跑來要肉吃，說是吃狼肉壯膽解氣吶。

陳陣懷著惡意緊緊逼問道：這兒牧民有一個風俗習慣就是天葬，人死了，就被家屬用車拉到天葬場餵狼，吃過死人的狼你們也敢吃？

老劉卻滿不在乎地說：這事兒我知道，只要不吃狼胃和狼下水就行了。狗吃人屎，誰嫌狗肉髒了？大糞澆菜，你嫌菜髒了嗎？咱們漢人不是都喜歡吃狗肉吃蔬菜嗎？兵團一下子來了這麼多人，吃羊肉限定量，到了草原吃不上肉，大夥兒饞肉都饞瘋了，這幾條狼拉到團部，哪夠分的？真是羊多狼少啊。老劉大笑。

徐參謀也笑得很開心：我下來的時候，師部就跟我定下狼肉了，今天晚上就得給他們送過去。有人說狼肉能治氣管炎，好幾個老病號早就跟我掛上了號，我都快成門診大夫了。打狼真是件美差，一能為民除害，二能自個兒得皮子，第三還真能治病救人，第四還能治治一大幫饞蟲，你看，一舉四得嘛，一舉四得啊。

陳陣想，他就是解剖出一肚子的老鼠來，也絲毫掃不了他們打狼的興頭。

老劉把車開回到打死第一條死狼的地方。大狼的腦袋已被打碎，子彈從狼頭後側打進，前半個臉已經炸沒了，腦漿和著血流了一地。陳陣急急地掃了幾眼，還好沒有在狼脖狼胸上看到白毛，這不是白狼王，他鬆了一口氣。但肯定這是一條頭狼，牠顯然是為了保護整個家族的安全，帶著幾條快狼來引誘追敵的。可惜，牠對於吉普車和特等射手這種草原滅狼的新車新人新武器，還完全缺乏經驗和準備。

老劉和包順貴揪了一把草，擦了擦狼血和腦漿，高高興興把狼裝袋，再抬到鐵鏈吊掛的後備箱蓋上，綁牢拴緊。老劉嘖嘖稱道：這條狼的個頭快頂上一頭二歲的小牛了。兩人用草擦淨手，然後上車向巴參謀的那輛車開去。

兩車相遇停了下來，巴參謀那輛吉普車的後座下，放著一條鼓鼓的麻袋。巴參謀大聲說：這邊儘是柳條棵子，車根本沒法開，開了三槍才撂倒一條小狼。這一群狼全是母狼和小狼，像是一家子。

徐參謀嘆說：這兒的狼就是鬼，那幾條公狼把最好的退路全讓給母狼和小狼了。

包順貴高叫：又打了一條！大勝仗，大勝仗啊！今天是我來牧場一年多，最高興的一天，總算出了一口惡氣。走，上那兩條死狼那兒去，我帶著好酒好菜呢，咱們先喝個痛快。

陳陣急忙跳下車，去看那條小狼。他走到車前，解開麻袋，見那條被打死的小狼，長得跟自己的小狼很

相像，可是竟比自己養的小狼個頭還大些。他沒想到，自己這麼好吃好喝供養的小狼，在個頭上還是沒有追上野小狼，野小狼不到一年就成材了，已經能靠打獵把自己餵得飽飽的了……可是，牠的生活才剛剛開始，就死在人的槍口下。陳陣輕輕撫摸了幾下狼頭，就像摸自家小狼的頭一樣。為了保住自己的小狼，卻讓這條自由的小狼喪了命……

兩輛吉普向南邊開去。陳陣滿眼淒涼，回望邊境草場：這群狼的頭狼和主力，竟然在不到一個小時就被幹掉了，牠們可能從來沒有遭到過如此快速致命的打擊。剩餘的狼逃出邊境，一定不會再回來了。但是失掉兇悍首領和戰鬥主力的狼群，到了那邊怎麼生存？畢利格老人曾說過，失掉地盤的狼群，比喪家犬還要慘。

吉普車開到第一處開槍的地方，兩條健壯的成年大狼倒在血泊裏，兩小群大蒼蠅正在叮血。陳陣不忍再看，獨自一人走開去，又坐在草地上呆呆地遠望邊境那邊的天空。如果阿爸知道是他帶著兩輛吉普抄了狼群，老人會怎麼想？是老人手把手地傳授給他那麼多的狼學問，最後竟被他用到了殺狼上。陳陣心裏發沉發虛，他不知道以後如何面對草原上的老人……到了夜裏，母狼和小狼們一定會回來尋找牠們的亡夫和亡父，也一定會找到所有遺留血跡的地方。今夜，這片草原將群狼哀嗥……

老劉和小王把兩個麻袋抬到小王吉普車的後排座底下。

草地上鋪著幾大張包裝彈藥的牛皮紙，紙上放著三四瓶草原白酒，一大包五香花生米，十幾根黃瓜，兩個紅燒牛肉鐵皮罐頭、三瓶闊口玻璃瓶豬肉罐頭，還有一臉盆手把肉。

包順貴握著一瓶酒，和徐參謀一起走到陳陣身旁，把他拉到野餐席旁。包順貴拍拍陳陣的肩膀說：小陳，今天你可幫了我大忙了，你今天立了大功，要是沒你，兩位特等射手就英雄無用武之地了。

徐參謀和其他三位軍人都端起酒杯給陳陣敬酒。徐參謀滿眼誠意地望著陳陣說：喝，喝，我這第一杯酒是專敬你的，你養狼研究狼，真研究出名堂來了，一下子就把我們帶到了狼窩裏。你不知道，昨天包主任帶我們轉了一百多里地，一條狼也沒見著。來，喝一杯，謝謝你啦。

陳陣的臉色慘白，欲言又止，接過酒杯一飲而盡，他真想找個地方大哭一場。可是，如果按漢人或軍人的標準衡量，徐參謀絕對是條漢子。徐參謀剛到草原，很難用草原的立場標準來跟他過不去。但是原始游牧生活眼看就要結束在他們的槍口下了，漢人的立場從此就將在這裏生根，然後眼睜睜看著草原變成沙漠。

陳陣本能地抓起一根黃瓜狠狠地大嚼起來，民工在草原上開出的菜園子，已經可以收穫黃瓜了，他有兩年多沒吃到新鮮黃瓜了，漢家的蔬菜瓜果真好吃啊。可能漢人有寧死不改的農耕性，滿席的美味佳餚，他爲什麼偏偏就先挑黃瓜來吃呢？黃瓜的清香突然變成了滿嘴的苦汁苦味……

徐參謀拍了拍陳陣的後背說：小陳啊，我們殺了這麼多的狼，你別難過……我看得出，你養狼養出了感情，也受了老牧民的不少影響。狼抓兔子，抓老鼠，抓黃羊旱獺，確實對草原有大功，不過，那是很原始的方法了。現在人造衛星都上了天，我們完全可以用科學的方法來保護草原。兵團就準備出動「安二」飛機，到草原撒毒藥和毒餌，徹底消滅鼠害……

陳陣一愣，但是馬上就反應過來。他慌忙說：可別，可別！要是中毒的老鼠再讓狼、狐狸、沙狐和老鷹吃下去，那草原動物不是全要死絕了麼？

包順貴說：老鼠死絕了，還留狼幹什麼？

陳陣爭辯道：狼的用處大了，跟你們說不清楚，至少可以減少黃羊野兔和旱獺。

老劉紅著酒臉大笑：黃羊、野兔和旱獺都是有名的野味，等我們的大批人馬開到，這些野味還不夠人吃的呢，能留給狼嗎？

第五章 白狼王愴然回頭

人＋獸性＝西洋人……自然不必再說這獸性的不見於中國人的臉上，是本來沒有的呢，還是現在已經消除。如果是後來消除的，那麼，是漸漸淨盡而只剩了人性的呢，還是不過漸漸成了馴順。野牛成為家牛，野豬成為豬，狼成為狗，野性是消失了，但只足使牧人喜歡，於本身並無好處。人不過是人，不再夾雜著別的東西，當然再好沒有了。倘不得已，我以為還不如帶些獸性，如果合於下列的算式，倒是不很有趣的：人＋家畜性＝某一種人。

——魯迅《而已集・略論中國人的臉》

野餐一結束，包順貴跟徐參謀嘀咕了幾句，兩輛吉普便往東北方向急馳。

陳陣忙說：方向不對，順著原路回去，好走多了。

包順貴說：回隊部有一百四十多里地，這麼長的路，總不能空跑吧。

徐參謀說：咱們要避開剛才響槍的三個地點，繞著走，沒準還能再碰上狼。就算碰不見狼，碰見狐狸也不賴。應該發揚我軍連續作戰，擴大戰果的光榮傳統嘛。

吉普很快就進入了遼闊的冬季草場，陳陣眼前是一望無際的針茅草原。針茅草是一種冬季的優良牧草，比其他季節的牧草高得多，草葉有兩尺長，稀疏的草稈草穗有一米多高。到了冬季，平常年景大雪蓋不住草；即便較大的雪災，針茅草稈草穗仍能露出一半，同樣是畜群的好飼料，而且羊群還可以順著草稈刨雪，吃雪下的草葉。額侖草原的冬季長達七個月，全大隊的牲畜能否保膘保命越多，全仗著這大片的冬季牧場。

秋風吹過，草浪起伏，慢慢湧來，從邊境線一直漫到吉普車，淹沒了四輪。兩輛小車像兩艘快艇，在草海中乘風破浪。陳陣鬆了一口氣：要想在牧草這麼茂密高聳的草場上找到狼，就是用天文望遠鏡也白搭。

陳陣再一次湧出對草原狼和馬倌們的感激之情。這片看似純天然、純原始的美麗草原，實際上，卻是草原狼和馬倌們流血流汗，拚了命才保護下來的。美麗天然和原始中，包含著無數的人工和狼工。每當牧民在下雪以後，趕著畜群開進冬季草場的時候，都會感受到狼群給他們的恩澤。牧民們常常會唱起狼歌那樣悠長顫抖的草原長調，每次都令陳陣心曠神怡。

兩輛吉普飛速行駛，射手都帶著醉意，但他們仍然舉著望遠鏡，仔細搜索著狼皮和狼肉。陳陣仍然沉浸在自己的思緒裏，他還從來沒有在人畜未到之前，如此從容快速地瀏覽冬季草場的原始美。

此刻，廣袤無邊的草場上，沒有一縷孤煙、一匹馬、一頭牛、一隻羊。修養生息了近半年的冬季草場，雖是一片濃密的綠色，卻顯得比春季接羔草場更爲荒涼。春季草場有許多石圈、土圈、庫房和高高的井臺，人工的痕跡散佈草場。而在冬季草場，人畜有雪吃，不用打井修井臺；到冬季，羊羔牛犢都已長大，也用不著給牠們修棚蓋圈，僅用牛車、活動柵欄和大氈搭建的半圓形擋風牆，就可充當羊圈。因此，在秋初時節靜觀這冬季草場，眼前沒有人跡、沒有畜跡、沒有一件人工建築物，只有波濤般起伏的針茅草。

如果戴著哥薩克黑羔皮高帽的葛里高利，突然出現在這片草場，陳陣一定不會懷疑他倆的身後，就是那美得令人心酸的頓河草原。早在上初中時，陳陣就看過兩三遍《靜靜的頓河》的小說和電影。後來他在離開北京的時候，又將《靜靜的頓河》和其他關於草原的小說，一同帶到了額侖草原。《靜靜的頓河》也是陳陣來草原的原始驅動力之一。陳陣對頓河草原的嚮往，是由於葛里高利、娜塔莉亞和阿克西妮亞那樣熱愛自由的人。而陳陣對蒙古草原的癡迷，則是由於熱愛自由、拚死捍衛自由的草原狼和草原人。

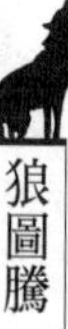

草原為什麼會有如此強大的磁場，讓他情感羅盤的指標，總是顫抖地指向這個方向？陳陣常常能感到來自草原地心的震顫與呼救，使他與草原有一種靈魂深處的共振，比兒子與母親的心靈共振更加神秘，更加深沉，它是一種隔過了母親、隔過了祖母、曾祖母、太祖母，而與更老更老的始祖母遙遙的心靈感應，在他從未感知的心底深處，呼喚出最遠古的情感。

陳陣望著荒涼寂寥的草原，陷於夢境般的神遊，好像望見了史前蠻荒時期的人類祖先。導師曾經告訴人們：「直立和勞動創造了人類。」那麼，類人猿究竟是在森林中，還是在草原上直立起來的呢？這是一個更為深遠的有關「祖地」的質疑。

陳陣已經與草原猛獸打過兩年多的交道，在他看來，類人猿不可能是在森林中直立起來的。因為，在森林中猿猴的前肢更重要，也更發達。在森林中，要想看得遠，就必須爬得高；要想躲避猛獸，就更要爬得高。而要想爬得高，就必須靠前肢前掌，要想採摘果實，也必須依靠前肢前掌。更重要的是，猿猴在森林裏的快速行動，主要是靠前肢「行走」。當猿猴的前肢前臂的功能如此重大，牠們的後肢就不可能發達，後肢只是前肢的輔助器官，牠擔負不了獨立行走的艱巨任務。因此在森林裏，猿猴不可能，也沒必要直立起來。

其後由於動物繁衍，森林擁擠，食物逐漸減少，嚴酷的環境把一部分猿猴趕出了森林，逼到了草原上，草原的新環境開始改造猿猴的前後肢的功能。一方面，草原藏狼臥虎、環境凶險，卻又無高可攀，猿猴要想在高高的草叢裏看清遠處的敵人和獵物，就必須站起來；另一方面，草原無枝可依，猿猴前肢的快速「行走」功能，被置於無用之地，草原逼迫猿猴的後肢逐漸強化強壯強健，歷經幾十萬年，後肢的頻繁使用，一點點拉直了猿猴的脊椎骨和腿骨，使類人猿的胸膛和後腿挺立起來。

通過直立，類人猿便有了人的意義上的腿，也才解放並開發出令所有動物望而生畏的「手」，並促進了更加可怕的大腦智力的進步，因而打敗了所有猛獸，成爲百獸之王，最終變成了人。手握石斧和火把的原始人，是以戰鬥的姿態站立起來的。石斧首先是與野獸搏鬥的戰鬥武器，然後才是獲取食物的生產工具。戰鬥使其生存，生存爾後勞動。不僅是直立和勞動創造了人，而且是那些促成了直立的無數次戰鬥，才真正創造了人。那些拒絕直立，繼續用四肢奔跑的猿猴，終因跑不過虎豹獅狼而被淘汰。陳陣多年來的觀察思索與直覺，都告訴他自己：猿猴是在草原上直立起來的。而草原狼是逼迫猿猴直立起來的重大因素之一。

所以，殘酷美麗的草原，不僅是華夏民族的祖地，也是全人類的祖地和搖籃。草原是人類直立起來，「走向」全球的出發地。草原大地是人類最古老的始祖母。陳陣覺得有一種古老溫柔的親情，從草原的每一片草葉、每一粒沙塵中散發出來，將他緊緊包裹。與此同時，也有一股深深的憤懣之氣在胸腔裏久久不去，他覺得那些燒荒、墾荒、破壞草原的農耕人群，是最愚昧、最殘忍的罪人。

吉普沿著矮草古道向東疾馳。古道沙實土硬，但牧民搬家遷場遺留在道上的畜糞畜尿較多，因此古道上的野草雖矮卻壯，顏色深綠。遠遠望去，草原古道就像一條低矮深綠色的壕溝，伸向草原深處。陳陣突然在右前方不遠處的草叢中發現三個黑點，他知道那是一條大狐狸，牠的前爪垂胸，用後腿站起來，上半身露出草叢，遠遠地注視著吉普。下午橙黃的陽光照在狐狸的頭、脖、胸上，毛色雪白的脖頸和前胸變得微黃，與淡黃的針茅草穗混爲一色。而脖頸部以上的三個黑點卻格外清晰，那是狐狸的兩隻黑耳朵和一個黑鼻頭。

陳陣每次與畢利格阿爸外出獵狐的時候，尤其是在冬天的雪地，老人總是指給他看那「三個黑點」，有經驗的獵手就會朝「三個黑點」的下部開槍。狡猾的草原狐狸的僞裝和大膽，瞞不過草原獵人，卻能把有鷹一樣眼睛的特等射手，騙得如同「睜眼瞎」。陳陣沒吭聲，他不想再見到血，而且，美麗狡猾的狐狸也是草原捕鼠能手。吉普漸漸接近了「三個黑點」，「黑點」悄悄下蹲，消失在深深的草叢之中。

又行駛了一段，一隻大野兔也從草叢中站立起來，也在注視吉普。身子夾雜在稀疏的草穗裏，胸前毛色也與草穗相仿，但那兩隻大耳朵破壞了牠的僞裝。陳陣悄聲說：嗨，前面有一隻大肥兔，那可是草原大害，打不打？

包順貴有些失望地說：先不打，等以後打光狼了再打野兔。

野兔又站高了幾寸，牠根本不怕車，直到吉普離牠十幾米遠，才一縮脖，不見了。草香越來越濃，針茅洶湧如海。射手們也感到在冬季草場是不可能發現獵物了。吉普只好向南開出針茅草原，來到遍佈丘陵的秋季草場。

這裏的牧草較矮，但是，千百年來，牧民之所以把這裏定爲秋季草場，主要是因爲丘陵草場的草籽多。到了秋季，像野麥穗、野苜蓿豆莢一樣的各種草穗草籽都成熟了，沉甸甸地飽含油脂和蛋白質。羊群一到這裏，都抬起頭用嘴擼草籽吃，就像吃黑豆大麥飼料一樣。額侖羊群能在秋季抓上三指厚的背尾油膘，靠的就是這些寶貴的草籽。而不懂這種原始科學技術的外來戶，羊群油膘不夠，往往過不了冬，即便過了冬，到春季母羊沒奶，羊羔就會成批死亡。

經過畢利格老人兩年多的傳授，陳陣已經快出師了。他彎腰伸手擼了一把草籽，放在手掌裏搓了搓。草籽快熟了，大隊也該準備搬家遷往秋季草場了。

牧草矮下去一大半，視線寬廣，車速加快。包順貴突然發現土路上有幾段新鮮狼糞，射手又興奮緊張起來，陳陣立刻也揪起心。此地已經離開槍響的地方六七十里，如果這裏有狼，不會防備從沒人的北面開來兩輛幾乎悄無聲息的汽車。

吉普剛翻過一個緩坡，突然，車上的三個人都輕輕叫了起來：狼！狼！陳陣揉了揉眼睛，只見車頭側前方三百多米的地方，躥起一條巨狼，個頭大得像隻金錢豹。在額侖草原，巨狼仗著個大力猛速度快，常常脫離狼群單打獨鬥，看似獨往獨來吃獨食，實際上，牠是作爲狼群的特種兵，爲家族尋找大機會。

巨狼好像剛睡了一小覺，一聽到車聲顯然吃驚不小，拚命往山溝草密的地方衝去。老劉一踩油門，激動得大呼小叫：這麼近，你還逃得掉啊！吉普颼地截斷了大狼的逃路，狼急忙轉身往前面坡頂狂奔，幾乎跑出了黃羊的速度，但立即被巴參謀的車緊緊咬住。兩輛吉普呈夾擊態勢，向狼猛衝。大狼已跑出全速，可吉普車的油門還沒有踩到底。

兩位特等射手竟互相謙讓起來。徐參謀大聲說：你的位置好，你打吧！巴參謀說：你的槍法更準，還是你打。

包順貴揮手高聲叫道：別開槍！誰也別打！今兒咱們弄一張沒有槍眼的大狼皮。我要活剝狼皮，活皮的皮板好，毛鮮毛亮，那種皮子最値錢！

太對了！兩位射手和兩位司機幾乎同聲高叫。老劉還向包順貴伸出大拇指說：看我的，我保證把狼追趴蛋！小王說：我一定把狼追得吐血！

矮草緩坡丘陵是吉普的用武之地，又在這麼近的距離內，兩車夾一狼，巨狼絕無逃脫的可能。狼已跑得口吐白沫，緊張危險的吉普打狼戰，忽然變成了輕鬆的娛樂遊戲。陳陣到草原以後，從來沒有想過，人對狼居然可以具有如此懸殊的優勢。稱霸草原萬年的蒙古草原狼，此時變得比野兔還可憐。陳陣腦子裏突然閃過了「落後便挨打，先進便打人」那句話，騰格里的大自然，莫非真是如此無情？

吉普車在兩位駕技高超的司機控制下，不緊不慢地趕著大狼跑，狼快車就快，狼慢車就慢，並用刺耳的喇叭聲逼狼加速，車與狼總是保持五六十米的距離。巨狼速度雖快，但是體大消耗也大，追出二十多里地，狼已跑得大口吐氣，大噴白沫，嘴巴張大到了極限，仍然喘不過氣來。

陳陣從來沒有這麼長久地跟在狼的身後，在汽車上看狼奔跑。草原狼也從來沒被追敵追到沒有一絲喘息機會的地步。陳陣有一刻閉上了眼不忍看，卻又忍不住睜眼去看。他多麼希望大狼跑得快些再快些，或能鑽天入地，就像傳說中的那條飛狼，能從草地上騰空而起，破雲而去；或者鑽進他掏挖過的那種深狼洞。

然而巨狼既飛不上天，又找不到洞。草原上狼的神話，在先進的科技裝備面前統統飛不起來了。但是眼前的巨狼仍然在拚死拚命地跑，拚盡狼的所有意志和頑強地狂奔，好像只要追敵沒有追上牠，牠就會一直這樣跑下去。陳陣真希望車前再突然出現大坑、大溝、大牛骨，即便自己被甩下車，他也認了……

兩輛車上的獵手都爲碰上如此高大威猛漂亮的巨狼而激動，比灌足了酒還要紅光滿面。包順貴大叫：這條狼比咱們打的哪條狼都大，一張皮子就能做條狼皮褥子，連拚接都不用。

徐參謀說：這張皮子就別賣了，送給兵團首長吧。

巴參謀說：對！就送給兵團首長，也好讓他們知道這兒的狼有多大，狼災有多厲害。

老劉拍著方向盤說：內蒙大草原富得流油，一年下來，咱們可就能安個比城裏還漂亮的富家了。

那一刻，陳陣的拳頭攥出了汗，他真想從後腦勺上給那個姓劉的一傢伙。可是，陳陣眼前忽然閃過了家裏的小狼，心裏掠過一陣親情軟意，就像家裏有個嗷嗷待哺的嬰兒等著他回去餵養。他的胳膊無力地耷拉下來，只覺得自己的整個身子和腦子都木了。

兩輛吉普終於把狼趕到了一面長長的大平坡上。這裏沒有山溝，沒有山頂，沒有坑窪，沒有一切狼可利用的地形物貌。兩輛吉普同時按喇叭，驚天動地，刺耳欲聾。巨狼跑得四肢痙攣，靈魂出竅。可憐的巨狼終於跑不快了，速度明顯下降，跑得連白沫也吐不出來。兩位司機無論怎樣按喇叭，也嚇不出狼的速度來了。

包順貴抓過徐參謀的槍，對準狼身的上方半尺，啪啪開了兩槍，子彈幾乎燎著狼毛。這種狼最畏懼的聲音，把巨狼骨髓裏的最後一點氣力嚇了出來。巨狼狂衝了半里路，跑得幾乎喘破了肺泡。牠突然停下，用最後的一絲力氣，扭轉身蹲坐下來，擺出最後一個姿態。

兩輛吉普剎在離巨狼三四米的地方。包順貴抓著槍跳下車，站了幾秒鐘，見狼不動，便大著膽子，上了刺刀，端起槍慢慢朝狼走去。巨狼全身痙攣，目光散亂，瞳孔放大。包順貴走近狼，狼竟然不動。他用槍口刺刀捅了捅狼嘴，狼還是不動。包順貴大笑說：咱們已經把這條狼追傻了。說完伸出手掌，像摸狗一樣地摸了摸巨狼的腦袋。

這可能是千萬年來，蒙古草原上第一個在野外敢摸蹲坐姿態的活狼腦袋的人。巨狼仍是沒有任何反應，當包順貴再去摸狼耳朵的時候，巨狼像一尊千年石獸轟然倒地……

陳陣如同罪人一樣地回到家。他簡直不敢跨進草原上的蒙古包。他猶豫了一會兒，但還是進了自己的家門。張繼原正在跟楊克和高建中講全師滅狼大會戰，張繼原越說越生氣：現在全師上下，打狼剝皮都紅了眼。卡車小車、射手民兵一起上，汽油子彈充足供應。連各團的醫生都上了陣，他們從北京弄到無色無味的劇毒藥，用針管注射進死羊的骨髓裏，再扔到野地，毒死了不知多少狼。更厲害的是跟著兵團進來的民工修路隊，十八般武器全都上了陣，還發明了炸狼術，把炸山取石的雷管塞到羊棒骨的骨管裏，再糊上羊油，放到狼群出沒的地方，狼只要一咬骨頭，就被炸飛半個腦袋。民工們到處佈撒羊骨炸彈，還把牧民的狗炸死不少。草原狼陷入了人民戰爭的汪洋大海，到處都在唱：祖祖孫孫打下去，打不盡豺狼決不下戰場。聽說，牧民已經到軍區去告狀了……

高建中說：咱們隊的民工這幾天也來了勁，一下子打了五六條大狼。這批從牧民變成農民的人，打狼技術更高。我花了兩瓶白酒的代價，才弄清楚他們是怎麼打著狼的。他們也是用狼夾子打，可就是比這兒的牧民狡猾多了。這兒的獵手總是在死羊旁邊下夾子，時間長了，狼也摸到規律了，牠們一見野地裏的死羊，就特別警惕，不敢輕易去碰，往往要等鼻子最靈的頭狼聞出夾子，把夾子刨出來，才下嘴吃羊。這幫民工就不用這種辦法，他們專在狼多的地方下夾子，旁邊既沒有什麼死羊，也沒有骨頭，地上平平的。你們猜他們用什麼做誘餌？打死你，你也猜不出來……他們把馬糞泡在化開的羊油裏，再撈出來晾乾，然後把羊油味十足的馬糞搓碎，撒到下好狼夾子的地方，一撒好幾溜，每一溜都連到下夾子的地方，這就是誘餌。當狼路過這地方的時候，會聞見羊油味兒，因爲沒有死羊也沒有肉骨頭，狼就容易放鬆警惕，東聞聞，西聞聞。聞來聞去就被夾子夾住了。你們說這招毒不毒？偷雞連把米都不用出。老王頭說，他們就是用這種法子，把老家的狼害給滅了……

陳陣沒有再聽下去，他推開門走向狼圈，輕輕叫著小狼小狼。一整天沒見，小狼也想他了，小狼早已親親熱熱地站在狼圈最邊緣，翹著尾巴盼著他進狼圈。陳陣蹲下身，緊緊抱著小狼，把臉貼在小狼的腦袋上，久久不願鬆開。草原秋夜，霜月淒冷，空曠的新草場，草原狼顫抖悠長的哭嗥聲已十分遙遠……陳陣倒是不用再擔心母狼們來拚搶小狼了，然而，他卻非常盼望母狼們能把小狼領走，再帶到邊境北邊去……

有腳步聲在陳陣的身後停住，傳來楊克的聲音：聽蘭木扎布說，他看見白狼王帶著一群狼衝過邊防公路了，團部的那輛小「嘎斯」沒追上。我想，白狼王是不會再回到額侖草原來了。

陳陣一夜輾轉無眠。

第六章 草原民族的精神之源

對基督教世界來說，從十三世紀初到十五世紀末的三個世紀，是一個衰退時期。這幾個世紀是蒙古諸族的時代。從中亞來的游牧生活支配著當時已知的世界。在這時期的頂峰，統治著中國、印度、波斯、埃及、北非、巴爾幹半島、匈牙利和俄羅斯的，是蒙古人或同種的突厥族源的土耳其人和他們的傳統。

——（英）赫·喬·韋爾斯《世界史綱》

熊可牽，虎可牽，獅可牽，大象也可牽。蒙古草原狼，不可牽。

小狼寧可被勒死，也不肯被搬家的牛車牽上路。

全大隊的牛群羊群，天剛亮就已提前出發，浩浩蕩蕩的搬家車隊也已經翻過西邊的山樑，分組遷往大隊的秋季草場。可是二組的知青包，六輛重載的牛車還沒有啓動，畢利格老人和嘎斯邁已經派人來催了兩次。

張繼原這幾天專門回來幫著搬家。然而，面對死強狂暴的小狼，陳陣與張繼原一籌莫展。陳陣沒有想到，養狼近半年了，一次次大風大浪都僥倖闖了過來，最後竟會卡在小狼的搬家上。

從春季草場搬過來的時候，小狼還是個剛剛斷奶的小崽子，只有一尺多長，搬家時候，把牠放在裝乾牛糞的木頭箱子裏就帶過來了。經過小半個春季和整整一個夏季的猛吃海塞，到秋初，小狼已長成了一條體型中等的大狼。家裏沒有可以裝下牠的鐵箱和鐵籠，即便能裝下牠，陳陣也絕無辦法把牠弄進去。而且，他也沒有空餘的車位來運小狼，知青的牛車本來就不夠用，他和楊克的幾大箱書又額外占了大半車。六輛牛車全部嚴重超載，長途遷場弄不好就會翻車，或者壞車拋錨。草原遷場的日子取決於天氣，為了避開下雨，全大隊的搬家突然提前，陳陣一時手足無措。

張繼原急得一頭汗，嚷嚷道：你早幹什麼來了？早就應該訓練牽著小狼走。

陳陣沒好氣兒地說：我怎麼沒訓？小時候牠份量輕，還能拽得動牠，可到了後來，誰還能拽得動？一個夏天，從來都是牠拽我走，從來就不讓我牽，拽狠了，牠就咬人。狼不是狗，你打死牠，牠也改不了。狼不是老虎獅子，你見過大馬戲團有狼表演嗎？再厲害的馴獸員也馴不服狼，你就是把蘇聯馴虎女郎請來也沒用。你見狼見得比我多，難道你還不知道狼？

張繼原咬咬牙說：我再牽牠一次試試，再不行，我就玩狠的了。他拿了一根馬棒，走到小狼跟前，從陳陣手裏接過鐵環，開始拽狼。小狼立即衝著他齜牙咧嘴，兇狠咆哮，身子的重心後移，四爪朝前撐地，梗著脖子，狼勁十足，寸步不讓。張繼原像拔河一樣，使足了全身力氣，也拽不動狼。他顧不了許多，又轉過身，把鐵鏈扛在肩膀上，像長江縴夫那樣伏下身拚命拉。

這回小狼被拉動了，四隻撐地的爪子扒出了兩道沙槽，推出了兩小堆土。小狼被拉得急了眼，突然重心前移準備撲咬。牠剛一鬆勁，張繼原一頭栽到地上，撲了一頭一臉的土，也把小狼拽了一溜滾，人與狼纏在一起，狼口離張繼原的咽喉只有半尺。陳陣嚇得衝上去摟住小狼，用胳膊緊緊夾住牠的脖子。小狼被夾在陳陣的胳肢窩裏，還朝張繼原張牙舞爪，恨不得衝上去狠狠給他一口。

兩人臉色發白發黑，大口喘氣。張繼原說：這下可真麻煩了，這次搬家要走兩三天呢。要是一天的路程，咱們還可以把小狼先放在這裏，第二天再趕輛空車回來想辦法。可是兩三天的路程，來回就得四五天。羊毛庫房的管理員和那幫民工還沒搬走呢。一條狼單獨拴在這裏，不被他們弄死，也得被團部的打狼隊打死，我看，咱們無論如何也得把小狼弄走。對了，要不就用牛車來拽吧。

陳陣說：牛車？我前幾天就試過了，沒用，還差點沒把牠勒死。我可知道了什麼叫桀驁不馴，什麼叫寧死不屈。狼就是被勒死也不肯就範，我算是沒輒了。

張繼原說：那我也得親眼看看。你再牽一條小母狗在旁邊，給牠作個示範吧？

陳陣搖頭：我也試過了，沒用。

張繼原不信：那就再試一次。說完，就牽過來一輛滿載重物的牛車，將一根繩子拴在小母狗的脖子上，然後又把繩子的另一端拴在牛車尾部的橫木上。張繼原牽著牛車圍著小狼轉，小母狗鬆著皮繩，乖乖地跟著牛車後面走。

張繼原一邊走，一邊輕聲細語地哄著小狼說：咱們要到好地方去了，就這樣，跟著牛車走，學學看，很簡單很容易的，你比狗聰明多了，怎麼連走路都學不會啊，來來來，好好看看……

小狼很不理解地看著小母狗，昂著頭，一副不屑的樣子。陳陣連哄帶騙，拽著小狼跟著小母狗走。小狼勉強走了幾步，實際上，仍然是小狼拽著陳陣在走。牠之所以跟著小母狗走，只是因爲牠喜歡小母狗，並沒有真想走的意思。又走了一圈，陳陣就把鐵鏈套扣在牛車橫木上，希望小狼能跟著牛車開路。鐵鏈一跟牛車相連，小狼馬上就開始狠命拽鏈子，比平時拽木樁還用力，把沉重的牛車拽得匡匡響。

陳陣望著面前空曠的草場，已經沒有一個蒙古包、沒有一隻羊了，急得嘴角起泡。再不上路，到天黑也趕不到臨時駐地，那麼多岔道，那麼多小組，萬一走迷了路，楊克的羊群，高建中的牛群怎麼紮營？他們倆上那兒去喝茶吃飯？更危險的是，到晚上人都累了，下夜沒有狗怎麼辦？如果羊群出了事，最後查原因查到養狼誤了事，陳陣又該挨批，小狼又該面臨挨槍子的危險。

陳陣急得發了狠心，說：如果放掉牠，牠是死；拖牠走，牠也是死，就讓牠死裏求生吧。走！就拖著牠走！你去趕車，把你的馬給我騎，我押車，照看小狼。

張繼原長嘆一口氣說：看來游牧條件下真養不成狼啊。

陳陣將拴著小母狗和小狼的牛車，調到車隊的最後。他把最後一頭牛的牛頭繩，拴在第五輛牛車的後橫木上，然後大喊一聲：出發！張繼原不敢坐在頭車上趕車，他牽著頭牛慢慢走。牛車一輛跟著一輛啓動了，當最後一輛車動起來的時候，小母狗馬上跟著動，可是，小狼一直等到近三米長的鐵鏈快拽直了還不動。

這次搬家的六條大犍牛，都是高建中挑選出來的最壯最快的牛，爲了搬家，還按照草原規矩，把牛少吃多喝地拴了三天，吊空了龐大的肚皮，此時正是犍牛憋足勁拉車的好時候。六頭牛大步流星地走起來，狼哪裡強得過牛，小狼連撐地的準備動作還沒有做好，就一下子被牛車呼地拽了一個大跟頭。

小狼又驚又怒，拚命掙扎，四爪亂抓，扒住地猛地一翻身，急忙爬起來，跑了幾步，迅速做好了四爪撐地的抵抗動作。牛車上了車道，加快了速度。小狼梗著脖子，踉踉蹌蹌地撐了十幾米，又被牛車拽翻。繩子像拖死狗一樣地拖著小狼，草根茬剮下一層狼毛。

當小狼被拖倒在地，牠的後脖子就使不上勁，而吃勁的地方卻是致命的咽喉。皮項圈越勒越緊，勒得牠伸長了舌頭，翻著白眼。小狼張大嘴，拚命喘氣掙扎，四爪亂蹬，陳陣嚇得幾乎就要喊停車了。就在這時，小狼忽然發狂地拱動身體，連蹬帶踹，後腿終於踹著了路埂，又奇蹟般地向前一躥，一軲轆翻過身爬了起來。

小狼生怕鐵鏈拉直，又向前快跑了幾步。陳陣發現這次小狼比上次多跑了兩步，牠明顯是爲了多搶出點時間，以便再做更有效的抵抗動作。小狼搶在鐵鏈拽直以前，極力把身體大幅度地後仰，身體的重心比前一次更加靠後半尺。鐵鏈一拉直，小狼居然沒被拽倒，牠強強地梗著脖子，死死地撐地，四隻狼爪像摟草機一般摟起路梗上的一堆秋草。草越積越多，成了滑行障礙，呼地一下，小狼又被牛車拽了一個大跟頭。急忙跑了兩步，再撐地。

小母狗側頭同情地看看小狼，發出哼哼的聲音，還向牠伸了一下爪子，那意思像是說，快像我這樣走，要不然會被拖死的。可是小狼對小母狗連理也不理，根本不屑與狗為伍，繼續用自己的方式頑抗，拽倒了，拱動身體踹蹬路埂，掙扎著爬起來，衝前幾步，擺好姿勢，梗著脖子，被繃直的絞索勒緊，然後再一次被拽倒，再拚命翻過身……

陳陣發現，小狼不是不會跟著牛車跑和走，不是學不會小狗的跟車步伐，但是，牠寧可忍受與死亡絞索搏鬥的疼痛，就是不肯像狗那樣被牽著走。被牽與拒牽，在性格上絕對是狼與狗、狼與獅虎熊象、狼與大部分人的根本界限。草原上沒有一條狼會越出這道界限，向人投降。拒絕服從，拒絕被牽，是作為一條真正的蒙古草原狼做狼的絕對準則，即便是這條從未受過狼群教導的小狼也是如此。

小狼仍在死抗，堅硬的沙路像粗沙紙，磨著小狼爪，鮮血淋漓。陳陣胸口一陣猛烈地心絞痛。草原狼，萬年來倔強草原民族的精神圖騰，牠具有太多讓人感到羞愧和敬仰的精神力量。沒有多少人，能夠像草原狼那樣不屈不撓地按照自己的意志生活，甚至不惜以生命為代價，來抗擊幾乎不可抗拒的外來力量。

陳陣由此覺得，自己對草原狼的認識還是太膚淺了。很長時間來，他一直認為狼以食為天、狼以殺為天。顯然都不是，那種認識是以人之心，度狼之腹。草原狼無論食與殺，都不是目的，而是為了自己神聖不可侵犯的自由、獨立和尊嚴。神聖得使一切真正崇拜牠的牧人，都心甘情願地被送入神秘的天葬場，期盼自己的靈魂，也能像草原狼的靈魂那樣自由飛翔……

倔強的小狼被拖了四五里，牠後脖子的毛已被磨掉一半，肉皮滲出了血，四個爪子上厚韌的爪掌，被車道堅硬的沙地磨出了新肉。在小狼再一次被牛車拽倒之後，耗盡了體力的小狼翻不過身來了，像圍場上被快馬和套馬杆拖著走的垂死的狼，牠掙扎不動，只能大口喘氣。繼而，一大片紅霧血珠突然從小狼的口中噴出，小狼終於被項圈勒破了喉嚨。

陳陣嚇得大喊停車，迅速跳下馬，抱著全身痙攣的小狼向前走了一米多，鬆了鐵鏈。小狼拚命喘息補氣，大口的狼血噴在陳陣的手掌上，他的手臂上也印上了小狼後脖子洇出的血。小狼氣息奄奄，嘴裏不停地噴血，疼得牠用血爪撓陳陣的手，但狼爪甲早已磨禿，爪掌也已成爲血嫩嫩的新肉掌。陳陣鼻子一酸，淚水噗噗地滴在狼血裏。

張繼原跑來，一見幾處出血的小狼，驚得瞪大了眼。他圍著小狼轉了幾圈，急得手足無措，說：這傢伙怎麼這麼倔啊？這不是找死嘛，這可怎麼辦呢？

陳陣緊緊抱著小狼，也急得不知如何是好。小狼疼痛的顫抖，使他的心更加疼痛和顫慄。

張繼原擦了擦滿頭的汗，又想了想說：才半歲大，拖都拖不走，就算把牠弄到了秋草場，往後就該一個月搬一次家了，牠要是完全長成大狼，咱們怎麼搬動牠？我看……我看……咱們還不如就在這兒……把牠放了算了，讓牠自謀出路吧……

陳陣鐵青著臉，衝著他大聲吼道：小狼不是你親手養大的，你不懂！自謀生路？這不是讓牠去送死嗎！我一定要養小狼！我非得把牠養成一條大狼！讓牠活下去！

說完，陳陣心一橫，呼地跳起來，大步跑到裝雜物和乾牛糞的牛車旁，氣呼呼地解開了牛頭繩，把牛車牽到車隊後面，一狠心，解開栓車繩，猛地掀掉柳條車筐，把大半車乾牛糞呼地全部卸到了車道旁邊。他已鐵定主意，要把牛車上騰空的糞筐改造成一個囚車廂，一個臨時囚籠，強行搬運小狼。

張繼原沒攔住，氣得大叫：你瘋啦！長途搬家，一路上吃飯燒茶全靠這半車乾糞。要是半道下雨，咱們四個連飯也吃不上了。就是到了新地方，還得靠這些乾糞堅持幾天呢。你、你你竟然敢卸糞運狼，非被牧民罵死不可！高建中非跟你急了不行！

陳陣迅速地卸車裝車，咬著牙狠狠說道：到今天過夜的地方，我去跟嘎斯邁借牛糞，一到新營盤我馬上就去撿糞，耽誤不了你們喝茶吃飯！

小狼剛剛從死亡的邊緣緩緩過來，不顧四爪的疼痛，頑強地站在沙地上，四條腿疼得不停地發抖，口中仍然滴著血，卻又梗起脖子，繼續作著撐地的姿勢，提防牛車突然啓動。小狼瞪著牛車，擺出一副戰鬥到死的架勢，哪怕被牛車磨禿了四爪四腿，磨出骨茬，也在所不惜。陳陣心頭發酸，他跪下身，一把摟過小狼，把牠平平地放倒在地，他再也捨不得讓小狼四爪著地了，然後急忙打開櫃子車，取出雲南白藥，給小狼的四爪和後脖頸上藥。小狼口中還在滴血，他又拿出兩塊紡錘形的光滑的熟犍子肉，在肉表面塗抹了一層白藥。一遞給小狼，牠就囫圇吞了下去。陳陣但願白藥能止住小狼咽喉傷口上的血。

陳陣把糞筐車重新拴緊，碼好雜物，又用舊案板舊木板，隔出大半個車位的囚籠，再墊了一張生羊皮，還拿出了半張大氈子做筐蓋，一切就緒，估計囚籠勉強可裝下小狼。可怎樣把小狼裝進筐裏去呢？陳陣又犯難了。小狼已經領教了牛車的厲害，牠再也不敢靠近牛車，一直綳緊鐵鏈，離牛車遠遠的。

陳陣從牛車上解下鐵鏈，挽起袖子抱住小狼，準備把小狼抱進囚籠裏。可是，剛向牛車走了一步，小狼就發瘋咆哮掙扎，陳陣想猛跑幾步，將小狼扔進車筐裏，但是，未等他跑近車筐，小狼張開狼嘴，猛地低頭朝陳陣的手臂狠狠地就是一口，咬住就不撒口。陳陣哎喲大叫了一聲，嚇出一身冷汗。

小狼直到落到地上才鬆了口，陳陣疼得連連甩胳膊。他低頭看傷，手臂上沒有出血，可是留下了四個紫血疱，像是摔倒在足球場上，被一隻足球釘鞋狠狠地跺了一腳。

張繼原嚇白了臉，說道：幸虧你把小狼的牙尖夾掉了，要不然，非咬透你的手臂不可。我看還是別養了，以後等牠完全長成大狼，這付鈍牙也能咬斷你的胳膊的。

陳陣惱怒地說：快別提夾狼牙的事了，要是不夾掉牙尖，沒準我早就把小狼放回草原了。現在牠成了殘疾狼，牠這副牙口，連我胳膊上的肉都咬不透，放歸草原可怎麼活啊？是我把牠弄殘的，我得給牠養老送終。現在兵團來了，不是說要建定居點嗎，定居以後，我給牠砌個石圈，就不用鐵鏈了……

張繼原說：行了行了，再攔你，你該跟我拚命了，還是想法子趕緊上路吧。可是……怎麼把牠弄到牛車上去？你傷了，讓我來試試吧。

陳陣說：還是我來抱。小狼不認你，牠要是咬你就不會這麼客氣了。沒準，牠一抬頭，一口把你的鼻子咬下來。這樣吧，你拿著氈子在一邊等著，只要我把小狼一扔進筐裏，你就趕緊蓋上。

張繼原叫道：你真不要命啦！你要是再抱牠，牠非得把你往死裏咬，狼這東西翻臉不認人，鬧不好，牠真會把你的喉嚨咬斷！

陳陣想了想說：咬我也得抱！現在只能犧牲一件雨衣了。他跑到櫃車旁邊，拿出了自己的一件一面綠帆布、一面黑膠布的軍用雨衣，又給了小狼兩塊肉，把小狼哄得失去警惕。陳陣定了定心，控制了自己微微發抖的手，趁小狼低頭吃肉的時候，猛然張開雨衣蒙住了小狼，迅速裹緊。趁著小狼一時發懵、黑燈瞎火什麼也看不清，不知道該往哪兒咬的幾秒鐘，陳陣像抱著炸藥包一樣，抱著裹在雨衣裏瘋狂掙扎的小狼，衝到了牛車旁，連狼帶雨衣一起扔進車筐。

張繼原撲上前，將半塊大氈罩住車筐。等小狼從撕開口的黑色雨衣中爬出來的時候，牠已經成爲囚車裏的囚犯了，兩人已經用馬鬃長繩綁緊了氈蓋，與囚車牢牢地綁在一起。陳陣大口喘氣，渾身冒虛汗，癱坐在地上，一點力氣也沒有了。小狼在囚車裏轉了一圈，陳陣馬上又跳了起來，準備防止牠再瘋狂撕咬氈子，拚死衝撞牢籠。

牛車車隊就要啓動，但陳陣覺得這樣單薄的柳條車筐，根本無法囚住這頭強壯瘋狂的猛獸。他趕緊連哄帶賞，送進囚車幾大塊手把肉，又柔聲細語地安慰小狼。再把所有大狗小狗都叫到車隊後面陪伴小狼。張繼原坐到頭車上，敲打頭牛，快速趕路。

陳陣又從車上找來一根粗木棒，準備隨時敲打筐壁，以防小狼兇猛反抗。陳陣騎馬緊緊跟在車後，不敢離開半步，生怕小狼故意迷惑自己，等他一離開就拚死造反，咬碎拆散車筐，衝出牢籠。連鐵鏈都不能忍受的小狼，哪能忍受牢籠？陳陣提心吊膽地跟在小狼的後面。

但是接下來的情況，完全出乎陳陣的預料：車隊開始行進，小狼在囚車裏並沒有折騰個天翻地覆，小狼一反常態，眼裏露出了陳陣從未見過的恐慌的神色。牠嚇得不敢趴下，低著頭，弓著背，夾著尾巴，戰戰兢兢地站在車裏，往車後看陳陣。陳陣從柳條筐縫裏緊緊地盯著牠，見牠異常驚恐地站在不斷搖晃的牛車上，越來越害怕，嚇得幾乎把自己縮成一個刺蝟球。小狼不吃不喝，不叫不鬧，不撕不咬，竟像一個暈船的囚徒那樣，忽然喪失了一切反抗力。

陳陣深感意外，他緊緊地貼近車，握緊木棒，跟著牛車翻過山樑。他透過車筐後面的縫隙，看見小狼仍然一動不動地站著，兩眼驚恐，後身半蹲，夾著尾巴，用陳陣從來沒有見過的緊張陌生的眼光，可憐巴巴地看著陳陣。

小狼早已筋疲力竭，爪上還有傷，嘴裏仍在流血，牠的眼神和頭腦似乎依然清醒，可牠就是不敢臥下來

休息。狼對牛車的晃動顛簸，對離開草原地面好像有著天然本能的恐懼。半年多來，對小狼一次又一次謎一樣的反常行爲，陳陣總是百思不得其解，不知該如何解釋。

犍牛們拚命追趕牛群，車隊平穩快速行進。陳陣騎在馬上也有了思考時間，他又陷入沉思：剛才還那麼暴烈兇猛的小狼，怎麼一下子卻變得如此恐懼和軟弱，這太不符合草原狼的性格了。難道天底下真的沒有完美的英雄，世上的英雄都有其致命的弱點？即使一直被陳陣認爲進化得最完美的草原狼，也有一個性格上的缺陷？

陳陣看著小狼，想得腦袋發疼，總覺得小狼像一個什麼人，又好像是別的什麼東西。想著看著，忽然腦中靈光一閃，他立刻想起希臘神話中的蓋世英雄安泰。難道草原狼也有安泰的那個致命弱點麼？在希臘神話中，安泰雖然英勇無敵，舉世無雙，但是他有一個致命的弱點，就是他一旦脫離了生他養他的大地母親蓋婭，他的身體就失去了一切的力量。他的敵人蓋爾枯里斯發現了這個弱點，就設法把他舉到半空，然後在空中把他扼死。莫非草原狼也是這樣，一離開草原地面，脫離了生牠養牠的草原母親，牠就會神功盡棄、變得軟弱無力？難道草原狼對草原母親真有那麼深重的依賴和依戀？難道草原狼的強悍和勇猛，真是草原母親給予的？

陳陣又突然猛醒，莫非英雄安泰和大地母親蓋婭的神話故事，就來源於狼？非常可能的是：具有游牧血統的雅利安希臘人，在早期游牧生活中，也曾經養過小狼，也在搬運小狼的時候，發現了小狼的這個令人不可思議和發人深省的弱點，從中得到了啓發，因而創作了那個偉大的神話故事。

而安泰和蓋婭的神話故事的哲理，曾影響了多少東西方人的精神和信念啊，甚至《聯共（布）黨史》都把這個故事和哲理，作爲全書的結束語，以告誡全世界的共產黨人不要脫離大地母親——人民，否則，再強大無敵的黨，也會被敵人掐死在半空。陳陣對聯共黨史那最後兩頁中的那個神話的教誨，早已熟記在心。

然而，陳陣沒有想到在蒙古草原上，他似乎碰見了這個偉大神話的源頭和原型。希臘神話的誕生雖然過去了兩千多年，但是草原狼卻仍然保持著幾千年前的個性和弱點。草原狼這種古老的活化石，對現代人類探尋人類先進民族的精神起源和發展，具有太重要的價值。

陳陣又想起了羅馬城徽上，那位偉大的狼母親和牠奶養的兩個狼孩——那兩個後來創造了羅馬城的兄弟……狼對東西方人的精神影響真是無窮無盡，直到如今，狼精神的哲理仍然在指導著先進民族。然而，現實生活中的狼，卻正被愚昧的人群無情斬殺……

陳陣胳膊上的傷，又開始鑽心地疼起來。但他不僅沒有絲毫怪罪小狼，反而感謝小狼隨時隨地對他的啓迪。他無論如何也要把小狼養成一條真正的大狼，並一定要留下牠的後代。

哲理太深太遠，陳陣不得不回到眼前——現實的問題是，以後到秋季、冬季頻繁搬家怎麼辦？尤其到小狼完全長成大狼，誰還敢把牠抱進車筐？車筐再也裝不下牠了，總不能騰出一輛車專門用來搬狼吧？到了冬季，還得專門用一輛牛車裝肉食，車就更不夠用了。沒有搬家用的牛糞，怎麼取暖煮茶做飯？總不能老向嘎斯邁借吧？陳陣一路上心悸不安，亂無頭緒。

一下坡，車隊的六條大犍牛聞到了牛群的氣味，開始大步快走，拚命向遠處一串串芝麻大小的搬家車隊追去。

牛車隊快走出夏季新草場的山口時，一輛「嘎斯」輕型卡車，捲著滾滾沙塵迎面開來。還未等牛車讓道，「嘎斯」便騎著道沿開了過去。

在會車時，陳陣看見車上有兩個持槍的軍人，幾個場部職工，和一個穿著蒙古單袍的牧民，牧民向他招招手，陳陣一看，竟是道爾基。看見打狼能手道爾基和這輛在牧場打狼打出了名的小「嘎斯」，陳陣的心又懸到嗓子眼。他跑到車隊前問張繼原：是不是道爾基又帶人去打狼了？

張繼原說：那邊全是山地，中間是大泡子和小河，卡車使不上勁，哪能去打狼呢？大概去幫庫房搬家吧。

剛走到草甸，從小組車隊方向跑來一匹快馬。馬到近處，兩人都認出是畢利格阿爸。老人氣喘吁吁，鐵青著臉問道：你們剛才看見那輛汽車上有沒有道爾基？

兩人都說看見了。老人對陳陣說：你跟我上舊營盤去一趟。又對張繼原說：你先一人趕車走吧，一會兒我們就回來。

陳陣對張繼原小聲說：你要多回頭照看小狼，照看後面的車。要是小狼亂折騰，車壞了就別動，等我回來再說。說完就跟老人順原路疾跑。

老人說：道爾基準是帶人去打狼了，這些日子，道爾基打狼的本事可派上大用場。他漢話好，當上了團部的打狼參謀，牛群交給了他弟弟去放，自己成天帶著炮手們開著小車卡車打狼。他跟大官小官可熱呼啦。前幾天還帶師裏的大官打了幾條大狼，現在人家是全師的打狼英雄了。

陳陣問：可是那兒全是山和河，怎麼打？我還不明白。

老人說：有一個馬倌跑來告訴我，說道爾基帶人帶車去舊營盤了，我一猜就知道他幹啥去了。

陳陣問：他去幹啥？

老人說：去各家各戶的舊營盤下毒、下夾子。額侖草原的老狼、瘸狼、病狼可憐吶，自個兒打不著食，只能靠撿大狼群吃剩的骨頭活命。平常也去撿人和狗吃剩下的東西，饑一頓，飽一頓。每次人畜一搬家，牠們就跑到舊營盤的灰堆、垃圾堆撿東西吃。什麼臭羊皮、臭骨頭、大棒骨、羊頭骨、剩飯剩奶渣，還把人家埋的死狗、病羊、病牛犢刨出來吃。額侖的老牧民都知道這些事。有時候牧民搬家，把一些東西忘在舊營盤，等回到舊營盤去找，常常能看見狼來過的動靜。牧民信喇嘛，心善，都知道來舊營盤找食的那些老狼病狼可憐，沒幾個人會在那兒下毒下夾子，有些老人搬家的時候，還會有意丟下些吃食，留給老狼。

老人嘆了口氣說：可自打一些外來戶來了以後，時間長了，他們也看出了門道。道爾基一家從他爹起，就喜歡在搬家的時候給狼留下死羊，塞上毒藥和下夾子，過一兩天再回來殺狼剝狼皮。他家賣的狼皮爲啥比誰家的都多？就是他家不信喇嘛，不敬狼，什麼毒招都敢使，殺那些老狼瘸狼也真下得了手。你說，狼心哪有人心毒啊……

老人滿目淒涼，鬍鬚顫抖地說：這些日子，他們打死了多少狼啊。打得好狼東躲西藏，都不敢出來找東西吃了。我估摸大隊一走，連好狼都得上舊營盤找東西吃。道爾基比狼還賊吶……再這麼打下去，額侖草原的人就上不了騰格里，額侖草原也快完了……

陳陣無法平復這位末代游牧老人的傷痛。誰也阻止不了惡性膨脹的農耕人口，阻止不了農耕對草原的掠奪。陳陣無法安慰老阿爸，只好說：看我的，今天我要把他們下的夾子統統打翻！

兩人翻過山樑，向最近一個舊營盤跑去。離營盤不遠處，果然看見留下的汽車車輪印。汽車的動作很快，已經轉過坡去了。兩人走近營盤，再不敢冒然前行，生怕鋼夾打斷馬蹄腕。

兩人下了馬，老人看了一會兒，指指爐灰坑說：道爾基下的夾子很在行，你看那片爐灰，看上去好像是風吹的，其實是人撒的，那爐灰底下就是夾子，旁邊還故意放了兩根瘦羊蹄。要是放兩塊羊肉，狼倒會疑心。瘦羊蹄本來就是垃圾堆裏的東西，狼容易上當。我估摸他下夾子的時候，手上也是沾著爐灰幹的，人味就全讓爐灰給蓋住了。只有鼻子最靈的老狼能聞出來。可是狼太老了，鼻子也老了，就聞不出來……

陳陣一時驚愕而氣憤得說不出話來。

老人又指了指一片牛犢糞旁邊的半隻病羊說：你看那羊身上準保下了藥。聽說，他們從北京弄來高級毒藥，這兒的狼聞不出來，狼吃下去，一袋煙的工夫準死。

陳陣說：那我把羊都拖到廢井裏去。

老人說：你一個人拖得完嗎？那麼多營盤吶。

兩人騎上馬，又陸陸續續看了四五個營盤，發現道爾基並沒有在每一個營盤上做手腳。有的下毒，有的下夾子，有的雙管齊下，還有的什麼也不下。整個佈局真真假假，虛虛實實。而且總是隔一個營盤做一次手腳，兩個做了局的營盤之間往往隔著一個小坡。如果一處營盤夾著狼或毒死狼，並不妨礙另一處的狼繼續中計。

兩人還發現，道爾基下毒多，下夾子少。而下夾子又利用灰坑，不用再費力挖新坑。因而，道爾基行動神速，整個大隊的營盤以他們佈局的速度，用不了大半天就能完成。

再不能往前走了，否則就會被道爾基他們發現。畢利格老人撥轉馬頭往回走，一邊自言自語地說：救狼只能救這些了。兩人走到一處設局的營盤，老人下馬，小心翼翼地走到半條臭羊腿旁邊，然後從懷裏掏出一個小羊皮口袋，打開口，往羊腿上撣出一些灰白色的晶體。陳陣立刻看懂了老人的意圖，這種毒藥是牧場供銷社出售的劣質的毒獸藥，毒性小，氣味大，只能毒殺最笨的狼和狐狸，而一般的狼都能聞出來。劣藥蓋住了好藥，那道爾基就白費勁了。

陳陣心想，老人還是比道爾基更厲害。想想又問：這藥味被風刮散了怎麼辦？

老人說：不會。這毒藥味兒就是散了，人聞不出來，狼能聞出來。

老人又找到幾處下夾子的地方。老人讓陳陣揀了幾塊羊棒骨，用力扔過去，砸翻了鋼夾。這也是狡猾的老狼對付夾子的辦法之一。

兩人又走向另一處營盤。直到老人的劣等藥用完之後，兩人才騎馬往回返。

陳陣問：阿爸，他們要是回團部的時候發現夾子翻了怎麼辦？老人說：他們一定還要繞彎去打狼，顧不上吶。

陳陣又問：要是過幾天他們來溜夾子，發現有人把夾子動過了怎麼辦？這可是破壞打狼運動的行爲啊，那您就該倒楣了。

老人說：我再倒楣，哪比得上額侖的狼倒楣。狼沒了，老鼠野兔翻天翻地，草原完了，他們也得倒楣，誰也逃不掉啊……我總算救下幾條狼了，救一條算一條吧。額侖狼，快逃吧。逃到那邊去吧……道爾基他們真要是上門來找我算賬，更好，我正憋著一肚子火沒處發呢……

登上山梁，半空中幾隻大雁悽惶哀鳴，東張西望地尋找著同類，形單影孤地繞著圈子。老人勒住馬抬頭看，長聲嘆道：連大雁南飛都排不成隊了，都讓他們吃掉了。老人回頭久久望著他親手開闢的新草場，兩眼噙滿了渾濁的淚水。

陳陣想起跟老人第一次進入這片新草場時的美景，才過了第一個夏季，美麗的天鵝湖新草場，就變成了天鵝大雁野鴨和草原狼的墳場了。他說：阿爸，咱們是在做好事，可怎麼好像跟做賊似的？阿爸，我真想大哭一場……

老人說：哭吧，哭出來吧，你阿爸也想哭。狼把蒙古老人帶走了一茬又一茬，怎麼偏偏就把你老阿爸這

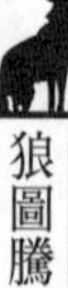

一茬丟下不管了呢……老人仰望騰格里，老淚縱橫，嗚嗚……嗚……像一頭蒼老的頭狼般地哭起來。陳陣淚如泉湧，和老阿爸的淚水一同灑在古老的額侖草原上……

小狼忍著傷痛，在囚籠裏整整站了兩個整天。到第二天傍晚，陳陣和張繼原的牛車隊，終於在一片秋草茂密的平坡停下車。鄰居官布家的人正在支包。高建中的牛群已經趕到駐地草場，他已在畢利格老人給他們選好的紮包點等著他們，楊克的羊群也已接近新營盤。

陳陣，張繼原和高建中一起迅速支起了蒙古包。嘎斯邁讓巴雅爾趕著一輛牛車，送來兩筐乾牛糞。長途跋涉了兩天一夜的三個人，可以生火煮茶做飯了。晚飯前，楊克也終於趕到了家，他居然用馬籠頭拖回一大根在路上撿到的糟朽牛車轅，足夠兩頓飯的燒柴了。兩天來，一直爲陳陣扔掉那大半車牛糞而板著臉的高建中，也總算消了氣。

陳陣，張繼原和楊克走向囚車。他們剛打開蒙在筐車上的厚氈，就發現車筐的一側，竟然被小狼的鈍爪和鈍牙抓咬開一個足球大的洞，其他兩側的柳條壁上也佈滿抓痕和咬痕，舊軍雨衣上落了一層柳條碎片木屑。陳陣嚇得心怦怦亂跳，這準是小狼在昨天夜裏牛車停車過夜的時候幹的。如果再晚一點發現，小狼就可能從破洞裏鑽出來逃跑。可是拴牠的鐵鏈還繫在車橫木上，那麼小狼不是被吊死，就是被拖死，或者被牛車輪子壓死。

陳陣仔細查看，發現被咬碎的柳條上還有不少血跡，他趕緊和張繼原把車筐端起來卸到一邊。小狼颼地躥到了草地上，陳陣急忙解開另一端的鐵鏈，將小狼趕到蒙古包側前方。楊克趕緊挖坑，埋砸好木樁，把鐵環套進木樁，扣上鐵扣。飽受驚嚇的小狼跳下地後，似乎仍感到天旋地轉，才一小會兒就堅持不住了，乖乖側臥在不再晃動的草地上，四隻被磨爛的爪掌終於可以不接觸硬物了。小狼疲勞得幾乎再也抬不起頭。

陳陣用雙手抱住小狼的後腦勺，再用兩個大拇指，從小狼臉頰的兩旁頂進去，掐開小狼的嘴巴。他發現咽喉傷口的血已經減少，但是那顆壞牙的根上仍在滲血，便緊緊捧住小狼的頭，讓楊克摸摸狼牙，楊克捏住那顆黑牙晃了晃，說：牙根活動了，這顆牙好像廢了。陳陣聽了，比拔掉自己一顆好牙還心疼。

兩天來，小狼一直在用血和命反抗牽引和囚禁，全身多處重傷，還居然不惜把自己的牙咬壞。陳陣鬆了手，小狼不停地舔自己的病牙，看樣子疼得不輕。楊克又小心地給小狼的四爪上了藥。

晚飯後，陳陣用剩麵條，碎肉和肉湯，給小狼做一大盆半流食，放涼了才端給小狼。小狼餓急了，轉眼間就吃得個盆底朝天。但是陳陣發覺，小狼的吞咽不像從前那樣流暢，常常在咽喉那裏打呃，還老去舔自己那顆流血的牙。而且，吃完以後，小狼突然連續咳嗽，並從喉嚨裏噴出了一些帶血的食物殘渣。陳陣心裏一沉：小狼不僅牙壞了，連咽喉與食道也受了重傷，可是，有哪個獸醫願意來給狼看病呢？

楊克對陳陣說：我現在明白了，狼之所以個個頑強，不屈不撓，不是因爲狼群裏沒有「漢奸」和軟蛋，而是因爲殘酷的草原環境，早把所有的孬種徹底淘汰了。

陳陣難過地說：可惜這條小狼，爲自己的桀驁不馴付出的代價也太大了。人是三歲看大，七歲看老。可狼是三個月看大，七個月看老啊。

第二天早晨，陳陣照例給狼圈清掃衛生的時候，突然發現狼糞由原來的灰白色變成了黑色。陳陣嚇得趕緊掐開小狼的嘴巴看，見咽喉裏的傷口還在滲血。他急忙讓楊克掐開狼嘴，他再用筷子夾住一塊小氈子，再沾上白藥，伸進狼咽喉給牠上藥，可是咽喉深處的傷口實在是搆不著。兩個人使盡招數，土法搶救，把自己折騰得筋疲力盡，一個勁後悔怎麼沒早點兒自學獸醫。

第四天，狼糞的顏色漸漸變淡，小狼重又變得活躍起來，兩人才鬆了一口氣。

第七章 狼群隱沒的後果

很長時期裏，一切文明都沿著君主政體的路線，即君主專制政體的路線上生長和發展。從每一個君主和朝代，我們看到似乎有一個必然的過程，即從勵精圖治而走向浮華、怠惰和衰微，最後屈服於某個來自沙漠或草原的更有朝氣的家系。

……

我們看到所有的游牧民都一樣，不論是諾迪克人、閃米特人，或是蒙古利亞人，他們的本性比起定居民族從個人角度來說，更樂從和更剛毅。

——（英）赫・喬・韋爾斯《世界史綱》

畢利格老人再也不被邀請到團部師部去開生產會議，陳陣經常見他閒在家裏，坐在蒙古包裏默默地做皮活。

經過夏秋的雨季，馬倌、牛倌和羊倌的馬籠頭、馬韁繩、馬嚼子和馬絆子，被雨水一遍遍地淋濕泡軟，都已嚴重脱硝，又被太陽一遍遍地曬乾、曬硬、曬裂，皮馬具的牢度大大降低。馬匹掙斷韁繩，掙脱馬絆子逃回馬群的事經常發生。畢利格老人總算有時間爲家人、爲小組的馬倌和知青做皮活了。陳陣、楊克和高建中經常抽空到老人的蒙古包學做皮活。十幾天下來，他們三人都能做出像模像樣的馬籠頭、馬鞭子了。楊克還做出了難度最大的馬絆子。

老人寬大的蒙古包成了蒙古皮活作坊，堆滿了白生生的牛皮活計，瀰散著嗆鼻的皮硝氣味。所有的活計就差最後一道工序——給皮件上旱獺油。

旱獺油是草原上最高級、最奇特的動物油。內蒙高原冬季奇寒，羊油黃油、柴油機油都會凝固，而惟獨旱獺油始終保持液態，即便在零下三十度的隆冬，也能把稠黏的旱獺油從瓶子裏倒出來。

獺油是草原的特產，牧民家的寶貝，家家必備。在數九寒天的白毛風裏，馬倌羊倌只要在臉上抹上一層獺油，鼻子就不會凍掉，臉面也不會凍成死白肉。用獺油炸出來的蒙式麵餜子，色澤又黃又亮，味道也最香。獺油餜子往往只出現在婚禮的宴席和招待貴客的茶桌上。獺油還可以治燙傷，效果不比獾油差。

獺油和獺皮又是牧民的主要副業收入來源之一。每年秋季獺毛最厚、獺膘最肥的時候，牧民都會上山打獺子。獺肉自己吃，獺皮和獺油則送到收購站和供銷社換回磚茶、綢緞、電池、馬靴、糖果等日用品。一張大獺皮四塊錢，一斤獺油一塊多錢。旱獺皮是做女式皮裘的上等皮料，全部出口換匯。

大獺子有一指厚的肥膘，可出兩斤獺油。牧民打一隻大獺子，除了肉以外，可收入五六塊錢。一個秋季打上百隻旱獺，就可收入五六百塊錢，比羊倌一年的工分收入還要多。在額侖草原，牧民半牧半獵，主業雖然是牧業，但許多人家的主收入卻來自獵業。光打旱獺一項就可超過放羊，如果加上打狼，打狐狸、沙狐、黃羊等等的收入就更多了。當時額侖牧民生活的富裕程度，超過北京城裏中等幹部的家庭，幾乎家家都有讓城裏人吃驚的存款。

但是，牧民的獵業收入並不穩定。草原的野生動物像內地的果樹一樣，也有大年和小年，由氣候、草勢、災害等因素決定。額侖草原的牧民懂得控制獵業的規模，沒有每年增長百分之幾的硬性規定指標。野物多了就多打，野物少了就少打，野物稀少了就不打。這樣打了千年萬年，幾乎年年都有得打。牧民打旱獺子，獺皮基本都賣掉，但獺油大多捨不得賣。獺油用途廣，消耗量也大，用得最多的地方還是在皮活上。抹上獺油的皮活，呈深棕色，頓時變得漂亮柔韌起來。如果在雨季常常給皮馬具上獺油，就不容易脫硝，延長使用壽命，減少事故發生。獺油用量大，用途廣，因此，牧民家中的存貨，往往就接不到來年的打獺季節。

老人望著滿滿一地氈的皮活，對陳陣說：家裏就剩半瓶獺油，我也饞獺肉了，這會兒的獺子肉最好吃。從前的王爺到這季節就不吃羊肉啦……明天我帶你去打獺子。

嘎斯邁說：等我煉出獺油，你們幾個都上我這兒來喝茶、吃獺油餜子。

陳陣說：那太好了。今年我也得多存一些獺子油，不能老到妳這兒大吃大喝。

嘎斯邁笑道：自打你養狼以後，都快把我給忘了。這幾個月，你上我家喝過幾回茶啊？

陳陣說：妳是組長，我養狼給妳添了那麼多麻煩，我是嚇得不敢見妳了。

嘎斯邁說：要不是我護著你，你那條小狼早就讓別組的馬倌給打死了。

陳陣問：妳是怎麼跟他們說的？

嘎斯邁笑道：我說，漢人都恨狼，還吃狼，只有陳陣楊克喜歡狼。那條小狼就像是他們倆抱來養的孩子吶。等他倆把狼的事情鬧明白了，就跟我們蒙古人一個樣啦。

陳陣滿心感激，連連道謝。

嘎斯邁朗聲大笑：怎麼謝？那就給我做一頓「館子」吧。我想吃你們漢人的大中……羊肉憲兵（大蔥羊肉餡餅）。陳陣聽得直樂。嘎斯邁給陳陣使了個眼色，又悄悄指了指一直悶悶不樂的老人說：你阿爸也喜歡吃漢人的「憲兵」。

陳陣終於樂出聲來，立即說：張繼原從場部買來好多大蔥，還有半捆呢。今天晚上，我就把東西拿過來給你們做，讓阿爸、額吉和你們全家吃個痛快。

老人臉上稍稍有了些笑容，說：羊肉不用拿了，我這兒剛殺了羊。高建中做的餡餅，比旗裏館子做的還好吃。叫楊克，高建中一起來，我們喝酒。

晚上，高建中教會嘎斯邁拌餡、包餡、擀餅和烙餅，大家又吃又喝又唱。老人突然放下了碗，問道：兵團說，爲了減少牧民生病，減輕牧民放牧的辛苦，以後要讓牧民定居。你們看定居好不好？你們漢人不是喜歡定居住房子嗎？

楊克說：我們也不知道幾千年的游牧生活能不能改成定居放牧。我看好像不成。草原的草皮太薄，怕踩。一個營盤，人畜頂多踩上一兩個月就得搬地方。要是定居下來，周圍的幾里地用不了一年，都得踩成沙地，將來定居點再連成片，不就成大沙漠了嗎？再說，定居到底往那兒選地方呢？也不好辦。

老人點點頭說：在蒙古草原搞定居真是瞎胡鬧。農區來的人不明白草原，自個兒喜歡定居，就非得讓別人也定居。誰不知道定居舒服啊，可是在蒙古草原，牧民世世代代都不定居，這是騰格里定下的規矩。

就先說草場吧，四季草場各有各的用處。春季接羔草場的草好，可是草矮，要是一家人定居在那兒，冬天下大雪，把矮草全蓋沒了，牲畜還能活嗎？冬季草場靠的就是草長得高，不怕大雪蓋住，要是一家人定在那裏，春夏秋三季都在那兒吃草，那到冬天，草還能有那麼高嗎？夏季草場非得靠水近，要不牲畜都得渴死。可是靠水近的地方都在山裏面，定在那兒，一到冬天冷得能把牲畜凍死。秋季草場靠的是草籽多，要是一家人的牲畜定在那裏，啃上一春一夏，到秋天還能打出草籽嗎？每季草場，都有幾個壞處，只有一個好處。游牧游牧，就是爲了躲開每季草場的壞處，只挑那一個好處。要是定在一個地方，幾個壞處一上來，連那一個好處都沒了，還怎麼放牧？

陳陣，楊克，高建中都點頭表示贊同。陳陣覺得定居只有一個好處，就是利於養狼，但是他沒敢說出來。

老人喝了不少酒，還吃了四張大蔥羊肉餡餅，但是他的心情似乎變得更糟。

第二天早晨，陳陣和楊克調換了班，跟畢利格老人進山套獺子。老人的馬鞍後面拴著一個麻袋，裏面裝著幾十副套子。獺套結構很簡單，一根半尺多長的木楔子，上面拴著一根用八根細鐵絲擰成的鐵絲繩，再用鐵絲繩做一個絞索套。下套時，把木楔子釘在旱獺的洞旁邊，把套放在獺洞的洞口。但是套索不能貼地，必須離地二指，這樣旱獺出洞的時候，才可能被套住脖子或後胯。

陳陣套過旱獺，但是收穫甚少，而且儘是些小獺子。他這次也想跟老人學點絕活。兩匹馬向東北方向急行。秋草已經黃了半截，但下半截還有一尺多高的草莖草葉是綠的。旱獺此時頻繁出窩，抓緊時間爭取再上最後一層膘。牠們要冬眠七個月，沒有足夠的脂肪是活不到來年開春的。所以此時也是旱獺最肥的時候。

陳陣問：我上回用的套子就是從您那兒借的，可爲什麼總是套不住大獺子？

老人嘿嘿一笑說：我還沒有告訴你下套的竅門呢。額侖草原獵人的技術是不肯傳給外鄉人的，就怕他們把野物打盡。孩子啊，你阿爸老了，就把下套的竅門傳給你吧。外來戶下的套都是死套，大獺子賊精，牠會縮緊身子從套子裏鑽出來。我下的套子是有彈性的，只要輕輕一碰，套子就收緊，不是勒住脖子就勒住後胯，再也跑不掉啦。下套的時候，要先把套圈勒小一點，再張大，一鬆手，套子不就彈回去了嗎？

陳陣問：那怎麼固定呢？

老人說：在鐵絲上彎一個小小的鼓包，再把套頭拉到鼓包後面輕輕扣住，輕了不行，風一吹，套子收了，就白瞎了；重了也不行，套子收不住，也套不住獺子。非得不鬆不緊，活套才能固定。旱獺鑽了一半，總要碰到鐵絲，一碰上，套子就唰地脫扣勒緊了，用這個法子，下十套能套住六七隻大獺子。

陳陣一拍腦門說：絕了！太絕了！怪不得我下的套，套不住獺子，原來，我的套是死的，獺子可以隨便進出。

老人說：待會兒，我做給你看看，不容易做好，還要看洞的大小，獺子爪印的大小。做的時候，還有更要緊的竅門，我一邊做一邊教你，做好了，你一看就明白。不過，這些竅門你自個兒知道就行了，不要再告訴外人。

陳陣說：我保證。

老人又說：孩子啊，你還得記住一條，打獺子只能打大公獺和沒崽的母獺子，假如套住了帶崽的母獺和小獺子，都得放掉。我們蒙古人打了幾百年旱獺，到這會兒還有獺肉吃，有獺皮子賣，有獺油用，就是因為草原蒙古人，個個都不敢壞了祖宗的規矩。旱獺子毀草原，可也給蒙古人那麼多的好處。從前，草原上的窮牧民也是靠打獺子過冬，旱獺救了多少蒙古窮人，你們漢人哪知道啊。

兩匹馬在茂密的秋草中急行。馬蹄踢起許多粉色、桔色、白色和藍色的飛蛾，還有綠色、黃色和雜色的蚱蜢和秋蟲。三四隻紫燕環繞著他倆，飛舞尖唱，時而掠過馬腰，時而鑽上天空，享受著人馬賜給牠們的飛蟲盛宴。兩匹馬急行了幾十里，這些燕子也伴飛了幾十里，當吃飽的燕子飛走，又會有新的燕子加入這伴歌繞舞的行列。畢利格老人用馬棒指了指前面的幾個大山包說：這就是額侖草原的大獺山，這裏的獺子多，個頭大，油膘厚，皮毛也好，是咱們大隊的寶山吶。南面和北面還有兩片小獺山，獺子也不少。過幾天，各家都要來這兒了，今年的獺子容易打。

陳陣問：為什麼？

老人目光黯淡，發出一聲長嘆：狼少了，獺子就容易上套了。秋天的狼是靠吃肥獺子上膘的，狼沒膘也過不了冬。狼打獺子也專打大的不打小的，所以狼也年年有獺子吃。在草原，只有蒙古牧民和蒙古狼明白騰格里定下的草原規矩。

兩人漸漸接近大獺山。突然，兩人發現那裏的山窪處紮了兩頂帆布帳篷，帳外炊煙升起，還有一掛大車和木桶水車，一副臨時工棚的景象。

糟了！他們又搶先了一步。畢利格老人臉色陡變，氣得兩眼冒火，朝帳篷衝去。

兩匹馬還沒有跑近帳篷，就聞到香噴噴的獺肉和獺油的氣味。兩人在帳篷前急忙下馬，看到帳外地灶上有一口巨鍋，大半鍋棕色旱獺油，正咕嘟咕嘟冒著油泡；幾隻熬乾了油膘，只剩下肉身的大獺子在鍋裏翻滾，獺肉已炸得焦黃酥脆。一個年輕民工剛剛撈出一隻炸透的獺子，又準備再往鍋裏下一隻剝了皮、淨了膛，滿身肥膘的獺子。老王頭和一個民工坐在一隻破木箱旁，破木箱上放著一碗黃醬，一碟椒鹽和一盤生蔥。兩人一邊對著酒瓶嘴喝酒，一邊大嚼著油炸獺子，快活之極。

大鍋旁邊一個大號鐵皮洗衣盆裏，盛滿著剝了皮的獺子，其中大部分是僅有尺把長的小獺子。草地上，放著幾塊大門板和十幾張飯桌大小的柳條編，上面鋪滿了大大小小的獺皮，足有一兩百張。陳陣跟老人走進帳篷，帳篷地下摞著幾摞半人多高已經曬乾的獺皮，大約也有一百多張。帳篷中央放著一個一米多高的汽油筒，筒裏已裝半筒獺子油，地上還散放著一些小號的油壺油桶。

老人又衝出帳篷外，走到鐵皮盆前，用馬棒撥拉開表面的幾隻小獺子，發現底下還有幾隻油膘很薄的母獺子。老人氣得用馬棒猛敲鐵皮盆，對老王大吼：誰讓你們把母獺子和小獺子都打了？這是大隊的財產，這是額侖世世代代的牧民，費老了勁才留下來的獺子，你們膽子也太大了，不經過大隊的同意就敢殺掉這麼多的獺子！

老王頭醉醺醺地繼續喝酒吃肉，不緊不慢地說：我哪敢在您老的地盤上打獺子啊，可這還是您老的地盤嗎？連你們大隊都歸了兵團了。告訴您吧，是團部派我們來打的。孫參謀長說啦，旱獺毀草場，旱獺還是狼群過冬前的主食，滅了旱獺，狼群不就過不了冬了嗎？團部下令，滅狼大會戰必須把旱獺一塊堆消滅。師部醫院的大夫說，旱獺會傳鼠疫，這會兒那麼多的人進了這塊地界，要是得了傳染病你負責啊？

畢利格老人憋了半天又吼道：就是團部下令也不成！你們把獺子打光了，牧民拿什麼來做皮活？要是籠頭韁繩斷了，馬驚了，人傷了，誰負責？你們是破壞生產！

老王頭噴了一口酒氣說：上頭讓我們打的，自然有人負責唄，您老有本事就去找上頭去說啊，衝我們幹力氣活的人嚷嚷有啥用？老王頭又瞧了一眼老人馬鞍上的麻袋說：您老不也是來打獺子的嗎？許你打，爲啥就不許我打？野物也不是你們家養的，誰打著就歸誰。

老人氣得鬍鬚亂顫，說：你等著，我一會兒就回去叫馬倌來，這些皮子和油，都得給我送到大隊去！

老王說：這些獺肉獺油，都是團部食堂定的，明兒就得給他們送去。你要是叫人來搶，儘管搶，到時候可有人跟你算賬！這些皮子也早就有大官定好了，連包主任都得親自給他送貨去。

老人垂著手，被噎得半天說不出話來。

陳陣冷冷地說道：你們本事真不小啊，一氣打了這麼多旱獺！大獺小獺連窩端，看你們明年還打什麼！

老王頭說：你們不是管我們叫盲流嗎，盲流盲流，「盲目流動」，還管什麼明年，哪兒有吃的就往哪兒流，過一年就算一年唄。你們替獺子操心，可誰替盲流操心了？

陳陣知道，同這些痞子盲流根本無理可講。他只想知道他們是用什麼絕招打了這麼多的旱獺，難道他們也會下有彈性的活套？陳陣轉了口氣問：你們用的什麼法子？打了這麼多的獺子？

老王頭得意地說：想跟咱學一手？晚啦！這片獺山剩不下幾窩洞了。大前天，我們就往送師部送了一大車獺子肉和油呢……想知道咋打的啊？上山去見識見識吧，再晚了就見不著啦。

陳陣扶老人上了馬，兩人直奔山頭。在最東北的一個小山包上，有四五個人正彎著腰忙活，兩人全速衝了過去。老人大叫：住手！住手！民工停下手裏的活，站起來張望。

兩人下了馬，陳陣一見眼前的陣勢，驚慌得全身發麻。山包頂側有五六個獺洞，他一看便知，這是一窩獺子的連環洞。但是除了主洞和一個輔洞以外，其他四個洞都已經被土石封死。

最讓陳陣感到恐怖的是，一個爲首的民工，手裏握著一隻一尺多長的小獺子，小獺正拚命掙扎。在小獺子的尾巴上赫然拴著一掛大鞭炮，那條短尾上還繫著一根繩子，繩子的一頭又拴著一捲拳頭大小的舊氈子，上面沾滿了紅色的辣椒屑，氈子上剛倒上了柴油，氣味衝鼻。旁邊一個民工手裏拿著一盒火柴。如果再晚來一會兒，他們就要把小獺放進洞，再點火炸洞薰洞了。

畢利格老人急跑兩步，把一隻腳踩進洞裏。然後坐在洞旁，大聲呵斥民工，讓他們把手裏的東西都放下。幾位民工對這位管了他們一夏天的頭頭，不敢造次，趕緊解繩子。

陳陣在草原還從來沒見過如此貪婪毒辣、滿門抄斬的捕獵方式，比竭澤而漁更殘忍。一旦小獺子把點燃的鞭炮、辣椒屑和柴油氈帶進洞，又一窩旱獺將面臨滅頂之災。

旱獺洞是草原上最深最陡、內部結構最複雜的獸穴，而且有防煙工事。一旦遇到人往洞裏薰煙，獺子就會迅速在洞中的窄道堆土堵洞。但是，這批來自半農半牧區的民工獵手，採用的這種毒招，就可打旱獺們一個措手不及。放進洞的小獺子，會嚇得不顧一切地直奔窩底旱獺紮堆的地方，把鞭炮辣煙帶到那裏。而窩中的獺子根本來不及堵洞，就中心開花了。連續的爆炸和濃辣嗆煙，會把整窩的獺子統統炸薰出來。出口只剩下一個，等待牠們的就是棍棒和麻袋。這項毒招簡單易行，只要先用套子套上一隻小獺子來作「引子」就行了。短短幾天之內，這夥人就毀了一座千年獺山，旱獺幾乎被種族滅絕。

畢利格老人用馬棒狠敲地面，敲得碎石四濺。他幾乎瞪爆了眼珠，猛敲猛吼：把紅炮剪斷！把辣椒繩子剪斷！把小獺子放回洞裏！

民工們磨磨蹭蹭解繩子，可就是不放小獺子。老王頭趕著輕便馬車趕了過來，他好像已經酒醒，跳下車滿臉堆笑，一個勁地給老人敬煙遞煙，一面轉身大罵夥計。他向握著小獺子的民工走去，一把抓過獺子，用刀子割斷繩子，又走到老人身邊說：您老起來吧，我這就放生。

老人慢慢站起來，撣撣身上的土說：你就是放了，往後再別想攬到我們大隊的基建活了。

老王頭陪笑說：哪能呢，我這也是奉命辦事。不殺光獺子，就斷不了狼的後路，這也是爲民除害嘛。不過，您老說的也對，沒了獺子油，籠頭韁繩不結實，容易出事，是得給牧民留些獺子……

小獺子放到獺洞的平臺上，老王頭一鬆手，小獺子颼地鑽進洞裏。

老王頭嘆氣說：其實，弄一窩獺子也不容易，今天好不容易才套住一隻小獺子。這些日子，盡點炮了，獺子嚇得都不敢出來了。

老人不依不饒地說：這事沒完！你馬上把打的東西送到大隊部！這事要是讓蘭木扎布那些馬倌知道了，還不把你們的大車和帳篷砸了！

老王頭說：我們收拾收拾就走，還得跟包主任彙報彙報。

老人看了看錶，他又開始擔心北面的小獺山，便對老王頭說：我這就去找人去，一會兒還回來。兩人跨上馬，向邊防公路方向跑去。

剛剛翻過兩個山包，突然隱約聽到身後有幾聲鞭炮響，一會兒就沒動靜了。老人說：不好，咱又上當了。兩人急撥馬頭往回跑。奔到山頂，只見老王頭下半臉蒙著濕布，正指揮眾人捕殺獺子，洞外已經攤了一地的死獺子。獺洞裏不斷冒出嗆鼻的辣煙，最後幾隻獺子剛剛鑽出洞就被亂棒打死。畢利格老人被濃煙嗆得劇烈咳嗽，陳陣把老人攙到迎風處，不停地給他拍後背。

蒙著濕布的一幫人像江洋大盜，迅速將十幾隻大小獺子裝進麻袋，扔上車，慌忙駕車衝下山去。

陳陣說：我真不明白，他們怎麼這麼快就又套上一隻小獺子的？

老人說：剛才他們沒準套住了兩隻，在麻袋裏還藏了一隻，咱們沒瞅見。再就是，他們用長杆子把紅炮捅進洞底下，也能炸出獺子的。這幫土匪！土匪！比從前草原的盜馬土匪還可惡！

老人拄著馬棒站起身來，望著這一窩被滅門滅族的老獺洞，淚流滿面，哆哆嗦嗦地說：作孽啊！這個獺洞我認識。我小時候就跟著阿爸在這個老洞下過套。我們祖祖輩輩不知道有多少代人都在這個獺洞打過獺子，可是這窩獺子從來沒有絕過後，每年這窩獺子大獺小獺都叫得歡著吶。這個獺洞年年興旺，少說有百十年了……誰曾想，就兩袋煙的工夫，這百年老洞就成了空洞……

陳陣難過地說：您老別生氣了，咱們還是回去想想辦法吧。

老人還在擔心，突然說：在這兒咋沒見著道爾基？我看他是帶人上北邊的小獺山去了。他們有車，跑得快，總是搶在咱們的前頭。快走！於是兩匹馬朝北邊急奔。兩人翻過幾道緩坡，就看見外蒙古的巨大山脈，國界線就在那山脈的腳下。老人指了指遠處的一片灰綠色的山包說：從前可以到那兒去打獺子，現在形勢緊張，不讓去了。這會兒蚊子少，狼準保上那兒去抓獺子了。狼能想到的事兒，道爾基也準保能想到。

陳陣問：邊防站就不管管他們嗎？

老人說：那兒的山多，邊防站也不容易發現，就是發現了，都是部隊的車，頂多說幾句就完了。

跑著跑著，兩匹馬都開始自行減慢了速度，不時低頭搶一大口青草吃。陳陣發現馬嘴裏的青草，要比草地上的牧草綠得多，而且根根粗壯，都是草場上最優質的牧草，草尖上還帶著飽滿的草穗草籽。他再低頭看，發現草叢下面到處都是一堆一堆的青草，每個草堆大如喜鵲巢。他知道這是草原鼠打下的過冬糧，正堆在鼠洞口晾曬，曬乾以後，就一根根地叼進鼠洞。此時草地上的秋草半截已經變黃，可是草原鼠打的草卻全是綠的，這些草堆都是鼠們在幾天以前，青草將黃未黃之前啃斷的。因而，馬見到這麼香噴噴的優質綠草，自然就不肯快走了。

老人勒了勒馬，走到草堆最密集的地方，說：歇歇吧，讓馬從老鼠那兒搶回一些好草來。沒想到狼群剛一走，老鼠就翻了天，今年的草堆要比頭年秋天的草堆多幾倍吶。

兩人下了馬，摘了馬嚼子，讓馬痛痛快快地吃綠草。兩匹馬高興地用嘴巴扒拉開草堆表層的乾青草，專挑草堆裏面未曬乾的青草吃，如同吃小灶，吃得滿嘴流綠汁，連打響鼻，吃了一堆又一堆，一股濃郁的青草草香撲面而來。老人踢開一堆草，草堆旁邊露出了一個茶杯口大小的鼠洞，裏面一隻大鼠正探頭探腦，看見有人動牠的過冬活命糧，衝出洞，咬了一口老人的馬靴尖頭，又竄回鼠洞，急得吱吱亂叫。一會兒，兩人身後傳來一陣馬急抖馬鞍子的聲音，回頭一看，只見一隻一尺長的大鼠，竟然躥出洞，狠狠咬了正低頭吃草的馬的鼻子一口，馬鼻流出了血，人馬周圍一片鼠叫聲。

老人氣得大罵：這世道真是變了，老鼠還敢咬馬！再這麼打狼，老鼠該吃人了！陳陣趕緊跑了幾步將馬牽住，把韁繩拴在馬前腿上。馬再低下頭吃草就長了心眼，牠先用蹄子把鼠洞口刨塌，或乾脆就用大蹄子蓋住鼠洞，然後再拚命吃草。

老人踢翻了一個又一個的草堆，說：七八步就是一堆青草，老鼠把草場上最好的草都挑光了，連配種站的新疆種羊，都吃不上這麼好的草料啊。老鼠比打草機還厲害，打草機只能好草賴草一塊兒打，可老鼠專揀好草打。這個冬天老鼠窩裏存草多，老鼠凍死餓死的就少，明年開春母鼠的奶就多，下的崽更多，又偷草，又往洞外掏沙子，明年老鼠就該翻天了。你看看，草原上的狼一少，老鼠都不用偷偷摸摸地幹，都變成強盜一個樣了……

陳陣望著近處遠處數不清的草堆，感到悲哀和恐懼。每年秋季，額侖草原都要進行一場人畜鼠大戰。草原鼠再狡猾，也有牠的致命弱點，牠們在秋季深挖洞，廣積糧，準備越冬，就必須提前堆草曬草，因爲濕草叼進洞必然腐爛無法儲存。老鼠們每年秋季鬼鬼祟祟的集體曬草行動，無疑等於自我暴露目標，給人畜提供了滅鼠的大好時機。

牧民只要一發現哪片草場出現大量草堆，就連忙報警，生產小組就會立即調動所有羊群、牛群甚至馬群，及時趕到搶吃草堆。那時草場已經開始變黃，而鼠草堆又綠又香，又有草籽油水，畜群一到，拚命爭搶，不消幾天，就能搶在鼠草曬乾以前把草堆吃光，讓鼠害最嚴重的草場的老鼠，一冬無糧無草，餓死凍死。這是蒙古牧民消滅草原鼠害的古老而有效辦法。

但是，秋季草原滅鼠，人畜還必須與狼群協同作戰，狼群負責殺吃和壓制草原鼠。每年秋鼠最肥的時候，又是狼大吃鼠肉的黃金季節，打草拖草的鼠行動不便，很容易被狼逮住，草堆也給狼指明哪裡的鼠最多最大。因此，每年秋季草原鼠損失慘重。更重要的是，狼使鼠在關鍵的打草季節，不敢痛痛快快地出洞打草備草，以至使大批草原鼠由於過冬糧草不足而餓死；在狼不讓鼠們痛快打草的同時，人畜就負責消滅草堆。

千百年來，狼和人畜配合默契，有效地抑制了鼠害。由於老鼠採集的草堆，延長了牧草變黃的時間，使得牲畜多吃了近十天的綠草和好草，等於多抓了十天的秋膘，所以，秋季人畜狼鼠大戰，達到了一舉多得的奇效。而更遠的冬季草場，人畜鞭長莫及，主要還得依靠狼來滅鼠，和騷擾老鼠打草備糧。那些初到草原的農區人，哪能懂得這場關係草原命運戰爭的奧妙呢？

兩匹馬狂吃了不到半個小時，就把肚子吃鼓了。然而，面對這樣大範圍，大規模的草堆，大隊畜群的兵力就顯然不夠了。面對從未見過的戰況，老人想了半天說：調馬群來？那也不成，這兒是牛羊的草場，馬群來了，老規矩就全亂套。這麼多的草堆，就是調摟草機來也摟不完啊。看樣子草原真要鬧災了……

陳陣狠狠地說：是人災！

兩人跨上馬，憂心忡忡地繼續往北走。一路上的草堆，斷斷續續，或密或疏，向邊防公路延伸。

兩人跑到離小獺山不遠的地方，突然從山裏傳來叭叭的聲音，既不像步槍聲，又不像鞭炮聲，聲音響過之後就沒動靜了。老人無奈地嘆了口氣說：團部找道爾基當打狼參謀真是找對了人。哪兒有狼，哪兒就有他。連狼的最後一塊地盤，他都不放過。

兩人夾馬猛跑，山谷中迎面開出一輛軍吉普。兩人勒住了馬，吉普停在他們面前，車上是兩位特等射手和道爾基。徐參謀親自開車，道爾基坐在後排座上，他的腳下是一個滿是血污的大麻袋，小車的後備箱又被撐得合不上了。老人的目光立即被巴參謀手中握著的長管槍吸引住。陳陣一看，便知這是小口徑運動步槍，老人從來沒見過這種奇怪的槍，一直盯著看。

兩位參謀一見老人便忙著問候，「塔賽諾，塔賽諾（您好，您好）」。巴參謀說：你們也去打獺子吧？別去了，我送您老兩隻吧。

老人瞪眼道：爲啥不去？

巴參謀說：洞外的獺子，都讓我們給打沒了，洞裏的獺子也不敢出來了。

老人問：你手裏的是啥傢伙？管子咋這老長？

巴參謀說：這是專打野鴨子的鳥槍，子彈就筷子頭那點大，打旱獺真得勁。槍眼小，不傷皮子，您看看……

老人接過槍，仔細端詳，還看了看子彈。

爲了讓老人見識見識這種槍的好處，巴參謀下了車，又拿過槍，四處望了望，見到二十多米外山坡上，有一隻大鼠站在洞外的草堆旁吱吱地叫著。巴參謀略略地一瞄，叭地一槍，便把老鼠的腦袋打飛了，鼠身倒在洞外，老人渾身哆嗦了一下。

徐參謀笑道：狼全跑到外蒙古去了。今天道爾基領著我們兜了大半天，一條狼也沒瞅見。幸虧帶了這杆鳥槍，打了不少獺子。這兒的獺子真傻，人走到離洞口十來步也不進洞，就等著挨槍子兒呢。道爾基用炫耀的口氣說：兩位炮手在五十米外就能打中獺子的腦袋，我們一路上見一隻就打一隻，可比下套快多了。

巴參謀說：待會兒路過您家，我給您留下兩隻大獺子，您老就回去吧。

老人還沒有從這種新式武器的威力中回過神來，吉普就一溜煙地開走了。畢利格老人神情呆滯，好像還停留在他習慣中的秋季草原裏。老人也可能還在回想那支便捷輕巧的長管槍，短短的一個多月，這麼多可怕的新人新武器、新事物新手段湧進草原，老人已經完全懵了。吉普車的煙塵散去，老人轉過身一言不發，鬆鬆地握著馬嚼子，信馬由韁地往家走。

陳陣緩緩地跟在老人的身旁，他想，都說末代皇帝最痛苦，然而，末代游牧老人更痛苦，萬年原始草原的沒落，要比千年百年王朝的覆滅更加令人難以接受。老人全身的血氣彷彿突然被小小的筷子子彈頭穿空，身子頓時佝僂縮小了一半，渾濁的淚水順著憔悴蒼老的皺紋流向兩邊，灑在大片大片白藍色的野菊花上。

陳陣不知道怎麼才能幫幫老人，驅散他心裏的哀傷。默默走了一會，結結巴巴說：阿爸，今年秋草長得真好……額侖草原真美……等明年也許……

老人木木地說：明年？明年還不知道會冒出什麼別的怪事呢……從前，就是瞎眼的老人，也能看到草原的美景……如今草原不美了，我要是變成一個瞎子就好了，就看不見草原被糟蹋成啥樣兒了……

老人搖搖晃晃地騎在馬上，任由大馬步履沉重地朝前走。他閉上了眼睛，喉嚨裏發出含混而蒼老的哼哼聲，散發著青草和老菊的氣息，在陳陣聽來，歌詞有如簡潔優美的童謠：

百靈唱了，春天來了。獺子叫了，蘭花開了。

灰鶴叫了，雨就到了。小狼嗥了，月亮升了。

……

老人哼唱了一遍又一遍，童謠的曲調越來越低沉，歌詞也越來越模糊了。就像一條從遠方來的小河，從廣袤的草原上千折百回地流過，即將消失在漫漶的草甸裏。

陳陣想，或許犬戎、匈奴、鮮卑、突厥、契丹的孩子們，還有成吉思汗蒙古的孩子們，都唱過這首童謠？可是，以後草原上的孩子們還能聽得懂這首歌嗎？那時他們也許會問：什麼是百靈？什麼是獺子？灰鶴？野狼？大雁？什麼是蘭花？菊花？

衰黃而蒼茫的原野上，幾隻百靈鳥從草叢裏垂直飛起，搧動著翅膀停在半空，仍然清脆地歡叫……

第八章 小狼之殞，狼圖騰浮現

炎帝姓姜……姜姓是西戎羌族的一支，自西方游牧先入中部。

——范文瀾《中國通史簡編・第一編》

西羌……以戰死為吉利，病終為不祥。耐寒苦同之禽獸，雖婦人產子，亦不避風雪。性堅剛勇猛，得西方金行之氣焉。

——《後漢書・西羌列傳》

這年初冬的第一場新雪，很快就化成了空氣中的濕潤，原野變得寒冷而清新。一離開夏季新草場，喧鬧的營地已成往事，每個小組又相隔幾十里，連狗叫聲也聽不見了。冬草茂密的曠野，一片衰黃，荒涼得宛如同寸草不生的大漠高原。

只有草原的天空仍像深秋時那樣湛藍，天高雲淡，純淨如湖。草原雕飛得更高，變得比鏡面上的鏽斑還要小。牠們抓不到已經封洞的旱獺和草原鼠，只好往雲端上飛，以便在更大視野裏去搜尋野兔，而會變色的蒙古野兔躲藏在高高的冬草裏，連狐狸都很難找到牠們。老人說過，每年冬季，會餓死許多老鷹。

陳陣從團部供銷社買回一捆粗鐵絲。他補好了被小狼咬破抓破的柳條車筐，又花了一天的時間，在車筐裏面，貼著筐壁，密密地擰編了一層鐵絲格網，還編了一個網蓋。鐵絲很粗，比筷子細不了多少，用老虎鉗得兩隻手使勁才能夾斷鐵絲。他估計小狼就是再咬壞一顆狼牙，也不可能咬開這個新囚籠，反正粗鐵絲有的是，可以隨破隨補。

在冬季，大雪將蓋住大半截的牧草，牲畜能吃到的草大大減少。所以，冬季游牧就得一個月搬一次家，當牛羊把一片草場吃成了白色，就要遷場，把畜群趕往黃色雪原，而把封藏在舊草場雪底下的剩草，留給會用大馬蹄刨雪的馬群吃。

冬季游牧每次搬家，距離都不遠，只要移出上一次羊群吃草的範圍便可，一般只有半天左右的路程。小狼再能折騰，要想在半天之內咬破牢籠，幾乎不可能。陳陣舒了一口氣，他苦思苦想了半個月，總算爲小狼在冬季必須頻頻搬家，這件生死攸關的大事想出了辦法。

游牧的確能逼出人的智慧。陳陣和楊克也想出了請狼入籠的法子：先在地上用加蓋的車筐扣住小狼，然後再把牛車的車轅抬起來，把車尾塞到車筐底部，再把車筐連同小狼斜推上車，最後把車放平，再把車筐緊緊拴在車上。這樣就可以讓小狼安全上車，既傷不了人，也傷不了牠自己。搬到新營盤下車時，就按相反的順序做一遍即可。

兩人希望能用這種方法堅持到定居，到那時，就給小狼建一個堅固的石圈，就可以一勞永逸，朝夕相守了。然後把小母狗和牠放在一起養，牠們本來就是青梅竹馬、耳鬢廝磨的一對小伙伴，以後天長日久，肯定能創造感情的結晶——幾窩狼狗崽。那可是真正的草原野狼的後代。

陳陣和楊克經常坐在小狼的旁邊，一邊撫摸著小狼，倆人一邊聊天。這時，小狼就會把牠的脖頸架在他或他的腿上，豎起狼耳，好奇地聽他倆聲音。聽累了，牠就搖著頭，轉著脖子在人的腿上蹭癢癢。或者仰面朝天，後仰脖子，讓他倆給牠抓耳撓腮。兩人憧憬著他們和小狼的未來。

楊克抱著小狼，慢慢給牠梳理狼毛，說：如果將來小狼有了自己的小狼狗，牠就肯定不會逃跑了，狼是最顧家的動物，所有公狼都是模範大丈夫，不是小丈夫，只要沒有野狼來招引牠，咱們就是不拴鏈子，讓牠在

草原上玩兒，牠自個兒也會回窩的。

陳陣搖頭說：如果那樣，小狼就不是狼了，我可不想把牠留在這兒……我原來夢想著有一條真正的野狼朋友。假如我騎馬跑到西北邊防公路旁邊的高坡上，朝路那邊的深山高聲呼叫：小狼、小狼、開飯囉！牠就會帶著全家，一群真正的草原狼家族，撒著歡兒朝我跑過來，牠們的脖子上都沒有鎖鏈，牠們牙齒鋒利，體魄強健，可牠們會跟我在草地上打滾兒，舔我的下巴，叼住我的胳膊，卻不使勁兒真咬我……可是小狼沒了鋒利的狼牙，我的幻想真就成了夢想了……

陳陣輕輕地嘆氣道：唉，我真是不死心啊。這些日子我又產生了新的幻想，我幻想自己成了一個牙科醫生，重新給小狼鑲上了四根鋒利的鋼牙，然後到明年開春，小狼完全長成大狼以後，就悄悄把牠帶到邊防公路，把牠放到外蒙的大山裏去。那裏有狼群，沒準牠的狼爹白狼王，已經殺出一條血路，開闢了新的根據地。聰明的小狼一定能找到牠的父王的，只要近距離接觸，白狼王就能從小狼身上嗅出自己家族的血緣氣味，接納咱們的小狼。小狼有了四根鋒利鋼牙的武裝，肯定在那邊的草原打遍天下無敵手。說不定過幾年，白狼王會把王位交給咱們的小狼。

這條小狼絕對是額侖草原最優秀的狼種，個性倔強又絕頂聰明，本來牠就應該是下一代狼王的。如果小狼殺回蒙古本土，那裏地廣人稀，才只有二百萬人口，是真正崇拜狼圖騰的精神樂土，而且又沒有恨狼滅狼的農耕勢力，那裏遼闊廣袤的大草原，才真是咱們小狼的英雄用武之地……我真是罪過啊，毀了這麼出色的小狼的錦繡前程……

楊克癡癡地望著邊境北方的遠山，目光漸漸黯淡下去。嘆了口氣說道：你的前一個夢想，你要是再早十年來草原的話，還真沒準能夠實現。可是後一個夢想，看來是實現不了啦。你上哪兒去搬來一套貴重的牙醫設備，連旗裏醫院都沒有。老牧民鑲牙還得上八百里遠的盟醫院呢。你敢抱著一條狼，上盟醫院嗎？別再幻想下去了，再這麼下去，你就要成爲蒙古草原的祥林嫂了，嘮叨的原因都是狼，可你的立場全在狼這邊了……唉，咱倆還是面對現實吧。

回到現實中，陳陣和楊克最牽掛的還是小狼的傷，牠的四隻爪掌的傷口已經痊癒，而那顆烏黑的壞牙越發鬆動，牙齦也越來越紅腫。小狼已不敢像從前那樣拚命撕拽食物，有時牠貪吃忘了牙疼，猛地撕扯，會一下子疼得鬆開食物，張大嘴倒吸涼氣，並不斷舔吮傷牙，直到疼勁兒過去，才敢用另一側的牙慢慢撕咬。

更讓陳陣感到不安的是，小狼咽喉內部的傷口，也一直沒有癒合。他連續在肉食上塗抹雲南白藥，讓小狼吞下，傷口倒是不再流血，但小狼進食時吞咽依然困難，而且經常咳嗽。陳陣不敢請獸醫，只好借了幾本獸醫書，猶自慢慢琢磨。

作爲過冬肉食的牛羊已經殺完凍好。陳陣的蒙古包四個人，按照牧場的規定，整個冬季每人定量是六隻大羊，共二十四隻，四個人還分給了一頭大牛。知青的糧食定量仍沒有減下來，還是每人每月三十斤。而牧民的肉食定量與知青相同，但糧食只有十九斤。這樣，陳陣包的肉食，就足夠人吃、狗吃和狼吃的了。而且，在冬季，羊群中時常會有凍死病死的羊，人不吃，就都可以用來餵狗和餵狼。陳陣再也不用爲小狼的食物操心了。

陳陣和高建中把大部分凍好的肉食儲存到小組的庫房裏，庫房是三間土房，建在小組的春季草場，是到團部去的必經之路。蒙古包只留下一筐車的肉食，吃完了再到庫房裏去取。

草原冬季日短，每天放羊只有六七個小時，僅是夏季放牧時間的一半多一點，除了刮白毛風那種惡劣天氣之外，冬季卻是羊倌牛倌們休養生息的好日子。陳陣打算陪伴著小狼，好好讀書和整理筆記。他等著欣賞小狼在漫天大雪中不斷上演新的精彩好戲。陳陣相信狼的桀驁、智慧和神秘，是草原戲劇的噴湧源泉。小狼一定不會讓他這個最癡迷的狼戲戲迷失望的。

在漫長寒冷的冬季，逃出境外的野狼們，將面臨嚴酷幾倍的生存環境，可他的小狼卻生活在肉食可以敞開供應的游牧營地旁。小狼的冬毛已經長齊，好像猛地又長大了一圈，完全像條大狼了。陳陣把手掌插進小狼厚密的狼絨裏，不見五指，還能感到狼身上小火爐似的體溫，比戴什麼手套都暖和。

小狼還是不願接受「大狼」的名字，叫牠「大狼」牠就裝著沒聽見，叫牠小狼，牠就笑呵呵地跑來蹭你的腿和膝蓋。小母狗經常跑進狼圈和小狼一起玩，小狼也不再把牠的「童養媳」咬疼了，還常常把小母狗騎在胯下，練習本能動作，親暱而又粗暴。楊克笑瞇瞇地說：看來明年有門兒了……

第三場大雪終於站住。陽光下的額侖草原黃白相間，站起來看，是一片黃白色的雪原，坐下來看，卻是一片金色的牧場。嘎斯邁牧業小組將像一個原始草原部落，逐漸往遼闊而蠻荒的草原深處遷徙。陳陣又要帶著小狼搬家了，去往另一處沒有外人干擾、與世隔絕的冬季針茅草場。

陳陣和高建中帶上兩把鏟雪的木鍬，裝了滿滿一車乾牛糞，和兩車搭羊圈用的活動柵欄和大圍氈，趕著牛車先去新營盤打前站，鏟羊圈。兩人用了大半天時間，堆出四大堆雪，鏟清了羊圈、牛圈、狼圈和蒙古包地基，又卸了車。下午趕著三輛空牛車往回走的時候，陳陣心情很愉快，這樣一來，順便就把裝運小狼的空車也騰出來了。

第二天早晨，三個人拆卸了蒙古包，裝車拴車，最後又順利地把小狼扣進囚籠，推上囚車，綁好拴緊。

小狼憤怒地咬了幾口鐵絲壁網，牙疼得使牠不敢再咬。牛車一動，小狼又驚恐地低著頭，縮著脖，半蹲著後半身，夾著尾巴，一動不動地在牛車上站了半天，一直站到新營盤。

陳陣把小狼安頓好了以後，給小狼一頓美餐——大半個煮熟的肥羊尾，讓牠體內多積累一些禦寒的脂肪。陳陣還用刀子把羊尾切成條，使牠更容易吞咽。

套著鎖鏈的小狼始終頑固堅守著兩條狼性原則：一是，進食時，絕對不准任何人畜靠近。小狼在吃東西的時候，依然六親不認，對陳陣和楊克也不例外；二是，放風時絕對不讓人牽著走，否則就一拚到死。陳陣盡一切可能尊重小狼的這兩條原則。

在天寒地凍，白雪皚皚的冬季，小狼對食物的渴望和珍惜，更加超過春夏秋三季。每次餵食，小狼總是齜牙咆哮，兩眼噴射「毒針」，非把陳陣撲退到離狼圈外沿一步的地方，才稍稍放心地回到食物旁邊吃食，而且還像野狼一樣，不時向陳陣發出咆哮威脅聲。小狼雖然有傷，卻依然強壯，牠用加倍的食量來抵抗傷口的失血。

小狼的牙齒和咽喉的傷，還是影響了牠的狼性氣概，原先三口兩口就能吞下的肥羊尾，現在卻需要七口八口才能吞進肚。陳陣心裏總有一種隱隱的擔憂，不知道小狼的傷能不能徹底痊癒。

人跡罕至的邊境冬季草原，瀰散著遠比深秋更沉重的淒涼，露出雪面的每一根飄搖的草尖上，都透出蒼老衰敗的氣息。短暫的綠季走了，槍下殘存的候鳥們飛走了，曾經勇猛喧囂，神出鬼沒的狼群已一去不再復返，淒清寂靜單調的草原更加了無生氣。陳陣心中一次次湧出茫無邊際的悲涼，他不知道蘇武當年在北海草原，究竟是怎麼熬過那樣漫長的歲月？他更不知道，在如此荒無人煙的高寒雪原，如果沒有小狼和那些從北京帶來的書籍，他會不會發瘋發狂或是發癡發呆、發麻發木？

楊克曾說，他父親年輕時在英國留學時發現，那些接近北極圈的歐洲居民的自殺率相當高。而那片俄羅斯草原和西伯利亞荒原上，許多個世紀來流行的斯拉夫憂鬱症，也與茫茫雪原上黑暗漫長的冬季連在一起。但是為什麼人口稀少的蒙古草原人，卻精神健全地在蒙古草原和黑夜漫長的雪原上生活了幾千年呢？他們一定是靠著同草原狼緊張、激蕩和殘酷的戰爭，才獲得了代代強健的體魄與精神的。

草原狼是草原人——肉體上的半個敵人，卻是精神上至尊的宗師。一旦把牠們消滅乾淨，鮮紅的太陽就照不亮草原，而死水般的安定就會帶來消沉、萎靡、頹廢和百無聊賴等等更可怕的精神敵人，將千萬年強悍激情的草原民族精神徹底摧毀。

草原狼消失了，額侖草原的烈酒銷量幾乎增長了一倍……

陳陣開始說服自己，當年的蘇武，定是仰仗著與北海草原兇猛的蒙古狼的搏鬥，戰勝了寂寞的孤獨歲月。蘇武成天生活在狼群的包圍中，是絕不能消沉也不允許萎靡的。而且，匈奴單于配給蘇武的那個蒙古牧羊姑娘，也一定是一個像嘎斯邁那樣的勇敢、強悍而又善良的草原女人。這對患難夫妻生下的那個孩子，也定是一個敢於鑽狼洞的「巴雅爾」。這個溫暖而堅強的家庭，肯定在精神上支撐了蘇武。遺憾的是，後來出使草原的漢使，只救出了蘇武夫婦，而那個「巴雅爾」卻永遠留在了蒙古草原。

陳陣越來越堅定甚至偏激地認定，是草原狼和狼精神最終造就了不辱使命、保持漢節的偉大的蘇武。一個蘇武尚且如此，那整個草原民族呢？

狼圖騰，草原魂，草原民族自由剛毅之魂。

知青的荒涼歲月，幸而陳陣身邊的小狼始終野性勃勃。小狼越長越大，鐵鏈顯得越來越短，敏感不吃虧的小狼只要稍稍感到鐵鏈與牠的身長比例有些「失調」，牠就會像受到虐待的烈性囚犯那樣瘋狂抗議：拚盡全身力氣衝拽鐵鏈，衝拽木樁，要求給牠增加鐵鏈長度的待遇。不達到目的，幾乎不惜把自己勒死。

小狼咽喉的傷還未長好，陳陣只得又爲小狼加長了一小截鐵鏈，只有二十釐米長。然而，陳陣不得不承認，對已經長成大狼的「小狼」，新加長的鐵鏈還是顯短，但是他不敢再給牠加長了。否則，鐵鏈越長，小狼的助跑的距離就會越長，衝拽鐵鏈的力量就會越強。陳陣擔心鐵鏈總有一天會被小狼磨損衝斷。

開始採取獄中鬥爭的小狼，對拚死爭奪到的每一寸鐵鏈長度都非常珍惜，只要鐵鏈稍一加長，牠就會轉圈瘋跑，爲新爭到的每一寸自由而狂歡。小狼的四爪一踩到了黃草圈外的新雪地，就像是攻佔了新領地，比捕殺了一匹肥馬駒還激狂。還不等陳陣替牠清雪擴圈，小狼馬上就在新狼圈裏跑得像輪盤賭一樣瘋狂。呼呼呼，呼呼呼，一圈又一圈，像是十幾條前後追逐的狼隊；又像打草機和粉碎機，鐵鏈狂掃，黃草破碎，草沫飛舞。

小狼發瘋似地旋轉，像一個可怕的黃風怪，平地捲起龍捲風一般的黃狼黃草、黃沙風圈，讓近在咫尺的陳陣看得心驚肉跳，生怕小狼在高速奔跑和旋轉中，被強大的離心力像甩鏈球一樣地甩出去，逃進深山，衝出國境。

每次只要陳陣一坐到小狼的圈旁，他心中的荒涼感就會立即消失，就像一股強大的野性充填到心中，一管熱辣的狼血輸進血管，體內勃勃的生命力開始膨脹。陳陣情緒的發動機，被小狼高轉速的引擎打著了火，也轟轟隆隆地奔突起來，使他感到興奮和充實。

陳陣又開始興致勃勃地欣賞小狼的表演了。看著看著，他就發現，小狼不光是在慶祝狂歡，還好像另有企圖，小狼的興奮過去了以後，還在拚命跑。陳陣感到小狼好像是在本能地鍛煉速度，鍛煉著越獄逃跑的本領，牠企圖掙脫鐵鏈的勁頭，也遠遠強於夏秋時節。這條越來越強壯，越來越成熟的小狼，眼巴巴地望著遼闊無邊的自由草原，似乎已被眼前觸爪可及的自由，刺激誘惑得再也忍受不了脖子上的枷鎖。

陳陣非常理解小狼的心情和欲望，在自由的大草原上，讓天性自由、酷愛自由的狼目睹著咫尺外的自由，可又不讓牠得到自由，這可能是世界上最殘忍的刑罰。但是陳陣不得不讓小狼繼續忍受，面對著雪原上連大狼都難以生存的漫長嚴冬，牠一旦逃離這個狼圈，只有死路一條。

小狼不斷掙鏈，更加延緩了咽喉創傷的癒合。陳陣望著小狼，心口常常一陣陣發緊發疼。他只能增加了檢查鐵鏈、項圈和木樁的次數，嚴防牠從自己眼皮子底下陰謀越獄，逃向自由的死亡之地。

小狼半張著嘴，還在不知疲倦地奔跑，有時還笑呵呵地向陳陣瞟一眼。那眼神如電光火石稍縱即逝，那個瞬間，陳陣心裏忽而覺得無比溫暖與感動——他的生命力難道已經萎縮了麼？他的意志與夢想難道就此了結了麼？面對著小狼的野性與蓬勃，陳陣慚愧地自問。他發現小狼昂揚旺盛的生命力，正在迅猛地烘乾他生命中漚煙的濕柴。那麼，就讓小狼縱情發洩，盡情燃燒吧，他要讓小狼跑個痛快。

小狼又瘋跑了幾圈，開始跌跌撞撞起來，突然，牠猛地剎車停步，站在那裏大口喘氣，身體晃了兩下，噗地趴倒在地。陳陣不知發生什麼事，慌忙跑進狼圈，想扶起小狼。卻發現牠的兩隻狼眼，明明望著他，卻聚不攏視焦，對不準他的眼睛了。小狼掙扎了幾下，自己站了起來，晃了兩晃，又重重地跌倒在地，像一條喝醉酒的狼。

陳陣樂出了聲，顯然小狼飛速轉磨轉暈了。狼從來沒有在像驢拉磨一樣的跑道上如此瘋跑過，即使毛驢轉圈拉磨，還要蒙上眼睛，更何況是狼了。陳陣第一次見到暈狼，小狼暈得東倒西歪，難受得張大嘴直想吐。陳陣急忙給小狼打來半盆溫水，小狼晃晃悠悠，鐺地一聲，鼻樑撞到了盆邊。好不容易才站穩了腳，總算探頭喝到了水。然後張開四肢，側躺在地，喘了半天，重又站起來。奇怪的是，牠剛剛緩過勁來，又上了賭盤轉磨瘋跑。

陳陣心裏一陣酸澀，一種更爲強烈的自責突然襲來。在這荒無人跡的流放之地，有小狼陪伴，有狼圈裏的生命發動機對他的不斷充電，才使他有力量熬過這幾乎望不見盡頭的冬季。這片肥沃而荊棘叢生的土地，充滿了兩種民族的性格和命運的衝撞，令他一生受用不盡。然而，他對狼的景仰與崇拜，他試圖克服漢民族對狼的無知與偏見的研究和努力，難道真的必須以對小狼的囚禁羈押爲前提、以小狼失去自由和快樂爲代價，才能實施與實現的麼？

陳陣深深陷入了對自己這一行爲的懷疑和憂慮之中。

該讀書了，但陳陣步履遲疑，他感到自己在精神和情感上，彷彿患了小狼依賴症。他一步三回頭地離開了小狼，他不知道自己還能爲小狼做些什麼。

小狼的性格最終決定了小狼的命運。

陳陣始終認爲，他在那個寒冷的冬天，最後失去了小狼，是騰格里安排的一種必然，也是騰格里對他良心的終生懲罰，使他成爲良心上的終生罪犯，永遠得不到寬恕。

小狼傷情的突然惡化，是在一個無風、無月亮、無星星和無狗吠的黑夜。古老的額侖草原靜謐得如同化石中的植物標本，沒有一絲生命的氣息。

後半夜，陳陣突然被一陣猛烈的鐵鏈嘩嘩聲驚醒。強烈的驚悚，使得他頭腦異常清醒，聽力超常靈敏。他側耳靜聽，在鐵鏈聲的間隙，隱隱地從邊境大山傳來了微弱的狼嗥，斷斷續續，如簧如簫，蒼老哀傷，焦急憤懣。那些被趕出家園和國土的殘敗狼群，可能又被境外更加驃悍的狼軍團攻殺，只剩下白狼王和幾條傷狼孤狼，逃回到邊境以南、界碑防火道和邊防公路之間的無人區。然而，牠們卻無法返回充滿血腥的故土。狼王在

焦急呼嗥，似乎在急切地尋找和收攏被打散的殘兵，準備再次率兵攻殺過去，拚死一戰。

陳陣已經有一個多月沒有聽到額侖自由狼的嗥聲了。那微弱顫抖焦急的嗥聲，卻包含了他所擔心的所有訊息。他想，畢利格阿爸可能正在流淚，這慘烈的嗥聲，比完全聽不到嗥聲更讓人絕望。額侖草原大部分最強悍、兇猛和智慧的頭狼大狼，已被特等射手們最先消滅。大雪覆蓋額侖草原以後，吉普已停行，但是那些騎兵出身的特等射手，早已換上快馬，繼續去追殺殘狼。額侖草原狼好像已經沒有實力再去殺出一條血路，打出一塊屬於自己的新地盤了。

陳陣最爲擔心的事情也終於發生。久違的狼嗥聲，忽然喚起了小狼的全部希望、衝動、反抗和求戰慾。牠好像是一個被囚禁的草原孤兒王子，聽到了失散已久的蒼老父王的呼聲，而且是蒼老的求援聲，牠頓時變得焦躁狂暴，急得想要把自己變成一發炮彈發射出去，又急得想發出大炮一樣的轟響來回應狼嗥。

然而，小狼的咽喉已傷，牠已經發不出一絲狼嗥聲，來回應父王和同類的呼叫，牠急得發瘋發狂，豁出命地衝躍、衝拽鐵鏈和木樁，不惜衝斷脖頸，也要衝斷鐵鏈，衝斷項圈，衝斷木樁。陳陣的身體感到了凍土的強烈震動，從狼圈方向傳來的那一陣陣激烈的聲響中，他能想像出小狼在助跑！在衝擊！在吐血！小狼越衝越狠，越衝越暴烈。

陳陣嚇得掀開皮被，迅速穿上皮褲皮袍，衝出了蒙古包。手電筒光下，雪地上血跡斑斑，小狼果然在大口噴血，一次又一次的狂衝，牠的項圈勒出了血淋淋的舌頭，鐵鏈繃得像快繃斷的弓弦，胸口掛滿一條條的血冰。狼圈裏血沫橫飛，血氣蒸騰，殺氣騰騰。

陳陣不顧一切地衝上去，企圖抱住小狼的脖子，但他剛一伸手，就被小狼吭地一口，袖口被撕咬下一大塊羊皮。楊克也瘋了似地衝了過來，但兩人根本接近不了小狼，牠憋蓄已久的瘋狂，使牠像殺紅了眼的惡魔，又簡直像一條殘忍自殺的瘋狼。兩人慌得用一塊蓋牛糞的又厚又髒的大氈子撲住了狼，把牠死死地按在地下。

小狼在血戰中完全瘋了，咬地、咬氈子、咬牠一切搆得著的東西，還拚命甩頭掙鏈。陳陣覺得自己也快瘋了，但他必須耐著性子，一聲一聲親切地叫著小狼，小狼……不知過了多久，小狼才終於拚盡了力氣，才慢慢癱軟下來。兩人像是經歷了一場與野狼的徒手肉搏，累得坐倒在地，大口喘著白氣。

天已漸亮，兩人掀開氈子，看到了小狼瘋狂反抗、拚爭自由和渴望父愛的嚴重後果：那顆病牙已歪到嘴外，牙根顯然是在撕咬那塊髒氈子的時候拽斷的，血流不止，小狼很可能已把髒氈上的毒菌咬進傷口裏。精疲力竭的小狼，喉嚨裏不斷冒血，比那次搬家時候冒得還要兇猛，顯然是舊傷復發，而且傷上加傷。

小狼瞪著血眼，一口一口地往肚子裏咽血，皮袍上，厚氈上，狼圈裏，到處都是大片大片的血跡，比殺一隻馬駒子的血似乎還要多，血都已凍凝成冰。陳陣嚇得雙腿發軟，聲音顫抖、結結巴巴地說：完了，這回可算完了……楊克說：小狼可能把身上一半的血都噴出來了，這樣下去血會流光的……

兩人急得團團轉，卻不知道怎樣才能給小狼止住血。陳陣慌忙騎馬去請畢利格阿爸。老人見到滿身是血的陳陣也嚇了一跳，急忙跟著陳陣跑過來。

老人見小狼還在流血，忙問：有沒有止血藥？陳陣連忙把雲南白藥的小藥瓶全都拿了出來，一共四瓶。老人走進蒙古包，從手把肉盆裏，挑出一整個熟羊肺，用暖壺裏的熱水化開泡軟，切掉了氣管等硬物，把左右兩肺斷開，然後在軟肺表面塗滿白藥，走到狼圈旁邊，讓陳陣餵小狼。

陳陣剛把食盆送進狼圈，小狼便叼住一葉肺吞了下去。羊肺經過食道吸泡了血，便鼓脹了起來，小狼差點被噎住。塗著白藥的柔軟羊肺像止血棉，在咽喉裏停留了好一會兒，才困難地通過喉嚨。泡脹的羊肺止壓了血管，並把白藥抹在了食道的傷口上。小狼費力地吞進兩葉羊肺，口中的血才漸漸減少。

老人搖了搖頭說：活不成了，血流得太多，傷口又在要命的喉嚨裏，就算這一次止住了，下次牠再聽見野狼叫，你還能止住嗎？這條狼，可憐吶，不讓你養狼，你偏要養。我看著比刀子割我脖子還難受啊……這哪是狼過的日子，比狗都不如，比原先的蒙古奴隸還慘。蒙古狼寧死也不肯過這種日子的……

陳陣哀求道：阿爸，我要給牠養老送終，您看牠還有救嗎？您把您治病的法子全教給我吧……

老人瞪眼道：你還想養？趁著牠還像一條狼，還有一股狼的狠勁，趕緊把牠打死，讓小狼像野狼一樣戰死！別像病狗那樣窩囊死！成全牠的靈魂吧！

陳陣雙手發抖，他從來沒有想過要讓自己來親手打死小狼，這可是他歷經風險、千辛萬苦才養大的小狼啊。他強忍眼淚，再一次懇求：阿爸，您聽我說，我哪能下得了手……就是有一星半點的希望，我也要救活牠……

老人臉一沉，氣得猛咳了幾下，往雪地上啐了一大口痰，吼道：你們漢人永遠不明白蒙古人的狼！說完，老人氣呼呼地跨上馬，朝馬狠狠抽了一鞭，頭也不回地向自己的蒙古包奔去。

陳陣心裏一陣劇烈的疼痛，就好像他的靈魂也狠狠地挨了一鞭子。

兩個人像木樁似地定在雪地上，失魂落魄。

楊克用靴子踢著雪地，低頭說：阿爸還沒對咱倆發這麼大的火呢……小狼已經不是狼崽了，牠長大了，牠會為了自由跟咱們拚命的。狼才是真正「不自由，毋寧死」的種族。照這個樣子，小狼肯定是活不了了，我看還是聽阿爸的話吧，給小狼最後一次做狼的尊嚴……

陳陣的淚在面頰上凍成了一長串冰珠。他長嘆一聲說：我何嘗不理解阿爸說的意思？可是從感情上，我下得了這個手嗎？將來如果我有兒子的話，我都不會像養小狼這樣玩命地疼他了……讓我再好好想想……

失血過量的小狼，搖搖晃晃地站起來，走到狼圈的邊緣，用爪子刨了圈外幾大塊雪，張嘴就要吃。陳陣急忙抱住了牠，問楊克：小狼一定是想用雪來止疼，該不該讓牠吃？

楊克說：我看小狼是渴了，流了那麼多血能不渴嗎？我看現在一切都隨牠，由牠來掌握自己的命運吧。

陳陣鬆開了手，小狼立即大口大口地吞咽雪塊。虛弱的小狼疼冷交加，渾身劇烈抖動，猶如古代被剝了皮袍罰凍的草原奴隸。小狼終於站不住了，癱倒在地，牠費力地蜷縮起來，用大尾巴彎過來捂住自己了的鼻子和臉。

小狼還在發抖，每吸一口寒冷的空氣，牠全身都會痙攣般地顫抖，到吐氣的時候，顫抖才會減弱，一顫一吸一停，久久無法止息。陳陣的心也開始痙攣，他從來沒有見過小狼這樣軟弱無助，他找來一條厚氈蓋在小狼的身上，恍惚間，覺得小狼的靈魂正在一點一點脫離牠的身體，好像已經不是他原來養的那條小狼了。

到了中午，陳陣給小狼煮了一鍋肥羊尾肉丁粥，用雪塊拌溫了以後，端去餵小狼。小狼用足全身的力氣，擺出狼吞虎咽的貪婪架勢，然而，牠卻再沒有狼的吃相了。牠吃吃停停，停停吃吃，邊吃邊滴血邊咳嗽。咽喉深處的傷口仍然在出血，平時一頓就能消滅的一鍋肉粥，竟然吃了兩天三頓。

那兩天裏，陳陣和楊克白天黑夜提心吊膽地輪流守候服侍小狼。但小狼一頓比一頓吃得少，最後一頓幾乎完全咽不下去了，咽下去的，全是牠自己的血。陳陣趕緊騎上快馬，帶了三瓶草原白酒，請來了大隊獸醫。獸醫看了滿地的血就說：別費事了，虧得是條狼，要是條狗，早就沒命啦。

獸醫連一粒藥也沒給，躍上馬，就去了別家的蒙古包。

到第三天早晨，陳陣一出包，發現小狼自己扒開氈子，躺在地上後仰著脖子急促喘氣。他和楊克跑去一看，兩人都慌了手腳。小狼的脖子腫得快被項圈勒破，只能後仰脖子才能喘到半口氣。陳陣急忙給小狼的項圈鬆了兩個扣，小狼大口喘氣，喘了半天也喘不平穩，牠又掙扎地站起來。兩人掐開小狼的嘴，只見半邊牙床和整個喉嚨腫得像巨大的腫瘤，表皮已經開始潰爛。

陳陣絕望地坐倒在地。小狼掙扎地撐起兩條前腿，勉強端坐在他的面前，半張著嘴，半吐著舌頭，滴著半是血水的唾液，像看老狼一樣地看著陳陣，好像有話要跟他說，然而卻喘得一點聲音也吐不出來。陳陣淚如雨下，他抱住小狼的脖子，和小狼最後一次緊緊地碰了碰額頭和鼻子。小狼似乎有些堅持不住，兩條負重的前腿又劇烈地顫抖起來。

陳陣猛地站起，跑到蒙古包旁，悄悄抓起半截鐵鍬，然後轉過身，又把鐵鍬藏到身後，大步朝小狼跑去。小狼仍然端坐著急促喘息，兩條腿抖得更加厲害，眼看就要倒下。陳陣急忙轉到小狼的身後，高舉鐵鍬，用足全身的力氣，朝小狼的後腦砸了下去。小狼沒有發出一點聲音，軟軟倒在地上，像一頭真正的蒙古草原狼，硬挺到了最後一刻……

那個瞬間，陳陣覺得自己的靈魂被擊出體外，他似乎又聽到靈魂衝出天靈蓋的錚錚聲響，這次飛出的靈魂好像再也不會回來了。陳陣像一段慘白的冰柱，凍凝在狼圈裏……

全家的大狗小狗，不知發生了什麼事，全跑了過來，看到已經倒地死去的小狼，上來聞了聞，都驚嚇得跑散了。只有二郎衝著兩位主人憤怒地狂吼不止。

楊克噙著淚水說：剩下的事情，也該像畢利格阿爸那樣來做。我來剝狼皮筒，你進包歇歇吧。

陳陣木木地說：是咱們倆一起掏的狼崽，最後就讓咱倆一起剝皮筒吧。

兩人控制著發抖的手，小心翼翼地剝出了狼皮筒，狼毛依舊濃密油亮，但狼身已只剩下一層瘦膘。楊克把狼皮筒放在蒙古包的頂上，陳陣拿了一個乾淨的麻袋，裝上小狼的肉身，拴在馬鞍後面。兩人騎馬上山，跑到一個山頂，找到幾塊佈滿白色鷹糞的岩石，用馬蹄袖掃淨了雪，把小狼的屍體輕輕地平放在上面。

他倆臨時選擇的天葬場寒冷肅穆，脫去戰袍的小狼已面目全非，陳陣已完全不認識自己的小狼了，只覺得牠像所有戰死沙場、被人剝了皮的草原大狼一模一樣。陳陣和楊克面對寶貝小狼慘白的屍體，卻沒有了一滴眼淚。

在蒙古草原，幾乎每一條蒙古狼都是毛茸茸地來，赤條條地去，把勇敢、強悍和智慧，以及美麗的草原留在人間。此刻的小狼，雖已脫去戰袍，但也卸下了鎖鏈，牠終於像自己的狼家族成員和所有戰死的草原狼一樣，無拘無束、自由自在地面對坦蕩曠達的草原。小狼從此將正式回歸狼群，重歸草原戰士的行列，騰格里是一定不會拒絕小狼的靈魂的。

他倆不約而同地抬頭看了看天空，已有兩隻蒼鷹正在頭頂上空盤旋。兩人再低頭看看小狼，牠的身體已經凍硬了薄薄一層，陳陣和楊克急忙上馬下山。等他倆走到草甸的時候，回頭看，那兩隻鷹已經螺旋下降到山頂岩石附近。小狼還沒有凍硬，牠將被迅速天葬，由草原鷹帶上高高的騰格里。

回到家，高建中已經挑好了一根長達六七米的樺木杆，放在蒙古包門前，並在狼皮筒裏塞滿了黃乾草。陳陣將細皮繩穿進小狼的鼻孔，再把皮繩的另一端拴在樺木杆的頂端。三個人把筆直的樺木杆，端端正正地插在蒙古包門前的大雪堆裏。

猛烈的西北風，將小狼的長長皮筒吹得橫在天空，把牠的戰袍梳理得乾淨流暢，如同上天赴宴的盛裝。蒙古包煙筒冒出的白煙，在小狼身下飄動，小狼猶如騰雲駕霧，在雲煙中自由快樂地翻滾飛舞。此時，牠的脖子上再沒有鐵鏈枷鎖，牠的腳下再沒有狹小的牢地。

陳陣和楊克久久地仰望著空中的小狼，仰望騰格里。陳陣低低自語：小狼，小狼，騰格里會告訴你你的身世和真相的。在我的夢裏咬我，狠狠地咬吧……

陳陣迷茫的目光追隨著小狼調皮而生動的舞姿，那是牠留在世上不散的外形，那美麗威武的外形裏，似乎仍然包裹著小狼自由和不屈的魂靈。突然，小狼長長的筒形身體和長長的毛茸茸大尾巴，像遊龍一樣地拱動了幾下，陳陣心裏暗暗一驚，他似乎看到了飛雲飛雪裏的狼首龍身的飛龍。小狼的長身又像海豚似的上下起伏地拱動了幾下，像是在用力游動加速……

風聲呼嘯、白毛狂飛，小狼像一條金色的飛龍，騰雲駕霧，載雪乘風，快樂飛翔，飛向騰格里、飛向天狼星、飛向自由的太空宇宙、飛向千萬年來所有戰死的蒙古草原狼的靈魂集聚之地……

那一剎，陳陣相信自己見到了真正屬於自己內心的狼圖騰。

第九章 尾聲

額侖狼群消失以後的第二年早春，兵團下令減少草原狗的數量，以節約寶貴的牛羊肉食，用來供應沒有油水的農業團。首先遭此厄運的是狗崽們，草原上新生的一茬小狗崽幾乎都被拋上騰格里，額侖草原到處都能聽到母狗們淒厲的哭嚎聲，還能看到母狗刨出被主人悄悄埋掉的狗崽，並叼著死狗崽發瘋轉圈。草原女人們嚎啕大哭，男人們則默默流淚。草原大狗和獵狗也一天天消瘦下去。

半年後，二郎遠離蒙古包，又在草叢中沉思發呆的時候，被一輛兵團戰士的卡車上的人開槍打死，拉走。陳陣、楊克、張繼原和高建中狂怒地衝到團部和兩個連部，但是一直未能找到兇手。所有新來的漢人在吃狗肉上結成統一戰線，把兇手藏得像被異族追捕的英雄一樣。

四年後，一個白毛風肆虐的凌晨，一位老人和一位壯年人騎著馬，駕著一輛牛車向邊防公路跑去，牛車上載著畢利格老人的遺體。大隊的三個天葬場已有兩處棄之不用，一些牧民死後，已改爲漢式的土葬，只有畢利格老人堅持要到可能還有狼的地方去。他的遺囑是讓他的兩個遠房兄弟，把他送到邊防公路以北的無人區。

據老人的弟弟說，那夜，邊防公路的北面，狼嗥聲一夜沒停，一直嗥到天亮。

陳陣，楊克和張繼原都認爲，畢利格阿爸是痛苦的、也是幸運的老人。因爲，他是額侖草原最後一個由草原天葬而魂歸騰格里的蒙古族老人。此後，草原狼群再也沒有回到過額侖草原。

不久，陳陣，楊克和高建中被連隊抽調到連部，楊克當小學老師，高建中去了機務隊開拖拉機，陳陣當倉庫保管員，只有張繼原仍被牧民留在馬群當馬倌。

伊勒和牠的孩子們都留給了巴圖嘎斯邁一家，忠心的黃黃卻拋棄妻兒，跟著陳陣到了連部，但是只要嘎

斯邁的牛車狗群一到連部，黃黃就會跟妻兒玩個痛快，而且每次車一走，牠就會跟車回牧業隊，攔也攔不住，每次都要待上好多天，才自己單獨一個跑回陳陣身邊，不管牧業組搬得再遠，甚至一百多里遠，牠都會回來。可每次回來以後都悶悶不樂。

陳陣擔心黃黃半路出事，可是見牠每次都能平安回來，也就大意了，他也不忍剝奪黃黃探親和探望草原的自由和快樂。一年後，黃黃還是走「丟」了，草原人都知道草原狗不會迷路，也不會落入狼口，額侖狼已經消失，即使狼群還在，草原上也從未有過狼群截殺孤狗的先例，半路截殺黃黃的只有人，那些不是草原人的人……

陳陣和楊克又回到漢人為主的圈子裏，過著純漢式的定居生活，周圍大多是內地來的專業軍人和他們的家屬，以及來自天津和唐山的知青兵團戰士。然而，他倆從情感上，卻永遠不能真正地返回漢式生活了。兩人在工作和自學之餘，經常登上連部附近的小山頂，久久遙望西北的騰格里。在亮得耀眼的、高聳的雲朵裏，尋找小狼和畢利格阿爸的面龐和身影……

一九七五年，內蒙生產建設兵團被正式解散，但水草豐美的馬駒子河流域，卻早已被變成了大片沙地。房子、機器、汽車、拖拉機，以及大部分職工和他們的觀念、生活方式，還都留在草原。額侖草原在一年一年地退化。如果聽到哪個蒙古包被狼咬死一隻羊，一定會被人們議論好幾天，而聽到馬蹄陷入鼠洞，人馬被摔傷的事情卻漸漸多了起來。

幾年後，陳陣在返回北京報考研究生之前，借了一匹馬，去向巴圖和嘎斯邁一家道別，然後特地去看望了小狼出生的那個百年老洞。老洞依然幽深結實，洞裏半尺的地方已結了蜘蛛網，有兩隻細長的綠螞蚱在網上掙扎。陳陣扒開草，探頭往洞裏看，洞中溢出一股土腥味，原先那濃重嗆鼻的狼氣味早已消失。老洞前，原來七條小狼崽玩耍和曬太陽的平臺，已長滿了高高的草棵子……陳陣在洞旁坐了很久，身邊沒有小狼，沒有獵狗，甚至連一條小狗崽也沒有了。

在北京知青去額侖草原插隊三十周年的夏季，陳陣和楊克駕著一輛藍色「切諾基」離開了京城，駛向額侖草原。

陳陣在社科院研究生院畢業以後，一直在一所大學的國情研究所從事國情和體制改革的研究。楊克取得法學學士學位以後，又拿下碩士學位和律師資格，此時，他已經是北京一家聲譽良好的律師事務所的創辦人。

這兩個年過半百的老友一直惦念草原，但又畏懼重返草原。然而，三十周年這個「人生經歷」的「而立」之年，使他倆必須立定決心重返額侖草原。他倆將去看望他們的草原親友，看望他們不敢再看的「烏珠穆沁大草原」，看望黑石山下那個小狼的故洞。陳陣還想再到草原驗證和感受一下，自己學術書稿中的觀點。

吉普一進入內蒙地界，天空依然湛藍。然而，只有在草原長期生活過的人知道，騰格里已經不是原來的騰格里了，天空乾燥得沒有一絲雲。草原的騰格里幾乎變成了沙地的騰格里。乾熱的天空之下，望不見茂密的青草，稀疏乾黃的沙草地之間，是大片大片的板結沙地，像鋪滿了一張張巨大的粗沙紙。

乾沙半蓋的公路上，一輛輛拉著牛羊的鐵籠卡車，捲著黃塵撲面而來，駛向關內。一路上，幾乎見不到一個蒙古包、一群馬、一群牛。偶爾見到一群羊，則亂毛髒黑、又瘦又小，連從前額侖草原的處理羊都不如……兩人幾乎打消了繼續前行的願望。他倆都捨不得自己心中濕潤青綠的草原美景底片被乾塵洗掉，被「沙紙」磨損。

楊克在路邊停下車，拍了拍身上的乾塵對陳陣說：前十來年實在太忙，沒時間回草原看看。這些年，我

下面的人都可以獨當一面了，這才騰出空兒，可說真的，我心裏還是怕見草原。今年春天，張繼原回了一趟額侖，他跟我講了不少草原沙化的事兒。這回我作了那麼長時間的精神準備，沒想到，草原沙化還是超出我的想像。

陳陣拍了拍方向盤說：讓我來開吧……阿爸才走了二十多年，咱們就親眼看到他所預言的惡果了，咱倆還真得回額侖草原去祭拜他。而且，再不回去看看，小狼的那個洞，可能真要被沙子填死了。老洞是稱霸草原千萬年的草原狼，留在世上的惟一遺跡了。

楊克說：百年老洞都是最結實的洞，幾百年都塌不了，才過了二十多年也準保塌不了。老洞那麼深，風沙沒一百年也準保填不滿它。

陳陣說：我也想念烏力吉，真想再見到他，再向他好好請教請教狼學和草原學。只可惜，他對草原傷透了心，退休以後就離開了草原，進了城，住到女兒家裏養病去了。中國沒有競爭選拔人才的科學民主機制，耿直的優秀人才總被壓在下面，這位中國少有的狼專家和草原專家，就這麼被體制黃沙徹底埋沒了。體制黃沙比草原黃沙更可怕，它才是草原沙塵暴的真正源頭之一。

吉普在乾塵熱風中行駛了一千多公里，直到把兩條胳膊曬疼曬黑，兩人才接近額侖草原。第二天，吉普進入額侖，畢竟額侖草原是烏珠穆沁大草原的死角和邊境，兩人總算見到了連成片的稀疏草場。額侖還算是綠的，但是，不能低頭看，一低頭，草場便清澈見底，可以看清地面的沙塵和沙礫。而在過去，密密的草下，全是陳草羊糞馬糞的腐殖質，甚至還長著像豆芽菜那樣的細長灰頭蘑菇。陳陣在草原的盛夏，居然想起了描寫草原初春的古代詩句，他苦澀地吟道：「草色遙看近卻無」。

兩人的心懸了起來。他們知道再往前走，就是一條千年古河，河水沒馬膝，甚至貼馬腹。從前只有大卡車才能涉水過河，軍吉普只能加足馬力衝水，才能利用慣性過河。到草原雨季，這條河經常可以讓牧場斷郵、短糧、斷百貨半個月，甚至一個月。陳陣和楊克正商量用什麼辦法過河，「切諾基」卻已到達河岸，兩人往下一看，都閉上了口。離開草原時還是河水湍急的老河，如今已經水落石出，河床上只剩下一片濕漉漉的河沙、曬乾表面的碎石和幾條蚯蚓般細小的水流。吉普輕鬆過河，他倆的心卻越發沉重。

過河不久，兩人彷彿進入草原戰場，廣袤的額侖到處都佈滿了水泥樁柱和鐵絲網。吉普竟然在鐵絲網攔出的通道裏行駛。陳陣再仔細觀察鐵絲網，發現每塊被鐵絲網圈起來的草場大約有幾百畝，裏面的草比圈外的草要高得多，但是仍是稀疏草場，可以看得見草下的沙地。楊克說：這就是所謂的「草庫侖」了，牧區的草場和牲畜承包到戶以後，家家都圈出一塊草場留作接羔草場，夏秋冬三季不動。

陳陣說：這點草怎麼夠啊？楊克說：我聽說這幾年，牧民都開始減少自己的牲畜，有的人家已經減了一半了。

又路過幾個「草庫侖」，兩人發現每個草庫侖中間，都蓋有三四間紅磚瓦房和接羔棚圈。但在這個季節，房子裏都沒有住人，煙囪不冒煙，門前也沒有狗和牛犢。牧民可能都趕著畜群，遷到深山裏的無主草場去了。

陳陣望著草原上一層又一層的鐵絲網，感慨道：在這盛產蒙古最出名的烏珠穆沁戰馬的草場，過去誰敢修建鐵絲網啊？到了晚上，那還不成了絆馬索，把馬勒傷勒死？可如今，曾經震憾世界的蒙古馬，終於被人趕出了蒙古草原。聽說牧民大多騎著摩托放羊了，電視上還把這件事當作牧民生活富裕的標誌來宣傳，實際上，是草原已經拿不出那麼多的草來養馬了。狼沒了以後就是馬，馬沒了以後就是牛羊了。馬背上的民族已經變成摩托上的民族，以後沒準會變成生態難民族……

咱們總算見到了農耕文明對游牧文明的「偉大勝利」。現在政治上已經發展到「一國兩制」，可是漢民族在意識深處，仍然死抱著「多區一制」，不管農區牧區，林區漁區，城區鄉區，統統一鍋燴，炮製成一個「大一統」口味。「偉大勝利」之後，就是巨大的財政補貼，可是即使貼上一百年，草原的損失也補不回來了。

兩人沿著土路向原來的連部所在地開去，他倆急於想見到牧民，見到人。但是，翻繞過那道熟悉的山樑，原連部所在地竟是一片衰黃的沙草地，老鼠亂竄，鼠道如蛇，老鼠掏出的乾沙一灘又一灘。原先的幾排磚房土房已經一間不剩。陳陣駕著車，在曾經喧鬧的連部轉了一圈，竟連一條牆基也沒有壓到，卻幾次陷到壓塌的鼠窩裏。兩人才離開這裏二十年，所有殘基卻已被一年疊一層的黃沙掩蓋得如此乾淨。

陳陣嘆道：草原無狼鼠稱王。深挖洞，廣積糧，誰說老鼠不稱霸？中國人雖然也說「老鼠過街，人人喊打」。可是潛意識裏卻尊崇鼠性，十二生肖鼠爲首。子鼠與子民、與小農意識在目光、生育、墾殖和頑固方面何其相似。

楊克又替換了陳陣，瘋似地把車開到最近的一個小山包。登高遠望，才總算在北面找到了一些牛群和幾座冒著炊煙的房子，但還是沒有發現一個蒙古包。楊克立即駕車向最近的炊煙疾馳而去。

剛走出十幾里，忽然遠處土路上，捲起長長一溜黃塵，陳陣多麼希望是馬倌的一匹快馬啊。開到近處，卻發現是一輛錚亮的雅馬哈摩托。一位身著夾克衫，頭戴棒球帽的十五六歲蒙古少年，一個原地掉頭急剎車，停在吉普車的旁邊。

陳陣吃驚的發現，少年肩上竟然斜揹著一支小口徑步槍。摩托車的後座旁邊還掛著一隻半大的老鷹，正滴著血。陳陣眼前立即閃現老阿爸第一次見到這種槍驚惶失色的眼神。他沒想到蒙古孩子也已經擁有這種武器，而且還坐在更先進的進口兩輪機器上使用這種武器。

楊克急忙用蒙語問候，並亮明自己的身分，報了自家的名字。少年白紅的臉上露出陌生和冷淡，他一邊瞪大眼睛望著「切諾基」，一邊用東北口音的漢話說，他是朝魯的小兒子，從盟裏中學回家過暑假。陳陣想了半天才想起，朝魯是外來戶，是原場部管基建隊的一個小幹部。聽張繼原等同學說，草原改制以後，所有兵團和牧場留下的轉業軍人和場部職工，也都分到了草場和牲畜，變成了漢式生活方式的牧民，額侖草原憑空增加了百分之三十的漢式定居牧業點。

陳陣問：你打老鷹幹什麼？

少年說：玩唄。

你是個中學生，難道不知道保護野生動物？

老鷹叨羊羔，怎麼不可以打？額侖的老鼠太多，打死幾隻老鷹，外蒙的老鷹馬上又會飛過來的。

楊克問了巴圖和嘎斯邁家的地點。少年指了指北邊說，過了邊防公路，最北邊的，最大的一個石圈就是他們家。說完，急轉一百八十度，頭也不回地朝有老鷹的山頭衝去了。

楊克和陳陣忽然感到自己好像變成了額侖草原的客人和外人，一種從未有過的陌生感，越來越排斥他倆的到來。楊克說：咱們誰家也先別去，先直奔巴圖家。只有見到嘎斯邁他們，咱倆才不是外人。

吉普加快車速，沿著他倆熟悉的草原遷場古道，朝邊防公路飛馳。陳陣開始尋找山包上的旱獺，微微突起的古老獺洞平臺，依然散佈在山包上，獺洞旁邊的草也比較高。然而，跑了幾十里，卻一隻獺子也沒有發現。

楊克說：連小孩都有了小口徑步槍，你還能找到獺子嗎？陳陣只好收回目光。

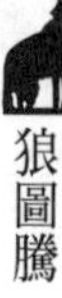

吉普路過幾家有人住的房子，但是，衝出來的狗卻又少又小，一般只有兩三條，而狗的體格，竟比北京別墅區裏的「黑背」狼狗還要小。從前吉普路過蒙古包，被七八條、十幾條毛茸茸巨狗包圍追咬的嚇人場面，再也見不到了，狗的吼聲再也沒有了以前能嚇住草原狼的那種兇狠氣概。

楊克說：狼沒了以後就是狗，狗沒了以後就是戰鬥，戰鬥沒了以後，就只剩下懶散和萎靡了……草原狗可能比北京城裏的狗更早成爲人們的寵物。

陳陣嘆道：我真想二郎啊，要是牠還活著，這些苗條的狗還能叫做狗嗎？

楊克說：草原沒了狼，其他各個環節全鬆扣了。沒有狼，猛狗變成了寵物；戰馬變成了旅遊腳力和留影道具。

陳陣揉了揉吹進眼裏的沙子，說：漢人對草原一無所知，現在的政策對草原功能的定位還是沒定準，重經濟，輕生態。內蒙草原是華夏的生態和生命的屏障，應該把內蒙草原定爲生態特區，給予生態財政補貼，實行特別通行證制度，嚴禁農業、工業和流民進入草原。

吉普進入原來二隊的黃金寶地——春季接羔草場，可眼前一片斑駁。禿地與沙草一色，硝粉與黃塵齊飛。陳陣滿目乾澀，望著草甸東北邊遠遠的黑石山，他真想讓楊克把車直接開到那裏的山腳下。

楊克說：我在電視裏看了二十年的《動物世界》，越看我就越想罵你和罵我自己。要不是你，我也不會欠草原那麼重的債。內蒙草原腹地七條最棒的小狼崽，個個都是珍稀品種，全死在你的手裏了。我成爲你的最大幫兇。現在我兒子一提起這件事，就罵我愚昧！農民！殘忍！唉，從現代法律上講，我的法律責任也不小，是我支持你去掏狼窩的。要是我不去，你肯定不敢一個人半夜上狼山的。上海知青在雲南的孽債還可挽回、補救，而且還能重新找回那麼可愛的女兒，讓我好生羨慕。可你我的孽債，真是無可挽回了……還是女兒好啊。

我那個兒子，在家裏是條狼，可一出門，連隻山羊都不如。被同學一連搶走三個錢包，都不敢吭一聲。

陳陣默然。

楊克又問：你這二十年，國內國外，模型體制，經濟政治，農村城市研究了一大圈，爲什麼最後又轉回到國民性的課題上來？

陳陣反問道：難道你認爲這個問題不解決，其他的問題能得到最終解決嗎？

楊克想了想說道：那倒也是。自從魯迅先生提出國民性的問題以後，這個問題還是沒有得到解決。中國人好像也始終就除不掉那個病根……改革二十年了，進步不小，可走起來還是病病秧秧的。你就找個時間先給我開個講座吧。

吉普一過高坡上的邊防公路，可俯看漫長的邊境線，兩人都驚大了眼睛。原先二十多里寬的軍事禁區和無人區，終於被人畜的增長壓力所突破，如今成了人畜興旺的牧場，這裏竟是行駛一千多公里以後，所見的惟一還能叫作草原的草場。

草場的草雖然比過去矮了一半，但仍是一片深綠，被軍事禁區保護了幾十年的草地，還沒有明顯地出現沙化的跡象。大概也受到邊境那邊原始草原的濕氣侵漫，這片草場竟顯出一些被霧露滋潤的嫩青色。一路上所見的乾黃蕭條印象頓時爲之一掃。

草場上紅磚瓦房，石圈石棚像一座座散佈在邊境線上的明碉暗堡，每座房子大多建在地勢較高的地方，是一片片個人承包草場的中心。眼前邊境線草場散佈著數十群牛羊，使兩人吃驚的是羊群，每群羊龐大無比，大多超過三千隻，有的甚至多達四千隻。游牧已變成定居定牧。

楊克掏出精緻的高倍望遠鏡，仔細地看了看說：這裏的羊群也太大了，咱倆可從來沒有放過這麼大的羊群，比咱倆放的羊群大一倍，羊倌還不得累死啊？

陳陣說：原來的羊群是集體的，要是歸私人所有，再大的羊群也能管得過來。個人管不了，可以雇人管啊，還可以提供就業崗位。利益刺激勞動積極性嘛。

陳陣面對如此興旺的定居牧場，卻感到腳下發虛。從前在夏季新草場集中紮營，集中放牧，人們都不用擔心，牧草啃矮了，還有三季保存完好的草場可用。但是，定居定牧的畜群除了「草庫侖」裏的草以外，再沒有其他草場了。兩人都急於想知道牧民以後怎麼辦？陳陣覺得這也許是內蒙草原最後的一線虛假繁榮了。

兩輛摩托和一匹快馬向「切諾基」衝來。陳陣終於看見了久違的草原騎手。摩托還是比馬先衝到吉普跟前，一個身著藍色蒙古單袍的壯漢刹住了車。陳陣和楊克幾乎同時高喊：巴雅爾！巴雅爾！

兩人跳下吉普，高大的巴雅爾像熊一樣地抱住陳陣，氣吁吁地說：陳陳（陣）！陳陳（陣）！阿嬤一看到車就知道你來了，她讓我來接你回家。說完又狠狠抱了抱陳陣，然後又去抱楊克，又說：阿嬤知道陳陳來，你也一定來，都住我家去吧。

兩個小青年也跳下馬，跳下車。一個十六七歲，一個十四五歲。巴雅爾說：趕緊叫爺爺，這是陳爺爺，這是楊爺爺。兩個孩子叫過以後，便圍著「切諾基」轉著看。

巴雅爾又說：這兩個孩子放暑假，剛從盟裏回來。我想往後讓他倆到北京上大學，這兩個孩子就可以交給你們倆了。快上車吧！阿嬤聽張繼原說你們倆要來，都快想出病來了。

吉普跟著摩托和快馬朝最遠處的炊煙處衝去。巴圖和嘎斯邁兩位白髮蒼蒼的老人互相攙扶著，迎出了兩里地，陳陣跳下車，大喊：阿嬤！阿嬤！巴圖！和兩位老人熱淚擁抱，嘎斯邁的淚水滴在陳陣的肩膀上。她雙

拳敲砸陳陣的肩頭，生氣地說：你二十年也不回來！別的知青都回來過兩三次了，你再不來我就死啦！

陳陣說：妳可不能死，是我該死，讓我先死好了！嘎斯邁用粗糙的手掌擦乾陳陣的眼淚，說：我知道你一讀進書裏面，就連你自個兒的親阿爸親額吉都忘啦，哪還能想起草原上的家。

陳陣說：這些年，我天天都在想草原，我在寫草原的書，還寫阿爸你們一家呢，我哪能忘掉草原上的家呢？這些年我一直活在草原上，和你們在一起。

陳陣急忙扶兩位老人上車，將車開到家。這個家有一個巨大的石圈，要比從前牧業隊的石圈大兩倍。車過石圈，在圈牆的西面，是一排寬大的新瓦房，帶有電視天線和風力發電機。房子的西窗下，還停著一輛帆布篷已經褪色的老式北京吉普。房子和石圈周圍方圓一里都是沙地，稀稀落落長著半人高的灰灰菜。陳陣在房前停下了車。他離開額侖草原二十年，再回來時，卻跨不進老阿爸住過的蒙古包了，心裏頓感失望。

陳陣和楊克從車上卸下好煙好酒、罐頭飲料、果凍奶糖、披肩護膝、皮帶打火機、「敵殺死」等等禮物，抱進蒙古式的客廳。客廳有四十多平米，沙發茶几，電視錄像，酒櫃酒具一應俱全。一幅淡黃色的成吉思汗半身像大掛毯，掛在牆壁正中，圓眼吊睛和藹地望著他的蒙古子孫和客人。陳陣恭敬地站在像前看了一會兒。

嘎斯邁說：這是阿爸的一個親戚，從外蒙回額侖老家探親的時候帶來的。那個親戚還說，這邊真富啊，道路特別好，就是教育和草場不如那邊……

一家人坐下來喝奶茶，吃新鮮奶食。嘎斯邁已經不愛吃大白兔奶糖了，但是她卻很領這份情。她微笑道：你還真沒有忘記我，那時候你給狗吃都不給我吃。

嘎斯邁很快就對她從未見過的果凍讚不絕口，學著陳陣的動作，往嘴裏擠了一個又一個。她笑道：你怎麼知道我的牙掉沒了？帶來這老些不用牙的好吃東西。

陳陣摸了摸鬢角說：連我都老了，白頭髮都有了，牙也掉了幾顆。我哪能忘記妳。我在北京跟好多人講過妳敢一個人抓蒙古大狼的尾巴，還把尾巴骨頭掰斷。好多人都想到草原來旅遊，還想見見您吶。

嘎斯邁連忙擺手道：不見！不見！外蒙的親戚講，他們那兒有專門保護狼的地盤，不讓打狼了。這會兒咱們電視裏也講不讓打狼了。你怎麼淨跟人家講我的壞事兒呢？

天色已暗，房外傳來熟悉的羊蹄聲。陳陣和楊克急忙出包，羊群像洪水般地漫過來。一個漢裝打扮的羊倌，騎著馬，轟趕著羊群。陳陣猜想，這可能就是額侖草原上新出現的雇工。兩人上前幫著慢慢趕羊入圈。

巴圖微笑道：你們兩個羊倌的老本行還真沒忘，二十多年了，還知道吃飽的羊群不能快趕。

陳陣笑道：草原的事，我一點都忘不了的。又問：這群羊真夠大的，有多少隻？

巴圖說：三千八百多隻吧。

楊克噓了一聲說：大大小小這些羊，就算平均一隻羊一百五十至一百七十元，那你的家產，光羊群就價值六七十萬了。再加上牛群、房子、汽車、摩托，你已經是個百萬富翁啦。

巴圖說：沙地上的財產靠不住啊。要是這片草場往後也跟外來戶的草場那樣，草場要是沙化，我家就又成貧下中牧了。

楊克問：分給你家的草場能養多少羊啊？

巴圖將圈門關好，說：要是雨水足，我的草場可以養二千多隻羊；要是天旱，就只能養一千隻。這些年連著旱，四五年沒下過透雨了，這會兒能養一千隻都難啊。

陳陣聽得嚇了一跳，忙問：那你怎麼敢養這麼多的羊呢？

巴圖說：你準是要說我不管載畜量了吧。住在這片草場的，都是原來嘎斯邁牧業組的牧民，都是你阿爸帶出來的兵，都懂載畜量，知道愛惜草場。我養這麼多的羊，有一半只養半年，到下雪前，我就要賣掉二千隻，把當年的一千四百多隻大羔子，還有幾百隻羯羊、老母羊全賣掉。草場剩下的草差不多就夠羊群過大半個冬天的了。我再把賣羊得的錢，拿出一小半買一大圈青乾草，整群羊就能過冬了。夏末秋初，我也把羊群趕到深山的荒草場去。這些年天旱，蚊子都乾死了，羊群在深山裏也能抓上點膘……

回到客廳，巴圖繼續說：我們小組的人家還是用草原蒙古人的老法子，草好就多養羊，草賴就少養羊。養羊跟著騰格里走，跟著草走，不跟人的貪心走。可是那些外來戶哪懂草原老規矩，自個兒草場的草啃沒了，就常常趕羊過來偷吃草，真讓人生氣。還有一些本地蒙古的酒鬼二流子也討厭，把分到的羊全換酒喝了，老婆跑了，孩子野了，現在就靠出租自個兒的草場活命。一年收一兩萬租金。

陳陣問：誰來租草場？

巴圖憤憤地說：一些從半農半牧區新來的外來戶。這幫人根本不顧載畜量，只能養五百隻羊的草場，他們就敢養二千隻、三千隻，狠狠啃上幾年，把草場啃成沙地了，就退了租，賣光了羊，帶著錢回老家做買賣去了。

楊克對陳陣說：沒想到外來的「過江龍」越鬧越成勢了，草原早晚都得毀在他們的手裏。

陳陣對巴圖和嘎斯邁的草場和家業有了點信心，說：看到咱們家的日子過得這麼好，我真高興啊。

嘎斯邁搖搖頭說：大草場壞了，我家的小草場也保不住啊。草原乾了，騰格里就不下雨，我們這些家的草場也一年不如一年了。我要供四個孩子上學，還要留出錢給孩子結婚蓋房子，還要看病，還要存一大筆錢防大災……現在的孩子都只顧眼前，看什麼就想買什麼……剛才他們看見你們的高級車了，一個勁兒想讓巴雅爾買你們這樣的車。我怕草原上的老人都走了以後，年輕人就不懂草原的老規矩了，拚命多養羊，用羊來換好車、好房子、好衣服……

楊克說：怪不得我一下車，這小哥倆就纏著我問這車多少錢。

嘎斯邁說：蒙古人也應該搞計劃生育。孩子多了，草原養不起他們啊。這兩個男孩子要是考不上大學，再回到草原放羊，往後結婚分家，羊群也要分家。羊群一分家，就顯小了，他們就更想多養了，可草場就這麼大。這小片草場要是再蓋幾個房子，草場就要被壓死了……

巴雅爾一直在屋外殺羊，過了一會兒，他的妻子，一個同樣結實的蒙古女人，端進來滿滿一大盆手把肉。陳陣和楊克也拿出各式罐頭和真空包裝食品。天尚未暗下來，客廳裏的電燈卻突然亮了。

陳陣對巴圖說：嘿！真亮堂！牧民終於不用點羊油燈了。那時候我湊近油燈看書，常常把頭髮燒焦。

楊克問：風力發電機發出的電能用多長時間？

巴圖笑著回答道：有風的時候，風力發電機轉一天，把電存到蓄電池裏，這些電可以用兩個小時，要是不夠用，我還有小型柴油發電機呢。

不一會兒，房外響起一片喇叭聲，整個嘎斯邁「部落」的人，幾乎都開著吉普和騎著摩托來了，把寬大的客廳擠成了罐頭。草原老朋友相見，情感分外火辣，陳陣和楊克挨了一拳又一拳，又被灌得東倒西歪，胡言亂語。

蘭木扎布仍然瞪著狼眼，梗著牛脖子，這會兒又加上擼著山羊鬍子，衝著楊克大叫：你爲啥不娶薩仁其其格？把她帶到北京去！罰……罰……罰酒！

楊克醉醺醺地大言不慚：你說吧！百靈鳥雙雙飛，一個翅膀掛幾杯？

老友們驚愕！酒量已不如當年的蘭木扎布忙改口道：不……不對！不……不罰酒！罰你把你的高級車借……借我開一天。我要過……過過好車癮！

楊克說：是你說，我這個「羊羔」配不上額侖最漂亮的「小母狼」的，我哪敢娶她啊，全怪你！借車好辦，可明天你不能喝一滴酒！

蘭木扎布一人把著一瓶瀘州老窖，狠狠地灌了一口說：我……我沒眼力啊！你沒娶薩仁其其格倒也沒啥。可我爲啥就沒把我的小妹妹烏蘭嫁給你，要不，草原上打官司，就有北京的大律師上陣啦。這些年破壞草場的人太多，還到處挖大坑找礦石，找不著，也不把坑埋上……北京少給我們草原一點錢都不要緊，最要緊的是給草原法律和律師！他又灌了一口酒高叫：說好了！明天我就來開你的車！你先把鑰匙給我！

接著，沙茨楞、桑傑等各位老友都來借車。楊克已醉得大方之極，連說：成！成！成！往後你們打官司也找我吧。說完，便把車鑰匙扔給了蘭木扎布。

眾人狂笑。接著，便是全部落的豪飲高歌、男女大合唱，唱到最後，大夥兒都選擇了蒙古最著名的歌手騰格爾的歌。歌聲高亢蒼涼，狼聲歐音悠長，如簫如簧：……這……就歐……是……蒙古歐……人……熱……愛……故歐……鄉的人……

酒歌通宵達旦，眾友淚水漣漣。

酒宴上，陳陣和楊克像北京「二鍋頭」一般，被好客又好酒的各家定了單，一天兩家，家家酒宴，頓頓歌會。那輛藍色「切諾基」成了好友們的試用車、過癮車和買酒運酒的專用車，並用它接來其他小組的老友們。巴圖家門口幾乎成了停車場。

第二天下午，幾乎半個大隊的吉普和摩托都停在這裏，騎馬來的卻很少。牧民說，要不是冬天雪大，騎摩托放不了羊，還得騎馬，可能蒙古馬早就沒人養了。原來二大隊的四群馬，現在就剩一群，還沒有原來的半群大。

巴圖說：狼沒了，草少了，馬懶了，跑不快了，個兒頭也沒從前大了，額侖馬沒人要囉。

陳陣還發現，畢利格那一代的老人都不在了。楊克教的那些小學生，已經成爲額侖牧業的主力軍。

三天之內兩人喝得血壓升高，心動過速。不過，草原上的漢家菜園子已成規模，酒桌上，天天頓頓都能吃到大盆的生蔬菜蘸醬，要不然，他倆的血脂膽固醇也要升高。連日的酒宴，小組的牧業也癱了一半，全靠外來雇工支撐。陳陣問過雇工，他們每月的工資是二百元加兩隻大羊，同時管吃管住，幹得好，年終還有獎勵。

有一位雇工說，他是額侖西南邊四百里一個蘇木（鄉）的牧民，前幾年，他家也有一千七百多隻羊，日子不比額侖的牧民差多少，他家也雇了一個牧工。可是草場一年不如一年，前年一場大旱，沙起了，草焦了，羊渴死餓死一大半，他只好出來打工。可是一年下來掙到的二三十隻大羊，也不能運回老家，老家沒草，活羊沒用了，只好賣掉，換成錢帶回家……

兩人在各自的老房東家睡了整整一天才緩過神來。第四天，陳陣又和嘎斯邁一家人聊了大半夜。

第五天清早，陳陣和楊克駕車開往黑石山方向。

關於狼圖騰的講座與對話

吉普一過邊防公路，就可以隱約看見東南遠處的黑石山。楊克駕著車在草原土路緩緩行駛。

陳陣嘆道：草原狼的存在是草原存在的生態指標，狼沒了，草原也就沒了魂。現在的草原生活已經變質，我真懷念從前碧綠的原始大草原。作為現代人，在中原漢地最忌懷舊，一懷舊就懷到農耕、封建、專制和「大鍋飯」那裏去了。可是對草原，懷舊卻是所有現代人的最現代的情感。

楊克用一隻手揉著太陽穴說：我也懷舊，一到草原，我滿腦子裏湧出來的，都是原始游牧的場景。二三十年前的事，就像昨天發生的一樣。

楊克又說：從草原回城後，咱倆各忙各的，你苦幹了那麼多年，這次也該把你研究的東西好好跟我講講了吧。

陳陣說：這些年，我有了一個全新的角度和立場，可以重新認識華夏的農耕文化和華夏民族的國民性，可以重新認識游牧民族對中華文明的救命性的貢獻，這樣也就可以基本弄清「中國病」的病根。「中國病」就是「羊病」，屬於「家畜病」的範疇。

楊克說：咱們那段經歷，還有草原游牧精神真值得好好挖掘。

陳陣馬上進入主題，他加重了語氣說道：中國病的病根，就在於農耕和農耕性格。過去知識界也有不少人認為中國病的病根是在這裏，但是就是批判得不深不透，還遭遇強烈的抵抗和反批判。我認為，這場關係到中國命運的思想鬥爭，之所以持續了近一個世紀還沒有結束，不僅是因為中國農耕性格的勢力太深厚，還因為批判陣營沒有找到有力的批判武器。對於中國農耕意識的深厚傳統的批判，零敲碎打不行，必須進行歷史的、系統的分析、批判和清算，最關鍵的是必須使用比農耕歷史更悠久、更有生命力、更有戰鬥力的游牧精神武器。

我所說的游牧精神，是一種大游牧精神，不僅包括草原游牧精神，包括海洋「游牧」精神，而且還包括太空「游牧」精神，這是一種在世界歷史上從古至今不停奮進，並仍在現代世界高歌猛進的開拓進取精神。在歷史上，這種大游牧精神、不僅摧毀了野蠻的羅馬奴隸制度和中世紀黑暗專制的封建制度，開拓了巨大的海外市場和「牧場」，而且在當前還正在向宇宙奮勇進取，去開拓更巨大、更富饒的「太空牧場」，為人類爭取更遼闊的生存空間，而這種游牧精神，是以強悍的游牧性格、特別是狼性格為基礎的。草原的「飛狼」最終還是要飛向騰格里、飛向太空的啊。

楊克讚道：開篇不錯。一下子就點到我最感興趣的興奮點上。

陳陣從挎包裏掏出文件夾，裏面是電腦打印稿。他清了清嗓子說：我的講座比較長，我沒有帶書稿，只帶了一份提綱和一些卡片。這回和你一起來草原，我也想跟你講講，再聽聽你的意見。今天我只能簡要地講，還希望你參與和補充。

楊克說：那沒問題。

陳陣平穩地說：我覺得，華夏農耕文明的致命缺陷就在於，這種文明內部沒有比階級鬥爭更深層更廣泛的殘酷激烈的生存競爭。

楊克連頭道：可是游牧文明恰恰相反，游牧生活內部的生存競爭太殘酷，也太普遍。農耕社會哪有草原這樣不間斷的殘酷生存競爭。嚴師出高徒，嚴酷的競爭出強悍的狼群、戰馬和民族。兩種生存環境一對比，兩個民族的性格差異就對比出來了。真有狼羊之別啊。難怪草原民族一直把自己比作狼，把農耕民族比作羊。那幾年，蘭木扎布就不叫我楊克，他在我的名字後面加了一個「奧」，管我叫「羊羔」。可我就是摔不過他，乾沒轍。

那年集體勞動，人特多。休息的時候，蘭木扎布真跟狼摔羊羔似的，一口氣把我摔了六七個跟頭，那些漂亮的蒙古丫頭看得都衝他笑。蘭木扎布還指著薩仁其其格說，額侖最漂亮的小母狼哪能嫁給羊羔呢，她要是忍不住把你給吃了，咋辦？一圈人都笑了，連我也笑了，笑得苦膽汁都倒流到嘴裏面。這次喝酒，他又提起這件事。

陳陣苦笑道：那時候咱們還真是不行，到草原已經摔打了幾年，都摘不掉「羊」的帽子，那麼億萬民族呢？我剛到草原的時候，讓我感觸最深的是，牧民總是說蒙古人是狼，漢人是羊。這對我當時的大漢族主義思想衝擊不小，可能正是因為這種精神衝擊，才促使我下狠心去研究狼和羊，研究兩個民族的精神和性格的……

吉普路過當年畢利格老人指揮打圍的獵場。楊克感慨道：那次打圍的場面真是歷歷在目。咱倆總算親眼見到過草原騎兵的驍勇善戰。那還是一場普通的打圍，咱們中學時下鄉勞動，也參加過農民的打場，真是一點意思也沒有。

陳陣問道：你考慮過沒有，為什麼周秦漢唐時期，華夏中原民族也曾把犬戎、山戎、匈奴和突厥打得落花流水？到漢唐時期打了幾百年的惡仗，還滅掉或驅逐了強大的北匈奴和西突厥。那是中國古代最輝煌的時期。在文化上也是高峰林立，群星燦爛，為什麼那段時期的華夏民族就那麼厲害？具有氣吞山河的陽剛雄健進取的民族性格？

楊克不假思索地說：我想那時候，華夏族正處在上升階段。上升階段總是衝勁十足。

陳陣說：我認為，那是因為那個時期華夏民族的血管裏「狼血」成份很濃，「羊血」倒不太多。人類脫胎於野獸，遠古時期人類的獸性狼性極強，這是人類在幾十萬年殘酷競爭中，賴以生存下來的基本條件。沒有這種兇猛的性格，人類早就被兇殘的自然環境和獸群淘汰了。但是獸性狼性對人類文明的發展危害也極大，如果一個國家裏的人群全像狼群一樣，這個國家的人群就會在互相廝殺中同歸於盡、徹底毀滅。

人類的文明就是在不斷抑制和駕馭人類自身的獸性和狼性才逐步發展起來的。這是古今中外的聖賢、思想家和政治家們，所思考的根本問題之一。但是，如果完全或大部消滅了人性中的獸性和狼性，甚至用溫和的羊性和家畜性來替代它，那麼，人類就又會失去生存的基本條件，被殘酷的競爭所淘汰，人類的文明也無從談起。

因此，沒有人類的半野蠻，就沒有人類持續燦爛，不斷躍進的文明。西方民族走的就是一條保留人性半野蠻的文明發展道路，而華夏民族力圖走一條人性「無野蠻」的農耕式文明發展道路。形象地說，西方走的是一條「文明狼」的道路，而華夏走的是一條「文明羊」的道路。人家順利地從「古代野蠻狼」走到「古代文明狼」，再一直走到「現代文明狼」，現在正朝著未來真正大寫的「文明人」演進。而咱們落下了不知道多少個階段，而且還是南轅北轍。

華夏先聖，懷著善良樸素的願望，受著歷史發展階段的限制，力圖實現克己復禮、天下為公的大同理想。以為只要剷除人性中的狼性，就能逐步實現這一理想。因此，在性格教化方面，儒家孔學千年淳淳教導：「其為人也，溫柔敦厚」。然而，普天之下牛羊的性格最「溫柔敦厚」。儒家教化具有鮮明崇羊滅狼的農耕性質。到後來的宋明理學，那就更極端了，大力鼓吹「存天理，滅人欲」，連正常的人欲都要滅，就不要說消滅人性中存留的獸性狼性了。

在農耕的民族存在的基礎上，經過千年的教化馴牧，華夏的知識層充滿溫柔敦厚的謙謙君子，華夏下層佈滿了軟弱可欺的良民順民。羊性幾乎成了華夏的國民性。這條道路走得太極端，後來敦厚的羊群一旦遇上了兇悍的草原狼群，其結果，二十四史早已記錄得血流成河。再後來，世界變小，敦厚的華夏「文明羊」遇上了兇悍的西方「文明狼」，兩種文明相撞，撞翻的當然是羊。所以，古老的華夏道路必然被西方道路打垮，最後打成了西方的殖民地和半殖民地。

楊克的談興也濃了起來，問道：我真不明白，古代中國怎麼就走到這麼一條絕路上去了呢？在周秦漢唐時期，華夏族不是走的好好的嗎？

陳陣開始侃侃而談：民族最初的道路，主要是由客觀環境所決定的。華夏族生活在世界上最適合農業發展的、最大的「兩河流域」，也就是長江黃河流域。這個流域要比埃及尼羅河流域、巴比倫兩河流域、印度河、恆河流域大得多。因此，華夏族就不得不受世界上最大規模的農耕生活擺佈，這就是華夏民族的民族存在。民族性格也不得不被農耕性質的民族存在所改造，所決定。

而西方民族，人口少，靠海近，牧地多，農業不占絕對優勢。狩獵業、牧業、農業、商業、貿易、航海業齊頭並進；草原狼、森林狼、高山狼、陸狼、海狼一直自由生活。西方民族強悍的游牧遺風和性格，頑強存留下來，而且在千年的商戰、海戰和貿易戰中，得到不斷加強，後來又進入到現代工業殘酷的生存競爭中來，狼性越發驃悍。所以西方民族強悍進取的性格從來沒削弱過。民族存在決定民族性格，而民族性格又決定民族命運。這種性格是西方後來居上，並衝到世界最前列的主觀原因。

世界上從古到今，大致有狩獵、游牧、農耕、商業、航海、工業這六種行業和六種民族。其中，農耕最特殊，因為只有農耕可以自給自足，自我封閉，自花授粉，自行退化，基本上可以不需要競爭、交換和雜交。

除了農耕以外，其他五種行業都不是「和平」的行業，不能自給自足，必須競爭交換搏殺，才能生存發展。

這五種行業都是競爭激烈，風險巨大，環境險惡，你死我活的行業。如果這五種民族沒有像狼一樣兇悍頑強進取的性格，就不能生存。因此，這六大行業中產生出來的六種民族，除了農耕民族以外，狩獵民族、游牧民族、經商民族、航海民族和工業民族這五個民族，都是世界上強悍進取的民族。

而且這五種行業和民族有著繼承關係，從狩獵游牧發展到經商航海，從經商航海又發展到近現代工業。這五種強悍行業是為強悍民族準備的，也只有強民族才敢幹強行業。從低級強行業一直幹到高級強行業，這就是世界歷史發展的主航線。西方世界基本上就是由狩獵游牧，發展到經商航海，再發展到現代工業時代的。

古代農耕民族的歷史，是一個閉門造車、自給自足的歷史支流，他們創造了燦爛的古代文明。但游牧民族及其後代衝進他們的流域，搶走了他們的創造發明，並把他們滅了國，滅了族，或當作附庸，便繼續在驚濤駭浪中揚帆遠航，去創造發明更先進的文明去了。華夏民族一起步就踏上農田，走進農耕民族發展的歷史支流，越走越弱，當然在民族性格上就要大大吃虧。

華夏先民的性格絕對不比西方民族弱，同樣勇敢智慧，強悍進取，狼心勃勃。可是一落到華夏這片世界最大的溫柔敦厚肥沃的農田裏，再強悍的狼性也悍不起來了。古代中國廣闊深厚的農田，是軟化馴化草原狼和狼性的溫柔敦厚之鄉。

吉普進入邊防公路以南的草場，草已矮得貼了地皮，像一大片光禿禿的練車場。楊克將車開出土路，逕直向黑石山駛去。

陳陣略略翻了翻打印稿，繼續說：黃河流域並不是中國古代文化的惟一發祥地，西北草原，尤其是內蒙草原更是中華文明的發祥地之一。據《內蒙古歷史地理》一書介紹，考古發掘證明，早在舊石器時代，內蒙古就有人類活動。著名的「大窯文化」的歷史久遠性，令世人吃驚。大窯遺址在內蒙呼和浩特市東北郊保合少鄉大窯村，是全國重點文物保護單位。

大窯遺址有一個遠古人類的石器製造廠，時間跨度從舊石器時代的早期、中期、一直到晚期，前後長達幾十萬年。遺跡最早的歷史距今約七十萬年，比北京猿人的遺跡還早十至五十萬年。到新石器時代，內蒙的古人類活動的範圍更廣。距今為止，在內蒙發現的新石器時代的遺址約有一百多處，而從這些遺址出土的器物形狀和彩陶風格，與中原的仰韶文化和龍山文化有區別。

還有，在西北陝西發現的藍田人，距今約八十至六十萬年，也比北京猿人的歷史久遠。即便是北京猿人，也不屬於黃河流域的中原人，而是遠古北方人。

在遠古時期，北方和西北的高原和草原水草豐茂，氣候濕潤，適於人類生活。草原的遠古人類過著狩獵、游牧和採集的生活，而大禹治水以前的黃河中下游的中原，還是定期和不定期的「黃泛區」，許多地方都不適合人類居住。中原是黃土高原水土流失、並由黃河輸送泥沙而堆積形成的平原，因此，西北高原和草原是中原之父，黃河是中原之母。西北草原的人類史，自然也就比中原的人類史更久遠，中原的原始先民來自於西北高原和草原。

中國草原先民必定以他們強悍進取的游牧精神和性格，以及流動擴張的特性，慢慢進入和開發中原，並持續深刻地影響了中原部族和華夏文明的形成和發展。

中華民族的人文始祖炎帝和黃帝，就是出身於西北游牧族，據傳說，炎黃二帝都出自於遠古少典部族。范文瀾綜合了史書記載的傳說後，認為：「炎帝姓姜……姜姓是西戎羌族的一支，自西方游牧先入中部」，慢慢開始農耕。古羌族屬於典型的游牧民族，是華夏漢人的祖族之一。西羌族性格剛烈勇猛，這就不是傳說了，而是事實。

《後漢書．西羌傳》記載：「西羌……以戰死為吉利，病終為不祥。耐寒苦同之禽獸，雖婦人產子，亦不避風雪。性堅剛勇猛，得西方金行之氣焉。」這幾句評語真是太精彩了，簡直就是在說狼，也是對草原狼和游牧民族性格的高度概括。因為只有草原狼和中國游牧民族才寧肯戰死，不願病終。

這段記載和評語，極為準確生動地抓住了西羌族和中國游牧民族的共同本質性格特徵——狼性性格；也敏銳地指出了西北游牧民族的性格的來源——「同之禽獸」，也就是同之於猛禽猛獸、同之於草原雄鷹和草原狼；而且又指出了中華民族的金行之骨氣志氣的產地——西方和西北方的游牧區。我真為漢人的先祖有這樣「堅剛勇猛」的性格，而感到自豪和振奮。

羌族是中國的一個了不起的古老民族和華夏民族的主要祖族之一，她不僅孕育了包括「犬戎」、「白狗」、「白狼」等大部分西戎族，還孕育了漢族、黨項、吐蕃、藏族等民族，而且古羌族流入蒙古草原的分支部族，還參與了蒙古草原民族的形成。

據有的專家研究，單音節有聲調的漢藏語系，就發源於單音節的古羌語。直到現在，許多漢字還帶有華夏祖先羌人的游牧血統的胎記，例如，現在用得最濫的「美」字就是這樣，美字由「羊」字和「大」字組合而成。許慎在《說文解字》中說：「美……從羊，從大羊。」徐鉉注釋道：「羊大則美，故從大。」可見華夏先祖的審美觀是游牧人的審美觀。

咱們倆都當過羊倌，能夠體會這種美感。羊肉是牧人的主食，把一群羊羔養成一群大羊，那心裏是多美啊。「羊大」也是草原狼的審美觀，當一條大狼獵到了一隻大羊的時候，那牠就美得亂哼哼了。如果漢人的先祖是農民，那美字就不是「大羊」而可能是「大米」了。遠古選美選大羊，現代選美選美人，但是美字本身依然是「大羊」。

羌族的偉大在於她的剛強性格和超人的智慧，與古羌族同時存在的古匈奴等游牧民族早已消亡，而她卻一直頑強生存延續至今，她的兒孫子族的數量，已達到令世界震驚的十幾億之巨……

咱們還是回到炎黃時期，在炎帝進入中原之後，傳說中的南方「獸身人言」的九黎族蚩尤也北上中原，與炎帝族發生激烈衝突，開始務農的炎帝族被兇悍的蚩尤九黎族不斷進逼，「九黎族驅逐炎帝族，直到涿鹿」。炎帝便聯合更加強悍的黃帝族共同作戰，在涿鹿大敗九黎族，並把九黎驅出中原。黃帝族以後又打敗炎帝族，並把炎帝族擠到長江流域，才正式進入中原定居。再往後，黃帝族又與炎帝族聯合，共同抗擊南方蠻族。

我認為黃帝族之所以能夠戰勝蚩尤九黎族，是有其民族性格根源的。這是因為當時黃帝族仍是游牧族。《史記・三皇本紀》的注釋說：「炎帝黃帝皆少典之子，其母又皆有蟜氏之女……姜姬二帝同出少典氏，黃帝之母又是神農母。」因此，黃帝族與炎帝族同屬一族。既然炎帝族起源於西戎羌族，那麼，黃帝族也起源於西羌和西北高原。

史書記載，傳說中的黃帝族發源於西北游牧區，活動範圍在西北，主要功績和事蹟也發生在西北。莊子說：「崑崙之虛，黃帝之所休。」《山海經》說：「海內崑崙之虛，在西北，帝之下都。」《史記・五帝本紀》又說：黃帝族「遷徙往來無常處，以師兵為營衛。」而且，黃帝「有土德之瑞，故號黃帝。」《史記》的注釋解釋道：「有土德之瑞，土色黃，故稱黃帝。」而黃色之土，乃游牧之地西北黃土高原也。范文瀾認為：「黃帝族原先居住在西北方，據傳說，黃帝曾居住在涿鹿地方的山灣裏，過著往來不定、遷徙無常的游牧生活。」

在傳說中，黃帝與炎帝打敗蚩尤九黎，發生在涿鹿；黃帝與炎帝三次大戰發生在阪泉，而阪泉在河北懷來，古稱懷戎，是游牧區，就在涿鹿東邊幾十里的地方。涿鹿在華北的西北部，是內蒙草原的延伸地，在上古時期是典型的游牧區。

上古時期涿鹿、懷來、媯河和燕山地區，是游牧民族的地盤。後來，黃帝又定都於涿鹿。最後，黃帝葉落歸根，「黃帝崩，葬橋山」，而橋山更是地處西北，人所皆知。炎黃二帝起源於西北游牧族和游牧區，因此必定崇拜天，也就是崇拜草原和游牧民族的「騰格里」。《史記》說，軒轅黃帝擒殺蚩尤以後，「諸侯咸尊軒轅為天子」。

陳陣從文件夾中抽出一張卡片說：中國西北的游牧族世代崇拜騰格里，這是經過考證的。你聽聽《草原帝國》的作者、法國研究亞洲史的泰斗勒尼·格魯塞是怎麼說的？他說，「匈奴人於公元第三世紀後半期時，組成了一個統一的和強有力的民族。他們的首領被稱作單于，這稱號的全文譯音為撐犁孤塗單于，漢文內譯作「天子」，我們辨別出撐犁為突厥——蒙古語字根，它顯明的是突厥字與蒙古字「騰格里」（天）的譯音。」

你看，從匈奴到突厥，再到蒙古，全都崇拜騰格里。而匈奴是極為古老的民族，古稱葷粥，在夏朝稱為「淳維」，在殷商時期稱為「鬼方」，到漢朝才稱為匈奴。《史記》的注釋說：葷粥乃「匈奴別名也」。在黃帝時期，黃帝就曾與葷粥打過交道，《史記·五帝本記》說：「黃帝……北逐葷粥」。由此推斷，在黃帝時期的西北游牧族就崇拜騰格里，要不，當時的各部族就不會把黃帝尊為天子了。騰格里崇拜和天子這一稱號，都來自上古時期的西北游牧族。

由於黃帝族是游牧族，因此，也必定具有狼一樣的猛獸性格，《五帝本紀》說：黃帝「教熊羆貔貅貙虎，以與炎帝戰於阪泉之野。」傳說中，黃帝的軍隊，就是這樣一支兇猛可怕的猛獸之師，帶有鮮明的游牧軍隊特性。

要注意的是，在上述六種猛獸中卻沒有狼，這是因為在猛獸中，狼是不可被馴教的，連半人半神的黃帝也不能駕馭狼，而且，崇拜草原狼的游牧族是絕對不會去駕馭狼的。

所以，我們漢人實際上都是西北游牧民族的後代。後來漢族鄙視游牧民族，那真是忘本忘祖。漢族出身於游牧民族，那他的血管裏，肯定還有狼性血液的遺存。這可是未來中華民族復興的資源，應該像保存火種那樣，把它好好保存並發揚光大。

楊克眼睛閃亮，說：怪不得草原民族代代崇拜騰格里，華夏農耕民族也世代崇拜「天」，崇拜老天爺。原來華夏族的「天崇拜」，是炎黃二帝從草原老家和游牧祖先那兒帶到華夏來的。

陳陣微笑道：沒錯。所以中華大地的游牧民族和農耕民族本是同根生，是騰格里之父，和草原大地之母生出來的一對兄弟，草原民族是兄，華夏民族是弟。這兩個東亞古老的民族同時崇拜天、崇拜騰格里。這種共同的最高崇拜，對中華民族和文明的發展，產生了深刻久遠的影響。

現在看來，以後的中華歷史表明，這對有共同最高崇拜的同根兄弟民族，不管怎樣打得血流成河，但卻是在共同創造中華的文明和歷史。一旦華夏民族在農耕環境中軟弱下去，嚴厲又慈愛的騰格里天父，就會派狼性的游牧民族衝進中原，給羊性化的農耕民族輸血，一次一次地灌輸強悍進取的狼性血液，讓華夏族一次一次地重新振奮起來。

後來在軟弱的弟弟實在扶不起來的時候，強悍的哥哥就會入主中原，入主半個中國，甚至入主整個中華，代替弟弟掌管社稷，維持華夏文明，一直堅持到與西方文明相遇。兄弟兩族就是用這種特殊的方式，共同創造了燦爛的中華文明，也創造了世界惟一的奇蹟——世界上四大文明古國，惟有中華文明從未中斷，一直延續至今。而且，還深深地蘊涵著再次民族復興的偉大潛力。

中華文明道路是世界上最大的強悍草原，和世界上最大的軟弱農田上產生出來的奇特之路。

還需要注意的是，炎黃大戰，最後以黃帝勝出，這是因為雖然炎帝黃帝都起源於游牧族，但是，炎帝族比黃帝早幾百年進入中原農耕區，炎帝又稱作「神農氏」，是上古時期華夏各族中，最早開始進行大規模農業生產的部族，因此炎帝就比黃帝更早地受到農耕對民族性格上的軟化影響。

游牧精神不斷戰勝、並最終戰勝農耕精神這一世界性的客觀規律，也在中華歷史中發生作用。炎黃大戰成為中華文明史中，極為重要的一條主線的起點，這條主線就是游牧民族和農耕民族，游牧精神和農耕精神之間的鬥爭、融合和發展的歷史。這條主線的歷史，比階級鬥爭的歷史更久遠、更漫長，在階級還沒有形成的時候就已經開始了。而且這條主線的歷史，對中華文明影響也更深遠，至今還在發揮作用。

楊克興致勃勃地說：更有意思了。看來不到草原祖地，不拜會草原民族、草原狼和狼圖騰，咱們就不會站在全新立場上來弄清中華文明的來龍去脈，以及這種文明的底蘊。到草原跟狼打過交道以後，我腦子裏的大漢族主義，也確實清除得差不多了。

陳陣說：這些年，我一直在思考和研究這些問題。中華歷史和華夏民族五千年的性格形成和演變相當複雜，但確有規律可尋，現在總算理出點頭緒來了。

楊克說：接著講，只要你不累，我就可以奉陪到底。

陳陣說：我也正憋著要跟你講呢，講一講才能理得更清楚。有你聽，我就更來勁……等會兒再講吧，快要到小狼的故居了，我要向我的小狼導師彙報研究成果呢，牠是我真正的指導老師，還有一位就是畢利格阿爸。而整個草原狼群和草原人，也都是我的尊師啊。

山腳下原來茂密的葦林早已消失。吉普穿過低矮稀疏、青黃錯雜的旱葦地，爬上黑石山下的緩坡。

楊克問：你還記得小狼的狼洞嗎？

陳陣口氣肯定地說：學生怎麼會忘記老師的家門呢？我會在離老洞最近的坡底下停下來的，上面一段路還得步行，必須步行！

吉普慢慢前行，距小狼的出生地越來越近，陳陣的心驟然緊張起來，他感到自己似乎像一個老戰犯正在去一座陵墓謝罪，那個陵墓裏埋葬的，就是被他斷送性命的七條蒙古草原狼：五條小狼崽還沒有睜眼和斷奶，一條才剛剛學會跑步，還有一條小狼，竟被他用老虎鉗剪斷了狼牙，用鐵鏈剝奪了短短一生的自由，還親手將牠砸死。

天性自由，又越來越尊崇自由的陳陣，卻幹出了一件最專制獨裁的惡事，他簡直無法面對他年輕時期的那些血淋淋的罪行。他有時甚至憎恨自己的研究成果，正是他的好奇心和研究癖，才斷送了那七條小狼的快樂與自由，他的書稿是蘸著七條可愛的小狼的鮮血寫出來的，那可是具有白狼王高貴血統的一群蒙古草原狼啊……

二十多年來，他的內心深處，常常受著這筆血債的深深譴責和折磨。他也越來越能理解那些殺過狼的草原人，為什麼在生命的結束，都會心甘情願地把自己身體交還給狼群，那不僅僅是為了靈魂升天，也不僅僅為了是「吃肉還肉」，可能其中還含著償債的沉重愧疚，還有對草原狼深切的愛……可是如今的草原，再也沒有天葬場了。

二十多年來，可敬可佩、可愛可憐的小狼，經常出現在他的夢裏和思緒裏，然而，小狼卻從來不曾咬過他，報復過他，甚至連要咬他的念頭都沒有。小狼總是笑呵呵地跑到他的跟前，抱他的小腿，蹭他的膝蓋，而且還經常舔他的手，舔他的下巴。有一次，陳陣在夢裏，他躺在草地上，突然驚醒，小狼就臥在他的頭旁，他下意識的用手捂住了自己的咽喉，可是小狼看到他醒來，卻就地打滾，把自己的肚皮朝天亮出來，讓他給牠撓癢癢……

在二十多年的無數夢境中，小狼始終以德報怨，始終像他的一個可愛的孩子那樣跑來與他親熱……使他感到不解的是，小狼不僅不恨他，不向他皺鼻齜牙，咆哮威脅，而且還對他頻頻表示狼的友情愛意，狼眼裏的愛，在人群裏永遠見不到，小狼的愛意是那麼古老荒涼，溫柔天真……

楊克見到這面碎石亂草荒坡，好像也記起二十七八年前那場殘忍的滅門惡行。他眼裏露出深深的內疚和自責。

吉普在山坡上停下，陳陣指了指前面不遠的一片平地說：那就是小狼崽們的臨時藏身洞，是我把牠們挖出來的，主犯確實是我。我離開額侖的時候它就坍平了，現在一點痕跡也看不出來了。咱們就從這兒往老洞走吧。

兩人下了車，陳陣揹上挎包，領著楊克向那個山包慢慢繞過去。

走上山坡，原來長滿刺草荊棘高草棵子，陰森隱蔽的亂崗，此時已成一片禿坡，坡下也沒有茂密的葦子青紗帳作掩護了。又走了幾十米，百年老洞赫然袒露在兩人的視線裏，老洞似乎比以前更大，遠看像陝北黃土高坡一個廢棄的小窯洞。陳陣屏著呼吸快步走去，走到洞前，發現老洞並沒有變大，只是由於老洞失去了高草的遮擋，才顯得比從前大。連年的乾旱，使洞形基本保持原樣，只是洞口底部落了不少碎石碎土。

陳陣走到洞旁，跪下身，定了定神，趴到洞口往裏看，洞道已被地滾草、荊棘棵子填了一大半。他從挎包裏掏手電筒往裏面照了照，洞道的拐彎處已幾乎被土石黃沙亂草堵死。陳陣失落地坐到洞前的平臺上，怔怔地望著老洞。

楊克也用手電筒仔細看了看洞道，說：沒錯！就是這個洞！你就是從這個洞鑽進去的。那會兒，我在外面真是嚇得兩頭害怕，又怕你在裏面碰見母狼，又怕外面的狼跟我玩命……咱倆當時真是吃了豹子膽了。說實話，你的理論確實是真正深入草原腹地，深入狼洞裏得來的……

楊克又彎下身，衝著老洞呼喊：小狼！小狼！開飯囉！陳陣和我來看你啦！楊克就像在新草場對著小狼自己挖的狼洞叫小狼出來吃飯一樣。然而，小狼再也不會從狼洞裏瘋了似地躥出來了……

陳陣站起身，撣了撣身上的土，又蹲下身，一根一根地拔掉平臺上的碎草，然後從挎包裏拿出七根北京火腿腸，其中有一根特別粗大，這是專門給他曾經養過的小狼準備的。陳陣把祭品恭恭敬敬地放在平臺上，從挎包裏拿出七束香，插在平臺上點燃，又從文件夾裏抽出文稿的扉頁，點火燒祭，火苗燒著了《狼圖騰》和陳陣的名字，陳陣希望小狼和畢利格阿爸的在天之靈，能收到他的許諾和深深的懺悔。

火苗一直燒到陳陣的手指才熄滅。陳陣又掏出一扁瓶畢利格老人喜歡的北京「二鍋頭」酒，祭灑在老洞平臺上和四周的沙草地上。他知道，額侖草原原二隊草場上的每一個老狼洞旁，都有老人的腳印。由於他不聽老人的話堅持養狼，傷了老人的心，他對老人的愧疚也永遠不能彌補了。

兩人都伸出雙臂，手掌朝天，仰望騰格里，隨著嫋嫋上升的青煙，去追尋小狼和畢利格老阿爸的靈魂……

陳陣真想大聲呼喊，小狼！小狼！阿爸！阿爸！我來看你們了……然而，他不敢喊，他不配喊。他也不敢驚擾他們的靈魂，唯恐他們睜開眼睛，看到下面如此乾黃破敗的「草原」。

乾旱的騰格里欲哭無淚……

時間還早，兩人走到車旁，搬下食物筐，在吉普的陰影裏，就地野餐。陳陣悶頭喝酒，心情壓抑哀傷，酒氣嗆出眼淚，眼前的狼山一片模糊。

楊克說：你也別太傷心了。你把你的東西寫出來，就是對小狼和阿爸的最大安慰和補償。實際上到後來，小狼跟咱倆特親，尤其是對你，牠都快把你當作乾爸了。就是騰格里告訴牠真相，小狼也不會記恨你的。在現代，人的感情越來越靠不住。幹了十幾年律師，我對中國人越來越失望。老爸還沒咽氣呢，兒女親屬就在老人的病床前，為爭奪遺產大吵大鬧，吵得老人都咽不下最後一口氣。現代都市真正動情的哭泣，只有在人們的寵物愛犬死的時候才能聽到……將來，人們只能到動物世界去尋找真、善、美了。

陳陣嘆道：何止是真、善、美啊。

楊克說：繼續你的講座吧。在草原狼的故土沙場開狼圖騰講座，這是對小狼、對所有戰死在草原的狼壯士的最好祭奠。小狼在天上一定會歪著腦袋，豎起耳朵安安靜靜地聽你講的。

陳陣猛灌了一口酒，一股狼性血氣直衝頭頂，他開始繼續滔滔不絕的草原實地講座：

一般說來，狼性草原環境具有狼性性格和血液的造血功能；而羊性農田環境具有羊性性格和血液的造血功能。當炎黃二帝率領部族進入中原，當時的形勢是這樣的：第一，炎黃部族本身帶有兇猛強悍的狼性性格和狼性血液；第二，中原和西北大地當時還擁有大片牧地，那裏猛狼成群。因此，當時的華夏仍然存有狼性血液的強大造血功能；第三，大量農田的開發，使農耕環境的羊性血液的造血功能開始發揮作用；第四，儒家孔學還未出世。後來出現的儒家是集農耕意識大成的大家，它對華夏民族的性格形成將產生巨大影響。

需要說明的是，早期的儒家產生於當時華夏半牧半農的土壤中，因此，雖然儒家充滿三綱五常、保守順從的農耕意識，但早期的儒家經典中，還含有剛毅強悍的游牧遺風和性格，如「天行健，君子以自強不息」，與後來宋明時期的純農耕儒家有重大差別。

因此，在最初階段，炎黃先民的狼性血液還沒有被部分和平安定的農耕生活所稀釋；兇猛桀驁的狼性性格和游牧精神，也不可能輕易被部分定居安逸的農耕環境所軟化。

炎黃部族開始半牧半農。這樣，他們既有兇猛的戰鬥性格和卓越的軍事才能，以保家衛國；又有相對安定的勞動生產條件，以生產供應充足的生活資料。因而，這個新民族產生了巨大的能量。炎黃先民從此在中原大地崛起，人口快速增長，國土劇烈擴張，從黃河流域一直擴展到長江流域。大禹陵至今還矗立在江南。

然而，逐漸擴大的農耕生活，慢慢消蝕游牧民族遺留下來的狼性性格，並慢慢破壞已經逐漸縮小的中原牧地的狼性造血功能。到商末時期，西部的周族開始崛起，當時周族已開始農耕，但是，由於周國地處西部，國內居民大多是戎狄游牧民族。周古公曾費大力氣改革戎狄舊俗，建立新的封建生產關係。

一般說來，游牧民族尚武善戰；農耕民族尚文重教化。周國內部存在的農耕與游牧雜居融合的民族現象，就使得周國在民族性格上，具有農耕與游牧半羊半狼的雜交優勢。還有，周國經常遭到境外戎狄游牧民族的侵略，被迫與之交戰，從而也得到了性格和軍事上實戰鍛鍊。因此，周民族在性格上就比較全面，狼羊結合，半野蠻半文明，文韜武略，智勇雙全，具有比中原農耕為主的民族更多的狼性血液，具有更強悍進取的狼性性格，還具有較高的禮儀文明，敦厚待民愛民的向心力。

公元前十一世紀，周武王聯合八個西方戎狄國，親率「戎車三百乘，虎賁三千人，甲士四萬五千人，以東伐紂。」而「戎車」和「虎賁」，都標明了周國軍隊的游牧虎狼的特性。周武王在與商紂王七十萬大軍決戰之前指天「大誓」，號召全軍「如虎如羆如豺」勇猛殺敵。而「豺」就是狼。周國兇猛的虎狼之師，以少勝多，取得大勝，滅掉商朝，建立起對中華文明影響極大的西周王朝。

周國在與戎狄民族雜居交融的時候，受到了游牧民族天崇拜和圖騰崇拜的深刻影響，後來周國又將這一影響帶進華夏，並繼續把天崇拜作為華夏民族的最高崇拜，周朝的最高君王也被稱為周天子。周國和周朝的這種半羊半狼的雜交優勢，使周國和西周不僅接受了一次游牧民族的狼性血液的輸血，而且實際上，還對整個華夏民族，重新輸入一次草原狼性血液，使千年來被農耕羊血稍稍沖淡了的狼性血液，恢復到原有的濃度比例。

這次輸血，產生了周文王、周武王和周公這些對華夏民族和文明產生了深遠影響的偉大人物。那時候華夏族的聖賢，都具有剛強的游牧精神：性格強悍，胸襟開闊，目光遠大。「天行健，君子以自強不息」的民族精神，就產生於這個時代，也是對當時民族性格的準確寫照。而這種民族精神中，充滿了中華游牧精神。

農耕所必然產生的不思進取的安逸腐化，是商朝覆滅的內因，自強不息的周王朝取代商朝便順理成章。在西周的盛期，文武之道張弛有度，文治武功光輝燦爛，為華夏民族的形成和發展奠定了基礎。

陳陣背靠車輪，伸開腿，繼續說：中華民族以後的道路，就是按照中國特色的路線發展下去的。農耕必定軟化農耕民族的性格，而草原游牧必定強化游牧民族的性格，古代中華文明的發展和延續，必須依靠游牧民族定期或不定期的不斷輸血。這就是幾千年中國古代文明的發展規律，而這個規律涉及到民族生存發展的根本問題，即民族性格問題。

中國和世界的歷史證明，歷史絕對不是「一堆偶然事件的堆積」，而是有其內在的客觀發展規律的。可是中華文明與衰發展的特殊規律，直到現在，還隱藏在「偶然事件的堆積」裏。如果不從「民族存在和民族性格」的研究角度及其方法來研究分析這些「堆積」，那麼，中國人就永遠掌握不了中國特殊的文明興衰發展規律和中國的命運。

性格對於個人來說，是其能否成功和發展的決定性因素。對於民族來說，民族性格則更是一個決定民族命運的生死攸關的國家大事。從世界各民族興亡盛衰的歷史看，民族性格屬於民族脊樑問題。歷史證明，一個民族的性格強悍進取，這個民族生存發展的機會就大就多；而一個民族的性格軟弱，這個民族被淘汰的可能性就增大。

從世界上實際存在的民族價值標準看，民族性格軟弱是一個民族最致命的缺陷。因為，軟弱的民族性格是萬惡之源，它將導致一系列最可恥、最不可饒恕的罪惡：不思進取，坐井觀天、喪權辱國、割地賠款、叛賣投降、俯首稱臣；人民被殺戮、被販賣、被奴役、被歧視；民族被改種、改文、改姓、改身分等等。世界上無數古老農耕民族就因其性格軟弱，而被殘酷的世界無情淘汰。世界發展到現在，人口激增，生存空間和資源日益短缺，民族性格問題更加突出，因此，必須更加充分重視民族性格問題。為此，就必須從民族性格的視角，重新審視中華文明的演變發展史。

我認為，中華游牧民族對中華民族和文明的偉大貢獻，最主要是在精神上、性格上的貢獻。而剛強進取的民族性格，則是創造和支撐中華文明的支柱。華夏農耕民族是創造古代中華文明的腦與手，而游牧精神和游牧性格，則是整個中華民族和中華文明的脊樑。

特別需要指出的是，從西周以後，華夏民族一個主導性的盛衰規律也由此開始：一旦華夏民族性格中羊性太強於狼性，華夏就被異族入侵，山河破碎，任人宰割；一旦狼性太強於羊性，華夏中國就專制暴政，或軍閥混戰，民變蜂起，戰亂不休。只有華夏民族在性格上的狼性羊性大致平衡，狼性略大於羊性時，華夏中國才疆域擴大，國富民強，經濟文化繁榮昌盛。

下面，咱們就來看看中國的歷史是不是按此規律發展的，而且中國歷史發展的事實，是不是又印證了這一發展規律。

到西周末期，長期的農耕和平環境，使得君王荒淫無度，玩物喪志，烽火戲諸侯。君主性格軟化，無心富國強兵，結果周幽王被野蠻強悍的犬戎族攻殺，幽王的寵妃褒姒被擄，象徵華夏最高權力和地位的「九鼎」寶器，也被犬戎掠往草原，都城豐、鎬西北被犬戎佔領，強盛約三百年的西周覆滅。此後，犬戎便成了華夏民族最可怕的敵人，直到唐朝，中原民族還把一切西北游牧民族統稱之為「犬戎」和「戎狄」。

在唐代宗年間，太常博士柳伉上疏說：「犬戎犯關度隴，不血刃而入京師……」在唐德宗年間，大臣柳渾對德宗說：「戎狄，豺狼也，非盟誓可結。」這個「犬戎」的「犬」字，帶有漢族特點的強烈的侮辱性，而且說戎狄是「豺狼」，也準確地指出了犬戎或戎狄族的狼性格。

至春秋初期，犬戎又成為秦國的強敵。後來，犬戎的一支北遷到蒙古草原，成為蒙古草原最早的游牧民族之一。研究中國的游牧民族、游牧精神和游牧民族的圖騰，也必須從古匈奴葷粥和犬戎開始。

根據文獻記載，犬戎族就是自稱自己的祖先是二白犬，並以白犬為圖騰的西北最古老的游牧民族，屬於西羌族，是炎黃族先祖的近親。早在炎黃時期，犬戎族就是炎黃族的勁敵。《後漢書》就有記載：「昔高辛氏有犬戎之寇，帝患其侵暴，而征伐不剋。」高辛氏就是黃帝的曾孫，堯帝的父親。史料只記載了犬戎族的圖騰是白犬，但並沒有說明白犬是野犬還是家犬。但是，白犬到底是野犬還是家犬，關係重大，這涉及到民族性格問題、中華游牧民族和中華民族的圖騰起源等，一系列關鍵性問題。

我認為，白犬可能就是白狼，據《後漢書》記載，至漢朝，在原來犬戎活動範圍內，曾出現一個人口眾多的西戎白狼國。到東漢明帝時，「白狼……等百餘國，戶百三十餘萬，口六百萬以上，舉種奉貢」，自願歸屬東漢。白狼王還命人作詩三首，合稱《白狼歌》，獻給東漢皇帝。因此，我認為白狼國就是犬戎國的變種，白狼王則是犬戎的後人，而白狼族就是崇拜白狼，並以白狼為圖騰的部族。白狼國的存在，也可以證明犬戎所崇拜的白犬，很可能就是白狼。

退一步說，即便白犬不是白狼，那麼，白犬也一定是像藏獒那樣的比草原狼更高大更兇猛的野狗。據史料記載，犬戎族極為野蠻兇悍，根據我對游牧民族的長期研究，歷史上最古老最野蠻的犬戎族，按其民族性格來說，他們絕不會崇拜性格溫順聽話的家狗，就像蒙古草原上，從古到今所有馬背上的民族，無一例外，都不會以馬為圖騰的那樣。

因為馬是草原人所馴服的動物，性格兇猛強悍的所有中華草原民族，絕對不會崇拜被自己所馴服的動物，也更不會把家狗家畜作為自己民族的圖騰。而且，圖騰是草原民族神聖的精神崇拜，而家畜卻是受牧人鞭打驅使的奴僕，絕無神聖可言。咱倆在草原上生活了十年還不知道嗎，牧民雖然很愛狗，但是在草原人的心目中，狗與狼地位極其懸殊，狗是草原人的戰友，而狼則是草原人的神靈。

因此，我的看法是：犬戎族崇拜的白犬，或者是白狼；或者就是野生白犬，一種與狼同科，與狼同形，比狼更兇猛的自由野狗。所以，當時犬戎族的「犬圖騰」就等於「狼圖騰」，古犬戎就是中國歷史上有文字記載的、最早崇拜「狼圖騰」的古游牧部族之一。

說犬戎是最早崇拜狼圖騰的部族之一，這是因為，據史書記載犬戎的母族——古羌族也崇拜犬圖騰。《資治通鑑》第一百九十卷裏說：在唐朝初年，有「白簡、白狗羌並遣使入貢」，而且，唐還「以白狗等羌地置維、恭二州。」這說明古羌族也崇拜白犬。實際上，從民族歸類上看，犬戎族就是西羌族，許慎在《說文解字》中說：「羌，西戎牧羊人也。」因此，犬戎就是西羌，西羌包含犬戎。那麼以上所說的「犬戎」、「白狗」和「白狼」等族，就都是西羌族。

由此可以斷定，西羌族是以白狼或白犬為圖騰的游牧民族。而「以戰死為吉利，以病終為不祥」的勇猛古羌族，當然也不會崇拜馴順的家狗的，因此古羌族崇拜的「白狗」不是白狼，就是比狼更兇猛的野生白狗，因而，古羌族就是崇拜狼圖騰的古老民族。由於華夏人文始祖之一——姜姓炎帝族是古羌族的一支，而黃帝又與炎帝同族，那麼，如果追本朔源的話，白犬圖騰，或狼圖騰，是中華民族的最原始最主要的圖騰。

狼圖騰崇拜起始於華夏最古老的羌族、犬戎族和古匈奴葷粥，後經白狼、匈奴、高車、鮮卑、突厥、契丹等游牧民族，一直延續到現代的蒙古民族。這是世界上歷史最悠久的游牧民族圖騰，在強悍的西北和蒙古草原上，一個又一個的游牧民族被更強悍的游牧民族打敗，民族來復去，而狼圖騰和狼精神卻永世長存。這種狼圖騰文化和精神從未中斷，甚至大大超過從未中斷的華夏農耕文明的歷史長度。然而，狼圖騰所包含的巨大的精神價值，從未被怕狼恨狼的漢人重視和研究過，甚至還故意將其打入冷宮。

特別重要的是：中華大地的這兩個「從未中斷」的文化，以游牧民族的狼圖騰文化更有生命力，也更有價值。如果沒有「從未中斷」的狼圖騰精神和文化，那麼華夏幾千年的農耕文化和文明就可能中斷。中國幾千年的文明從未中斷，這已經成為世界公認的世界文明歷史中的奇蹟，而奇蹟背後的奇蹟，卻是歷史更久遠、又從未中斷的狼圖騰文化。

狼圖騰之所以成為西北和蒙古草原上無數游牧民族的民族圖騰，全在於草原狼的那種讓人不得不崇拜的、不可抗拒的魅力和強悍智慧的精神征服力量。這種偉大強悍的狼圖騰精神，就是中華游牧精神的精髓，它深刻地影響了西北游牧民族的精神和性格，深刻影響了中華民族和中華文明，也深刻影響了全世界。

我認為歷史如此悠久的狼圖騰崇拜和精神，恰恰是永保其旺盛生命活力的古代和現代游牧精神的本源。現代中國人真應該為中國還埋藏有如此偉大珍貴、悠久豐厚的精神遺產而感到慶幸和自豪。現在到了應該剝去掩蓋它的農耕羊皮，而讓其大放光彩的時候了。它將是當代中華民族性格轉換工程的最寶貴的本土精神資源。「東方睡獅」將由於狼圖騰精神的復活，而真正甦醒和抖擻起來。

好！帶勁！楊克噗地拉開了一罐啤酒，連聲叫好。

他把酒遞給陳陣，自己也打開一罐，仰頭猛喝了一大口說：你這個挖掘，真比白狼王挖的狼洞還要深，一直挖到炎黃的祖族那兒去了。你的結論我同意，我也認為西羌犬戎崇拜的「白犬」，肯定是野狗或者就是白狼。我到現在還特崇拜咱們的二郎呢，羌族和犬戎崇拜的，肯定就是這樣的野狗，或者更厲害的藏獒式的野狗，絕不會崇拜聽人話的寵物狗的。要不然真無法理解，東方游牧民族為什麼會有那麼大的能量。你這個觀點能說服我。再接著講！

陳陣一罐啤酒下肚，談興更盛，他挺起身，盤腿坐在沙草地上，繼續開講：西周之後，歷史進入春秋戰國時代，由於華夏民族先祖強悍性格的遺傳基因很強，又由於在陝西、山西、河北、華北北部，仍保留著大量的牧地和游牧民族，甚至在現在的河北腹地定縣平山一帶，還出現過一個由白狄匈奴所建立的著名的中山國。

中山國立國幾百年，以出產「中山狼」而聞名於世，因此中山國民性格強悍，與韓、燕、宋同時稱王，還曾掠占過強悍燕國的大片土地，可見當時中原華北，還有不少狼性土地和狼性性格。而且，當時中原國家又經常遭受西北游牧民族的入侵輸血。因此，春秋戰國時期的整個華夏民族的性格依然強悍，甚至強悍到產生不出一個大一統中央集權專制制度來統治他們的程度。

在春秋戰國時期，群狼逐鹿中原，諸侯爭霸華夏，血沃中華大地。「臥薪嚐膽，奮發圖強」，就是那個時代民族性格和精神的寫照。從民族性格中湧出的銳意進取的力量，像火山群持續噴發，此起彼落五百年。這一時期，在思想文化方面，更像是一次轟轟烈烈的造山運動，儒家、道家、墨家、兵家以及法家等狼家，百家爭鳴，群峰林立。在華夏古代歷史上，出現了思想精神文化上的空前盛世。

後來，中國在文化上的幾次復古運動，都試圖恢復當年的民族精神和性格，雖然沒有成功，但都取得了不小的成就。歷史證明，在政治經濟上不能復古，否則就是倒退，但在民族精神和性格上，必須經常「復古」。西方的「文藝復興」，就是一次非常偉大和成功的「復古」運動。

到秦朝，秦國又有一個類似於又不同於西周的開端。秦國也是地處西部，因此，它擁有西北千里游牧區和秦川漢中巴蜀農耕區的半牧半農的經濟基礎，和在此民族存在的基礎上形成的半狼半羊雜交的國民性格。

強悍性格產生強烈要求改革變法的強悍動力和願望，秦國商鞅變法首先成功，而以農耕為主的和信奉周禮的六國，卻因為長期的農耕生活，國民性格日益軟化，秦國很快便對六國形成的壓倒性的優勢。到秦始皇時代便橫掃六國，統一華夏。公元前二二一年，秦始皇建立中國歷史上第一個中央集權的國家。秦始皇開拓猛進的狼性性格，以今非古，焚書坑儒，強行推行「書同文，車同軌，行同倫」，又築長城，修馳道，建騎兵，擊匈奴。敢作敢為，大氣磅礡，首創了一個強悍向上的嶄新時代。

需要說明的是，這「書、車、行」的三同，奠定了華夏民族的統一的基礎，中國第一個的「大一統」，並不是由儒家帝王建立的，而恰恰是由焚書坑儒的狼性秦始皇建立的。還需要說明的是，中國第一個中央集權封建專制王朝得以建立，也表明此時華夏民族的國民性格，已經開始顯露農耕化的跡象。

然而，由於秦國立國的基地是在戎狄游牧區。秦國在秦穆公時期滅掉十二個戎國，開地千里，成為「西戎霸主」，採用西戎游牧民族的風俗習慣和法律。司馬光說秦「以貪狼為俗」，可見秦國受西戎的狼性格和狼圖騰的影響極深。秦國當時已經是西部大國，秦襄公還曾被周平王封過諸侯。但是，華夏其他諸侯卻認為秦是西戎野蠻國，根本不承認它是華夏諸侯國，還不讓秦國參加華夏諸侯盟會。

秦國國內游牧民族的成份確實更重。因此，秦國國民性格的狼性過強，在這塊狼性土壤中誕生的秦始皇，就很容易成為一個狼性暴君。結果，暴行激起反抗，潛伏在六國民間的狼性好漢揭竿而起，開始軟弱的華夏民族又被激發出強悍精神，起義遍佈全國。秦王朝二世而亡。但是，秦朝對中國歷史影響極為深遠，而游牧民族的狼性性格在其中，起到關鍵性作用，如果沒有秦國君民狼性格的因素，中國歷史決不會出現以後漢唐的輝煌上升時期。

秦國到秦朝這段歷史，是草原民族對華夏民族又一次狼性血液的輸血，大大地沖淡了千年來從農耕生活中湧進民族血管的羊血，使剛剛又要羊化和孱弱的華夏民族性格，再一次剛強起來。

公元前二〇六年，劉邦建立西漢王朝。西漢時期，「漢承秦制」，西漢又承襲秦朝狼血，漢武帝在性格上就是第二個秦始皇，史家稱漢武帝「異於秦始皇無幾矣」，兇悍好戰，舉全國之兵力財力，連年征伐，毫不妥協，不滅匈奴勢不罷休。當時的漢朝，主戰派占絕對優勢，「銳勇輕死之士充滿朝廷」，大有古羌族「以戰死為吉利，以病終為不祥」的民族性格。

漢武帝還大膽起用李廣、衛青、霍去病等等充滿狼性豪情的將領，以騎兵攻騎兵，以騎射對騎射，兇猛果敢，長途奔襲，深入草原，血戰匈奴數十年，打得匈奴元氣大傷。雄才大略的漢武帝甚至還把作為防禦性工程的長城，也變成對草原經濟封鎖的進攻性武器，嚴禁鐵器武器藥材出關，斬殺大批違禁商人。

當時華夏農耕厚土上生長出來的儒家，也終於長成大樹，進入官方主導意識形態。儒家主張以農為本，與民休息，輕徭薄賦；並主張施仁政，以馴化軟化國民性格，來換取國家和社會的穩定，為帝王所用。以典章制度治國安民，求得和平發展。

漢武帝在認識水平上高於秦始皇，他懂得儒家的作用。因此，西漢時期，狼羊結合，霸道王道雜之，狼血羊血大體平衡。西漢時期，漢民族終於在性格上，從秦朝的「野蠻狼」發展到漢朝的「文明狼」，達到古代「文明狼」的最佳性格水平，與同時代的西方強悍的古羅馬民族性格大致相當，國家強盛的程度也差距不遠。

當時整個漢民族充滿了勇猛頑強，開疆拓土，消滅強敵的壯志豪情。那時的西漢國運昌盛，國富民強；文史哲經，藝術科技，高度繁榮；並第一次征服西北和西域，擴大華夏的游牧國土，切斷了匈奴的財政來源，消滅了匈奴的主力，造就了一個長達四百年的輝煌朝代。大漢帝國是華夏漢民族最值得驕傲的時代之一。遺憾的是，在以後的朝代，純粹漢民族的民族性格再也沒有達到過這樣的高度和水平。此後，靠漢族獨木便難以支撐華夏文明大廈了。

隨著漢朝屯墾戍邊政策的實行，農耕對草原的擴張，和對草原民族的一次次沉重軍事打擊和壓迫，以及晉朝殘酷的「徙戎政策」，即用武力驅逐異族出境，激起游牧民族的強烈反抗。草原民族終於又積累起巨大的報復力量。到晉末，匈奴、羯、氐、羌和鮮卑五個草原民族先後衝進中原，又先後建立十六個國家，史稱「五胡十六國」。

秦漢以來幾百年的農業大發展，華夏的農業已取得優勢，整個漢族已成為標準的農耕民族，民族性格羊性化，畏戰怕死，不堪一擊。「五胡」便像狼衝羊群一樣，將整個中原變成「草原狼」的天下，時間長達一百二十多年。在此期間，中原大地狼性太盛，因而，群狼混戰，血腥殘暴，屍骨遍野，人口銳減。但這次巨大災難的內因，仍在於農耕文明的本身，溫柔敦厚的農耕民族缺乏強悍的國民性格，來抵禦外來侵略。

建國於公元三八六年的北魏，是一個狼羊性格結合比較好的時代。我對北魏非常感興趣。建立北魏的鮮卑族和後來的蒙古族，都屬於東胡，兩民族的語言有共同的祖源。鮮卑族發源於大興安嶺北麓的鮮卑山，蒙古史權威、原中國元史研究會會長韓儒林先生說：「據近代學者研究，鮮卑為蒙古族。」

早在東漢和帝時，漢大將竇憲擊敗匈奴，鮮卑趁虛佔領匈奴舊地，十多萬户匈奴人自號鮮卑，加入鮮卑族，同時也把匈奴的文化和原始崇拜帶入鮮卑族，因此，鮮卑族又是東胡與匈奴的融合民族。

鮮卑拓跋部極為兇悍，但是鮮卑的文化極其落後，連文字也沒有。然而，他們有蒙古草原狼一樣的兇猛性格和智慧的頭腦，具有超凡的軍事才能，是五胡中的最卓絕的一支。北魏太武帝拓跋燾簡直就像頭神狼王，神武異常。他居然用了不到十年時間，依靠兇猛的鮮卑騎兵，掃平群狼，統一了北部中國。在中國歷史西周以後，開創了第一個由草原民族建立的強悍有作為的朝代。

更有意思的是，鮮卑拓跋像蒙古草原狼一樣愛動腦子，極善學習，他們對漢文化極為癡迷，又一次表現出游牧民族在文化和制度上開拓進取、勤奮學習的民族性格。在馮太后和孝文帝時期，大力倡導全民族學習漢文化並與漢族通婚，幾乎達到全盤漢化的程度。後來百萬鮮卑遷都洛陽以後，完全使用漢語漢服漢制度，甚至將鮮卑姓改為漢性，例如將皇族拓跋氏改為長孫氏。讓南朝漢人來使，一時分不清是到了胡國還是到了漢國。

需要説明的是，草原民族對漢文化的主動接受，是有深刻的種族根源的：一是，漢文化中，有至高無上的天崇拜，也就是騰格里崇拜，而漢文化中的天崇拜，本來就是來源於草原民族的騰格里崇拜，是炎黃先祖從草原帶到中原的原始崇拜。因此，蒙古草原游牧民族的最高崇拜與漢族天崇拜文化不僅不衝突，反而因原始崇拜的親緣關係，而情感親近，容易接受。後來，蒙古本土的蒙古族和華夏的漢族，最終沒有接受基督教和伊斯蘭教，而都接受佛教，也是與蒙古族和漢族共同的最高天崇拜有很大關係。

二是，漢文化儒學中，也具有早期儒學遺留下來的強悍進取的游牧精神，像「天行健，君子以自強不息」、「富貴不能淫，貧賤不能移，威武不能屈」等強健不屈的精神，也頗合草原民族性格和狼圖騰精神。

三是，儒家全力維護「天子」，也就是「騰格里之子」的皇權。

總之，漢文化本來就是游牧民族來到農耕地區而逐步發展起來的文化，因此，在後來的草原民族入主中原農耕大地之後，就不必在文化上從頭開始，只要把游牧先輩和後輩的文化成果拿來即可。當然，後來鮮卑、蒙古族和滿族都看到了漢文化的缺陷，在接受漢文化時做了不小的取捨，並增添了許多游牧文化的內容。

還需要說明的是，傳統觀點認為游牧民族雖然可以在武力上征服中原，但是，漢族卻可以用漢文化征服游牧民族，這實際上是一種大漢族主義觀點。這種觀點最大的錯誤，在於否定了最根本的非文化因素——華夏農耕土地的征服作用。

華夏廣闊的農田能夠征服和軟化古代任何武功強悍的游牧民族，華夏農田的征服作用，遠遠超過文化上的作用。游牧民族被漢文化征服的觀點的片面性，又在於否定了漢文化中的游牧成份，否定了漢文化中的游牧民族的部分所有權。而且，實際上，游牧民族也不是被動地被漢文化征服，而是游牧民族主動地選擇了漢文化，而這種主動選擇重要的原因，也是由於漢文化中有游牧文化的成份。

鮮卑拓跋的改革相當成功，北魏政治穩定，經濟繁榮，人口劇增，國際交往頻繁，一派東方大國強國的風貌。而且文化發達，佛教盛行，雲崗、龍門石窟中的北魏時期的大石佛至今令人景仰，使昏庸腐敗、內亂短命的南朝漢族國家根本無法與之相比。以致於後來的中國人大多知道大名鼎鼎的北魏，而對同時期南朝漢人的宋國和齊國知之甚少。

北魏和南朝的鮮明對比，説明華夏農耕文化和民族性格，已開始暴露出它致命的羊性軟弱性。游牧民族一旦集合起整個民族的力量，抓住一次機會，便可以武力入主中原，再經過短短的幾代，就可以把華夏民族花費幾千年時間創造出來的文明成果學到手，甚至還超過你一頭。而缺乏進取精神的漢民族，雖然文化比草原民族先進，但是它不得不依靠定期或不定期的輸血為生。如果幾百年不進行一次大規模狼性血液的輸血，它的骨頭就軟得難以支撐華夏大廈。古言道，「五百年必有王者興」，實際上真正的「王者」，就是游牧精神和性格，而某個具體的王者，就是游牧精神和性格的某個代表人物。

鮮卑統治北中國長達一百四十多年，這次草原民族對華夏農耕民族的輸血和混血，意義重大，影響深遠。

所謂輸血和混血，主要表現在兩個方面：一是，游牧民族入主中原以後，在游牧精神和性格上，對農耕民族的深刻影響。所謂「輸血」，也就是游牧精神的輸入；二是種族混血雜交，增強民族雜交優勢，增加新性格人群的數量。「五胡入中華」造成中原大地巨大戰亂，洛陽焚毀，血沃中原，十室九空，人口鋭減。戰亂又造成華夏民族第一次規模巨大的民族大遷徙。據史料記載，中州，也就是中原，大約有六七成的漢人逃往江南，這又進一步地減少了北中國的漢族人口。此後源源不斷來自草原的游牧民族，尤其是鮮卑族，便填補了空蕩蕩的中原和荒涼的洛陽。

《中國通史簡編》説：「照江統《徙戎論》所説，關中人口百餘萬，氐羌和鮮卑等族約占半數。」魏孝文帝從平城遷都到洛陽時，就遷來鮮卑文武百官和軍隊，連同他們的家屬和奴僕，總數不下一百萬人。為了學習漢文化和增加人口，鮮卑統治集團親自帶頭實行鼓勵鮮漢通婚的政策。由於居於統治地位的游牧民族獲得了財產和權力上的優勢，就可以廣泛地通婚納妾，多生子女，使得游牧民族在種族人口繁殖上，也取得超過漢族人口增長的優勢。因而，經過十六國和整個北朝長達二百六十多年的民族輸血和雜交混血，北中國實際上已成為游牧民族與漢族在數量上大致相當的民族混合地區，尤其以鮮卑族的數量和影響為最大。

這次民族輸血和混血，使得被農耕軟化和羊性化的華夏中原民族的性格和精神，又一次被激活，再一次強悍起來。但必須指出的是，中國游牧民族對農耕民族的輸血和混血，對農耕民族來說，是一件痛苦和殘酷的事情，但卻又是對「中國病」的絕對必要的搶救性治療。客觀地說，沒有這一次長期廣泛的輸血和混血，就不會有後來偉大的隋唐。

北魏後來分裂為東魏和西魏，這兩國依然是鮮卑族執政。公元五百五十年，高洋廢東魏帝自立，國號齊，史稱北齊。公元五五六年，鮮卑人宇文覺廢西魏恭帝自立，國號周，史稱北周，依然是鮮卑政權。到周武帝時期，雄才大略的鮮卑皇帝——周武帝宇文邕又滅掉北齊，重新統一北中國。

公元五八一年，北周大丞相楊堅廢掉周靜帝，篡奪鮮卑北周王朝而建立隋朝，他便是中國歷史上著名的隋文帝。因此，隋朝實際上是建立在鮮卑國家的基礎之上的。北朝之後的隋朝，由於剛剛經過長達二百六十多年的五個游牧民族的狼性血液的輸血，中原民族實際上是由鮮卑民族等游牧民族和漢族所組成的混合民族。

又由於楊堅篡周建隋，所以鮮卑北周的統治集團也基本上被保留下來。隋朝朝廷充滿鮮卑族官員，連隋文帝的獨孤皇后都是鮮卑人，獨孤皇后是鮮卑大貴族、柱國大將軍獨孤信的女兒。因此，從隋朝的國家政權的組成和民族的構成上說，鮮卑族的比重極大。從民族成份上講，隋朝是鮮卑族和漢族共同創造的偉大朝代。在隋文帝時期，中原民族性格強悍，文化發達，又是一次狼羊結合較好的時期。因而，隋朝又是一個勇猛進取，有創造，有作為，了不起的朝代：實行均田制，開鑿大運河，首創科舉制，擊敗擁有四十萬騎兵的強大突厥，又征服南中國，結束中國長達兩個半世紀的戰亂和分裂，建立起國土遼闊的統一國家。

特別要提到的是，中國北方經過游牧民族入侵長期戰亂破壞，本該在國力上落後於未受異族入侵的南朝。事實上恰恰相反，在南朝，漢族執政的宋齊梁陳，一個比一個腐朽黑暗、軟弱無能、內訌短命。南中國的漢族政權後來被大隋朝輕而易舉地滅掉。從此以後，在古代中國又出現一個規律：受到過游牧民族輸血和混血的北方中原，無論被戰亂破壞得多麼嚴重，但大多可以滅掉或收降南中國漢族政權，而南中國漢族的最後政權，則無一例外地都被北方國家輕易滅掉。

此規律的適用性，還可以上推到秦。從秦滅楚吳、魏滅蜀、晉滅吳、隋滅梁陳、宋滅後蜀南唐吳越、元滅南宋、一直到清滅南明三藩太平天國。此規律證明，游牧性格大大強於農耕性格，強悍性格是民族自立於民族之林的決定性因素。純農耕的南中國一旦喪失了殘存的炎黃游牧精神，又得不到新鮮游牧精神的輸血，也就喪失了民族的脊樑，即便有發達的文化和經濟，也無法捍衛自己的國土、保障自己國家的獨立。

陳陣望了一眼狼洞山坡，嘆了一口氣說道：但是，隋朝還是一個短命朝代，根本的問題又出在狼羊不平衡上，隋朝統治集團在性格上，狼性又太強於羊性。隋煬帝本人就是一個漢族與鮮卑族的混血帝王，他的生母文獻獨孤皇后，是一個連隋文帝都懼怕的鮮卑悍婦。獨孤皇后的家族連她自己在內，先後出過三位皇后和一位皇太后。她的姐姐是北周周明帝的皇后，她的大女兒是周宣帝的皇后，她的從姐妹是唐朝唐高祖李淵的生母。她的鮮卑家族性格剛猛，勢力強大，深刻影響了北周、大隋和大唐三個朝代。

她在皇宮，後宮不敢給隋文帝送嬪妃，她還敢於殺掉隋文帝看中的女人。這位狼性十足的鮮卑族皇后在朝中擁有大權，與隋文帝並稱為「二聖」。獨孤皇后還謀劃了廢長立幼，廢黜太子楊勇，再立她所偏愛的楊廣為皇太子。後來，獨孤皇后成為武則天效仿的楷模。

因此，隋煬帝楊廣是喝「狼奶」長大的「狼」。他繼承的狼性基因過多，因而，他是中國歷史上少有的暴君，窮兵黷武，殘暴腐化，橫徵暴斂，民不聊生。隋煬帝三伐高麗，動用幾百萬軍隊，三戰三敗，損失慘重，國力耗盡，激起全國大起義。大隋三十七年便亡，與秦朝相似。公元六一八年，胡化了的漢人大貴族李淵建立唐朝。

中國人引以為自豪和驕傲的大唐朝，實際上，也是鮮卑族和漢族共同創造的一個偉大王朝，是草原狼性格和華夏文明精粹的偉大結晶，達到了古代華夏文明之巔。就像「漢承秦制」那樣，唐朝是唐承隋制。李唐王朝繼承了隋朝皇族，尤其是隋皇族女系母統的強悍鮮卑性格。從性格血統上，李唐王朝的開國皇帝和初期君主，可都是胡化了的漢人和鮮卑貴族女性的混血兒。

唐高祖李淵的生母、皇后、一個兒媳均為鮮卑人。唐太宗李世民的祖母、生母和皇后是鮮卑人，唐高宗李治的曾祖母、祖母和生母是鮮卑人。而李淵的生母，就是大名鼎鼎隋朝獨孤皇后的從姐妹。幾代連續雜交混血，幾代鮮卑家族狼性格的持久影響和薰陶，使李唐家族血統裏的漢血比例降到四分之一以下，因此在性格上，取得非同尋常的雜交優勢。

太宗李世民尤為突出，他的驍勇兇猛頑強的狼性性格，堪稱中國帝王之最。甚至，李家也出過李世民的太子承乾那種學胡語，吃胡食，仰慕突厥狼頭軍旗、想解放回草原當突厥人的極端例子。後來太子承乾被唐太宗廢掉。這個極端例子也證明，李唐家族中的草原民族血統和及其影響極重極深。

我給你舉幾個《資治通鑑》裏記載的例子：有一次，李世民跟李淵出戰，李淵進軍失利，李世民親自率兵上陣，從敵陣後面衝進去，身先士卒，使用雙刀，親手砍殺幾十人，殺紅了眼，砍得兩把刀都缺了口，兩個袖子裏都灌滿了敵兵的血，他甩掉血，繼續拚殺，直到打垮敵軍，反敗為勝。

還有一次，李世民與竇建德交兵，李世民只帶尉遲敬德一員大將和幾個士兵去誘敵，竇建德五六千騎兵追殺過來。李世民善騎射，毫無懼色，他親手射死一員敵將和幾個士兵。尉遲敬德也殺了十幾士兵，居然嚇得幾千騎兵不敢再追。再有，在玄武門事變中，為了大唐利益，李世民先發制人，設伏兵殺死了想加害於他的親兄弟建成和元吉。李世民親手射殺了長兄建成，毫不手軟，像狼一樣兇猛果敢地奪取了太子位。

李世民兇猛善戰，大智大勇，連當時打著金狼頭軍旗的突厥騎兵，甚至突厥可汗也佩服得五體投地。唐太宗還被各草原民族奉為「天可汗」，也就是「騰格里可汗」。後來唐朝能降伏強大的突厥，靠的就是這種李唐家族的狼性格，還有充滿朝廷的大批草原民族著名的賢臣強將。

其中最著名的是長孫無忌，據《舊唐書・長孫無忌傳》記載，長孫無忌是凶險的「玄武門事變」的主要策劃人，就是他像狼一樣勇敢地力勸李世民先發制人，並親自帶領尉遲敬德、侯君集等九人協同李世民，在玄武門伏殺建成和元吉。

長孫無忌是輔佐李世民登上皇位的第一功臣，後任宰相長達三十年。而長孫無忌就是鮮卑人，他的先祖是北魏鮮卑皇族，其後世家族成員在北魏、西魏、北周時歷任重臣，封王襲公。其父是隋朝的右驍衛將軍。長孫無忌又是唐太宗的文德長孫皇后的親哥哥。唐太宗的祖母、生母、皇后，甚至連宰相都是鮮卑人，你說大唐王朝的鮮卑血統和性格有多重。

唐朝的偉大，來源於民族性格的偉大，也來源於唐朝女性的偉大。唐初的三位鮮卑女性，不僅為唐朝養育了幾代傑出帝王，而且，中國第一支「娘子軍」，中國第一個、也是惟一的女皇帝都誕生於唐朝。

咱們到草原還不知道嗎？草原民族是開放和尊重婦女的民族，婦女地位比較高，女人大多敢作敢為，像嘎斯邁那樣敢徒手鬥狼的女人不在少數。唐朝的鮮卑血統也決定了唐朝女性的驚人業績，據《新唐書・諸公主列傳》記載：唐高祖李淵的女兒平陽公主，在李淵太原起兵反隋時，她自己先到關中地區拉起一支起義軍，屢屢挫敗隋軍，並把義軍發展到七萬之眾，威震關中，為李淵奪取長安，立下大功。《新唐書》說：「主（**平陽公主——引者注**）引精兵萬人與秦王會渭北……號稱娘子軍。」山西著名的娘子關，就是由於平陽公主曾率軍在此駐守而得名。平陽公主的生母，就是李淵的鮮卑人太穆皇后竇氏，平陽公主是與李世民同父同母、同性格、同打江山的傑出女性。娘子軍對中國女性的影響太深遠了，而娘子軍精神中所包含的，就是自由開放、強韌獨立的游牧精神和狼精神。

還有，中國惟一的女皇帝武則天也產生在唐朝。武則天出生在游牧精神濃厚、有深厚「胡服騎射」傳統的山西。而山西是鮮卑族的根據地之一，鮮卑北魏最初的都城，就定在山西平城。武則天的父親曾隨李淵起兵反隋，後封為應國公。所以武則天也應該算作將門狼女。後來又在李唐皇族游牧精神的薰陶下，武則天成為中國狼性最強的傑出女政治家。在性格上：她勇敢兇悍，智慧超人，大刀闊斧，鐵腕血腥，毫不手軟；在政策上：打擊士族，強化科舉，破格選才，勸課農桑，發展人口。把唐太宗開創的貞觀之治的盛世維持了半個世紀。

陳陣停了停，突然問楊克：你注意過武則天的形象沒有？

楊克有些茫然，搖搖頭說：沒注意。你又發現了什麼？

陳陣說：我看過武則天的畫像，她很富態，有母儀之像。洛陽龍門石窟那座最著名、最高大的盧舍那石像，是武則天下令鑿刻的。那雕像有異常大氣矜持的端莊美，臉龐頸肩豐滿圓潤。據說，這是當時的藝術家和石工按照武則天本人的形象雕刻出來的。

中國人都知道，在審美標準上，唐朝是「以胖為美」，李唐帝王大多選豐滿女人為后為妃。唐太宗選武則天為妃，唐太宗的兒子唐高宗李治，後來又對武則天窮追不捨，直到把她立為皇后，而後來的唐玄宗李隆基又以豐腴的楊玉環為貴妃。幾代唐朝皇帝如此熱衷豐滿女人，確實大大有悖於中國漢族帝王的傳統審美標準。華夏漢族帝王大多喜歡苗條女人，比如：「楚王好細腰，後宮多餓死」。漢朝漢成帝的寵妃趙飛燕，就是「楚腰纖細掌中輕」式的女人，後來被成帝立為皇后。

那麼，漢唐這兩個齊名的大朝代，為什麼會出現「環肥燕瘦」截然相反的審美標準的呢？原因就在於唐朝皇族與歷代華夏朝代的民族血統不同。唐朝「以胖為美」，深刻地反映了李唐王朝鮮卑族的血統和印記。

我過去也一直弄不懂，為什麼上個大朝代漢朝還以瘦為美，怎麼到下一個大朝代唐朝突然就以胖為美了？後來弄清了李唐王朝的鮮卑血統以後才明白，再聯想到咱們在草原上的生活，就一下子想通了。

當初咱們剛到草原的時候，就發現蒙古人以胖為美，比如咱們隊那個綽號叫「一盞明燈」的那仁其其格，真夠豐滿的，一定比楊貴妃還要胖，那時候，幾乎有一大半的馬倌都圍著她獻殷勤。在額侖被牧民公認為美人的蒙古女人，絕大多數是豐滿女人。而鮮卑族和蒙古族是兩個有著親緣關係的蒙古草原游牧民族。鮮卑族一定是把狼圖騰和「以胖為美」的審美標準，一同傳給蒙古族了。實際上，游牧民族從古到今都以養肥牲畜為職業，以「羊大」為美，當然在民族審美上就以胖為美了。

楊克連連點頭，又笑著說：沒錯！……不過有點扯遠了吧。

陳陣說：一點也沒扯遠。唐朝「以胖為美」，恰恰又從民族意識的一個本質層面上證明，唐朝之所以那麼強悍偉大的民族性格根源。漢人一直迴避唐朝的游牧精神和草原血統，實際上，漢人很不情願把中國最偉大朝代的大半功績，記在草原民族的功勞簿上……

我再接著講……李世民過人之處，還在於他極其重視文治，採納魏徵的「偃武修文」的政策。興科舉，重諫臣，著力教化，改善政治，輕徭薄賦，鼓勵經濟。開創了中國歷史上著名的貞觀之治。唐朝的疆土達到到前所未有的廣度。

我特別要說的是，李世民是第一個提出「華夷平等」政策的中國皇帝。他說：「自古皆貴中華，賤夷、狄，朕獨愛之如一，故其種落皆依朕如父母。」而唐太宗「華夷平等」政策的提出，是有李唐皇族性格上的華夷混血、狼羊平衡的血統背景的。過去以及後來華夏儒家正統思想，都是極力「尊華貶夷」，根本無視游牧精神和草原民族性格的巨大價值，以及對華夏民族和文明的救命性的貢獻，而且，還把這種狼性性格作為儒家教化所重點打擊的對象。只有具有游牧血統的李世民，深刻看出了漢族和草原民族雙方的優缺點，而且身體力行地實行「華夷平等」政策。

唐朝之所以能達到中國古代文明的輝煌頂點，根本原因就在於它使草原民族勇猛進取的性格和農耕民族的儒家精華相結合。只可惜，中國農耕土壤太廣闊太深厚，李世民「華夷平等」卓越的思想，很快就被華夏強大而狹隘的農耕意識和儒家正統思想所扼殺。後來，支撐華夏民族活命的新鮮血液，仍然是草原民族用武力強行灌輸進來的。

但是，由於漢族農耕病體已趨嚴重，以後無論怎樣輸血，都輸不出漢唐盛期的豪邁強悍的民族風骨來了。「東方睡獅」正是從中唐以後開始進入漫長的冬眠狀態的，而華夏廣袤農田就是它舒服沉睡的「軟榻」，儒學則是使它久睡不醒的「催眠曲」和「安眠藥」。

從安史之亂開始，一直到五代十國的二百年裏，重又軟化羊性化下去的華夏民族，又陷於大混亂之中。從此，華夏的農耕民族走向漫長的下坡通道。雖然也出現過幾次小高峰，但總的下降趨勢已不可逆轉。華夏文明和華夏國土的延續和保持，越來越依賴於草原民族。

雖然整個農耕民族在軟化，但是炎黃先祖的狼性血液的遺傳，和游牧民族的不斷輸血和混血，在華夏廣大的農民中，仍然保留了一些強悍的種子。中國歷史上的農民起義，就是農民中狼性好漢率領的反抗。但是農民起義只是改朝換代的工具。一旦起義成功，也不能為新王朝增添多少新東西和新血液。

唐末的黃巢農民大起義，作為漢民族一次民族復興的重大行動，並沒有成功。究其原因，農民起義是農耕土壤中生長出來的「農副產品」，農耕王朝所具有的性格軟弱性的局限，它也不可能避免，能避免的只是極少數。雖然黃巢起義大軍攻打王朝軍隊勢如破竹，還殘忍愚昧地焚毀了古代中國最為氣勢恢宏的長安城。但是，它還是被唐政府借來的、名不見經傳的西突厥沙陀族騎兵消滅了。這是因為被輸血者總比不過輸血者身心強健。漢唐以後，華夏農耕民族無論是政府軍，還是農民起義軍與游牧民族的騎兵交戰，總是敗多勝少。

到五代十國，北中國又陷於狼性遠遠大於羊性的大動盪時代。北方五代梁唐晉漢周之中，後唐、後晉、後漢都是西突厥沙陀族政權。同時並存的強大遼國，則是鮮卑後裔契丹族建立的游牧民族國家。

公元九六〇年，趙匡胤不費吹灰之力，忘恩負義地篡奪後周周世宗打下的中原江山之後，建立了北宋。北宋初期借助五代時期游牧民族的輸血，還有些生氣。但是，宋太祖已沒有漢武帝和唐太宗的「文明狼」的銳氣了。宋太宗兩次北伐都被契丹遼國打得慘敗。可是他收拾南方的漢族國家，卻易如反掌。

中唐以後，中國的經濟重心已由北方移到南方。而唐末五代時期，北方的經濟遭到大破壞，南北差距更加懸殊。南方漢族國家的強大經濟實力，並不能彌補民族性格上的軟弱。那裏的帝王早就在「春花秋月」、「雕欄玉砌」和江南水鄉中軟掉了骨頭。因此，受過狼性格輸血的北中國，再次輕鬆滅掉或收降南部漢族國家。李後主、吳越王等國君主紛紛敗亡投降。春秋漢唐時期南中國的那種「力拔山兮，氣蓋世」，「三千越甲可吞吳」，「楚雖三户，亡秦必楚」的民族氣概和性格蕩然無存。長期農耕環境和儒教教化，終於徹底教化和軟化了沒有草原的南中國。

陳陣繼續講：宋朝是漢族國民性格質變的轉折時期，除了歷史種種不利因素的積累以外，宋朝對漢族性格的轉換，還有著兩個關鍵而特殊的作用：

首先，北宋無力收回漢唐原有的廣大草原國土。大宋大宋，實際上，它的疆土連漢唐時期的一半還不到。它的北面是包括華北北部和蒙古草原的幅員萬里的契丹遼國。它的西面是驃悍的黨項西夏和羌族吐蕃。它的西南面是白族的大理國。這種局面導致了嚴重後果。本來，從炎黃到漢唐，華夏一直擁有北部和西北的大片草原牧區，它具有製造強悍性格的造血功能，歷史上廣闊草原為華夏民族培育了無數強兵猛將和傑出帝王。

古言道：「關西出將，關東出相」，「烈士武臣，多出涼州，土風壯猛，便習兵事。」《宋史·李綱傳》也說：「自古中興之主，起於西北，則足以據中原，而有東南。」漢唐時期，中國雄才大略的帝王之所以大力經營西域，緊緊抓住西北草原不放，就是深深懂得這片草原維繫著中華文明的根，而游牧精神和性格則是支撐中華的脊樑。漢唐時期那種半農半牧的國土和經濟基礎，是華夏民族維持半狼半羊性格的命脈。而軟弱無能的宋朝，無力收復華夏西北的命脈草原牧區，就對漢民族的性格最終轉換起到了致命的影響。

其次，宋朝「理學」的盛行。由於宋朝的華夏只剩下純農耕的國土，中國儒教的這棵大樹被純農耕土壤滋養得越發農耕化，並發展得越來越極端，宋朝「理學」的出現，把早期儒家中含有的游牧遺風、雄健向上的精神大大消弱，卻加強了壓抑閹割民族性格的「新精神」。最致命的是提出「存天理，滅人欲」：三綱五常是天理，必須用「天理」來滅除人欲。對狼性和狼欲就更得斬盡殺絕，火燒沉塘。

只有堵了狼的路，才能邁得開羊的步。理學把漢民族壓制調理得像家畜牛羊那樣馴服聽話，任勞任怨，使得漢族宋朝的生產力大發展，還製造出當時世界上最先進、最具威力的火藥武器：火銃、火箭、火蒺藜、霹靂炮、突火槍等等。但是，仍然彌補不了華夏民族迅速軟化和羊化的性格缺陷。

歷史證明：一個民族要想復興和富強，必須發展生產力，但是絕不能「惟生產力」，發展生產力是振興民族的基礎，但還不是基礎的基礎。必須把培育強悍進取的民族性格和發展生產力同時並舉，這才具備民族騰飛的兩個翅膀。

到宋朝，在性格上，純農耕的華夏漢族，終於由漢唐時期強悍的「文明狼」轉變為軟弱的「文明羊」。然而，北宋還是得到了一個長達一百六十多年的穩定和繁榮。但是，這不是因為它自身強大，而是由於強敵契丹遼國發生了民族性格上的重大轉換。遼國在宋朝建立之前的十幾年，占領了華北幽雲十六州的漢族農業區。此後，它的農業開始大發展，並向東北黑土地延伸。經過幾十年的墾殖，以致於農業在遼國經濟中的比例越來越重，大量牧民漸漸變成農民。

這樣一個原來純粹的游牧民族國家，漸漸便成了以一個農業為主的半農半牧國。於是，農耕軟化民族性格的鐵律，也對契丹遼國發生強烈作用，契丹族的狼性性格也開始軟化。在蕭太后時期，遼宋兩國簽訂「澶淵之盟」的不平等和約。宋朝每年向大遼國鉅額進貢，宋真宗稱蕭太后為叔母。但長期的戰爭基本停止，兩國「和平友好」，兩國放心睡大覺，兩國在安逸的農耕環境中，雙雙繁榮和軟化下去。

但是，羊欲靜，而狼不休，這條規律仍然支配著世界。正當遼國農業越來越興旺的時候，生活在松花江黑龍江流域的游牧民族女真族迅速崛起。為了擺脱遼國對女真的殘酷壓迫，女真領袖完顏阿骨打率領強悍的女真騎兵，像狼群一樣猛攻遼國，很快佔領遼國大片國土，並建立金國。後來用了二十年，到金太宗時，金國就滅掉了大遼國。連半羊半狼的大遼國都擋不住金國兇猛的狼性騎兵，那麼，此時早已成為富裕軟弱的「文明羊」的北宋，就更無招架之力了。

「文明羊」的頭羊宋徽宗，已經「文明」到成為中國傑出的畫家的地步，尤擅長花鳥工筆，比繡女繡的還要柔軟。金太宗具有狼王的洞察力，他馬上就看透了宋朝的羊性。金軍一滅掉大遼，不待休整，迅速揮師南下，嚇得宋徽宗立即退位，讓位給兒子趙桓，也就是宋欽宗。這是中國兩位最腐敗無能的皇帝。

第二年金兵再攻宋朝，軟弱的宋軍如羊見狼，兵敗如羊跑。開封幾乎是開城迎敵，使金兵輕易佔領開封，俘虜徽、欽二帝，國庫珍寶被掠空，後宮幾千佳麗被擄往北國荒原，充當奴俾妓妾。擁有當時世界上最多的人口、最發達的生產力、最先進的火藥武器、最智慧的《孫子兵法》的北宋，幾乎不戰而敗，兩年而亡。當時的北宋幾乎什麼都不缺，惟一缺少的就是「脊樑」——剛強的民族性格。

北宋的「靖康恥」，是華夏漢族最最恥辱的一頁，甚至比滿清末期的喪權辱國還要可恥，至少滿清還敢跟列強打幾仗，周旋幾十年，而且也沒有退位給列強。一個民族如果不把強化民族性格作為最基本的國策方略，無論經濟文化有多發達，人口和軍隊有多龐大，其結局必定重蹈「北宋」的覆轍。

幸虧，中國當時遠離基督教文明和伊斯蘭文明，如果金兵是當時高級文明的軍隊，那華夏民族很可能就被改字、改文、改種、改信仰了。西域民族原來是信仰佛教的民族，後來不是被強悍的伊斯蘭改得脫胎換骨了嗎？而這也與宋朝無力收復西域脫不了干係。

隨著華夏民族農耕性的增長，華夏民族性格日趨孱弱，大片國土丟失，華夏的首都也從接近游牧區的地方向純農耕區敗退，從西北退向東南，越退越軟，越軟越退。從秦漢隋唐時期的長安，退到東漢西晉的洛陽，又退到北宋的開封，最後一直退到南宋的南京和杭州。

杭州是當時中國民風溫柔的靡靡歌舞之鄉，它竟然成為漢族大宋朝的最後國都。如果一個民族只有發達的腦和手，而沒有堅硬的脊樑，那也只能成為民族中的無脊椎軟體動物。軟弱無能的南宋最後只得向兇猛頑強的蒙古王朝獻出傳國玉璽，舉國投降。此種北強南弱的局面，一直到近代西方文明狼的經濟、科技和思想輸入南中國以後，才得以根本改變。

陳陣長嘆一聲，接著說下去：但是我仰望騰格里，仔細想想覺得騰格里還是對的，性格這麼軟弱的民族，實在不配佔據這麼遼闊肥沃的土地，真是給天父騰格里丟了臉，天理難容，真真到了要開除這個民族的「球籍」地步了。

騰格里的「天理」沒有錯，軟弱的農夫不應痛罵人家的殘暴，實際上，農夫們也是按此天理來對待莊稼的，絕不肯讓弱苗懶秧占著好地，而毫不留情地剷除它們，給強苗優秧讓位。不過，騰格里還是沒有開除這個民族的球籍，畢竟華夏民族的腦和手聞名於世，最早馴化了野生粟和稻，創造了絲、茶、瓷、漆業，貢獻了四大發明等先進技術，以及浩如煙海的文史哲經。

尤其是四大發明：指南針幫助西方民族成為真正的航海民族，幫助他們成為能在大洋中辨別方向的海狼，幫助他們發現新大陸，攫取了資本主義的原始積累；造紙、印刷術和火藥又幫助西方民族摧毀了中世紀的愚昧和堅固的封建城堡。華夏民族對世界文明做出了巨大貢獻，所以蒼天有眼，騰格里還是派出它的大兒子——草原游牧民族，來好好教訓教訓這個不爭氣的農耕弟弟，繼續給它輸血，硬化它的脊樑，讓它重新站立振作起來。

農耕必定軟化民族性格的這一規律，繼續發生巨大作用。滅掉了契丹遼國以後，強悍的大金國又重蹈大遼國的覆轍。金國時期農業大發展，到金國盛期，耕地面積甚至超過了北宋。農業人口也急劇膨脹，從金初的三百萬戶，發展到金中後期的七百六十多萬戶，四千五百多萬人口，超過了北宋真宗景德時期的全國人口。結果，女真民族也日益衰弱下去。

太陽已微微發黃，額侖草原好像金色的大漠，從前狼群出沒的山谷，已經顯出半月形的陰影。陳陣站起身，又本能地看了看狼洞山坡，在他當羊倌的時候，太陽一黃，就要提防狼群出動了。狼給他的印象比被蛇咬的感覺還深，二十多年過去了，此刻，他的脊背還能感到狼群逼人的寒氣。他伸了伸手腳，對楊克說；是不是該回去了，嘎斯邁他們該著急了。

楊克聽得正上癮，忙擺手說：沒事，嘎斯邁知道咱倆的毛病，一聊起來就沒有黑白天了。我出來的時候已經跟她說了，今晚可能不回去住，沒準到別的隊看看。你還真跟說評書的學了一手，說到最節骨眼的地方，就來個「且聽下回分解」。我知道，下面就該蒙古騎兵出場了。你上車吧，我把車座放倒，你半躺著講，我半躺著聽。繼續講！

陳陣上了車，半躺下來，說：沒想到，在小狼的出生地旁邊開講座，真容易進入角色，我一定是得了狼洞的地氣了。

陳陣立刻開講：

……到蒙古民族崛起的時候，不要說中國的農耕民族已經軟弱得不堪一擊，就是世界所有的農耕民族也都已經軟得沒有還手之力了。蒙古區區十幾萬騎兵之所以能夠橫掃歐亞，最主要的原因有兩個：

第一個原因在於，蒙古民族是世界上最虔誠信奉狼圖騰的游牧民族，把狼作為蒙古民族的圖騰、獸祖、戰神、宗師、楷模，以及草原和草原民族的保護神。

蒙古人不僅認為自己民族的先祖來自於「蒼色的狼」，而且，蒙古王族一些核心部落的領袖，甚至一些核心部落，本身還直接以狼為名。古波斯大歷史學家拉施特，在他的歷史巨著《史集》的第一卷中指出：產生過成吉思汗的六世祖海都汗、五世祖伯升豁兒汗和四世祖屯必乃汗的家族，發展到成吉思汗的四世祖的一代，出現了一個蒙古王族的直系核心部落——「赤那思部落」。

該部落的兩個領袖，就是成吉思汗四世祖屯必乃汗的兩個兒子，一個名叫「堅都—赤那」，另一個名叫「兀魯克臣—赤那」。「赤那」的蒙語意思是「狼」。拉施特說：「『堅都—赤那』這個名字是公狼的意思，『兀魯克臣—赤那』是母狼的意思。」因此，這兩位領袖的名字分別是「公狼」和「母狼」。不僅如此，他們還把自己部落稱之為「赤那思」，「赤那」蒙語的意思是「狼」，而「赤那思」意為「狼群」。「赤那思部落」也就是「狼群部落」。蒙古史權威韓儒林先生解釋道：「赤那思……為複數，意為狼之集團也。」

而且，成吉思汗的叔父的父親也以狼為名。拉施特指出：「察剌合—領昆在其兄伯升豁兒死後，娶嫂為妻……他又從他原配的妻子生下過幾個兒子；其中一個繼承了父位並且很著名，名叫速兒黑都忽—赤那。他與屯必乃汗住在一起。他的兒子和嗣位者為俺巴孩合罕。」俺巴孩就是成吉思汗的叔父。也就是說，成吉思汗叔父的父親就是「速兒黑都忽—赤那」，「速兒黑都忽」的蒙語的意思不詳，但是「赤那」的意思是「狼」。因此，成吉思汗叔父的父親的名字也是「狼」。

蒙古人以「赤那」，也就是以「狼」為名的人還很多。再可舉一例：《史集》中記載，成吉思汗的三世祖（**曾祖父**）合不勒汗，他的第四子叫合丹，而合丹的親家名叫「阿里黑—赤那」，「阿里黑」蒙語的意思不詳，但是「赤那」依然是「狼」。

可見，狼在蒙古人的心目中佔據了何等崇高的地位。而漢人是沒有一個人會用「狼」字給孩子起名的。上述事實也可以證明，震撼世界的成吉思汗不僅是在狼的草原上長大的，而且也是在人的「狼群」中長大的。

因此，蒙古民族是以狼為祖、以狼為神、以狼為師、以狼為榮、以狼自比、以身飼狼、以狼升天的民族，是古代世界性格最勇猛強悍、剛毅智慧的民族。而蒙古騎兵則是世界上最兇猛、最智慧、最善戰的蒙古草原狼訓練出來的軍隊。

蒙古騎兵之所以能夠橫掃世界的第二個原因，就在於幾千年的古代農耕文明已經成熟過度，已經軟化了世界上所有農耕民族，從硬桃子「成熟」到了一捏就爛的軟桃子。因而，以草原狼圖騰精神武裝起來的蒙古騎兵，也就創造了世界奇蹟，創造了世界歷史上版圖最大的蒙古帝國，達到了草原游牧力量所能達到的頂峰。

需要注意的是，世界歷史上另一個版圖僅次於蒙古大帝國的古羅馬帝國，也是一個崇拜狼精神的帝國，羅馬城徽中的母狼形象，至今仍然深深地印烙在西歐人的「游牧精神」裏。世界歷史上這兩個最大版圖、最強悍的帝國，都是崇拜狼精神的帝國，難道還不能說明狼精神的偉大影響和作用嗎？

軟弱的金國、南宋的滅亡，和蒙古騎兵的勝利，跟生產力高低沒有太大關係，而跟農耕的民族存在以及由它所決定的民族性格有直接關係。一個民族要想防止被淘汰的命運，就必須部分保留或創造能培育強悍民族性格的生產方式和民族存在。總之，一個民族只有錘煉出自己的剛毅頑強的性格，才能掌握自己的命運。

蒙古民族建立的中國元朝，對世界東西方文化交流做出重大貢獻。對中國和華夏民族也是功不可沒：

首先，蒙古民族給了中國歷史上從未有過的最大疆土，其面積超過漢唐，這就向世界再一次展示了中國人生存空間的範圍。元朝為古老中國領土的延續，承接了關鍵性的一棒，否則，漢唐以後二三百年不受中國政府管轄的地域，就可能永遠獨立出去，變成其他強大文明的領土，使中國失去屏障，把農耕腹地直接暴露在外。

後來在明代，強大的西突厥斯坦帖木耳帝國，曾揚言要強迫中國人改信伊斯蘭教，帖木耳大汗還差一點就率百萬騎兵進攻中國。後來因為帖木耳突然死亡，才避免了這場災禍。假如帖木耳未死，假如西北不在中國手裏，而被伊斯蘭民族佔據，又假如他從甘肅寧夏地區率百萬大軍進攻中國，那麼，中國國土和文明還能保得住嗎？因此，元朝重新恢復和擴大中國漢唐時的疆土，功莫大焉，大大地擴展了西北屏障，將其他高級強悍文明國家的邊界推向遠方；而且也為後來的明清兩朝繼續收復、守衛和擴大中國漢唐疆土打下基礎。這對現代中國人的生存和發展至關重要。

其次，是再一次強大的民族性格上的輸血。這可以從四方面來看：

其一，蒙古民族入主華夏，帶來蒙古草原剛勇的游牧精神和民風：摔跤搏擊，騎馬射箭，賽馬圍獵，宰牛殺羊，狂歌豪飲，大腳婦女，拋頭露面等等，將北宋南宋華夏民族的文弱萎靡，裹足不前的漢風為之一掃；

其二，雖然忽必烈等部分蒙古上層，已經深受儒家精神薰陶，但是廣大蒙古官員軍民草原性格不變，這就大大衝擊了儒家的勢力和影響，使華夏民族從嚴密的宋朝理學精神控制下，得到部分解放；

其三，統治民族總是將自己民族的性格、風俗、習慣，強加到被統治民族身上。而統治民族的性格、作風和習慣，又是被統治民族的模仿對象。這種上下兩方面灌輸和模仿，就是民族性格的「輸血」和「受血」。此外，民族之間的通婚混血日益增多，進一步增強了華夏民族的血性和性格；

其四，由於元朝是中國歷史上，第一次由草原游牧民族建立的統治全中國的大朝代，人數稀少的游牧民族第一次打敗了世界上人口最龐大的整個漢民族，並統治整個華夏，這對一向驕傲自大、藐視四夷的漢族刺激極大。因而，漢民族也深深為自己民族的軟弱性格和失敗而感到羞愧，從而激發了華夏優秀兒女學習蒙古民族的強悍性格的自覺行動。朱元璋就是一個非常敬佩蒙古人的漢族帝王。

所以我認為，元朝蒙古民族對漢族的這次輸血，是非常及時有效的。近一個世紀的民族影響和輸血，再一次使華夏民族振作起來。至元朝末年，華夏大地上湧現出一大批狼一樣強悍的起義領袖，就是這次輸血的直接結果。

蒙古民族後來的敗退，原因與鮮卑北魏、契丹遼國和女真金國一樣。再強悍的游牧民族一陷落到世界上最廣闊的華夏農田和農耕之中，以及套上儒家精神枷鎖，經過幾代以後，狼性就必然退化。由於世界上華夏的農田最廣大、最深厚，它的軟化力量也就最強。蒙古民族在世界上建立的四個汗國，以在中國建立的元朝敗得最快。中國漢人只用了八、九十年，就最先把蒙古人趕回草原。公元一三六八年，朱元璋推翻元朝，建立明王朝。

明太祖朱元璋和他的兒子明成祖朱棣，就是在經過輸血的華夏大地上誕生的中國傑出帝王，在他們的身上，具有漢人中少見的狼性性格，具有像狼一樣的兇猛、智慧、頑強、殘忍、氣魄和雄心。朱元璋能像唐太宗那樣身先士卒，衝鋒陷陣。佔領南京之後，又不像後來的農民起義軍領袖洪秀全那樣貪圖享受，不思進取北伐，而是傾明軍主力主將大舉北伐，攻下大都。爾後，取四川、定雲南，基本完成全國統一。他殺違紀的大將、貪官以及功臣也毫不手軟，手段殘忍。

燕王朱棣身處與蒙古狼性騎兵交戰的第一線，錘煉出狼一樣的性格。他篡權奪位，果敢血腥，還開創了「滅十族」的殘暴先例。朱家父子的專制殘暴必須加以批判，不能留情，但是對朱元璋和朱棣的強悍征戰的狼性性格，還應該給予肯定，畢竟他倆不像以後的明朝皇帝，只敢對百姓兇猛殘暴，而不敢對強敵兇猛征戰。然而，靠輸血為生並不能持久，明朝後幾代皇帝都不是草原狼，而是典型的中國黃鼠狼，內戰內行，外戰外行，鼠性十足，耗子扛扛槍窩裏橫！

為了恢復中華大業，打擊退回草原的蒙古騎兵，朱棣敢於把帝都從溫柔富貴之鄉的南京，遷移到軍事第一線的北京，而且他一生竟五次率兵親征，直到病死在征伐的歸途中。一個在位皇帝能夠拋棄享受、戎馬一生，「馬革裹屍」，這在漢族王朝的皇帝中絕無僅有。永樂大帝不愧為強悍進取的漢族大帝，《永樂大典》也是一部古代中國最優秀、最寬容海量、敢於收錄不同政見的大典。

兩位雄才大略的大明皇帝，與北宋、南宋軟弱腐敗的帝王，形成鮮明對比。而這種狼性性格在漢唐以後的華夏這塊農耕土地上，是很難生長出來的。蒙古民族的強大輸血，不僅造就了朱家帝王父子的強悍性格，還造就了一大批狼性猛將，像徐達、常遇春等等，都是漢唐以來罕見的大智大勇的漢族軍事將領。

明朝盛期，疆土擴大到東北黑龍江庫頁島、西域和西藏。除蒙古草原以外，基本收復了漢唐時期的國土，一掃漢族在漢唐以後的頹勢。這次漢民族的復興，真應該感謝蒙古民族的慷慨獻血，感謝狼圖騰精神在華夏土地上的又一次復活。

然而，從性格上講，受血者總是弱於輸血者。初期強悍的明朝，後來仍然沒有戰勝蒙古北元。狼性草原是蒙古騎兵力量的源泉。當蒙古騎兵一退到草原，很快就兇猛驃悍起來。明成祖五次親征，除第一次獲勝外，其他四次收效不大，明軍根本就找不到像狼一樣詭秘行蹤的蒙古主力騎兵。相反，蒙古騎兵卻屢屢重挫明軍，擊敗徐達的主力大軍，全殲丘福率領的十萬大軍，打得明朝修了二百多年的長城。

最慘的是，土木堡一戰，蒙古瓦剌部區區兩萬騎兵，全殲明英宗親自率領的五十萬大軍，並生俘大明皇帝英宗。要不是于謙率軍民奮力死戰，保衛北京，元朝還可能復辟。此後，農耕民族的羊性舊病再次發作，宋明理學又使民族精神一蹶不振，大明王朝日益衰弱，關外幾千里游牧國土再次丟失，直到被滿清滅亡。

還要提一句的是，一直被現代史家稱頌的李自成農民起義大軍，同樣不堪一擊，被兇悍的滿族騎兵所消滅，重蹈唐末黃巢農民起義大軍被游牧騎兵消滅的覆轍。漢民族經過元朝蒙古民族輸血所得到的一點元氣，再

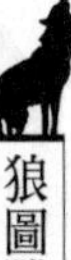

次耗盡。漢民族終於無力獨木支撐中華大廈，而不得不把中流砥柱的重任，讓位給強悍的游牧民族——滿族。

陳陣又翻了翻打印稿，繼續說：

女真滿族建立的大清朝，是中國最後一個帝制王朝，這是中國歷史上一個了不起的和大有作為的朝代。我對清朝也特感興趣。你想想，只有幾十萬人口的滿族，居然建立了大清朝，統治了幾億漢族人口；居然打下了僅次於蒙古元朝大帝國的巨大疆土；而且還創造了中國歷史上時間最長的「康乾之治」，時間長達一百二十年，比漢民族最引以為榮的漢朝「文景之治」和唐朝的「貞觀之治」的時間加起來，還長一倍多。

滿清是中國歷朝歷代有作為、具有文韜武略才能的帝王最多、皇位交接得最好的朝代。如果康乾盛世遇上的不是帆船時代的西方列國，而是發展到鐵甲巨艦時代的西方列強，我相信厲精圖治的康乾時代，很可能會出現中國的明治天皇，取得維新成功。並以進取的游牧性格來引進西方的文明、制度和工業，徹底改造華夏民族的民族存在和民族性格，與西方文明狼競爭搏鬥，改變千年停滯不前的民族命運。可惜滿清被華夏農耕和儒家軟化下去以後，西方列強才發展到鐵甲巨艦的大工業時代。中國的運氣不佳，這是後話了。

那麼，為什麼小小的滿族能夠創造超過漢唐的康乾盛世奇蹟？我認為，在中國古代，只有滿族上層最能深刻認識中國盛衰強弱的規律，認識農耕文明和游牧文明的優缺點，並能將二者的優點牢牢地結合起來；只有滿族最能深刻認識民族性格對民族命運的決定作用，特別懂得保持滿族民族性格中的狼性的極端重要性，並能夠保持近兩個世紀。他們明白，只要保持狼一樣不屈不撓、勤奮進取的性格和精神，學習和掌握華夏文化和文明也並不困難，而且還可以超出一頭。

為了保持游牧民族的狼性性格，滿族統治集團吸取了鮮卑北魏、契丹遼國，特別是滿族祖先建立的金國和蒙古族元朝的失敗教訓，沒有全盤漢化，而創造性地增加了許多新內容，實行了保持自己民族性格的七項國策：

其一，保持滿族騎射搏擊的傳統，從小抓起，全民族參與，連皇子也不能例外；

其二，定期組織大規模木蘭圍獵，皇帝親征，八旗子弟跟隨，以獵練兵，與狼近戰，保持狼性——承德避暑山莊展館裏有介紹，康熙大帝一生曾親手獵殺過幾百條草原狼。

其三，保留東北西北和蒙古草原的游牧生產方式。兩區兩治，農區農治，牧區牧治，嚴禁農民進入草原毀草墾荒，以保持草原的狼性血液的造血功能。維護草原，就是維護游牧民族強悍性格的根和源。從滿清盛期的整個版圖來看，清朝是個典型的半農半牧的國家，整個國家一大半以上的國土，是游牧民族的游牧區，包括東北、東西伯利亞、內外蒙古、寧夏、甘肅、青海、西藏和新疆。這麼遼闊廣大的狼性草原，能為當時的中國提供多少強悍的血液和兵馬。

其四，滿蒙通婚，滿漢禁婚，以加強狼性血液的純度，避免受農耕漢族羊性血液的同化。歷史上，自古女真族和蒙古族就有血緣關係，女真葉赫、哈達等部，與蒙古有姻緣關係。到清朝，為借蒙古強大的騎兵來共同統治億萬漢族，於是更加大規模多層次實行滿蒙貴族皇族聯姻政策。著名的孝莊皇太后就是蒙古族傑出的女性。

其五，尚武好戰，鼓勵軍功，以戰養性，以戰強兵。康乾盛世又是戰火紛飛的時代，滿清統治集團主戰派佔據優勢，對削藩、收復臺灣、平定蒙古、新疆和西南叛亂、抵抗沙俄入侵以及鎮壓捻軍和太平天國，毫不妥協，直至勝利；

其六，建立以滿族為核心，蒙藏等游牧民族為骨幹的游牧民族聯盟，加強游牧精神，共同統治人口稠密

的漢人；

其七，廢止漢族腐敗無競爭的太子制，皇位繼承人由皇帝擇優定奪，使皇子們像群狼爭做狼王一樣互相拚搏，在激烈的競爭中，淘汰軟弱無能之輩，出狼王、出人傑。

這些措施對長期保持滿族的強悍性格和清朝長治久安，起了關鍵作用。但是，中國的農耕土地太廣闊，農耕勢力太深厚，加上滿族全盤繼承並發揚了儒家精神，再加上清代盛期經濟繁榮，農耕人口激增，到清朝後期，竟超過了漢唐時期的六七倍，農耕性格呈全面壓倒性優勢。所以，滿清的上述國策，最後仍然未能保住滿清統治集團的強悍性格。清末，清王朝狼性退化，割地賠款，喪權辱國。但是比漢族的南宋還是強了許多，至少沒有向列強拱手交出傳國玉璽，舉國投降。

女真滿族對中國貢獻巨大。主要的貢獻依然是兩個：首先，再次給予中國一塊僅次於元朝的疆土。經過元朝、明朝兩次國土的確認，再加上清朝長達二百多年的有效行政管轄，雖然清末又丟失了近一半國土，但還是保住了自漢唐確立的中國疆土，還加上了富饒的東三省。幾千年的民族生存競爭，在中國農耕和游牧兩個兄弟民族的共同拚殺下，終於把二千多年前就屬於中國的領土保留到現代。

這是整個中華民族的一項千古偉業，比世界上其他古老農耕民族的成就大得多。那些民族，大部分連民族本身都沒有保留下來，就更不用說是古老的國土了。就是後來的古羅馬帝國、阿拉伯帝國、奧斯曼帝國的遼闊國土，都沒有被完整地保留下來。

當然，中國與小小英吉利從英倫三島擴張成「日不落」大帝國、與小小的俄羅斯公國擴張成橫跨歐亞的俄羅斯大帝國、與西歐民族從小半個歐洲擴張成囊括北美、南美、大洋州三大洲的「大帝國」相比，還是相距甚遠。俄羅斯從滿清手裏奪走大片領土，恰恰是中國的農耕和儒家軟化了滿清的惡果。然而，如果沒有滿清殘存的狼性格，那麼到滿清末期的中國，就連東三省、伊犁，甚至整個新疆和西藏都保不住。

特別要強調的是，中國現有的國土由漢族的漢朝所開創，由鮮卑和漢族聯姻的唐朝所發展，又由蒙古族的元朝所擴大，最後由滿族的清朝所恢復、擴大和堅守下來。漢唐元清這四個大朝代之所以有此重大貢獻，原因就在於，這四個朝代都是民族性格中狼性羊性結合較好、狼性略大於羊性的強悍時代。這四個偉大朝代，從統治民族的成份上來看，純漢族占統治地位的只有漢朝，唐朝則是漢族和鮮卑族聯合執政，而元清兩朝就完全是游牧民族執政。

從四個偉大朝代定都的位置，也可以看出游牧草原、游牧精神和性格的偉大潛在的作用和影響。一個王朝的首都，是這個王朝政治經濟文化的中心，也是一個王朝的性格中心。漢唐元清四個朝代的首都都定在農耕與游牧交界和接近的地方，漢唐的首都是長安，靠近西北游牧區；元清的首都在北京，靠近北方草原。這說明強悍朝代的首都，都是靠近強悍的土地的。北京與漢唐時期的長安，都處於民風強悍的北方，所不同的是：北京不處於中華農耕文明的中原腹地，也遠離中華農耕民族的母親河——黃河，而靠近中華民族的祖母——大草原。

北京是金、遼、蒙古和滿清三個強悍游牧民族長期定都的地方，主要是游牧民族建立起來的中華政治、文化和民族性格的中心。在橫跨歐亞的蒙古大帝國的盛期，北京曾成為「世界之都」，這是中國五千歷史中，惟一成為世界之都的城市。而且北京又比長安更接近大海，建都北京有利於中華民族繼承游牧精神，並向海洋開放和發展，再獲得海洋「游牧精神」。

中國的首都最終能定在北京，依然要歸功於中華游牧民族，特別是蒙古族和女真族；定都北京，也表明炎黃子孫在民族潛意識的深處，對游牧精神的崇敬和嚮往。

此外，中國最傑出的女政治家，也都出在漢唐元清這四個開拓向上的朝代，如漢唐的呂后、武則天，滿清的蒙古族女傑孝莊皇太后。這三位偉大的女性在生理和心理上，都不是纏足的小腳女人，孝莊皇太后還曾是嚴禁滿族和漢族女人纏足的開放派。

纏足是中國漢族最大惡習之一，纏足也恰恰開始於漢唐以後農耕和儒家勢力最盛、民族性格最弱的宋朝。摧殘和束縛被統治者的自由獨立精神是儒家的主旨，儒家不僅把漢民族馴化為羊，竟然還把漢族婦女束縛成殘肢小腳、「殘廢羊」。宋朝以後，儒家文人和農家男人共同癡迷追捧「三寸金蓮」，共同摧殘了世界上數量最眾的婦女，這已成為世界史上最殘忍、最反人性的一頁，是中國人在世界各民族面前，最丟人、最遭恥笑的事情。

遼闊的國土是中華文明賴以生存發展的基本，而西北廣袤的國土，又是中華文明的根和屏障。從整體上看，中華游牧民族對中國國土的貢獻，要大大超過漢族，蒙古族和滿族的貢獻尤為重大。而滿族則是中國國土的關鍵性的確定者。後來，到民國時期，漢人政權又丟掉了遼闊的外蒙古。一九四六年一月，南京的國民黨政府正式承認外蒙古獨立。

其次，滿族的清朝除了對中國國土的巨大貢獻外，又再次給予華夏民族更長時期的輸血。中華民族的人文祖先炎黃二帝是游牧族，中華民族出身於游牧民族，血管裏曾經流淌的是強悍的狼性血液，後來經過游牧民族一次次地強大輸血，尤其是蒙古族近一個世紀的輸血，特別是滿族的最後兩個半世紀的輸血，總算使中華民族得以保土、保文、保種堅持到近代。

現在，中華民族仍有不少自身的和游牧民族輸入的狼性血液，再加上從西方輸入的先進文明和生產方式，這些就是中國復興的資源。清末以後，中華民族所表現出來的持久反帝、反封建的強悍民族精神，就是來源於游牧炎黃的血液遺產和游牧民族所不斷注入的生命活力。

滿清入主中華，給五千年的中國古代史劃了個句號。中國古代的民族執政的歷史，從游牧的炎黃族開始，到游牧的女真族結束，從游牧到游牧，這決非偶然，而是中國特殊的環境和兩種民族歷史發展的必然。中國農耕文明這條支流，總算通過游牧民族的一次又一次的輸血作用，才把它又重新擰回到世界文明的主航道裏來。

這個「輪迴」深刻說明了一個普遍真理：民族文明是流，而民族性格是源。沒有強悍性格的民族雖然可以創造文明，但是常常連自己的民族都保不住，就更談不上保住和延續文明了。世界和中國古代的農耕文明大多進了歷史博物館，但是游牧民族及其後代的狼一樣勇猛進取的游牧精神和性格，卻仍保有強大的生命力，它可以把一個又一個的古老文明送進博物館，還可以雄心勃勃地創造一個又一個新文明。

勤勞勇敢的中華民族，勤勞主要來自於中華農耕民族的性格貢獻，而勇敢則主要來自於中華游牧民族的性格貢獻。二者缺一不可，但是，對於農耕人口占絕大多數、農耕歷史那樣漫長的中華民族來說，主要欠缺的卻是勇敢進取，沒有勇敢進取的性格和精神，勤勞往往就是勞而無功，或為他人做嫁。

說到底，世界文明的競爭，最根本的還是民族國民性格的競爭。西方先進的民主制度和科學技術，是建立在強悍進取的民族性格的基礎之上的。華夏民族要趕超西方，就必須在改變農耕民族存在和農耕民族性格上痛下功夫。

我總算用游牧民族狼圖騰的這把梳子，把中國史家用儒家精神故意弄亂的歷史重新梳通了。吃透以狼圖騰為核心的中國游牧精神，以及它對華夏不斷輸血的歷史，就可以弄清幾千年來，世界上為什麼只有中華文明從未中斷，也可以知道中國未來能否騰飛的奧秘究竟在何處。

但是，理解和掌握狼圖騰精神極為困難，關鍵是需要弄清楚中國的游牧民族為什麼崇拜狼圖騰。

中國史家大多知道中國的游牧民族崇拜狼圖騰，可就是難以理解中國游牧民族為什麼崇拜狼圖騰。例如，蒙古史權威韓儒林先生說：「依突厥人之意，本族由狼繁衍，似較他種優越。其理由雖不可知，而可汗固嘗以此自驕。」這「理由不可知」的原因，就在於中國漢人脫離大草原太久，對狼圖騰認識的局限性就難以克服。有些重大課題在書齋中是不可能鑽透的。

咱倆深入蒙古原始草原十年之久，帶著強烈的興趣和疑問，跟草原狼零距離和近距離地打了好幾年的交道，才總算克服了漢人的局限性。現在，我必須儘快地把咱們的認識傳播給漢民族，只有彌補了民族認識上的嚴重缺陷，才有可能去彌補民族性格上的巨大缺失。

楊克嘆道：要是你的理論能成立，中國的二十四史就該重寫了。儒家寫的二十四史肯定是一面之辭，偏見極多。我完全贊同重寫歷史，不管寫成什麼樣，但必須重寫！

陳陣說：嚴格地說，是恢復歷史的本來面目。中國古文化是農耕文化，又是史家文化，以農為本，獨尊儒術，抹殺游牧，貶損「四夷」。中國歷史不僅要重寫，而且還需要革命。我特別贊同梁啓超先生的一段話，他在《新史學．中國之舊史》一文中說：「史界革命不起，則吾國遂不可救。悠悠萬事，惟此為大。」我認為，如果不「引狼入史」，不把深刻影響中國歷史的狼圖騰精神引入史界，中國史界則永遠是一潭死水，二十五史也永遠是儒家庸醫記錄的一部誤診中華的厚厚病歷，這也勢必延誤中國的治療和改革。在當今中國，傳播小農意識和儒家封建專制的歷史電視劇長盛不衰，讓人深感痛心和悲哀。

陳陣望著草原的落日，並不覺得餓，依然滔滔不絕地往下講：

我還要特別強調中華民族精神問題。現在人們經常掛在嘴邊上的不屈不撓的中華民族精神，其實這種精神的源頭和實質，就是炎黃先祖的游牧精神和草原精神，其核心就是狼圖騰精神，並通過幾千年來游牧民族的不斷輸入和補充而得以確立。

實際上，最能概括中華民族精神的，就是兩句早期的儒家格言：「天行健，君子以自強不息」、「富貴不能淫，貧賤不能移，威武不能屈」；而這四個「不」：不息、不淫、不移、不屈，就是典型的狼精神和狼圖騰精神，也是對狼圖騰精神的準確寫照和高度概括。

每條蒙古草原狼都具備這種強悍的「四不精神」，而且早在幾萬年以前，這種精神就已成為草原狼的「全民精神」了。可是大多數的中國人都達不到這種精神高度，它只是華夏先賢號召人們景仰、追求和學習的精神楷模。因此，強悍的「四不精神」是名副其實的狼精神。

早期儒家先賢用這種四不精神，培養了一批優秀的中華兒女和民族英雄，但是，四不精神還不能成為農耕民族的「全民精神」。否則，中國歷史上就不會出現那麼多次游牧民族入主中原和中國的事例，也不會在抗日戰爭時期冒出幾百萬漢奸偽軍，堪稱世界之最。

草原游牧民族要比漢人更瞭解狼，因此也就敬佩狼，崇敬狼精神，並把這種精神置於民族圖騰精神的至高無上的位置，所以，草原民族在四不精神的普及程度上，要大大超過農耕民族。而正是由於草原民族對農耕民族的長期不斷的輸血和混血，才使整個中華民族斷斷續續地延續了四不精神，也就是中華民族精神。

因此，如果從中華民族精神中，抽掉了游牧民族的不息不淫、不移不屈的狼圖騰精神，那麼還能剩下什麼呢？剩下的，可能就只有宋明理學精神了。現在，誰還敢把宋明理學三綱五常，三從四德的精神作為中華民族精神？中華民族精神實際上，是中華大地上游牧民族和農耕民族共同創造的民族精神，但以游牧精神和狼圖

騰精神為魂。

我們漢人真應該充分認識和肯定草原民族對整個中華民族的偉大貢獻，感謝和學習草原狼和草原民族。真應該對草原、草原狼和草原人作最大的補償。

楊克忿忿地說：現在不要說是感謝和補償了，就是制止對草原的掠奪和瞎指揮都難上加難。

陳陣說：我認為，中國儒家正統思想和史家文化裏有一個最可惡的東西，就是全盤抹殺游牧民族對中華民族和文明的救命性的貢獻。中國傳統觀點總是鼓吹中國古文明如何如何優越，中國的農耕文明和正統儒家具有如何強大的生命力，其他三大農耕文明古國的文明都是失落的文明，都沒有堅持延續下來，而只有中國的古文明沒有中斷，而一直堅持到近現代。

然而，根據中國歷史五千年發展的事實，中華文明之所以能夠堅持到近代，是不能離開游牧民族長期不斷的輸血的。否認游牧民族的救命性的輸血貢獻，就是「貪天之功，據為己有」。這種觀點不僅大大削弱對保守腐朽的小農意識和正統儒學的批判力度，使其得以殘存，繼續弱化和束縛中華民族的性格和精神，而且也會對中國病發生嚴重誤診。

建國以來的治國方略都未能對症下藥，都沒有集中力量對農耕的病根痛下猛藥，甚至繼續迷戀農耕，鼓吹農耕，提高農耕地位，提拔農耕幹部。在文革時期，甚至還要把城市知識份子趕到農村去當農民，這就導致小農意識和家長專制意識日益濃厚，也導致農耕人口急劇膨脹，甚至大有超過五千年農耕人口總和的趨勢。

雖然目前農業產值在國民生產總值中降到次要地位，然而農耕人口依然占絕對優勢，九億具有農耕性格和意識的農耕人口，已經成為中華民族現實的「民族存在」，如此龐大深厚的農耕意識和性格「存在」，將長期影響和薰染中國的行政官員、知識份子、工商階層和工人市民，以及新生階層的機體內。

百年來，中國老病頻頻復發，本質性的維新和改革屢屢受挫，其深刻的原因就在於中華民族至今為止，仍然未能從根本上轉換自己民族的性格。因而，直到現在，中華民族尚未發展到能夠絕對把握自己民族命運的階段。史界之革命，當今中國之革命，就是要以狼圖騰精神革農耕性格的命，革儒家「溫良敦厚」誤導中華之命。

然而，二十年艱難痛苦的改革，中國競爭性的市場經濟已有了長足進步，民族存在開始改變，民族存在決定民族性格的規律，開始向強悍的方向發生作用。中國人的性格也開始自發地向狼圖騰精神回歸：兒童刊物《大灰狼》受到孩子們的歡迎；歌曲《北方的狼》唱紅了中華大地；以狼的強悍性格「與狼共舞」，成為越來越多的企業家的自覺；以狼為商標的產品開始在市場上流通，以狼為店名的餐館生意興隆；以狼為筆名或藝名的作家、藝術家也開始出現……

在中國，以狼圖騰精神為核心的游牧精神終於開始復活。一個世界上最怕狼、恨狼的民族，開始自發地敬崇狼精神，這是二十年改革的最主要的成果之一，也是中華民族復興的希望所在。

由於狼圖騰精神是痛殺軟弱保守的羊精神的剋星。因此，只有大大發揚狼圖騰的精神，改革才不會倒退，也不敢倒退。越來越多以狼精神武裝起來的「新型人類」將越戰越勇，挫敗一切保守倒退的勢力。說到底，中國的改革不僅是經濟政治體制的改革和轉換，而更基礎、更具決定性的，卻是國民性格的改革和轉換。

掌握和遵循中國和世界文明的發展規律，就可以涉過「摸著石頭過河的」探索階段，就可以更自覺地繼續堅持改革開放，像草原狼、海洋狼那樣的勇猛前進。中華民族一定能夠恢復和繼承炎黃先祖的游牧精神，和中華草原民族的狼圖騰精神，並發揚光大。在民族性格上，從古代的「文明羊」，發展為現代的「文明狼」，

並向個性真正解放的、真正自由民主的「文明人」發展。到那時，中國人根除了「文明羊」階段的家畜性，克服了「文明狼」階段的半野蠻性，而成為真正大寫的文明人。

上述三個階段，是符合中國歷史和國情的規律性的發展階段，而中華民族在民族性格上，不經過「文明狼」階段，就根本不能進入自由民主的「文明人」高級階段。十幾億真正自由民主和熱愛和平的文明人出現在世界舞台上，將是全球自由與和平的最大保障。

楊克說：你梳理得還挺清楚，中國歷史可能真會按照你的「三階段論」發展。狼圖騰這件民族精神武器一直被埋沒在草原，現在總算挖掘出來了，看來它一點也沒有生銹，依然寒光閃閃，鋒利無比。而且古老的狼圖騰在現代世界最先進的思想精神武庫裏，仍然閃著燦爛的光輝，而儒家的綱領——三綱五常，卻早就成了腐屍爛肉。

楊克又說：你這個大綱，幾乎把我一直想不通的幾個關鍵問題弄通了。可是我還有幾個問題沒弄明白。在明清時期，中國城市中已經出現了資本主義萌芽，可為什麼中國還是沒有走上資本主義道路？

陳陣說：原因還在於農耕的民族存在和民族性格。中國農耕土地太廣闊、太深厚，世界第一。從這塊土地上長出的農耕大樹，根深葉茂，吸走了所有的養分；樹冠巨大，覆蓋了樹下所有的萌芽。農耕國家政權光抽稅、攤派、敲詐和索賄，就能把資本主義萌芽發展所必須的原始積累榨乾；可是要反抗抽血，就必須要有強悍的民族性格來戰鬥，主客觀條件都不具備，當然就沒戲了。

資本主義在古代中國巨大的農耕大樹下，沒有養分，沒有陽光，最多只能長成萌芽，永遠是萌芽。所以中國的歷史發展就是「分久必合，合久必分」，原地打轉。如果沒有中國的游牧民族的不斷輸血，連原地打轉都轉不下去。沒有現代資本主義「文明狼」強悍闖入，中國就永遠突不破農耕經濟形態。這是中國的特殊性。封閉的中國文明，是世界文明中的一條特殊的支流，是條內陸河，像封閉的塔里木河，不靠先進階層採取果敢手段，它自己永遠流不到世界潮流的主河道裏去。

楊克問：民族存在決定民族性格，也就是說，什麼民族行業出什麼民族，出什麼性格。這是否具有普遍性？

陳陣說：當然具有普遍性了。例如，日本的民族存在就很厲害。人家雖然也種水稻，也有農耕，但從本質上講，日本是個島國，日本民族自古就是海洋民族，幹的是航海打魚、海上游獵，海上貿易、倭寇海盜的勾當。人家在民族性格上，就是兇猛的海狼，海狼一上岸，那還不衝得農耕羊群猢猻散？

倭寇在古代就打到過南京杭州，焚燒過杭州的雷鋒塔；在海上，甚至還把侵略日本的元朝蒙古大軍全部殲滅。近代西方更強的海狼一過來，日本馬上就歸隊狼群，脫羊入狼，脫亞入歐。一腳踢開中國儒家，去學習西方文明：西方的憲政、法律、科學、教育和大工業。海狼遇海狼，氣味相投，相見恨晚。一邊是如饑似渴，好學不厭；另一邊是代培留學生，誨人不倦。

由於日本民族學習西方不僅沒有民族性格上的太大障礙，相反，還喚醒海狼的天性，激起更強的求知欲和進取心，所以人家學得極快。一八六八年明治天皇實行維新，此後在短短的三十六年內，就建起發達的工業，就在甲午戰爭中打敗大清國，又在日俄戰爭中，打敗了不可一世的白種沙俄，一躍成為世界一流強國，加入歐洲列強的行列，創造了世界上民族大躍進中的第一奇蹟。現在，日本又成為世界上名列第二的經濟強國。

而中國在日本明治維新以後，經過近一個半世紀，直到現在還處在第三世界，兩岸尚未統一，人均國民生產總值和教育投入排在世界的後列，投資效益排在世界末流，科技水平一直與諾貝爾獎無緣；土地荒漠化的進度和地下水的跌落速度，遠遠超過經濟發展速度，而早已過剩的農耕人口卻還在幾年幾千萬幾千萬地增長；中國軟弱的足球，一直被日本狼、太極虎打得羊性原形畢露畢現，看不到出頭之日……

一千多年來，中國拿農耕儒學羊經去教化日本狼學生，真是誤人子弟。日本跟著中國儒家學了一千多年，卻在世界上默默無聞。可是跟西方海狼才學了三十多年，就一飛沖天。而中國呢，西方的東西一進來，整個民族就在民族性格上發生強烈排斥反應，如羊見狼，不管好壞，幾乎全民族抵制，從皇帝到義和團，反洋滅洋。結果被列強搶走大片國土，淪為半殖民地……

日本和中國，同樣是東亞黃種，同樣是儒家文化，同樣接受佛教，然而，為什麼日本的維新迅速成功，而中國的維新僅僅百日就被砍了頭？不從民族存在和民族性格上找根源，中國人就永遠掌握不了自己民族的命運。

楊克連連點頭，又接著問：可是為什麼後來阿拉伯、突厥和蒙古這三大游牧民族都衰弱下去了呢？

陳陣說：阿拉伯和突厥民族後來也大多定居或務農了。蒙古民族雖然繼續游牧，但是歷史發展到火炮時代，草原民族的騎射優勢喪失，人口又太稀少，它被中俄兩個火炮大國夾困在內陸高原，失掉了進一步向海洋行業發展的機會和條件。草原原始游牧行業不發展到更高級的海洋「游牧」階級，也會被更強悍的海洋「游牧民族」的性格所打敗。所以依然是民族性格決定民族命運。民族性格強不強，還必須放到世界民族之林中去比較。

海洋行業是一種更強悍的行業。海洋的颶風、巨浪和鯊魚，遠比草原的白毛風和狼群更兇猛、更凶險。在這種行業中歷練出來的民族，性格就更強悍，眼界更寬闊，足跡更遙遠，吸收世界各民族的優秀文明成果更廣泛，搶奪新大陸、海外殖民地和原始積累就更早、更得先機。西方的游牧民族本來就強悍，一下海以後，就如狼添翼。所以現在世界領先的民族，大多是從草原游牧再發展為海洋游牧的民族，或者從來就是海洋民族。

還有，也不能低估宗教的禁錮作用。伊斯蘭教堅決抗拒西方入侵和干涉，同時也拒絕西方的民主與科學，喇嘛教也把蒙古民族的驃悍性格軟化了。但是，基督教卻被性格更強悍的西歐民族所改造，成了反抗羅馬天主教會的專制腐敗、對資本主義有利無害的新教。

民族存在決定民族性格，更強的民族存在，決定更強的民族性格；而強悍的民族性格又可以反作用於民族存在，主動果敢地為自己民族創建起更加強悍先進的民族存在，以強化民族性格。強者為王，超強者奪冠。

近代俄羅斯的崛起也是如此。彼得大帝就把一個以農耕為主的、比中國還落後的農奴制俄羅斯，改革成為歐洲列強之一。其原因還在於他以狼一樣的性格，大刀闊斧地打擊消滅保守落後的貴族農奴主勢力，放膽學習西方，冒險衝向海洋：微服私訪、考察西歐，剃鬍子、穿西服、戴假髮，建海軍、練炮兵、砸碎教堂的銅鐘用來鑄造大炮，甚至把俄羅斯的首都從農耕區強行遷到大海邊，建立了面向強國和大海的聖彼得堡。

那種氣魄和勇敢，給我的震撼太強烈了。文革前，我看《彼得大帝》、《海軍上將烏沙科夫》這些電影都不下五六遍。我到草原以後，從草原狼的身上找到了彼得大帝的性格來源。生活在茫茫俄羅斯大草原的俄羅斯民族，原本就是草原民族，它的農耕並不發達，而且俄羅斯還受到蒙古金帳汗國長達兩個世紀的統治和輸血。沒有草原和草原狼，就不會有偉大的改革家——彼得大帝。

這兩個原來比自己落後得多的鄰國，都是憑藉強悍的狼性格，後來居上，騎到中國的頭上的。

楊克說：你是個憂國憂民的人。你實地考察和長期研究，理出這麼一個史論大綱，你最終想達到什麼目標？我特別想聽聽你的最終結論。

陳陣說：我考察研究近三十年，主要的目的，還是為了尋找中國落後的病根，尋找中國的出路。現在找

到了中國這條五千多年的老病根，就可以對症下藥，把握民族的命運。

首先，要想改變中國落後挨打的局面，就必須把中華的民族存在，儘快地轉變為經濟政治上具有充分競爭性的民族存在，儘快培養出強悍進取、永不滿足的民族性格。這是決定中華民族命運之根本。

其次，在民族性格上，堅決走「現代文明狼」的道路。必須適度地釋放和高超地駕馭人性中的狼性，這是條世界性的高難道路。狼性充滿兇猛強悍的活力和生命力，同時又充滿瘋狂的貪婪、掠奪和破壞力。人性中的狼性特別像熱核反應，能量巨大，破壞性也巨大，控制得好就能造福人類，控制不好就會毀滅地球。

世界上沒有多少民族和國家能合理地釋放它，又能牢牢地駕馭它。能做到這點的國家，都走到了世界強國的行列。這條道路難度極高，即便是近現代強國，弄不好也會翻船。像二戰時的德、意、日三國的民族，就未能駕馭住本民族的狼性，結果導致法西斯大爆炸，給本國和世界人民帶來巨大災禍。

中國的「文革」也出了大問題。由於在歷史上，尤其是近代中國民族性格太軟弱，「狼性」不足，被西方列強打成了半殖民地，飽受屈辱。中華民族被深深激怒，那些志士仁人引進西方強悍進取的狼性精神，又一點一點地引進強悍競爭的西方工業，起來打倒「孔家店」，強烈地釋放被久久壓抑的「狼性」。

炎黃游牧族的血液遺傳和游牧民族的多次輸血，終於發揮了作用，中華民族性格慢慢強悍起來。百年奮鬥，趕走了列強，取得了民族獨立，還取得朝鮮戰爭的勝利。然而，到文革時期，由於政治需要人為地釋放和煽動狼性，打倒一切「牛鬼蛇神」，打倒國家主席、元帥將軍、工商界精華、知識份子學術權威。狼性「紅衛兵」橫行全國：打老師，批校長，燒書籍，毀文物，抄家產，殺人放火、衝擊大使館，無法無天，走向另一個極端，把中國推向史無前例的大災難。

人類整個歷史和中國這段歷史，都深刻證明了釋放和駕馭人性中狼性的高難程度：像儒家和封建專制那樣，全面閹割和鎮壓民族性格中的狼性，其結果是全民族性格羊性化，落後挨打，死路一條；像法西斯那樣瘋狂釋放煽動狼性，則將把世界變成人間地獄，也是死路一條。只有適度釋放狼性，並採用惟一能夠控制和駕馭狼性的真正民主制和法治，拋棄橡皮圖章式的假民主，這才是中華民族的惟一出路。

真正的民主制和法治，才是惟一能夠釋放又控制狼性「熱核反應」的現代反應堆。而要建立真民主，又必須同時進行和完成轉換國民性格的基礎工程，沒有這個民族性格的基礎，即使建起民主大廈，那也只是一座危樓，如果垮塌，反而會敗壞民主的聲譽，而在民主廢墟上，就會建立起更加專制的政體。

沒有扎扎實實的轉換民族性格的基礎工程，民主就永遠只是中國少數人的奢望。轉換農耕民族性格，必須經過一個「野外放養」的過渡時期。但是，轉換民族性格和推進民主又不能太慢，否則，民族性格軟弱的舊病，將會把腐敗、低效、人口過度擴張和破壞生態環境的病毒，擴散到民族全身，而耽誤治療搶救的寶貴時間。

楊克點頭道：沒錯。西方民族性格太強悍，專制政府很難壓制住人民。在西方，像中國式的中央集權制很難立足，就是立足也長不了。所以人家民族最終只接受民主制。而東方的羊最恐懼自由和獨立，一但沒有「徐州牧」的看管，羊就會被狼吃掉。軟弱的農耕民族都願意選擇專制，農耕人群是集權專制制度的衣食父母。看來，華夏民族的民族存在和國民性格不變，中國的集權專制就始終不會終結。

陳陣說：狼性不強的民族，永遠不會去爭取民主和使用民主。實際上，民主是強悍民族對統治者反抗和討價還價的結果。

陳陣最後說：「江山易改，本性難移」。如不改革民族存在，民族本性就不是「難移」了，而是「堅定不移」。當前我國的改革，實際上就是在改革民族存在，現在改革形勢已不可逆轉。從性格上形象地講，既然

「炎黃狼」、「秦漢狼」和「隋唐狼」，曾經被農耕存在改造成「華夏羊」，那麼，隨著新型競爭性的民族存在的確立和擴大，一直落後挨打的「華夏羊」，就會成為勇猛進取的「現代中華文明狼」，成為真正的炎黃子孫，並向更高級階段的自由民主的「世界文明人」進化。

然而，由於在世界上，中國的農耕土地最廣闊，農耕歷史最悠久，農耕人口最龐大，農耕意識最深厚，城市化的空間又過於狹小，因此，要想在民族性格上從「華夏羊」轉換為「文明狼」，必將經歷一個漫長、痛苦，甚至是殘酷淘汰的時期。如何能更文明地對待、安置和養活性格弱勢人群，轉化他們的軟弱性格，將成為中國天大的歷史難題。而且，以後政治體制的攻堅任務，還可能由於民族性格軟弱而久攻不克。而這些難題，又必須依靠剛毅強悍堅韌的狼精神來攻克。

這些就是我的最後結論。

額侖草原沉入茫茫夜色，遠處牧民定居點的電燈發出微弱的光亮。楊克還想繼續提問，陳陣拍了一下方向盤，說：該回去了，要不巴圖要開車來找咱們了。你要是還有什麼問題，咱們可以一路聊到北京，我還有許多東西要跟你講呢。

楊克說：狼圖騰和游牧精神，真是個中華文明中的樞紐性問題，動一髮而牽全身啊。我真還有好多問題要問。

兩人下了車，向黑暗的狼洞山坡揮手告別，但又久久佇立，不忍離開。陳陣望著狼山輕輕地說：小狼，我要回北京了，以後我還會來看你的……

楊克說：咱們真應該在小狼的洞前立一個紀念碑，最好是個狼的圖騰柱。

陳陣嘆道：我也想立，但是我不敢。現在草原上到處都是農區來的外來户，要是他們看到給狼立的石碑，那還不把它砸個稀巴爛，説不定還會把這個寶貴的百年老洞刨塌填死呢。還是讓小狼的洞安安靜靜地藏在這裏吧。

陳陣又説：我現在更想做的，還是在國人的心裏，樹立狼圖騰的精神圖騰柱。狼圖騰本來就是中華民族最主要的原始圖騰之一，在地位上僅次於龍圖騰。但是，我認為問題還沒這麼簡單，根據考古新發現和我的分析研究，早期的狼圖騰和龍圖騰，很可能就是一個圖騰，而後來的龍圖騰，只是狼圖騰的演變形式而已。

楊克吃了一驚，忙説：這個發現對轉換中國人的國民性來説太重要了，你把這個問題説完了，咱們再走吧。

陳陣一口氣説下去：龍的形象其實在五千年以前就已出現。一九七一年，在內蒙三星他拉出土了一個玉龍，號稱中華第一龍，屬於新石器時期的紅山文化，那時華夏先祖還沒有成為農耕民族，還處在狩獵、採集、游牧或半農半牧狀態。龍圖騰最先是華夏原始先民的圖騰，後來才演變為農耕民族的圖騰。

我仔細看過和研究過翁牛特三星他拉玉龍，可是讓我吃驚的是，那條原始玉龍，根本不是後來中國人所熟悉的龍，而是狼首龍身形象的龍，玉龍的身上沒有鱗，也沒有爪，頭部和頸背完全就是狼頭狼頸，簡直就像按照狼頭、狼脖子臨摹下來的一樣：長長的臉，長長的鼻子，長長的吻，長長翹起的嘴角。尤其是眼睛，那絕對是狼眼，跟咱們小狼的眼睛一模一樣，圓眼吊睛，眼角吊得極長極斜，狼的這個關鍵的特徵，被新石期時代的先人用藝術手法誇張得惟妙惟肖。

這還不算，狼脖子上面的狼鬃也雕刻得極像，從頭脖頂到前背長長一溜狼鬃，高高地聳翹起來，非常威風漂亮。高聳的狼鬃又是兇猛的蒙古草原狼的顯著特徵。我對狼太熟悉了，可以想像，如果沒有對狼的長期細緻的觀察，我們的先祖是絕對雕不出這麼傳神的狼的藝術形象來的。

此條玉龍，實際上是條玉狼，尤其是頭部絕對是狼頭。可是有些學者說這條玉龍的頭是豬頭。但是我認為，從游牧民族的性格上講，家豬或野豬都不會成為北方游牧民族的崇拜圖騰，因為中國西北和北方的游牧民族，是絕對不會崇拜被自己馴服的、或可以被馴服的動物的。只有不瞭解中國游牧民族性格的人，才會認為中國草原人會崇拜家畜；從形象上講，豬眼不是吊睛，豬拱嘴的嘴口也不是開在最前面的，整個豬頭也不是長形的。而且，身材短胖只有棍形小尾的豬，不管是家豬還是野豬，要演變成長長的龍那就太牽強了，而長長的狼身加上毛茸茸的長狼尾，演變為龍身倒有可能。

你想想，長長的狼皮筒再加上長長的狼尾巴掛在高高的樺木杆頂上，被大風吹起來時候的樣子，是不是特像狼頭龍身？我猜想，中華飛龍很可能是華夏草原先祖所想像的草原狼靈魂升天以後的飛狼形象，是對狼的形象的美化和神化。那年我看小狼升天的樣子，真感到小狼不僅像飛狼，而且還像是騰雲駕霧的飛龍，只是當時沒有順著這個感覺挖掘下去。

後來回到北京，我看到了那件玉龍的圖片，當時我真是很激動，好像見到了小狼一樣。在當時的原始條件下，用美玉雕刻出那樣精美的狼首龍身的玉器，就可以推斷我們的先祖對狼熟悉和崇拜到什麼程度了。而且「玉龍」出土的地點又在內蒙，是蒙古草原狼的故鄉，是中國的土地上猛狼巨狼最多的地方，是後來無數崇拜狼圖騰的游牧民族一直生活的地方，又是「飛狼」的傳說最多的地方。這就讓我自然聯想到狼圖騰和龍圖騰的關係，也開始研究二者之間的關係。

根據我的研究，我認為狼圖騰和龍圖騰至少有以下七個相同的特點：

其一，最早的狼圖騰和龍圖騰，都出現在內蒙古草原或接近蒙古草原的地方。這裏恰恰是世界上最大、最多、最兇猛的蒙古草原狼的故鄉，而且，草原狼又是游牧民族的同鄉，人與狼互相搏殺，互相依存，又共同生活在這片廣袤的草原上。因此，狼的精神和性格對草原人的影響最大，不像北極圈和俄羅斯森林裏的狼遠離人群，以捕食野生動物為生，對人的影響不大，因此在那裏，也難以產生狼圖騰崇拜。

其二，原始的狼圖騰和龍圖騰的頭部和頸部相同，長筒形的身體相同。內蒙三星他拉的原始玉龍是狼首龍身，也就是說，在新石器時期，原始狼圖騰和龍圖騰頭部頸部完全相同，身體也相同，都無鱗片。這表明龍圖騰不是由魚或蛇演變而來的。那時候，極有可能狼圖騰就是龍圖騰，龍圖騰就是狼圖騰，兩個圖騰還沒有分家，而它們的家還都在草原。

其三，狼圖騰和龍圖騰都是採用身體上下拱動的姿態飛行。在傳說中，無論在蒙古草原還是華夏大地，這兩個民族圖騰都是飛翔的圖騰。在草原，狼圖騰可以飛天，把人的靈魂帶上騰格里，而華夏的龍圖騰則能騰雲駕霧、呼風喚雨。但是，世界上和中國許多民族的圖騰並不會飛，例如崇拜熊、虎、牛、猴等等的民族圖騰。中華大地上的草原民族和華夏農耕民族的圖騰，都有飛翔的特點，這並不是偶然的巧合。

更為相同的是，狼圖騰和龍圖騰的飛翔姿態，狼在草原上飛奔的姿態是上下起伏的，狼皮筒被掛在高高的木杆頂上，被大風吹動的時候，也是上下起伏、身體拱動著「飛翔」的；而中華龍在各種古代壁畫和雕刻中，都被塑造成躬著腰、上下起伏拱動著「飛翔」。

這種飛行姿態與狼圖騰飛奔和「飛行」的動作相同，但與水中的魚、蛇和鱷，以及陸上的蛇和蟒的游動動作完全不同。魚蛇蟒鱷都是靠身體和尾巴左右擺動而前進的。一種行動是「上下拱動」，另一種行動是「左右擺動」，這兩種不同的動作和姿態，清楚地表明狼是比魚蛇蟒鱷更高級的動物，龍圖騰不是由魚蛇蟒鱷這些卵生較低級動物演變而來的，而是由草原陸地的哺乳動物——狼演變而來的。而多數中國人卻認為，龍是水中的魚和蛇變來的，現在有的人還認為龍的原型是鱷。這些觀點，沒有看出龍與魚蛇蟒鱷在類別上的本質區別，沒有看出「上下拱動」與「左右擺動」的根本區別，因而也就把龍圖騰精神的本來面目，掩蓋得越發模糊不清。

其四，狼圖騰和龍圖騰雖然都會飛，但是都沒有翅膀。在中國人的傳說中，有「飛虎」、「飛馬」等神話形象，其他民族也有「羽蛇」等圖騰形象，可是那些會飛的動物都是有翅膀的，五十年代飛馬牌香煙的煙盒上，就有長著巨大翅膀的飛馬形象。那麼，為什麼龍圖騰沒有翅膀呢？我認為，這是因為由於狼圖騰沒有翅膀，所以由狼圖騰演變而來的龍圖騰也就沒有翅膀。而狼圖騰之所以沒有翅膀，是因為原始的草原人相信神出鬼沒、神通廣大的狼會飛，不用翅膀也能飛。

其五，狼圖騰和龍圖騰都與中國兩個民族的最高崇拜——天崇拜有密切關係。在草原上，草原民族相信狼是騰格里派到草原來保護草原的，還會把崇拜騰格里的人的靈魂帶上騰格里；而在華夏，農耕民族則認為龍是天的化身，而皇帝就是「真龍天子」，神聖不可侵犯。既然漢族的天崇拜，是游牧先民從游牧區帶到華夏農耕大地的，那麼，他們也就把狼圖騰一同帶來了。

其六，狼圖騰與龍圖騰都是兇猛可怕的猛獸形象。世界上各民族的圖騰，有猛獸，也有溫良的草食動物，許多民族都把牛作為民族圖騰。但是為什麼華夏民族卻把面目如此兇猛猙獰的龍作為自己民族的圖騰呢？這是因為，那時華夏先祖還是狩獵採集游牧部族，還不是溫良敦厚的農耕民族，而中國的絕大部分游牧民族都把狼作為圖騰，由於狼的形象兇猛可怕，所以由狼圖騰演變成龍圖騰的龍的形象，也就異常兇猛可怕了。

其七，狼和龍都具有不可馴服性。世界上許多民族的圖騰，都是可以馴服的動物，甚至以家畜為圖騰。而中國的兩大民族的圖騰——狼和龍，都具有不可被人馴服的性格。狼是猛獸中最倔強、從不屈服的動物，態虎獅鷹大象都可馴，而蒙古草原狼不可馴。由於狼不可馴服，那麼，由狼圖騰演變而來的龍圖騰，也就具有不可馴服性。龍是狼精神的承襲者和強化者，它不僅不可被人所「馴化」，相反，它還將馴化牠的一切臣民。而狼的不可被馴化的精神，後來被儒家皇權至高無上的精神所利用，並神化了。

根據上述狼圖騰和龍圖騰這些關鍵性的相同之處，我推測，中華龍圖騰，很可能就是從草原狼圖騰演變而來的，就像華夏農耕民族是由草原游牧民族演變而來的一樣。由於草原上的游牧民族一直沒有離開草原，所以草原民族的狼圖騰也一直沒有變形，草原民族從古到今，也一直崇拜狼圖騰；而在遠古，一部分游牧民族離開了草原，進入華夏農耕區，也就把騰格里崇拜和狼圖騰崇拜帶到華夏農耕生活中。

由於在古代，無論牧業和農業都是靠天吃飯，因此，轉移到農耕地區的天崇拜也就被保留下來，但是游牧部族變成農耕族以後，性格逐漸軟化，慢慢變得怕狼狠狼了，那麼從草原上帶來的狼圖騰崇拜，就不適應農耕生活和精神，於是原來的狼圖騰，就慢慢被農耕生活所改造，改成具有耕耘播雨功能的龍圖騰新形象了。

在遠古，東亞草原一定有崇拜狼圖騰的游牧民族；在傳說中，伏羲時期的圖騰，是「人首蛇身」形象的圖騰，伏羲神「本人」的形象，就是「人首蛇身」。後來，經過部族的融合，華夏先人們大概以狼圖騰和「人首獸身」圖騰為主幹，再吸收了游牧部族和原土著農耕族的圖騰形象的某些局部，加上了魚鱗、鷹爪和鹿角等部件，於是狼圖騰就變成了龍圖騰。

在龍圖騰創造和融合的過程中，狼圖騰的形象起著關鍵作用，因為「人面蛇身」的形象與後來的威猛可怕的龍形象相差太遠，我看過考古出土的仰韶時代的「人面蛇身」陶式圖形，那哪是龍啊？簡直就像一隻壁虎，或者像大頭蜈蚣那樣的小爬蟲，形象陰暗，猥瑣噁心，毫無審美價值和神聖感。

而蛇蟒身上加上狼頭，那就不一樣了，「狼首蛇身」就基本上，有龍的威猛的藝術雛形了。後來的中華龍的形象之所以威猛可怕，震赫人心，還具有審美價值，就在於它具有狼一樣猛獸的形象和性格特徵。「抽象」的龍一定會有具象的根據，而中華各民族中、歷史中，最悠久又最具象的兇猛圖騰只有狼圖騰。因此，沒有狼圖騰的形象、性格和精神的參與，中華龍就不能成其為龍，而只能是中華蟲。

陳陣讓楊克上車，他也上了車並打開車內燈，看了看錶，又看了看卡片說：還有一個值得研究的問題，就是華夏傳說中那個神秘的饕餮神獸。我認為饕餮也很可能是由狼演變而來的，後來饕餮再演變為龍。《辭海》說：饕餮是「傳說中的貪食的惡獸。古代鍾鼎彝器上多刻其頭部形狀作為裝飾。《呂氏春秋・先識》：「周鼎著饕餮，有首無身。」」；《辭海》在解釋饕字說：饕即「貪，《漢書・禮樂志》：『貪饕險詖』顏師古注：『貪甚曰饕。』特指貪食。」

上面幾段話裏，有三個問題需要注意：

一是，饕餮是一種「惡獸」，而不是魚蛇蟒鱷，不屬於魚類或爬行類。《辭海》中還附有商周鼎上的饕餮紋。你只要看一看，就可以認出那個兇惡的猛獸像誰，非常像狼的正面像，也是圓眼吊睛，兇狼無比。

二是，饕餮甚貪食。這個特徵鮮明地指出了狼的特性。「極貪食」是草原狼的最突出的特性之一，咱倆養過狼，太知道狼的這個天性了，咱倆可以舉出無數個狼貪食的例子。天下再沒有比狼更貪食的動物了。不信，可以讓人去問老牧民，天下最「貪食的惡獸」是誰？回答肯定是狼。人所共知，「貪」就是狼性的代名詞。董仲舒說，秦「以貪狼為俗」，也把貪與狼相並列。中國人形容貪食，總是用「狼吞虎咽」，而且還把狼排在虎之前，狼比虎更貪食。形容貪心都說「狼子野心」，不會說「虎子野心」。

由於饕餮具有「惡獸」和「甚貪食」這兩個狼的特徵，而且饕餮紋又像狼。因此，傳說中的饕餮很可能就是狼，或是從狼演變而來的神獸。

三是，饕餮成為商周鼎的主要紋飾。這就涉及到一系列的問題。寶鼎是華夏民族在青銅時代的立國之重器。在周朝，「一言九鼎」的「鼎」，是象徵至高無上王權的神器和禮器，也是祭天祭祖的祭器。鼎在華夏先民心目中，處於民族「圖騰柱」的地位。因此，只有屬於民族的圖騰，才有資格登上如此崇高的地位，而被鐫刻鑄造在寶鼎重器之上。

這一現象又反映出兩個問題：其一，到商周時，華夏族可能還仍然崇拜狼圖騰，至少是猛獸圖騰，炎帝黃帝族祖先的圖騰崇拜遺風，可能還繼續存在，而周朝時期的華夏族受狼圖騰的影響更深，因為，周起源於西戎，而西戎大多是崇拜狼圖騰的游牧族。其二，當時的龍可能還沒有被普遍接受，尚未真正成為華夏族的民族圖騰，否則象徵王權的寶鼎，就一定會以龍作為主要紋飾。而且，當時周天子也還沒有坐龍座，那時還延續著炎黃游牧遺風，席地而坐。

周鼎上的紋飾主要由饕餮紋和雲紋所組成，以饕餮為中心，雲紋環繞其周圍。顯然，饕餮神獸在天上，從雲層裏探出頭，俯看人間。牠的身體則藏在雲裏，不知是否有蛇身或龍身，但是，如果在饕餮腦袋後面續上龍身，那就與後來的標準龍相差不遠了。所以，我認為，在狼圖騰和龍圖騰之間，可能還有一個饕餮圖騰的過渡階段。饕餮既有狼的性格，又有後來龍的猙獰面目。

以前我始終不理解，為什麼青銅時代的華夏族，會崇拜那麼貪吃的饕餮，竟然把牠捧上國家神器的地位。難道那時的中國人就那麼貪吃嗎？因而也就那麼崇拜貪食的惡獸？而饕餮貪婪的吃相真是毫無神聖可言。但是後來，當我感覺到饕餮有可能是狼圖騰的變形的時候，我立即想通了。貪食只是狼的一個特徵，是狼精神和性格的表相。商周時期的華夏族對饕餮神獸的崇拜，是對游牧先祖狼圖騰崇拜的承續，狼雖然貪食，但是牠的兇猛進取、威武不屈、寧肯戰死、不願病終的精神，才是早期華夏族所以崇拜牠的根本原因。

這個原因，只有深刻瞭解狼以後才能理解，而後來恨狼怕狼的農耕民族和儒家就難以理解，所以無法給人以信服的解釋。再後來，當農耕和儒家越來越占統治地位的時候，貪吃的惡獸——饕餮，就必然從國家神器上退位，被改造成龍，讓位給龍。

歷史上的狼精神曾征服了無數個游牧民族，而無數個游牧民族又是那麼強烈地崇拜狼圖騰。為什麼入主中原或中國的游牧民族的帝王，到後來，也那麼喜歡穿中華的龍袍，坐中華的龍座，可能就是因為他們在龍圖騰裏，看到了他們民族的狼圖騰的變形或影子，或者龍圖騰實際上，就是改形換面不變心的草原民族的飛狼圖騰。

然而，正像游牧民族來到華夏農田以後，他們的游牧精神被改造成農耕意識那樣，游牧民族的圖騰精神也必然被農耕存在所改造，於是保護草原的狼圖騰，也就變成主管農耕的命脈——呼風喚雨的龍圖騰，於是狼就變成了龍。而且，在龍圖騰上，又加上了許許多多的農耕民族的觀念和意識，而把龍圖騰的原始精神實質改得面目全非，蠻好的強悍進取的狼圖騰民族精神，竟被改造成象徵帝王權威的專制暴力精神。

龍圖騰成為中國歷代專制帝王狐假虎威、鎮嚇人民的帝王圖騰。龍袍只屬於皇帝一人，九龍九爪。其他七龍七爪，五龍五爪的官袍不能稱之為龍袍，只能叫作蟒袍。進入現代社會的中華民族，特別需要清除民族圖騰裏面後加上去的專制帝王的糟粕，而應當還其華夏民族圖騰的原始本來面貌——狼圖騰精神。

中華龍令人恐懼的兇猛形象和身體裏面，最初蘊含的，很可能就是令人敬仰的狼圖騰精神和靈魂。中華龍圖騰與中華狼圖騰，也可能具有不可割斷的血緣關係，但是，在精神實質上，中華龍已完全異化：自由的狼變為專制的龍，全民族的精神楷模變成了獨裁者的化身，具有蓬勃生命力的圖騰，變成了毫無生命力的龍舞道具空殼、紙龍紙老虎。

只有抽掉中華龍圖騰中的封建帝王專制精神，而重新「注入」狼圖騰的自由強悍的進取精神，那麼，未來的中國巨龍才有可能真正騰飛，飛向全球，飛向太空，去為中華民族和整個人類開拓更廣闊的生存發展空間。

兩人在車裏吃光了午餐的剩食，還是壓不住饑腸轆轆的聲音。楊克說：我真想跟饕餮那樣，吃下去整盆手把肉。

陳陣說：嘎斯邁要是看見咱倆像狼一樣的吃相，準保高興。

楊克打開所有的車燈，駕著吉普向西北邊境線草場駛去。翻過高坡，可以看到遠處像燈塔那樣一亮一滅的燈光，嘎斯邁一定握著手電筒在那裏站得很久了。陳陣從後視鏡久久地回望朦朧月光下靜靜的狼山，他不知道自己什麼時候再回來……

二〇〇二年春，巴圖和嘎斯邁從額侖草原給陳陣打來電話說：額侖寶力格蘇木（鄉）百分之八十的草場已經沙化，再過一年，全蘇木就要從定居放牧改為圈養牛羊，跟你們農村圈養牲畜差不多了。家家都要蓋好幾排大房子呢……

陳陣半天說不出話來。

幾天以後，窗外突然騰起沖天的沙塵黃龍，遮天蔽日。整個北京城籠罩在嗆人的沙塵細粉之中，中華皇城變成了茫茫的沙之黃城。

陳陣離開電腦，獨自佇立窗前，愴然遙望北方。狼群已成為歷史，草原已成為回憶，游牧文明徹底終結，就連蒙古草原狼在內蒙草原上留下的最後一點痕跡——那個古老的小狼故洞，也將被黃沙埋沒。

一九七一年至一九九六年腹稿於內蒙錫盟東烏珠穆草原——北京。

一九九七年初稿於北京。

二〇〇一年二稿於北京。

二〇〇二年三月二十日三稿於強沙塵暴下的北京。

二〇〇三年歲末定稿於北京。

狼圖騰 電影紀念版

作者：姜戎
發行人：陳曉林
出版所：風雲時代出版股份有限公司
地址：105台北市民生東路五段178號7樓之3
風雲書網：http://www.eastbooks.com.tw
官方部落格：http://eastbooks.pixnet.net/blog
Facebook：http://www.facebook.com/h7560949
信箱：h7560949@ms15.hinet.net
郵撥帳號：12043291
服務專線：(02)27560949
傳真專線：(02)27653799
執行主編：朱墨菲
美術編輯：許惠芳

法律顧問：永然法律事務所 李永然律師
北辰著作權事務所 蕭雄淋律師

版權授權：作者姜戎之代理人安波舜
紀念版一刷：2015年4月
ISBN：978-986-352-162-4

總經銷：成信文化事業股份有限公司
地　址：新北市新店區中正路四維巷二弄2號4樓
電　話：(02)2219-2080

行政院新聞局局版台業字第3595號 營利事業統一編號22759935

定價：440元

國家圖書館出版品預行編目資料

狼圖騰—電影紀念版／姜戎著. -- 初版-- 臺北市：風雲時代，
2015.02 -- 面；公分

ISBN 978-986-352-162-4（平裝）

857.7　　104002846